한국현대시인연구

한국현대 시인연구 下

문덕수 김용직
박명용 정순진　책임편집

韓國現代詩人研究

푸른사상

책머리에

한국 근대시의 역사도 어언 한 세기에 이르렀다. 그 동안 많은 시인들은 파란만장한 역사의 풍랑 속에서 한국시를 성숙시켜 오늘의 시적 성취를 거두었다.

이에 따라 시인들에 대한 연구도 방대하게 이루어져 큰 성과를 이루었으나 이러한 연구물들을 자세히 살펴보면 대체적으로 해당 시인에 대한 기존의 연구내용을 일반론화 하여 그 시인이 갖는 특성을 제대로 고구하지 못한 것 또한 사실이었다.

그래서 이 책에서는 한국 근대시가 모습을 드러낸 이후 50년대까지 한국 시문학사에서 비중이 큰 최남선, 김억, 주요한부터 신동엽, 박봉우에 이르기까지 편저자들이 숙고 끝에 대상 시인을 선별하고, 내용은 일반론적이 아니라 그 시인만이 갖고 있는 시적 특성에 초점을 맞추어 각 대학에서 시를 강의하는 여러 교수님들이 집필을 맡았다. 한 사람이 살핀 시인의 특성은 그 나름대로 장점도 있겠으나 접근 양식이 일방적이거나 고정관념에 의한 편협된 시각도 없지 않다.

이런 점에서 볼 때 여러 논자들의 관점과 연구방법·연구내용의 다양함은 시와 시인을 보다 철저히 연구하고자 하는 사람에게는 더욱 효과적인 것이 되리라 믿는다. 다양한 학문적 연구물은 결국 시정신, 창작방법론까지 만나게 된다는 의미에서 더욱 중요하다고 하겠다.

   총 45명의 시인에 대하여 특성론을 묶다보니 분량이 방대하여 상·하권으로 나누어 편집, 독자들이 편리하게 볼 수 있도록 하였다.

   이 책이 한국 현대시와 시인을 탐구하는 사람에게 많은 도움이 되기를 기대하면서 '특성론' 집필에 성의를 다해 주신 여러 교수님들에게 감사를 드린다. 어려운 가운데에서도 기꺼이 출간을 맡아준 푸른사상사 한봉숙 사장님께도 깊이 감사를 표한다.

                                           2000.   10.

                                     박 명 용

차례

●

이육사론
— 공간 구조의 체계

문 덕 수*

1.

육사 이원록(陸史 李源祿, 1904~1944)은 1933년 무렵부터 시를 발표하여 한 권의 시집을 남겼다. 아우 이원조(李源朝)의 말과 같이 빈궁과 투옥과 유랑의 40평생에 하루도 편안한 날이 없었으나, 30세 때에 비로소 시를 쓰기 시작했다. 첫 작품은 「황혼」(《新朝鮮》, 1933)이다. 사후(1946) 그와 함께 『子午線』(1937) 동인이었던 신석초(申石艸) 등 4명이 '서'를 쓰고, 아우인 평론가 이원조가 '발'을 쓴 『陸史詩集』(서울출판사 1946. 재판 범조사, 1956)이, 이어 『靑葡萄』(범조사, 1964), 『曠野』(형설출판사, 1971) 등이 간행되었다. 이 시집들은 제목만 다를 뿐, 수록된 작품은 초판 시집을 중심으로 편찬되어 있다. 이 글에서는 첫 시집을 대본으로 한다.

이육사의 시는 양적으로 얼마 되지 않지만, 많은 주목을 받고 있고, 많은 연구 논문이 발표되고 있다. 그 이유는 작품의 가치 자체에도 있지만, 그 보다는 탄압이 극심했던 일제 군국주의와 중요 작가들이 친일 체제 문학 쪽으로 기울었던 식민지 시대 말기에, 그만은 끝까지 독립 투사로서의 지조를 지키고, 일제에 의해 수차 체포·투옥되는 수난을 겪으면서 마침내 북경 감옥

---

* 홍익대학교 명예교수

에서 조국의 광복을 보지 못한 채 옥사했기 때문일 것이다. 그러나, 이 글에서는 그런 전기적 사실에 치중하지 않고, 작품의 자율성을 전제로 하여 그의 시집 전체의 구조 분석을 통해서 정신세계의 공간적 체계와 그 시적 특성을 살펴보고자 한다.

첫째, 이 글에서는 이육사 시 전체의 일관된 공간 구조를 분석하여 정신의 체계적 특성을 고찰한다. 그의 시의 일관된 공간 구조는 크게 '다원공간'(복합공간)과 '단일공간'으로 구별되는데, 이 두 공간 구조는 이육사의 정신세계의 체계와 상응하다.

둘째, 이육사의 공간의식은 역사적 상황에 대한 시간의식을 내포한다. 그의 공간의식은 낮은 단계에서 높은 단계로, 그리고 마지막으로 통합 단계로 상승하는 과정을 갖는다. 낮은 단계에서 높은 단계로, 그리고 이 모든 단계를 총체적으로 통합하는 단계는, 현실의 모순극복에서 이상 실현으로, 현실주의에서 이상주의로 상승하는 자기화(自己化)의 과정이라고 할 수 있다. 현실의 고통, 슬픔, 상실, 절망 등에 대한 상황의 체험을 바탕으로 높은 레벨의 이데올로기적 리얼리티를 실현하기 위한 과정이다.

이육사의 공간 의식의 제1단계는 '물'의 공간이다. 이것이 제일 낮은 단계다. 제2단계는 '물'에서 한 단계 상승한 뭍(평지)의 공간이다. 평지에 속하는 모든 사물들(고향, 사막, 길, 나무 등)의 세계가 이 단계에 속한다. 제3단계는 평지에서 한 단계 더 상승한 '고원'이다. 평지인 현실세계의 극한 상태이면서 동시에 가장 하늘과 가까운 높은 공간이다. 제4단계는 산이나 고원에서 한 단계 더 상승한 '하늘'이라는 보편적 공간이다. 한없이 높고 푸른 보편적 세계인 하늘을 비롯하여 태양, 별, 구름, 조류 등의 세계가 여기에 속한다. 제5단계는 이 모든 공간의 레벨을 하나의 총체적·우주적 상징 체계로 통합한 세계다. 이 통합 세계는 보편적 진리인 형이상적 의미가 암시되는, 이상 실현의 가능성을 가장 밀도 있게 형성한 공간이라고 할 수 있다.

2.

다원공간

'다원공간'에서는 구조상의 몇 가지 특징이 발견된다. 첫째, 시적 자아가 현존하면서 실제로 체험되는 공간과, 체험되지 않은 공간이 공존하는 경우가 있다. 둘째, 단일한 큰 공간 내에서 그 공간 속의 분립된 작은 공간에로의 이동 현상이 발견된다. 말하자면 큰 공간 속에 복수의 작은 공간들이 유기적으로 내재한다. 셋째, 모든 공간에서 시적 주체의 의미 있는 삶의 행위들이 존재하고 있다. 그러니까, 공간 속에 사물들만이 현실에서 떨어져 존재하는 것이 아니라, 그러한 사물들과 더불어 반드시 행동하는 주체가 어울려 식민지 하의 암담한 상황을 암시하는 정신적·상징적 의미의 다이너미즘을 보여 준다.

> 내 골ㅅ 방의 커ー텐을 걷고
> 정성된 마음으로 黃昏을 받아드리노니
> 바다의 흰 갈매기 같이도
> 人間은 얼마나 외로운 것이냐
> ……중 략……
> 저 ― 十二星座의 반짝이는 별들에게도
> 鐘ㅅ 소리 저문 森林 속 그윽한 修女들에게도
> 쎄멘트 장판 우 그 많은 囚人들에게도
> 의지가지 없는 그들의 心臟이 얼마나 떨고 있는가
>
> 고비沙漠을 걸어가는 駱駝 탄 行商隊에게나
> 아프리타 綠陰 속 활 쏘는 土人들에게라도
> 黃昏아 네 부드러운 품안에 안기는 동안이라도
> 地球의 半쪽 만을 나의 타는 입술에 맡겨다오
> ──「黃昏」의 제1, 제3, 제4연

작품 「황혼」의 공간은 '골방', 즉 큰 방의 뒤쪽에 딸린 작은 방, 갇혀 있는 협소하고 답답한 방이다. 골방은 추방되었거나 소외된 단독자인 시적 자아가 현존하는 장소로서, 이 장소에서 다른 장소로 이동하지 않는 것으로 되어 있다. 그러나, 이 작품에는 12성좌(星座)의 별, 격리된 수도원이 있는 삼림(森林), 수인들이 유폐되어 있는 시멘트 장판방, 행상대들이 낙타를 타고 다니는 고비사막, 문명을 등진 토인들이 사냥하는 아프리카의 원시의 삼림지대—이러한 넓고 다양한 여러 공간들이 복합적으로 내재하고 있다. 그러나, 시적 주체가 현존하면서 황혼을 받아들이는 공간은 '골방'뿐이며, 그 밖의 나머지의 공간은 황혼의 빛의 영역이 확산되어 의미상으로 관련되는 심리적 · 상상적 공간일 뿐이다. 물론 이 모든 공간은 황혼이라는 동일한 순간(시간)에 공존하며, 동시에 역사적 현실과는 멀리 떨어져 고립 · 단절되어 있고 의지가지 없는 장소라는 공통된 이미지를 가지고 있다.

이와 같이, 한 작품 속에 복합적 공간이 내재하고 있지만, 시적 주체가 현존하는'공간'과, 현존하지는 않지만 그 존재조건의 인식에 있어서 그 상황이 유사하거나 의미상으로 관련되는 다른 공간들이 같은 시간에 복합적으로 공존하는 것이다. 이러한 공간은 복수의 공간이 대등하게 공존하는 '다원공간'의 변형으로 볼 수 있고, 따라서 '변형다원공간'이라고 명명해 두기로 한다.

> 섣달에도 보름께 달 밝은 밤
> 앞 내ㅅ江 쩅쩅 얼어 조이던 밤에
> 내가 부르던 노래는 江건너 갔소
> 江건너 하늘끝 沙漠도 다은 곳
> 내 노래는 제비같이 날러서 갔소
>
> 못 잊을 계집에나 집조차 없다가
> 가기는 갔지만 어린 날개 지치면
> 그만 어느 모래ㅅ불에 떨어져 타 죽겠소
>
> 沙漠은 끝 없이 푸른 하늘이 덮여

눈물먹은 별들이 조상오는 밤
— 「江건너 간 노래」 중 제1~제3연

작품 「江건너 간 노래」는 '내'가 노래를 부르던 '앞 내ㅅ江'의 공간과, 내 노래가 건너간 강 저쪽의 사막이라는 두 공간이 복합적으로 존재한다. 강 이 쪽의 공간은 섣달의 밤이며 추워서 강물이 얼어붙은 동토(凍土)인데, 그 동토 에서 시적 주체는 노래를 부른다. 아마도 그 노래는 동토의 삶, 즉 식민지하 의 아픔과 모순을 고발하고 극복하려고 하는 의지와 꿈일 것이다. 그런데, 그 노래는 얼어붙은 강을 건너 '사막'으로 울려 퍼진다. 즉 죽음의 사막을 생 명의 세계로 회복하려고 하는 상황의식을 담고 있다. 그러나, 그 노래는 제 비같이 날아가기는 갔지만 '어린날개'가 지쳐 어느 모랫불에 떨어져 타 죽을 것이며, 그 사막을 덮고 있는 푸른 하늘에서 슬픈 별들이 조상 오는 밤이라 는 것이다.

시적 주체는 강 이쪽의 동토에 존재하지만, 그가 부른 노래는 그 강을 건 너 저쪽의 '사막'으로 날아가서 거기서도 그 노래의 염원이 실현되지 못하고 떨어져 타 죽는다. 회의주의 내지 비관주의의 시다. 강 건너 저쪽의 사막에 는 시적 주체가 존재하지 않는다고 볼 수 있지만, 그러나 자아 그 자체라고 할 수 있는 '노래'가 상징적 의미를 지니고 존재하는 것이다. 이런 점에서, 「江건너 간 노래」는 앞의 「黃昏」과는 달리 변형이 아닌 그대로 '다원공간'이 라고 할 수 있다.

다원공단의 전형적인 예가 시 「年譜」다. 이 작품에는 '돌다리ㅅ목', '江 언 덕', 첫사랑이 흘러간 '港口', 돌아온 '고장', 서리 밟고 걸어간 '새벽길', '눈 위'등의 여러 공간이 복합적으로 공존한다. 이러한 복합적인 공간은 버림받 은 곳, 실연과 타락, 허무한 귀향(歸鄕), 고난과 유랑의 역정이라는 암흑기의 이 시인의 자전적인 의미인 동시에 상황의식의 다양성이라고 볼 수 있다.

그리고, 이 「年譜」의 공간들은 시적 주체의 이동이 존재한다. 그러니까, 시 적 주체가 현존하는 공간과, 시적 주체가 회상하거나 상상하거나, 또는 시적 주체의 상징이 이동하는 공간이 어울려 있는 '다원공간'과는 명백히 다른 전형적 '다원공간'이라고 하겠다. 사막과 칠색(七色)의 바다라는 두 공간이 존재하는 「班猫」도 「年譜」와 같은 다원공간의 작품이다.

단일공간

한 작품이 하나의 공간만으로 구성되어 있으면 '단일공간' 또는 일원적 공간이라고 한다. 이 육사의 작품에는 거의 대부분 시적 주체의 행동이 내재되어 있으므로, 그 주체의 환경 또는 배경으로서의 장소가 다 단일한 것일 때, 엄밀한 의미에서 '단일공간'으로 구성된 것으로 볼 수 있다. 그 배경이 되는 공간이 복수인 다원공간과는 대조가 된다. 시 「湖水」, 「子夜曲」, 「喬木」 등은 모두 '단일공간'의 작품이다. 그만큼 이미지나 의미가 흩어지지 않고 응집되어 독자에게 주는 효과도 단일·단순한 것 같다. 시적 주체가 복수로 드러나고, 그 배경이 되는 공간이 단일한 경우도 가정할 수 있으나, 이육사에게는 이런 경우를 발견하기는 어렵다.

> 내여 달리고 저운 마음이런마는
> 바람 씻은 듯 다시 瞑想하는 눈동자
>
> 때로 白鳥를 불러 휘날려 보기도 하것만
> 그만 기슭을 안고 돌아누어 흑흑 느끼는 밤
> ─「湖水」 중 제1, 제2연

「湖水」는 배경이 되는 공간이면서 이 시의 의인화된 주체이다. 단일공간이면서 단일주체라고 할 수 있다. 어디든 달리고 싶은 염원이나 의지가 있지만 그리고 백조를 불러 날려보내기도 하지만, '호수'는 호수라는 한계조건을 끝내 벗어날 수 없어 눈을 감고 명상이나 하지 않을 수 없다. 단일공간 속에서의 폐쇄 또는 유폐의식과 그러한 구속에서 해방되고 싶은 염원의 좌절이 '명상'하는 자세로 전환되고 있다. 암울하고 짓누르던 식민지 시대 상황 속에서의 소외와 좌절에서 오는 삶의 한 국면을 상징한 것이다. 이육사는 자연

을 자연 그대로 두거나 중립상태로 두지 않고, 휴머니즘이나 역사적 상황의
식의 반영이나 상징으로 표현한다.

> 수만호 빛이래야 할 내 고향이건만
> 노랑나비 노잖은 무덤 위에 이끼만 푸르러라
> ─「子夜曲」 중 제1연

「子夜曲」은 조국의 상실과 연결되는 고향의 황폐화, 고향의 상실을 읊은
것이다. '고향'이라는 단일공간이 단일대상으로 되어 있다. 고향은 하나의 마
을로서 국가라는 체제와 민족 공동체라는 큰 공간의 집단으로 확대될 수 있
는 작은 공동체적 상징성을 갖는다. 나비도 날지 않는 무덤과 같은 고향은
이미 고향으로서의 아이덴티티를 상실했고, 식민지하의 타자(他者)가 되어 버
린 고향이다. 시적 주체는 그러한 고향에 동화되어 있으므로 별도의 존재로
행동하는 모습을 볼 수 없다. 연기가 돌아가는 항구나, 옛날의 들창이나 달
과 강이 있지만, 이것들은 모두 '고향'이라는 단일 공간 속에 내재하는 사물
이다.

작품 「曠野」는 광야라는 단일공간으로 형성되어 있지만, 이 광활한 단일
공간 속에는 과거, 현재, 미래라는 복합적 시간과 더불어 하늘, 산맥, 강물,
매화 등의 여러 사물 공간들을 내포하고 있다. 앞에 든 「湖水」나 「子夜曲」같
은 단일공간은 폐쇄적이거나 황폐화된 현재의 비관적 모습이지만, 「廣野」의
공간은 그런 것을 극복한 미래의 유토피아로써의 가능성을 암시하는 총체적
으로 통합된 단일공간이라고 할 수 있다. 광야(曠野)에 대해서는 통합공간으
로서 뒤에서 재론하기로 한다.

공간과 시적 주체

다원공간이건 단일공간이건, 그것이 절대공간이나 기하학적인 추상공간이
아니라 삶의 현장으로서의 공간, 시적 주체의 삶이 현존하며, 그 삶이 그 상

황과 긴밀한 관련을 맺고 있는 것이 이육사의 시적 공간의 특징이다. 즉, 바람직한 삶이건 바람직하지 못한 삶이건 간에, 이육사 시의 공간은 객관적 무기적 공간이 아니라, 인간이 있는 휴머니즘적 공간, 상징화된 역사가 내재하는 그 속에는 고통, 수난, 좌절, 절망, 방랑, 죽음이 있는가 하면, 그것을 극복하려고 하는 주체적 의지에 몸부림과 더불어 꿈, 염원, 희망, 이상이 있는 세계이다. 말하자면, 시의 바깥에 있는, 식민지화한 조국의 현실 및 역사의 모순이나 부조리와 병존하면서, 그것을 반영하는 이중적 의미를 지니고 있다.

이육사 시의 공간에는 시적 주체로서의 자아가 등장하는 경우가 많다. 「黃昏」, 「靑葡萄」, 「年譜」, 「路程記」 등에 보이는 일인칭 화자인 '나'는 곧 시적 주체이다. 다시 말하면 작가 자신이라고도 할 수 있고, 역사주의적 관점에서 말한다면 일제에 의한 타자화(他者化)를 거부하는 '민족적 자기' 인식의 주체라고도 할 수 있다. 작품 속에 등장한 자아와, 현실의 사회적인 삶의 주체로서의 인간 이육사와 전적으로 일치하느냐 하는 문제는 차치하고라도, 우리는 작품 속의 시적 주체를 통해서 인간 이육사 자신의 현실적인 삶을 연관지어 볼 수 있다. 역사주의자와의 연결을 차단하는 형식주의 일변도로만 나아갈 필요는 없다.

이육사 시의 공간에는 '나'라는 시적 주체 외에 다른 사물들 즉 동식물이 등장한다. '식물'이나 '동물'이 단지 객관적 사물에 지나지 않느냐, 그렇지 않으면 시적 자아나 역사적 상황의 상징이냐 하는 문제가 대두된다. 그런데, '식물'이나 '동물', 또는 그밖에 다른 자연의 사물이 의인화되어 그 작품의 중심적인 대상으로 등장하는 경우에는 시적 자아나 인물들이 등장하지 않음을 발견하게 된다. 그렇다면, 이러한 경우의 '식물'이나 '동물' 또는 그 밖의 사물은 그 작품의 배경의 역할을 하는 경우도 있으나, 주체의 역사적 현실적 의미의 기능을 담당하고 있다고도 볼 수 있다.

> 항상 앓는 나의 숨결이 오늘은
> 海月처럼 게을러 銀빛 물결에 뜨나니
>
> ―「芭蕉」 중 제1연

푸른 하늘에 닿을 듯이
세월에 불타고 우뚝 남아서서
차라리 봄도 꽃피진 말아라

— 「喬木」 중 제1연

어느 沙漠의 나라 幽閉된 後裔의 넋이기에
몸과 마음도 아롱져 근심스러워라

— 「班描」 중 제1연

　「芭蕉」, 「喬木」, 「班描」 등은 모두 식물이거나 동물이지만, 인격이 부여된 상징이다. 이러한 상징이 등장하는 작품에서는 이 상징이 배경이 되고, 그 배경 속에 시적 주체가 따로 존재하는 것이 아니라 이 상징 자체가 바로 그 작품의 내적·외적(사회적) 이미지로 다시 말하면, 상황 속에 인격적 주체나 다름이 없는 차원에서 행동하고 있다. 이러한 작품에서는 "나는 파초(芭蕉)다", "나는 한 그루 고목(喬木)이다", "나는 한 마리의 반묘(班描)다"라는 명제가 묵시적으로 전제되어 있다고 보아야 할 것이다. 따라서, '파초'나 '교목'이나 반묘(班描)는 시적 대상의 레벨에서 시적 주체의 레벨로, 다시 시인 작가의 레벨로 격상될 수 있는 존재로 볼 수 있다.

3.

물의 공간

　이육사 시의 전체를 구성하는 정신적 공간 내부의 하이어라키를 살펴볼 차례다. 그러한 계층의 가장 낮은 공간은 '물'의 레벨이다. 이육사 시에는 종교와 관련된 작품이 거의 없으므로 물(바다, 호수, 강) 이하의 하강 공간, 즉 지하나 지옥의 세계로 더 내려가지 않는다. 그의 시에서도 하강, 추락, 죽음, 상실의 이미지들이 있지만, 그러한 부정적 이미지의 하위 공간은 수면(水面)

의 레벨에서 끝난다. 이 시인의 내면에 정착된 사상이나 이데올로기의 한계를 엿볼 수 있다.

> (A) 큰 江 목놓아 흘러
>   여울은 흰 돌쪽마다
>   소리 夕陽을 새기고
>
> —「少年에게」 중 제3연

> (B) 섣달에도 보름께 달 밝은 밤
>   앞 냇ㅅ江 쩽쩽 얼어 조이던 밤에
>   내가 부르던 노래는 江건너갔소
>
> —「江 건너 간 노래」 중 제1연

   (A)의 '江'은 목 놓아 울면서 흐르고, 그 여울은 흰 돌쪽에 '夕陽'을 새기고 있다. 기쁨과 희망으로 평화롭게 흐르는 에덴의 강물이 아니라, 자기(또는 민족적 자기)의 삶의 아픔이나 한을 목놓아 울면서 기슭의 바위에 포말로 부서지는 좌절의 강이다. (B)의 '강'은 대낮이 아니라 밤의 강이며, 쩽쩽(꽁꽁?) 얼어붙은 동토의 상황으로서, 시적 주체가 이러한 동토의 상황을 극복하기 위하여 부르는 노래는 강 저쪽으로 건너가 그곳의 불모지를 소생시키는 힘이 되지 못하고 허무하게 사라지게 된다. 이육사의 '江'은 생성과 발전을 보장하는 흐름의 연속체가 아니라 포말로 부서지는 단절의 이미지이며, 재생의 노래도 강 저쪽으로 울려 퍼져서는 소멸되는, 말하자면 아픔과 죽음에 이르기 위한 경계나 계기가 되어 있다. 식민지하의 역사적 현실과 상징적으로 관련되어 있다.

> (C) 남들은 기뻤다는 젊은 날이었건만
>   밤마다 내 꿈은 西海를 密航하는 쩡크와 같애
>   소금에 절고 潮水에 부풀어 올랐다.
>   항상 흐렸던 밤 暗礁를 벗어난 颱風과 싸워가고
>   傳說에 읽어본 珊瑚島는 구경도 못하는

    그곳은 南十字星이 비쳐주지도 않았다,
                                    — 「路程記」 중 제2, 제3연

  (C)의 공간은 '바다'이지만, 여기서도 '강'과 마찬가지로 삶의 긍정적인 이
미지는 아니다. 젊음의 보람과 희망을 실현시킬 수 있는 삶의 현장이 아니다.
'쌍크'(정크)를 타고 이역으로 밀항하고, 태풍이 위협하며, 남십자성마저도 비
치지도 않는, 방향을 잃은 도피와 고난의 의미를 지니고 있다. 작품 「獨白」
에도 '바다'의 공간이 보이지만, 갈매기처럼 유랑하고, 선창마다 푸른 막을
치고 향수의 촛불을 태우며, 밤마다 무지개만 사라지게 하는 절망적인 이미
지다.

    (D) 마침내 湖水 속 깊이 거꾸러져
        검은 그림자 쓸쓸하면
        참아 바람도 흔들진 못해라
                                    — 「교목」 중 제3연

    (E) 때로 白鳥를 불러 휘날려 보기도 했지만
        그만 기슭을 안고 돌아누어 흑흑 느끼는 밤
                                    — 「湖水」 중 제2연

  푸른 하늘에 닿을 듯이 가혹한 세월에 불타면서 성장한 교목이 꿈을 이루
지 못하고 마침내 '湖水'속에 깊이 거꾸러지는 모습은 너무도 처참하다. (D)
'호수'는 현실의 모든 삶이, 암담한 상황을 극복하기 위한 모든 염원이 좌절
되어 마침내 죽음에 이르게 하는 상징이다. (E)의 '호수'는 삶에 대한 역기능
의 의미만 지니고 있고, 초극의 비상을 꿈꾸지만 그것도 좌절되며 삶을 등지
고 돌아 누어 자주빛 안개에 싸여 흐느껴 우는 것이다.

물의 공간

  이육사 시의 공간의 제2단계는 '물'이다. 물의 레벨에서 한 단계 상승하면

뭍, 즉 대지나 평지의 레벨이 된다. 뭍이라고 해서 물의 레벨과 완전히 구별
되는 공간이 아니라 사실상 '물'의 부정적 이미지에서 한 단계 상승한 연속
성을 갖고 있을 뿐이다. 뭍에는 태어나고 성장한, 그러나 소외된 텅 빈 '고
향'이 있고, 지평선 너머로는 불모의 '사막'이 있으며, 고난과 비정적인 역정
을 상징하는 '길'이 있다. 역사나 사회 현실의 주된 공간이므로 삶에 대한 온
갖 역기능 적인 모순과 부조리의 이미지로 가득 차 있다.

> (A) 쫓기는 마음 지친 몸이길래
> 　　그리운 地平線을 한숨에 기오르면
> 　　시궁치는 熱帶植物처럼 발목을 오여쌌다
> 　　　　　　　　　　　　　　　—「路程記」 중 제4연

> (B) 첫사랑이 흘러간 港口의 밤
> 　　눈물 섞어 마신 술 피보다 달더라
> 　　　　　　　　　　　　　　　—「年譜」 중 제4연

　　쫓기고 지친 '물'의 공간에서는 그리운 것이 '地平線'이겠지만 그 지평선
에 상륙하자마자 더러운 물이 썩어서 고인 시궁치가 열대 식물처럼 발목을
구속한다. 발목이 오여싸이면 자유로운 보행이 안되고 활발한 삶의 행동이
저지되기 마련이다. 이와 같이, 그리운 지평선도 결국은 역기능적인 바다의
연장에 지나지 않는다. 바다 끝이 뭍에 닿는, 물과 육지의 경계 지대에 '港
口'가 있다.　항구는 출발지요 기착지이며, 낭만이 있지만 그 낭만도 덧없이
흘러가고 오히려 눈물이 섞인 술로 타락하게 만드는 공간이다. 이와 같이
'바다'가 끝나고 뭍으로의 출발 지점에서부터 다시 행동의 부자유와 규제,
실연과 타락이 시작된다.
　　뭍에는 '고향'이 있고, 고향은 조국이 내재된 제유(提喩)다.「子夜曲」에 보
이는 고향은 찬란한 '수만호의 빛'으로 번창해야 할 고장이나, 지금은 나비
한 마리도 찾아들지 않는 절망적인 무덤이요, 그 위에 이끼만 푸르다. 슬픔
과, 그리고 자존심을 삼키는 꿈만 있고, 옛날의 들창에는 짠 소금이 저려 있

으며, 바람과 눈보라가 치지 않으면 살 수 없는 곳이니, 독주나 마시며 덧없이 돌아가는 발자국 소리만 공허하게 울리는 공간일 수밖에 없다. 물론 이러한 이미지는 외침으로 자기를 잃고 타자화(他者化)된 현실적인 시대 상황과도 연결된다.

> (C) 서리 밟고 걸어간 새벽 길 우에
> 肝ㅅ 잎만 새하얗게 단풍이 들어
> 거미줄만 발목에 걸친다 해도
> 쇠사슬을 자아 맨 듯 무거웠다
> ──「年譜」중 제6, 제7연

> (D) 내 골ㅅ 방의 커─텐을 걷고
> 정성된 마음으로 黃昏을 맞아 드리노니
> ──「黃昏」중 제1연

물에는 고난의 역정을 상징하는 '길'이 있고, 죄수처럼 고립·유폐된 '골ㅅ방'이 있다. 작품 「年譜」에는 어릴 때 버려졌던 돌다리목, 강 언덕의 마을, 텅 빈 고장, 그리고 혹한의 서릿길과 눈길이 있다. 소외와 고독과 허무와 고난만이 있는 공간이다. '골ㅅ방'은 비록 황혼을 맞아들이는 때도 있기는 하지만 갈매기처럼 외로운 곳이다. 현실로부터 격리·단절·소외된 공간이기 때문이다. 그리고, '골ㅅ방'에서 맞아들이는 '황혼'을 통해서 '森林속의 修女', '쎄멘트 장판 우의 囚人', '고비 沙漠의 行商隊', 그리고 '아프리카 綠陰속의 土人'과는 삶의 근원적인 조건에서 서로 연결된다. 작품 「江 건너 간 노래」에 나오는 사막은 모랫불과 죽음과 슬픔의 별들이 조상하는 밤의 어둠으로 덮여 있다. 이러한 이미지들은 모두 타자화(他者化)된 어두운 역사적 현실 공간과 병존하고 있음을 암시한다.

고원의 공간

평지인 뭍에서 한 단계 더 높은 공간은 '고원'이다. 고원은 현실주의의 지배를 짙게 받는 평지에서 벗어나서 하늘이나 태양이나 별에 더 가까이할 수 있는 상승 세계이다. 따라서, 이 레벨에서는 현실의 모순과 부조리의 극복이나 타자의 지배로부터의 초월이 가능한 형이상적 태도를 보일 수 있는 지점이다. 하지만, 이육사의 경우에는 평지의 연속으로서 핍박을 받아 쫓기는 막다른 지점이기 때문에 극복과 초월을 위한 형이상적 노력을 시도해 보나 불가능한 지점으로 나타난다. '高原'이라는 의미는 형이상적 시도가 있다는 것 외의 더 큰 의미는 없다.

이육사 시의 압권이라고 볼 수 있는 「絶頂」은 평지인 뭍에서 한 단계 더 높은, 그러나 여전히 뭍의 레벨이 상징하는 삶의 고통이나 절망의 극한 상황을 제시한다. 고난과 밀항과 죽음의 바다에서 뭍으로 쫓기고, 고독과 수난과 상실과 좌절이 뭍에서 다시 북방의 서릿발 칼날진, 하늘도 끝난 '고원'으로 쫓기고 있다. 그러니까, 이 절정의 고원은 극복도 초월도 불가능한 바다와 뭍(평지)의 연장선상에 있는, 그 불가능의 강도가 점증하는 더 높은 레벨의 공간일 따름이다.

매운 季節의 채쭉에 갈겨
마춤내 북방으로 휩쓸려오다

하늘도 그만 지쳐 끝난 高原
서리빨 칼날진 그 위에 서다

어데다 무릎을 꿇어야 하나
한 발 재겨 디딜 곳조차 없다

이러매 눈 감아 생각해 볼 밖에
겨울은 강철로 된 무지갠가 보다

— 「絶頂」 전문

이 「絶頂」의 상황은, 최후의 의존처이며 형이상적 실재(實在)인 하늘도 끝나고, 계절도 죽음인 혹한의 겨울이며, 사람이 살기 어려운 북방의 극지로서 더 이상 움직일 수도 없고, 더 이상 생존유지도 어려운 곳이다. 진퇴유곡, 절체절명의 이 공간에서 무릎이라도 꿇고 기도나 어떤 순응의 자세를 취해야 할텐데, 이 절박한 위기의 상황은 그런 자세를 취할 수 있는 지점을 내어 주지 않는다. 그래서 눈을 감은 순간적 명상의 암시는 '겨울은 강철로 된 무지개'라는 것이지만, 신앙적 밑받침이 없는 상태에서 이것이 형이상적 초극이나 결단이 될 수 있을지는 의문이다.

이육사의 시에서 '무지개'의 이미지가 암시하는 것이 무엇인지는 명확하게 단정할 수 없으나, 그러나 매우 중요한 의미를 갖는 것으로 보인다. 바다에서나 뭍에서나 쫓기고 혹은 도피하고 위축되는 상황 속에서도 '무지개'의 이미지는 무엇인가의 긍정적인 의미를 암시한다. 불교의 유식론(唯識論)에서 말하는 '종자(種子)' 같은 것일까. 절망이나 허무에 대한 대항적 이미지라는 점에서, 또 그런 것을 초극할 수 있는 시적 주체의 강렬한 꿈이나 의지의 표상이라는 점에서, 비록 종교적 신앙의 밑받침은 없으나 육사의 시에 일관되는 긍정적 이미지다.

> (A) 무지개 같이 恍惚한 삶의 光榮
> 罪와 겯드려도 삶즉한 누리
>
> — 「鴉片」 중 제5연

> (B) 그리고 새벽 하늘 어데 무지개 서면
> 무지개 밟고 다시 끝없이 헤여지세
>
> — 「芭蕉」 중 제7연

> (C) 밤은 옛人 일을 무지개보다 곱게 짜내나니
> 한 가락 여기 두고 또 한 가락 어데멘가
> 내가 부른 노래는 그 밤에 江 건너 갔소
>
> — 「江 건너 간 노래」 중 제5연

(A)의 '무지개'는 황홀한 삶의 광영(光榮)과 어울릴 수 있는 긍정적 이미지다. 그리고 무지개와 같은 황홀한 삶의 광영은 '죄'와 동반해도 살만한 보람이 있다. (B)의 '무지개'는 새벽 하늘 어디에 무지개가 서고 그 무지개를 밟고 이별한다면 이별도 반드시 슬프거나 절망만은 아닐 것이다. (C)에서는 아름답고 고운 '무지개'가 비유의 한 구성부분으로 도입되어 있다. 그러니까, 무지개는 황홀한 광영의 삶이며, 이별조차도 기쁨으로 전환시킬 수 있고, 그리고 이 세상에서 가장 아름답고 고운 것이 표상이 된다는 것을 알 수 있다. 고원의 공간에서 볼 수 있는 '무지개'는 이육사의 역사적 상황 속의 미래에 대한 초월적, 형이상적, 심미적 기능을 담당하는 것으로 보인다.

하늘의 공간

이육사 시의 공간의 가장 높은 마지막 단계는 '하늘'이다. 하늘에는 태양, 별, 달과 같은 이미지들이 있고, 갈매기나 백조와 같은 비상의 이미지들도 있다. '물'에서 '고원'에 이르기까지의 여러 단계의 공간은 모두 하늘 아래에 있다. 이육사의 시에 '물' 이하의 지하나 지옥 공간이 없는 것과 같이 하늘 위에 별도의 형이상적 '천국' 공간은 없다. 이 사실은 불교든 기독교든, 이육사에게는 유교 외의 어떤 신앙이나 종교적 체험이 없었던 것을 반증하는 것으로 보인다. 그는 유교적 현실주의, 인문주의에 자기의 설 자리를 설정했던 것이다.

(A) 하늘도 그만 지쳐 끝난 高原
　　서리빨 칼날진 그 위에 서다

　　　　　　　　　　　　　—「絶頂」 중 제2연

(B) 沙漠은 끝없이 푸른 하늘이 덮여
　　눈물 먹은 별들이 조상오는 밤

　　　　　　　　　　　　　—「江 건너 간 노래」 중 제3연

(C) 이 마을 전설이 주절이 주절이 열리고
　　먼데 하늘이 꿈 꾸며 알알이 들어와 박혀
　　　　　　　　　　　　　　— 「靑葡萄」 중 제2연

(D) 까막득한 날에
　　하늘이 처음 열리고
　　　　　　　　　　　　　　— 「曠野」 중 제1연

　위에 든 시는 모두 '하늘'의 이미지를 내포하고 있다. (A)(B)에서의 '하늘'
은 현실이나 역사의 부정적 의미나 한계를 초월하는 것이 불가능한 의미로
상징되어 있다. (A)에서는 '하늘'이 하늘로서의 절대적, 보편적 원리로 존재하
지 못하고 북방의 극한 지점인 고원에서 끝나므로 한계가 있고, (B)에서는 사
막을 덮은 푸른 하늘이 오히려 눈물먹은 별들을 조상하듯이 내려보내고 있
으므로 구원의 원리가 결여된 하늘임을 알 수 있다. 그러나, (C)(D)의 하늘은
새로운 세계의 개벽이나 창조를 암시하는 근원적인 의미를 내포하고 있다.
이와 같이, 이육사의 시에서 보여주는 '하늘'의 상징 체계는 무한과 유한, 완
전과 불완전의 이중 구조임을 알 수 있다.
　'별'에 관한 상징도 역설적 이중성을 보여준다. 암초를 벗어나면 태풍이
있고, 전설적인 산호도 볼 수 없는 암흑의 바다에서는 '南十字星'도 비치지
않으며(「路程記」), 슬픈 별들이 조상이나 오고(「江 건너 간 노래」), 호수 위에
는 희미한 별의 그림자만 놓인다(「湖水」). 별은 부재하거나, 하강하여 물이나
지상으로 다가와도 소멸이나 희미함과 관련된다. 그러나, 비취 계단을 내려
오는 모든 별들(芭蕉), 먼 성좌(星座)와 새로운 꽃들(「芭椒」), 다른 하늘을 얻어
가꾸려고 하는 별빛(「일식(日蝕)」)은 지극히 아름답거나 새 세계 창조의 가능
성과 관련된다.
　이러한 역설적 이중 상징 체계는 '태양'의 경우에도 해당된다. 불개가 하
나밖에 없는 태양을 먹었다는 어린 날의 일식(日蝕) 체험은 부정적인 의미를
지니지만, 정성된 마음으로 맞아 드리는 황혼(黃昏)이나 뜰안에 흰 나비가 날
아 올 때의 한낮의 태양(「斑猫」)은 위안과 희망이 암시되어 있다. 태양과 대립

되는 '달'의 이미지도 역설적인 이중 상징을 보여준다.

통합공간

앞에서 물 → 뭍 → 고원 → 하늘로 이르는 각 레벨의 공간 상징을 단계적으로 살펴보았다. 하지만 한 편의 작품이 물이면 '물', 뭍이면 '뭍'이라는 명백한 구획을 그은 공간구조로 독립되어 있는 것은 아니다. 한 편의 작품 구조 속에는 이 모든 레벨의 공간이 뒤섞여 공존하고 있는 경우가 많다. 그런 점에서, 불과 20편 남짓밖에 안되는 이육사의 작품(『陸史時集』 수록분)을 이같이 각 공간 구조의 레벨로 체계화해서 고찰한다는 것은, 한편에서는 그의 작품의 흐름이나 전체 구조를 훼손할 수 있으나 다른 한편에서는 그의 치열하고 고매한 정신의 상징 체계를 명백하고 정연하게 질서화 하여 제시할 수 있다.

만약 한 편의 작품 속에 각 공간 레벨이 다 들어 있다는 의미에서는 이육사의 모든 작품이 다 통합된 공간구조를 갖고 있다고 할 수 있다. 그러나 여기서는 특히 타자화로 전락된 어둔 역사적 현실을 극복하고 미래의 이상세계를 실현하고자 하는 상징공간만을 '통합된 공간'으로 간주하고자 한다. 여기에 해당되는 가장 중요한 작품이 「靑葡萄」, 「曠野」, 「꽃」 등이다. 이 세 편은 이육사의 대표작이다.

> (A) 하늘 밑 푸른 바다가 가슴을 열고
>   흰 돛단배가 곱게 밀려서 오면
>
>   내가 바라는 손님은 고닲은 몸으로
>   靑袍를 입고 찾아 온다고 했으니
>   ─「청포도」 중 제3, 제4연
>
> (B) 까마득한 날에
>   하늘이 처음 열리고

어데 닭 우는 소리 들렸으랴

모든 山脈들이
바다를 戀慕해 휘달릴 때도
차마 이곳을 犯하던 못하였으리라

— 「曠野」 중 제1연

(C) 동방은 하늘도 다 끝나고
비 한 바울 나리잖은 그때에도
오히려 꽃은 빨갛게 피지 않는가

— 「꽃」 중 제1연

이상 3편은 모두 물 → 뭍 → 산맥 → 하늘 등, 공간의 점진적 상승 레벨 전체를 통합한 세계를 보여준다. 통합공간의 전형적인 작품이다.

(A)의 「靑葡萄」에서는 '하늘'과 '바다'가 상하의 계층질서를 암시하면서 하나의 세계로 통합되고 있다. 때는 청포도가 익어 가는 계절, 그 청포도는 마을의 전설이요, 염원하는 보편적 진리의 하늘이 꿈꾸는 풍성하게 결실된 상징이다. 시적 주체와 더불어 이 청포도의 향연에 참여할 객체는 청포를 입고 하늘 밑에서 가슴을 연 바다로 곱게 밀려오는 흰 돛단배를 타고 올 것이다. 그것은 기쁜 향연에 참여하기 위한 한없이 즐거운 여행이다. 이리 하여 시 「靑葡萄」에는 가장 높은 공간 레벨인 하늘의 질서 아래 바다, 고장 (뭍)의 공간 레벨 그리고 그 곳의 시적 주체와 객체 모두가 미래가 실현되는 간소한 향연의 축제에 참여하는 이상적 상징 세계가 통합적 공간을 형성하고 있다.

(B)의 「曠野」에서도 가장 높은 보편적 질서의 공간인 하늘이 맨 먼저 열리고, 그 아래에 산맥과 마을과 그리고 다시 그 아래의 바다와 강물들의 여러 계층의 하위 공간들이 하나의 새로운 이상적 상징 세계로서 통합적 공간을 이루고 있다. 눈이 내리나 매화 향기가 이 공간 전체에 스며 확산되고 있으므로, 시적 주체는 '노래의 씨'를 뿌려야 할 계절이다. 그것은 타자의 침입이

거세되고 민족의 자기 아이덴티티가 확립된 새 세계의 도래를 확신하고 맞이할 찬양의 노래가 될 것이다. 그러면, 천고의 뒤에는 백마를 탄 '초인'이 있을 것이고, 그 초인이 이 광야에서 그 노래를 목 놓아 불러 장중하게 울려 퍼질 이상세계는 완성될 것이다. 이러한 이육사의 통합적 공간 세계는 유구한 시간과 더불어 규모가 크고 웅장하고 광활한 민족적, 우주적 의미를 지니고 있다.

ⓒ의 「꽃」에서도 가장 높은 질서의 공간인 하늘과 꽃이 뿌리를 내린 땅과 북쪽의 쓴드라, 그리고 용솟음치는 바다라는 상하 계층의 여러 공간들이 통합된 하나의 민족적, 우주적 의미를 지니고 있다. 동방이 하늘이 다 끝나고 비 한 방울 내리지 않거나, 북쪽의 눈이 내리는 동토에서도 새로운 세계의 소생과 창조를 약속하는 꽃이 핀다. 기적적으로 빨간 꽃은 피어나 하늘과 땅을 하나의 세계로 통합하는 상하의 계층관계를 연결할 것이다. 그리하여, 새로운 하늘, 새로운 땅, 새로운 바다가 생명의 근원적 상징인 '꽃'을 중심으로 통합된 공간이 우주적, 보편적 의미를 지니고 형성된다. 꽃은 '꽃城'을 이루어 타오르고, 나비처럼 기쁨과 행복에 도취된 회상의 무리들이 모여들어 새 세계창조의 축제에 참여한다. 꽃은 온갖 타자들의 적대적 탄압과 폭력에도 죽지 않는, 생명의 영원한 보편적 진리요 아름다움이다.

이상의 3편의 작품은 가장 높은 보편적 질서인 하늘의 공간 아래에 물 → 뭍 → 산맥 등의 상하 계층의 다양한 공간이 하나의 우주적 공간으로 형성되고 있다. 「絶頂」에서 암시된 '강철로 된 무지개'가 새 세계를 맞이하는 청포도의 향연, 개벽된 이상 세계에서의 백마를 탄 초인의 노래 그리고 죽음을 극복하고 미래의 개벽을 상징하는 '꽃'을 중심으로 우주적 상징인 통합 공간을 형성하고 있다. 그리고, 이 통합 공간은 과거, 현재, 미래의 전체 시간까지도 통합하고 있다.

4.

이 글은 이육사의 시 전체를 '공간' 체계의 관점에서 분석해 본 것이다.

이육사 시의 공간에는 '단일공간'과 '다원공간'이 있다. 단일공간은 시적 주체와 그 배경이 단일한 것을 말한다. '다원공간'에는 시적 주체가 현존하는 공간과, 시적 주체가 현존하지 않으나 그 주체의 회상이나 어떤 사물과의 관계에 의해서 연결되는 공간이 다원적·복합적으로 존재한다. '변형 다원공간'이다. 시적 주체가 내부에서 이동하면서 형성된 복수의 공간이 병립적으로 존재하는 것은 '순수 단원공간'이라고 할 수 있다.

이육사 시에는 물 → 뭍 → 고원 → 하늘로 상승하는(또는 하강하는) 4단계의 상징 공간이 있다. 이러한 단계의 각 레벨은 서로 단절되어 있는 것이 아니라 상호 연속선상에서 상하 계층의 체계를 구성한다. 그리고 각 레벨의 공간은 삶의 현실, 특히 군국주의와 식민지 현실이 상징적 체계로 반영되어 있고, 동시에 그러한 타자화(他者化)된 현실 속에서의 극심한 삶의 갈등 체험을 반영한 것으로 보인다.

이육사의 가장 대표적인 작품은 「青葡萄」, 「曠野」, 「꽃」이다. (여기에 「絶頂」을 덧붙일 수 있다.) '물'에서 '하늘'에 이르기까지 모든 공간 및 시간의 레벨을 통합한 이상주의적 세계를 형상화한 작품이라고 할 수 있다. 과거, 현재, 미래의 시간까지 통합된 이 작품은, 현실의 꿈과 의지를 선명한 이미지로 표현한 것이다. 개인으로서의 자아와 민족 또는 인류가 새로운 세계로 통합된 비전의 상징이라고 할 수 있다.

현실대응의식
— 오장환론

이 상 옥*

1. 머리말

오장환은 1933년 11월에 「목욕간」을 ≪조선문학≫에 발표함으로써 시단에 나온 이래 광복공간까지 왕성한 시창작 활동을 하였다. 특히, 40년대 전반기에 많은 시인들이 일제의 억압을 견디지 못하고 붓을 꺾거나 변절하였는데, 오장환은 이 시기에도 붓을 꺾지 않고 썼던 작품을 광복 후에 시집 『나 사는 곳』(1947)을 묶어 발간했다. 그는 학교고 무엇이고 문학으로 인하여 모두 팽개치고 동경으로 드나들며 색빠진 양복과 넥타이에 좋아하는 시집(珍本, 호화판, 초판)을 사들이고 문학 자체를 사랑하고 문학을 위하여 사는 보람에 도취되어 산 것으로 알려져 있다. 일찍이 김기림이 "길거리에 버려진 조개껍질을 귀에 대고도 바다의 파도소리를 듣는 아름다운 환상과 직관의 시인이었다"고 오장환의 시적 재능에 대하여 높은 평가를 한 바 있듯이, 그는 제1시집 『城壁』(1937), 제2시집 『獻詞』(1939), 제3시집 『나 사는 곳』(1947), 제4시집 『炳든 서울』(1946) 등 네 권의 시집을 남긴 당대의 주목받는 시인이었다. 그러나 오장환이 월북했다는 이유로 그의 존재는 묻혀 있다가 1988년 해금조치 이후 새롭게 조명되어 그의 시사적 위치가 정립되고 있는 것이다.

* 창신대학 교수

본고는 오장환의 시를 식민지 현실과 광복공간에 대한 발언체계로 보고 담화론적으로 접근하여, 그의 시세계를 조명해보고자 한다.[1]

2. 전달구조

담화의 전달구조에서 살펴보면, 오장환의 시세계는 시집별로 변별성을 드러낸다. 제1시집『城壁』계열은 숨은 화자―숨은 청자 통화체계가 우세하고, 제2시집『獻詞』는 변별성이 드러나지 않고, 제3시집『나 사는 곳』계열은 드러난 화자―숨은 청자 통화체계가 우세하며, 제4시집『病든 서울』은 드러난 화자―드러난 청자 통화체계가 우세하다.

오장환 시에서 숨은 화자―숨은 청자 통화체계는 개인적인 것보다는 사회적인 문제를 다루면서 시적 대상과 일정한 거리를 유지하고 서사성을 띠는 경우가 지배적이다.[2]

어포의 등대는 鬼類의 불처럼 음습하였다. 어두운 밤이면 안개는 비처럼 나렸다. 불빛은 오히려 무서웁게 검은 등대를 튀겨놓는다. 구름에 지워지는 하현달도 한참 자옥한 안개에는 등대처럼 보였다. 돛폭이 충충한 박쥐의 나래처럼 펼쳐 있는 때, 돛폭이 어스럼한 해적의 배처럼 어른거릴 때, 뜸 안에서는 고기를 많이 잡은 이나 적게 잡은 이나 함부로 튀전을 뽑았다.

—「魚浦」 전문

이 시의 화자와 청자는 숨어 있어 작품의 표면에 드러나지 않는데, 이들은 다같이 텍스트에서 시적 대상과 일정한 거리를 두고 관찰자의 입장에 서 있어 객관성을 획득하고 있다. 즉, 짧은 산문시형으로, 어포의 등대가 '귀류의

---

1) 이 글은 담화의 전달구조, 텍스트 구조 분석을 통하여 오장환의 시세계를 밝히고자 한다. 졸고「吳章煥詩硏究 ― 談話體系를 中心」(홍대 박사논문, 1993. 11)을 참조함.
2) 본고에서 말하는 서사라는 의미는 일반적 의미의 서사가 요약되어 제시되거나, 아니면 서사의 단면으로 서사전체를 암시하거나 하는 정도에 한정시켜서 지칭하는 것이다.

불처럼 엄습'한 어두운 밤에 '함부로 튀전을 뽑는' 사람들에 관하여 요약적
으로 제시된 화소(話素)를 간직한 서사성을 드러내면서, 객관적 진술을 하고
있다. 한편, 서사물의 특징인 객관적 진술뿐만 아니라 내적 서정성을 표출하
는 진술이 공존하고 있어서 '서사성에 내재된 서정성'을 보이기도 한다. '귀
류의 불처럼', '무서웁게 검은 등대를 튀겨놓는다', '해적의 배처럼', '함부로
튀전을 뽑았다' 등에서 보이는 직유나 수식을 통하여 화자의 주관적 정서가
배어나기는 한다. 그러나 이 텍스트는 비록 화자의 정서가 부분적으로 표출
된다고 하더라도 암시적이면서 극히 제한되어 있다.

숨은 화자 – 숨은 청자 통화체계를 대표하는 시집 『城壁』 계열은 도덕적
타락상, 전통부정, 궁핍상 등으로 나타나는데, 이런 경우 화자가 시적 내용에
직접 개입하지 않고, 화자의 주관적 정서 표출을 최소화함으로써 청자에게
능동적 참여의 여지를 마련해 준다.

드러난 화자 – 숨은 청자 통화체계는 서사정신은 축소되고 외부세계보다
는 내부세계를 환기하면서 주체가 스스로를 표현하는 서정적 태도가 나타나,
화자는 결국 자기 자신과의 내적 대화 상태에 놓인다. '나'가 등장하여 시적
대상과 유리되지 않고 일체화되면서 개인적 체험을 독백체로 노래하는 서정
성을 드러내는데, 이는 서정시의 주된 경향, 즉 자아와 세계가 서로 유리되
는 차이성에 바탕을 둔 서사정신이 축소되고 외부세계보다는 내부세계를 환
기시키면서 주체가 스스로를 표현하는 서정적 태도를 보여준다.

> 가도, 가도 붉은 산이다.
> 가도 가도 고향뿐이다.
> 이따금 솔나무 숲이 있으나
> 그것은
> 내 나이같이 어리고나.
> 가도 가도 붉은 산이다.
> 가도 가도 고향뿐이다.
>
> — 「붉은 山」 전문

화자 '나'는 타향에서 느꼈던 비극적 상황을 고향의 이미지에서도 동일하게 인식하는 것이다. 화자는 내면적 독백조 '-이다', '-고나' 등처럼 비극적 인식을 드러낼 뿐, 타인을 의식하지 않기에, 그의 발화는 진실성을 드러내고, 엿듣는 독자는 그의 순수한 독백에 공감할 수 있다. 이 같은 이 유형을 대표하는 것은 『나 사는 곳』 계열이다.

드러난 화자-드러난 청자 통화체계는 화자와 청자가 텍스트에 드러나기 때문에 화자가 청자에게 메시지를 전달하는 전달 구조적인 측면에서 선명한 패턴을 보인다. 이 같은 특성이 우세한 제4시집 『病든 서울』 계열은 화자가 청자에게 명령적 어조를 띠는 경우가 많으므로 선동적인 경향이 짙다.

> 그러나 동무,
> 沈이여!
> 아니 개가 모르는 또 다른 동무와 동무들이여!
> 우리들 배자운 싸홈 가운데
> 뜨거이 닫는 힘찬 손이여!
> 동무, 동무들의 가슴, 동무들의 입, 동무들의 주먹,
> 아 모든 것은 우리의 것이다.
>
> ―45.12.13, 金史郞 동무의 편으로 沈의 안부를 받으며.
> ― 「延安에서 오는 동무 沈에게」에서

이 작품은 서간체의 전형적 모습을 보인다. 제목에 청자를 구체화시키고 마지막 부분에다 날짜까지 명시함으로써 서간체의 양식을 드러낸 것이다. 이 작품에는 '벗이여!, 동무여!, 힘찬 손이여!' 등처럼 화자의 흥분된 어조로 말미암아 메시지는 선동성을 띤다. 화자 '나'는 '우리'로 복수화되어 집단의 강한 연대의식을 표하기도 한다. 이처럼 시집 『城壁』 계열은 구체화된 청자를 대상으로 화자가 이데올로기 성향의 메시지를 강하게 표출하면서 청자 지향을 보이면서 서간체 형식을 취한다. 화자가 '우리'라는 복수로 나타나 개인 의식보다는 집단의식을 드러내는 경우가 지배적이다.

3. 텍스트 구조

1) 개별 텍스트 구조

(1) 『城壁』의 구조

시집 『城壁』 계열은 숨은 화자— 숨은 청자 통화체계가 주된 것으로 나타난다. 이 통화체계를 중심으로 구축되는 시집 『城壁』 계열의 주된 구조는 매개공간을 중심으로 여러 부류의 인물들의 만남이 이루어진다. 그러기에 시적 공간은 현실적 삶의 공간이면서 서사공간적 의미도 지닌다. 현실공간은 타락구조와 궁핍구조로 나누어 볼 수 있다.

현실공간의 타락구조는 매개항의 기능을 지닌 '항구', '어포', '온천지', '방안' 등으로 나타나는데, 이들 공간은 주로 부정적인 인물들의 만남의 장소가 되면서 도덕적 타락상이 부각된다. 「魚浦」의 경우, 이 텍스트의 시적 공간은 '어포'이다. 일상적으로 어포는 육지공간과 바다공간을 연결하는 매개공간이다. 어부들에게 있어, 바다공간은 그 공간의 광막함과 긴 수평축 때문에 이상공간으로서의 의미를 지닌다. 따라서 어포는 현실공간인 육지공간과 이상공간인 바다공간을 연결하는 매개공간으로 긍정적 의미를 지닐 수 있다. 어포를 중심으로 검은 등대가 있고, 시간적 배경은 하현달이 비치는 안개가 자욱한 밤으로 나타난다. 돛폭이 어스름한 해적의 배처럼 어른거리고, 전체적인 색조는 칙칙한 어둠으로 둘려져 있다. 시적 공간인 어포를 중심으로 밤이 둘러져 있는데, 바다에서 고기를 잡은 어부들은 '뜸'이라는 더욱 좁은 공간에서 투전놀이를 한다. 이처럼 어포를 둘러싼 어둠의식은 뜸에서 더욱 심화되고, 좁은 공간에서 부정적 인물들이 모여서 벌이는 투전놀이는 어포를 타락한 공간으로 의미화 한다. 이 공간구조는 현실공간의 타락상을 반영한다. 이 같은 특성을 드러내는 대표적인 작품은 「賣淫婦」, 「溫泉地」, 「魚肉」 등이다.

현실공간의 궁핍구조는 시적 공간인 현실공간을 중심으로 궁핍의식을 드러낸다.

> 추라한 지붕 썩어가는 추녀 우에 한 통이 쇠었다.
> 밤서리 차게 나려앉는 밤 싱싱하던 넝쿨이 사그러붙던 밤. 지붕밑 양주
> 는 밤새워 싸웠다.
> 박이 딴딴히 굳고 나뭇잎새 우수수 떨어지던 날, 양주는 새바가지 꿰어
> 들고 추라한 지붕, 썩어가는 추녀가 덮인 움막을 작별하였다.
>
> —「暮村」 전문

이 텍스트의 시적 공간은 '모촌'이다. 모촌 중에서도 가난한 움막의 풍경
이 클로즈업되어 나타난다. 이 모촌은 그 내적 공간에 빈궁을 표상하는 더
작은 움막이 있고, 이 움막의 빈궁에서 벗어나기 위해 떠나는 더 넓은 외적
공간의 매개항이 된다. "새바가지를 꿰어들고"가 암시하는 바와 같이 모촌
밖의 외적 공간도 빈궁에서 벗어날 수 있는 장소는 아니다. 따라서, 클로즈
업되어 나타난 움막이 모촌을 대표하듯이 모촌 또한 한 동네만을 의미하기
보다 당대의 조국을 대표하는 의미로 확대되어질 수 있다. 이 작품은 모촌을
시적 공간으로 가난한 부부의 비극상이 선명하게 나타난다. 모촌을 매개공간
으로 하여 일상적 인물인 남편과 아내가 다투고 결국 움막을 떠나는 것은
빈궁의 일상성을 함의한다.「暮村」 외에도「雨期」,「面事務所」 등에서도 현
실공간의 궁핍구조를 확인할 수 있다. 궁핍한 현실공간에 등장하는 인물들은
'촌민', '남편', '아내' 등과 같이 가장 순박하고 불쌍하기만 한 농민이거나
노동자가 주된 인물로 등장한다. 따라서 궁핍한 시적 공간 내에 등장하는 일
상인들의 모습은 민중성을 표상한다.

(2)『獻詞』의 구조

시집『獻詞』 계열은 시집『城壁』 계열에서 시집『나 사는 곳』 계열로 넘
어가는 과도기에 해당되어, 뚜렷한 통화체계를 드러내지 않는다. 이 계열은
'유리창'이나 '무덤'을 매개항으로 나눔 혹은 차단의 의미체계를 형성한다.

유리창에 의한 현실공간의 나눔구조는 매개항인 유리창의 나눔 기능으로 현실공간은 이분됨으로써 의미작용이 나타난다.

눈 덮인 철로는 더욱이 싸늘하였다
소반 귀퉁이 옆에 앉은 농군에게서는 송아지 냄새가 난다
힘없이 웃으면서 차만 타면 북으로 간다고
어린애는 운다 철마구리 울 듯
차창이 고향을 지워버린다
어린애가 유리창을 쥐어뜯으며 몸부림친다
— 「北方의 길」 전문

현실공간이 매개항인 유리창에 의해 '차창 안(내부공간)'과 '차창 밖(외부공간)'으로 나누어진다. 차창 밖의 공간은 고향이고, 차창 안은 차창 밖과 대립되는 타향의 의미이다. 즉, 기차는 고향을 떠나 북방인 타향으로 향하고 있기에 차창 안에 존재한다는 것은 타향으로 향한다는 의미를 내포한다. 이 작품의 제목 '北方의 길'은 타향으로 향하는 슬픔의 길임이 분명하다. 따라서 이 구조가 내포하는 이향의 슬픔이 부각된다. 「北方의 길」 외에도 「體溫表」, 「寂夜」 등에도 갇힌 매개항인 유리창에 드러나는 현실공간의 나눔구조 속에서 갇힌 공간에서 느끼는 슬픔, 절망의식이 드러난다.

무덤에 의한 이승과 저승의 나눔구조는 매개항인 '무덤'에 의해 이승공간은 부정항, 저승공간은 긍정항으로 나누어지면서 부정항에서 긍정항으로의 동경이 나타난다.

나의 노래가 끝나는 날은
내 가슴에 아름다운 꽃이 피리라.

새로운 묘에는
옛 흙이 향그러

단 한번

　　나는 울지도 않았다.

　　　　　　　　　　　　　　　　— 「나의 노래」에서

　‘나의 노래가 끝나는 날’은 죽음을 뜻한다. 이는 매개항인 ‘무덤’과 연결되어지고, 무덤은 이승과 저승을 나누게 하는 기능을 갖는 것이다. 이 작품에서 이승은 슬픔이고 저승은 슬픔과 대립되는 기쁨, 위안을 의미한다. 그런데, 현실세계(이승)는 시제상으로 볼 때 과거나 현재의 삶을 표현하고, 저승세계는 미래시제로서 미래의 세계임이 확인된다. 여기서 미래시제가 긍정항으로 나타나, 화자는 현재의 비극적 삶을 죽음이라는 제의적 공간을 거쳐 부활되는 삶을 꿈꾸고 있다. 그만큼 현재의 비극성을 역설적으로 드러낸 것이다. 「나의 노래」 외에도 「夕陽」, 「獻詞」, 「싸늘한 花壇」, 「喪列」 등에는 현실세계의 슬픔을 무덤이라는 제의공간을 거쳐 저승을 이상세계로 설정함으로써 현실의 비극성이 두드러진다.

　(3)『나 사는 곳』의 구조

　시집『나 사는 곳』계열은 드러난 화자-숨은 청자 통화체계가 주된 것으로 나타났다. 이 통화체계를 중심으로 구축되는 시집『나 사는 곳』계열의 주된 구조는 매개항인 감각기관에 의해 외부(현실)공간과 의식공간으로 나뉜다. 여기서 외부공간은 주로 ‘고향’으로 나타난다. 시집『城壁』계열이나 시집『獻詞』계열과는 달리 개인문제로 관심사가 이동된다.

　「붉은 山」은 시적 공간이 ‘시각’의 매개작용으로 외부세계와 의식세계로 구분되어 나타난다. 화자의 시야에 비친 외부세계는 ‘붉은 산’으로만 이어져 나타나고, 붉은 산은 고향의 황폐한 이미지이다. 한편, 붉은 산에는 이따금 솔나무 숲이 나타나는데, 이 숲은 황폐함을 가리는 긍정적 이미지이다. 그러나 솔나무 숲이 “내 나이같이 어리고나”란 의식의 표출로서 황폐함을 해소하기에는 미흡함을 인식하고, “가도 가도 붉은 산이다”라는 부정적 의미로 귀결된다. 이 작품은 ‘시각’의 매개작용으로 외부세계의 황폐성이 자신의 황폐성으로 의식하게 되는 것이다. 시각을 매개항으로 나타나는 「붉은 山」 외에

도 「장마철」, 「초봄의 노래」, 「羊」 등의 다수의 작품이 있다. 그리고 청각을
매개로 하는 「밤의 노래」, 「鍾소리」, 「나 사는 곳」 등이 있다.

> 입동철 깊은 밤을 눈이 나린다. 이어 날린다.
> 못 견디게 외로웁던 마음조차
> 차차로이 물러 앉은 고운 밤이여!-
>
> 석유불 섬벅이는 객창 안에서
> 이 해 접어 처음으로 나리는 눈에
> 램프의 유리를 다시 닦는다.
>
> — 「길손의 노래」에서

이 작품은 매개항이 복합감각으로 나타난다. 시적 공간은 화자의 '시각'을
매개로 하여 외부공간과 의식공간으로 나뉘는데, 외부공간은 다시 객창을 매
개로 하여 객창 밖과 객창 안으로 구분된다. 화자는 객창 안에서 눈이 내리
는 객창 밖의 광경을 바라본다. 하늘공간에서 지상공간으로 내리는 눈은 평
화로운 이미지이다. 하늘공간이 이상공간이고 지상공간은 현실공간이라고 전
제하면, 두 공간을 연결하는 매개체인 눈은 이상과 현실의 간극을 극복한다
는 측면에서 긍정적 이미지이기도 하다. 객창 밖의 고요하고 평화로운 모습
을 보면서 객창 안의 화자는 램프의 유리를 닦으면서 그리움에 잠기게 되고
즐거움에 젖어들면서 긍정적 세계관을 보여준다. '후각'의 매개기능으로 그
리움에 대한 정서는 의식세계에서 더욱 구체화된다. 화자는 낯선 집 봉당에
서 약탕관 끓는 냄새 맡으면서 '가신 이'를 생각한다. 이 작품은 매개항이
'시각'에서 '후각'으로 바뀌는 복합감각의 매개기능이 나타난다. 시각에 의해
긍정적 세계관을 인식하고 지난날의 즐거움에 잠기게 되고, 나아가 지난날의
사랑하던 사람들을 생각하면서, 후각을 통하여 그리움의 대상이 구체화된 것
이다. 「길손의 노래」 외에도 「다시 美堂里」, 「구름과 눈물의 노래」, 「山峽의
노래」 등이 복합감각의 매개구조를 보인다.

(4) 『病든 서울』의 구조

시집 『病든 서울』 계열은 드러난 화자 – 드러난 청자 통화체계가 주된 것으로 나타났다. 이 통화체계를 중심으로 구축되는 시집 『病든 서울』 계열의 주된 구조는 시적 공간이 매개공간으로 여러 부류의 인물들의 만남이 이루어진다. 시적 공간은 광복공간과 이데올로기공간으로 나뉜다.

매개항인 광복공간에서 광복의 감격을 노래하는 「八月十五日의 노래」, 「聯合軍入城歡迎의 노래」가 있다. 이들 텍스트는 매우 단순한 구조로 나타난다.

> 기폭을 쥐었다.
> 높이 쳐들은 만인의 손 우에
> 깃발은 일제히 나부낀다.
>
> "만세!"를 부른다. 목청이 터지도록
> 지쳐 나서는
> 군중은 만세를 부른다.
> ───「八月十五日의 노래」에서

시적 공간은 큰길이다. 큰길은 만세를 부르는 군중들이 모여들면서 해방의 감격을 서로 나누는 매개공간이다. 화자는 군중 속에 포함되어 있다. 화자는 개인이 아니라 집단적 주체인 '우리'로 나타난다. 큰길이라는 시적 공간에서 화자를 포함한 군중들이 서로 만나서 광복의 환희를 나눈다. 광복공간의 환희구조를 내포한다.

시적 공간이 '국가'로 나타나 이 공간 내에서 이데올로기의 대립이 이루어지는 이데올로기공간은 시집 『病든 서울』 계열의 주된 경향이다.

> 병든 서울, 아름다운, 그리고 미칠 것 같은 나의 서울아
> 내 품에 아모리 춤추는 바보와 술취한 망종이 다시 끓어도

나는 또 보았다.
우리들 인민의 이름으로 씩씩한 새 나라를 세우려 힘쓰는 이들을
그리고 나는 웨친다.
우리 모든 인민의 이름으로
우리네 인민의 공통된 행복을 위하야
우리들은 얼마나 이것을 바라는 것이냐.
아, 인민의 힘으로 되는 새나라

— 「病든 서울」에서

제목에서처럼 시적 공간은 '서울'이다. 이 서울은 단순한 수도서울이 아닌
국가의 보조관념이다. 화자는 광복의 감격을 기대하고 병원에서 뛰쳐나가 보
지만 서울이라는 시적 공간 내에는 짐승보다 더러운 장사치들이 날뛰는 현
실을 발견하게 된다. 한편, 인민의 이름으로 씩씩한 새 나라를 세우려는 이
들이 있음도 발견한다. 화자는 후자의 편에 속하여 '우리'라는 복수로 나타
난다. 시적 공간인 서울에는 부정적 인물과 긍정적 인물의 대립상이 극명하
게 드러난다. 서울은 이중적 이미지를 지니는 셈이다. 왜냐하면, 부정적 인물
들과 연관되는 병든 서울의 이미지와 긍정적 인물들, 즉 새 나라를 세우려
힘쓰는 이들이 추구하는, 인민의 힘으로 되는 건강한 서울의 이미지로 나타
나기 때문이다. 화자는 긍정적 인물군에 속하면서 새 나라 건설을 위한 투쟁
의 의욕을 강하게 표출하고 있다. 시적 공간 내의 인물들이 각자의 이데올로
기로 무장한 신념을 가지고 있지만, 이 텍스트는 현재의 병든 서울의 이미지
보다 미래의 건강한 서울의 이미지, 즉 새 나라의 도래를 간절히 고대하는
의미를 지닌다. 즉, 이상세계의 지향이 드러난다. 그 외 「이 歲月도 헛되이」,
「내 나라 오 사랑하는 내 나라」, 「勝利의 날」 등이 보이는 이데올로기 대립
구조는 이상적인 조국의 건설이라는 이상 추구를 위한 투쟁의 의미를 함의
한다.

2) 전체 텍스트 구조

시집 개개의 개별 텍스트 구조를 토대로 오장환 시 전체 텍스트 구조가 구축된다. 전체 텍스트 구조는 현실공간과 그림자, 의식공간과 아니마, 이상공간과 페르소나의 체계로 나타난다.

현실공간은 시집『城壁』계열과 시집『獻詞』계열의 주된 공간으로 드러난다. 특히, 시집『城壁』계열의 시적 공간인 현실공간에는 부정적 인물들의 만남이 이루어져 퇴폐공간과 빈궁한 삶의 모습을 담은 빈궁공간으로 대별되면서 서사공간화 된다. 이런 점에서 시집『城壁』계열은 부정적 공간이다. 한편, 시집『獻詞』계열의 현실공간은 유리창과 무덤의 매개작용으로 이분되어 나타난다. 유리창에 의해 이분된 현실공간은 내부공간과 외부공간으로 나뉨으로써 현실공간에서의 비극적 체험을 드러낸다. 나아가 무덤의 매개작용은 현실공간인 이승과 저승으로 이분되면서 저승이 긍정항으로 설정되어, 현실공간의 비극성을 드러낸다. 이런 현실공간의 부정성은 초기시에서 보여주는 원죄의식 및 그림자의 표출과 연관된다. 오장환 시에 나타나는 원죄의식은 인간의 근원적인 집단 무의식의 표현인 그림자(shadow) 원형과 연관된다. 「불길한 노래」,「海港圖」,「漁浦」,「賣淫婦」,「古典」,「魚肉」,「海獸」등에는 퇴폐, 타락, 윤락과 같은 인간의 추악한 속성이 드러난다.

시집『나 사는 곳』계열은 시집『城壁』계열 및 시집『獻詞』계열과 시집『病든 서울』계열을 매개하는 기능을 갖는다. 시집『나 사는 곳』계열은 부정에서 긍정으로의 이행을 보여주는데, 이는 초기시의 현실공간의 부정성에서 후기의 이상실현을 위한 매개적 기능을 의미하는 것이다. 시집『나 사는 곳』계열은 드러난 화자-숨은 화자 통화체계로서 자기 독백적인 내면의식을 주로 표출하기에, 여기서의 현실공간은 그 자체로서 의미를 지니지 못하고 의식공간에 곁들여져 있어, 주된 공간은 역시 의식공간이다. 초기시에서 보인 현실공간에 대한 관심이 중기시에서는 의식공간으로 이동한다. 이처럼 시집『나 사는 곳』계열은 내면의식을 형상화하고 있기에 칼 융이 말하는 영혼 심상과 연관된다.3) 영혼 심상은 아니마와 아니무스로 나뉘어지는데, 시집

『나 사는 곳』계열은 '아니마' 현상이 주로 나타난다. 주지하듯이 아니마는 남성 속의 여성적 요소이다. 그런데, 아니마의 최초의 투사는 어머니에게 행해진다. 「다시 美堂里」, 「나 사는 곳」, 「고향 앞에서」, 「歸鄕의 노래」 등에는 고향을 그리워하거나 귀향하여 느끼는 정서를 표출한 텍스트들이 많이 등장한다. 시집『나 사는 곳』계열의 다수 나타나는 고향은 어머니의 모습이고, 모성은 오장환의 아니마이다. 오장환의 아니마는 어머니에 대한 사랑과 고향뿐만 아니라 동물과 같은 자연물에 대한 느낌에서도 나타난다. 즉, 고향의 상관물인 소쩍새, 사슴, 양 같은 온순하거나 연약한 짐승이 아니마의 원형상징으로 나타나는 것이다. 시집『나 사는 곳』계열은 어머니와 고향의 이미지, 그리고 여성 이미지를 나타내는 연약한 짐승을 통해서 원형 상징인 아니마를 표출한다.

시집『城壁』계열의 현실공간은 화자의 시야에 비친 객관적 세계였고, 시집『나 사는 곳』계열은 의식공간으로 전환되어 사색의 공간을 형성하였다. 시집『病든 서울』계열은 초기시에서 보였던 현실공간으로서의 객체공간을, 화자가 현실공간에 뛰어들어 이데올로기 공간화시킨다. 화자는 행동적 자아가 되어 자신의 신념을 행동으로 옮기면서, 이상실현을 위해 투쟁한다. 화자가 이상 실현을 위해 현실에 투신했기 때문에, 후기시인 시집『病든 서울』계열의 시적 공간은 이상공간과 연계된다. 그럼에도 불구하고 화자의 적극적인 현실참여는 페르소나의 표출이었다. 「共靑으로 가는 길」, 「나의 길」 등에는 화자의 갈등이나 머뭇거리는 내면을 읽을 수 있다. 시집『病든 서울』의 텍스트들은 현실참여나 좌경적 이념을 생경하게 노출한 작품들이 대부분이지만, 같은 시집에 수록된 「이름도 무르는 누이에게」와 「媛氏」에서는 현실참여와 상관없는 서정적인 작품이다. 후기에 나타난 이데올로기 표출은 시대와 관련된 일시적인 페르소나로 보인다.

초기시의 현실공간은 그림자의 표출, 중기시의 의식공간은 아니마의 표출,

---

3) 칼 융에 의하면 페르소나가 자아와 외부세계를 조정한다면, 영혼 심상은 내면세계와의 관계이다.

후기시의 이데올로기 공간은 페르소나의 표출로 나타난다. 따라서, 오장환의 전체 텍스트 구조는 인간의 집단 무의식의 원형상징인 그림자, 아니마, 페르소나로 구축된다.

4. 맺음말

30년대의 주된 시적 흐름은 현실인식이 약화된 순수시 쪽으로의 편향을 보인다. 이는 20년대의 지나친 이데올로기 지향에 대한 반성적 의미도 있지만, 일제의 파쇼통치와 연관되어 시인의식의 위축을 의미한다.

오장환의 초기시는 일반적으로 모더니즘 계열로 평가되고 있으나, 오히려 리얼리즘 시의 가능성을 보인다. 시집 『城壁』 계열의 통화체계가 숨은 화자-숨은 청자였고, 이 통화체계로써 당대의 식민지 현실을 객관적으로 제시하고 있다는 점에서 그의 초기시는 리얼리즘 시적 경향을 보인다. 시집 『城壁』 계열의 식민지 현실에 대한 객관적 제시, 시집 『獻詞』 계열의 식민지 현실의 실존적 인식 등은 식민지 현실에 대한 치열한 인식이 부재했던 문단적 상황에서 의미를 지닌다. 특히, 카프가 퇴조하는 상황에서 현실주의 문학을 계승 발전시킨 점도 간과할 수 없다. 그러나 식민지 상황의 제시로 그치면서 보고문학 혹은 고발문학의 한계를 보인 것이나 암울한 현실의 타개보다는 저승을 긍정항으로 설정하여 비현실적 선택을 보인 것은 그림자의 표출로 드러나는 한계 상황적 인식 때문으로 보인다.

40년대를 전후하여 광복까지는 문학의 암흑기이고 공백기라고 부를 수밖에 없는 상황이다. 이런 상황에서도 오장환은 시창작을 멈추지 않고 시집 『나 사는 곳』을 묶을 수 있었을 만큼 치열한 시인의식을 보였다. 대다수의 문인들이 붓을 꺾어버리거나 친일을 하였지만, 오장환은 암흑기를 회피하지 않고 비극적 현실을 자신의 문제로 인식하면서 식민지 백성의 정서를 기록했고, 게다가 비극적 현실을 체험하면서도 미래에 대한 희망을 간직하고 있었다. 시집 『나 사는 곳』 계열은 드러난 화자-숨은 청자 통화체계로써 외부

세계보다는 내면의식을 지향하면서 식민지 백성이 처한 개인적 인식을 표출한 서정적 경향을 보인 것이다. 시집 『나 사는 곳』 계열 역시 아니마의 표출로 시대에 대응하는 나약한 면모가 없지 않다.

　오장환은 광복공간에서도 열정적인 시창작 활동을 하면서 조국에서 이루지 못한 이상을 실천하기 위하여 현실에 깊이 투신했다. 이 때에 그의 시는 드러난 화자·드러난 청자 통화체계로써 행동주의 시, 참여시의 성격을 지닌다. 그는 좌익 진영에 가담하여 시를 통한 사회 개혁운동을 벌이게 된다. 그러나 그의 타고난 자유로움과 투철하지 못한 이데올로기의 무장 등으로 인하여 그의 현실참여는 한계를 지니는데, 그것은 오장환의 페르소나 표출이었다.

　이처럼 현실적 대응에 있어서 드러나는 한계상황이 노출됨에도 불구하고, 오장환의 시는 당대 어느 시인 못지 않은 치열한 시창작 활동을 통하여 식민지적 현실을 극복하고 광복공간에서 이상국가를 수립하고자 하는 상승의식 구조로 나타났으며, 현실인식 측면에서도 점층구조를 띠었다.

윤곤강론

김 현 정*

1. 머리말

윤곤강(尹崑崗)(1911~1950)은 카프 해산기에 문단에 등장하여 왕성한 시작
활동을 전개한 시인이며 비평가이다. 그는 1931년 11월에 「넷 城터에서」
(≪批判≫ 7호)를 발표한 이후 6권의 시집(『大地』(1937), 『輓歌』(1938), 『動物
詩集』(1939), 『氷華』(1940), 『피리』(1948), 『살어리』(1948))를 꾸준히 상재하였
고, 한국의 신시사(新詩史)에서 김기림의 『詩論』(1947) 이후 두 번째로 나온 시
론집(『詩와 眞實』(1948))을 발간하였다. 그의 이러한 커다란 업적에도 불구하
고 그는 한국시문학사에서 홀대를 받아온 것이 사실이다. 이러한 이유로 그
는 카프가 해체된 뒤 분파주의에 쉽게 휩쓸리지 않았다는 점, 시작품과 시론
과의 상관관계를 간파해내기가 쉽지 않다는 점, 작품 수에 따른 질의 여부
등을 가정해 볼 수 있다. 그러나 이와 같은 이유로 인해 윤곤강의 문학에 대
한 평가가 폄하 되어서는 곤란하다고 본다. 문학사 기술이 작품에 대한 평가
그 자체보다도 그의 사회적 경력에 의존하는 경향이 짙다는 지적과 같이, 사
조 중심, 문단 중심의 정리로 윤곤강의 위상이 평가절하 되었다면, 이는 당
시 한국시가 모색했던 다양성을 간과해버린 것이라 할 수 있다.

* 대전대학교 강사

윤곤강 시에 대한 기존의 논의는 전기적 고찰을 중심으로 한 연구, 시에 관한 연구, 시론에 관한 연구로 대별된다.

본고에서는 윤곤강의 시세계를 살펴보기 위해 그의 시적 변모양상을 시집 6권과 시론집 1권을 대상으로 하여 정신분석학적 측면에서 고찰하고자 한다.

2. 전기적 고찰

윤곤강은 1911년 9월 24일에 충남(忠南) 서산읍(瑞山邑) 동문리(東門里) 777번지에서 부(父) 칠원(漆原) 윤씨(尹氏) 병규(炳奎)와 모(母) 광산(光山) 김씨(金氏) 안수(安洙) 사이의 3남 2녀 중 장남으로 출생한다. 처음 이름은 '혁원(赫遠)'이었고, 이외에 필명으로 '태산(泰山)'을 사용하기도 했다. 아호 '곤강(崑崗)'은 천자문(千字文) 속의 "金生麗水 玉出崑崗"에 유래된 것이라 한다.[1] 부친 병규는 서산과 당진에서 1,500여석을 거두던 대지주였고 서울 종로구 화동 138번지 일대의 기와집을 거의 다 지을 정도로 상업적 수완이 있던 분이었으며, 후덕하면서도 엄격하고 완고하여 장남인 윤곤강을 보통학교를 보내는 대신 집에서 독선생을 모셔 놓고 한자를 배우게 한 것으로 전해진다.

윤곤강은 1924년(13세)에 3세 연상인 온양의 예안(禮安) 이씨(李氏) 용완(用完)과 결혼한다. 1925년(14세)에 부친을 따라 상경하여 서울 종로구 화동 90번지에 거주하면서 보성고보(普成高普) 3학년에 편입한다. 1928년(17세)에 보성고보를 졸업하고 혜화전문에 들어갔으나 의사에 뜻이 없어 5개월을 다니다 중퇴한다. 1930년(19세)에는 도일(渡日)하여 전수대학(專修大學)에 입학하여 1933년에 귀국한 것으로 기술되어 있는데 이 부분은 명확치 않다. 왜냐하면 보성고보 학적부상에 나타난 그의 졸업년도가 단기 4264년 3월 3일(1931년 3월 3일)로 되어 있기 때문이다. 더구나 그는 보성교우 명부에 1931년 5년 졸업생 명단 속에 명기되어 있기 때문에 1925~6년 경에 입학하여 1931년에 졸업한

---

1) 문덕수 편, 『세계문예대사전』(교육출판공사, 1994), 1369쪽.

것으로 보는 것2)이 더 타당하리라 본다. 따라서 그가 보성고보를 졸업하고 혜화전문을 다니다가 중퇴하고 도일했다면 1931년 이후가 될 것이다. 그리고 1928년 6월 10일에 장녀 명복(明福)이 충남 아산군 송악면 외암리 196번지에서 태어나자 윤곤강은 비로소 12월 13일에 혼인신고를 한다.

1929년(18세) 11월 31일에 지금까지 사용하던 이름 '혁원(赫遠)'을 '붕원(朋遠)'으로 개명한다. 1931년(20세) 경부터 종합지인 ≪批判≫과 ≪朝鮮日報≫ 등에 현실비판적인 시를 발표하기 시작하였고 평론은 1933년(22세) 무렵부터 발표한다. 1932년(21세)에 장남 종호(鍾滈)가 출생한다.

1933(22세)년 겨울에 일본에서 귀국한 그는 1934년(23세) 2월 10일에 카프(KAPF)에 가입한다.3) 몇 개월 뒤 제 2차 카프 검거사건에 연루되어 7월에 전북 경찰부로 송환되었다가 장수(長水)에서 5개월간 옥살이를 하고 12월에 석방된다.(이 때의 사건이 시「살어리」와「日記抄」 등에 표현되어 있다.) 이후 그는 충남 당진읍 유곡리로 낙향했다가 이듬해 상경하여 본격적인 작품활동에 들어간다. 이 해에 1936년 2남 종우(鍾宇)가 태어난다. 이 시기에 윤곤강은 부인과의 갈등이 점점 심해졌고, 부친 또한 시를 쓰고 불온한 의식을 가지고 있다고 하여 못마땅하게 생각했다.

1937년(26세)에는 서울의 사립학교인 화산(華山)학교에서 교원으로 근무하다가 당시 시인 조벽암(趙碧巖)의 애인이자 같은 학교 선생인 김원자와 연애하여4) 서울 종로구 제동정 84-40에서 동거생활에 들어간다. 1939년(28세)과 1940년(29세)에는 2녀 명순(明淳)과 3녀 명옥(明玉)이 출생하였으나 당시 호적에 입적되지 않고 1945년 1월 15일에 동시에 입적된 것으로 보아 김원자 사이에서 태어난 것으로 보인다. 1943년(32세)을 전후하여 곤강은 명륜전문학교

---

2) 조용훈,「곤강 윤봉원 연구」,『서강어문』제8집(서강대 서강어문학회, 1992. 11), 235~236쪽.

3) 권영민의「한국 계급운동 운동사 연표」,『한국계급문학운동사』(문예출판사, 1998)에 의하면 조선프로예맹이 1934년 2월 10일에 중앙집행위원회를 소집하여 신입맹원(박일·김한·이동규·윤곤강·홍구·정청산·변효식·이귀례·고영·김욱·전평·박진명)을 영입한 것으로 나와 있다.

4) 박봉우,『시인의 사랑-작고시인의 생애와 문학』(백문사, 1969), 282쪽.

(성균관대학교의 전신) 도서관에 근무한다. 같은 해 6월에는 진용을 정비한 '조선문인보국회(朝鮮文人報國會) 시부회(詩部會)' 간사로 임명된다. 1944년에 동거하던 김씨와 사별하자 충남 당진읍 읍내리 368번지로 낙향한다. 이후 일제의 징용을 피하기 위해 면서기로 근무한다.

1945년(34세) 광복 이후 상경하였고 1946년(35세)에 보성고보 교사로 근무하였으며 '조선 프롤레타리아 문학동맹'에 가입하여 중앙집행위원으로 활동하다가 탈퇴한다. 이 시기 문우들과 함께 해방기념시집인『횃불』을 펴낸다. 1947년(36세)에는 성균관대 시간강사로 출강하였으며 이듬해에는 중앙대 교수로 부임한다. 이 무렵 고독과 신경쇠약에 시달리던 그는 결국 1950년(39세) 2월 23일 종로구 화동 138-23번지에서 그의 부친보다 일년 가량 먼저 생을 마감한다. 그는 충남 당진군 순성면 갈산리에 안장되었다.

3. 시적 변모양상

윤곤강은 식민지 현실과 자아와의 대립관계를 '고독'을 통해 형상화한다. 여기에서 '고독'은 외로움 그 자체라기보다는 일종의 식민지 현실에서 인내하기 힘든 "주검 같은 고독"이요 "슬픔의 빈터"와 같은 고독이다. 그러나 그의 '고독'은 당시 투철한 현실인식을 바탕으로 한 것이었기에 20년대 백조파가 보여준 퇴폐주의적 감상주의와는 일정 정도 거리를 둔다. 즉 그가 '고독'을 노래하고 있지만 그 이면에는 "지리지리한 절눔바리놈 歲月"(「蒼空」)인 암울한 현실에서 탈출하고 싶은 욕망을 함축하고 있다는 것이다. 이러한 욕망은 그의 시 전면에 내재해 있는데, 이는 윤곤강의 시를 구축하고 있는 하나의 근원적 힘이라 할 수 있다.

주지하다시피 윤곤강의 시적 전개과정은 시적 변모양상에 따라 세 가지로 분류할 수 있다. 첫째, 문단데뷔 시절부터 시집『大地』(1937),『輓歌』를 간행한 시기이다. 둘째, 시집『動物詩集』,『氷華』를 간행한 시기로 1938년 후반부터 40년대 후반까지의 시기이다. 셋째, 8·15해방 이후 시집『피리』,『살어리』를 간행한 시기이다.

1) 식민지인의 애환과 계급의식 표출 : 〔大地〕, 〔輓歌〕

윤곤강의 데뷔작은 1931년 11월에 나온 「넷城터에서」(≪批判≫ 7호)이다. 이후 「荒野에 움돗는 새싹들」(≪批判≫ 15호, 1932. 8), 「아츰」(『批判』 16호, 1932. 9), 「暴風雨를 기다리는 마음」(≪批判≫ 17호, 1932. 11), 「가을 바람 불어올 때」(≪批判≫ 18호, 1932. 12) 등을 발표한다. 또한 이 시기 평론 「現代詩評論」(≪朝鮮日報≫, 1933. 9. 26~10. 3), 「詩的 創造에 關한 時感」(≪文學創造≫, 1934. 6), 「쏘시알리스틱·리알리슴論」(≪新東亞≫ 4권 10호, 1934. 10) 등을 발표한다. 1934년 2월에 카프에 가담하기 이전에 그는 이와 같이 식민지 현실을 비판하는 글을 표출시켰던 것이다. 이 시기 그가 객관적 현실을 시의 소재로 삼아야 한다는 주장을 펼친 것으로 보아 리얼리즘에 깊이 심취해 있었음을 알 수 있다.

> 1) 아 츰 -
> 黎明의 東天을 뚤고 무거운 沈默에 잠긴 暗黑의 荒野에
> 한편 팔을 드러 북을 울니고
> 다른 한 손으로는 大地의 心臟을 파헷치고 헷치일,
> 그리고 이제스 것 잠자든 온갖 咀呪와 復讎의 날카로운 화살을 드러
> 世紀를 두고 꼿고 꼿든 그 目標를 쏘아 껄굴……
> 오, 勇敢히 쮜어 나아갈, 기운차게 열이는 偉大한 아츰의 序曲이다.
> ― 「아츰」에서

> 2) 주린 어머니의 껍질만 남은 젓꼭지에 매어 달려
> "웨, 젓이 안히 나와."하고 보채는 아기의 철몰으는 소견을
> 눈물로 달래어 엄동설한을 새우게 할 가을바람이어든
> 오호, 그엿코 그 못쓸 가을이어든 오지나 말지…
> ― 「가을바람 불어올 때」에서

작품 1), 2)는 모두 프로시의 특징이라 할 수 있는 진취적이고 격렬한 표현 방식을 통해 프롤레타리아 리얼리즘의 면모를 보여주고 있다. 1)에서는 선전·선동하는 구호적인 강한 톤으로 시적 분위기를 이끌고 있으며, 일제 식민지적 모순을 간파한 화자의 강한 의지 또한 보여준다. '아침'이 오기 전의 여명의 모습을 일제 식민지 치하에서의 해방을 준비하는 단계로 설정하는 이러한 방식은 카프 시에서 종종 보이는 시적 구조이다. 2)에서는 일제 식민지 치하에서의 궁핍한 농촌의 한 단면을 극명하게 표출한다. 이 시는 다소 관념적인 시어가 보이고 형상화의 측면에서 미숙성이 보이는 등 부정적인 면이 없지 않으나 당시 피폐된 농촌의 실상을 간파하여 민중의 애환과 핍박상을 리얼하게 형상화시키려는 시인의 의지가 돋보이는 작품이다.

이 시기 생명의 토대라 할 수 있는 대지에 대한 중요성을 인식한 그는 첫 시집의 표제어를 '대지'로 정할 만큼 지대한 관심을 보인다.

> 악을 쓰며 달려드는 찬바람과 눈보라에 넋을 잃고
> 고달픈 새우잠을 자든 大地가
> 아마도 고두름 떨어지는 소리에 선잠을 깨엇나 보다!
> 얼마나 우리는 苦待하엿든가?
> 병들어 누어 일어날 줄 모르고 새우잠만 자는 사랑스런 大地가
> 하로 밧비 잠을 깨어 부수수! 털고 일어나는 그날을!
>   ……중 략……
> 오! 두말 말어다 이제부터 우리는
> 활개를 쩍! 버리고 마음껏 기지개를 켜볼 수 있고
> 훈훈한 太陽을 품안에 덥석! 안어 볼 수가 있다!
> 허파가 바서지고 피ㅅ줄이 끊어질 때까지라도 좋다!
>   ― 「大地」에서

모든 생명의 근원은 대지의 풍요성과 연관된다. 자연의 모든 것은 대지로부터 생산되고 생명이 소진할 때 다시 대지로 돌아간다. 대지는 소진된 생명

들을 정화하고 갱신하여 재생시킨다.5) 이처럼 대지는 어머니의 자궁처럼 무한한 생명력을 잉태하고 있는 매개물이다. 시인은 일제의 잔학한 만행과 탄압에 굴복하지 않고 그것에 저항하여 대지의 생명력을 회복시키려 하고 있다. 비록 일제에 의해 "明太같이 말라 붙"(「渴望」)을 정도로 기름기 없고 푸석푸석한 대지일지라도 그것은 생명력의 근원이기에 쟁취해야 한다는 시인의 강한 의지가 내포되어 있다. 그리고 그의 초기시에 주로 나오는 기법으로써 '어둠' 대 '밝음', '겨울' 대 '봄'의 대칭구조가 이 시에서도 등장하고 있다. 주지하다시피 '어둠'과 '겨울'은 일제 식민지 치하에 놓은 공간을, '밝음'과 '봄'은 그 곳에서 해방된 공간을 의미한다. 이러한 구조는 "地上의 온갖 것을 겨울의 품으로부터 빼았고 香氣로운 봄의 품안에다 그것 / 들을 덥석! 안겨주고픈 불타는 渴望"(「渴望」)과 "지심을 뚫고 내솟는 자유의 혼, 실행의 힘이 / 한거름 두거름 닥어오는 계절의 목덜미를 걷어잡고 / 지상의 온갖 헤계모니 — 를 잡으려는 첫소리를!"(「冬眠」)에서도 확인할 수 있다. 그리고 「冬眠」에서는 "다리에 피가 흐를 때까지 채찍"을 가하고 '실행'을 통해서만 해방이 온다는 것을 보여주는 동시에 고통을 참고 어려움을 견디는 투쟁을 통해서만 그것은 쟁취될 수 있다는 계급의식이 내포되어 있다. 이를 통해 볼 때 시집 『大地』에는 계급시가 지녀야 할 요건을 어느 정도 갖추고 있다고 할 수 있다.

시집 『輓歌』에서 주로 표방하고 있는 심상은 제목이 시사하고 있듯이 '죽음'에 대한 이미지이다. 식민지 시대를 살아가는 시인의 현실적인 육체는 이미 살아있는 것이 아니다. 즉 그의 육체는 "運命의 靈柩車를 타고 / 검푸른 그림자 길게 누운 / 陰달진 墓地를 부러워"(「肉體」)하고 있는 것이다. 또한 "주문을 외우리라! / 얼굴은 죽은 송장의 表情을 하고"(「呪文」) 있는 것처럼 생기가 없다. 시인은 왜 이처럼 '영구차', '묘지', '송장' 등과 같은 어두운 이미지를 지속적으로 등장시키는가. 그것은 이 시기가 『大地』에 수록된 시를 쓸 때와는 비교가 안될 정도로 객관적 정세가 악화되어 시인이 자신의 내면

---

5) 조용훈, 앞의 글, 242쪽.

적 목소리를 내지 못함을 상징적으로 보여주고자 했던 것이라 할 수 있다.

> 살었다―죽지 않고 살어 있다!
>
> 구질한 세와 속에 휩쓸려
> 억지로라도 삶을 누려보려고,
> ……중 략……
> 사는 것을
> 어렵다 믿었던 마음이
> 어느덧
> 아무 것도 아니라는 마음으로 변했을 때
>
> 나의 일은 나의 일이요
> 남의 일은 남의 일이요
> 단지 그것밖에 없다고 믿는 마음으로 변했을 때
>
> 사는 것을 미워하는 마음이
> 다시 강아지처럼 꼬리치며 덤벼든다.
>
> ―「小市民哲學」에서

암울한 시대에 구차하게 연명하는 화자의 심정이, 그리고 식민지 현실과 자아와의 부조화된 삶을 통해 나타나는 화자의 고뇌상이 반영되어 있다. 객관적 정세의 악화에 따라 소시민인 화자에게 양가 감정, 즉 식민지 현실에 안주하려는 욕망과 그러한 삶을 증오하는 욕망이 동시에 다가온다. 이 상태에서 화자는 "사는 것을 미워하는 마음"인 무의식적 욕망6)을 되새김질하여 육체적 욕망(의식적 욕망)을 조절하고 있다. 화자가 자신을 '죽은 육체'라든지 '죽은 송장'이라고 한 것은 결국 육체적 욕망을 일컫는 것이다. 이러한 욕

───────────────

6) 이는 라깡이 "무의식은 언어처럼 구조화되어 있다"(에끄리)라고 말한 것과 연관지어 살펴볼 수 있는 것으로 윤곤강 또한 자신의 무의식적 욕망을 텍스트 속에 투영시켰을 것으로 추측할 수 있다. 이 무의식적 욕망은 의식의 고리가 헐거워질 때 더 분출하려는 속성을 지니고 있다.

망을 추구하는 삶은 "쓰레기통"이요 "버리지보다도 값없는 것"(「辨解」)이라고 강하게 어필한다. 또한 "몸둥이가 마음을 쫓는다면 / 강아지처럼 나는 죽었으리라"라고 하여 육체적 욕망이 아닌 무의식적 욕망을 취할 것을 재차 다짐한다. 이렇듯 무의식적 욕망을 발견하기 위해 시인은 "貪慾 대신 凝視"(「靜物」)를 즐긴다. 이처럼 시집 『輓歌』에는 화자의 자아분열로 인한 무의식적 욕망이 자주 등장하고 있는 것이 특징이다.

그는 무의식적 욕망을 발견하는 데에 그치지 않고 새로운 것을 추구한다. 즉 시인은 "아아, 새로운 것아 / 무엇이고 좋을지니 / 아무 것이고 가리지 않을지니 / 어서 오려무나"(「想念」)라든지 "우렁차게 들려오는 새봄의 行列 ......"처럼 시집 『대지』의 연속선상에서 새로운 것을 갈구하고 있다.

2) 생(生)의 절실성과 풍자 강조 : {動物詩集}, {氷華}

1930년대 후반으로 치달을수록 일제의 군국주의의 본질은 더욱 노골화되어 나타난다. 이러한 현실 속에서는 앞 시집에서 사용되던 리얼리즘 기법 자체가 거의 불가능했다. 이때 윤곤강은 '동물'을 소재로 하여 '생'의 소중함을 표명하는 동시에 풍자적인 면을 드러낸다.

『동물시집』을 통해 그는 참신한 시적 이미지들을 끌어들여 당시 세태를 풍자하는 그만의 독특한 시적 경지를 확보한다. 여기에서 앞의 시집에 비해 인식론적 기지의 기법이 동반된 서정성을 많이 회복하고 있음을 볼 수 있다.

비바람 험살궂게 거처간 추녀밑 ―
날개 찢어진 늙은 노랑나비가
맨드래미 대가리를 물고
가슴을 앓는다.

찢긴 나래에 맥이 풀려
그리운 꽃밭을 찾아갈 수 없는 슬픔에
물고있는 맨드래미조차 소태맛이다.

자랑스러울손 화려한 춤재주도
한 옛날의 꿈쪼각처럼 흐리어
늙은 <舞女>처럼 나비는 한숨진다.

— 「나비」전문

이 시는 많은 독자들이 익히 알고 있는 작품이다. 곤강은 날 수 있는 나비
가 시대적 제약으로 인해 좌절되는 모습을 보여주고 있다. 날개 잃은 '나비'
는 다름 아닌 곤강 자신이라 할 수 있다. 현실 속의 시인은 '찢긴 나래' 때문
에 비상하지 못하고 추락하지만, 그렇다고 해서 '지금 ― 여기'에 언제나 머
무르지는 않는다. 그는 "반쯤 생긴 저 날개가 마저 돋으면 / 저놈은 푸른하늘
로 마음껏 날 수 있"(「굼벵이」)는 매미처럼, "흉측스런 털옷을 벗어던지고 /
희망의 나라 높은 하늘로 / 고은 옷을 갈아입고 단숨에 / 푸르르 날라"(「털버
레」)가는 나비처럼 미래의 세계를 준비하고 있는 것이다. 『動物詩集』에 수록
된 작품들의 주조는 동물을 대상으로 하여 시인 자신과 동일시하고 있다는
점이다. 그는 또한 "삼킨 콩깍지를 되넘겨 씹고 / 음메 울며 슬픔을 색이는
것은 // 두 개의 억센뿔이 없는 탓이 아니란다"(「황소」)라고 하여 '황소'와 자
신과 동일시하기도 한다. 곤강은 자신의 모습을 직접적으로 표출하기 힘든
상황에서 그는 자신을 '동물'에 비유하여 묘사하고 있는 것이다. 동물을 통
해 자기 자신을 지속적으로 반추하는 행위는 객관적 정세가 점점 악화되는
상황 속에서도 자신이 본래 지녔던 일제에 대한 저항의식을 지속시키려는
욕망의 표출에 다름 아니다.

1940년에 간행된 『氷華』는 대상과의 일정한 거리를 유지하면서 표현양식
면에서 간결한 응축과 절제를 보여준다. 이는 더욱 극심해지는 일제의 탄압
속에서 모든 것을 응고시키는 한 차가운 빙화의 현실이 가슴 깊숙한 곳으로
응집되면서 방법론적 자각으로 표출되고 있는 것이다. 이러한 측면은 "구름
은 감자밭 고랑에 / 그림자를 놓고가는 것이었다. // 가마귀는 숲너머로 / 저
녁 자리에 눕는 것이었다."(「MEMRIE 1 황혼」)에서 엿볼 수 있는데, 이 작품

은 감정을 절제한 선명한 시각적 이미지를 사용하여 황혼의 풍경을 그려낸
것이 특징이다.

한편 윤곤강은 여기에서 『만가』에서 드러났던 자아분열양상에 의해 나오
는 '양가 감정'을 극명하게 드러낸다.

> 등 뒤에는 항상 또 하나 다른 내가 있어
> 서슬이 시퍼런 노래로 나를 노려보고
> 하하하 코웃음치며 비웃는 말-
> 한낱 버러지처럼 살다가 죽으라
>
> ―「自畵像」에서

화자인 '나'는 이미 분열되어 있다. 전면에 있는 '나'와 내 등뒤에서 지켜
보는 '나'가 서로 각기 다른 모습으로 공존한다. 전자의 '나'는 현실 속의 자
신이요, 후자의 '나'는 내면 속에 존재하는 자신을 의미한다. 다시 말하면 라
깡이 말한대로 현실 속의 '나'는 '바라보는 주체'요 내면 속에 존재하는 '나'
는 '보여지는 주체'이다. 『輓歌』에서 간접적으로 드러나던 '보여지는 주체'의
욕망이 더 표면화되어 나타난다. 이는 이렇듯 '보여지는 주체'의 무의식적
욕망을 표명하지 않으면 안되는 시인의 절박한 심정을 드러낸 것이라 할 수
있다. 다시 말하면 식민지 현실 속에서 자신의 양심을 지키고 산다는 것이
얼마나 어려운가를 보여주는 것이다. 그래서 시인은 "넋에 혹이 돋다 / 달빛
창에 푸른 채 / 생각 가시밭 가슴 풀뿌리 / 밤마다 넋에 혹이 돋다 돌혹이 돋
다"(「넋에 혹이 돋다」)라고 토로해 버린다. '바라보는 주체'가 현실적인 욕망
을 추구한다해도 '보여지는 주체'가 정화시켜 주면 다시 원상복귀 될 수 있
다. 그러나 '보여지는 주체'에 '혹'이 돋고 '균열'이 갈 때에는 재생이 불가능
하다. 이는 당시 식민지 현실이 얼마나 참혹했던가를 보여주는 것이라 하겠
다. 이러한 양상은 "애여 이 속엔 들어오지 마라 / 몸둥아리는 버레가 파먹어
/ 구멍이 숭숭 뚫리고 // 넋은 하늘을 찾다가 / 따에 거꾸러져 미쳐난다 // 애
여 이 속엔 들어오지 마라"(「悲哀」)에서도 확인할 수 있다. 이 시에 드러나는

'몽둥아리'와 '넋'의 분리 상황은 훨씬 처참하다.

이처럼 『氷華』에서는 시적 화자의 분열된 양상이 극치에 달하고 있음을
보여주고 있다. 여기에서 독자들을 더욱 안타깝게 하는 것은 이 분열된 양상
이 다시 봉합될 수 있는 매개물마저 사장되어 버린 점이다.

3) 민족의 전통과 주체성 부각 : {피리}, {살어리}

1945년 해방 이후 그는 주권의 회복과 민족 주체성의 동질성을 찾는 작업
의 일환으로 모국어의 회복을 주장하였다. 이러한 구체적 작업의 소산이 시
집 『피리』와 『살어리』였다. 그리고 민족 전통과 주체성에 대한 그의 관심은
고전에까지 연계되어 『近古朝鮮歌謠選註』(1947)과 『孤山歌集』(1948)으로 나타
난다.

그는 『피리』의 머리말에서 "헛되인 꿈보다도 오히려 허망한 것은 죄다 버
리고 나는 나의 누리로, 나의 누리를 찾아, 돌아가리로다"라고 밝혀 민족적
정서의 탐구에 몰두하고자 하는 의지를 표명한다.

> 아으 비로소 나는 깨달았노라
> 서투른 나의 피리 소리언정
> 그 소리 가락 가락 온 누리에 퍼져
> 메마른 임의 가슴 속에도
> 붉은 피 방울방울 돌면
> 찢기고 흩어진 마음 다시 엉기리
>
> — 「피리」에서

'피리'는 우리 민족을 상징하는 하나의 매개물이다. 시적 화자는 '피리' 소
리를 통해 민족의 정기를 다시 되찾고자 한다. 『氷華』에서 극도의 분열양상
을 보이다가 급기야는 육체와 정신을 분리시키는 단계까지 갔던 화자는 다
시 '피리'를 통해 육체에 "붉은 피 방울방울" 돌게 하고 "찢기고 흩어진" 마
음을 재생시킨다. 이렇게 원상태로 돌아온 육체와 정신을 다시 합일시키려

하고 있다. 여기에서 중요한 것은 화자가 서구의 것을 중시 여기던 상태로
되돌아가는 것이 아니라 전통과 민족의식을 재발견하는 상태로 나아가는 것
이라는 점이다. 곤강은 소중한 우리 것을 통해 전통적인 가치를 재발견하려
는 의지를 보여주고 있는 것이다. 그래서 그는 그동안 서구의 것을 숭상하던
"더러힌 이 몸 어느 데 묻히리잇고"(「찬 달밤에」)라고 하여 비판과 반성을 동
시에 보여준다. 또한 화자는 "거짓과 비밀의 굴레를 벗어버리고"(「나뭇잎 밟
고 가노라」) 새롭게 출발하고자 하는 의지를 보여준다.

　『살어리』에 이르러 시의 내용이나 분위기가 점차 안정적이고 긍정적인 모
습으로 나아간다. 책머리에서도 "이제야 비로소, 나는 큰 소리로, 씩씩하고
억센 겨레의 노래를 바다보다도 크고 넓은 하늘에 불러 올릴 때가 왔노라!
눈물 대신 웃음을, 슬픔 대신 기쁨을, 괴로움 대신 즐거움을, 이 따 우에, 꽃
다발처럼 꾸며 바치기 위하여"라고 밝혀 밝은 이미지로 나아갈 것을 밝히고
있다.

　　　벗아! 어서 나와
　　　해바라기 앞에 서자

　　　해바라기 꽃 앞에 서서
　　　해바라기 꽃과 해를 견주어 보자

　　　끓는 해는 못 되어도
　　　가슴엔 해의 넋을 지녀
　　　해바라기의 꿈은 붉게 탄다

　　　　　　　　　　　　　　　— 「해바라기(1)」에서

　시인은 '꽃'을 등장시켜 밝은 이미지로 나아간다. 여기에서는 어떠한 절망
도, 슬픔도 존재하지 않는다. 뜨거운 해와 그 해를 바라보는 해바라기 꽃이
동일시되어 나타나고 나아가 자아 또한 동일화된다. 일제 치하에서 찢기고
멍든 영혼이 이 단계에선 완전하게 치유되었음을 의미한다. 또한 지금까지의

침울한 시세계에서 탈피하여 자연과의 교감 속에서 밝고 빛나는 미래로 나아가는 건강한 삶의 방식을 표출한다. 여기에서 곤강이 지향하고 있는 건강한 삶이란 아름다운 복종의 세계를 의미하는 것이다. 그래서 그는 시집『살어리』첫장에 제사(題詞)격으로 한용운의「服從」을 실었다.

『피리』와『살어리』에서 시인이 전통과 민족적 정서의 탐구를 작품을 통해 제대로 보여주고 있는가 하는 점은 고려해 볼 부분이다. 그는『詩와 眞實』에서 "傳統이란 다만 過去의 歷史에 나타난 한 現象이 아니라 未來까지를 內包하고 左右하는 커다란 힘을 말한다."라고 진술한 것과도 부합되지 않는다. 또한 두 시집에서 보여준 그의 전통의식은 고려 속요나 시조의 모방에 그치고 있어 아쉬움이 남는다.

4. 맺음말

지금까지 윤곤강의 시세계와 시적 변모양상을 고찰해 보았다. 지금까지 논의된 것을 정리하면 다음과 같다.

첫째, 문단데뷔 시절부터 시집『大地』와『輓歌』를 간행한 시기이다. 이 시기 카프에 가담하여 활동한 바 있던 곤강은 시작품을 통해 식민지인의 애환과 계급의식을 표출시킨다.『輓歌』에서는 주로 '죽음'의 이미지를 부각된다. 즉 '영구차', '묘지', '송장'과 같은 어두운 이미지를 자주 등장시키는데, 이는 이 시기 객관적 정세가 악화되어 시인이 자신의 내면적 목소리를 내지 못함을 상징적으로 보여주는 것이라 할 수 있다. 그리고 이렇듯 객관적 정세의 악화에 따라 화자에게 양가 감정, 즉 식민지 현실에 안주하려는 의식적 욕망(일제와 타협하려는)과 그러한 삶을 증오하는 무의식적 욕망이 동시에 다가온다. 이 상태에서 무의식적 욕망이 의식적 욕망을 조절하고 있음을 확인할 수 있었다.

둘째, 시집『動物詩集』,『氷華』를 간행한 시기이다. 일제의 군국주의의 본질이 더욱 노골화되어 나타난 시기로 리얼리즘 기법 자체가 거의 불가능했다. 이때 시인은 '동물'을 소재로 하여 '생'의 소중함을 표명하는 동시에 풍자적인 면을 드러내었다. 곤강의 대표작인 「나비」에서 '날개 잃은 나비'는 다름 아닌 곤강 자신이다. 그러나 시인은 날개 잃은 나비의 상태에 머무르지 않고 굼벵이가 매미 되고 털벌레가 나비 되듯 미래지향적인 꿈을 꾼다. 이 시기 분열된 주체는 최대의 거리를 유지한다. 이때 객관적 정세의 악화로 인해 현실적인 욕망의 극대화로 되면서 내면 자아의 넋에 혹이 돋고 균열이 생긴 것이다. 이 시기엔 시적 화자의 분열양상이 극치에 달했음을 보여주었다.

셋째, 8·15해방 이후 시집 『피리』, 『살어리』를 간행한 시기이다. 이 시기 곤강은 전통과 민족 정서의 탐구에 몰두하여 시작품을 내놓는다. 두 시집 머리말에서 곤강의 민족적인 작품에 대한 강한 의지를 엿볼 수 있었다. 시 「피리」에서 그는 '피리' 소리를 통해 사일되어가는 민족의 정기를 되찾고자 한다. 『水華』에서 극도의 분열양상을 보이다가 급기야는 육체와 정신을 분리시키는 단계까지 갔던 화자는 다시 '피리'를 통해 "붉은 피 방울방울" 돌게 하고 "찢기고 흩어진" 마음을 재생시킨다. 이 시기 작품은 점차 안정적이고 긍정적인 모습으로 나아갔다.

김현승론

박 명 용*

1. 머리말

'고독의 시인'으로 흔히 불리우는 다형(茶兄) 김현승(金顯承)(1913~1975)은 일생을 올곧게 살아오면서 발표작과 미발표작을 합쳐 총 275편[1]의 시작품을 남겼다.

전북 출신으로 목사인 아버지 김창국(金昶國)과 어머니 양응도(梁應道) 사이에서 1913년 4월 4일 아버지의 신학(神學)유학지인 평양에서 6남매 중 차남으로 출생하였다. 부친이 평양신학교를 마치고 제주도 성내교회를 거쳐 광주로 오게 되자 그는 광주 숭일학교 초등과를 졸업하고 평양 숭실중학에 진학하기까지 10년간을 광주에서 살았다. 그가 문학을 본격적으로 시작한 시기는 1932년 숭실전문학교 문과에 진학하면서부터인데 이 학교에는 양주동과 이효석이 교수로 있었기 때문이다. 그는, 장시 「쓸쓸한 겨울 저녁이 올 때 당신들은」이 양주동의 소개로 1934년 5월 25일 ≪동아일보≫에 발표됨으로써 문단에 데뷔하였다.

기독교 가정에서 성장한 그는 종교사상을 바탕으로 새로운 신앙시와 양심

의 시를 개척했는데 종교적인 측면에서는 관념의 세계를 신앙적 정면대결 정신으로 극복하였고, 윤리적으로는 인간의 실존적 자아 탐구에 고뇌, 끝내 는 신의 절대주의적 경지에까지 이르렀다. 그의 시의 중심 사상이 된 고독은 신을 잃어 버렸기 때문인데 그는 여기에서 절망이나 회의에 빠지지 않고 끊 임없는 자아 탐색을 통하여 인간 생명과 진실을 노래, 보편적 진리에 도달한 것이다. 특히 그는, 사상이 없는 시는 무정란이라는 시론까지 전개하며 사상 과 시를 하나로 통합시키는 데 성공하였고 종교와 철학의 추상과 관념을 물 화(物化)하여 형이상성으로 시를 감각화했다. 투명한 언어의 엄격성, 함축미, 간결한 정제미 등은 그의 시의 특징을 이루고 있다.

본고에서는 이와 같은 기조 위에서 다형의 시를 1기(30년대~8·15해방까 지), 2기(8·15해방부터 60년대 중반까지), 3기(60년대 중반 이후), 4기(70년대) 등으로 나누어 전반적으로 고찰, 시의 본체를 구명하고자 한다.

2. 시세계

1) 자연과 민족

김현승의 30년도 초기 시는 일제 식민지 시대와 밀접한 관련이 있다. 자연 을 예찬하고 동경하면서도 그 밑바닥에는 민족적 센티멘탈리즘이 짙게 깔려 있음을 볼 수 있다.

> 그 무렵 나의 시에는 자연미(自然美)에 대한 예찬과 동경이 짙게 풍기고 있었다. 이 점 또한 그 당시의 한 경향이었다. 불행한 현실과 고초(苦楚)의 현실에 처한 시인들에게 저들의 국토에서 자유로이 바라볼 수 있는 곳은 거기서는 주권을 행사하지 않는 자연뿐이었다.
> ……중 략……
> 그러므로, 그 당시 자연을 사랑한다는 것은 흉악한 인간-일인(日人)들과 같은 인간의 때가 묻지 않은, 깨끗하고 아름다운 세계를 지향하는 의미가 포함되어 있었고, 지상에서 빼앗긴 자유를 광대 무변한 천상에서 찾는 의

미로 함축되어 있었다.[2]

　그의 이와 같은 진술은 30년대가 망국민족이라는 일제하의 암울한 현실이었기 때문에 자연을 통하여 현실을 극복하고자 하는 열망을 로맨티시즘이나 센티멘탈리즘으로 나타낸 것이다. 불행한 현실 아래에서 자유롭게 대면할 수 있는 것은 자연뿐이고 그 자연을 통해서 민족의 염원이나 미래의 희망을 노래했던 것이다. 따라서 그에 있어 자연은 단순한 자연이 아니라 현실극복과 밝은 미래를 상징하는 가장 친근한 존재였던 것이다.

> 해를 쫓아버린 검은 광풍이 눈보라를 날리며 개가행진을 하고 있습니다 그려!
> 　　　……중　략……
> 너무도 오랫동안 어두운 이 땅,
> 울분의 덩어리가 수천 수백 강렬히 불타고 있었습니다. 그려!
> 마침내 悲戀의 감정을 발끝까지 찍어버리고
> 금붕어 같은 삶의 기나긴 페이지 위에 검은 먹칠을 하고
> 하고서, 강하고 튼튼한 역사를 또 다시 쌓아올리고
> 캄캄하던 東方山 마루에 빛나는 해를 불쑥 올리려고
> 밤의 험로를 천리나 만리를 달려나간 젊은 당신들 ─
> 　　　　　　─「쓸쓸한 겨울 저녁이 올 때 당신들은」에서

　그의 첫 작품인 위의 시는 자연의 아름다움을 예찬한 것이 아니라, 암흑시대와 민족적 열망을 암시한 것인데 '검은 광풍'은 일제하의 참담함을, '해'는 '밝은 미래'를 나타내고 있음을 알 수 있다. 또한 문덕수의 지적처럼 '해'는 '미래의 역사'를 암시[3]한 것으로도 볼 수 있는데 어쨌든 이 시는, 어둠과 광풍이 부는 이 땅은 눈물로 얼룩진 패배의 역사를 쌓았으니, 젊은 당신들은 우리의 조국에 빛나는 미래의 해를 불쑥 올려야 한다는 것을 노래한 것이다.

---

2) 김현승, 「굽이쳐 가는 물굽이와 같이」, 『고독과 시』(지식산업사, 1977), 228~229쪽.
3) 문덕수, 『현실과 휴머니즘 문학』(성문각, 1985), 12쪽.

새벽의 보드라운 觸感이 이슬 어린 窓門을 두드린다.
아우야 南向을 열어제치라.
어젯밤 자리에 누워 헤이던 별은 사라지고
鮮明한 물결 위에 아폴로의 이마는 찬란한 半圓을 그렸다.

꿈을 꾸는 두 兄弟가 자리에서 일어나 얼싸안고 바라보는 푸른 海岸은
어여쁘구나.
배를 쑥 내민 욕심 많은 風船이 지나가고
하늘의 젊은 「퓨우리탄」─東方의 새 아기를 보려고 떠난 저 구름들이
바다 건너 푸른 섬에서 黃昏의 喪服을 벗어 버리고 巡禮의 흰 옷을 훨
훨 날리며 푸른 水平線을 넘어올 때
어느덧 물새들이 일어나 먼 섬에까지 競走을 시작하노라.
                              ─「아침」에서

　　1934년 ≪조선중앙일보≫에 발표된 이 작품에서도 '새벽', '바다' 등을 통
하여 새 시대에 대한 염원을 노래하고 있다. 상실된 조국의 절망의식에서 훌
훌 털고 일어나 푸른 바다를 바라보는 '두 형제'에서 우리는 암울한 시대에
서 벗어나고자 하는 희망의 얼굴을 떠 올릴 수 있다. 이제 "푸른 섬에서" 암
흑시대를 상징하는 "황홀의 상복"을 벗어버리고 물새들처럼 자유롭고 평화
롭게 이 세상을 날아 보자는 갈구의 의식을 강렬하게 내보인다.

새벽은 푸른 바다에 던지는 그물과 같이 가볍고 希望이 가득 찼습니다.
밤을 돌려 보낸 후 작은 별들과 작별한 슬기로운 바람이
지금 산기슭을 기어 나온 작은 안개를 몰고 검은 골짜기마다
귀여운 새들의 둥지를 찾아다니고 있습니다.
이제 佛敎를 믿는 저 山脈들이 새벽의 정숙한 默禱를 마친 후에 고 어
여쁜 산새들을 푸른 수풀 속에서 내어 놓으면
이윽고 저 하늘은 산딸기 열매처럼 붉어지겠지요?
　　　……중 략……

　白色 유니폼을 입은 峻嶺의 早起體操團인 구름들이 벌써 東方 산마루
를 씩씩하게 넘어 옵니다.
　아마 저렇게 빛나고 기운찬 구름들이 모이면
　오늘은 그 용감스런 소낙비가 우리의 城色을 다시 찾아오겠지요?
　시원한 바닷바람을 몰고 들어와 門지방에 흐르고 있는 송진과 같이
　느긋한 午後의 生存을 掠奪하여 가는 그 용감한 俠盜들 말입니다.
　　　　　　　　—「 새벽은 당신을 부르고 있습니다」에서

　여기에서도 희망에 찬 조국이 민족의 염원인 '해방'을 애타게 찾고 있는데
'해방'이 '당신'으로 의인화되어 자연의 세계를 누비고 있음을 볼 수 있다.
바람이 산기슭의 작은 안개를 몰고 검은 골짜기의 새들을 찾아다니고 있는
것은 불행한 현실에서 벗어나고자 하는 그의 민족의식인 것이다. 이렇게 자
연을 통하여 민족의 희원을 노래한 그의 시의식은 「어린 새벽은 우리를 찾
아온다 합니다」, 「새벽 교실」, 「새벽」 등에서 공통적으로 볼 수 있다..

　초기 시에 두드러지게 나타나는 '새벽', '밤', '산하', '땅', '나무', '바람',
'들녘', '바다' 등을 통한 자연에 대한 예찬은 결국 시대적 불행을 극복하고
민족의 염원을 상징한 것인데 특히 그것을 그대로 수용한 것이 아니라 자연
미에 기지, 풍자, 유우머를 가미하여 나타냈다. 그러나 무엇보다도 중요한 것
은 30년대 많은 시인들이 현실을 떠나 전원적 이상 세계만을 낭만적으로 노
래했으나 김현승은 일제 암흑시대라는 현실을 외면하지 않고 자연을 통하여
민족의식을 추구하였다는 점이다.

　이 당시 그는 신경쇠약으로 고생하면서 광주 숭일학교에서 교편을 잡기도
하였으며 사상범으로 투옥되어 온갖 고난을 겪기도 하였다. 이러한 현실은
그가 1937년 이후 8·15해방까지 시와 결별하도록 만들고 말았다. 이는 일제
의 탄압과 제한 속에서 한 시인으로서의 양심의 선언이며 실천4)이기도 한
것이다.

---

4) 이운룡, 「지상의 마지막 고독」, 『김현승』(문학세계사, 1993), 151~152쪽.

2) 양심과 기도

김현승은 8·15 해방, 6·25, 4·19를 거치는 동안 발생한 사회부조리와
혼란 속에서 도덕적·윤리적인 문제를 지키기 위해 양심으로 맞서는 의지를
보여준다.

> 나는 기독교 신교(新教)의 목사의 집안에서 태어나 어려서부터 천국과
> 지옥이 있음을 배웠고, 현세보다 내세가 더 소중함을 배웠다. 신이 언제나
> 인간의 행동을 내려다보고 인간은 그 감시 아래서 언제나 신앙과 양심과
> 도덕을 지켜야 한다고 꾸준한 가정 교육을 받았다. 나라는 인간의 본질은
> 아마도 비교적 단순하고 고지식한 데가 있는 것 같다. 나는 나이가 먹은
> 뒤에도 이 신앙과 양심과 도덕을 곧이곧대로 믿고 지키려고 노력하여 왔다.
> ······중 략······
> 그러나, 인간들의 실제적인 현실은 양심과는 너무도 먼 거리에서 양심과
> 는 아무런 관계도 없이 살고 있다. 이른바 선험적인 원리와 경험적인 실전
> 과는 너무도 차이가 심하다. 그 가운데서도 가장 대표적인 분야가 정치다.
> 나는 불행히도 선진국에선 살아보지 못하였지만 후진국의 정치는 더욱 양
> 심과는 멀다.[5]

위 글에서 볼 수 있듯이 그는 어려서부터 신앙과 양심, 그리고 도덕을 배
웠고 이를 지키기 위해 노력하였다. 그러나 현실은 부정과 불의가 난무하여
양심과 도덕과는 거리가 멀자 그는 종교와 윤리의식을 표현하기 시작하였다.

> 꿈을 아느냐 내게 물으면,
> 플라타너스,
> 너의 머리는 어느덧 파아란 하늘에 젖어 있다.
> 너는 사모할 줄 모르나,
> 플라타너스,
> 너는 네게 있는 것으로 그늘을 늘인다.

---

5) 김현승, 「나의 고독과 나의 시」, 앞의 책, 201~203쪽.

먼길 올 제,
홀로 되어 외로울 제,
플라타너스,
너는 그 길을 나와 같이 걸었다.

이제 너의 뿌리 깊이
나의 영혼을 불어 놓고 가도 좋으련만,
플라타너스,
나는 너와 함께 신이 아니다!

수고로운 우리의 길이 다하는 어느 날,
플라타너스,
너의 맞아줄 검은 흙이 먼 곳에 따로이 있느냐?
나는 오직 너를 지켜 네 이웃이 되고 싶을 뿐,
그 곳은 아름다운 별과 나의 사랑하는 창이 열린 길이다.
— 「플라타너스」 전문

그는 자연을 하나의 인격적인 존재로 보고 동반자적 실체로 인식한다. 여기에서 그가 기독교 정신의 조화로운 관계에서의 신과 관계하고 있음을 알 수 있다. 플라타너스를 '너'로 지칭하여 동반자적 관계로 인식하고 있다는 것은 플라타너스가 가지고 있는 싱싱한 푸른 잎, 든든한 가지 등이 요인이며 그 나무의 실체는 바로 생명성이 있었기 때문이다. 이러한 의식은 당시의 정치상과 사회상에서 비롯된 것이다.

모든 것은 나의 안에서
물과 피로 육체를 이루어 가도,

너의 밝은 은빛은 모나고 분쇄되지 않아

드디어는 무형하리 만큼 부드러운

나의 꿈과 사랑과 나의 비밀
살에 박힌 파편처럼 쉬지 않고 찌른다.

모든 것은 연소되고 취하여 등불을 향하여도,
너만은 물러나와 호올로 눈물을 맺는 달밤 ……

너의 차거운 금속성으로
오늘의 무기를 다져가도 좋을,

그것은 가장 동지적이고 격렬한 싸움!
　　　　　　　　　　　　　　 ―「양심의 금속성」 전문

　1958년에 발표된 이 시에는 먹는 것은 물과 피이고 육체를 이루지만 '너',
즉 '양심'만은 항상 은빛으로 빛나고 부서지지 않는 견고성을 지니고 있다고
양심의 가치를 표현해 내고 있다. "무형하리 만큼 부드러운" '꿈'과 '사랑'과
'비밀'의 마음에 양심의 가책이 "파편처럼 쉬지 않고" 찌르는 것은 그가 끊
임없이 일구어내고 있는 종교적 양심에 의한 자기 성찰의 결과라고 볼 수
있다. 이와 같은 것은 "호올로 눈물"을 흘린다는 데에서 분명하게 드러난다.
불변의 양심을 '금속성'에 비유하여 양심의 가치와 기능의 중요성을 강조한
이 시에서 그의 무한한 상상력을 엿볼 수 있다.

　넓이와 높이보다
　내게 깊이를 주소서
　나의 눈물에 該當하는……

　산비탈과
　먼 집들에 불을 피우시고
　가까운 곳에서 나를 徘徊하게 하소서.

　나의 空虛을 위하여
　오늘은 저 黃金빛 열매를 마저 그 자리를

떠나게 하소서.
당신께서 내게 약속하신 時間이 이르렀습니다.

지금은 汽笛들 해가 지는 먼 곳으로 따라 보내소서.
지금은 비둘기 대신 저 空中으로 산까마귀들을
바람에 날리소서.
많은 眞理들 가운데 偉大한 空虛을 선택하여
나로 하여금 그 뜻을 알게 하소서.

이제 많은 사람들이 새 술을 빚어
깊은 地下室에 묻을 時間이 오면,
나는 저녁 종소리와 같이 호올로 물러가
나는 내가 사랑하는 마른 풀의 향기를 마실 것입니다.
— 「가을의 詩」 전문

　이 시는 구원의 시이다. 경건한 기도로 가난한 이웃들의 아픔에 희망의 빛
을 주고 가까운 곳에서 그들을 사랑하게 해 달라고 구원을 청한다. 그리고
가을에는 풍성한 결실 뒤에 빈 가지마다 "위대한 공허"를 주어 고독이 진리
를 깨닫게 해 달라고 기도한다. 가을의 '허공'을 통하여 눈물을 사랑하면서
진리와 빛을 얻고자 하는 깨달음을 알 수 있다. 그리고 비윤리적 현실 앞에
서 신과의 관계를 더욱 긴밀하게 추구하고 기원하면서 순수의 양심과 의지
를 지키고 회복하고자 기도한다.

　　가을에는
　　기도하게 하소서……
　　낙엽들이 지는 때를 기다려 내게 주신
　　겸허한 모국어로 나를 채우소서.

　　가을에는
　　사랑하게 하소서……

오직 한 사람을 택하게 하소서,
가장 아름다운 열매를 위하여 이 비옥한
시간을 가꾸게 하소서.

가을에는
호올로 있게 하소서……
나의 영혼,
구비치는 바다와
백합의 골짜기를 지나,
마른 나뭇가지 위에 다다른 까마귀 같이.

— 「가을의 기도」 전문

그의 기도는 신앙적 의식에서 비롯된 모국어와 사랑, 그리고 고독이다. 절대의존의 신 앞에서 그는 신과 인간이 보다 긴밀한 관계를 형성하기 위한 반성의 기도를 하면서도 계속 기도하도록 해달라는 고백과 요청은 신에 대한 자신의 굳은 의지의 발산인 것이다. "마른 나무가지 위에 다다른 까마귀 같이"에서 볼 수 있는 고독의 요청은 인간의 순수 가치, 즉 경건한 삶의 가치를 추구하기 위한 영혼의 요청으로, 신에 대한 경건성을 엿볼 수 있다. 따라서 이 시는 신과 현실과의 관계를 끊는 고독이 아니라, 신과의 관계를 더욱 굳게 하기 위한 티끌 하나 없는 순수 기도의 시이며 일종의 영혼시라고 할 수 있다. 이러한 기도의 시는 대부분 '가을'을 소재로 구체화되고 있다.

3) 신과 고독

김현승의 신에 대한 절대성은 1960년 중반 이후 마침내 유일신은 존재하지 않는다는 회의를 낳는다. 그는 "시 「제목」을 계기로 하여 나의 시세계에는 적지 않은 변화가 일어났다. 나는 중기까지 유지하여 오던 단순한 서정의 세계를 떠나, 신과 신앙에 대한 변혁을 내용으로 한 관념의 세계에 발을 들여놓았다. …… 정신상의 문제로는 나는 인간으로서 새로운 고독에 직면해야 하였다."[6]고 말한다. 여기에서 '신과 신앙에 대한 변혁'이란 신에게 구원을 포기했다는 것을 말하는 것이다.

> 떠날 것인가
> 남을 것인가,
>
> 나아가 화목할 것인가
> 쫓김을 당할 것인가.
>
> 어떻게 할 것인가,
> 나는 네게로 흐르는가
> 너를 거슬러 내게로 오르는가.
>
> 두 손에 고삐를 잡을 것인가
> 품 안에 안을 것인가.
>
> 허물을 지고 말 것인가
> 허물을 물을 것인가.
> ⋯⋯중 략⋯⋯
> 波濤가 될 것인가,
> 가라앉아 眞珠의 눈이 될 것인가.
>
> 어떻게 할 것인가,
> 끝장을 볼 것인가
> 죽을 때 죽을 것인가.
>
> 무덤에 들 것인가
> 무덤 밖에서 딩굴 것인가.
>
> ― 「제목」에서

이처럼 그는 신과의 관계에서 갈등하며 방황하고 있다. 그는 "신은 과연

---

6) 김현승, 「나의 고독과 나의 시」, 앞의 책, 208~209쪽.

초월적인 實在者인가? 그러나 나는 신이란 인간들의 두뇌의 소산인 추상적
인 존재에 지나지 않는다고 점점 확신을 갖게 된다. 인간 생활을 통일하기
위한 절대 진리, 절대의 법칙을 지탱하기 위하여는 초월적인 절대자의 존재
가 필요하였기에 만들어낸, 그러므로 절대자의 진리가 지속되고 있던 시대에
선 신은 절대자로서 숭배되었지만, 그 절대의 진리와 법칙이 산산조각이 난
현대에선 신은 존재하지 않는 것이 아니라 신이 인간들의 두뇌에서 사라지
고 만 것이다. 신이란 두뇌의 소산에 불과하다"7)고 말하여 전지전능한 절대
자로 보았던 신관(神觀)이 변화했음을 알 수 있다. 나아가 그는 신을 회의하
게 된 까닭을 "무엇보다 하느님은 唯一神이 아닌 것 같다. 만일 유일신이라
면 어찌하여 이 세상에는 다른 神을 믿는 유력한 宗敎가 따로 있겠는가?……
기독교의 一元論은 악마의 영원한 세력인 지옥을 인정함으로써, 결국은 二元
論이 되고 만다. ……敎人들의 생활과 마음가짐이 일반 사회인의 그것과 다
름이 없다는 사실이다. 특유한 형식을 지키는 면에서만 다를 뿐 실생활면에
서는 靈中心의 敎人들이 肉中心의 사회인과 다를 것이 전혀 없다."8)고 신과
현실을 비판하면서 신과의 단절 의사를 보인다.

　　모든 것을 신이 해결해 주리라고 믿었으나 그것이 이루어지지 않음으로써
회의하게 되고 드디어 단절에 이르게 된다. 신과의 단절은 김현승 자신을 고
독의 시인으로 만든다. 60년대 중반기 이후에 나온 시집 『견고한 고독』과
『절대고독』에서 보이는 '고독'이 그것이며 그것은 그의 시의 중심을 이룬다.

　　　그것은 한 마디로 신을 잃은 고독이다. 내가 지금까지 의지해 왔던 거대
　　한 믿음이 무너졌을 때에 허공에서 느끼는 고독이었다. 그러므로, 나의 고
　　독은 기독교와 밀접한 관련이 있는 고독이면서도 키에르케고르 등의 고독
　　과도 다르다. 키에르케고르는 인간을 고독한 존재로 규정하였지만, 이 고독
　　을 벗어나기 위하여 팔을 벌리고 그리스도를 붙잡으려 하였다. 그러므로,
　　키에르케고르의 고독은 궁극적으로는 구원에 이르기 위한 수단으로서의 고

---

7) 김현승, 위의 글
8) 김현승, 「나의 문학 백서」, 《월간문학》, 1970. 9, 187쪽.

독이었다.…… 그러나, 나의 고독은 구원에 이르는 고독이 아니라 구원을
잃어버리는, 구원을 포기하는 고독이다. 수단으로서의 고독이 아니라 나의
고독은 순수한 고독 자체일 뿐이다. 그러므로, 나의 고독이야말로 이 세상
에서 가장 진정한 고독이다.[9]

위에서 보듯 그의 고독[10]은 신을 잃어버려 구원을 포기한 고독으로, 순수
그 자체의 고독인 것이다. 즉 그의 고독은 인간 본질의 외로움이나 허무의식
이 아니라, 문학에서는 시 예술 정신이며 윤리면에서는 참된 양심이 되고자
구원을 포기하는 고독이다. 이는 시집『절대고독』의 서문에서 "고독을 표현
하는 것은 나에게는 가장 즐거운 詩藝術의 활동이며 윤리적 차원에서는 참
되고 굳세고자 함이 된다. 고독 속에서 나의 참된 본질을 알게 되고, 나를 거
쳐 일반을 알게 되고, 그럼으로써 나의 對社會的 임무까지도 깨달아 알게 되
므로"라고 말한 데에서도 알 수 있다. 따라서 그의 고독은 신과 인간, 양심과
현실에서 빚어진 것이기 때문에 절망이 아니다.

　　　　나는 이제야 내가 생각하던
　　　　영원의 끝을 만지게 되었다.

　　　　그 끝에서 나는 눈을 비비고
　　　　비로소 나의 오랜 잠을 깬다.

　　　　내가 만지는 손끝에서
　　　　영원의 별들은 흩어져 빛을 잃지만,
　　　　내가 만지는 손끝에서
　　　　나는 내게로 오히려 더 가까이 다가오는
　　　　따뜻한 체온을 새로이 느낀다.
　　　　이 체온으로 나는 내게서 끝나는

---

9) 김현승,「나의 고독과 나의 시」, 앞의 책, 209~210쪽.
10) 문덕수는 앞의 책에서, 이미 그의 고독은 제 1차적으로 '자연과의 단절', 제 2차적
　　으로 '사회 현실과의 단절'에서 비롯되었다고 말하고 있다.

나의 영원을 외로이 내 가슴에 품어 준다.

그리고 꿈으로 고이 안을 받친
내 언어의 날개들을
내 손끝에서 이제는 티끌처럼 날려 보내고 만다.

나는 내게서 끝나는
아름다운 영원을
내 주름잡힌 손으로 어루만지며 어루만지며
더 나아갈 수도 없는 나의 손끝에서
드디어 입을 맞춘다. - 나의 詩와 함께

—「절대고독」 전문

이 시는 신의 무한성·영원성은 실재하지 않으며, 그것은 자신의 죽음에서 끝난다는, 이른바 개별적인 자기 고독의 사상을 말한 것이다. 그가 "시 「절대고독」에서는 신의 무한성이나 영원성이 실재하지 않음을 비로소 깨달았음을 고백하였고, 그 무한이나 영원을 결국 나 자신의 생명에서 끝나버림을 노래하였다."[11])고 말한 것으로 볼 때 고독은 자기만의 1회성, 즉 영원부정론인 것이다.

1, 2연은 '영원 부재'의 깨달음이다. 이 깨달음은 '이제야', '비로소'에서 볼 수 있듯 오랜 사유의 결실이며 "영원의 먼 끝을 만지게 되었다"는 것은, 이제야 영원성이 없음을 확인하고 고독의 실체를 알았다는 것이다. "오랜 잠을 깬다"는 것은 깨달음의 경지인 것이다. 3연에서는 빛을 잃은 별이 내게서 멀어지는 것이 아니라 "오히려 더 가까이 다가오는 따뜻한 체온"으로 느끼고 있다. 빛을 잃은 별 때문에 고독하지만 다시 따뜻하게 "내 가슴에 품어 준다"는 데에서 고독을 사랑하는 마음을 읽을 수 있는데 그것은 곧 '나'의 마음인 것이다. 4연에서는 꿈으로 받쳐진 사치의 '언어'를 미련 없이 날려보냄으로써 그의 고독은 '절대고독'이다. 5연은 고독의 절정이다. 영원은 나의 생

---

11) 김현승, 「나의 고독과 나의 시」, 앞의 책, 210~211쪽.

명이 끝남으로써 1회성으로 끝나게 되지만, "주름 잡힌 손으로" 고독을 어루
만지며 사랑한다. 그가 고독을 인간의 본질적 생명체로 승화시켜 영원으로
통하도록 한 것은 다름 아닌 휴머니즘의 산물이다.

> 하물며 몸에 묻은 사랑이나
> 짭쫄한 볼의 눈물이야.
>
> 神도 없는 한 세상
> 믿음도 떠나.
> 내 고독을 純金처럼 지니고 살아 왔기에
> 흙 속에 별처럼 묻힌 뒤에도 그 뒤에도
> 내 고독은 또한 純金처럼 썩지 않으련가.
>
> 그러나 모르리라.
> 흙 속에 별처럼 묻혀 있기 너무도 아득하여
> 영원의 머리는 꼬리를 붙잡고
> 영원의 꼬리는 또 그 머리를 붙잡으며
> 돌면서 돌면서 다시금 태어난다면,
>
> 그제 내 고독은 더욱 굳은 순금이 되어
> 누군가의 손에서 千년이고 萬년이고
> 은밀한 약속을 지켜 주든지,
>
> 그렇지도 않으면
> 안개 낀 밤바다의 寶石이 되어
> 뿌야다란 밤고동 소리를 들으며
> 어디론가 더욱 먼 곳을 향해 떠나가고 있을지도……
> ―「고독의 純金」 전문

위의 시에서 보듯 그의 고독은 '순금'이다. 신도 없고 믿음도 떠나 이제
남은 것이란 변하지 않는 순금의 고독뿐이기 때문에 천 년이고 만 년이고

그것과 함께 살고자 한다. 그는, "어디론가 더욱 먼 곳을 향해 떠나가고 있을지도" 모를 고독이지만 그것을 떠나 수 없는 존재가 된다. 한편 이 무렵 김현승의 시의식은 내면세계로 전환된다.

> 민족적 상황이 달라진 터에 1930년대 등의 민족적 센티멘탈리즘의 연장은 허용될 리 없었다. 그렇다고 불순한 현실 치중의 시를 쓰기도 싫었으며 내 기질에도 맞지 않았다. 나는 지금까지 내가 등한히 하였던 나의 인간의 세계로 눈길을 돌렸다. 나는 너무도 외계적인 자연에만 치우친 나머지 인간의 내면적인 자연을 몰각하고 있었던 것이다. 그리하여, 나는 자연으로부터 인간으로, 외계로부터 내면의 세계로 관심을 돌렸다. 이런 시기에 얻은 작품으로 나에게는 소홀히 할 수 없는 「눈물」이 있다.12)

이와 같이 외면세계로부터 내면세계로의 전환은 "불순한 현실 치중의 시를 쓰기도 싫었으며" 자신의 기질에도 맞지 않았을 뿐만 아니라 더 중요한 것은 외면세계의 체험보다 내면세계의 가치가 더욱 소중함을 인식하였기 때문이다.

> 더러는
> 옥토에 떨어지는 작은 생명이고저……
> 흠도 티도,
> 금가지 않은
> 나의 전체는 오직 이뿐!
>
> 더욱 값진 것으로
> 드리라 하올 제,
> 나의 가장 나중에 지닌 것도 오직 이뿐!
>
> 아름다운 나무의 꽃의 시듦을 보시고
> 열매를 맺게 하는 당신은,

---

12) 김현승, 「굽이쳐 가는 물굽이 같이」, 앞의 책, 235~236쪽.

나의 웃음을 만드신 후에
새로이 나의 눈물을 지어 주시다.

　　　　　　　　　　　　　　　— 「눈물」 전문

1967년 12월 ≪현대문학≫에 발표된 이 시는 사랑하는 어린 아들을 잃고
그 슬픔을 눈물로 승화시킨 것으로 여기에서의 '눈물'은 가장 진실된 가치의
실체인 것이다. 자신의 상처를 믿음으로 달래며 내향적이고 정신적인 양심의
옹호와 더불어 심화된 생명의 순결성을 내보인 그는 이때부터 내면세계로
의식을 전환한다.

4) 고독의 극복

그의 고독은 1970년 초반부터 극복 양상을 보여 준다. 이 변화는 다음 글
에서 볼 수 있다.

　　이러한 중에 나는 지금으로부터 3년 전의 어느 겨울에 갑자기 쓰러지고
　말았다. 나의 느낌으로는 죽었던 것이다. 그러나, 며칠 만인가, 얼마 만에
　나는 다시 의식을 회복하고 살아나게 되었다. 죽은 가운데서 누가 과연 나
　를 살렸을까? 나는 확신한다! 그분은 나의 하느님이시다. 나의 부모와 나의
　형제를, 나의 온 집안이 모두 믿고 지금도 믿고 있는 우리의 신인 하느님
　이 나에게 회개의 마지막 기회를 주시려고 이 어리석은 나를 살려 놓으신
　것이다.13)

신과의 단절에도 불구하고 신과의 관계를 은밀하게 유지해 오던 그는 위
글에서 볼 수 있는 것처럼 졸도를 계기로 고독을 극복하여 신과의 관계를
회복한다. 그가 "회개의 마지막 기회"라고 말한 것은 신을 상실하고 부정한
데 따른 회개인데 그것은 신이 인간에 우선하기 때문이라는 깨달음에서 비

---

13) 김현승, 「코피를 끓이면서」, 앞의 책, 31쪽.

롯된 것이다.

> 당신의 불꽃 속으로
> 나의 눈송이가
> 뛰어 듭니다.
>
> 당신의 불꽃은
> 나의 눈송이를
> 자취도 없이 품어 줍니다.

— 「절대신앙」 전문

위의 시는 1968년 12월 ≪세대≫에 발표된 것인데 이 때부터 그는 신 앞에 승복하고자 한다. 이 시에서 '불꽃'과 '눈송이'는 상반된 사물로, '불꽃'은 '신'의 뜨거운 사랑을, '눈송이'는 자신의 신앙심을 말한다. '눈송이'와 '불꽃'이 맞서는 것이 아니라 '눈송이'가 '불꽃' 속으로 뛰어들어 "나의 눈송이를 자취도 없이" 품어준다는 데에서 '나'의 소멸이 종교적 사상으로 승화되고자 하는 의지임을 알 수 있다.

> 몸 되어 사는 동안
> 시간을 거스를 아무도 우리에겐 없사오니,
> 새로운 날의 흐름 속에도
> 우리에게 주신 사랑과 희망 ― 당신의 은총을
> 깊이깊이 간직하게 하소서.
>
> 육체는 낡아지나 마음으로 새로웁고
> 시간은 흘러가도 목적으로 새로워지나이다!
> 목숨의 바다 ― 당신의 넓은 품에 닿아 안기우기까지
> 오는 해도 줄기줄기 흐르게 하소서.
>
> 이 흐름의 노래 속에

빛나는 제목의 큰 북소리 산천에 울려퍼지게 하소서!
— 「신년기원」에서

신과의 관계를 완전히 회복하고 "당신의 은총"을 갈구하고 있다. 신에 몰입한 그는 "우리에게 주신 사랑과 희망", "당신의 은총"을 깊이깊이 간직할 수 있도록 염원하고 있다는 것 — 자기 탐구에서 우러나온 믿음의 결과이다. 육체는 낡아지고 시간이 흘러가도 신의 품에 안길 때까지 믿음이 허물어지지 않도록 해 달라는 기원의 목소리는 간절하다. 그는 신과의 단절된 관계를 "참된 본질을 알게 하는" 고독을 통해 화해함으로써 다시 신을 인정한다.

하느님이 지으신 자연가운데
우리 사람에게 가장 가까운 것은
나무이다.

그 모양이 우리를 꼭 닮았다.
참나무는 든든한 어른들과 같고
앵두나무의 키와 그 빨간 뺨은
소년들과 같다.

우리가 저물 녘에 들에 나아가 종소리를
들으며 긴 그림자를 늘이면
나무들도 우리 옆에 서서 그 긴 그림자를
늘인다.

우리가 때때로 멀고 꽉꽉한 길을
걸어가면
나무들도 그 먼길을 말없이 따라오지만,
우리와 같이 위으로 위으로
머리를 두르는 것은
나무들도 언제부터인가 푸른 하늘을
사랑하기 때문일까?

가을이 되어 내가 팔을 벌려
나의 지난날을 기도로 뉘우치면
나무들도 저들의 빈손들과 팔을 벌려
치운 바람만 찬 서리를 받는다, 받는다.

— 「나무」 전문

그는 신앙에 의한 휴머니즘으로 자연과의 관계도 회복한다. 생명성을 가지고 있으면서 하늘을 향해 꼿꼿이 서있는 나무의 존재는 종교인에게는 신앙심을, 사상가에게는 굳은 신념으로 나타난다. 따라서 그의 나무는 신과의 화해로 신앙의 대상이 된다. 나무는 세계의 축으로서 생명과 관련되어 하늘, 땅, 지하를 연결하는 우주의 중심에 있다는 관념을 포함하고 있다. 또한 원시인의 종교적인 심성에서 나무는 하나의 힘으로 표상된다. 그 힘은 나무로서만이 아니라 우주론적인 의미를 지닌다. 원시 심성에서는 자연과 상징이 분리될 수 없으며 나무는 자신의 실체와 형상에 의하여 종교의식에 영향을 미친다. 그리고 나무는 그 자체로 숭배되는 것이 아니라 항상 나무를 통하여 계시된 것, 나무가 내포하고 의미되는 것에 의해 숭배되는 것이다.[14] 이러한 관점에서 볼 때 김현승의 나무에 대한 지대한 관심은 바로 자신의 종교적인 심상에 의한 것이라고 볼 수 있다. 그의 시에서 반복적으로 등장하는 수목의 의미는 영적인 존재가 숨어 있다는 것으로, 하느님의 존재를 받아들이는 무의식적인 표현이라고 할 수 있다.

그는, 이 시에서 시적 자아는 "그 모양이 꼭 우리를 닮아", "참나무는 든든한 어른과 같고" 키 작은 앵두나무는 "소년들과 같다"고 인간과 나무의 모습을 구체화하여 동일하게 인식하고 있다. 이러한 점은 표면적인 것 뿐만 아니라 심층적인 내면의 세계까지도 나무를 닮아가려고 하는 의식인 것이다. 이러한 점은 4, 5연에서도 나무에 유동성을 부여해 우리가 "팍팍한 길을 / 걸어가면 / 나무들도 그 먼길을 말없이" 따라 온다. 이러한 것은 신에 대한 믿음

_____

14) 멀시아 엘리아데, 이은봉 역, 『종교형태론』(한길사, 1996), 396∼397쪽.

속에서 이루어지기 때문에 그는 곧 나무와 하나가 되기에 이른다.

그의 신앙은 날이 갈수록 더욱 심화된다.

> 지금 나의 애착과 신념은 결코 시에 있지 않다. 따라서 시에 대한 야심
> 이나 욕심이 전과는 매우 달라졌다. 지금의 나의 심경은 시를 잃더라도 나
> 의 기독교적 구원의 욕망과 신념은 결단코 놓칠 수 없고 변할 수 없다.[15]

그의 신앙심은 "시에 있지 않다", "시를 잃더라도", "기독교적 구원의 욕망
과 신념"은 변할 수 없다는 신앙 고백 같은 위 글에서 신에 대한 절대의식을
확인할 수 있다.

> 당신의 핏자국에선
> 꽃이 피어 사랑의 꽃 피어,
> 따 끝에서 따 끝까지
> 사랑의 열매들이 아름답게 열렸읍니다.
>
> 당신의 못자국은
> 우리를 더욱 당신에게 못박을 뿐
> 더욱 얽매이게 할 뿐입니다.
>
> 당신은 지금 무덤 밖
> 온 천하에 계십니다. 충만하십니다!
>
> 당신은 당신의 손으로
> 로마를 정복하지 않았으나,
> 당신은 로마보다도 크고 강한 세계를
> 지금 다스리고 계십니다!
> 지금 울려 퍼지는 이 종소리로
> 다스리고 계시옵니다!

---

15) 김현승, 「나의 생애와 나의 확신」, 앞의 책, 166쪽.

당신은 지금 유대인의 수의를 벗고
모든 땅의 훈훈한 생명이 되셨읍니다.

모든 나라의 모든 사람들이
이웃과 친척들이 기도와 노래들이
지금 이것을 믿습니다!
믿음은 증거입니다.
증거할 수 없는 곳에

믿음은 증거입니다.
증거할 수 없는 곳에
믿음은 증거합니다!

해마다 4월의 훈훈한 땅들은
밀알 하나이 썩어
다시 사는 기적을 우리에게 보여줍니다.
이 파릇한 새 생명의 눈으로……

— 「부활절에」 전문

1975년 4월에 발표된 이 시는 그의 생존시 마지막 작품으로, 기독교 정신
인 사랑의 충만함을 노래한 것이다. '당신'의 희생으로 이 세상에는 사랑이
결실되고, 따라서 '당신'에게 "더욱 얽매이게" 할 수밖에 없는 믿음과 부활의
기쁨, 그리고 생명의 환희를 노래하고 있다.

이와 같이 그의 "견고한 고독"이 극복된 데에는 논리보다는 휴머니티를
바탕으로 한 성찰과 삶의 체험에서 온 결과라고 해야 할 것이다.

3. 맺음말

지금까지 김현승 시에 대하여 종합적으로 검토하였다. 기독교 가정에서

태어난 그는 신앙정신에 충실하였으나 신에 회의하고 신과의 관계를 단절, 고독의 세계로 빠져들었다. 그러나 참다운 자아 발견으로 이를 극복하고 '절대신앙'앞에 무릎 꿇고 '당신의 은총'에 감사하였다.

제1기에서는 일제하의 어두운 현실에서 망국민족의 희원을, 자연을 통하여 제시, 민족적 로맨티시즘과 센티멘탈리즘으로 노래했다. 제2기에서는 해방이후부터 도덕과 윤리의 회복을 위해 양심과 생명을 줄기차게 기도하면서 신을 추구하였다. 제3기는 유일신에 대한 부정과 신앙에 대한 회의로 고독에 빠진다. 그러나 여기에서의 고독은 실의와 허무가 아니라, 철저한 자아 탐구인 순수의 '견고한 고독'이다. 마지막으로 제4기에서는 '회개'로 다시 신의 세계로 돌아와 구원의 신념을 갖는다. 그리고 사망하기까지 신에 몰두한다.

김현승은 초기부터 신앙의식을 기본으로 하여 관념어와 종교적 언어로 시를 썼다. 그러나 그가 일생 동안 인간 중심적인 의식을 가지고 시를 썼기 때문에 그것이 꼭 종교시일 수 없다는 결론에 이른다. 더구나 그가 보여준 주지주의와 이미지즘은 한국 시사에 큰 성과로 남는다.

불심경수(佛心耕修)의 「동천(冬天)」 시관고(詩觀考)
— 서정주론

김 해 성*

1. 시와 연각(緣覺)

시와 '연각관(緣覺觀)'은 상반된 것 같으나 두 가지는 같은 세계다. '연각'은 '각독(覺獨)'과 동일한 의미를 갖고 있다. 각독은 타의행심(他意行心)에 의타치 않고 독력(獨力)으로 오각오득(五覺悟得)함으로 '각독'이라 한다.

독력의 세계는 곧 시의 세계와 동일성을 가졌다. 그러므로 시와 독각 — 시와 독력은 어떤 대상이 없고 자력의 힘으로써 외연(外緣)을 보며 도리(내연) 를 깨달음으로 연각하는 순간 — 시와 대화한다.

시와 독각은 위상을 같이 하며 위좌(位座)를 같이 하고, 승중합화(僧衆合化) 와 수행증득(修行證得)과 무사(舞師) 독오(獨悟)가 꼭 같은 도정에 선다. 시인의 독오와 영감작용은 이러한 외연과 내연의 수신수심(修身修心) 없이는 불가능 하다.

진선미(眞善美)의 종합체인 시적 감응이란 언어와의 거리감을 절연하며 시 작에서 종위(終位)까지 단독으로 수행을 하는 범주가 일상(一相)을 가린다. 곧 시의 대상(大相)은 묘리(妙里)의 근원에서 시시로 발하고 있으며 이 발아는 시 의 발심(發心)과도 같은 상각(相覺)이다.

---

* 서울여자대학교 명예교수

시의 언어가 어떤 순간의 독각의 상(相)이 발광(發光)할 때와 같이 생생한
언어가 나래를 펴는 완전언어의 구성이다.

> 시는 단순한 가운데 복잡을 넣어 원칙에 기인하여 말을 조화시키는 것
> 이다. 나래를 펴는 진·선·미의 힘에 대한 동경에의 발언이다.

영국의 18세기 Hante 시인은 이상과 같이 말했다. 진선미의 힘에 대한 자
기 발언 ─ 시인 자신의 분신적 발언을 의미한 것 같다.

시가 상상과 공상에 의해서 그 관념을 구체화하고 설명하고 또 통일에 있
어서 변화의 원리에 의해서 그 말을 정리한다. 이 정리된 관념을 진리와 미
와 힘에 대한 일종의 정취를 토로한 것이고, 이 정취의 토로는 인간 자체 ─
시인 자체가 진선미의 용해자란 점이다.

독각은 승(僧)의 외연과 내연의 수행증득에서 발광하는 수행의 힘이라 한
다면 시의 진리 ─ 진선미의 수행은 시인의 체험에서 인식된다. 그러나 승
(僧)의 수행의 독단은 상집(相集)하는 사제(四諦)의 해탈에서 가능하다면 시인
의 인식은 어떤 의식과 인격에 대한 자기반성에서 오는 것이 아니고 오직
시작품의 자기 나름의 구상화 속에서 자각자득하는 것이다.

시인의 독각은 곧 시작품의 완전한 탄생의 순간을 의미할 수도 있다. 시를
창작한다는 것은 어떤 시적 충동과 시적 감동의 심전(心田)에 존재해 있는 시
인 자신의 순간적 무사독오(舞師獨悟)를 말할 수 있다고 본다.

그러므로 시적 각독은 시를 요구하는 것이 아닌 생활의 수복(修福)과 수심
(修心)에서 충족시키려는 것이 최대 발심(發心)의 법열적(法悅的) 구경(究竟)을
의미한다고 본다.

모든 시관(詩觀)은 시인마다 가진 한 크고 작은 우주관 속에서 생성되며,
이 우주관의 생성은 논리적이고 각형(角形)에 깃든 것이 아닌 각 시인이 가진
인간 생명의 본원적 존재 가치에서 비롯하여 직관적 체험에서만이 가능한
것이다.

　　종교는 세계가 명망하지 않는 한 자태를 감출 수 없을 것이며 완벽한
합리성은 이 또한 세계가 멸망하지 않는 한 반드시 나타난다. 시가 가지고
있는 혼성력(混成力)을 이용해서 이 양자를 융합하려고 바라는 것은 모름지
기 바랄 수 없는 희망과 일장(一場)의 꿈일지도 모른다.

　　영국의 시인이며 비평가인 T. M. Hardy의『신구(新舊) 서정시집』서문에서
한 말이다.

　　종교의 끈질긴 세계적 인간 수심수행의 가치관을 이해시키는 심정을 알
수 있다. 어떤 종교관의 세계관은 곧 시인의 시관과 흡사한 종합적 합리성을
가지고 있다는 의미와 인간과 종교는 일치화의 공동 운명적인 위상을 갖고
시대와 사회와 생활에 교접하면서 전상전위(轉相轉位)를 우리에게 보여 주고
있다.

　　승관(僧觀)의 하나인 각독과 시관은 어떤 의미에서 동일화하는 접진력(接進
力)을 가졌다는 것이다.

　　현대와 미래, 과거와 오늘, 순간과 영원의 원형적 회전과 수회설적(輪廻說
的)인 도관(道觀)은 '詩와 緣覺'이 언제고 상위상좌한다고 보아도 무리한 이치
는 아닐 것이다.

　　한국 시인 ― 현대시사를 통하여 서정주 시인만큼 시전시근(詩田詩根)이 분
명한 시인도 드물게 본다. 「문둥이」 「復活」 「歸蜀道」 「密語」 「국화 옆에서」
「新羅抄」의 세계를 거쳐 온 시인이다. 가장 '동양적'이고 가장 '토속적'이고,
가장 '한국적'인 시세계를 가진 시인이다. 그러기에 「서정주론」은 이미 수많
은 비평가와 시론가들이 분석하여 발표했었다.

　　현대 한국시단의 거목거성인 서정주 시인에 대한 이 글은 지금까지 논문
에 대우하지 아니 했던 불교정신으로 일관하여 논하고자 한다. 그래서 많은
작품은 이미 논조의 대상이 되었고, 또 이 작품도 한 두군데 짤막히 나온 줄
로 아는 「동천」과 「선운사 동구 밖」 두 편만을 선택했다.

2. 「동천」의 오관상(五觀相)

내 마음 속 님의 고운 눈썹을
즈믄 밤의 꿈으로 맑게 씻어서
하늘에다 옮기어 심어 놨더니
동지섣달 나르는 매서운 새가
그걸 알고 시늉하며 비끼어가네.

—「동천」 전문

「동천」의 작품은 아주 편상적(片想的)인 시상을 영원과 순간의 찰나의 조화
— 상화(相化)한 작품이다. 편상적인 시상의 작품이 비교적 단상적인 자아 군
소리 아니면, 철학적인 신묘스런 언어의 나열에 빠지기 쉽다. 특히 현대시의
창작과정에서는 이러한 작품 구성의 언어군이 많음은 한국시는 물론 세계적
인 시단에서도 왕왕히 있는 작성(作成)의 예라고 본다.

그러나 여기 「동천」에서는 시어(詩語)의 선택과 배열이 너무도 자기좌석(自
己座席)에 앉아 건강한 언어의 호흡을 하고 있다. 시어의 선택에 있어서도 순
수한 우리 한글 전통과 아주 쉬운 시어의 사림은 곧 이 시인의 오랜 시적 수
행에서 온 달관(達觀)이라고 보아야 할 것이다. 이러한 세계에서 한 편의 시
작품이 탄생하기까지는 불교에서 이야기하는 「오정심관(五停心觀)」의 오랜 수
심행로(修心行路)에서만이 가능한 시적 진실의 표현이라고 할 수 있다. 오정심
관이란 오종(五種)의 정신적 과실을 정지하고 오종의 관법(觀法)을 수행하여야
하는 지정(止靜)을 말한다. 수행을 실천하면서 제일 먼저 장해가 되는 심(心)의
과실을 말한다. 참된 인간심지의 감동을 요구하는 시인의 시작품은 첫째인
'부정관(不淨觀)'을 퇴치하는 것과 둘째인 '자비관(慈悲觀)'의 자아심지와 자아
소견을 성립시키는 데 일어나는 것을 퇴치하며, 셋째인 '인연관(因緣觀)'의 십
이인연(十二因緣)의 윤회를 관(觀)하여 생사의 원인과 그 결과의 이치의 깨달
음을 얻는 것과 넷째인 '육계관(六界觀)'의 존재인 지(地)·수(水)·화(火)·풍(
風)·공(空)·의(議)의 육종(六種)에서 발하는 고집의 망상(忘想)과 다섯째인 '수

식관(數息觀)'의 호흡은 출입을 세어서 산란심(散亂心)을 퇴치하여 심신의 정착을 의미한다.

이렇게 시인의 시적 진실과 시적 수행은 오종(五種)의 정신적인 전상조화(轉相調和)가 없이는 위대한 시작품을 창작할 수 없다는 것이다.

인간의 일체미(一體美)에서 얻는 현색계(顯色界)와 묘촉계(妙觸界)와 공봉계(供奉界)를 곧 자연과의 조화 - 화목심(花木心)과의 조화 - 시공과의 조화가 있어야만 교묘한 시심의 개한(開限)을 얻을 수 있다.

정주(廷柱)시인의 '시관(詩觀)'은 한마디로 말하면 오정심관(五停心觀)과 사색계(四色界)를 완전히 퇴치한 시인의 세계라 할 수 있다.

정주시인의 시세계를 흔히 비평가들은 한마디로 '신라정신(新羅精神)' 또는 '연화구경세계(蓮花究竟世界)' - 또는 '불심세계(佛心世界)' 등으로 말하고 있다.

그러나 정주시인의 시작품의 언어 속에서, 불교적인 용어는 찾아볼 수가 없을 만큼 현대어의 결집이다. 「동천」의 세계를 살펴보면 순수한 동양적인 천(天)이며 한국적 무(無)요 '선(仙)'의 세계다.

자기수행의 진실에서 얻은 시적 체험의 발로라고 볼 것이다.

내 마음속 우리님의 고운 눈섭

'내 마음속'은 곧 정관(靜觀)하는 세계의 어느 한 점에도 의지하는 일없이 오직 자아독력(自我獨力)의 수행하는 데 있다면 자아는 분명 개면(開眠)된 생명의 진수(眞髓)가 파악되어가고 있는 자아관을 말한다고 볼 수 있을 것이다.

불심의 어느 경지에 가면 있는 것도 없고 없는 것도 없고 죽은 것도 산 것이며 산 것도 죽은 것이 될 수 있다. '우리 님의 고운 눈섭'은 내가 아닌 타아(他我) - 곧 중생 - 아니면 부처님을 지칭하는 의미인 '우리 님'과 '고운 눈섭'은 정관(靜觀)하는 묘리(妙理)속에서 순간의 달각(達覺)의 표상으로 표출된 표현이라고도 볼 수 있다.

또한 만해(萬海)시인의 '님'관(觀)과도 어느 정도 통한 '님'관(觀)으로 보아도 좋을 것 같다. 사랑하는 인간의 님만 님이 아니며 생명을 가지고 있는 일체의 몸가짐을 가진 것들을 인간 — 자연 — 사물 등을 의미한다고 볼 때 정주시인의 '님'관(觀)은 만해시인의 '님'관(觀)과 동일시할 수도 있을 것이다.

그러나 정주시인의 여기 「동천」에서의 '님'은 동짓달 기울고 있는 '명월상관(明月像觀)'을 의미한다고 볼 수도 있다. 이 세상에서 존재할 수 없는 '님'의 고운 눈썹은 밝은 초생달의 표상으로 시전(詩田)에다 밝게 비추며 서역삼만리(西域三萬里) 길을 닦고 가는 반달 — 명월상관(明月像觀)으로 본다.

다시 말해서 불교의 삼천실상(三千實相)이 현상의 세계에 비친 시인의 시적 감정에 이입되어 고운 미적 개안(開眼)의 유동(流動)이라고도 할 수 있다.

　　즈믄 밤의 꿈으로 맑게 씻어서

'즈믄밤의 꿈으로'는 심연(深淵)의 세계인 꿈의 미개지(未開地)에서 환상의 표정(表情) — 현실과 무소부재(無所不在) — 무(無)와 유(有)의 조화(調和) — 등으로 꿈에서도 명월의 상(像)은 계속 시인의 심전(心田)에 표상화되고 있다.

이 꿈은 우리가 보통 생각하는 꿈의 세계와는 다르다.

정주시인의 꿈의 세계는 프로이드가 말하는 현상학적 의미가 아니고 어디까지나 시적 진실의 원형(圓型) 속에서 재현되는 옥경(玉京)과 극락(極樂)의 환상적 세계다.

　　영원성의 관념(觀念) — 현세적인 것과는 틀리는 영원의 리얼리티의 관념은 현실의 부분적인 지리파멸(支離破滅)한 의의에 대한 감각에서만 생긴다.
　　참으로 이런 감각이야말로 인간에게 있어 자연적이다. 위대한 시인이 체험을 재단(裁斷)하는 것이 아니고, 거기에 자기를 맡기는 것이다. 그리하여 지적(知的)인 의식에는 불완전하게 보이는 현실은 시인의 전(全) 존재를 가지고 전연(全然) 다른 방법으로 받아들이는 데 시인은 알아차린다.

영국의 Mrile 시인은 그의 저서인 『시의 형이하학(形而下學)』에서 이상과 같이 말하고 있다.

'맑게 씻어서'의 시인적인 긴 염원(念願)에의 작업은 곧 정주시인이 가진 일념(一念)으로 표백(漂白)시킨 청정화(淸淨化)의 한 심전(心田)의 심정(心靜)이다.

이 심정의 작업은 짧은 시간에 표출시키는 견도(見道)가 아니다. 이 작업은 잘 때고 눈을 뜰 때고 — 밤낮 없이 계속되는 일이다.

정주시인의 진지(眞智)의 작용은 내세적(內世的)인 곳에서도 외세적(外世的)인 곳에서도 항상 계속되고 있는 자아심전(自我心田)에 뜬 일월상관(日月像觀)이다.

　　하늘에다 옮기어 심어 놓았더니

천심(天心) — 지심(地心) — 해심(海心)의 자연적인 심전과 인간의 인심이다. 천심의 천상(天相)은 인간의 능력으로는 도저히 어쩔 수 없는 심(心)인데 진지(眞智)의 발광자(發光者)인 시인은 천심과 인심과 대화를 나눌 수 있다.

천심을 공관(空觀)으로 본다면 공역공(空亦空)을 명시한 것으로서 결국은 공(空)도 유(有)도 아닌 것을 표시한다. 이것을 비유비공(非有非空)의 중도(中道)라 칭하고 있다. 또 진여실상(眞如實相)이라고도 하여, 이것을 인류의 진실상(眞實相)이라고 관(觀)할 때 모든 물(物)의 진실의 상(相)을 발견할 수가 있는 것이다.

이 진실상은 물(物)의 존재를 논하고 있는 공간(하늘)은 한 걸음 나아가서 존재의 근거, 물(物)의 본성을 투시하여 볼 때의 어떤 찰나에 있어 시인의 경지에 들어온다.

곧 '하늘에 옮기어' 있는 시인의 진실상(眞實相)은 어떤 순간에 이식(移植)된다.

'심어 놓았더니'의 어떤 상념의 진실상이 이식된 순간에 얻어진 정주시인의 공관(空觀)이다.

이 '공관(空觀)'에 이식된 진실상은 안정된 표정 — 곧 시인 자신의 분신인 시적 진실상 — 한 실상을 정확하게 안좌(安座)시킨 것이다.

　　동지섣달 나르는 매서운 새가

'동지섣달 나르는'은 곧 시간관(時間觀)을 – 시관(時觀)을 의미하는 동지섣
달이다. 이 실행적인 현실세계는 이상의 세계에 달하고자 하는 것으로 현실
을 사리(捨離)하는 것이 아니고, 정화(淨化)하는 것이다. 다시 말해서 번뇌의
심전(心田)을 청정(淸淨)케 하여 무상(無常)의 세계로 이끌고 간다.

여기서 동지섣달의 시관(時觀)은 이상의 시세계에 유동(流動)시키고 있으며
현실비관(現實悲觀)은 시관(時觀)에서 공관(空觀)으로 이입(移入)한다.

'매서운 새가'의 매서운 새는 곧 조류도 될 수 있지만 환상의 비환 – 직
성(職星)의 일상(一相) – 의지의 생리(生理)라고도 볼 수 있다.

詩라는 世界에는 무슨 元來부터 名其 다른 나라가 없다.

詩가 되었는가 안 되었는가의 차이 뿐이니 傾向의 차이란 것은 人間社
會의 직업의 차이와 같은 것이 아니라 많은 모순을 잘도 포용하는 것 詩,
詩의 자율성이다.

조지훈 시인이 「시와 인생」에서 한 말이다. 시의 세계가 일정한 위상을 정
해 놓고 시가 탄생되는 것이 아님을 의미한 말이다.

매섭게 날아가는 이념의 새가 오늘의 시관(時觀)에 의해서 의지를 몰고 가
는 저 많은 유무(有無)의 묘각상(妙覺像)은 자아와 타아와 자연과의 일체의 도
정(道程)에서 날고 있다.

그걸 알고 시늉하며 비끼어 가네

'그걸 알고 시늉하며'는 이미 지각된 지혜의 발산이다. 이 발산은 다양외
상(多樣外相)으로 표상화되었다. 이 상태는 곧 우주를 종합하는 도종지(道種智)
에서만이 가능하다. 인간 – 시인의 만선만행(萬善萬行)을 장양(長養)하는 시적
수행에서 오는 영감의 발로상이다.

인간에게 망상(妄想)과 희원(希願)이 있다. 이 양자가 모두 현실을 – 완전

실상을 보기는 드문 일이다.

'비끼어 가네'의 무상(無常)의 세계 – 간다의 비애관(悲哀觀)이 있다. 비끼어의 상(相)과 상(相)은 자기상(自己像)을 각기 증득(證得)하여, 무(無)의 세계로 혹은 유(有)의 세계로 비환했음을 볼 수 있다.

「동천」은 5행으로 된 시작품이다. 기기묘묘한 시적 진실과 시적 체험을 현대적 구조의 연상작용에 의하여 불심에 타는 내면성의 시정신이 잘 조화되어 있다고 볼 수 있다.

불교용어가 한 자도 사용되지 않은 이 「동천」의 세계는 시의 지주가 되는 정신을 불교적 사상의 발로로 발광되고 있음을 볼 수 있다.

이 5행의 시작품으로 '옥경(玉京)'과 '극락'과 '선경(仙境)'의 맛을 본 것이다. 이 작품을 구분해 보면 제1행에서는 불교의 '정관상(靜觀相)'을 볼 수 있었고 제2행에서는 '환관상(幻觀相)'을 볼 수 있었고, 제3행에서는 '공관상(空觀相)'을 볼 수 있었고, 제4행에서는 '시관상(時觀相)'을 볼 수 있었고, 제5행에서는 '지관상(智觀相)'을 볼 수 있었다.

단시(短詩) 5행에서 넓은 의미인 '오관상(五觀相)'의 의미경(意味境)에 헤매 보는 작품도 한국에는 「동천」의 세계뿐이라고 할 수 있다.

3. 시적 삼매경(三昧境)의 「선운사(禪雲寺)」

선운사 고랑으로
선운사 동백꽃을 보러 갔더니
동백꽃은 아직 일러 피지 않았고
막걸릿 집 여자의 육자배기 가락에
작년 것만 오히려 남았읍니다.
그것도 목이 쉬여 남았읍니다.

— 「선운사 동구 밖」 전문

정주시인의 정토(淨土)는 곧 불심불전(佛心佛田)에 자리 잡고 있는 증득(證得)

은 여기에 6행으로 구성된 「선운사 동구 밖」을 시화했다고 본다.

선운사는 전북 고창군 서해변에 있는 선경지로 알려진 경치가 좋고 고승의 수도처로 이름이 나있는 절이기도 하다. 정주시인은 이 고장에서 태어난 시인이다. 소년시에 이 시인은 한 때 이 사원에서 초발심(初發心)을 증득(證得)한 기연(起緣)이 전립전연(轉立轉聯)한 수행지이다.

또 정주시인과 같이 일생을 불심불전에 시심을 가꾸고 있는 근원지의 원점이 바로 선운사의 정토라고 볼 수 있다.

정주시인의 일심삼관(一心三觀)의 묘리를 관득하는 데는 정좌하여 선정에 정립(淨立)하는 선정삼매(禪定三昧)를 심경에 들어 관심의 묘리가 증득되는 것이다.

삼매를 범어로써 정(定), 등등(等等) 또는 조직정(調直定), 정심행처(正心行處)라고 말한다.

다시 말하면 제심일처(制心一處)라는 의미이며, 인간 주변에서 밤낮으로 일어나는 천변만화(千變萬化)의 잡념을 버리고 정념일념(正念一念)을 절대한 법성을 주재케 한다.

이런 삼매의 실천을 수행정진해 온 정주시인의 삼매경은 심산수행 아닌, 속세와 사회와 역사와 현실과 현시관(現時觀) 속에서 진각적(眞覺的) 삼매를 성취한 시인이다.

삼매법은 일수행기간을 90일로 하여 수행한 승법수행과는 달리 정주시인의 시적 삼매는 일생을 두고 점진적 발원지를 개안(開眼)하고 있다.

정좌를 사암불전(寺庵佛前)에서만이 정적으로 지혜를 발하여 실상의 리를 찾는 것이 아니고 속세의 부단한 시궁채 속에 피는 '연화경지(蓮花境地)'의 정신으로 관조하여 시작품의 저류에 흐르는 시정신에서 발아되고 있다.

또 시관을 일념의 법성에 일치케 하여, 능연(能緣) 즉 무명(無明)에 의하여 귀상(鬼像)도 불상으로 관하듯 속세의 속된 자연과 인간사와 만물에 대한 상진삼매(常塵三昧)로 정주시인은 시관을 닦은 신(身)·구(口)·의(意)의 발로가 「선운사 동구 밖」 같은 시경을 구성했다.

이 구성은 불심의 내용인 실상묘법은 곧 중생심내(衆生心內)의 묘법에 화합화동(和合和同)하는 '일실감응(一實感應)'이 선운사의 시감동(詩感動)이다.

　　선운사 고랑으로 선운사 동백꽃을 보러 갔더니

불심불전의 고랑을 찾은 시적 삼매는 선운사의 감응을 시로 이입케 했다. 백운 속에 훈훈한 남풍을 안은 동백꽃은 인지상(忍志相)을 의미했으며 '보러 갔더니'의 일심삼관의 일체가 곧 진실로 유동케 되었다.

　　심심불이요 처처불이며,
　　처처불이요 심심불이니라.

하는 불(佛)의 무소부재(無所不在)인 고랑은 어느 곳에도 가능한 수행발심지이다.

정주시인의 선운사 동백관(冬栢觀)은 수십년 만에 가보는 행(行)이라고 보아도 좋고 영원과 순간의 교접에서 보는 옥경같은 고랑이나 극락같은 고랑으로 보아도 좋을 것이다.

　　동백꽃은 아직 피지 안했고

기다림의 용서와 발아의 광명을 화심 둘레의 원지(圓地)의 법설이 해탈되지 않는 상태 - 곧 발아의 기다림을 관망하는 시인의 제심일처(制心一處)를 증득해 보려는 것이다. 이것은 각의삼매의 한 순간 오도상(悟道相)을 시간이 시간을 초월하는 조료(照了)하는 상태이다.

　　꾀꼬리는 봄 한 철을 잘도 운다.
　　그것이 생명이다.
　　그 다음은 침묵이다.
　　그것도 생명이다.

　　미소의 덕―
　　석가와 노총은 다 적(寂)의 경지에서 살았다.
　　산 것이 아니라 적한 것이다.
　　홍모(鴻毛)보다도 가벼운 열반이여
　　유마거사의 뇌성(雷聲)과 같은 함묵(含默)도 있다.

　조지훈 시인이 「방우산장」에서 한 말이다. 적경관(寂景觀)을 통한 이상적
정관과 허무의 열반세계의 침묵의 묵언세계, 곧 육성(肉聲)도 난성(亂聲)도 생
명의 일관이다.
　정주시인은 적광(寂光)의 세계를 선관으로 이끄는 시심이다. 이 시심은 선
관의 한 부분이다.

　　막걸리 집 여자의 육자배기 가락에
　　작년 것만 오히려 남았습니다.

　불가(佛家)의 칠정사고(七情四苦)의 수행수심(修行修心)이 깊은 어느 정각시관
(正覺時觀)은 처처불심의 한 구원실성(久遠實成) 이후 화합상성(和合相成)하는 생
멸기복(生滅起伏)이 현상만물의 신명작용(神明作用)이다.
　법계(法界)중생은 제천선신(諸天善神)과 화합귀일(和合歸一)하는 법계관(法界觀)
속에 인간의 만행은 어느 경지를 다다르면 주도(酒道)의 도관(道觀)을 정립할
수 있다.
　'막걸릿집 여자'는 한 중생의 고해(苦海)에서 헤매는 인간상 ― 현실을 직
관하는데 무지중생을 교화하는 중생 중의 중생 보살상이다.
　'육자배기 가락'은 향토정신을 화현본토(化現本土)에서 육성하는 의미로 볼
수도 있고 '한 전통미의 시화(詩化)정신' 속에 '애조미(哀調美)'까지 조화합성시
켰다.
　'작년 것만 오히려 남았습니다'의 '오히려'는 관미(觀美)의 발원세계다. 이
발원세계의 한 관미의 결정체를 표출시키며 '남았습니다'는 어떤 실상의 일
상(一相)이 견시견각(見視見覺)할 순간적 현상이라고도 할 수 있다.

 '작년 것'은 유동상태의 유심실상(唯心實相)을 묘법에 의한 고관적(古觀的) 의미로 곧 윤회전상(輪廻轉相)의 대자연과 인간상을 표상화했다고 본다.

 포에지의 제일 갈망의 조소는 천상계적인 미에 대한 선망이다. 그러나 미는 지상의 현존의 어떠한 포엠의 결합에 있어서도 정신에 주어지지 않을 것이다. 이 포엠은 아무리 조합을 하여도 완전히 만들어 내기에 불가능한 미일 것이다.

 미국의 시인 포오의 「롱펠로론」에서 한 말이다. 미와 천상계와의 어떤 동일상시관(同一相時觀)을 엿볼 수 있는 한 결합을 찾을 수 있다.

> 弄石臨溪坐　　尋花遶寺行
> 時時聞鳥語　　處處是泉聲

> 수석이 좋아
> 시냇가에 앉았다가

> 꽃을 찾아 절을 돌아 걸으면
> 새 울음
> 때때로 들리고

> 샘물 소리
> 곳곳에 나더군
>
> —「이원섭 역」

 중국의 시인인 백낙천의 「유애사(遺愛寺)」란 시작품이다. 백낙천은 대중화를 위한 구경적(究竟的) 경지를 이루고 있는 시인으로 유명하다. 시의 한 예술성은 언어의 평상시 사용 언어를 어느 만큼 극복하느냐에 그 위대성을 알 수 있다.

 백낙천 시인의 고도화된 대중과의 거리가 평이한 언어의 선택에 있으면서도 대중적 정신 속에 밀고 가면 거기에서 선경(仙境)을 엿볼 수 있다.

여기에 정주시인의 불심경(佛心境)과 상이한 점은 언어의 선택에서 평범하고 대중적인 언어의 배열이다.

이 두 시인의 존재가치가 시의 구경(究竟)에서는 동시동상을 증득케 한다.

그것도 목이 쉬어 남았읍니다.

물(物)에도 상(相)에도 자아가 없고, 심전에도 자아가 없다. 없는 것이 진공(眞空)의 우주의 묘유경(妙有境) 속에서 적멸(寂滅)은 자아가 있다. 목이 쉬어 남은 여상(女像)은 곧 묘유경에 다다른 제상실상(諸相實相)이며 이 실상은 정주시인만이 가진 시적 선관(禪觀)에서만 가능하다. 선과 시, 선상과 시상은 동일하다.

선은 일심을 밝힌 것이라 한다면 곧 심은 불이요 불은 심이라고 할 수 있다.

시적 정신은 곧 선적 정신과 동일하다고 할 때 내적 필연의 자기원인이 모든 상을 상호인연화합케 한다고 보면 정주시인의 시관은 곧 선관에 귀일 귀의했다고 볼 수 있다.

4. 미당의 불심경수(佛心耕修)

1) 고행

미당 정주시인에 대한 시와 인생과 그 정신에 대한 수많은 논문과 비평문이 있었음은 주지의 사실이기 때문에 필자는 조금 다른 각도로 미당의 시와 인생과 그 정신의 근본적인 것에 대하여 몇 가지로 구분한 단편상을 앞에서 적어 보았다.

혹 본인(미당)이나 독자들에게 전연 다른 각도의 견해라고 할지라도 이해

하시어 또 각개인의 차원이 다른 비평사상에서 온 것이라고 알아주면 다행
으로 생각하겠다. 미당의 시세계를 흔히들 초창기를 가르켜 '인생파(人生派)
육성(肉聲)을 구가(謳歌)' 등으로 말하고 있다. 허나 인생파적인 본원사상은 불
가의 고행사상이나 '수행정신의 발원사상'의 싹이 트이는 원점인 것이다.

「문둥이」, 「종」, 「섬 가시내」 등의 근본 사상을 따지자면 그 안에 이미 불
가의 인연으로 인한 고행을 겪는 한 부분으로 볼 것이다.

「문둥이」는 천형(天刑)의 벌을 받은 인간에게 걸머진 풀 수 없는 죄의 짐이
다. 이것을 다시 보면 자비사상에 이어받은 점이 아닌가 한다.

인간의 본래에 대한 죄의식이나 그 죄의식에서 오는 동일원점사상(同一元
點思想)이다. 이 원점사상을 미당은 자기 스스로의 정신과 생활에서 미리 연
소화하려는 정신인 것이다.

「종」정신도 한국의 봉건 사상에서는 아주 천한 직업의 일종이며 인간의
대우를 못받는 데서 천형과의 다른 점이 없을 것이다.

허나 불가에서 볼 때 부처님의 고행 정신을 근본적으로 본다면 종의 정신
은 곧 자비의 정신과 동일한 사상이 아닌가 한다.

이러한 사상 - 시정신은 보통 사람이나 서툰 시인들은 체험할 수 없는
데서 미당은 정신적체험을 한 것이다. 또한 미당이 이런 시작품을 쓸 무렵엔
방랑생활 - 무처무근생활(無處無根生活)을 했다고 스스로 고백도 하고 있는데
이 점 역시 본래의 부처님의 고행상을 체험한 것이다. 결국은 '만법귀일래(萬
法歸一來)'란 불신의 세계를 닦는 발원지인 것이라고 본다.

  2) 서정한(抒情恨)

미당은 고행사상의 시작품세계를 넘어 서서 그는 인간의 정한(情恨) 극치
를 노래했다.

곧 「국화 옆에서」, 「귀촉도」 등의 시사상은 고행을 겪은 수행자만이 가능
한 극치의 구가이며 구경이 아닐 수는 없는 것이다.

해방 27년의 한국 시단(詩壇)에서 「국화 옆에서」처럼 늙고, 젊고, 어린 학생

들의 입에 오르내린 작품도 없을 것이다. 한 송이의 꽃—한 인간의 아픔과
생존 — 그리고 정한을 이토록 짜임새 있게 구성한 작품은 없을 것이다.

「귀촉도」의 세계에서는 불심의 동양 정신이 다져진 조화의 극치임을 알
수 있을 것이다. 이러한 작품이 미당의 시창작에서 생산되는 자유는 앞에 말
한 고행정신이 아닌가 싶다.

'정한세계(情恨世界)'의 후반기에 와서 자연과 인간과 혼연일체 정신을 나
타낸 것은 「무등을 바라보며」, 「상리과수원」 등에서 볼 수 있다.

인도의 '타고르'사상은 간단한 황하강이라면 미당은 한국의 금강이나 영
산강심(心)이라고 할 수 있을 것이다.

한국에서 어느 비평가 — 인도의 타고르의 영향을 가장 많이 받은 현대시
인을 신석정시인이라고 하지만 필자의 견해로 보아서는 신석정의 시세계를
잘못 본 것 같다. 신석정의 영향은 '한시(漢詩)'에 있고 도연명의 시 영향을
많이 받은 시인이라고 본다. 작품 세계의 비교에서 볼 수 있다.

허나 미당은 자연과 불교사상과 자기가 삼위일체가 되어가는 정신을 볼
수 있다는 점이 다른 것이다.

「무등을 바라보며」작품을 읽노라면 마치 심산유곡의 정각정행(正覺正行)을
가는 도승과 같은 심정을 갖게 된다. 이것은 그 밑바닥에 흐르고 있는 시정
신 사상의 표출 때문인 것이다.

3) 신라정신(新羅精神)

① 초기 — 앞의 고행고도(苦行苦道)를 거쳐 자연과의 찬가(讚歌)를 또 한 번
지나서 불심의 동양사상의 기틀을 확고히 한 불심을 기른 것이다.

이제 초기의 신라정신이 생심(生心) 속에서 자라 그 힘과 광명을 곧 시 정
신으로 소유득(所有得)케 된 것이다. 이 시 정신은 미당에게 있어 자연발생이
아니고 오랜 고행 끝에 오는 힘인 것이다. 이 '힘'은 보통 시인들이 체득치
못한 경지를 의미한다. '불상'이나 '불가'의 노래만 하면 불교시인 같이들 여
기는 일반사람의 견해와는 다르다.

적어도 미당의 실제 체험과 고행고도에서 외적 내적 자연적인 면에 조화가 왔을 때만이 가능한 시 정신이다.

초기에 나타난 불교적인 신화정신은 주로 운심처(雲深處)의 노승같은 세계를 시사상으로 표출시켰다고 본다.

이것은 미당의 행(行), 도(道)에서 얻은 신비경을 의미하는 것이다. 이 신비경은 누구도 체험치 못한 신비의 보고를 미당 혼자서만이 간직하며 그 속에서 시신(詩神)을 부르고 있는 것이다.

미당이 선덕여왕, 진성여왕 등의 신비세계를 노래한 것도 이런 연유가 아닌가 싶다.

신라정신은 곧 동양 정신의 기틀이며 이것은 불교의 정신을 의미하기도 한다. 고로 신라정신의 근본사상은 불교정신이요, 동양정신으로 깔려 온 정신이다.

이 정신을 오랜 시간이 흐르는 동안 문학세계에서는 무의미하게 지내온 것을 현대에 와서 정주시인이 오랜 고행 끝에 터전을 마련한 것이다.

미당의 시 —『신라초』같은 시집 한 권을 다 읽어보아도 불교의 용어와 법어가 별로 없다. 그 작품 속에 흐르고 있는 정신이 곧 불교와 동양정신이 배어서 그것이 우리의 정신 속에 남아 돈다는 것이다.

『신라초』의 시집을 읽고 나면 불교의 청정세계와 정토세계에 들어갔다가 나온 듯 싶다. 이것은 불교의 정관사상을 의미한 것이다.

② 중기

『신라초』의 신라정신이 중기에 와서는 찬란한 우리 생활주변으로 온 듯 싶다.

그것은 요즘이나 근래의 미당시인의 시작품 속 어딘가 우리 생활을 그려내고 또 우리의 생명이나 자연에 더욱 깊은 관조를 하여 새로운 현실의 불심을 시세계에 몰입시키고 있는 것 같다.

도인(道人)이나 법인(法人)이나 각자(覺者)가 되었을 때 같이 모든 우주만물이 한 개의 생명이나 자아(自我), 타아(他我), 물아(物我), 삼자가 일체된다는 사상이 아닌가 한다.

시어의 구사 - 시어의 선택 - 시상(詩想)의 간소화 - 에서 얻어진 도풍(道風)은 곧 대가시인 정신보다도 미당이 겪은 오랜 한국적 고행과 동양적 고행과 정신적 고행 속에서 얻어진 시관이 아닌가 한다.

시인 - 위대한 시인이나 - 위대한 선각자들은 적은 것에 큰 것보다 관심이 집중했다는 사실을 알 것이다.

이런 점에서 볼 때 시인인 미당도 대풍을 지닌 시인이기에 연륜이 더 깊이 쌓일수록 내 것과 적은 것에 관심을 쏟고 또 쏟는 근본 정신은 불교정신을 밑받침한 것이 아닌가 한다.

'세상에 바람을 쏘이러 나왔다'고 미당은 스스로 말하듯이 그 바람은 곧 무게 있는 불교 정신의 바람인 것이다.

다시 말하면 정토사상의 배양이 미당에겐 오랜 시간의 다짐 속에서 잘 되어 있다는 점이다.

③ 후기

미당시인은 앞으로 여전히 불교적인 신라정신과 동양정신을 버리지 못할 것이다. 또 이 정신을 버린다면 미당의 시세계가 공지(空地)가 될 것이요, 이 공지 속에 뜬 구름의 빛이 될 것이다.

허나 미당은 이 길을 꼭 가리라고 본다. 신라정신과 동양정신을 영원히 간직하고 또 그 정신을 우리의 후손에게까지 이어주고 갈 것이다. 한국시인들 가운데는 미당의 이 정신을 퇴보된 한국정신이라고도 한다. 이것은 참된 신라정신과 동양정신을 모르고 하는 말인 것 같다. 우리 한국인은 그 누구도 이 정신이 몸에 배어 있지 않은 사람은 없을 것이다.

미당은 불교의 삼보(三寶)정신을 누구보다도 깊은 곳에서 받들고 또 받든 시관을 볼 수 있다. 그러기에 믿을 수 있는 '한국적 정신'을 발로한 시인임을 재확인해도 좋을 것이다.

백석의 시세계

정 순 진*

1. 머리말

　백석(白石)은 1912년 평북 정주군 갈산면 익성동에서 수원 백씨 백용삼의 장남으로 태어났다. 본명은 백기행(白夔行)이지만 작품을 발표할 때에는 백석이라는 필명을 애용하였다. 오산소학교를 거쳐 오산학교에 입학한 그는 1929년 오산고등보통학교(오산학교 재학기간에 학교 이름이 오산고등보통학교로 바뀜)를 졸업하였다.

　그가 문단에 첫선을 보인 것은 1930년 ≪조선일보≫ 신년현상문예에 단편소설 「그 모와 아들」이 당선되어서인데 그는 곧 ≪조선일보≫후원 장학생으로 선발되어 동경의 청산학원에서 영문학을 수학하였다. 1934년 청산학원을 졸업한 그는 ≪조선일보≫에 입사하여 출판부 일과 계열사인 ≪여성≫지 편집을 하면서 수필 「耳說 귀ㅅ고리」를 쓰고, 「臨終 체홉의 6월」이라는 서간문을 번역 소개하였고, 「'죠이스'와 愛蘭文學」이라는 티 에스 마르키스의 논문을 번역하였고, 단편소설 「마을의 遺話」와 「닭을 채인 이야기」를 발표하였다. 즉 그는 외국어 실력을 바탕으로 외국문학과 관계된 글을 번역·소개하였고, 등단 장르였던 소설을 두 편 발표했으며 수필을 한 편 썼다. 이것으로

---

* 대전대학교 교수

보면 문필활동 초기에 그는 산문에 관심을 가지고 있었음을 알 수 있다.

그가 발표한 첫 시는 1935년 8월 31일 ≪조선일보≫에 발표한 「정주성」인데 이듬해인 1936년 1월 20일, 33편의 시를 묶어 시집 『사슴』을 상재하였다. 시를 처음 발표한 시기부터 시집을 낼 때까지의 기간이 다섯 달도 채 되지 않는 것이다. 그리고 이때부터 1941년까지 그는 집중적으로 시작활동을 전개하였다.

시집을 낸 직후인 1936년 4월초 백석은 조선일보사를 사직하고 함흥에 있는 영생고보의 영어교사로 부임하였으나 1938년엔 영생고보를 사임하고 다시 조선일보사에 입사했다가 이듬해 만주의 신경으로 떠나 만주국 국무원 경제부에서 일하기도 하고 북만주 산간 오지를 여행하기도 하며 측량보조원, 측량서기, 소작인 생활, 만주 안동에서 세관원 생활 등 다양한 생업에 종사하다 해방 후 신의주를 거쳐 고향 정주로 돌아왔고 그대로 북한에 남아 있었다. 해방 이후 발표된 그의 시는 친구인 허준이 가지고 있다 발표한 것이고, 그 이후 확인된 작품으로 보면 백석은 1961년까지는 조선작가동맹에 소속되어 창작을 하고 번역을 하였으며, 아동문학평론을 발표하였다.

이렇게 보면 그의 시세계는 시집 『사슴』을 내던 시기와 『사슴』 이후 시기, 그리고 북한에서의 활동 시기로 나누어 볼 수 있다. 그러나 북한에서 전개한 그의 문학활동은 당의 정책을 전폭적으로 지지 · 선전하는 내용으로 일관되어 있어 본고는 해방 직후까지 발표된 시만을 대상으로 그의 시세계를 고찰하고자 한다.

선행연구에 의해 백석 시학의 출발점은 민속이었다는 점[1], 그가 가장 흥미를 느낀 것은 식생활이었다는 점[2], 『사슴』은 어린아이의 시선과 고향언어로 고향을 탐구하였다는 점이 밝혀졌고[3], 『사슴』에서는 사건 표현에 집중했으나 그 이후에는 생각의 표현에 기울어졌다는 견해[4], 『사슴』의 세계를 풍속

1) 백철, 『한국신문학발달사』(박영사, 1975), 291~292쪽.
2) 김윤식 · 김현, 『한국문학사』(민음사, 1973), 217~219쪽.
3) 김종철, 「30년대의 시인들」, 『한국근대문학사론』(한길사, 1982), 469~474쪽.
4) 최두석, 「1930년대 시의 표현에 관한 고찰」, 『현대문학연구』 49, 서울대 대학원, 1982

의 시화라고 말할 수 있다면 그 이후의 시세계는 눌변의 미학이라고 할 수 있다는 견해5), 『사슴』을 발표하던 시기에는 객관주의자의 정신을 바탕으로 한 모더니스트로서의 면모를 지닌다면 그 이후는 낭만적 기미를 드러낸다는 견해6) 등이 설득력 있게 제시되었다.

본고는 이런 선행연구를 바탕으로 백석의 시에 접근하여 시세계의 특질과 의미를 고찰하고자 한다.

2. 묘사의 시학

첫 작품을 발표하고 첫 시집 『사슴』을 낼 무렵 백석이 견지하고 있는 시작 방법은 묘사이다. 그 방법이 지니고 있는 모더니티를 가장 먼저 지적한 사람은 김기림이다. 모더니즘 운동의 기수이었던 그는 백석이 시집 『사슴』을 낼 때 같은 조선일보사에 근무하고 있었는데 시집이 발간되자 제일 먼저 서평을 ≪조선일보≫에 실었다.

> 백석은 우리를 충분히 哀傷的이게 맨들 수 있는 세계를 주무르면서도 그것 속에 빠져서 어쩔 줄 모르는 것이 얼마나 추태라는 것을 가장 절실하게 깨달은 시인이다. 차라리 거의 鐵石의 냉담에 필적하는 불발한 정신을 가지고 대상과 마조 선다.
> 그 점에 「사슴」은 그 외관의 철저한 향토 취미에도 불구하고 주착없는 일련의 향토주의와는 명료하게 구별되는 '모더니티'를 품고 있는 것이다.7)

이 글은 범람하는 정서를 직접 서술하던 백조파의 낭만주의와 내용 편중에 기울어졌던 프로문학에 대한 반격으로 나타난 모더니즘 문학의 이론적 기수였던 기림이 백석의 시가 '鐵石의 냉담에 필적하는 불발한 정신을 가지

---

5) 이숭원, 「풍속의 시화와 눌변의 미학」, 『한국 시문학의 비평적 탐구』(삼지원, 1985)
6) 정효구, 「백석의 삶과 문학」, 『백석』(문학세계사, 1996)
7) 김기림, 「사슴을 안고」, ≪조선일보≫, 1936. 1. 29.

고 대상과 마조 선다'는 점에서 모더니티를 가지고 있음을 지적하고 있는 것이다. 다만 다른 모더니즘 시인들이 그야말로 '신선한 감각으로써 문명이 던지는 인상을 붙잡고 음으로서의 말의 가치, 시각적 영상, 의미의 가치도 여러 가지 가치의 상호작용에 의한 전체적 효과를 의식하고 일종의 건축학적 설계 아래서 시를[8]' 쓰는 것이라면 백석은 고향의 풍물과 민속, 인물을 대상으로 하고 있다는 점이 다르다. 즉 백석은 다른 모더니스트 시인들과 달리 시의 대상은 고향의 풍물과 민속에 두었지만 감정과 정서는 철저하게 절제했는데 그 방법이 묘사인 것이다.

백석이 묘사에 관심을 보이고 있는 또다른 이유는 그가 소설로 등단하였고 시를 발표하기 전까지 소설을 두 편이나 더 발표하고 있다는 사실과 관련되기도 한다. 소설은 서술자의 의도나 감정을 직접 서술하는 것이 아니라 사건과 행동, 인물의 성격, 또는 풍경 등을 통해 이야기하는, 즉 간접화시키는 장르인데 대상에 대한 생각과 정서를 직접 서술하지 않고 대상을 묘사함으로써 간접화시키는 백석의 시작 방법론은 시를 창작하기 전 훈련한 소설의 장르적 성격에서 연원한 것으로 볼 수도 있다. 물론 소설은 사건을 서술하는 장르이지만 그럼에도 불구하고 소설에서는 인물, 풍경, 심리, 행동 등, 묘사 아닌 것이 없다고 할 정도이다. 풍물 묘사만으로 시적 깊이를 획득하기 어렵자 사건을 끌어들이면서 돌파구를 마련했다고 하는 지적[9]도 타당성이 있지만 이때 이 사건은 소설에서 다루는 것과는 차이가 있다. 즉 백석이 시에서 사건을 다루는 방식은 묘사인 것이다. 소설은 사건의 시작과 중간과 끝을 서술함으로써 사건의 진행과정에 관심을 기울인다면 시에서 사건은 단지 정서를 환기하는 것이다.

> 아배는타관가서오지않고 山비탈외따른집에 엄매와나와단둘이서 누가죽
> 이는듯이 무서운밤집뒤로는 어늬山골짝이에서 소를잡아먹는노나리군들이
> 도적놈들같이 쿵쿵걸이며다닌다

---

8) 김기림, 「모더니즘의 역사적 위치」, 『김기림전집』(심설당, 1988) 2, 56쪽.
9) 최두석, 「백석의 시세계와 창작방법」, 『백석』(새미, 1996), 140쪽.

날기멍석을저간다는 닭보는할미를차굴린다는 땅아래고래같은기와집에는 언제나 니차떡에청밀에 은금보화가그득하다는 외발가진조마구뒷山어늬뫼도 조마구네나라가있어서 오줌누러깨는재밤 머리맡의문살에대인유리창으로 조마구군병의 새깜안대가리 새깜안눈알이들여다보는때 나는이불속에자즈러붙어 숨도쉬지못한다

또이러한밤같은때 시집갈처녀망내고무가 고개넘어큰집으로 치장감을가지고와서 엄매와둘이 소기름에쌍심지의불을밝히고 밤이들도록 바느질을하는밤같은때 나는아릇목의샅귀를들고 쇠든밤을내여 다람쥐처럼밝어먹고 은행여름을 인두불에구워도먹고 그러다는이불웅에서 광대넘이를뒤이고 또 눌워굴면서 엄매에게 웃목에둘은평풍의 샛빩안천두의이야기를듣기도하고 고무더러는 밝는날 멀리는못난다는뫼추라기를 잡아달라고졸으기도하고

내일같이명절날인밤은 부엌에 쩨듯하니 불이 밝고 솥뚜껑이놀으며 구수한내음새 곰국이무르끓고 방안에서는 일가집할머니가와서 마을의소문을펴며 조개송편에 달송편에 쥔두기송편에 떡을빚는곁에서 나는밤소팟소 설탕든콩가루소를먹으며 설탕든콩가루소가장맛있다고생각한다
나는얼마나 반죽을 주물으며 흰가루손이되여 떡을빚고싶은지모른다

섯달에 내빌날이드러서 내빌날밤에눈이오면 이밤엔 쌔하얀할미귀신의눈 귀신도내빌눈을 받노라못난다는말을 든든히녁이며 엄매와나는 앙궁웅에 떡돌웅에 곱새담웅에 함지에버치며 대냥푼을놓고 치성이나들이듯이 정한마음으로 내빌눈약눈을받는다
이눈세기물을내빌물이라고 제주병에 진상항아리에 채워두고는 해를묵여가며 고뿔이와도 배앓이를해도 갑피기를앓아도 먹을물이다
　　　　　　　　　　　　　　　　　　　　　　　—「古夜」 전문

이 시는 제목 그대로 '옛밤'을 소재로 한 것인데 밤이면 기억나는 어린 날의 밤풍경 다섯 개를 병렬시켜 놓은 것이다. 한 마디로 하면 밤풍경이지만 1연에서는 노나리꾼들의 쿵쿵거리는 소리가 환기시키는 밤의 정적과 두려움, 2연에서는 그런 밤이면 더 생각나는 무서운 옛날 이야기, 3연에서는 엄마와

고모가 바느질하는 옆에서 먹고 놀던 어린 날의 기억, 4연에서는 명절 차비
에 분주한 어른들 곁에서 맛난 것이 많아 행복하던 명절 전날 밤, 5연에서는
납월 납일에 내리는 눈을 받아 약으로 쓰는 평북 지방의 민속이 묘사의 대
상이다.

　밤이라는 시간을 풍경화로 제시하여 공간화시키는 이 시는 바로 그 기법
의 측면에서도 모더니즘적이다. 1연부터 5연까지 시상이 시간적 순서에 의해
계기적으로 구성된 것이 아니라 밤이라는 같은 시간의 서로 다른 풍경이라
는 점에서 동시적인데 이것은 단지 밤이라는 시간을 시각적으로 재생해 내
는 데 그치는 것이 아니라 언어에 내재해 있는 시간적 원리를 부정하고 사
물을 시간의 지속성에 의해서가 아니라 한 순간에 총체성을 드러내는 것으
로 파악하려는 시도인 것이다.10) 이렇게 공간에 치중된 시는 객관적이며 주
지적이며 사물적인 성격을 띠게 된다.

　이런 병렬법은 연의 구성에 있어서만이 아니고 행의 구성에도 빈번하게
나타난다. 예를 들어 위의 시 2연에서 조마구를 수식하는 '날기멍석을저간다
는 닭보는할미를차굴린다는 땅아래고래같은기와집에는언제나 니차떡에청밀
에 은금보화가그득하다는'도 그러하다. 행을 구성하는 이 기법은 '－ㄴ다는'
이 압운 구실을 해 긴 문장에 리듬감을 부여한다.

　백석의 시를 처음 대할 때 느끼는 곤혹감은 낯선 평북 방언 때문이다. 그
러나 방언이 주는 곤혹감은 러시아 형식주의자들이 말하듯 '낯설게 하기'의
효과를 지니며 독자들에게 언술 자체에 관심을 집중하게 만들고, 그 정확한
의미는 모른다 해도 환기하는 정조에 젖어들게 만든다. 여기에다 어린아이의
시선으로 포착한 대상을 평북 방언으로 묘사한 것은 박용철의 지적대로11)
'수정없는 생생한 언어'이기에 '생생한 표현'이 가능하였을 뿐만 아니라 '전
반적으로 침식받고 있는 조선어에 대한 혼혈작용 앞에서 민족의 순수를 지
키려는 의식적 반발'의 효과까지 갖게 되었다. 이런 의도는 남도의 향토색과

---

10) William Holtz, "Spacial Form in Modern Literature : A Reconsideration," Critical Inquiry,
　　Vol. 4, No. 2 (1977), pp.271～283.
11) 박용철, 「백석 시집 『사슴』 평」, 《조광》, 1936. 4.

방언미를 살려 시적 성공을 거둔 김영랑과 대비되면서 30년대 한국 현대시의 값진 성과 중의 하나이다.

백석 시가 보인 관심 중의 하나는 고향 산천 어디에서나 볼 수 있는 평범한 사람들인데 특히 다음 시에서는 그들의 모습이 생생하게 그려져 있다.

명절날나는 엄매아배따라 우리집개는 나를따라 진할머니 진할아버지가있는 큰집으로가면

얼굴에별자국이솜솜난 말수와같이눈도껌벅걸이는 하로에벼한필을짠다는벌하나건너집엔 복숭아나무가많은新里고무 고무의 딸李女 작은李女

열여섯에 四十이넘은홀아비의 후처가된 포족족하니 성이잘나는 살빛이매감탕같은 입술과 젓꼭지는 더깜안 예수쟁이마을가까이사는土山고무 고무의딸承女 아들承동이

六十里라고해서 파랗게뵈이는山을넘어있다는 해변에서 과부가된 코끝이빩안 언제나흰옷이 정하든 말끝에설게 눈물을짤때가많은 큰곬고무 고무의딸洪女 아들 洪동이작은洪동이

배나무접을잘하는 주정을하면 토방돌을뽑는 오리치를잘놓는 먼섬에 반디젓담그러가기를좋아하는삼춘 삼춘엄매 사춘누이 사춘동생들

이 그득히들 할머니할아버지가있는 안간에들몽여서 방안에서는 새옷의내음새가나고 또 인절미 송구떡 콩가루차떡의내음새도나고 끼때의두부와콩나물과 뽂은잔디와고사리와 도야지 비게는모두 선득선득하니 찬것들이다

저녁술을놓은아이들은 외양간섶 밭마당에달린 배나무동산에서 쥐잡이를하고 숨굴막질을하고 꼬리잡이를하고 가마타고시집가는노름 말타고장가가는노름을하고 이렇게 밤이어둡도록 북적하니논다

밤이깊어가는집안엔 엄매는엄매들끼리 아르간에서들웃고 이야기하고 아이들은 아이들끼리 웋간한방을 잡고 조아질하고 쌈방이굴리고 바리깨돌림하고 호박떼기하고 제비손이구손이하고 이렇게 화디의사기방등에 심지를몇번이나독구고 홍게닭이몇번이나울어서 조름이오면 아릇목싸움 자리싸움을하며 히드득거리다가 잠이든다 그래서는 문창에 텅납새의그림자가치는아츰 시누이동세들이 욱적하니 흥성거리는 부엌으론 샛문틈으로 장지문틈으

로 무이징게국을끌리는 맛있는내음새가 올라오도록잔다

— 「여우난곬族」 전문

제목 그대로 '여우가 나오는 골짜기에 모여 사는 사람들'을 그리고 있는 이 시는 1연에서 이렇게 많은 사람들이 모이게 된 이유를 밝히고, 2연에서는 모인 친척들의 특징과 사는 모습을 시각적으로, 3연은 명절을 상징하는 새옷과 음식을 후각적으로 살려내고 있으며, 4연은 아이들의 놀이를 열거함으로써 북적이는 명절의 분위기를 역동적으로 상상하게 하면서 어른들의 화목한 모습까지 곁들이고 있다. 이 시에는 앞에서 지적한 행의 병렬적 기법이 특히 두드러지며, 이 시의 리듬감은 전적으로 이 기법에 힘입고 있다. 이 시가 보여주는 어렵고 힘들게 살아도 사람들끼리 서로 친밀하고, 먹을 것이 풍부하고, 재미있는 이야기와 놀이가 있는 공간은 물론 시 속에 펼쳐진 자족적인 공간이다. 이 자족적인 공간은 아이의 시선으로 명절을 포착했기에 얼굴에 별자국이 솜솜난 고모나 홀아비의 후처로 살아야 하는 고모, 과부 고모가 살아야 했을 어렵고 신산했을 삶이 그림자를 남기고 있지 않다. 화자가 어린이라고 해도 이 시를 쓸 당시 백석은 청년이었다는 점을 감안하면 이런 자족적인 공간이 남성적 상상력의 소산이기도 하다는 사실을 깨닫게 된다. 그것은 명절에 큰집에 모두 모인 이 대가족에 시집간 고모들이 있기 때문이다. 여성이라면 결혼하여 아이와 남편이 있는 고모가 명절날 고모의 시댁에 가지 않고 아이들을 데리고 친정에 온다고 상상하지 않을 것이기 때문이다.

이 시를 설명할 때 지적하지 않을 수 없는 것은 '말수와같이눈도껌벅걸이는'이다. 이것은 말할 때 음절 수만큼이나 눈을 자주 껌벅거리는 고모의 습관을 지적하고 있는 것인데 이 '말'을 동물 '말'로 잘못 설명하고 있는 경우가 많다.

고향과 어린 시절이 결합해 있는 시집 『사슴』의 세계에서 특히 인상적인 것은 이런 자족적이고 화목한 공간이 구체적인 음식과 놀이가 결합되어 풍요롭고 신나는 공간으로 형상화되어 있다는 점이다. 사람들이 아무리 많이 모였어도 풍성한 음식이 없다면 풍요롭고 넉넉한 느낌을 줄 수 없다. 아니

음식이 없는데 사람이 많다면 궁핍감을 더욱 처참하게 느끼게 될 것이다. 어렵고 고통스러웠던 시대 음식을 통해 풍요로운 공간을 환기시켰기에 그 풍요로움이 더욱 절실하게 여겨지며, 묘사를 주된 방법론으로 사용했어도 그의 시세계가 역동적인 느낌을 주는 것은 사건과 행동을 묘사했기 때문이다.

이런 조화롭고 따듯한 공간이 친족 내에서만이 아니고 모든 사람들과 동물에게까지, 더 넓게 확대되어 사물에게까지 확대되어 있는 시가 「모닥불」이다.

> 새끼오리도 헌신짝도 소똥도 갓신창도 개니빠디도 너울쪽도 집검불도 가랑닢도 머리카락도 헌겁조각도 막대꼬치도 기와장도 닭의 짗도 개털억도 타는 모닥불

> 재당도 초시도 ⾨長늙은이도 더부살이아이도 새사위도 갓사둔도 나그네도 주인도 할아버지도 손자도 붓장사도 땜쟁이도 큰개도 강아지도 모두 모닥불을쪼인다
> — 「모닥불」 중 1, 2연

파노라마 기법을 사용하여 1연은 모닥불을 이루는 재료들을 열거하고, 2연은 모닥불을 쪼이는 사람과 동물을 열거하고 있는 이 시는 '-도'를 중첩 반복시킴으로써 여기에 열거된 것 이외에도 무엇이라도 이 화합과 평등의 장에 포용될 수 있는 탄력적 구조를 가지고 있다. 1연을 채우고 있는 사물들은 모두 쓸모 없게 되어 버려진 하찮은 사물들이다. 그러나 이 사물들이 모여 자신을 태워 이루어내는 것이 모닥불인 것이다. 그렇게 이루어진 따뜻하고 밝은 세계이기에 그것을 나누는 2연의 정경 또한 '다함께, 평등하게'를 기본 본질로 한다. 친척이건 친척이 아니건, 노인이건 아이이건, 나그네이건 주인이건, 더 나아가 큰 개이건 강아지이건 모두 함께 따뜻한 공간을 나누는 것이다.

『사슴』 이후에 씌어졌어도 풍물을 묘사하는 기행시는 속성상 이 계열에 속한다. 다만 주로 고향의 풍물에 한정했던 『사슴』 시기와 달리 『사슴』 이후

시기에는 시의 대상을 확대하여 여행지의 풍경을 그리고 있다.

3. 독백의 시학

시집 『사슴』의 발행 일자는 1936년 1월 20일인데 백석은 그 직후인 1월 23일자 ≪조선일보≫에 시 「통영」을 발표하였다. 이 시는 물론 이제까지의 시의 기법인 묘사를 통해 통영을 그리고 있으면서도 마지막 연에서 시적 화자의 상태를 진술하고 있는데 이 점이 시집에 실린 시들과의 차이이다. 이전의 시에서 생각이란 시어가 보이는 것은 「古夜」에서인데 그것은 없어도 기본 의미에서는 차이가 없는 보조서술어 용법으로 사용되었다. 즉 '설탕든콩가루소가 가장 맛있다고 생각한다'는 부분인데 여기에서 '생각하다'는 '가장 맛있다'에서 끝나도 되는데 덧붙인 것이지만 「통영」의 마지막 연에 보이는 '녕 낮은 집 담 맞은 집 마당만 높은 집에서 열나흘 달을 업고 손방아만 찧는 내 사람을 생각한다'에서 '생각한다'는 그 앞에 묘사된 통영의 풍물과 대조시켜 시적 화자의 상태, 그 중에서도 생각을 직접 진술하는 것이다. 이 때부터 백석이 발표하는 시에 가장 빈번하게 나타나는 시어 중의 하나가 '생각하다'이다.

36년 3월 ≪시와 소설≫ 1호에 발표한 「湯藥」에 사용된 '생각하다'는 시어에는 보다 역사적이고 시간적인 의미가 포괄되어 있다. 뿐만 아니라 이 시간성은 연 구성의 원리로도 작용한다.

눈이오는데
토방에서는 질화로웋에 곱돌탕관에 약이끓는다
삼에 숙변에 목단에 백봉령에 산약에 택사의 몸을보한다는 六味湯이다
약탕관에서는 김이올으며 달큼한 구수한 향기로운 내음새가나고
약이끓는 소리는 삐삐 즐거웁기도하다

그리고 다딸인약을 하이얀 약사발에 밭어놓은것은

아득하니 깜하여 萬年 넷적이 들은듯한데
나는 두손으로 공이 약그릇을들고 이약을내인 넷 사람들을 생각하노라
면
내마음은 끝업시 고요하고 또 맑어진다

　　　　　　　　　　　　　　　　　 ― 「湯藥」 전문

　시의 1연이 눈 오는 날 토방에서 끓고 있는 약탕관을 공감각적으로 묘사
한 것이라면 2연은 달인 후 '하이얀 약사발'에 밭인 한약을 바라보며 하는
시적 화자의 생각과 마음의 상태를 진술하는 것이다. '萬年 넷적'이 암시하
는 긴 시간의 힘과 옛 사람들에 대한 긍정적인 신뢰에서 비롯된 고요하고
맑은 마음은 그의 시에 드물게 나타나는 안정적이고 평화로운 상태이다. 이
시에 나타난 직접진술, 즉 자신의 생각과 마음을 고백하는 방식은 이제까지
의 시에서 보여주던 간접제시의 방식과는 다른 방법론으로 시인의 관심이
객관적인 대상을 묘사하는 것에서 주관적인 생각과 마음의 세계로 바뀌었음
을 보여준다.

　이 시보다 2년 뒤인 38년 3월 ≪조광≫지에 발표한 「山宿」은 '山中吟'이란
제목으로 묶어서 발표한 네 편의 기행시 중의 한 편이다. 산간 마을을 여행
하면서 그린 짧막한 여행 스케치 같은 작품인데도 사물을 보면서 사람들의
마음을 생각하는 화자의 모습을 드러내고 있다.

　　旅人宿이라도 국수집이다
　　메밀가루포대가 그득하니 쌓인 웃간은 들믄들믄 더웁기도 하다
　　나는 낡은 국수분틀과 그즈런히 나가 누워서
　　구석에 데굴데굴하는 木枕들을 베여보며
　　이 山골에 들어와 이 木枕들에 새까마니 때를 올리고 간 사람들을 생
　　각한다
　　그 사람들의 얼골과 生業과 마음들을 생각해본다

　　　　　　　　　　　　　　　　　 ― 「山宿」 전문

　6행밖에 안 되는 짧은 시에서 국수집과 여인숙을 겸하고 있는 산골 여인

숙 방의 묘사가 4행이다. 단순한 공간 묘사인 것 같지만 두 가지 사물, '국수
분틀'과 '木枕'에는 긴 시간성이 부여되어 있다. '국수분틀'에는 '낡은'이라는
관형어를 붙여 국수분틀의 시간성을 드러낸다면 '木枕'은 거기에 낀 때를 통
해 시간성을 암시한다. 내가 여기에 와 하룻밤을 묵는 것처럼 여기에 온 사
람들이 하룻밤 베고 간 흔적이 새까만 때가 될 때까지의 시간과 역사, 그 시
간을 살아낸 사람들에 관심을 갖게 되는 것이다. 이 산골까지 들어와 국수로
허기를 때우고 메밀가루포대, 국수분틀과 함께 하룻밤을 묵어 목침에 때를
올린 사람들의 얼굴과 생업과 마음을 생각한다는 이 시는 결국 이제 시인이
사물보다 그 사물을 사용한 사람들에게 관심을 갖게 되었다는 사실을 알려
준다.

백석이 자신의 생각과 감정을 드러내 보이는 낭만주의적 시작 태도를 가
지면서 시간성과 역사에 관심을 보이는 것은 낭만주의의 기본 속성으로 볼
때 당연한 것이다. 낭만주의자들은 세계를 감성적으로 인식할 뿐만 아니라
유기체적 세계관을 지니고 있었다. 유기체적 세계관은 생명체적 자연인식인
데 생명체란 탄생, 성장, 소멸의 지속성이 그 본질을 이루는 것이기에 낭만
주의자들은 시간과 역사에 관심을 가졌던 것이다.12)

이제까지 살펴본 시에서는 '생각한다'는 시어를 통해 주관적으로 생각하
는 주체를 드러내는 정도이지만 38년 이후 유랑하면서 굴곡과 변화가 많은
시기에 쓰여진 「北方에서」, 「許俊」, 「흰 바람벽이 있어」, 「촌에서 온 아이」,
「澡塘에서」, 「杜甫나 李白같이」, 「南新義州 柳洞 朴時逢方」 등에는 얽히고
설켜 있는 생각을 갈피갈피 고백할 뿐만 아니라 쓸쓸하고 외로운 감정을 직
접적으로 토로하고 있다. 다만 같은 시기에 발표되었어도 「歸農」에는 다른
시들과는 달리 낙천적인 세계관과 삶의 즐거움이 여유 있는 호흡 속에 담겨
있다.

　　　날은 챙챙 좋기도 좋은데

---

12) 오세영, 「낭만주의」, 『문예사조』(고려원, 1983), 88~124쪽.

눈도 녹으며 술렁거리고 버들도 잎트며 수선거리고
저한쪽 마을에는 마돗에 닭개즘생도 들떠들고
또 아이어른 행길에 뜰악에 사람도 웅성웅성 홍성거려
나는 가슴이 이무슨흥에 벅차오며
이봄에는 이밭에 감자 강냉이 수박에 오이며 당콩에 마늘과 파도 심그
리라 생각한다

수박이 열면 수박을 먹으며 팔며
감자가 앉으면 감자를 먹으며 팔며
까막까치나 두더지 돗벌기가 와서 먹으면 먹는대로 두어두고
도적이 조금 걷어 가도 걷어가는대로 두어두고
아, 老王, 나는 이렇게 생각하노라
나는 老王을 보고 웃어 말한다

—「歸農」3, 4연

이 시의 시간적 배경은 봄이다. 봄이 주는 생명력에 힘입어 시의 분위기는 술렁거리고 홍성거린다. 화자 역시 '흥에 벅차오며'라고 고백하고 있다. 즉 자연의 생명력에 기대어 생기 있는 삶을 회복하고 있는 것이다. 거기에다 화자는 밭을 얻었다. 땅의 생명력에 힘입어 화자 역시 땅의 너그러움과 풍요로움을 회복하고 있는 것이다. 4연에서 자신의 수확물을 짐승들과 도적과 함께 나누겠다는 마음은 삶에 대해 넉넉하고 여유 있는 태도를 지닐 때 나타날 수 있는 것이다. 이 시는 가장 강박했던 무렵까지 자연과의 친화로 따뜻하면서도 넉넉하게 살고자 했던 백석의 모습을 떠올리게 한다.

그러나 해방 직후 신의주에서 머물 때 쓴 것으로 추측되는「南新義州 柳洞 朴時逢方」에 오면 그런 낙천적 세계관은 사라지고 비애와 고통 속에서 어렵고도 힘들게 자신을 가라앉히는 모습이 가감 없이 술회되어 있다.

어느 사이에 나는 아내도 없고, 또,
아내와 같이 살던 집도 없어지고,
그리고 살뜰한 부모며 동생들과도 멀리 떨어져서,

그 어느 바람 세인 쓸쓸한 거리 끝에 헤매이었다.

바로 날도 저물어서,

바람은 더욱 세게 불고, 추위는 점점 더해 오는데,

나는 어느 木手네 집 헌 삿을 깐,

한 방에 들어서 쥔을 붙이었다.

이리하여 나는 이 습내 나는 춥고, 누긋한 방에서,

낮이나 밤이나 나는 나 혼자도 너무 많은 것같이 생각하며,

딜옹배기에 북덕불이라도 담겨 오면,

이것을 안고 손을 쬐며 재 위에 뜻없이 글자를 쓰기도 하며,

또 문 밖에 나가지두 않구 자리에 누워서,

머리에 손깍지베개를 하고 굴기도 하면서,

나는 내 슬픔이며 어리석음이며를 소처럼 연하여 쌔김질하는 것이었다.

내 가슴이 꽉 메어 올 적이며,

내 눈에 뜨거운 것이 핑 괴일 적이며,

또 내 스스로 화끈 낯이 붉도록 부끄러울 적이며,

나는 내 슬픔과 어리석음에 눌리어 죽을 수밖에 없는 것을 느끼는 것
이었다.

그러나 잠시 뒤에 나는 고개를 들어,

허연 문창을 바라보든가 또 눈을 떠서 높은 천정을 쳐다보는 것인데, 이
때 나는 내 뜻이며 힘으로, 나를 이끌어가는 것이 힘든 일인 것을 생각
하고, 이것들보다 더 크고, 높은 것이 있어서, 나를 마음대로 굴려가는
것을 생각하는 것인데,

이렇게 하여 여러 날이 지나는 동안에,

내 어지러운 마음에는 슬픔이며, 한탄이며,

가라앉을 것은 차츰 앙금이 되어 가라앉고, 외로운 생각만이 드는 때쯤
해서는,

더러 나줏손에 쌀랑쌀랑 싸락눈이 와서 문창을 치기도 하는 때도 있는데,

나는 이런 저녁에는 화로를 더욱 다가 끼며, 무릎을 꿇어보며,

어느 먼 산 뒷옆에 바우섶에 따로 외로이 서서,

어두워 오는데 하이야니 눈을 맞을, 그 마른 잎새에는,

쌀랑쌀랑 소리도 나며 눈을 맞을,

그 드물다는 굳고 정한 갈매나무라는 나무를 생각하는 것이었다.
— 「南新義州 柳洞 朴時逢方」 전문

이 시는 아내도, 집도, 부모도, 동생도 없이 어둠과 추위 속에서 거리를 헤
매는 상실감 속에서 겨우 얻어 들은 '어느 木手네 집 헌 삿을 깐' 방에서 혼
자 한 생각과 느낌을 고백하고 있다. 순서도 없이 생각나는 대로 쓴 것처럼
보이지만 사실은 잘 짜여진 4단 구성을 하고 있다. 첫 부분은 쥔을 붙이기
전까지의 도저한 상실감을 토로한 것으로 화자의 현재 상황과 처지를 드러
내고 두 번째 부분은 9행부터 19행까지로 그 상황에서 화자가 하게 된 상념
이 대부분이다. 이런 상황에서 가질 수밖에 없는 슬픔과 이런 상황까지 자신
을 몰아 온 어리석음을 끝없이 반추하며 부끄러움 속에 죽음까지 생각하게
되는 부분이다. 그러나 여기에서 '소처럼 연하여 쌔김질하는' 화자의 되풀이
하는 자아의 자기반성은 자신에게 되돌아갈 수 있는 구조적인 가능성을 마
련하게 되는데 그것이 20행부터 23행까지 이어지는 세 번째 부분에서 보여
주는 운명에의 발견이다. 즉 화자는 자신의 뜻이나 힘보다 더 크고 높은 것,
말하자면 운명을 수용하게 되는 전환적 계기를 보여준다. 자신의 삶만이 아
니라 생명 전체를 바라보면서 얻게 된 달관의 자세는 그에 걸맞는 객관적
상관물로 갈매나무를 떠올린다.

이 시를 두고 '페시미즘의 절창'[13)이라고 평한 평론가도 있거니와 이 시는
참담함 속에서 뼈아프게 이루어지는 자아성찰의 과정을 혼자 중얼거리듯 서
술하고 있음에도 불구하고, 그 결과 이루어 낸 소박하지만 절절한 깨달음을
호소력 있게 전달하고 있다. 이 시는 시적 성취란 어떤 시작 방법론을 사용
하느냐에 의해 이루어지는 것이 아니고 삶의 깊이에 도달했느냐의 여부에
의해 좌우된다는 엄연한 사실을 다시 한 번 확인시켜 준다.

---

13) 유종호, 『비순수의 선언』(신구문화사, 1962), 105쪽.

4. 맺음말

이상에서 논한 백석 시세계의 특질과 의미는 다음과 같이 정리할 수 있다.

첫 작품을 발표하고 첫 시집 『사슴』을 낼 무렵 백석은 감정과 정서를 철저하게 배제하면서 어린 화자의 시선으로, 평북방언으로, 고향의 풍물과 민속, 인물을 묘사하고 있다. 이 시기의 시학을 묘사의 시학이라 이름 붙였는데, 이것은 당시 문단을 풍미하였던 모더니즘의 영향이면서 동시에 소설 장르의 영향이기도 한 것으로 보인다. 다만 소설에서는 사건의 진행과정에 관심을 기울인다면 시에서 사건은 단지 정서를 환기시킬 수밖에 없는데 이 때문에 사건을 묘사하고 있는 것이다. 모더니즘의 영향은 연과 행 구성에 보인 병렬법에서도 드러나는 바 병렬구성은 시간의 계기성보다 한 순간의 총체성을 염두에 둔 기법이다. 시간성보다 공간성을 모방한 시는 객관적이고 사물적인 성향을 보이게 된다.

시집을 발표한 이후 백석의 시작 방향은 생각과 정서를 직접 술회하는 쪽으로 기울어지게 되어 이 시기의 시학을 독백의 시학이라 이름 붙였다. 물론 이 시기에도 많은 기행시는 여전히 여행지의 풍물을 묘사하고 있다. 그러나 감정과 정서를 철저하게 배제하던 『사슴』 시기와 다르게 이 시기는 화자의 생각과 감정에 기울어져 있음을 볼 수 있다. 36년에서 38년 사이에는 단순히 생각과 마음의 세계를 발견한 화자의 모습만 나타나 있다면 그 이후의 시는 화자의 생각과 감정을 진술하거나 토로하고 있음을 볼 수 있었다. 이런 낭만주의적 시작 태도를 보이면서 백석은 공간성보다는 시간성과 역사성에 관심을 갖게 된다.

이 시기가 시인 개인으로서도 어렵고 굴곡 많았던 시기이면서 동시에 민족 전체로서도 어려웠던 시기였기에 제어하기 어려운 쓸쓸하고 외로운 감정을 그대로 토로하면서도 자신을 추스리기 위해 애쓰는 시를 많이 남겼지만 그런 중에도 자연과 대지의 생명력에 힘입어 생기를 회복해 보려는 시도 남기고 있다.

이용악 시의 인물형상에 관한 일고찰

이 은 봉*

1. 머리말

문학을 가리켜 흔히들 인간학이라고 한다. 결국은 인간 문제를 담아낼 수밖에 없는 것이 문학이기 때문이다. 문학이 지니고 있는 이러한 면은 그 하위 장르인 서정시의 경우에도 마찬가지이다. 서정시 또한 인간 현상의 하나이고, 따라서 그 구체적인 모습이야 어쩌든 인간의 면면을 담아낼 수밖에 없기 때문이다. 여기서 인간의 면면을 담아낼 수밖에 없다는 뜻은 인간의 정신을 담아낼 수밖에 없다는 뜻도 되지만 인간 자체의 인물형상을 담아낼 수밖에 없다는 뜻도 된다. 서정시의 창작 주체 역시 구체적인 인물형상이니 만큼 그 주체로서의 측면이나 대상으로서의 측면에 인물형상이 자리잡게 되는 것은 당연한 일이다. 따라서 서정시의 하위 장르 중의 하나인 이른바 리얼리즘 시에 항용 어떤 방식으로든 인물형상이 다루지는 것은 짐짓 자연스러운 일이라고 하지 않을 수 없다. 기본적으로 창작의 주체나 대상의 측면에서 사회적인 관점을 취하지 않을 수 없는 것이 리얼리즘 시라면 그것이 인물 형상을 포괄하는 것은 흔히 있을 수 있는 일이라는 뜻이다. 물론 이러한 면은 본고에서 중점적으로 살펴보려고 하는 이용악 시의 경우에도 마찬가지이다.

───────────────
* 광주대학교 교수

리얼리즘 시에서 인물형상이 포섭되는 방법은 지난 1990년대 초 이른바 '리얼리즘 시 논쟁'이 한참 불거졌을 당시에도 수 차례 논의된 바 있다. 김형수, 오성호, 윤여탁, 최두석, 필자 등으로 이어지면서 그 즈음의 시단을 뜨겁게 달구었던 이 논쟁의 전말에 대해서는 여기서 따로 덧붙여 설명할 필요가 없다.1) 다만 이들 논쟁을 통해 합의된 것을 간략히 요약하면 마가렛 하그네스의 노동소설『도시의 처녀』를 대상으로 정초한 엥겔스의 리얼리즘에 관한 고전적 명제를 아무런 가감 없이 있는 그대로 서정시의 창작과 연구에 적용할 수는 없다는 점 등이라고 할 것이다.

주지하다시피 엥겔스에 의해 주장된 리얼리즘의 주요 개념은 ①세부의 진실성, ②전형적 상황, ③전형적 인물로 나누어 요약될 수 있다.2) 여러 가지 유보사항을 두는 가운데 필자와 최두석이 당시에 주장한 것은 '전형적 상황'과 '전형적 인물'의 개념 정도는 적절히 변형을 가할 때 서정시에 구현되어 있는 리얼리즘의 현황을 살펴볼 수 있는 중요한 방편이 될 수도 있으리라는 것 정도이다.3)

물론 리얼리즘이라는 고정된 관점을 이용해 이용악 시에 구현되어 있는 인물형상을 검토하려고 하는 것이 본고의 의도는 아니다. 리얼리즘과 관련할 때 필수적으로 따라오게 마련인 전형의 개념으로 한정하여 논의를 전개하기보다는 좀더 폭넓은 시각으로 그의 시 일반에 실현되어 있는 인물형상의 전모를 살펴봄으로써 그의 시세계가 보여주는 일련의 특징을 점검해보려는 것

---

1) 계간『실천문학』을 중심으로 1990년대 초에 전개되었던 이른바 '리얼리즘 시 논쟁'은 필자가 엮은 책『시와 리얼리즘』(공동체, 1993)에 그런 대로 잘 정리되어 있다.
2) 이은봉, 「현실 지향의 자아와 리얼리즘의 세계」,『한국 현대시의 현실인식』(국학자료원, 1993), 336쪽 참조.
    ──── , 「리얼리즘 시의 세계관과 창작 방법」,『시와 리얼리즘』, 255쪽 참조.
3) 이은봉, 「시와 현실」,『실사구시의 시학』(새미, 1994), 293~295쪽 참조.
    ──── , 「현실 지향의 자아와 리얼리즘의 세계」,『한국현대시의 현실인식』(국학자료원, 1993), 336~337쪽 참조.
    ──── , 「리얼리즘 시의 세계관과 창작 방법」,『시와 리얼리즘』(공동체, 1993), 255쪽 참조.
    최두석, 「리얼리즘 시론」,『리얼리즘의 시정신』(실천문학사), 54쪽 참조.

이 본고의 주요 목적이 때문이다. 그렇다고는 하더라도 '리얼리즘 시 논쟁'
을 통해 획득된 노하우를 아주 폐기하거나 방기하려고 하지는 않는다. 뿐만
아니라 필자의 졸저 『한국현대시의 현실인식』에서 거론되고 해결된 많은 문
제들도 과감하게 받아들여 논지를 명확하게 하는 데 도움을 받을 생각이다.

그렇다면 일단은 먼저 필자에 의해 정리된 서정시 일반에 구현되어 있는
인물 형상화의 방법부터 주목하지 않을 수 없다. 이용악의 시라고 해서 서정
시 일반(리얼리즘 시를 포함해서)에 실현되어 있는 인물 형상화의 방법으로
부터 특별히 유리되어 있을 리 만무하기 때문이다. 이를 간략히 요약하면 첫
째 시적 주체로 드러나는 경우, 둘째 시적 대상(시적 객체)으로 실현되는 경
우, 셋째는 주체와 객체로서의 이들 인물이 상호 연계되고 침투되며 구현되
는 경우라고 할 수 있을 것이다.4)

시적 주체(화자)로 드러나는 인물형상은 시인 자신의 모습을 취하기도 하
지만 시인에 의해 가공된 배역의 모습을 취하기도 한다. 그러나 이용악의 시
에서 특별히 가공되어 드러나는 인물형상, 다시 말해 배역으로 구현되는 인
물형상은 거의 보이지 않는다.5)

시적 대상(시적 객체)으로 나타나는 인물형상은 사실적인 인물형상으로 직
접화되는 경우와 비유적인 인물로 간접화되는 경우로 나누어 생각할 수 있
다. 전자는 말 그대로의 사실적인 인물형상이 직접적으로 대상화되는 예이
고, 후자는 추상적인 인물형상이 객관상관물로 드러나거나 감정이입의 상징
물로 드러나는 예이다.6)

---

4) 이은봉, 「시와 현실」, 앞의 책, 293~295쪽 참조.
　―――, 「현실 지향의 자아와 리얼리즘의 세계」, 앞의 책, 337쪽 참조.
　―――, 「리얼리즘 시의 세계관과 창작 방법」, 앞의 책(공동체, 1993), 256쪽 참조.
　최두석, 「리얼리즘 시론」, 앞의 책, 54쪽 참조.
5) 이은봉, 「리얼리즘 시의 세계관과 창작방법에 대하여」, 앞의 책, 256쪽.
6) 이은봉, 「이용악 시에 나타난 '마음'과 '하늘'의 의미」, 『실사구시의 시학』, 153~
　　172쪽 참조.
　―――, 「현실 지향의 자아와 리얼리즘의 세계」, 『한국 현대시의 현실인식』, 36
　　1~373쪽 참조.

시적 주체로서의 인물형상과 객체로서의 인물형상이 상호 연계되고 침투되면서 드러나는 예는 각각의 무게 중심에 따라 그 면모를 나누어 살펴볼 수 있다. 주체가 강화되어 있는 주·객 공존의 인물형상, 객체가 강화되어 있는 주·객 공존의 인물형상, 이들이 각기 좀더 정확한 비율로 구현되어 있는 주·객 공존의 인물형상이 그 예이다. 이처럼 섬세하게 인물형상의 모습을 분류, 고찰할 수 있는 것도 이용악 시의 한 특징이라고 할 것이다.

그의 시에 구현되어 있는 이들 인물형상을 가리켜 리얼리즘적 전형이라고 단정하기에는 다소간 망설여지는 면이 없지 않다. 하지만 이들 인물형상을 자세히 분류, 분석해보는 것도 그의 시를 이해하는 중요한 방법이 될 수 있으리라는 것은 분명하다. 한국 현대시에서 인물형상이 구체적으로 어떠한 모습으로 구현되고 있는가를 이용악 시를 예로 들어 살펴보는 것만으로도 적잖은 의미가 있으리라는 뜻이다.

2. 주체로서의 인물형상

동시대에 활동한 백석이나 오장환의 작품에 비하면 상대적으로 주관적 정서가 좀더 강하게 드러나 있는 것이 이용악의 시이다. 형상의 자질 가운데 정서가 차지하는 비중이 그만큼 높다는 뜻이다. 그의 시에 시적 주체로 구현되어 있는 인물형상이 적잖이 나타나는 것도 어쩌면 이에서 기인하는 것으로 보인다. 다소 거친 듯 싶지만 매우 독특한 정서를 바탕으로 하고 있는 것이 그의 시인데, 객관적으로 관찰되는 세계보다는 주관적으로 체험되는 세계를 바탕으로 하고 있는 것도 그의 시가 이러한 특징을 보여주는 중요한 이유 중의 하나일 것이다.

이용악의 시에 드러나 있는 시적 주체(화자)로서의 인물형상은 기본적으로 그 자신의 모습을 취하고 있다.[7] 이러한 점은 그야말로 '주인공'이라고 불러

---

7) 모든 시에서 화자는 창작의 과정에 어차피 수식되고 분장될 수밖에 없다. 이렇게 가공되고 허구화될 수밖에 없다면 화자 자체를 하나의 인물형상으로 볼 수도 있지 않

도 좋을 만큼 작품의 전면에 부각되어 있는 인물형상의 경우에도 마찬가지
이다.[8] 이처럼 그 자신이 하나의 인물형상으로 작품의 전면에 나타나 있는
것이 그의 시의 한 특징이라는 뜻이다. 그렇다고 해서 이러한 지적을 이용악
의 시가 별다른 허구적 가공 없이 그 자신의 현존을 있는 그대로 재현하고
있다는 뜻으로 받아들일 필요까지는 없다. 아무리 개별적이고도 특수한 인물
형상을 제재로 하고 있다고 하더라도 작품 속에 구체화되는 순간 이미 그것
은 보편적이고도 일반적인 모습으로 전이되지 않을 수 없기 때문이다. 어차
피 시적 자아는 창작의 과정에 일정한 정도 변형되고 왜곡될 수밖에 없다는
점을 염두에 둘 필요가 있다.

물론 그것은 시적 주체로서의 인물형상을 담아내고 있는 이용악의 시라고
하더라도 크게 다를 바 없다. 그의 시에서 시적 주체로서의 인물형상이 항용
지식인으로서의 성격을 띠고 있는 것도 사실은 이와 무관하지 않다. 무엇보
다 시적 주체로서의 인물형상이 이용악 자신의 현존적 자아를 반영하고 있
기 때문이다. 여기서 지식인의 성격을 띠고 있다는 것은 시적 주체로서의 인
물형상이 강한 자기 연민으로서의 자의식을 보여주고 있다는 것을 뜻한다.[9]
그의 시의 전면에 부각되어 있는 시적 주체로서의 인물형상이 깊은 상실의
식을 바탕으로 한 비관적 전망을 드러내고 있는 것도 실제로는 이에서 비롯
되는 것으로 보인다.[10] 물론 그것이 시인으로서, 지식인으로서 당대 민족의
현실에 대한 그의 오랜 고뇌와 고민의 표출임을 간과해서는 안 된다.

　　　우러러 받들 수 없는 하늘
　　　검은 구름이 쏟아져내린다
　　　왼몸을 굽이치는

느냐는 것이 필자의 입장이다. 당연히 목소리니 톤이니 하는 것들도 화자로서의 인
물형상을 창출시키는 중요한 요소로, 자질로 존재하기 마련이다.
8) 이은봉, 「현실지향의 자아와 리얼리즘의 세계」, 앞의 책, 381쪽 참조.
9) 이은봉, 위의 글, 381쪽.
10) 오성호, 「이용악의 리얼리즘 시 연구」, 『한국근대시문학연구』(태학사, 1993), 364~
　　 380쪽 참조.

병든 흐름도 캄캄히 저물어 가는데

예서 아는 이를 만나면 숨어버리지
숨어서 휘정휘정 뒷길을 걸을라치면
지나간 모든 날이 따라오리라

썩은 나무다리 걸쳐 있는 개울까지
개울 건너 또 개울 건너
빼알간 숯불에 비웃이 타는 선술집까지

푸르른 새벽인들 내게 없을라구
나를 에워싸고
외치며 쓰러지는 수없이 많은 얼골은
파리한 이마는 입설은 잊어바리고저
나의 해바라기는
무거운 머리를 어느 가슴에 떨어트리랴

이제 검은 하늘과 함께
네거리는 싫여 네거리는 싫여
히 히 웃으며 뒷길로 가자

　　　　　　　　　　　　— 「뒷길로 가자」 전문

　　이 시에 시적 화자의 모습으로 구현되어 있는 인물형상은 말할 것도 없이
이용악 자신이다. 그 자신의 현존적 심리상태를 작품의 전면에 내세우는 가
운데 시적 주체로서의 인물형상을 구체화하고 있는 것이 이 시이다. 따라서
이렇게 창출된 시적 주체로서의 인물형상이 지니고 있는 기본적인 정서가
그다지 건강하게 생각되지 않으리라는 것은 자명하다. 일제강점기 말 극도로
폐쇄된 상황하에서 시인 이용악이 지닐 수 있는 심리상태를 충분히 유추할
수 있기 때문이다. 이는 이 시의 기본 정서가 무력감·절망감·상실감 등의
모습을 취하고 있는 것을 보더라도 잘 알 수 있다.

이 시에 드러나 있는 그러한 정서는 생명의 정서라고 하기보다는 죽음의 정서라고 해야 옳다.11) 그러나 이 작품에 구현되어 있는 인물형상이 예의 죽음의 정서를 아무런 반성 없이 있는 그대로 수락하고 있는 것은 아니다. 끊임없이 그러한 정서로부터의 탈출을 꿈꾸고 있는 것이 이 시의 시적 주체로서의 인물형상이라는 뜻이다. 이는 특히 제4연의 "푸르른 새벽인들 내게 없을라구"와 같은 구절에 의해서 확인이 된다.12) 아직은 그가 새벽에 대한 기대, 즉 해방의 날에 대한 기대를 포기하고 있지 않다는 증거라고 할 것이다.

시적 주체로서의 인물형상이 보여주는 그러한 면은 이 시의 제목 '뒷길로 가자'의 뒷길의 의미를 통해서도 잘 알 수 있다. 이 시에서 뒷길은 일단 먼저 네거리의 대립 개념으로 나타난다. 하지만 그것이 단순히 광장과 대립되는 밀실을 뜻하는 것으로 보이지는 않는다. 네거리가 일제 말의 지배세력이 허용하는 합법적인 길을 뜻한다면 뒷길은 결코 그들이 허용하지 않는 비합법, 반합법적인 길을 뜻할 수도 있기 때문이다.13) 이 시의 마지막 구절인 "네거리는 싫여 네거리는 싫여 / 히 히 웃으며 뒷길로 가자"에서도 이는 충분히 확인이 된다. 이 시의 시적 주체로서의 인물형상이 오히려 "히 히 웃으며" 기꺼이 "뒷길"을 선택하고 있기 때문이다. 그러니까 이 시는 시적 주체로서의 인물형상이 비합법, 반합적인 길로 나가기를 작정하면서 느끼는 심리상태를 기반으로 하는 작품인 셈이다.

앞에서도 말했듯이 이 시의 시적 주체로서의 인물형상은 의심할 바 없이 이용악 자신이다. 그렇다고는 하더라도 그가 전혀 보편성이 없는, 전적으로 특수하고 개별적인 이용악 자신이라고만 할 수는 없다. 어차피 모든 시적 주체는 창작의 과정에 수식되고 가공되기 마련이고, 따라서 얼마간은 허구적 성격을 띠기 마련이다. 그렇다면 이 시에서의 서정적 주인공은 이용악 개인

---

11) 니콜라이 베르쟈예프는 생명·자유·평화 등의 정서와 대립하여 존재하는 불안·고독·회의·상실·공포·회의 등의 정서를 죽음에 직면했을 때 경험하는 정서라고 말한다(「니콜라이 베르쟈에프」, 『노예냐 자유냐』(인간사, 1979), 313~316쪽 참조.)
12) 이은봉, 「현실지향의 자아와 리얼리즘의 세계」, 앞의 책, 385쪽 참조.
13) 이은봉, 앞의 글, 384쪽.

이라고도 할 수 있지만 동시에 당대 현실의 보편적 지식인이라고도 할 수
있다.14) 이용악의 시에 이러한 방법으로 시적 주체로서의 인물형상이 구현되
어 있는 작품으로는 「벌판을 가는 것」, 「해가 솟으면」, 「하나씩의 별」 등을
더 찾아볼 수 있다.

　물론 이들 작품에서도 시적 주체로서의 인물형상은 여전히 지식인으로서
의 면모를 지니고 있다. 그렇다고는 하더라도 이들 인물형상이 어느 작품에
서나 매번 이처럼 지식인으로서의 면모를 지니고 있는 것은 아니다. 배역으
로서의 화자를 차용함으로써, 다시 말해 가공된 탈(Persona)를 차용함으로써
시적 주체로서의 인물형상이 구현되고 있는 작품도 아주 없지는 않기 때문
이다. 모든 시인이 본질적으로 지니고 있는 지식인으로서의 면모를 벗어나
임의로 창조된 인물형상을 자유롭게 보여줄 수 있는 것이 여기서 말하는 화
자의 기능이기도 하다.15) 그러나 이용악의 작품 중에서는 이러한 방법적 자
각이 응용되어 있는 예가 매우 드물다. 구태여 찾아보자면 「나를 만나거든」
등에서 겨우 그러한 면모를 엿볼 수 있을 정도이다. 이 시는 앞의 작품과는
달리 시적 화자로서의 인물형상이 노동자의 목소리를 취하고 있어 주목이
된다. 이 시에서는 시적 주체로서의 인물형상이 공사장의 일용 노동자로 가
공되고 있는 셈이다.

　　　땀 마른 얼골에
　　　소금이 싸락싸락 돋힌 나를
　　　공사장 가까운 숲속에서 만나거든
　　　　내 손을 쥐지 말라
　　　　만약 내 손을 쥐더라도

---

14) 이은봉, 앞 글, 383쪽 참조.
15) 윤여탁, 「시에서 리얼리즘은 어떻게 실현되는가」, 『리얼리즘 시의 이론과 실 제』
　　(태학사, 1994), 225~229쪽.
　　───, 「시의 서술구조와 시적 화자의 기능」, 위의 책, 239~244쪽.
　　───, 「서정시의 시적 화자와 리얼리즘」, 『시의 논리와 서정시의 역사』(태학사,
　　　　1995), 231~254쪽 참조.

옛처럼 네 손처럼 부드럽지 못한 이유를
그 이유를 묻지 말아다오

주름잡힌 이마를
石膏처럼 창백한 불만이 그윽한 나를
거리의 뒷골목에서 만나거든
　먹었냐고 묻지 말라
　굶었느냐곤 더욱 묻지 말고
꿈 같은 이야기는 이야기의 한 마디도
나의 沈默에 侵入하지 말아다오

폐인인 양 씨드러져
턱을 고이고 앉은 나를
어둑한 廢家의 回廊에서 만나거든
　울지 말라
　웃지도 말라

너는 평범한 表情을 힘써 지켜야겠고
내가 자살하지 않는 이유를
그 이유를 묻지 말어다오.

　　　　　　　　　— 「나를 만나거든」 전문

　일찍이 백철이 지적한 것처럼 이 시는 이용악 특유의 침통한 서정을 바탕으로 하고 있다.[16) 이러한 침통한 서정이 밝고 건강한 생명의 정서, 자유의 정서를 뜻하지 않는다는 것은 더 말할 나위가 없다. "먹었느냐고 묻지 말라 / 굶었느냐곤 더욱 묻지 말라"라고 절규하고 있는 것이 시적 주체로서의 인물형상이라는 점을 생각하면 이 시가 그러한 정서를 담고 있는 것은 매우 자연스러운 일이라고 아니 할 수 없다. 이 작품 역시 그의 시 일반이 함축하고 있는 비애의 정서, 상실의 정서를 바탕으로 하고 있는 것이다.[17)

---

16) 백　철, 『조선신문학사조사 — 현대편』(백양당, 1947), 356쪽.

이 시에 구현되어 있는 시적 주체로서의 인물형상은 공사장 일용 노동자의 모습을 취하고 있다. "땀 마른 얼골에 / 소금이 싸락싸락 돋힌 나를 / 공사장 가까운 숲속에서 만나거든"과 같은 구절에 의해서 이는 확인이 된다. 그러나 여기서의 인물형상이 건강한 모습으로 공사장의 노동에 능동적으로 참여하고 있는 것으로 파악되지는 않는다. "石膏처럼 창백한 불만이 그윽한 나"이기도 하고, "폐인인 양 씨드러져 / 턱을 고이고 앉은 나"이기도 한 것이 이 시에서의 시적 주체로서의 인물형상이기 때문이다.

이러한 정도의 인물형상이라면 이용악 자신의 자아를 직접적으로 표현한 것에 지나지 않는다는 주장이 있을 수도 있다. 이 시를 쓰던 시절 일본의 상지대학 신문학과에 다니던 그가 갖가지 품팔이 노동꾼으로 최하층 생활을 하며 학비를 조달했다는 증언이 있고 보면 이러한 주장은 더욱 설득력을 지닌다.18) 그렇다면 이 시에서의 시적 주체로서의 인물형상을 가공된 허구적 화자, 즉 배역으로 보기에는 문제가 없지 않다고도 할 수 있다. 사실 그렇다. 필자의 입장에서도 그러한 점을 십분 인정하지 않을 수 없다. 그렇다고는 하더라도 적극적인 노동의식을 지니고 있다든지19), 노동자로서의 자아를 과도하게 드러내고 있다든지 하는 점으로 미루어 보면 그가 적잖이 가공되고 꾸며진 인물형상인 것만은 분명하다고 생각된다.

시에 드러나 있는 모든 자아는 어차피 시인이 추구하는 진실과 관련하여 적절히 분장되고 수식되기 마련이다. 미적 여과과정을 밟다보면 자연스럽게 가공되고 정화될 수밖에 없는 것이 시적 주체이기 때문이다. 따라서 배역으로서의 인물형상은 그것이 이루고 있는 정도의 편차에 따라 그 실제 여부가 결정될 수밖에 없다. 결국 이용악의 시에 드러나 있는 시적 주체로서의 인물형상은, 곧 배역은 아주 소략한 정도의 가공에 그쳐 있는 셈이다.

한편 「冬眠하는 昆蟲의 노래」에서는 시적 주체로서의 인물형상이 땅 속에 스스로를 유폐시켜 미래를 준비하는 곤충으로 비유되고 있어 관심을 끈다.

---

17) 오성호, 「이용악 시의 리얼리즘 연구」, 앞의 책, 367쪽 참조.
18) 김광현, 「내가본 시인」, 《민성》, 1948. 10. 70쪽 참조.
19) 최두석, 「민족현실의 시적 탐구 : 이용악론」, 앞의 책, 121쪽 참조.

"둥글소의 앞 발에 의해" "갖은 학대를 체험"했기에 "깊이 땅속으로 들어"가 "날카로운 무기를 장만하"고 있는 것이 이 작품에 곤충으로 비유되어 있는 인물형상이다. 이러한 인물형상은 이용악 자신의 생애를 알게 하는 개인적인 가치로도 작용하고 있지만 일제 강점기 지식인 전체의 삶을 알게 하는 보편적 가치로도 작용하고 있다. 당시의 지식인 모두가 자기 자신을 성장시키기 위해 곤충의 동면과 같은 인내의 시간을 겪지 않을 수 없었음을 기억할 필요가 있다.

3. 객체로서의 인물형상

이용악의 시에 시적 대상으로 포착되어 있는 인물형상은 일단 사실적인 모습을 취하는 경우와 비유적인 인물형상을 취하는 경우로 나누어 살펴볼 수 있다.[20] 비유적으로 인물형상을 취한다는 것은 객관상관물을 이용하여 인물형상의 특징을 강화하고 있는 경우를 가리킨다. 이 때의 인물형상은 생물로 또는 무생물로 상징되고 있어 좀더 독자들의 상상력을 촉발시킨다.

그의 시 중에는 시적 대상으로 객관화되고 있는 인물형상이 시인 자신의 모습을 취하고 있는 경우도 없지 않다. 우선은 「등잔밑」이라는 시에 시적 대상으로 표출되어 있는 '사나이'를 통해 그러한 예를 확인할 수 있다. 그러나

---

20) 시적 대상으로서의 인물형상에 대해서는 몇 가지 논란이 있을 수 있다. 호사가들 중에는 이들 인물형상을 정작의 허구적 인물형상으로 파악할 수 있겠느냐는 비판이 가능할 수도 있기 때문이다. 이러한 비판은 기본적으로 이들 인물형상이 소설에서와 같은 살아있는 캐릭터를 보여주지 못한다는 데서 비롯된다. 물론 이러한 비판은 비판 자체만으로 보면 더 말할 나위 없이 옳다. 그러나 문학의 인물형상과 관련하여 소설적 캐릭터만을 인물형상의 전체로 파악하는 것은 장르적 편견에 지나지 않는다. 이는 소설만이 사회와 삶, 그리고 인간의 행위를 그려낼 수 있다는 오만일 따름이다. 총체성의 면에서는 조금쯤 하자가 있다고 하더라도 서정시에 드러나 있는 인물도 인물인 것만은 사실이다. 본고에서 구태여 리얼리즘의 관점을 택하지 않는 것도 사실은 그러한 한계를 돌파하기 있는 방법적 고려에서 비롯된다.

이처럼 이용악 자신이 시적 대상으로 묘사되어 있는 인물형상의 예를 찾아
보기는 매우 힘들다. 그보다는 이들 시적 대상으로서의 인물형상을 통해 그
의 가족들의 면모를 살펴볼 수 있는 경우가 훨씬 더 많은 것이 사실이다.

가족들의 인물형상을 보여주고 있는 그의 작품은 무려 10여 편에 이를 정
도이다. 아버지와 어머니의 모습을 찾아볼 수 있는 「우리의 거리」, 어머니와
누나의 모습을 살펴볼 수 있는 「우라지오 가까운 항구에서」, 어머니의 모습
이 드러나 있는 「달 있는 제사」, 누나와 아버지의 모습을 엿볼 수 있는 「다
리 위에서」, 누나와 누이의 모습을 확인할 수 있는 「버드나무」, 딸 선혜와 아
들 창, 그리고 아내의 모습이 나타나 있는 「유정에게」 등의 시가 그 구체적
인 예이다. 이 중에서도 특히 「풀벌레 소리 가득 차 있었다」는 임종을 맞이
하고 있는 아버지의 인물형상이 매우 생생하게 드러나 있어 두루 관심을 끌
고 있다.

　　　　우리집도 아니고
　　　　일가집도 아닌 집
　　　　고향은 더욱 아닌 곳에서
　　　　아버지의 寢牀 없는 최후 最後의 밤은
　　　　풀버렛소리 가득 차 있었다.

　　　　露領을 다니면서
　　　　애써 자래운 아들과 딸에게
　　　　한마디 남겨두는 말도 없었고
　　　　아무을灣의 파선도
　　　　설룽한 니코리스크의 밤도 완전히 잊으셨다
　　　　목침을 반듯이 벤 채

　　　　다시 뜨시잖는 두 눈에
　　　　피지 못한 꿈의 꽃봉오리가 깔앉고
　　　　얼음장에 누우신 듯 손발은 식어갈 뿐

입술은 심장의 영원한 停止를 가르쳤다
때늦은 의원이 아모 말없이 돌아간 뒤
이웃 늙은이 손으로
눈빛 미명은 고요히
낮을 덮었다

우리는 머리맡에 엎디어
있는 대로의 울음을 다아 울었고
아버지 寢牀 없는 최후 最後의 밤은
풀버렛소리 가득 차 있었다
　　　　　　　　─「풀벌레 소리 가득 차 있었다」 전문

　　이 시에 시적 객체로서의 인물형상으로 구현되어 있는 화자의 '아버지'는
"우리집도 아니고 / 일가집도 아닌 집 / 고향은 더욱 아닌 곳에서" 숨을 거둔
다. "露領을 다니면서 / 애써 자래운 아들과 딸에게 / 한마디 남겨두는 말도
없"이 세상을 뜨고 마는 것이 화자의 아버지이다. "때늦은 의원이 아모 말없
이 돌아간 뒤 / 이웃 늙은이 손으로 / 눈빛 미명은 고요히 / 낮을 덮었다" 등
의 구절로 미루어 보면 치료 한번 변변히 받아보지 못한 것이 화자의 아버
지임을 알 수 있다.
　　이처럼 생생하게 살아 있는 시적 대상으로서의 인물형상을 보여주고 있는
것이 이 시이다. 이 시가 이러한 특성을 보여주는 까닭은 비교적 단순하게
생각된다. 비록 압축되고 응축되어 있기는 하지만 이 시가 무엇보다 사람살
이의 구체적인 이야기를 함축하고 있기 때문이다. 인물형상들의 행위가 깨어
있는 이야기를 형성하는 가운데 점차 그 면모를 갖춰 가고 있는 것이 이 시
이다. 이때의 이야기는 물론 형상의 중요한 자질로 작용하면서 저 스스로 유
의미성을 갖는다. 이 때의 유의미성은 말할 것도 없이 시인의 세계관을 가리
킨다.
　　여기서 정작 간과해서 안 될 것은 이 시의 아버지와, 그와 관련된 이야기
가 결코 개별적이고 특수한 차원에 멈춰 있지 않다는 점이다. 이는 곧 이 시

에서의 아버지가 당대 사회의 보편적이고 일반적인 존재로 인식될 수 있는 충분한 면모를 지니고 있다는 뜻이기도 하다. 이로 미루어 보면 당대 사회를 매우 실질적으로 대표하는 인물형상을 담고 있는 것이 이 시라고 할 수 있다.

이처럼 시적 객체로 드러나 있는 인물형상은 「제비같은 소녀야」, 「강가」, 「버드나무」, 「하늘만 곱구나」, 「나라에 슬픔이 있을 때」 등의 작품을 통해서도 찾아볼 수 있다. 특히 「강가」와 같은 작품은 그 시대 민족현실의 매우 독특하고 개성적인 인물형상이 반영되어 있어 주목이 된다. 식민지 치하 민중 일반의 모습을 생각하면 이 시에 드러나 있는 인물형상은 그야말로 그 시대의 민족현실을 대표한다고도 할 수 있다.

> 아들이 나오는 올 해엔 걸어서라두
> 청진으로 가리란다
> 높은 벽돌 담 밑에 섰다가
> 세 해나 못 본 아들을 찾아오리란다
>
> 그 늙은인
> 암소 따라 조이밭 저쪽에 사라지고
> 어느 길손이 밥 지은 자췬지
> 끄슬은 돌 두어 개 시름겨웁다
>
> — 「강가」에서

이 시에서 시적 객체로 묘사되어 있는 인물형상은 늙은이의 모습을 하고 있다. 그러나 이 늙은이의 모습은 결코 단순해 보이지 않는다. 그는 벌써 "세 해나 못 본 아들을" 청진의 "높은 벽돌 담" 안에 두고 있는 사람이다. 물론 이 시만으로는 늙은이의 아들이 어떤 이유로 청진의 "높은 벽돌 담" 안에 갇혀 있는지 잘 알 수 없다. 다만 일제강점기라는 당대의 사회상황으로 미루어 보아 혁명운동에 가담했던 청년일 것이라고 유추해 볼 수 있을 따름이다.

이 시가 보여주는 좀더 생생한 감동은 시적 객체로서의 인물형상인 '늙은

이'가 "암소 따라 조이밭 저쪽에 사라진 뒤"에 나타나는 눈물겨운 풍경에 의
해서 구체화되고 있다. "어느 길손이 밥 지은 자췬지 / 끄슬은 돌 두어 개 시
름겨웁다"라는 구절이 함축하고 있는 이미지가 다름 아닌 그것으로, 이는 그
야말로 범상치 않은 상상력을 불러일으켜 준다. 그것이 무엇보다 밥을 지어
먹고 살길을 찾아 다시 유랑의 길을 떠나지 않을 수 없는 일제강점기 이농
민들의 보편적인 삶의 궤적을 유추해내도록 하기 때문이다.

이처럼 비교적 길지 않은 시에서도 시적 대상으로서의 인물형상은 뜻밖의
감동을 산출한다. 물론 이러한 감동이 이 시에서처럼 사실적으로 드러나 있
는 인물형상에 의해서만 탄생되는 것은 아니다. 일종의 객관상관물로 선택된
비유적 이미지를 통해서도 설득력 있는 시적 대상으로서의 인물형상이 구현
되고 있기 때문이다. 또한 이렇게 실현되고 있는 인물형상들은 당대의 사회
현실과 인간현실을 바르게 이해하는 데도 적잖이 기여를 하고 있어 주목이
된다.

이러한 방식으로 드러나고 있는 인물형상은 일단 먼저 「앵무새」, 「금붕어」,
「두더쥐」, 「오랑캐꽃」, 「흙」 등의 시를 통해 확인이 된다. 이들 작품에 구현
되어 있는 객체로서의 인물형상들은 기본적으로 시인 이용악 자신의 '연민의
마음'을 반영하고 있는 객관상관물이라고 할 수 있다. 그렇다면 넓게 보아
이들 작품에는 비교적 긍정적인 인물형상이 드러나 있는 셈이 된다. 하지만
이들 시와는 달리 「앵무새」에는 부정적인 인물형상이 그려져 있어 좀더 관
심을 끈다. 시를 통해 부정적인 인물형상을 구현하기가 쉽지 않다는 것을 알
면 그의 이러한 노력은 좀더 높은 평가를 받아야 마땅할 것이다.

> 청포도 익을 알만 쪼아먹고 자랐느냐
> 네 목청이 제법 이즈러지다
>
> 거짓을 별처럼 사랑하는 노란 주둥이 있기에
> 곱게 늙는 발톱이 한 뉘 흙을 긁어보지 못한다.

네 헛된 꿈을 섬기어 무서운 낭에 떨어질 텐데
그래도 너는 두 눈을 똑바로 뜨고만 있다.
　　　　　　　　　　　　　　　　　— 「앵무새」에서

　이 시는 우선 논어에 나오는 공자의 '巧言令色 鮮矣仁'이라는 말을 연상시
킨다. 이른바 교언영색하는 사람들에 대한 화자의 비판적 인식을 담아내고
있는 것이 이 시라고 할 수 있다. 그러나 여기서 화자는 이러한 인물형상을
구태여 전통적인 유교 가치인 仁의 정신과 결부시켜 드러내지는 않는다. 말
을 기교롭게 꾸민다는 '巧言'의 부분은 "제법 목청이 이그러지다"에 대응하
고 있고, 낯빛을 영롱하게 꾸민다는 '令色'의 부분은 "거짓을 별처럼 사랑하
는 노란 주둥이"에 대응하고 있는 정도이기 때문이다.[21]
　화자가 앵무새로 상징되는 이 시에 구현되어 있는 인물형상에 대해 별로
긍정적이지 않다는 점은 의심할 바 없는 사실이다. 이는 우선 그가 이러한
인물형상에 대해 "헛된 꿈을 섬기어 무서운 낭에 떨어"지고 말 것이라고 적
시하고 있는 데서 확인이 된다. 이러한 점에서 생각하면 그가 "곱게 늙은 발
톱"의 소유자라는 점도 관심 있게 살펴보아야 할 대목이다. 늙었다는 것은
낡았다는 것이고, 낡은 것은 결국 새것한테 자신을 내놓지 않을 수 없기 때
문이다.
　이처럼 비유적으로 표현되어 있는 객체로서의 인물형상은 사물이나 관념
이 의인화되면서 구체화되고 있는 경우도 없지 않아 더욱 관심을 끈다. '강'
을 하나의 인물형상으로 드러내고 있는 「天痴의 江아」, 「두만강 너 우리의
강아」와 같은 작품, 고향을 하나의 인물형상으로 드러내고 있는 「고향아 꽃
은 피지 못했다」와 같은 작품, 죽음을 하나의 인물형상으로 드러내고 있는
「죽음」과 같은 작품에서 그러한 면을 찾아볼 수 있다.
　물론 이들 시에 구현되어 있는 인물 형상을 정작의 인물형상이라고 할 수
있겠느냐는 반론이 있을 수도 있다. 그러나 실제로 작품을 읽다보면 필자의

---

21) "노란 주둥이"에서 영롱한 낯빛을 연상하는 일은 매우 자연스러운 일이다.

지금까지의 주장이 다소간은 설득력을 지닌다는 것을 이내 감지할 수 있다. 특히 「죽음」과 같은 작품에서는 죽음이라는 추상이 하나의 구체적인 인물형상으로 살아 있어 독자들의 상상력에 활기를 부여한다. 이를테면 "아무도 이르지 못한 바닷가 같은 데서 / 아무도 살지 않는 풀 우거진 벌판 같은 데서/ 말하자면 / 헤아릴 수 없는 옛적 같은 데서 / 빛을 거느린 당신"이라는 생생한 인물형상으로 비유되어 있는 것이 죽음이라는 추상이기 때문이다.

4. 주·객 공존의 인물형상

이용악의 시에는 시적 주체로서의 인물형상과 시적 객체로서의 인물형상이 상호 침투되고 있는 경우도 적잖다. 상호 침투되고 있는 경우는 물론 상호 공존하고 있는 경우를 뜻한다. 여기서 살펴보려고 하는 것은 바로 이러한 방식으로 구현되고 있는 인물형상들의 실제 모습이다. 이들 인물형상들의 실제 모습에 대해 살펴보는 것도 당연히 그의 시를 바르게 이해하는 중요한 노력 중의 하나라고 할 것이다.

시적 주체로서의 인물형상과 시적 객체로서의 인물형상이 상호 공존하는 경우라고 하더라도 이들의 관계가 각기 정확한 비율로 드러나는 경우는 그다지 많지 않다. 창작과정의 심리상태에 따라 아무래도 주·객의 인물형상을 취급하는 비중이 달라질 수밖에 없기 때문이다. 그렇다면 이들 인물형상 가운데 어느 하나가 상대적으로 좀더 강화되어 나타나는 것은 흔히 있을 수 있는 일이라고 하지 않을 수 없다.

이들 가운데서도 일단은 먼저 시적 주체로서의 인물형상이 좀더 강화되어 있는 작품부터 살펴보기로 하자.

> 냇물이 맑으면 맑은 물밑엔
> 조약돌도 디려다보이리라
> 아이야

나를 따라 돌다리 위로 가자

　멀구광주리의 풍속을 사랑하는 북쪽 나라
　말 다릉 우리 고향
　달맞이 노래를 들려주마

다리를 건너
아이야
네 아비와 나의 일터 저 푸른 언덕을 넘어
풀냄새 깔앉은 대숲으로 들어가자

　꿩의 전설이 늙어가는 옛성 그 성밖
　우리집 지붕엔
　박이 시름처럼 큰단다

구름이 희면 흰 구름은
북으로 북으로도 가리라
아이야
사랑으로 너를 안았으니
대잎사귀 새이새이로 먼 하늘을 내다보자

　봉사꽃 유달리 고운 북쪽 나라
　우리는 어릴 적
　해마다 잊지 않고 우물가에 피웠다

하늘이 고히 물들었다
아이야
다시 돌다리를 건너 온 길을 돌아가자

　돌담 밑 오지 항아리
　저녁별을 안고 망설일 지음
　우리 아운 나를 불러 불러 외롭단다
　　　　　　　　　—「아이야 돌다리 위로 가자」전문

이 시의 말미에는 "—시무라에서"라고 하여 작품을 창작한 곳의 지명이 밝혀져 있다. 이로 미루어 보면 이 작품이 1930년대 후반 그가 일본의 상지대학 신문학과에서 유학하던 무렵에 쓰여졌음을 것을 알 수 있다. 그와 관련하여 이 시를 제대로 읽기 위해서는 일본에서 유학하던 시절 시인 이용악이 한 여자와 깊은 사랑에 빠져 있었다는 사실을 염두에 두지 않을 수 없다. 그의 일본 유학이 거의 끝나가던 무렵 동경으로 건너와 알게 된 이 여자는 함경북도 무산읍 최씨 가문 출신으로 당시 동경의 사립 명문 '오쯔마 기예전문학교'에 다니고 있었다고 한다. 유정의 증언에 의하면 "태생을 짐작케 하는 귀인성스러운 동그랗고 새하얀 얼굴, 덧니 하나가 있는 옥니를 약간 드러내고 상냥하게 웃"고는 하는, "눈을 씻고 다시 보고 싶은 전형적인 북도 미녀"였다는 것이다.22) 이 여자와의 관계를 유추할 수 있는 이용악의 시로는 「장마 개인 날」, 「그래도 남으로만 달린다」, 「꽃가루 속에」, 「그리움」, 「길」, 「유정에게」 등을 예로 들 수 있다.

위의 시 「아이야 돌다리 위로 가자」에 구현되어 있는 대상으로서의 인물형상은 다름 아닌 이러한 관점에서 읽을 때 그 실체가 좀더 분명해진다. 이와 관련해 생각하면 이 시에 드러나 있는 '아이'가 곧바로 말 그대로의 '아이'가 아니라는 사실을 알 수 있기 때문이다. 이러한 점을 감안한 다음에는 우선 먼저 시적 화자로서의 인물형상이 시적 대상으로서의 인물형상인 이 '아이'에게 "풀냄새 깔앉은 대숲으로 들어가자"라는 구절을 주목할 필요가 있다. 시적 화자로서의 인물형상에 의해 "사랑으로 너를 안았으니 / 대잎사귀 새이새이로 먼 하늘을 내다보자"라고 청유되고 있는 것이 이 시의 시적 대상으로서의 인물인 것이다. 이로 미루어 보면 이 시는 일종의 연애시라고 해야 마땅하다. 시적 주체로서의 인물형상인 화자가 "봉사꽃 유달리 고운 북쪽 나라"인 고향을 매개로 하여 시적 대상으로서의 인물형상인 '아이'에게 사랑을 구하고 있는 형식을 취하고 있는 것이 이 작품인 것이다.

---

22) 유 정, 「암울한 시대를 비춘 외로운 詩魂」, 윤영천 편 『이용악 시전집』(창작과비평사, 1988), 190~191쪽 참조.

이 시에 시적 주체로 등장하고 있는 인물형상, 즉 화자는 짐짓 딴청을 부리는 여유를 드러내고 있어 좀더 주의를 요한다. "돌담 밑 오지 항아리/저녁 별을 안고 망설일 지음 / 우리 아웅 나를 불러 불러 외롭단다" 등의 구절에 의해 특히 이는 확인이 된다. 이러한 여유는 그가 이미 "풀냄새 깔앉은 대숲으로 들어가" "사랑으로 너를 안았"기 때문에 가능했을 것이다.

따라서 이 작품에는 시적 객체로서의 인물형상인 '아이'보다 시적 주체로서의 인물형상인 화자가 좀더 강하게 드러나 있다고 하지 않을 수 없다. 시적 주체로서의 인물형상이 중심이 되는 가운데 시적 객체로서의 인물형상을 포섭하고 있는 것이 이 작품인 셈이다.

이처럼 상호 침투되고 있으면서도 시적 객체로서의 인물형상보다 시적 주체로서의 인물형상이 강화되어 있는 작품의 예로는 「하나씩의 별」, 「전라도 가시내」 등을 더 들 수 있다. 물론 이러한 현상이 나타나는 것은 시적 주체로서의 인물형상이 좀더 주관적으로 개입되는 데서 기인하는 것으로 보인다. 그렇다면 당연히 그 반대의 현상이 두드러지게 드러나는 경우도 없지 않을 것인데, 물론 이는 시적 주체로서의 인물형상보다 시적 객체로서의 인물형상이 강화되어 있는 예가 된다. 이러한 예, 즉 시적 대상으로서의 인물형상이 시적 주체로서의 인물형상보다 상대적으로 강화되어 있는 예로는 「검은 구름이 모여든다」, 「시골 사람의 노래」, 「낡은 집」 등의 작품을 들 수 있다. 그 중에서도 「검은 구름이 모여든다」는 심미적 성취도 적잖아 두루 관심을 끌고 있는 작품 중의 하나이다.

> 해당화 정답게 핀 바닷가
> 너의 무덤 작은 무덤 앞에 머리 숙이고
> 숙아
> 쉽사리 돌아서지 못하는 마음에
> 검은 구름이 모여든다
>
> 네 애비 흘러간 뒤
> 소식 없던 나날이 무거웠다

너를 두고 네 어미 도망한 밤
흐린 하늘은 죄스런 꿈을 머금었고
숙아
너를 보듬고 새우던 새벽
매운 사람이 어설궂게 회오리쳤다

성 위 돌배꽃
피고 지고 다시 필 적마다
될 성싶이 크더니만
숙아
장마 개인 이튿날이면 개울에 띄운다고
돛단 쪽배를 맨들어달라더니만
네 슬픔을 깨닫기도 전에 흙으로 갔다
별이 뒤를 따르지 않어 슬프고나
그러나 숙아
항구에서 말러간다는
어미 소식을 모르고 갔음이 좋다
아편에 부어온 애비 얼골을
보지 않고 갔음이 다행타

해당화 고운 꽃을 꺾어
너의 무덤 작은 무덤 앞에 놓고
숙아 살포시 웃는 너의 얼골을
꽃 속에서 찾어보려는 마음에
검은 구름이 모여든다.

— 「검은 구름이 모여든다」 전문

이 시의 말미에는 "—어린 조카의 무덤에서"라고 하는 작품을 창작한 곳과 관련된 부기가 적혀 있다. 이로 미루어 보면 이 시는 세상을 떠난 어린 조카 '숙'이의 죽음을 애도하고 있는 일종의 추모시라고 할 수 있다. 어린 조카의 영혼에게 독백적으로 말을 걸고 있는 형식을 취하고 있는 것이 이 작

품인 셈이다.[23]

물론 여기서 이 시에 대해 주목하는 까닭은 시적 주체로서의 인물형상과 객체로서의 인물형상이 동시에 구현되고 있으면서도 시적 객체로서의 인물형상이 좀더 강화되어 있기 때문이다. 시적 객체로서의 인물형상이라고 할 때 당연히 그것은 '숙'이를 가리킨다. 시적 주체로서의 인물형상인 화자보다는 시적 객체로서의 인물형상인 '숙'이와 관련된 시적 서사가 좀더 중심적인 내용을 형성하고 있는 것이 이 시인 것이다.

이 시에서 '숙'이는 아편에 얼굴이 "부어온 애비"와 "항구에서 피 말러간다는 / 어미"의 딸로서 미처 자신의 "슬픔을 깨닫기도 전에 흙으로" 돌아간 것으로 되어 있다. 뿐만 아니라 '숙'이는 "장마 개인 날이면" "돛단 쪽배를 맨들어" 주던 이 시의 시적 주체로서의 인물형상인 화자의 어린 조카이기도 하다. 따라서 이 시에는 '숙'이라는 서정적 주인공 이외에도 몇몇 인물형상이 더 나타나 있음을 알 수 있다. 아편에 얼굴이 "부어온 애비"와 "항구에서 피 말러간다는 / 어미"가 그 예이다. 이들 인물형상들이 이루는 관계를 생각하면 이 시에서의 시적 주체로서의 인물형상은 작품 전체의 중심적 인물형상으로 기능하기보다는 화자의 차원으로 물러나 있다고 보는 것이 옳다. 물론 이 말을 화자가 시적 주체로서의 인물형상으로 전혀 기능하고 있지 못하다는 뜻으로 받아들일 필요까지는 없다. "돛단 쪽배를 맨들어" 주기도 하고, "해당화 고운 꽃을 꺾어" '숙이'의 "무덤 작은 무덤 앞에 놓"기도 하는 것이 다름 아닌 화자이기 때문이다. 하지만 이 시에서는 시적 주체로서의 인물형상인 화자의 캐릭터보다 시적 대상으로서의 인물형상인 '숙'이의 캐릭터가 상대적으로 좀더 강화되어 있는 것이 사실이다.

시적 주체로서의 인물형상과 시적 대상으로서의 인물형상이 이처럼 동시에 드러나면서도 시적 대상으로서의 인물이 강화되어 있는 작품이 있는가 하면 그렇지 않은 작품도 있을 수 있다. 시적 주체로서의 인물형상과 시적 대상으로서의 인물형상이 좀더 정확한 비율로 구현되어 있는 작품도 익히

---

23) 이은봉, 「현실지향의 자아와 리얼리즘의 세계」, 앞의 책, 377쪽 참조.

찾아볼 수 있다는 뜻이다.

　이처럼 시적 주체로서의 인물형상과 시적 대상으로서의 인물형상이 동등하게 공존하고 있는 작품으로는 「장마 개인 날」, 「너는 피를 토하는 슬픈 동무였다」, 「그래도 남으로만 달린다」 등을 예로 들 수 있다. 이들 작품에 실현되어 있는 인물형상은 대부분 너라는 존재와 나라는 존재가 상호 대조되는 가운데 우리라는 공동체적 존재로 환원되고 있는 특징을 보여준다. 이러한 특징을 보여주는 작품은 대부분의 경우 이른바 '너 / 나'의 구조를 취하고 있는 셈이다. 특히 「장마 개인 날」과 같은 작품은 이러한 면에서의 '나'와 함께하고 있는 '너'를 매우 잘 드러내 주고 있는 예라고 할 수 있다.

　　하늘이 해오리의 꿈처럼 푸르러
　　한 점 구름이 오늘 바다에 떨어지련만
　　마음에 안개 자옥히 피어오른다
　　너는 해바라기처럼 웃지 않아도 좋다
　　배고프지 나의 사람아
　　엎디어라 어서 무릎에 엎디어라

　　　　　　　　　　　　　　　— 「장마 개인 날」 전문

　모두 6행에 불과한 이 시는 대강 두 대목으로 나누어지는데, 앞의 3행까지를 전반부라고 할 수 있다면 뒤의 6행까지를 후반부라고 할 수 있다. 전반부에는 시적 주체로서의 인물형상, 즉 화자인 '나'를 둘러싸고 있는 상황과, 그에 따른 심리상태가 잘 드러나 있다. 그리고 이 때의 화자인 '나'와 관계하는 가운데 후반부에 이르면서 '너'는 하나의 구체적인 인물형상으로 드러나게 된다.

　이 시에 드러나 있는 '너'라는 인물형상은 일단 시적 주체로서의 인물형상인 화자에 의해 "나의 사람"으로 묘사되어 있어 주목을 요한다. 이로 미루어 보면 '너'는 곧바로 시적 주체로 구현되어 있는 인물형상의 연인이라는 사실을 알 수 있다. 이러한 사실은 "너는 해바라기처럼 웃지 않아도 좋다"라는 구절에 의해 뒷받침되면서 좀더 구체적으로 드러난다. 그것이 해바라기가 태양을 중심으로 얼굴을 돌려가며 웃는 것과 비교되면서 '네'가 '나'에게 반드시 매어 있지 않아도 좋다는 뜻을 함축하고 있기 때문이다. 하지만 시적 화자로서의 인물형상인 내가 보기에 "나의 사람"은 배가 고프고, 따라서 그는 우선 나의 "무릎에 엎디"지 않으면 안 된다. '너'는 해바라기와 달리 자유로울 수는 있지만 일단은 나에게 굴복을 해야 한다는 뜻을 담아내고 있는 셈이다.

물론 이 시의 경우 정서의 중심이 전적으로 '너'에게만 있다고 할 수는 없다. 여기서의 '너'가 '나'의 '너'로 그려져 있다는 점을 부인할 수 없기 때문이다. 그러한 점으로 보면 이용악의 이 시에서 '너'라는 대명사로 드러나 있는 인물형상은 거의 제대로 된 캐릭터를 발휘하지 못하고 있는 것으로 보인다. 부족하나마 '너'로서의 인물형상이 그런대로 잘 드러나 있는 작품으로는 「그래도 남으로만 달린다」, 「꽃가루 속에」, 「월계는 피어」 등을 더 예로 들 수 있다.

이 중에서도 특히 「그래도 남으로만 달린다」는 좀더 명확하게 '너 / 나' 구조로서의 인물형상을 보여 주고 있어 관심을 끈다. 이 시에서 서정적 주인공인 너와 나는 "남으로 남으로만 달리는" 차의 안에 타고 있다. "보리밭도 없고 / 흐르는 뗏노래라곤 없는 / 더욱 못들을 곳을 향해 / 암팡스럽게 길 떠난 / 너도 물새 나도 물새인" 이들 인물형상은 끝내 우리라는 공동체로 묶여 "남으로 남으로만 달"린다. 이러한 면은 이 시의 시적 주체로서의 인물형상인 화자가 시적 대상으로서의 인물형상인 너를 가리켜 "나의 사람아 울고 싶구나"와 같은 말을 하고 있는 구절에 의해서도 잘 알 수 있다. 그렇다면 이 시의 정서적 특징은 무엇보다 서로 간의 사랑을 확인하는 데 있다고 할 수 있다. 이 시 역시 앞에서 논의한 바 있는 「아이야 돌다리 위로 가자」처럼 일종의 연애시 계열의 작품인 셈이다.

이들 작품으로 미루어 보면 시인 이용악이 언제나 세계 일반과 참다운 조화와 일치를 추구하기 위해 최선을 다해왔다는 것을 알 수 있다.[24] 그가 추

_____

24) 서정시의 세계관이 기본적으로 하나됨의 정신, 조화와 균형의 정신에 있다는 것을

구해온 화합과 합일의 정신은 특히 「너는 피를 토하는 슬픈 동무였다」를 통해서 잘 확인이 된다. 지금은 "내 곁에도 있지 않"고, "세상 누구의 곁에도 있지 않"은 대상으로서의 인물형상인 '식'이에 대해 주체로서의 인물형상인 화자가 느끼는 동일시의 정신을 함축하고 있는 것이 이 시이다. 이러한 점은 해방 직후에 씌어진 그의 시 「항구에서」를 통해서도 충분히 살펴볼 수 있다. 궁극적으로는 "꽃이랑 꺾어 가슴을 치레하고 우리 회파람 간간이 불어보자요 휠 휠 옷깃을 날리며 머리칼 날리며"와 같은 밝고 건강한 정서, 생명의 정서, 자유의 정서를 지향하고 있는 것이 그의 시세계이기 때문이다.

5. 맺음말

이상에서 필자는 조금은 낯선 시각, 즉 인물형상의 관점으로 이용악의 시세계 전반에 대해 살펴본 바 있다. 그러나 본고의 노력이 이용악의 시를 바르게 이해하는 데 얼마나 의미 있는 기여를 했는지는 잘 알 수 없다. 논의를 전개하는 과정에 견강부회한 부분이 없지 않았고, 따라서 적잖은 한계가 노출되었을 것으로 생각된다. 그럼에도 불구하고 이러한 관점으로 이용악의 시를 읽는 것도 한 방법일 수 있으리라는 점에 대해서만은 많은 사람들이 동의를 할 것으로 믿는다.

물론 인물형상의 관점으로 시를 이해하는 것이 서정시 전체를 살펴볼 수 있는 보편적인 방법이라고 할 수는 없다. 하지만 1930년대 후반기를 풍미했던 백석, 이용악, 오장환 등의 시에 대해서만은 이러한 관점을 적용하더라도 충분히 일련의 성과를 얻을 수 있으리라는 것이 필자의 입장이다.

변형된 모더니즘의 세계관이 또 다시 우리 시단을 풍미하고 있는 오늘의 시점에서 보면 필자의 이러한 작업은 얼마간 답답하게 느껴지는 면도 없지 않다. 보들레르 이후 랭보와 베르렌느, 말라르메와 발레리를 거쳐 영미 주지

새삼스럽게 여기서 재론할 필요는 없으리라.

주의와 대륙의 아방가르드로 이어져온 모더니즘 시에서는 시작의 전과정에
서 무엇보다 먼저 인간의 흔적부터 지우려 해왔기 때문이다. 불협화, 탈규범,
비실제, 감각적 추상 등의 개념도 그렇거니와, 철저하게 인간을 배제하고자
하는 탈자아, 몰개성, 비인간, 반형상 등의 개념을 생각하면 본고에서의 작업
은 자못 당황스럽게 느껴지기까지 한다.

그러나 시가 인간을 떠나서는 결코 존재할 수 없다는 것도 또한 자명한
사실이다. 아무리 탈인간을 추구한다고 하더라도 시 자체가 시인이라는 인간
의 산물이라는 점만은 부인할 수 없는 사실이다. 끊임없이 새로움을 추구하
는 것이 시단의 현실이고 보면 대강 이러한 정도에서 필자의 당황스러운 마
음을 거두어야 하지 않을까 싶다. 과거의 시가 당시의 현실에서 첨단적으로
보여주었던 고민을 검토해보는 것도 제법 의미 있는 일이기 때문이다. 이러
한 점에서 지금까지 논의해온 바를 간략히 요약하면 다음과 같다.

1. 이용악의 시에서 인물형상이 포착되는 방법은 시적 주체로 드러나는 경
   우와, 시적 대상(시적 객체)으로 나타나는 경우, 주체와 객체로서의 이들
   인물이 상호 공존하며 구현되는 경우로 나누어 살펴볼 수 있다.

2. 시적 주체(화자)로 구현되는 인물형상은 기본적으로 시인 자신의 모습을
   취하고 있기도 하지만 가공된 배역의 모습을 취하고 있기도 한다. 전자
   의 예로는 「뒷길로 가자」를 들 수 있는데, 이 작품에서는 시적 주체로서
   의 인물형상이 지식인의 모습으로 드러나 있음을 알 수 있다. 후자의 예
   로는 「나를 만나거든」을 들 수 있는데, 이 시에서는 배역으로서의 시적
   주체의 인물형상이 특별히 노동자의 모습으로 구현되어 있음을 알 수 있
   다.

3. 시적 대상(시적 객체)으로 드러나는 인물형상은 사실적인 인물형상으로
   직접화되는 경우와, 비유적인 인물로 간접화되는 경우로 나누어 살펴볼
   수 있다. 전자의 예로는 「풀버렛소리 가득 차 있었다」와 「강가」를 들 수
   있는데, 앞의 시에 구현되어 있는 시적 대상으로서의 인물형상은 시적
   화자로 드러나 있는 인물형상의 아버지이고, 뒤의 시에 구현되어 있는

시적 대상으로서의 인물형상은 "세 해나 못본 아들을" 청진의 "높은 벽
돌 담"에 두고 있는 유랑하는 늙은이다. 이들 인물형상은 공히 당대의 민
족현실을 대표하는 특징을 보여주고 있어 주목이 된다. 후자의 예로는
「앵무새」를 들 수 있는데, 이 작품은 巧言令色의 인물형상이 비판적으로
객관화되고 있어 관심을 끈다.

4. 시적 주체와 객체로서의 인물형상이 상호 연계되고 침투되는 가운데 드
러나고 있는 예는 전자가 강화되어 있는 주·객 공존의 인물형상, 후자
가 강화되어 있는 주·객 공존의 인물형상, 상대적으로 각기 좀더 정확
한 비율로 구현되고 있는 주·객 공존의 인물형상으로 나누어 살펴볼 수
있다. 전자의 예로는 「아이야 돌다리 위로 가자」를 들 수 있는데, 이 작
품에 구현되어 있는 주·객 공존의 인물형상은 시적 주체로서의 인물형
상인 화자 자신과, 시적 객체로서의 인물형상인 사랑하는 연인(아이)이다.
후자의 예로는 「검은 구름이 모여든다」를 들 수 있는데, 이 작품에 드러
나 있는 주·객 공존의 인물형상은 시적 주체로서의 인물형상인 화자 자
신과, 시적 객체로서의 인물형상인 세상을 떠난 어린 조카 '숙'이다. 상대
적으로 각기 좀더 정확한 비율로 실현되어 있는 주·객 공존의 인물형상
은 「장마 개인 날」, 「너는 피를 토하는 슬픈 동무였다」 등의 작품에 의
해 확인이 된다. 이들 시에 나타나 있는 주·객 공존의 인물형상은 시적
주체로서의 인물형상인 '나'와 시적 객체로서의 인물형상인 '너'이다. 앞
의 시에서 '너'는 '나'의 연인이라는 것을 알 수 있고, 뒤의 시에서 '너'는
이미 세상을 떠난 '나'의 친구인 '식'이라는 것을 알 수 있다.

박두진론

신 익 호*

1

혜산(兮山) 박두진은 처음에 민요조 서정시와 동시를 발표하다 ≪문장≫
(1939. 6)지에 「묘지송」, 「香峴」이, 이후 「낙엽송」, 「들국화」 등의 작품이 정
지용에 의해 추천되면서 본격적인 문단 활동을 시작하였다. 그는 60여 년의
시작 생활에서 1000여 편이 넘는 작품을 창작하여 양적 경이로움을 보여 주
는데, 이들 작품은 시종일관 자연 속의 풍부한 상상력을 바탕으로 모든 삶을
종교와 합일시켜 나타내고 있다.

그의 자연은 서경적인 배경이나 심미적 관조, 혹은 문명 비판적이거나 목
가적 대상이 아니라 역사와 삶의 현장에서 시인의 의식 속에 재구성된 정신
과 이상의 관념화인데, 이것이 시종일관 기독교 의식에 바탕을 두고 있다.
그는 세속의 명리를 초월하여 꾸준한 시작 활동과 신앙 생활에 전념하면서
도 6·25 이후 혼란스런 역사의 격변기에는 정치, 사회 현실에 날카로운 비
판을 가하면서 사회 참여를 주장하였다. 그의 궁극적인 목적은 삶의 치열한
갈등에서 어둠을 물리치고 밝은 희망을 기대하며 모든 우주 만물의 낙원에
서 화해의 장으로 공존하는 세계를 기원한다. 그래서 인류의 죄악과 부조리

---

* 한남대학교 교수

한 삶의 현장에서는 남성적 토운으로 강렬하게 비판하는 역사 의식을 담고 있다. 그러나 의욕이 앞선 나머지 자설적 형식의 산문화 경향은 때로는 감정 절제력의 미흡과 시적 긴장감의 이완을 가져와 생경한 느낌을 자아낸다.

그러나 그의 후기 시는 한결 고답적인 명상과 관조적인 관점에서 존재론적인 삶과 영혼의 문제를 개인적인 체험을 바탕으로 나타나는데, 「사도행전」에서는 인간의 구원에 따른 부활과 영생을 「수석열전」에서는 자아의 내면 세계를 수석을 통해 현상학적 입장에서 절대자의 섭리를, 「포옹 무한」에서는 구원·희망·사랑의 무한한 기쁨을 나타내고 있다. 따라서 본고에서는 그의 전 작품1)을 편의상 초기·중기·후기 시로 나누어 구체적인 작품 분석을 통해 개괄적인 시 의식을 살펴 보고자 한다.

2

박두진의 초기 시는 일제 침략에 따른 민족 문화 말살 정책의 암흑기로 인해 비관적이며 부정적인 현실 인식이 자리잡고 있는데, 이런 당대의 인식은 어둠·무덤·주검 등의 이미지로 상징화되어 나타난다. 그러나 그는 이런 비극적 상황 속에서도 절망하거나 좌절하지 않고 항상 현실을 초극하려는 미래지향적 의지와 이상향적인 꿈을 갖고 있다. 그것은 당시대의 정치 사회 현실에 대해 울분이나 저항을 직접 토로할 수 없는 상황에서 그가 택한 우회적인 방법이라 할 수 있다.

따라서 그의 시에서 자연은 이런 경향을 잘 함축하고 있는 시적 장치이다. 이 자연은 창조주의 섭리에 따른 생명력의 공간으로서 항상 풍요로움과 아름다움, 희망과 정의가 자리잡는다. 그의 자연은 청록파로서 같이 활동했던

---

1) 본고에서 대상으로 한 작품은 『朴斗鎭 全集』(汎潮社, 1982)에 실려 있는 「해」, 「午禱」, 「人間密林」, 「거미와 星座」, 「하얀날개」, 「高山植物」, 「水石列伝」, 「續·水石列伝」, 「抱擁無限」, 「별과 조개」, 「使徒行伝」, 「하늘까지 닿는 소리」, 「野生代」, 「아·民族」, 「旗의 倫理」, 「水石戀歌」 등에 실려 있는 시들이다.

박목월이나 조지훈의 실재적·관조적인 자연관과는 다르게 형이상학적·관념적 차원으로 인식된다.

그의 직접적인 고백을 참고하면[2] 그는 일제말 이후 해방 무렵까지 지식인으로서 시대적 고뇌와 갈등, 정신적 방황을 오로지 시와 신앙으로 위로받으며 극복하려 했음을 알 수 있다. 이 때는 일제가 민족 문화 말살 정책을 펼치며 침략야욕을 강화하는 절박한 시기였다. 그래서 그는 자연을 통해 신의 섭리와 우주의 신비, 영원, 질서를 느끼며 모든 만물이 화해의 장으로 공존하는 세계를 기원한다. 그에게 있어 현실은 먼 이상을 추구하기 위한 근원적인 바탕으로서 끝없이 변모되어 간다. 이런 이상향의 추구는 궁극적으로 기독교 신앙에 바탕을 두고 있다. 이런 경향을 나타낸 대표적인 작품으로는 「해」, 「묘지송」, 「향현」, 「푸른 하늘 아래」, 「설악부」, 「청산도」 등이 있다. 산(자연)은 이 작품들 속의 중심 배경으로서 모든 생명력이 약동하며 삶의 의미가 충만된 공간으로 갈등과 분열이 사라지고 화해로운 모습으로 자리잡는다.

아랫도리 다박솔 깔린 山 넘어 큰 그 넘엇 山 안보이어, 내마음 둥둥 구름을 타다

우뚝 솟은 山, 묵중히 엎드린 山, 골골이 一長松 들어 섰고, 머루 다랫 넝쿨 바위엉서리에 얽혔고, 샅샅이 떡갈나무 옥새풀 우거진 데, 너구리, 여우, 사슴, 山토끼, 오소리, 도마뱀, 능구리 等 실로 무수한 짐승을 지니인,

山, 山, 山들! 累巨萬年 너희들 침묵이 흠뻑 지리함즉 하매,

山이여! 장차 너희 솟아난 봉우리에, 엎드린 마루에, 확확 치밀어 오를 火焰을 기다려도 좋으랴?

2) 박두진, 『시인의 고향』(범조사, 1958), 207∼208쪽.

핏내를 잊은 여우 이리 등속이, 사슴 토끼와 더불어 싸릿순 칡순을 찾아
함께 즐거이 뛰는 날을, 믿고 길이 기다려도 좋으랴?
                                                    —「香峴」 전문

이처럼 박두진의 초기 시에 나타나는 '산'은 외로움이나 관조적인 정적 공
간이 아니라 생명이 약동하며 삶의 의지가 충만된 동적 공간이다. 이 '山'에
는 인간 현실의 반영으로서 모든 갈등과 분열이 사라지고 모든 것을 포용하
며 미래의 꿈을 펼치는 메시아적 기독교 사상이 나타난다. 성서에서 '山'은
신의 뜻과 인간의 뜻이 서로 상통할 수 있는 신성한 공간이다. 그러므로 신
의 계시를 받고 인간의 뜻을 간구하며 신에게 재물을 바치는 곳도 높은 산
정이다.

위 시에서 '산'은 평범한 모습이 아니라 "다박솔 깔린" "우뚝 솟은" "묵중
히 엎드린" "모든 생물이 공존하는" "내 마음 구름을 타야" 볼 수 있는 그런
공간이다. 이 "솟아난 봉우리에" "확확 치밀어 오를 火焰"을 기다리는 '산'은
희망이 자리잡고 모든 우주 만물이 서로 화합하는 내면적 공간이다. 특히 후
반부에는 강렬한 기다림과 이질적인 존재가 동시에 공존하면서 모순과 갈등
을 해소하는 화해의 장소로 자리잡는다.

'산'과 그 안에 안긴 솔이나 나무 등 식물적 이미지는 갈등이나 대립이 없
이 조화된 세계를 상징한다. 그것은 현실의 부조리한 상태에서 자연의 생명
체와 현상을 보고 미래의 이상을 꿈꾸는 종교적 이데아이다. 그는 자기 구원
의 대상자로서 자연을 인식하기 때문에 시ㆍ공간에 제한을 두지 않고 무한
대로 확대시켜 그곳에서 자신의 이상을 펼치려 한다. 그리고 과거를 원망하
거나 현실에 절망하는 대신 미래의 희망을 확신하며 현실을 극복하고자 한
다. 현실에서 상실한 자유와 평화를 환상적인 자연을 통해 회복하려 하므로
일종의 '대상적 만족(代償的 滿足 : substitute satisfaction)'인 것이다. 그는 자연을
역사적 상황의 대등물로 나타내는데, 그것은 부조리한 시대의 와중에서 현실
비판적인 만족감을 드러내고 있다.

자연의 존재 가치를 신의 창조물로 볼 때 박두진은 그 자연의 순환 과정

을 통해 신의 섭리를 느끼며, 그리하여 겸허하게 종교적 가치를 갖는다.

그의 시에서 자연은 동화(assimilation)와 투사(project)의 방법으로 인식되면서 시인과 자연이 일체화된 상태에서 인간적 가치를 부여한 낭만적 자연관으로 발전한다. 그러나 오늘날 현대인은 서구의 과학적 영향으로 일체의 인간적 관점을 배제하면서 자연을 비정성의 물질 세계로 파악하여 파괴 또는 변용하고 있다.

박두진은 그의 시에서 생명력이 충일한 삶, 속박없이 자유로운 삶, 모든 인간이 서로 돕고 의지하는 박애로서의 삶을 희구하고 있는데 그는 이러한 삶의 이상을 자연의 질서 속에서 찾고 있다.[3] 그는 관조적이며 명상적인 외경심으로 자연을 보지 않고 치열한 삶의 장으로서 자연을 대한다. 그는 자연을 그것 자체보다 시인과의 관계를 더 중요시한다. 이런 점에서 그에게 자연은 객관적인 있는 그대로의 대상이 아니라 주관적인 해석과 비평을 가한 감정이입(感情移入) 상태로서이다. 즉 민족과 인류, 현실과 영원, 현세적 · 정치적 이상과 종교적 · 궁극적 생활 생존 양식이 아무런 모순 없이 일원화된 세계이다.[4] 따라서 그는 현실의 자연을 통하여 이상과 관념의 세계를 동시에 보여 준다.

그의 시에서 상승과 하향의 두 이미지 사이에 정물화처럼 서술되어 보여지는 식물들과 동물들은 우주로 은유된 산 속에 서식하는 모든 인간형의 대치물이다.[5] 이 '산'은 화염을 폭발하기에 앞서 침묵으로 있는 상태이다. 그것은 시의 원천으로서의 호소가 개인적 · 주관적 감정이 아니라 당시 우리 민족이 갖는 잠재된 감정이라는 것이다. 그것을 박두진은 「香峴」에서는 '沈默'으로 의식하였고, 「墓地頌」에서는 '무덤'으로 나타낸 것이다.[6] 이 '장차'는 화염이 오를 때 모든 동물들이 함께 공존하는 화해의 시기이다. '산'은 그에게 군자다운 의지나 관용, 하늘을 찌르는 기상이나 영원한 침묵같은 수양적

---

3) 오세영, 「휴우머니즘의 옹호와 자연의 의미」, 『박두진 전집8』(범조사, 1984), 283쪽.
4) 박두진, 「시의 運命」, 《문학사상》, 1972. 10, 276쪽.
5) 정현기, 「朴斗鎭 論」, 『연세어문학』, 9 · 10집, 1977, 17쪽.
6) 박철희, 「朴斗鎭 論」, 『서정과 인식』(이우출판사, 1982), 136쪽.

인 덕목으로7) 느껴지지 않고 가장 본질적인 자아동일화(自我同一化)의 상태로 받아들여지고 있다. 따라서 이 '산'은 메시아가 재림하는 낙원으로서의 차원을 떠나 살아있는 생명체의 초월적 공간이라 할 수 있다.

위 시에서 3연까지는 시인의 감정이 배제된 서술적 이미지 중심이고, 4연부터는 감정이입된 부분으로 시인의 강렬한 의지나 바람이 나타나 있다. 火焰(불꽃)은 폭발적인 상승 이미지로서 현실에서 불가능한 상황을 화해로 승화시킨 것이다. 폭발은 시인의 내면 세계에 있는 자의식의 표상으로서 일제시대의 해방을 갈망하는 이미지이다. 마지막 두 연의 설의법 형식은 기다림이 현실적으로 어렵다는 것을 알면서도 염원이 너무나 간절함을 나타낸다. "여우와 이리"는 지배자(강자)이고, "사슴과 토끼"는 피지배자(약자)인데 현실적 공간에서 그들이 서로 공존할 수 없는데도 비애감이나 절망감이 없이 강한 긍정적 현실관이 자리잡고 있다.

북망(北邙)이래도 금잔디 기름진데 동그만 무덤들 외롭지 않어이.

무덤 속 어둠에 하이얀 촉루(觸髏)가 빛나리. 향기로운 주검의 내도 풍기리.

살아서 설던 주검 죽었으매 이내 안 서럽고, 언제 무덤 속 화안히 비쳐줄 그런 태양만이 그리우리.

금잔디 사이 할미꽃도 피었고 삐이삐이 배, 뱃종! 뱃종! 멧새들도 우는데 봄볕 포군한 무덤에 주검들이 누웠네.

—「묘지송」전문

이 산 속에는 식물, 새 등 모든 생물이 갈등과 대립이 없이 화해롭게 공존한다. 이 산은 모든 생명체가 약동하며 삶의 의지가 충만해 있는 안정된 공

---

7) 박두진, 「산은 나에게 있어 무엇인가?」, 『현대시의 이해와 체험』(일조각, 1976), 99쪽.

간이다. 화자는 현실의 부조리와 불안·갈등을 떨쳐버리고 자기 구원의 대상 자로 자연질서와 생명체를 인식하여 종교적 이데아와 이상을 추구한다. 이처럼 자연은 풍요롭고 아름다운 생명력의 표상으로서 생성·소멸이 반복되는 영원성을 내포한다. 특히 그의 시에서 산과 해의 동질성은 높음과 거대함과 영원함과 삶의 근원적인 힘으로서 이루어진다.[8] 따라서 '주검'이 원하는 태양은 죽음을 극복하고 미래의 새 삶을 염원하는 역동적인 힘으로서 자연적인 봄볕과는 또한 다르다. 그렇지만 태양이나 봄볕 이미지의 밝은 현상은 존재의 근원적인 힘으로 삶답게 하는 기본적 원리이다.

이 시는 '무덤'을 시적 소재로 하여 죽음이라는 공간이 종말과 고통, 어둠이 아니라 생성과 희망, 밝음을 내포한다는 것을 암시함으로써 죽음에 대한 새로운 인식을 제기한다. 이 '무덤'은 삶과 죽음이 조화롭게 공존하는 화해의 장소로서 종말적인 죽음의 공간이 아니라 신비적이면서도 미래지향적인 기다림의 표상이다. 이 시는 일차적 의미로 개인적 차원의 존재론적인 문제를 다루었다고 볼 수 있다. 이 '무덤'은 외부 세계와 차단된 자아의 유폐 공간으로 어둠이 자리잡는 무의식적 현실이다. 즉 자아를 구속하는 한계상황의 현실인식이다. 이 '무덤'에 자리잡는 어둠은 절망과 고통의 현실인식에 끝나지 않고 평온과 희망, 새로운 이상을 지향하는 자아와의 만남이다. 따라서 개인의 현실적인 한계상황에서 정신적 고뇌와 갈등, 죽음의 문제를 종교적으로 초극하려는 의지로 볼 수 있다.

이차적 문맥으로 이 시를 사회·역사적 배경의 관점에서 살펴볼 때, 일제 말의 절망적인 현실과 무관하지 않다. 그에게 현실이란 항상 어둠으로 인식되었기에 그는 천상의 질서에 대한 갈망과 함께 미래지향적인 역사의식을 추구하였다. 따라서 '무덤'이 일제하의 암담하고 절망적인 현실이라면 '주검'은 이런 시대에 마지못해 살아가는, 즉 인간답게 살지 못한 비참한 모습으로 시체와 같은 상황을 뜻한다. 그렇지만 이 시가 우리에게 미래지향적인 희망과 삶의 건강미, 긍정적인 사고를 제시하고 있는데, 그것은 전적으로 기독교

---

8) 신동욱, 『우리시의 짜임과 역사적 인식』(서광학술자료사, 1993), 327쪽.

의 묵시문학적인 메시아 사상을 바탕으로 하고 있기 때문이다. 즉 어떤 상황에서도 포기하지 않으며 희망을 갖고 굳게 일어서는 기독교인의 현실관이 잘 나타나고 있다. 이런 태도는 그가 "죽음에서의 생명, 죽음에서 부활을 갖는 그러한 熱願을 불멸의 종교적인 믿음으로 가져보고 노래해 보고 信願한 것이다"⁹⁾고 한 고백에서도 엿볼 수 있다.

기독교 진리에서 '어둠'은 역경·슬픔·죄악·고난·불의·심판을, '밝음(빛)'은 번영·행복·축복·정의 등을 뜻한다. 이 밝은 태양이 비춰 줄 시기는 '언제'라는 묵시문학적 종말의 때에 함축되어 있다. 이 메시아가 나타나리라는 기독교적 종말사상은 현실이 절망적인 상황이지만 어느 때인가 모든 것을 극복하리라는 희망을 내포한다. 따라서 시적 화자는 이런 희망을 가짐으로써 개인적 차원의 존재론적·정신적 방황을 극복하여 조국광복의 도래를 확신하는 것이다. 이 때는 궁극적으로 평화와 자유, 정의가 구현되는 참된 삶이라 할 수 있다. 이런 이상주의적 경향은 현실의 절망적이고 비극적인 상황을 능동적, 우회적으로 비판하는 또 다른 유형의 한 방법이라 할 수 있다. 즉 참담한 현실에 울분을 토로하며 반항하고 싶은 우회적 방법으로써 자연이라는 소재를 택하여 이상주의적 경향으로 암시했다고 볼 수 있다.

3.

그의 중기 시는 초기 시에서 중심을 이루는 자연 배경의 소재에서 점차 인간적 삶의 현장에서 기인하는 실존 문제에 관심을 두고 있다. 주로 60년대 무렵 그의 시에는 자연이라는 관조의 대상에서 벗어나 치열한 삶의 현장에서 부딪치는 사회의 부조리와 모순, 사회악 등을 비판하고 경고하는 적극적인 의지가 나타난다. 그의 현실 인식은 역사적 상황 속에서 인간의 존재 및 민족을 떠날 수 없었다. 그는 감수성이 예민한 청년 시절을 대부분 일제 말

---

9) 박두진, 『시와 사랑』(신흥출판사, 1960), 15쪽.

기에 보낸 이후 민족사의 격변기인 6·25, 4·19를 직접 체험하면서 살아왔
기에 그의 지사적 성격에서 기인하는 울분과 비분강개의 격정적 열정이 자
리잡고 있다. 이런 경향은 60년대 이후 70년대 초까지 쓰여진 「거미와 성좌」,
「인간 밀림」, 「하얀 날개」 등에서 엿볼 수 있다. 특히 「학」, 「오도」에서는
6·25의 동족상잔을, 「꽃과 항구」, 「젊은 죽음들에게」, 「우리는 보았다」, 「우
리들의 깃발은 내린 것이 아니다」, 「분노가 잠깐 침묵하는 것은」 등에서는
4·19 정신을 담고 있다. 「아, 민족」 같은 장시에서는 우리 민족이 유랑민의
삶 속에서 이 땅에 정착한 후 수많은 시련과 고통 속에서도 불사조처럼 살
아온 강인한 민족성을 암시하고 있다.

> 百千萬 萬萬 億겹
> 찬란한 빛살이 어깨에 내립니다.
> 작고 더 나의 위에
> 壓倒하여 주십시오.
>
> 일히도 새도 없고,
> 나무도 꽃도 없고,
> 쩅쩅, 영겁을 볕만 쬐는 나 혼자의 曠野에
> 온 몸을 벌거 벗고
> 바위처럼 꿇어,
> 귀, 눈, 살, 터럭
> 온 心魂, 全靈이
> 너무도 뜨겁게 당신에게 닳습니다.
> 너무도 당신은 가차히 오십니다.
> ……
>
> — 「午禱」에서

화자는 처절한 고통 속에서 하나님의 존재를 확신하고 구원의 손길을 보
내면서 어떤 비극적 상황에서 살아남기 위해 오직 하나님에게 간구하고 의
지하는 수밖에 없다. 그가 처한 현실은 참담한 고통만이 있을 뿐이다. 그래

서 그는 고독과 삭막한 광야의 극한 상황에서 몸부림치며 하나님과 직접적인 대화를 간구하는 기도를 하는 것이다. 이 기도가 "눈물이 더욱 맑게 하여 주십시요 / 땀방울이 더욱 진하게 해 주십시오 / 핏방울이 더욱 더 곱게 하여 주십시요"에 나타나고 자신의 강한 신념이 "당신은 나의 힘, 당신은 나의 王, 당신은 나의 生命, 당신은 나의 모두" 등에 확고하게 나타나 있다. 이 광야는 모세와 유대 민족에게 출애굽 과정에서 험난한 시련이었듯이, 시인과 우리 민족에게 부닥친 공간이며 나아가서는 시인의 신앙적 고뇌의 자의식 상태라 할 수 있다. 뙤약볕 아래 기진한 핏덩이와 절박한 현실에서 기다리는 '당신'은 나의 힘, 나의 生命, 나의 모두인 것이다. 이 절대절명의 '당신'은 나의 종교적 체험에서 승화된 존재자이다. 화자는 처절한 고통 속에서 사도의 신비로우면서도 뜨거운 신앙적 체험을 인식하게 된다. "―이셨습니까, 보셨습니까"의 의문 형식은 시인 자신이 먼저 확신하며 시인한 뒤 확인하는 반어적 강조법이다.

이 시는 어떤 대상에 대해 이미지의 형상화를 통한 간접적인 표현보다 서술적 이미지 중심으로 대상을 인식 서술하는 감정적인 형태로서 독자에게 직감적으로 호소하는 단조로운 느낌을 준다. 이러한 현실 대결에서 직설적 어투의 자아 과잉 노출은 절박한 현실 상황에서 기인한다. 즉 외적 대상에 대한 내적 자아의 갈등에 따른 분열의 징후라 할 수 있다. 아마도 이 점은 중기 시집인 『거미와 성좌』, 『인간 밀림』 등에서 나타나듯이, 현실적 주제에 중점을 두어 시인 자신의 경험에 의한 상황을 꾸밈없이 표현하여 강한 호소력을 자아내고자 하는 의도에서 비롯되었을 것이다. 즉 리얼리즘 시의 대부분이 그렇듯이 쉬운 시어로써 현장감을 밀도 있게 묘사하여 강한 리얼리티를 자아내려는 데에 목적을 두기 때문이다. 그것은 이미지의 조소성보다 가난하고 어두운 시대의 아픔을 현장감 있게 묘사하여 극복하려는 역사 의식의 발로라 할 수 있다.

　　濕濕하고 어두운
　　地獄으로부터의 너희들의 脫出은

또 한번 징그러운 黑褐色 陰謀
地獄에서 지상에의 流配였고나.

추녀 밑 낡은 후미진 틈새에서
털 솟은 숭숭한 얼룽이진 몸둥아리
종일을 움츠리고 默呪 뇌이를 한다.

거미, 거무,
거미, 거뮈!…
蜘蛛, 蜘蛛!… 蜘蛛, 거뮈!
거미,   蜘蛛!… 蜘蛛,
거뮈!……
― 日沒…
어디 쯤 바다에서 밀물소리 잦아 오고
산에서, 들에서는,
밤새가 왜가리가 뜸북새가 울고 오고
이리는 너구리를
너구리는 다람쥐를, 구렁이는 개구리를 , 개구리는 쉬파리를,
먹으며 먹히우며 悽絶한 靜寂……
거미는―.

새까만 內臟,
새까만 內臟을 겹겹이 열어 피묻은 日沒을 빨아 먹고,
새까만 內臟을 겹겹이 열어 피묻은 後光을 빨아 먹고,
새까만 內臟을 겹겹이 열어 피묻은 노을을 빨아 먹고는,
그리고는 黃昏,

　　　　　　　　　　　― 「거미와 성좌」에서

　혜산은 동족상잔의 비극과 역사적 소용돌이를 거치면서 점차 천상적인 세계에서 지상적인 인간 세계에 눈을 돌림으로써 직접적인 고발과 비판을 통해 현실을 직시하며 지사적인 목소리를 높인다. 이런 태도는 그의 정신적인 궤적이 이념지향성과 행동하는 지식인의 모습으로 변신하는 것을 의미한다.

따라서 자신의 목소리를 높이다 보니 호흡이 길어지며 산문화가 되어 자기 고백적 양상을 띠므로 장엄한 어조의 형태로 나타난다. 그는 이런 산문적 리듬을 독특한 부점이나 효율적인 반복법 사용으로 시적 리듬과 긴장감을 뒷받침하려 하나 때로는 육화되지 못한 관념어와 동어반복의 식상함을 피하지 못하고 있다.

'거미'는 하늘과 땅 위에 살지 않고 처마 밑에서 산다. 그것은 하늘(무한적인 초월자)과 땅(유한적인 짐승)의 중간을 의미한다. 인간 역시 유한한 존재이나 지향하는 바에 따라 무한한 존재로 초월할 수도 있고, 짐승으로 추락할 수도 있다. 즉 무한과 유한의 중간적 위치의 존재가 인간 조건인 것이다. 또 거미는 독자적으로 살아가기보다 항상 어떤 대상에 기생하여 존재한다. 여기에는 열심히 노력하여 대가를 바라기보다 항상 대상에 편승하여 이기적인 목적을 향유하려는 비열함이 스며 있다.

인간은 때로 지상에 추락하고 싶은 처절한 욕망에 사로잡히기도 하지만, 한편으로는 그런 욕망의 굴레에서 괴로워하며 참회하는 가운데 경건한 천상 세계를 갈망한다. 따라서 「거미와 성좌」, 「오도」에서는 이런 지상적인 육신의 질곡에 신음하면서 천상의 삶을 갈망하는 인간 존재의 모습을 상징한다. 이런 절망적인 삶의 고통과 추악상은 「인간밀림」에서 절정을 이룬다. 그는 이 지상의 현실 세계를 고독·절망·음모·배신·시기가 가득 차 있는 어둠으로 인식하기 때문에 항상 천상 질서에 대한 갈망과 미래지향적인 역사 의식을 갖고 있다. 이런 역사적 상황에서 지성인과 신앙인은 항상 사회와 현실에 참여해야 한다는 것이다. 그의 태도는 정치적·이념적이기보다 윤리적·종교적이기 때문에 항상 예언자적 입장에서 세상을 질타하면서 정의와 자유, 평화를 주장한다.

위 시에서 '거미'는 해가 저물자 서로 잡아 먹고 먹히우는 치열한 투쟁을 시작한다. '거미'는 새까만 내장을 열어 피묻은 일몰을 빨아 먹으려 음모와 계략을 꾸민다. 그리고 인간 사회의 온갖 추악상 ─ 간음·교살·투쟁 등을 야기시킨다. 거미줄은 탈출·유배·고독·절망·허무·체념·오열·음모·

간음·황홀 등 온갖 죄악으로 짓이겨서 만들어진 것이다. '거미'는 이렇게 만들어진 거미줄을 사용해 모든 것을 모조리 짓씹어 먹어버리는데, 이것은 추악한 욕망 속에 자리잡는 현대인의 생리이자 자화상이다. 또 '거미'는 인류의 평화와 자유, 정의를 유린하는 죄악의 화신이기도 하다. 다양한 명칭으로 불려지는 '거미'의 존재는 이 땅에서 살아가는 현대인의 다양한 삶과 존재 양식을 나타낸 것이라 할 수 있다.

이 '거미'가 하늘 위의 '성좌'를 바라보며 묵묵히 철학 속에 잠기다가 갑자기 '호접(나비)'를 떠올리는데, 이것은 인간이 지상적인 삶에 얽매이면서도 천상적 삶을 갈망하는 양면적 속성을 암시하는 것이다. 이런 경향은 그가 어떤 비극적인 상황에서도 현실 인식을 절망과 좌절로 보지 않고 기독교 신앙을 바탕으로 미래지향적 이상과 희망을 갖고 있기 때문이다. 이처럼 그는 현실 대응 방식을 역사 속에서 민중과 더불어 치열한 싸움을 통해 해결하기보다 현실 공간을 초월해 신성을 회복함으로써 현실을 극복하려 한다.

旗! 그것은, ―
찬란하게, 우리 앞에 나부끼어야 한다.
바람 결 띠끌마다 흐려 져 온것, 미처 뛰는 물결마다 휩쓰려 온것, 아우성의 저자마다 찢겨져 온것,

그것은, ―
어쩌면 피빛, 어쩌면 별빛, 어쩌면 초록, 어쩌면 눈물, 어쩌면 꿈! 어쩌면 활활 타는 불꽃 빛으로, 가슴마다 살아 있어 나부끼는 것,

펄펄펄펄 蒼穹 위에 펼쳐 오르면, 저마다 旗폭들이, 아득하게 한폭으로 피어살아 오르면, 우리들의 눈은 다시 부시어져온다. 가슴들이 둥둥 새로 틔어 부풔 온다. 피가 더욱 새로 맑아 픅덕여져 온다.
― 「旗」에서

이 '깃발'은 강한 신념과 의지의 표상으로서 시인의 역사관과 현실의식을 반영한 것이다. 「旗」 작품에는 선정적인 토운과 단정적인 서술형 어미로써

날카로우면서도 강인한 시인의 비판 의식과 현실 감각이 담겨 있다. 즉 "旗 그것은 ~"의 반복법, "~하여야 한다"의 단정적 어조는 시적 화자의 강인한 의지가 표출되어 있다. 깃발이 펄럭거리며 나부끼는 모습은 "하얀 새를 날린다 / 눈빛같은 하얀 새떼를 파닥파닥 날린다"는 비상의 자유로움처럼 이념 구현을 위한 자유의 상징적 매체이다.

또 '깃발'은 희생·평화·시련·희망·투쟁 등의 등가물로서 수난의 역사 속에서 온갖 억압적인 요소에 의해 휩쓸리고 찢겨왔다. 그러나 이 깃발이 푸른 창공 위에 활짝 나부낄 때 눈이 밝아오고 가슴이 부풀고 피가 더욱 맑아지듯이 온갖 희망과 생명력을 가질 수 있다. 펄펄 휘날리는 깃발에서 자유를 향한 비상과 이념 구현을 위한 역동성이 자리잡는다. 그런데 절대자는 이런 깃발을 오로지 인간에게만 부여한 것이므로 우리는 어떠한 상황에서도 이것을 짊어져야 하는 것이다.

한편, 「碑」는 퇴락하고 이끼 낀 비석에서 민족의 역사를 증언하면서 날카로운 현실 비판 기능을 담고 있다. 특히 돌과 새의 이미지 결합을 통해 지상에서의 육신의 질곡과 현실의 굴레를 떨쳐 버리고 정신적 삶을 지향하려는 의지가 나타난다.

「우리들의 깃발을 내린 것이 아니다」에서는 생경한 관념이 여과 없이 노출되지만 4·19정신과 이념이 정확히 묘사되었다. 4·19는 민족의 자유와 평등, 정의 구현을 위한 민중세력의 항거로서 온갖 사회의 비리와 모순을 척결하려는 인간 해방 운동인 것이다. 따라서 시적 화자는 이 사건이 과거의 역사적 사건에 머물 것이 아니라 앞으로도 계속 발전시켜 민주·인권 혁명이 되어야 한다는 투철한 역사의식과 예언자적 사명감을 나타낸다. 「아 民族」은 1,500행이 넘는 장시로서 임진왜란 등 수많은 외침과 시련 속에서도 오늘날까지 민족의 저력을 지켜 온 과정을 구체적인 역사적 사실을 통해 재구성하였다.

4.

박두진의 후기 시는 육화되지 않은 관념성이나 격정적인 토운의 경직성을 벗어나 한결 고답적인 명상과 관조적인 관점에서 존재론적인 삶과 영혼의 문제를 개인적인 문제를 바탕으로 하고 있다. 이 시기는 그의 삶의 원숙기로서 사실적인 현실 의식에 사로잡히지 않고 근원적이면서도 포괄적인 인생사의 단면을 신앙이라는 밑바탕에 여과시켜 형이상학적 존재성을 나타내고 있다. 따라서 관념적인 이상 세계의 추구와 이원적인 대립 구조의 고정성을 탈피하여 언제나 겸손한 자세에서 사랑과 화해의 시선으로 인간다운 삶, 참다운 예술, 영원성 지향의 신앙을 추구한다.

후기 시 경향을 대표하는 시집으로 『高山植物』, 『使徒行伝』, 『水石列伝』, 『續・水石列伝』, 『抱擁無限』 등이 있다. 특히 이 무렵에 쓰여진 수석 연작은 사실성보다 상징성을 바탕으로 일반화된 인간 내면 세계의 울림을 통해 그의 우주 자연관, 신관, 역사관까지 보편화하여 하나로 융합 일체화시키고 있다. 즉 언어로 쓰여진 시는 인간의 한계성에 머물지만, 언어가 필요 없는 수석은 구체적이고 포괄적인 형상을 통해 신의 조화 능력을 최대한 구현할 수 있다는 것이다. 그는 수석을 통해 인간과 신, 시와 자연의 관계를 새롭게 인식하며 근원적인 존재 문제를 극복하여 창조주의 영원무궁한 사랑의 섭리에 감동하는 것이다.

> 내가 꽉꽉한 폭양의 사막을 헤매는
> 한 마리 양일 때
> 그렇게 스스로 생각할 때
> 내 모습 굽어보며 당신은 말이 없고,
>
> 내가 밤 어둠 캄캄한 산골짜기 헤매는
> 한 마리 사슴일 때
> 그렇게 스스로 생각할 때

내 모습 굽어보며 당신은 말이 없고,
……중 략……

내가 눈감고, 귀막고, 입다물고, 숨멈추고
다만 가슴 속 햇덩어리 억억만 별덩어리
활활 홀로 불태울 때
내 모습 굽어보며 당신은 말이 없고,

다만 그 외로움, 외롬속의 외로움에서
스스로 완전히 벗어날 때
그때사 나의 곁에 당신은 다가오네.
눈물로 뜨겁게 나를 와서 끌어 안네.

— 「蕩子孤獨」에서

　이 시는 내용상 역설적으로 구성되어 있다. 그것은 화자가 "폭양의 사막"
과 "캄캄한 산골짜기"에서 헤매며 "바다태풍"에 휘말릴 때 당신은 말이 없고
무관심하기 때문이다. 이런 처절한 상황에서 '당신'의 도움이 필요한데 도움
이 뻗치지 않는 것이다. 화자는 외로움 속에서 벗어날 때 '당신'을 소유하게
된다. 그의 외로움은 단지 육적인 고독이나 정신적 소외감에서 느끼는 것이
아니다. 육적인 고독이나 정신적 소외감은 사랑과 관심을 가지면 극복될 수
있다. 이 시의 화자에게 있어서 고독의 탈피는 누구의 도움을 받는 수동적인
자세가 아니다. 그는 처절한 상황에서 인간의 무력감과 유한성을 느끼는 고
독을 통하여 자아를 성찰하며 깊이 인식하게 된다. 따라서 단절을 통한 절박
한 상황에서 인간의 무력감에 대한 인식의 과정을 거치는 경험적 신앙이기
에 훨씬 값있는 것이다. 즉 육적인 고독을 통해 영적인 관계를 유지하게 된
다. 따라서 이 '눈물'은 고통의 눈물이 아니라 나와 하나님과 합일되는 기쁨
의 눈물이다.
　성서를 보면 예수도 두루 고독을 느꼈음을 알 수 있다. 그는 겟세마네 동
산에서 운명의 시간이 임박해 왔을 때, 제자 중 가룟 유다가 자신을 배반했
을 때, 그리고 십자가 상에서 하나님마저 자신을 버렸을 때 처절하게 고독의

아픔을 느꼈다. 그는 "보라 너희가 각각 제곳으로 흩어지고 나를 혼자 둘 때
가 오나니 벌써 왔도다. 그러나 내가 혼자 있는 것이 아니라 아버지께서 나
와 함께 계시느니라."(「요한복음」16 : 32)고 말씀하셨다. 그는 자신의 심정을
이해해 주고 함께 기도할 사람이 없기에 하나님 앞에서 혼자 결단해야 할
처지였다. 이 때의 외로움은 단순한 고독의 독백이 아니라 하나님과의 대화
에서 주님의 뜻을 펼치기 위해 결단을 내리는 승리의 순간이라 할 수 있다.

　이 수석에는 그의 삶과 예술, 신앙이 하나로 일체화되므로 모든 우주적 질
서와 인간적 질서, 자연의 법칙이 통합되어 나타난다. 박두진은 수석에 대한
수집벽을 호사가가 하는 속물적 취미라기보다 시인이 하나의 대상을 포착해
심리적이고도 정서적인 감을 불러내는 창작 행위로 일치시키고 있다. 수석이
란 우리 주위에 산재해 있는 돌을 그저 지칭하는 것이 아니고 선택의 기준
과 가치성을 적용하여 수많은 돌 속에서 선별하게 된다. 이와 같이 시를 쓰
는 일도 추상적이고 막연한 감정 표현으로 언어를 나열하는 것이 아니라 대
상에 대해 심미적인 언어 예술의 조화와 기교를 적용하여 철학적 가치성을
부여하는 것이다. 돌[水石]에서 찾을 수 있는 심오한 경이적 세계는 깊고 무
한한 시에서 찾을 수 있는 것과 일치한다. 사람들이 수석을 좋아하는 까닭은
거의 수석이 지니고 있는 속성, 아름다움과 상징, 형태, 색깔, 질, 주체성이
주는 바, 그 예술과 시에의 인격 바로 시 자체를 계시 계발시켜 주는 그러한
경이와 매력에 있음이 분명하다.10)

　돌이 표상하는 심미적 가치와 오묘한 상징은 우주적인 조화의 섭리를 우
리에게 항상 인식시켜 준다. 보편성을 통해 시 작품에서 감동을 얻듯이 수석
의 아름다움에서 정서적 가치성을 느껴 공감하는 것이다. 그것은 막연하게
생각되어진 시의 세계가 수석의 구체적인 형상과 가치성을 통해 그 내면 세
계의 본질을 파악하고 무한한 깊이를 찾아내어 미적으로 형상화될 수 있기
때문이다. 그는 형상화시키고자 하는 본질적 가치를 수석의 신비성을 통해
얻고 있다. 유구한 시간의 흐름을 통해 자연적으로 형상화된 수석은 풍화작

---

10) 朴斗鎭, 「水石美·藝術美」, 『현대시학』통권 91호(1976. 10), 19~20쪽.

용으로써 여러 단계의 변신 과정을 거쳐 퇴색하고 변질되어 가장 순수한 상태에서 조물주의 섭리를 드러낸다. 따라서 수석이야말로 조물주의 예술품으로 표현할 수 있는 가장 적절한 소재라고 할 수 있다.

시적 언표는 상투적인 말과 대립되는 생생한 표현을 그 특징으로 한다. 생생한 말이란 지향된 의미를 표현할 뿐 아니라 화자의 경험까지도 생생하게 나타낸다.[11] 훗설에게서부터 '表明'의 개념을 차용해 온 잉가르덴은 생생한 말이란 화자가 경험을 알 수 있는 "단순한 이성적인 행위"를 지각자에게 환기시키는 것이 아니라 그 경험을 생생하게 구체적으로 느낄 수 있는 실제적 행동을 불러일으킨다고 본다.

일상적인 생활에서 비시적 무대상으로서 사물을 대할 때는 자연물의 현상으로서 보이지만 하나의 대상에다 의식을 지향하여 의미를 부여할 때는 현상학적 존재로 자리잡는다. 인간은 객체의 대상에 대해 주체적인 입장에서 의식을 부여할 때 한 사물의 본질 앞에 설 수 있는 것이다. 박두진은 수석에 대하여 현상학적 입장을 취하고 있기 때문에, 그것으로부터 수석이 갖고 있는 상징과 계시성을 하나의 수평적인 인격체의 관계로 파악하여 감정을 느낀다.

박두진은 수석에다 이 절대적 관념론을 부여하여 자연물부터 신의 섭리와 가치성까지도 인식한다. 그에게 수석은 삶의 태도의 진지성과 정신적 가치를 부여하는 대상으로서, 이에는 기독교 의식까지도 현상학적으로 자리잡는다. 수석과의 만남은 영혼의 깊은 심연 속에서 박두진의 원초적 순수성을 무한히 확장시키고 그로 하여금 초월적 의식의 세계로 접어들게 한다. 그는 이러한 체험을 통해 인간의 유한성과 한계를 극복하는 것이다. 수석은 그에게 있어 대립과 갈등을 해소하는 구원의 원천이 된다. 수석 체험은 나와 너가 동시 체험되는 영혼의 울림으로, 이 울림 속에서 인간은 한계와 억압으로부터 자유롭게 된다. 그 해소는 현실에서 불가능하지만 서정과 인식을 통해서 이

---

11) Robert R. Magliola, *Phenomenology and Literature*, Purdue University Press, West Lafayette, Indiana(1977), p.109.

루어지기를 바랄 뿐이다.12)

훗설은 질료(재료)가 무질서와 혼란으로 되어 있다는 칸트의 견해와는 달리 그 질료 나름대로 질서가 있다고 보았다. 즉 논리적으로 표현되기 이전의 세계이지만 그 나름대로 질서가 있다는 것이다. 이 질서는 박두진 시인에게 있어 자연의 섭리로 나타난다. 이처럼 선험적인 관념으로 인식되는 그의 수석 시는(「탕자고독」, 「저분이 누구실까」, 「아브라함의 좌상」, 「저 고독」, 「가시면류관」, 「돌베개 야곱」 등에서 나타남) 독자가 직접 수석을 보지 않아도 수석의 구체적인 모습과 특징을 그려볼 수 있도록 한다. 그의 시에 의지나 주장보다 명상적인 관조의 여유가 섬세하게 나타나 있는 것은 바로 이 때문이다.

훗설(Husserl)은 사물에 대한 의식 작용을 노에시스(noesis)라 하고 이 노에시스에 의해서 인간 의식 속에 하나의 의미망이 형성되었을 때 노에마(noema)라 했다. 이 노에마는 사물의 실제적·지시적 있는 그대로의 대상이 아니라 인간 의식 속에 존재하는 관념적·추상적인 것으로서 시에서는 내포적으로 드러난다. 훗설 현상학의 '현상'이란 바로 이런 의식 체험의 내용인 것이다. 박두진 시에서 '수석'은 단순히 지시적 개념의 객관적 사물이 아니라 시인의 의식 속에 지향적 대상물로서 존재하는 노에마의 상태이다. 현상학이란 자아의 자기 해명이다. 그것은 어떤 고정 관념적인 진리의 의미 해석이 아니라는 뜻이다. 따라서 현상은 객관적 정지 상태의 의미를 떠나 상황에 따라 자아 의식에 반응하는 주관적인 감성을 뜻한다. 현상학적 작품 감상은 신비평적인 과학 분석 방법보다 직접 생동감 있게 감동을 불러일으키는 살아 있는 예술성을 중시한다.

主體者(subject)는 주어진 상황에 따라 인식의 장으로 재구성하여 대상(object)을 적절히 변화시키며 의미를 부여한다. 따라서 수석이라는 노에마의 분석을 통해 시인의 의식을 현상학적으로 밝혀볼 수 있다. 그의 시에서 평범한 돌은 자아의 환상적인 현실 분출구로 자리잡는 노에마의 상태이므로 자

---

12) 朴喆熙, 「水石의 現象學」, 『朴斗鎭 全集10』(범조사, 1984), 388쪽 요약.

연적 물질로 존재하는 돌이 아니라 시인의 의식 속에 별도로 존재하는 다양화된 의미의 추상화이다. 시인은 그 돌에서 순간적인 주관성과 실재의 결합으로부터 무한한 경험의 영역을 찾아낸다. 따라서 돌의 이미지를 한 대상의 대리물로 보지 않고 실재물로 파악하는 것이다.

> 나 여기에 있나이다 주여.
> 바람에 불리우는 밤의 이 작은 촛불
> 혼자서는 이 한 밤 서서 타기 어려운
> 너무 짙은 어둠을 물러가게 하소서.
>
> ⋯⋯중 략⋯⋯
>
> 불길이게 하소서. 차라리,
> 지직지직 타는 불길 밤을 불질러
> 저 덧 쌓이는 악의 섶을 불사르게 하소서.
> 어둠이란 어둠을 다 불사르게 하소서.
> ── 「나 여기에 있나이다 주여」에서

이 시에서 어둠과 밝음은 현실과 이상을 뜻한 것으로서 서로 긴장감을 유지하여 삶의 치열한 모습을 나타낸다. 박두진은 어떠한 삶의 모순과 부조리에도 절망하거나 체념하지 않고 긍정적 삶으로써 미래 지향성의 희망을 갖는다. 그의 시는 상상력에 바탕을 두고 있는 바램과 기댐, 희망과 같은 긍정적인 비약을 표상하는 빛의 세계와 골짜기·무덤·벼랑의 어둠의 세계가 맞서 있다.[13] 그에게 있어 해는 개인·민족·시대적 어둠을 몰아내는 희망·동경·순진함의 상징으로 빛의 생명력을 내포한다. 이처럼 떠오르는 생명력의 원형성은 상승의 이미지로 불의·어둠·시대의 모순을 물리치고, 지혜의 표상으로 모든 자연물과 교감을 나누는 생성의 요소를 갖는다. 이 빛은 절망한 사람에게 희망을 주는 길잡이 역할을 하면서 모든 만물에게 생명의 결실을

---

13) 김현자, 「박두진의 생명의 탐구」, 『韓國現代詩史硏究』(일지사, 1983), 512쪽.

맺게 해 준다. 예수는 흑암과 어둠 아래 사는 사람들에게 빛으로 오셨다(「누가복음」1 : 79). 빛이 하나님이라면 어두움은 사탄을 뜻한 것으로 영적인 면에서 보면 사망한 상태라고 할 수 있다. 유대교에서 율법은 등불이라고 하는데, 곧 하나님의 계시를 뜻한다. 그러기에 하나님은 천지창조 중 빛을 첫 번째로 만들었다.

이 시에서도 촛불·쪽배·불길의 이미지와 어둠·악·풍랑의 이미지는 서로 대조가 되지만 궁극적으로는 어둠과 밝음으로서 대치를 이룬다. 어둠은 악마적 이미지로서 시대적 삶의 아픔과 불의, 신앙적 고난을 뜻한다. 개인과 민족의 시대적 어둠을 몰아내는 밝음의 속성은 아름다움·새로움·순수성을 뜻한다. 그러므로 시인이 시대의 아픔과 분노를 밝음의 빛에 태워 승화시키려 하는 것이다. 그는 절박한 상황이나 고통에도 도피하거나 체험하지 않고 어둠을 불사르는 불길이나 풍랑의 세파를 헤쳐가는 파도가 되어달라고 신에게 간구한다. 그의 치열한 시정신에 의해서 모든 사물은 어떤 공간 속에서도 어떤 시간 속에서도 치환될 수 있는 인류사의 갈등이 얽히어 있고, 그 갈등을 넘어서고자 하는 강렬한 의지가 한치의 양보도 없는 자세에서 버티고 있음을 볼 수 있다.[14] 이러한 삶의 태도는 궁극적으로는 기독교적 세계관의 발로라 할 수 있다. 기독교적 삶은 초월이나 도피가 아니고, 또한 남이 해결해 주는 것이 아니고 자신이 스스로 현실과 대결하여 극복하는 것이다. 상식적으로 볼 때 '바람' 앞에 '촛불', '풍랑' 앞에 '쪽배'는 아주 위태로운 상태이다. 그러나 그는 그런 상황에서도 강한 의지력을 잃지 않고 악을 말살하기 위해 어둠을 불사르는 불길과 파도가 되어 달라고 간구한다. 여기에서 '바람'은 폭풍우로 변하는 가변성의 파괴를 지닌 이미지로서 시련이나 고통, 시간의 덧없음, 시대의 한계 상황을 뜻한다.

  – 이대로는 우리들을 멸망케 말으소서.
  – 우리들의 잘못을 이대로 사하소서.

---

14) 정현기, 앞의 글, 29쪽.

　　─ 당신의 형상대로 우리를 만드소서.

　　─ 나라가 이땅에 임하게 하소서.
　　─ 하늘의 당신뜻을 땅에 속히 이루소서.
　　　　　　　　　　　　　　　　─「使徒行伝·20」전문

　기도는 인격체의 하나님과 관계를 맺는 인간 생활의 진실한 표현으로 우리의 마음을 하나님께 여는 것이다. 어느 한 관점에 집중시켜 계속 기도한다는 것은 그 목적을 실현시키기 위해 자신이 생각하며 괴로워하는 것이다.

　위 시에서 사도는 오늘의 시대가 요구하는 자로서 시인 자신으로 크리스천의 전형이라 할 수 있다. 사도는 뜨거운 신앙 체험을 통해 혼란된 현실과 좌절을 극복하여 구원에 이르고자 하므로 강력한 저항과 의지를 갖는다. 그는 「사도행전」의 연작시에서 원죄의식에 대한 참회나 개인적 신앙의 갈등보다 인간적 삶의 차원에서 현실을 자각하며 민족과 인류의 구원을 갈망하고 있다. 그리고 죄악으로 가득 찬 현실이 멸망할 수밖에 없지만 우리가 당신의 뜻과 형상을 닮아 이 땅에 하나님 나라가 임하게 될 때 구원을 확신하게 된다. 태초에 당신의 형상대로 창조된 인간이 죄악으로 인해 영원한 생명과 진리를 잃었기에 당신의 자유와 사랑으로써 다시 회복시켜 달라고 간구하는 것이다.

　「갈보리 노래」에서는 예수의 십자가 사건을 현장감 있게 묘사하여 그의 희생이 인류의 구원과 속죄, 용서와 사랑의 기독교 정신을 잘 보여 주었음을 확인하는 것이다. 시인은 모든 인간 대신 죽음의 고통을 수용하고 인류를 구원시킨 예수의 위대한 삶을 찬양하며 따르고 싶어한다.

　　5.

　박두진의 시적 창작 태도는 궁극적으로 인간사·자연·신성의 조화에 있다. 그가 자연을 시적 소재로 택한 것도 창조주의 섭리와 영광을 나타내기 위한 것이요, 인간사와 사회 문제를 주제로 다룬 것도 기독교 진리와 정의를 구현하기 위한 갈망에서였다. 그의 시에는 치열한 이념적 갈등이나 대결보다는 신성사를 바탕으로 한 시인의 윤리적·종교적 태도가 주류를 이룬다. 따라서 민족사의 현장을 증언하고 사회의 불의와 부패를 비판하는 것도 리얼리스트의 태도가 아니라 예언자적 삶의 태도와 밀접한 관련이 있다.

그의 초기 시는 시대적 고뇌와 갈등, 정신적 방황을 오로지 시 창작과 신앙으로써 위로받기 위해서 자연을 통해 신의 섭리와 우주의 신비·영원·질서를 느끼며 모든 만물이 화해의 장으로 공존하기를 기원한다. 그에게 있어 현실은 먼 이상을 추구하기 위한 근원적인 바탕으로서 변모되어 갔다. 따라서 자연은 모든 생명력이 약동하며 삶의 의미가 충만된 공간으로 갈등과 분열이 사라지고 화해로운 공간으로 자리잡는다.

그러나 중기 시에는 점차 인간사의 현장에서 기인하는 실존문제에 관심을 갖게 되어 삶의 현장에서 부딪치는 사회악의 부조리와 모순, 사회악을 비판하고 경고하는 예언자적 목소리를 높인다. 그의 현실 인식은 역사적 상황 속에서 인간 존재 및 민족을 떠날 수 없었다.

그의 후기 시는 육화되지 않은 관념성이나 격정적인 토운의 경직성을 벗어나 한결 고답적인 명상과 관조적인 관점에서 존재론적인 삶과 영혼의 문제를 개인적인 체험을 바탕으로 나타낸다. 이 무렵은 그의 삶의 원숙기로서 사실적인 현실 인식에 사로잡히지 않고 포괄적인 인생사의 단면을 신앙이라는 밑바탕에 여과시켜 형이상학적 존재성을 나타내고 있다.

목월시의 이미지 분석

홍 희 표*

1. 머리말

문학에서 말하는 이미지란 어떤 사물을 감각적으로 정신 속에 재생시키도록 자극하는 말을 뜻한다. 그러니까 체험과 관계가 있는 일체의 낱말은 모두 이미지가 될 수 있다.[1]

모든 시가 이미지만으로 이루어지는 것은 아니다. 그러나 시는 설명보다는 묘사나 상징에 의존하는 것이기 때문에, 시에 있어서의 이미지는 더욱 중요성을 지니게 된다.[2] 말하자면 시인은 자기의 사상이나 감정을 그대로 설명하거나 서술하기보다는, 그것을 충실히 반영할 수 있는 독창적 이미지를 창조하여 표현하게 된다. 이 점에서 "시 한 편은 하나의 이미지"[3]라는 정의도 가능하다.

일반적으로 이미지는 정신적 이미지, 비유적 이미지, 상징적 이미지 등으로 분류된다.[4] 이것은 이미지의 제시 방법에 따라 분류된 것이기 때문에 한

목원대학교 교수

1) 이상섭, 『문학비평용어사전』(민음사, 1988), 185쪽.

2) 김준오, 『詩論』(문장사, 1982), 105쪽.

3) C.D. Lewls, "The Poetic Zmage" (London ; Jonathan Cape, 1985), p.17.

4) A. ; reminger 외 2 "Princeton Encyciopedia of poetry & Poetics" (Princeton Univ, press,

시인의 시세계를 파악하고자 할 때는 적당치 않다. 따라서 본고에서는 이미지를 소재적 측면에서 유형화하고, 그 의미를 살펴보고자 한다. 시의 중심소재는 시인의 해석과 평가, 그리고 의미부여의 행위가 가해져서 마침내 시의 주제를 담게 된다.5) 더욱이 소재가 시속에서 중심 이미지를 이룰 경우에 그 역할의 중요성은 더 말할 나위도 없다. 이렇게 볼 때, 이미지 고찰은 목월시의 주제 영역과도 상관성을 갖게 된다. 즉, 각각의 이미지 유형이 지니는 의미는 목월시의 주제들을 부분적으로나마 함유할 것으로 기대한다. 목월시의 이미지를 이룬 소재들은 대체로 식물계, 동물계, 광물계, 인간계, 신성계 등으로 유형화할 수 있다.

2. 본 론

1) 식물적 이미지

목월시에서 꽃, 나무, 잡초류 등과 같은 식물적 이미지들은 목월시의 전반에 걸쳐 폭넓게 사용됨으로써 목월시 상상력의 한 특징을 이루고 있다. 이 이미지들을 몇 갈래로 나누어 보면, 통칭으로서의 나무, 또는 구체적 수목들의 부류와 꽃들, 그리고 잡초류로 구분된다.

목월시에서 '나무' 또는 '수목'은 흔히 인간의 상관물로 등장한다. 아마도 그것은 나무의 상징성이 우주의 삶을 의미하는 데서 비롯된 것으로 보인다.6)

① 슬픔의 씨를 뿌려놓고 가시내는 영영 오지를 않고…… 한해 한해 해
  가 저물어 質 고은 나무에는 가느른 핏빛 年輪이 감기었다.

1974), pp.363~370.

5) 정한오, 『현대시론』(보성문화사, 1986), 131쪽.

6) J.E Cirlot, "A Dictionary of Symbols" (New York ; Philosophical Library, 1962), 347쪽.
   In its most general sense, the symbolism of the tree denotes the life of the cosmos ; its
   consistance, growth proliferation, generative processes.

......중 략......

이제 少年은 자랐다. 구비구비 흐르는 은하수에 꿈도 슬픔도 세월도
흘렀건만...... 먼 수풀 質고은 나무에는 상기 가느란 핏빛 年輪이 감
긴다.

— 「年輪」에서

② 儒城에서 서울로 돌아오자, 놀랍게도 그들은 이미 내안에 뿌리를 펴
   고 있었다. 默重한 그들의, 沈鬱한 그들의, 아아 고독한 모습. 그후로
   나는 뽑아낼 수 없는 몇 그루의 나무를 기르게 되었다.

— 「나무」에서

③ 내가 崇尚하는 나무는 나의 영혼 / 늘 成長하는

— 「秘意」에서

④ 나는 / 나무가 된다 / 반쯤, 아랫도리의 꽃이 무너진 / 그 / 寂寞한 무
   게를 / 나는 안다.

— 「轉身」에서

⑤ 이 밤을 / 밤만큼 넓은 잎새를 펼치고 / 芭蕉는 차라리 외롭지 않다.

— 「夜半吟」에서

①에서 '나무'는 '少年'의 시적 상관물로 제시된다. '少年'의 비극적 성장
은 곧 '나무'의 "핏빛 연륜"으로 형상화된다. 이것은 '나무'에서 구체적으로
드러나는 성장의 흔적을 '少年'이 겪고 성장하는 비극적 생의 현실과 대비시
킴으로써 비유적 이미지를 빚어낸 것으로 볼 수 있다.

②에서의 '나무'는 '修道僧, 過客, 하늘 門을 지키는 把守兵' 등으로 은유
되어 있다. 말하자면 '나무'에게서 받는 '묵중함, 추위, 외로움' 등의 정감이
그러한 보조관념을 이끌어 낸 것이라 하겠다. 이 경우에도 역시 '나무'는 인
간의 시적 상관물로서 화자의 감정이 이입된 양상으로 드러난다.

③에서 ⑤까지 예에서는 '나무'가 시적 자아와 동일시된다. 즉 ③에서 "나

의 영혼", ④에서 "나는 / 나무가 된다" 등의 은유법을 통한 '나무'의 이미지를 제시하고 있다. ③에서 '나무'는 시적 자아의 '성장하는 영혼' 곧, 이상적 상태를 향해 정진하는 자로서의 이미지를 갖는다. 그리고 ④에서 '나무'는 정신적 변화를 겪는 시적 자아의 이미지로 제시된다.

한편, ⑤에서 '芭蕉'는 '밤'의 이미지와 결합되어 시적 자아의 의지를 표출하고 있다. "밤만큼 넓은 잎새를 펼치고"에서 드러나듯이 '침묵'으로서의 '밤'을 지키는 시적 자아의 외로움이 표출돼 있다.

이상과 같이 총칭으로서의 '나무'는 목월시에서 흔히 인간을 나타내는 객관적 상관물로 나타난다. 특히 그것은 시적 자아의 고독한 정서나 상승의지를 반영하는 경우가 많다. 이렇게 볼 때 목월시에 나타나는 '나무'는 성장과 삶, 그리고 정신적 지향성이라고 하는 인생의 의미를 강하게 지니는 이미지라 하겠다.

한편, 목월시의 식물적 이미지들은 서민들의 삶을 형상화하는 데에도 한 몫을 담당한다. 이것은 물론 식물적 이미지의 특성만은 아니다. 동물, 광물, 인간적 소재에서도 서민의 애환을 나타내는 이미지들을 많이 발견할 수 있다. 말하자면 서민들의 평범한 삶의 애환을 노래하는 것이 목월시의 한 형질이라 할 수 있다. 그러면 구체적으로 식물적 소재들이 서민의 이미지로 쓰인 예들을 살펴보자.

① 썩은 초가 지붕에 / 하얗게 일어서 // 가난한 살림살이 / 자근자근 속삭이며 // 박꽃 아가씨야 / 박꽃 아가씨야 // 짧은 저녁답을 // 말없이 울자

　　　　　　　　　　　　　　　　　　　　　— 「박꽃」에서

② 짧은 어느 山자락에 집을 모아 / 아들 낳고 딸을 낳고 / 흙담 안팎에 호박 심고 / 들찔레처럼 살아라한다 / 쑥밭처럼 살아라 한다
　　　　　　　　　　　　　　　　　— 「산이 날 에워싸고」에서

③ 작은 오막살이며 / 낮은 돌담이며 / 산다는 것의 막막함 / 罪도 적막

하고 / 목숨도 적막한 / 사람이여 / 풀잎이여
　　　　　　　　　　　　　　　— 「罪」에서

④ 오디는 / 따 먹을수록 / 시장했다 / 보리밥 뜸이드는 / 긴 시간을
　　　　　　　　— 「뽕나무의 새까만 오디에」에서

　①에서 '박꽃'은 "가난한 살림살이 / 자근자근 속삭이며"처럼 빈한한 삶에 바탕을 둔 '흰 빛'으로서의 한민족의 삶을 상징하고 있다. 또한 그것은 여성적인 정서와도 관련을 가지는데, 이별의 슬픔에 대해 "말 없이 울자"라는 수동적 인고의 자세를 보인다. 이처럼 '박꽃'은 가난 속에서 또 이별의 슬픔까지 감내하고 살아가는 서민들의 생명력을 표상화한 것이다.

　②에서 '들찔레'나 '쑥대밭'도 강인한 생명력을 표상하는 이미지이다. 이들은 야생식물 중에서도 생존력과 번식력이 매우 왕성한 식물로서 일상어의 비유로서도 자주 등장한다. 이 시에서는 이들이 "아들 낳고 딸을 낳고/흙담 안팎에 호박 심고"와 같은 삶의 구체적 모습과 결합됨으로써 민중의 강인한 생명력 내지는 자연 순응적인 삶을 표상한 비유적 이미지가 되고 있다.

　③에서 '풀잎'은 '草露人生'이라는 의미로 사용되고 있다. 덧없는 인생, 그것은 "오막살이며 / 돌담"처럼 가난의 상황에서 환기되고, "목숨도 적막한" 것처럼 생명의 불확실성 속에서 깨달은 절망감이라 할 수 있다. 따라서 인생은 결국 이름 없이 돋았다가 허망하게 짓밟히거나 사라져 버리는 '풀잎'의 이미지로 형상화된 것이라 하겠다.

　④에서 '오디'는 배고픔을 나타내는 식물적 이미지이다. 그것은 "보리밥뜸이 드는 / 긴 시간을" 대신해서 허기를 이겨내는 음식물인 것이다.

　이처럼 목월시의 식물적 이미지들-박꽃, 들찔레, 쑥대밭, 풀잎, 오디-등은 가난과 슬픔, 그리고 굶주림 속에서도 강인한 생명력으로 살아가고 있는 인간의 모습을 표상하고 있다. 또한 그것은 저항적이거나 적극적이기보다는 수동적이고 순응적인 삶의 모습을 보인다. 따라서, 목월시의 식물적 이미지들이 표상하는 서민적 삶의 모습은 인고와 순응적 삶의 자세라고 할 수 있다.

한편 '山桃花', '蘭', '사과', '橘' 등도 독특한 이미지를 갖는다.

① 山은 / 九江山 / 보랏빛 石山 // 山桃花 도어 송이/송이 버는 데

— 「山桃花·1」에서

　　石山에는 / 보랏빛 은은한 기운이 돌고 // 조용한 盡終日 // 그런날에 / 山桃花

— 「山桃花·2」에서

② 한포기 蘭을 기르듯 / 哀惜하게 버린 것에서 조용히 살아가고, // 가지를 뻗고 / 그리고 그 섭섭한 뜻 이 스스로 꽃망울을 이루어

— 「蘭」에서

　　하루를 / 龍舌蘭처럼 살고 싶다. / 육중한 잎새는 / 침묵의 무게로 휘어지고 / 內面에의 침잠으로 / 줄무늬지는 龍舌蘭.

— 「龍舌蘭」에서

③ 겨울의 / 食卓에 / 간소한 대화로 / 內面을 데우고 마른 풀을 씹듯 생애를 회상하며 / 손에 드는 / 사과 한 알 한 알 / 천연스러운 열매

— 「無題」에서

　　나의 시가 / 귤나무에 열린 순 없지만/앓는 어린 것의 / 입을 축이려고 / 겨울밤 子正에 혼자 까는 귤

— 「橘」에서

①에서 '山桃花'는 자연의 신비, 또는 선경을 상징하는 식물적 이미지로 쓰이고 있다. '山桃花'는 '九江山'처럼 배경을 연상케 하는 산이름이나, "보랏빛 은은한 기운이 돌고"처럼 서기 어린 광경 속의 식물로 나타난다. 그것은 일종의 '무릉도원'과도 관련 지어지면서 신비로운 분위기를 만들고 있다. 곧 여기에서의 '山桃花'는 仙界를 상징하는 것으로 볼 수 있다.

②에서 '蘭'이나 '龍舌蘭'은 정신적 삶의 멋과 여유를 표상하고 있다. 그것은 "그윽한 향기"를 간직한 삶, "내면에의 침잠"과 같은 자기완성의 삶으로 시적 자아를 이끌어 가려는 의지라 할 것이다.

③에서의 '열매'도 생장의 결정체로서 시적 자아의 생애와 대조되고 있다. 시적 자아의 생애가 '마른 풀'이라면, '사과'는 "천연스러운 열매"로서의 값진 결정체인 것이다. 따라서 시적 자아는 '사과'의 상태를 지향하게 된다. '귤' 또한 시적 자아의 시심(詩心)을 표상하는 시적 상관물이다. 그것은 "앓는 어린 것의 / 입을 축이려고"와 같은 사랑과 건강성 회복의 의지로 볼 수 있다. 이렇게 볼 때 목월시의 '蘭'이나 '사과' 또는 '귤' 등은 시적 자아의 상관물로서, 내면 완성과 성숙의 의지를 표상한다고 볼 수 있다.

따라서, 이것은 앞서 고찰한 '나무'로서의 식물적 이미지와도 상관성을 갖는다. '나무'의 이미지가 인간의 생명적인 일반적 속성에 깊이 관련돼 있다면, 위의 소재들은 시적 자아와 상응하여 자기 완성의 의지에로 나아간 점이 다르다. 특히 "앓는 어린 것의 / 입을 축이려고"에서 파악할 수 있는 시적 의지는 "왜 시를 쓰는가?"라는 자기 고백의 암시로도 볼 수 있어 주목된다. 왜냐하면 그것은 아픔과 사랑을 함께 나누는 데에, 시의 효용을 두려는 시적 사명감의 표백으로 받아들여지기 때문이다.

2) 동물적 이미지

목월시에 나타나는 동물적 소재들은 온순하고 약한 부류들이 주류를 이룬다. 이름 자체를 보아도 '암노루, 비둘기, 송아지, 노고지리, 뻐꾹새, 염소……' 등과 같이 한결같이 유순하고 약한 이미지를 가짐으로써 앞서 고찰한 식물적 이미지들과 자연스럽게 결합되어 시적 분위기를 고조시킨다.

이들 역시 몇 가지 부류로 나누어진다.

먼저 인간 삶의 회·비·애·환을 표상하는 동물적 소재들을 살펴보자.

① 다래머루 넌출은 / 바위마다 휘감기고 / 풀섶 둥지에 / 산새는 알을

까네 // 비둘기울음이 / 살까보아

　　　　　　　　　　　　　　　　　— 「구름 밭에서」에서

　웃말 색시 모셔두고 / 반달 색시 모셔두고 / 꾸륵꾸륵 비둘기야 // 햇
빛나면 밭을 갈고 / 달빛나면 / 퉁소 불고

　　　　　　　　　　　　　　　　　— 「밭을 갈아」에서

　② 길 잃은 송아지 / 구름만 보며 / 초저녁 별만 보며 / 밟고 갔나베 /
……중 략……젊은도 안타까움도 / 흐르는 꿈일라 / 애달픔처럼 애달
픔처럼 아득히

　　　　　　　　　　　　　　　　　— 「산그늘」에서

　③ 情은 萬里 / 해으름 千里 / 객주집 운전에 / 나귀가 운다

　　　　　　　　　　　　　　　　　— 「해으름」에서

　④ 뻐꾹새는 / 새벽부터 운다 / 孝子洞終點 가까운 下宿집 / 窓에는 / 窓
에 가득한 뻐꾹새 울음…… / 모든 것이 안개다 / 사람과 사람 사이의
인연도 / 혹은 사람의 목숨도

　　　　　　　　　　　　　　　　　— 「뻐꾹새」에서

　①에서 '비둘기'는 단란한 삶에서 행복을 누리는 인간을 표상하고 있다.
여기에서 비둘기는 우리의 관습적 상징과도 가깝다. 대체로 비둘기의 생태에
서 관찰된 암수 사이의 다정함을 인간의 부부애나 평화에 비유하여 말하곤
한다. 그처럼 ①의 두 편 시에서 비둘기는 다정한 부부애를 상징하고 있다.
"산새는 알을 까네" 또는 "반달 색시 모셔두고"에서처럼 근슬지락과 단란한
가정을 이루고자 하는 소원을 노래하고 있다.
　②에서 '송아지'는 "길 잃은" 비극적 주체로 형상화됨으로써 애달픔 또는
안타까움의 정서를 유발시킨다. 그리고 "젊음도 안타까움도 / 흐르는 꿈일다
/ 애달픔처럼 애달픔처럼 아득히"와 같이 시적 자아의 비관적 인식을 병치시
킴으로써, '송아지'를 인간적 상관물로 형상화하고 있다. 즉, 그것은 시적 자

아 또는 농부나 산골 사람의 시적 상관물로서 안타까움이나 애달픔을 안고
살아가는 인간의 이미지를 지닌다.

③에서의 '나귀' 또한 그리움에 젖어있는 시적 자아를 표상하고 있다. 이
미 "해으름 千里"로 날이 저물었는데, "情은 萬里"로 더욱 그리워지는 나그
네의 심회를 '나귀'가 표상하고 있다.

④의 '뻐꾹새'는 '안개'와 동일한 이미지를 지닌다. 말하자면 '안개'가 암
시하는 "사람과 사람 사이의 인연 / 혹은 사람의 목숨" 등을 대신 표출하는
것이 '뻐꾹새'이다. 이렇게 볼 때 '뻐꾹새'는 시적 자아가 지니는 그리움이나
인생에 대한 허무의식 같은 삶의 비극성을 상징한 것으로 파악할 수 있다.

이상과 같이 목월시의 동물적 소재들은 여러 시편에서 인간 삶의 희·
비·애·환을 나타내고 있음을 알 수 있다. 특히 이들은 약하고 유순한 부류
의 동물들로서 연민과 동정을 유발시키기에 적절한 소재들이다. 바로 이러한
소재들 속에서 인간의 이미지를 발견했다는 것은 목월시의 인간관이 선이나
아름다움에서 출발하고 있음을 알게 한다.

목월시에서 나타난 '노루' 또는 '사슴' 이미지 또한 독특하다.

① 머언 산 靑雲寺 / 낡은 기와집 // 山은 紫霞山 / 봄눈 녹으면 // 느릅
나무 / 속ㅅ 잎 피어가는 열두 구비를 / 靑노루 / 맑은 눈에 // 도는 /
구름

— 「靑노루」 전문

② 芳草峰 한나절 / 고운 암 노루 // 흐르는 시냇물에 / 목을 축이고 //
흐르는 구름에 / 눈을 씻고

— 「三月」에서

③ 山은 / 九江山 / 보랏빛 石山 // 山桃花 / 두어 송이 / 송이 버는 데 //
봄눈 녹아 흐르는 / 옥같은 / 물에 // 사슴은 / 암사슴 / 발을 씻는다.

— 「山桃花·1」 전문

①에서 '靑노루'는 '靑'과 '노루'를 합성하여 만든 조어이다. 말하자면 '푸름'의 시각적 이미지와 '노루'의 동물적 이미지를 결합하여 시적 형상화를 추구한 것으로 볼 수 있다. 여기에서 '푸름'은 단순한 색상 이상의 의미를 갖는다. 그것은 "봄눈 녹으면"이라는 조건문에서 제시되었듯이 얼어붙은 죽음의 상태에서 벗어나 봄이라는 소생의 의미를 함께 지니고 있다. 더욱이 그것은 "느릅나무 / 속잎 피어가는"과 같은 동적 이미지와 결합되면서 새로이 전개되는 생명력의 분출을 더욱 선명하게 제시한다. 이처럼 새롭게 거듭난 대지 위에 '노루'는 자연의 신비를 조응해 내는 주체로 등장하고 있다. 말하자면 '노루'는 새로운 세계, 희망의 세계에 놓여지는 동적 주체인 것이다.

이런 점은 ②와 ③에서도 계속 확인된다. ②에서 '芳草峰'이라는 아름다운 이름이나, "냇물에 / 목을 축이고 // 구름에 눈을 씻고"와 같은 비일상적 행위는 세상사의 번뇌와는 먼 거리에 놓인다.

③에서도 '九江山', '山桃花', '옥 같은 물' 등은 이미 일상적 거리의 모습이 아니다. 동양의 고전에 등장하는 선계(仙界)의 모습이다. 여기에 '사슴'은 "발을 씻는다"와 같은 자기 정화의 행위를 보여주고 있다. 이처럼 목월시에 나타난 '노루' 또는 '사슴'은 무릉도원류의 이상향을 갈망하는 시적 자아를 표상하고 있다.

한편, 목월시에는 설화와 연관된 이미지를 지닌 동물들도 등장한다. '노고지리'와 '잉어', '人魚' 등이 그것이다.

① 아아 노고지리
  노고지리의 울음을
  은은한 하늘 하늘꼭지로
  등솔기가 길고 가는 외로운 혼령의 읊조림을
  바위속 잔잔한 은드레박 소리……

                           ―「春日」 전문

② 만일 핏줄이 벌겋게 선, 껌벅이지 않은 두 눈이 아니었더라면 그가
  잉어라는 것을 몰랐으리라 // 鈍濁한 꼬리를 툭 치고 여인들은 色情의

바다 위로 솟아 오른다. 치마 밑에 魚身을 감추고, 나들이를 간다 / 그
러나 히프의 蘭熟한 重量·人魚라는 것을 가릴 도리가 없다.

                                                   ─「魚身」에서

①에서 '노고지리'는 청각 이미지를 통하여 '은드레박 소리'와 동격을 이
룬다. '은드레박 소리'는 바위 전설[7]에서 차용한 것으로서, '노고지리'의 음
향이 맑고도 날카로운 금속성의 이미지를 지님을 암시한다. 그것은 또한 전
설의 내용처럼 '외로운 혼령'이 내는 한스런 소리에 해당한다. 이처럼 일반
적 동물 소재에 설화적 요소를 가미함으로써 '노고지리'는 외로움 또는 한을
표상하게 된다.

②에서 '人魚'는 여인의 성적 이미지로 쓰이고 있다. 이 시의 1연에는 '잉
어'를 등장시켜 "핏줄이 벌겋게 선, 껌벅이지 않는 두 눈"을 통해 남성의 성
적 이미지를 형상화하고 있다. 말하자면 시 「魚身」은 젊은 남녀의 분출하는
성적 이미지를 '잉어'와 '人魚'를 빌어 형상화한 시이다.

이와 유사하지만 설화적 요소를 가미하지 않고, 동물 소재에서 인간적 이
미지를 발견해 낸 시편들이 있다.

① 李箱의 염소 / 붉은 눈자위 / 울고 새운 밤의 흔적이 테둘러 있었다.
                                                   ─「염소」에서

② 입을 쩍 벌리는, 사이즈를 超越한 그의 입에 푸짐하게 어울릴 言語를
   생각한다. 그 투박한 言語를……얄밉도록 세련된 나의 言語는 혀끝으
   로 구을리기 알맞을 뿐이다.

                                                   ─「河馬」에서

③ 확실히 駝鳥는 兩面을 가졌다. 少年처럼 純眞한 얼굴과 벌건 살덩어
   리가 굳어버린 利己的인 老顔과…… / 그리고 이 怪異한 面相의 走禽

---

7) 박목월, 『박목월시전집』(서문당, 1984), 77쪽. "月城郡 外洞面 鹿洞里 달밭 마을에는,
   맑은 날이면 仙女들이 물을 긷는 은드레 박소리가 들린다는 바위가 지금도 있다."

頰가 오늘은 나의 눈을 疑視한다.

　　　　　　　　　　　　　　　—「駝鳥」에서

①에서 '염소'는 '李箱'의 이미지를 갖는다. 그리고 ②에서 '河馬'는 투박하고 둔한 인간을 표상한다. ③에서 '駝鳥'는 그의 두 가지 상반되는 행위를 통해 인간의 양면성을 표상하고 있다. 그 하나는 '긴 목 위에서 非地上的인 얼굴'이며, 다른 하나는 '비스켓 낱을 주워 먹으려고 天上에서 내려오는' 얼굴이다. '하늘을 향한 얼굴'은 "少年처럼 純眞한 얼굴"에, '먹이를 향한 얼굴'은 "利己的인 老顔"에 비유되고 있다. 말하자면 이것은 인간 내면에 있는 두 자아, 물질적 욕망과 정신적 지향점으로 대조되는 인간의 양면성에 대한 풍자이다. 이처럼 목월시에는 동물 소재로부터 얻는 이미지들을 스케치 형식으로 다룬 「動物詩抄」란 작품이 있다.

끝으로 목월시에는 상처받은 자연으로서의 '새'가 쓰이고 있다.

　　참으로 새들은 / 어디로 갔을까 // 그들은 책상 보자기나 / 커튼자락에 /
　　은실로 수 놓아 / 장식 되었을 뿐 // 망각의 여울가에 / 지저귀는 귀여운 입
　　부리 // 혹은 / 금이 간 백밀러에 일그러진 채 縮小된 / 어린 여차장의 발갛
　　게 된 얼굴.

　　　　　　　　　　　　　　　—「素描·B」에서

이 시에서 '새'는 "은실로 수놓아 장식된" 새로서 이미 현실적 존재가 아닙니다. 따라서 그것은 "망각의 여울가"에서나 지저귈 수 있는 과거의 시간 속에 존재한다. 또한 현실의 모습은 "금이 간 백밀러에 일그러진 채 축소된 / 어린 여차장의 발갛게 언 얼굴"처럼 물질운명에 의하여 굴절되고 축소된, 그리고 상처받은 존재로 나타난다. 이처럼 '새'는 상처받은 자연의 일그러진 모습을 표상하고 있다.

3) 광물적 이미지

광물적 이미지는 바슐라르의 견해[8]에 의하면 여러 가지 이미져리군(群)을 거느리고 있다. 목월의 광물적 이미지는 '흙'과 '돌'을 중심으로 '질그릇, 종이, 동전, 은, 열쇠' 등이 있다. 이 중에서도 '돌'은 가장 빈번히 사용된 소재로서 인간의 내면세계를 구상화하고 있어 주목된다. 그 구체적인 예는 다음과 같다.

① 나도 / 人間이 되었으면 / ……중 략…… / 거짓 것이나마 / 감정이 부푼, / 철따라 마른 옷을 입고 / 길거리에서 친구를 만나면 / 이빨이 곱게 / 웃으며 헤어지는 / 지금은 돌, / 더운 핏줄이 가신

　　　　　　　　　　　　　　　　　　　　　　　　— 「돌」에서

② 그는 / 끝내 인생을 모르는 / 처절한 그의 勝利 / 다만 돌 곁에서 돌을 어루만지는 / 다정한 그의 손길 / 보랏빛 透明한 日月의 循環 / 호젓이 그는 / 산에서 내려온다.

　　　　　　　　　　　　　　　　　　　　　　　　— 「尋訪」에서

③ 철 없는 젊은 날의 / 꿈과 야심과 사랑이여 / 부질없는 허상 속에서 / 山머리에 / 누구 것인지 모르는 / 墓石을 바라보며

　　　　　　　　　　　　　　　　　　　　　　　　— 「고향에서」에서

④ 깐디의 碑石에는 / 碑文이 없었다 / 그의 임종에 부르짖은 / 오 가아드, / 한 마디가 새겨졌을 뿐, / 그것이 퍼렇게 타고 있었다 / 불길이 되어,

　　　　　　　　　　　　　　　　　　　　　　　　— 「돌」에서

⑤ 타버린 것의 / 自己整理 / 타버리고 남은 것은 무엇이나 정결하다 / 타고 남은 / 隕石 / 가벼운 돌 / 씁쓸한 대로 大凡한 / 내일의 / 나의

---

8) Bachelard, 민희식역, 『大地와 意志의 夢想』(삼성출판사, 1977), 195쪽.
　① 안정된 고체; 돌·뼈·나무 ② 준가소적 고체; 열에 의한 可望性을 갖는다.

詩 / 나의 老年.
— 「隕石」에서

①에서 '돌'은 무감각한 시적 자아를 표상하고 있다. 감정의 표출도 없이 무감각하게 생각하고 있는 자아에 대한 자책감이 짙게 나타나 있다. 따라서 여기에서의 '돌'은 생명감각이 없는 견고성의 물질 자체이자, 감정이 고갈된 시적 자아이다.

②에서도 돌에 대한 근본적인 생각에는 ①과 다름이 없다. '돌을 찾는' 그는 인간적 정감에 의해 행동하기보다는 오히려 돌과 같이 차갑고 이지적인 행위에 길들여 있다. 이렇게 볼 때 ①, ②를 통해 드러내고자 하는 의미는 생명감각의 중요성 또는 인간적 행위의 소중함에 놓여진다.

③에서 '墓石'은 생의 허무를 반영하고 있다. 말하자면 그것은 인간의 숙명을 표상하는 이미지라 할 수 있을 것이다. "꿈과 야심과 사랑"은 한낱 허무한 것, 덧없는 것에 지나지 않는다. 인간사의 오욕칠정이 "부질없는 희망"으로 사라지고 마는 것이다. 인간에게 피할 수 없는 '죽음'이라는 사실의 삶의 덧없음, 허망함을 깨우쳐 주고 있다.

④에서 '碑石'은 존재의 영원성을 상징한다. 특히 '碑石'은 그 속에 적혀 있는 비문에 의해서 그 빛남이 결정되는 것이 아니라, 그 인간이 살아서 한 일 때문에 영원성을 획득하게 된다는 것이다. 이렇게 볼 때 '碑石'의 이미지에서 찾은 인생의 의미는 결국 현실적 삶의 중요성을 강조하는 데 비중이 놓이게 된다.

한편 ⑤에서는 불타버린 '돌'이 시적 자아의 상관물로 나타나고 있다. 하늘에 섬광을 그으면서 자신을 불사르는 '隕石'이 시적 자아의 이상과 일치되고 있다. 시적 자아는 '隕石'의 상태를 갈망한다. 그래서 "나의 詩 / 나의 老年"이 불타버린 '돌'로 남기를 하나의 빛이 되기를 갈망하고 있다. 따라서 '隕石'은 이상적 자아의 표상이 된다.

다음으로 주목되는 광물 이미지는 '질그릇'과 '靑瓷'이다.

① 그리고 나는 / 오늘 / 한 개의 질그릇이 되기를 바란다 // 흙으로 / 빚
은, 불로 구운, / 그 全過程을 거쳐 하나의 / 完成品 / 물을 담는 / 어
줍잖은 물그릇이라도 좋다.

— 「無題3」에서

② 안에서 서러운 한국의 아낙네 / 그 / 도듬하게 흘러내린 / 어깨 언저
리의 / 눈물같은 線 / 체념의 달밤 / 담기는 대로 채우는 가슴을 / 베
갯머리가 허전한 밤에 / 보듬어보는 靑瓷.

— 「靑瓷」에서

이 두 편의 시에 나타난 '질그릇', '물그릇', 또는 '靑瓷'는 음식물을 담는
용기로서의 일반적 특성을 갖는다. 그 중에서도 '질그릇'은 이상적인 시적
자아를 상징하는 반면, '청자'는 시적 자아가 발견한 이상적인 여성을 표상
하고 있다. 자아 완성을 갈망하는 '질그릇'의 이미지는 '靑瓷'보다도 훨씬 강
력하다. "흙으로 / 빚은, 불로 구운, / 그 全過程을 거쳐 하나의 / 完成品"에서
처럼 자아 완성의 과정은 치열하게, 진지하게 나타나고 있다. 그러나 '靑瓷'
는 이상적 여인 또는 이상적인 한국 여인을 표상한다고 하겠다.

한편, 한국적 특성의 인물은 '종이'의 이미지로도 형상화되어 있다.

① 純紙로 / 안을 바른 / 은근하게 內明한 / 사람을 생각한다

— 「純紙」에서

② 아베요 / 아베요 / 받들어 모시고 / 皮紙같은 얼굴들이 / 히죽히죽 웃
는 / 경상북도 가로질러

— 「皮紙」에서

①에서 '純紙'는 '內明한 사람'을 비유하고 있다. 시적 자아는 '純紙'의 반
투명성을 통해 그 내부에 만들어지는 빛, 그런 빛을 소유한 인간이 되기를
갈망하고 있다.

②에서의 '皮紙'는 '純紙'보다 다소 덜 투명하고 거칠지만, "아베요 / 아베

요 / 받들어 모시고", '히죽히죽 웃는' 시골 사람의 소박한 인정미를 담아내고 있다. 결국 '종이'의 이미지는 인간적 삶에 초점이 놓인다. 그것은 자신을 밝히고, 나아가 따뜻한 사랑을 베풀고 사는 인간으로서 시적 자아의 소망일 것이다. 이러한 '종이'의 이미지는 실상 식물적 상상력의 한 변형으로서 한국인의 삶을 표상한 것이 분명하다.

한편, 목월시에는 '銅錢'의 이미지를 통해 무의미한 존재, 또는 자신의 삶에 대한 회의를 드러내고 있다.

> ① 無意味한 遺失物 / ……중 략…… / 낡은 偶像을 아로 새긴 / 길거리마다 白銅錢이 깔렸다 // 아무도 拾得하지 않는다. / 無意味한 遺失物들 / 다만 어느 한 개는 / 시궁창에 떨어져/달빛에 反射된다.
>
> —「失物」에서

> ② 나의 / 하루의 / 空虛한 / 歸還을 / 銅錢도 / 돈이지만 / 또한 돈일 수 없지만 / 발길에 채여 / 어둠 속으로 / 땡그르르 굴러가는 // 一九六六年 十二月 一日 / 내 생애의 銅錢 한 닢
>
> —「一日」에서

①에서의 '銅錢'은 무의미한 존재 또는 존재의 무가치성을 나타내고 있다. '銅錢'으로 표상된 인간 존재들은 거리에 깔려있지만 그들을 '나의 것'으로 하려는 이는 없다. 그 이유는 ②의 시에서 밝혀진다. "銅錢도 / 돈이지만 / 또한 돈일 수 없지만"에서처럼 '銅錢'과 같은 귀하지 않은 인간 존재는 엄연히 현실적 존재이면서 그 존재 가치를 인정받지 못하는 것이다. 따라서 그러한 사실은 "시궁창에 떨어져 / 달빛에 反射된다"와 같은 아이러니를 유발한다. 때로는 보잘 것 없는 존재도 진흙탕 속에서 피어나는 연꽃처럼 '시궁창'같은 현실 속에서 존재의 빛남을 이루기도 한다는 것이다. 그러나, 인간 존재에 대한 무의식의 인식은 시적 자아 자신에 대해서도 부정적 인식을 가져오고 있다. "내 생애의 동전 한 닢"처럼 시적 자아는 자신의 생에 대한 심한 회의와 좌절감에 젖어 있다.

지금까지 고찰한 광물 이미지와는 달리 '銀'의 이미지는 사랑의 노래를 표
상하고 있다.

> 어린 사슴이 난길로 벗어나 / 저문 山을 / 바라듯 // 또한 성근 풀잎새에
> / 잠자리를 마련하듯 // (어디서 은은한 / 열쇠소리 / 은과 은의 쇠고리가 /
> 부딪는 소리)
>
> ― 「雅歌」에서

「雅歌」의 원명은 '노래 중의 노래'라는 뜻으로 구약성서 중의 한 책으로서
남녀간의 연애를 찬미한 문답체의 노래이며, 기원전 2~3세기간의 작품으로
추정된다. 목월의 「雅歌」는 바로 그러한 사랑의 노래가 "은과 은의 쇠고리
가" 부딪쳐 이루는 아름다운 음향으로 형상화되어 있는 것이다.

4) 인간적 이미지

목월시에는 '울음, 눈물, 피, 술, 꿈, 잠, 한숨, 웃음' 등 생명감각을 표상하
는 일련의 소재들이 빈번히 등장한다. 이 항목에서는 이러한 생명감각 표상
의 소재들을 묶어 인간적 이미지로 다루고자 한다. 아울러 인체부위를 지칭
한 시어들이 독특한 이미지를 지닐 때 이들도 함께 살펴보기로 한다.

그러면, 먼저 생명감각 표상의 시어들을 살펴보자.

> ① 핏줄을 생각한다. / 선한 핏줄은 / 핏줄로 이어져서 / 슬기로운 / 열매
> 를 맺게 하고
>
> ― 「핏줄」에서

> ② 사랑하느냐고 / 지금도 눈물어린 / 눈이 바람에 휩쓸린다. / 연한 잎새
> 가 펴나는 그 편으로 일어오는 / 그 이름, 눈물의 훼어리.
>
> ― 「눈물의 Fairy」에서

> ③ 그렇게 이웃끼리 / 이 세상을 건너고 / 저승을 갈 때 / ……중 략……

서로 불러 길을 가며 쉬며 그 마지막 酒幕에서 / 걸걸한 막걸리 잔을
나눌 때

— 「寂寞한 食慾」에서

걸걸한 막걸리에 거나하게 醉하면 / 水平線을 바라보는 것쯤이 제 格,
/ 주름살을 펴보는 것쯤이 제 格.

— 「갈매기집」에서

'피'나 '핏줄'은 우리의 몸을 움직이는 생명력의 근원으로서 붉은 빛깔로
인해 열정이나 헌신 그리고 희생을 의미하기도 한다.[9] ①에서의 '핏줄'은 민
족애를 표상하는 이미지로서 시 전편에 걸쳐 드러나는 '핏줄'의 의미는 위에
예시한 "슬기로운 열매" 이외에 "삶의 보람", "소생과 부활", "내일의 태양"
등으로 나타나고 있다. 이것은 겨레에 대한 '선한 핏줄'이라는 인식에서 비
롯된 것이다. 그리고 그 '선'의 결과로서 이루어질 민족 번영의 당위적 귀결,
내지는 소망을 노래하고 있다. 따라서 '핏줄'은 민족의 밝은 미래를 소망하
는 염원이 담긴 인간적 이미지이다.

②에서 '눈물'은 사랑을 표상한다. 그것은 '훼어리'를 향한 이성애의 모습
이기도 하고, '어머니'를 향한 모성애이기도 하다. 이성애의 특징은 "연한 잎
새가 펴가는 그 편으로 일어오는 / 그 이름"과 같은 연연한 그리움과 '펴나
는'에서 파악되는 상승적 이미지를 갖는다. 반면 모성애의 특징은 "채찍보다
두려운 눈물"처럼 엄격함과 날카로움을 지니고 있다.

③에서 '막걸리'는 삶의 회한과 결합돼 있다. 그것은 "그렇게 이웃끼리/이
세상을 건너고 / 저승을 갈때"와 같이 인생이 근원적으로 허무한 존재라는
데 인식의 뿌리를 두고 있다. 그래서 '막걸리'는 그러한 허무의식을 감싸주
는 생의 윤활유로서의 성격을 지니게 된다. 이 점은 "水平線을 바라보는" 또
는 "주름살을 펴보는" 행위에서처럼 인간적 고뇌를 용해해 내는 구실을 하게
된다. 이렇게 볼 때 '막걸리'는 목월시의 존재 인식에 대한 양면성을 보여준

---

9) J.E. Cirlot, *Dictionary of Symbols* (New York ; Philosophical Library, 1962), p.28.

다고 할 수 있을 것이다. 왜냐하면, 인식의 근원은 '허무'라는 비극적, 부정적
세계관에 있으면서, 이에 대한 시적 자아의 태도는 "주름살을 펴보는" 것과
같이 보다 낙천적, 긍정적이고자 하는 경향으로 나타나기 때문이다.

다음은 목월시에 자주 쓰이는 인체를 지칭한 시어들을 살펴보자.

① 눈瞳子 안에 한줄기의 沙汰/하얀 벼랑 은은한 달밤을 / ……중 략……
꺼져가는 母音 / 한개마다의 등불.
— 「心象」에서

肯定의 환한 눈瞳子 안에 / 구름이 달린다. 毛髮이 삭으며 / 구름이
달린다. 돛을 말며
— 「閑庭」에서

…헷세의 구름송이가 이우는 하늘로, 그 곳에서 꿈꾸기 좋아하는 사
람의 맑은 눈매에 어리는 무지개의 한 끝이 풀린다.
— 「藤椅子에 앉아서」에서

② 지친 삶, 피로한 人生 / 頭髮은 히끗한 눈이 덮이는데
— 「당인리 近處」에서

③ 이승 아니믄 저승에서라도 / 인연은 갈밭을 건너는 바람 // 뭐라카노,
저 편 강기슭에서 / 니 음성은 바람에 불려서
— 「離別歌」에서

④ 山수유 노랗게 / 흐느끼는 봄마다 / 도사리고 앉은채 / 울음 우는 사
람 / 귀밑 사마귀
— 「귀밑 사마귀」에서

⑤ 나의 영혼을 잡아 주시고 // 나를 잡고 놓지 않는 / 그 / 손
— 「어머니의 손」에서

①에서 '눈동자'는 현상의 투영과 그것의 반영 이미지를 갖는다. '눈은 마음의 창'이라는 일상적 용법처럼 '눈'은 대상의 마음을 보여주고, 자연의 신비로운 조화를 반영한다.

이 점에서 '눈동자'는 거울이나 우물의 이미지와도 상통한다. ②의 '頭髮'도 장식적 이미지에 불과하다. 즉 연륜의 대유로서 쓰인 단순한 이미지이다.

③에서 '음성'은 이별의 안타까움을 표상하고 있다. 시의 화자는 "이승 아니믄 저승에서라도" 인연의 만남을 지속하기를 갈망하나 그에 대한 약속으로서의 '음성'은 바람에 날려 확연하지 않다. 이처럼 '음성'은 이별의 안타까움과 비애를 표출하는 이미지이다.

④에서의 '사마귀'는 그리움을 나타낸다. 그것은 산수유 피어나는 봄이라는 자연의 순환에도 불구하고 그리운 이와의 재회는 결코 이루어지지 않은 그리움과 비애를 표출하고 있다. 또한 ⑤에서의 '손'은 어머니의 사랑을 형상화한 이미지이다. 그 '손'은 시 전편을 통해 "부드러운 손 / 굳센 손 / 인자로운 손"처럼 어머니의 사랑에 대한 감동이 드러나 있다.

이상과 같이 신체 부위를 지칭한 시어들은 주로 인간적 정감의 표출에 기여하고 있다. 그것은 그리움, 안타까움, 사랑 등과 같이 인간과 인간 사이에 맺어진 따사로운 정에 뿌리내림으로써 시적 감동을 유발한다.

끝으로, 목월시에는 '옷고름, 신발, 내의, 동정' 등의 시어들이 자주 나타난다.

① 모란꽃 이우는 하얀 해으름 // 강을 건너는 청모시 옷고름
                                        ―「牡丹餘情」에서

② 屈辱과 굶주림과 추운 길을 걸어 / 내가 왔다. / 아버지가 왔다 / 아니
   十九文半의 신발이 왔다.

                                        ―「家庭」에서

③ 나이 五十가까우면 / 기운 內衣는 안입어야지 / 그것이 쉬울세 말이지
   / 성한 것은 / 자식들 주고 / 기운것만 내 차례구나

— 「咏嘆調」에서

④ 앞섶을 여미면 / 갑자기 환해지는 동정 / 등줄기가 곧아지고 / 위엄이
서린다.

— 「동정」에서

①에서 '옷고름'은 이별하는 연인의 시적 상관물이다. 연인은 '청모시 옷
고름'처럼 깨끗하고 고운 모습으로 떠나고 있다. 곧, '옷고름'은 순결한 연인
에 대한 그리움과 이별의 안타까움을 표상한다.

②에서는 고통스러운 삶 속에서 초라한 자기 존재의 발견을 보여주고 있
다. 여기에서 자아는 '신발'로 은유된다. 말하자면 실체는 없고 그 껍질로서
만 확인되는 존재의 초라함을 '신발'로 형상화한 것이다. ③의 '內衣'에는 가
난한 삶의 비애가 담겨 있다. 즉 그것은 '기운 것만'입어야 하는 아비로서의
사랑과 고통스러움을 의미한다.

이상에서 살핀 이미지와는 달리 ④의 '동정'은 인간적 품격을 상징하고 있
어 주목된다. 희고 깨끗하게 달아 올린 '동정'은 인체에 곧은 선의 미감을 부
여하고, 아울러 "등줄기가 곧아지고 / 위엄이 서리는" 인간적 품격을 갖게 한
다. 나아가 그것은 남자에게 있어서 "사나이다운 구실을 하고 / 관후하면서
도 단정한 인품이 빚어지도록" 해주는 것이다. 또한 그것은 '알차고 정숙한',
밝고도 엄한 아름다움을 부여한다. 이렇게 볼 때 '동정'은 인간적 품격을 상
징하는 이미지라 하겠다.

5) 신성적 이미지

목월의 시세계를 살펴볼 때, 그 대미가 「크고 부드러운 손」이라는 신앙 시
집으로 마무리되고 있다는 것은 매우 특기할 만한 점이다. 본 항목에서는 이
시집에 중심적으로 드러나는 이미지들을 고찰하여 목월 신앙시의 한 특질을
규명하고자 한다.

신성적(神聖的) 이미지란 한 마디로 규정하기 어렵다. 따라서 여기서는 신

앙성이 담긴 이미지들을 통칭하여 신성적 이미지로 보고자 한다. 말하자면, 그것은 참회·믿음·깨달음·구원·계시·은혜·신과의 통로 등과 같은 신과 신앙심을 표출하는 이미지들이 된다.

그러면 먼저 불신과 참회의 이미지들을 살펴보자

① 하루에도 몇 차례나 / 뒤를 돌아보고 소금기둥이 된다 / 신문지로 만든 冠에 / 마음이 유혹되고 / 잿더미로 화하는 / 재물에 미련을 가지게 되고 / 오늘의 불 앞에 / 마음이 흔들리고

—「돌아보지 말자」에서

② 얼룩진 보자기의 / 네 귀를 접듯 / 눈물과 뉘우침의 한해를 챙긴다 / ……중 략……순결이여 / 얼룩진 자리마다 / 깨끗이 씻어내는 / 새로운 정신의 희열이여.

—「얼룩진 보자기의 네 귀를 접는」에서

①에서 '소금기둥'은 구약성서에서 가져온 시어이다.[10] 설화적 이미지 또는 관습적 상징의 측면으로 해석돼 온 것도 주지의 사실이다. 그러나, 여기서 '소금기둥'은 본래의 성서적 의미에서 나아가 시인 자신의 개인적 상징성을 획득함으로써 시적 형상성을 높이고 있다. 즉 '돌아보지 말라'는 추상적 언명에 "신문지로 만든 冠 / 재물 / 불" 등과 같은 시적 자아의 개인적 현실을 투영하고 있다. 이처럼 '소금기둥'은 높이면서 시적 자아의 내면을 채우고 있는 현실적 유혹과 불신에 대한 자책감을 표상한다.

②에서 '눈물'은 앞의 인간적 이미지에서 고찰한 바와 사뭇 다르다. 그것은 그리움이나 비애 같은 세속적 정감의 표출이 아니라 자기수양의 과정에서 보이는 참회의 표출로서 제시된다. 따라서 '눈물'은 "순결" 또는 "새로운 정신"과 같이 정화된 정신세계를 표상하고 있다.

한편, 믿음에 관련된 이미지들은 다양하면서도 가장 빈번히 사용되고 있다. 그 중에서 특히 주목되는 것은 '밧줄, 그물, 촛불' 등이 있다.

---

10) 구약성서, 창세기 19장 26절.

① 오로지 / 순간마다 / 당신을 확인하는 생활이 되게 / 믿음의 밧줄로 /
구속하여 주십시오
— 「거리에서」에서

② 신앙의 그물만 던지면 / 미어지게 고기를 잡을 수 있다. / 설상 그것
이 / 비린내가 풍기는 / 현실의 고기가 아닐지라도 / 굶주린 영을 / 충
만하게 채울 수 있는
— 「오른편」에서

③ 믿음의 불길로써 / 전날의 모든 것을 태우고 / 새로운 생명의 피가 돌
게 하고 / 거듭나게 하소서
— 「이만한 믿음」에서

당신의 음성이 / 불길이 되어 / 저를 태워 주십시오.
— 「부활절 아침의 기도」에서

모든 것을 증거해 주는 / 불의 손이 / 나를 태운다.
— 「노래」에서

④ 가난한 자는 가난한대로 / 작은 촛불을 밝히고 / ……중 략……평화로
운 마음으로 / 저마다의 心靈에 / 불을 밝힌다.
— 「작은 베들레헴에 불이 켜진다」에서

지구를 에워싸고 / 촛불이 켜진다 / 경건한 / 손으로 밝히는 / 불꽃에
/ 당신의 사랑이
— 「오늘밤 지구를 에워싸고」에서

오늘 밤 켜지는 촛불 / 어느 곳에서 켜든 / 모든 불빛은 / 그곳으로
향하는 / 오늘밤
— 「聖誕節의 촛불」에서

①에서 '밧줄'은 믿음의 비유이다. 시적 자아는 그 믿음을 더욱 강하게 해 달라고 간구한다. 구속을 통한 구원의 획득을 갈망하고 있는 것이다.

②에서의 '그물'도 자아 스스로를 향한 믿음의 짐이며, 강한 믿음으로 살 수 있는 의지의 갈망이다. 또한 시적 자아가 바라는 것은 '현실의 고기'처럼 물질적인 보상이 아니라 "굶주린 영을 / 충만하게 채울 수 있는" 의지나 신념 같은 정신적인 요소인 것이다

③의 예시들에는 '불'의 이미지가 중심을 이룬다. 그것이 ①, ②의 예와 다소 구별되는 점은 이미지의 강렬성이 갖는 더욱 고조된 정감의 표출이다. '믿음의 불'은 "모든 것을 태우고/새로운 생명의 피가 돌게 하고 / 거듭나게 하는" 소멸과 생성의 자기 혁신이다. '태워 버리는' 행위, 그것은 과거에서 현재에 이르는 세속적 존재의 무화(無化) 과정이다. 그리고 시적 자아는 다시 '새로운 생명의 피'를 지닌 신성적 존재로 거듭나고자 한다. 이처럼 '불'은 강렬한 믿음과 자아 정화의 의미를 표출하고 있다.

④에서의 '촛불'은 그것이 믿음의 표현이라는 의미에서는 ③의 '불'과 유사하지만, 정신의 불사름을 겪은 뒤의 순화된 믿음이라는 점에서 다소 의미를 달리한다. 거기에는 열정이나 갈망보다 오히려 평화와 경건함이 담겨 있다. "평화로운 마음"으로 심령을 바치고 "경건한 손으로" 자신의 믿음을 다짐하는 것이다. 따라서 '촛불'은 순화된 믿음으로서의 평화, 또는 신앙의식으로서의 경건성을 상징한다.

다음은 깨달음과 구원, 신과의 통로 등을 표출하는 이미지들을 들 수 있다.

① 심령의 / 눈 먼 자여 / 영혼의 장님이여 / 안다는 그것으로 / 눈이 멀고 / 보인다는 그것으로 / 보지 못하는 오만과 아집 속에서 / 진흙을 이겨 / 눈에 바르게 하라.

— 「믿음의 흙」에서

神이 지으신 오묘한 / 그것을 그것으로 / 볼 수 있는 / 흐리지 않는 눈. / 어설픈 나의 주관적인 감정으로 / 彩色하지 / 않고 / 있는 그대로

의 꽃 / 불꽃을 불꽃으로 볼 수 있는 / 눈이 열렸다.

                       — 「開眼」에서

② 지상의 열쇠 / 꾸러미를 버림으로써 / 얻게 되는 / 신앙으로 다듬어진
  / 순금의 열쇠

                  — 「순금의 열쇠」에서

③ 당신의 열어 주심으로 / 문이 열리고 / 당신이 닫아주심으로 / 문이
닫기는 오늘의 / 우리들의 출입

                  — 「우리들의 출입」에서

진리와 / 진리 아닌 것 사이에 / 빛과 / 어둠 사이에 / 가로놓여 있는
문을 깨닫게 하시고

                  — 「門」에서

우리 생활이 / 어려울수록 / 장지문에 어려울 / 밝음을 생각하자 / 기도
를 하자.

                  — 「無題」에서

①에서 '눈'은 인간적 이미지에서 자아와 만물을 투영하는 소재로 쓰인 점
을 지적했었다. 이와는 달리 여기서의 '눈'은 정신적인 것으로서 심안(心眼)을
의미한다. 또한 그것은 세속사와 신성사가 갈등을 빚는 속에서 신성사 또는
신앙으로서의 개안을 의미한다.

②에서 '열쇠'는 구원의 표상이 되고 있다. 구원은 철저히 버림을 통해서
얻어진다. '열쇠'는 "지상의 열쇠 / 꾸러미"라고 대유된 현실적 재물, 그것을
버리고 신앙으로 자신을 다듬을 때 얻을 수 있는 것이다.

한편, ③에서 '문'은 시적 자아와 대상 또는 인간과 신 사이의 통로를 표
상한다. "진리와 / 진리 아닌 것" 사이에 놓여지는 문은 결국 인간사와 신성
사를 연결짓는 통로이다. 따라서 이와 같은 '문'에 대하여 시적 자아는 "장지
문에 어려울 / 밝음을 생각하자 / 기도를 하자."라고 끊임없는 자기 상승의

노력을 강조하고 있다. 그리고 그러한 노력이 받아들여질 때, 신은 마침내
그 구원의 통로를 열어 준다. 이처럼 '문'은 그것이 갖는 일상적 의미를 바탕
으로 하여 구원의 통로를 표상하고 있다.

끝으로 신의 실체와 그 계시 또는 은혜를 의미하는 이미지들이 있다.

> ① 주의 사람임을 증거하는 / 그 숨막히는 눈부심/천 한 자락을 하늘에서
> / 내게로 내려보내 주셨다.
>
> — 「희고 눈부신 천 한 자락이」에서

> 크고 부드러운 손이 / 내게로 뻗쳐온다 / ……중 략……인간의 종말이
> / 이처럼 충만한 것임을 / 나는 미처 몰랐다.
>
> — 「크고 부드러운 손」에서

> ② 믿음의 불길을 활활 피워 올려 / 생명의 촛대마다 / 불을 밝히고 / 심
> 령의 종소리가 / 크리스마스 새벽을 알리게 하시고
>
> — 「가을의 기도」에서

> ③ 촉촉히 비를 뿌리는 / 아아 그분의 어지신 經營 / 너그러운 베푸심.
>
> — 「밭머리에 서서」에서

> 강물 같이 충만한 마음으로 / 주님을 생각하게 하십시오 / 순탄하게
> 시간을 노젓는 / 오늘의 평온 속에서 / 주여 / 고르게 흐르는 물길을
> 따라 / 당신의 나라를 향하게 하시옵소서.
>
> — 「평온한 날의 기도」에서

①에서 '천'은 신비체험의 한 단면을 형상화하고 있다. 이 경우, 신비체험
은 인간의 영혼과 신과의 신비적 교류이다. 그것은 기독교에서 흔히 말하는
'은혜 입음'으로서 신자의 신앙심이 신의 허락을 받는 영적 체험이다. '천'은
바로 그와 같은 시적 자아 자신의 '은혜 입음'을 표상하는 소재가 되고 있다.
'손' 역시 그러한 신비적 깨달음을 암시한다. '손'은 현세적 존재로서 종말을

느꼈을 때, 그 종말이 가져오는 새로운 세계를 상징한다.

②에서 '종소리'는 계시의 의미를 지닌다. 이 세상에 도래하는 새로운 탄생을 알리는 소리인 것이다. 그리고 ③에서의 '비' 또는 '강물'은 신의 은총 또는 신의 의지가 현상화된 모습을 말한다. 결국 그것은 신심의 끝에 얻어진 충만한 평화와 행복의 이미지이다.

3. 맺음말

이상에서 고찰한 바와 같이, 목월시의 이미지들은 자연과 인간, 그리고 삶에 관련되어 다양하게 나타나고 있다. 그것들은 각각 독립적인 편차를 지니고 있지만, 시인의 인식과 의지라는 관점에서 몇 가지 공통점을 지니고 있다. 즉, 현실이나 인간 존재에 대한 인식, 그리고 그것을 수용하는 태도 또는 초월의지 등으로 묶어 해석해 볼 수 있다.

인간이나 삶에 대한 인식은 다분히 비극적이다. '풀잎'에서처럼 인간 또는 생명에 대해서 그는 허무의식을 지니고 있다. 그리고 그것은 '나무'나 '뻐꾹새', '막걸리' 등 여러 소재들을 통해서 지속적으로 나타나고 있다. 뿐만 아니라 삶에 대해서도 늘 그리움, 비애, 외로움 등과 같이 행복하기보다는 결핍되고 슬픔으로 가득 차 있음이 발견된다. 물론 이와 같은 비극적 세계관은 그의 개인사적 측면에서도 찾을 수 있겠지만, 민족의 삶이 일제강점 또는 한국전쟁과 같은 비극적 현실로 점철돼 왔음에 기인한 것으로 보아야 할 것이다.

이러한 비극적 현실 인식에 대해 그는 두 가지의 태도를 보인다. 그 하나는 수동적 인고의 자세이며 또 하나는 유토피아 지향성이다. 특히 식물과 인간적 이미지를 통해서 우리는 그의 인고적 자세를 볼 수 있다. 그는 '쑥대밭', '들찔레', '풀잎' 등을 통해서 보여준 것처럼 현실을 운명으로 수용하고, 자연의 큰 질서 속에 순응하여 살아가기를 바란다. 때로는 '비둘기'처럼 때로는 '나무'처럼 스스로 위로하고 자기를 닦으며 살기를 원한다. 이처럼 수동적 인고의 자세는 '막걸리'를 통해서 "주름살을 펴 보는"정도의 지극히 소극적인 현실 대응 태도에 지나지 않는다.

그러나, 이러한 소극적 현실 대응의 한 극점에 유토피아 지향성이 위치한다. 그것은 '山桃花'와 같은 자연의 비경 속에 '사슴'처럼 살고자 하는 동양적 낙원지향성이며, 구원의 표상인 '문'이나 '밧줄'을 통하여 자기를 구원받고자 하는 기독교적 영생 갈망이다. 이렇게 볼 때, 이미지를 통해 본 목월시는 한국인의 정서, 특히 여성적 정서에 근거하고 있음을 알 수 있다.

그렇지만 비록 목월시가 현실과 자아에 대한 적극적이고 개척적인 대응력을 보여주지 못했다 할지라도 그의 시는 고전 시가의 여성주의적 특질을 현대적으로 계승한 전범이 될 것이다.

조지훈 시론

임 승 빈*

1. 머리말

지훈은 혜산, 목월과 함께 일본강점기의 마지막을 장식한 자연파 시인[1]의 한 사람으로 평가받고 있다. 그리고 이러한 지훈의 시에 대한 관심과 평가 역시 일반적으로 매우 긍정적이라 할 수 있다.

그러나 그가 동국대 및 고려대에서 평생동안 후학을 가르쳤음에도 불구하고 그의 시론은 그렇게 많은 관심의 대상이 되지 못했다.

물론 시론보다는 시가 중요하다. 그리고 시론과 창작은 반드시 일치하는 것도 아니다. 그러나 40년대 이후 가장 중요한 시인의 한 사람으로 평가받고 있는 지훈의 시론을 고찰함으로써 그의 시가 갖는 사상적 배경은 물론, 당시 문학이론의 흐름을 파악하는 것도 의의 있는 일이라 할 수 있다.

이에 본고는 지훈의 시론을 1996년에 새로 간행된 『詩의 원리』[2]를 중심으

* 청주대학교 교수
1) 김동리는 그의 선감각을 논하면서 지훈의 자연의 탐구 중에서 선감각의 세계가 가장 훌륭하다고 했고(김동리, 「조지훈의 禪感覺」, 김종길 외 『조지훈 연구』(고려대출판부, 1978), 31~33쪽.), 신동욱은 지훈의 자연탐구는 단순히 자연을 탐구한 것이 아니라, 자연을 소재로 하여 인간을 탐구한 것이라고 했다.(신동욱, 「조지훈론 - 전통에의 자세」 ≪현대문학≫, 1965. 11, 71쪽.
2) 조지훈, 『시의 원리』(나남출판사, 1996)

로 살펴 보고자 한다.

2. 발생론

시가 쓰여지는 이유를 지훈은 생물적 본능 때문이라고 말한다.

> 시를 짓지 않을 수 없고, 지음으로써 즐거우며, 시를 읽고 싶고, 읽음으
> 로써 얻음이 있다는 것은 이미 사람의 생명적 욕구 속에 시를 사랑하는 마
> 음이 근본적으로 내재해 있다는 증거가 된다. 인간의 생활이란 본디 생물
> 적 본능에서 영위되는 것이요, 정신을 가진 바 독특한 생물의 일종인 인간
> 의 생활은 그 생명적 욕구에서 우러나는 이상정신가치(理想精神價値)추구의
> 본능이 있는 것이다.[3]

인간은 다른 동물과 달리 정신을 가진 존재이고, 그렇기 때문에 이상적인
정신가치를 추구하는 본능이 있다는 것이다. 그런데 시가 정신을 가진 인간
존재의 본능에 의한 산물이라는 점은 인정한다 하더라도, 이상정신가치의 추
구와 본능을 동일시하는 것은 문제일 수 있다는 생각이다. 왜냐하면 본능이
란 가치판단 이전의 단계이기 때문이다.

그러나 지훈의 이런 생각은 일단 유희본능이건, 자기표현본능이건 시가
본능적 욕구의 결과라는 것을 말하는 것이고, 시가 쓰여지는 이유는 어떤 실
제 생활적 효용 때문이 아니라는 견해를 바탕하고 있는 것이다.

> 정신이 물질에서 파생된 듯이 생각하는 관점에서 시도 자연 물질가치(物
> 質價値) 취득을 위한 투쟁의 수단이란 견해가 나옴으로부터 시 가치는 하
> 나의 독자성(獨自性)을 잃고 어디에 종속되는 듯이 느껴지는 경향이 있다.

이 책은 1959년에 간행된 『시의 원리』와 「서창집」, 「시선일미」, 「현대시와 선의 미
학」, 「시인의 눈」, 「언어와 화폐」, 「시의 전기」, 「서정시 형태론」, 「시화」 등의 단편
적인 시론과 미완성으로 끝난 「한국현대시문학사」가 실려 있다.
3) 조지훈, 위의 책, 126쪽.

…… 중 략 ……

문학이 그 자신 인간의 본연한 욕구로서 나타나는 것이 아니고, 그 외의 다른 가치 획득에 사용되기 위한 제2차적 가치밖에 타고나지 못했다고 한 다면 시는 제 자신이 존립할 근거를 최초의 생명 속에서 스스로 포기하는 것이 되지 않을 수 없다. 왜 그러냐 하면, 순수한 예술 충동도 인간이 지닌 생명적 요구라는 것이 몰각되기 때문이다. 다시 말하면, 생명은 하고자 하 는 것의 총체요, 생활은 해야 할 것의 전부이다.4)

시는 물질적인 가치를 추구하지 않는다는 것이다. 물질가치를 추구한다면 시는 결국 독자성을 상실할 수밖에 없으며, 물질가치에 종속될 수밖에 없다 는 것이다.

이것은 문학이나 예술이 그 실용성에 의해서 생겨났다는 발생학적 기원설 을 부정하는 것이면서 동시에, 시는 그 자체로서의 효용이 있는 것이지, 다 른 그 무엇을 위한 수단일 수 없다는, 시의 독자성을 강조하는 말이다.

특히 '생명은 하고자 하는 것의 총체요, 생활은 해야 할 것의 전부이다'라 는 말은 시가 인간의 삶(생활)을 위한 것이어야 한다는 식의 사회적 효용성 을 강조하는 주장에 대한 반론적 성격을 띤다 하겠다. 즉, 생활이란 경제적 이고 사회적(정치적, 이념적)인 면뿐만 아니라, 아무런 현실적 목적이 없는 정신활동까지를 포함하는 인간의 모든 삶을 지칭하는 것이어야 하며, 그렇지 못할 경우는 자칫, 인간의 생활, 또는 삶의 의미를 제한하고, 왜곡할 수 있다 는 것이다.

그러면서 지훈은 또 동시에 Ballad Dance설을 주장한다.

문학적 형태의 근본요소는 '민요무용'이다. '민요무용'은 운문과 음악과 무용이 결합된 자이다. 문학이 처음 자연발생적으로 나타날 때는 모든 주 제적인 생각은 곧 운문으로 읊어지고 음악으로 반주되고 몸짓으로 암시되 었다. 오늘날, 시, 음악, 무용이란 이름으로 나눠진 3종의 별개 예술은 실상 '민요무용'이란 공통된 배아(胚芽)에서 분화된 것이니 그들 상호간은 서로

---

4) 위의 책, 32쪽.

영향함으로써 제각기 다른 두가지를 저 안에 받아들여 저 자신을 독립시킨
것이다.5)

지훈이 본능설 외에 민요무용론을 주장한 것은 시의 형태와 자질을 규명
하기 위한 것이다. 즉, 문학의 가장 기본적인 형태는 시이며, 다른 장르들은
모두 이러한 시로부터 분화되었다는 것이다. 그리고 시는 그 자체 내에 음악
과 무용적 자질을 내포하고 있어 춤추는 언어, 노래하는 생각이라는 것이다.
  그러니까 시는 이상정신가치를 추구하는 본능으로부터 발생했기 때문에
동물적 생존에 필요한 물질가치 추구의 수단일 수 없으며, 형태적으로는 민
요무용으로부터 분화된 가장 원형적 형태이기 때문에 문학의 장르 중에서
가장 우선되어야 한다는 것이다.

3. 발상 심리론

그렇다면 시는 시인 개개인에게서 어떠한 방법으로 그 모습을 드러내는가.
바꿔 말하면, 시인의 시적 발상은 어떻게 이루어지는가 하는 것이다.

> 발레리가 가르쳐 준 일이긴 하지만(그리고 우리들도 대체로 그러리라 생
> 각합니다만) 최초의 시구는 일종의 은총으로 해서 시인에게 주어지는 수가
> 종종 있는 모양입니다. 그러나 제2행째가 되면 매우 참을성있게 탐구하지
> 않으면 안됩니다.6)

그러니까 최초의 시적 발상은 비의도적인 것이며, 마치 신이 주는 것과 같
다는 것이다. 이것은 유신론적인 입장을 견지하는 것이다. 그러나 심리학적
인 측면에서 본다면 이것은 무의식과 의식의 관계로 볼 수 있다.
Brewster Ghiselin에 의하면 모든 창조의 씨앗은 무의식으로부터 솟아나온다

---

5) 위의 책, 127쪽.
6) Andre Maurois, 김동현 역, 『예술의 이해』(문예출판사, 1975) 106쪽.

고 한다. 그것은 창조자의 정신 속에 꿈틀거리고 있는 정리되지 아니한 보화를 향해 마음의 문을 열어준다는 것이다. 창조란 아직까지 이 세상에 없던 새로운 질서의 구축을 의미하기 때문에 혼돈과 무질서를 특징으로 하는 무의식에서만이 그것이 가능하며, 기존의 질서를 유지하려는 보수적인 의식의 상태에서는 새로운 질서가 드러날 수 없다는 것이다. 때문에 새로운 창조적 발상은 의식의 지배를 받는 자기를 어떻게든 포기할 수 있을 때에만 가능하다고 말한다.[7]

다만 의식은 무의식으로부터 솟아나온 창조의 씨앗을 달아나지 않게 붙잡는다거나, 창조의 작업을 준비하고 마무리하는 단계, 또는 그 분야의 축적된 지식을 터득하고, 새로운 사실들을 수집하고, 테크닉과 기교와 감수성과 판별력을 관찰하고, 탐구하고, 실험하는 것, 그리고 창조의 가장 효과적인 방법 등을 인식하는 것이라고 말한다.[8]

창조의 씨앗은 무의식의 세계로부터 오고, 그것을 완성시키는 것은 의식의 작용이라는 것이다. 그러니까 시의 창조에 있어서 의식과 무의식은 동시에 작용한다기 보다 순차적으로 작용한다고 보는 것이다. 그리고 지훈의 견해도 이와 비슷하다.

> 그렇다. 시인은 시 쓰는 자아(自我)의 시 쓰는 데 대해서 확실히 알 수는 없으나 시 쓴다는 움직임이 이루어진 뒤 써 놓은 작품 속에서 자아를 발견하는 것이다. 그렇기 때문에 자기가 써 놓은 작품 속에서 자기를 발견하는 것은 시인이 시를 인식하는 것이 아니라 시가 시인을 생성(生成)시킨다는 말이 아닐 수 없다.[9]

시인이 시를 쓰는 것은, 더구나 시의 발상은 의식적으로 이루어지지 않는다는 것이다. 그러면서 또 지훈은 영감과 주의력이라는 용어를 사용한다.

---

7) Brewster Ghiselin, 이상섭 역, 『예술창조의 과정』(연세대 출판부, 1980) '서설' 참조.
8) 같은 책.
9) 조지훈, 위의 책, 67쪽.

"시가 나를·쓰는 것이지 내가 시를 쓰는 것이 아니다"라고 한 괴테의
말도 결국 이 영감을 말하는 것이다. 릴케는 자기가 지은 어떤 시구를 자
기 이름으로 발표하는 것을 죽을 때까지 거절했다는 얘기가 있다. 그 이유
는 그들 시구가 그의 앞에 나타난 어떤 사람이 구술(口述)한 것이기 때문이
라는 것이다. …… 중 략 ……
　이 영감의 비밀은 꿈의 상태요, 완전한 무심상태(無心狀態)로 하나의 흥
분상태라고 부를 수 있다. 자기의 작은 그림자를 아득한 우주 속에 녹아들
게 하고 거기서 정신의 극광(極光)을 찾는 그들은 신의 소리를 듣는 무녀
(巫女)의 신성한 두려움과도 같은 것이었다.10)

　여기에서 지훈이 말하는 영감은 무의식과 상통하는 것이다. 발상뿐만 아
니라, 어떤 경우에는 시 창작의 전과정이 시인 자신의 의지나 의식과는 전혀
별개로 이루어질 수 있다는 것이다.

　　포는 자기의 「대아(大鴉)」라는 시를 한 구 한 구 분해함으로써 그 시의
모든 아름다움이 냉정한 계산의 결과라고 주장하였고 보들레르의 「작시법
강의」라든가 자유시가 전성하는 시절에 전통적 운율의 제약으로써 주의력
을 자극한 말라르메는 모두 이 방법에 입각한 사람들이었다. ……중
략…… 그들에게는 시의 상태는 도리어 꿈의 상태와는 다른 것이었고, 시
적기분은 시의 상태에서 버림받은 것으로 생각되었다. 다시 말하면, 이 주
의력의 지향은 완전한 의식상태요, 각성상태요, 하나의 관조상태라 부를 수
있다.11)

　여기에서의 주의력은 의식세계를 지칭하는 말이라 할 수 있다. 즉 의식적
노력에 의해서 시는 쓰여진다는 것이다. 그런데 지훈은 이러한 무의식과 의
식의 작용은 선택의 선후문제밖에 아니라고 말한다.

---

10) 위의 책, 70~71쪽.
11) 위의 책, 71~72쪽.

우리는 결국 영감과 주의력은 별다른 것이 아니고 그 두 가지 중에 어떤 것을 자신의 시창조(詩創造)의 방법으로 삼느냐는 선택의 선후문제밖에 아니라는 것을 알 수 있는 것이다. 그러므로, 영감과 주의력은 '의식과 무의식', '자기와 대상(對象)', '주관과 객관'문제로 대치될 수밖에 없다.[12]

위의 인용에서 지훈의 영감과 주의력은 무의식과 의식을 지칭하는 다른 말 일 뿐이라는 사실을 알 수 있다. 그런데 문제는 선택의 선후문제라는 것이 무슨 뜻이냐는 것이다.

앞에서 밝힌 B. Ghiselin의 견해는 먼저 시적발상이 비의도적으로 이루어진 다음에 의식적인 노력이 수반되어야 한다는 것이다. 즉, 우연하게 무의식으로부터 창조의 씨앗, 또는 시적발상이 이루어진 다음에 그 씨앗이 어떤 특성을 지닌 것인가, 어떤 형태를 요구하는가 하는 등의 의식적인 노력이 뒤따른다는 것이다. 그리고 지훈도 역시 마찬가지다.

나의 체험에 의하면 이러한 최초의 근간이 되는 언어는 대개 타동적 자연으로 생성되는데 이를 그 시의 뇌중추라 하든지 골격이라든지 초점이라 하든지 아무렇게 불러도 무방한 것이다. 이 순수지속하는 언어를 우리는 영감이라 부를 수 있고 이 영감적 언어를 중심하여 상하 전후에 윤색하고 화성하는 언어를 배열함으로써 비로소 그 전체의 유기적 구성 속에 한 편의 시가 탄생하는 것이다.[13]

그러나 이러한 주장에도 문제는 있다. 왜냐하면, 발상이 비의도적이고 우연한 것이라면, 시인은 우연한 발상이 떠오를 때까지 무작정 기다려야만 한다는 것일까. 우연한 발상이 영원히 이루어지지 않는다면, 시인은 영원히 시를 쓸 수 없다는 것일까 하는 것이다.

때문에 직접 작업이 이루어지는 동기는 무의식으로부터 시작된다고 하더라도, 그러한 발상이 보다 자주 떠오르게 하기 위해서는 평소 이 세계를 주

---

12) 위의 책, 73쪽.
13) 위의 책, 58쪽.

의깊게 바라보는 의식적인 노력이 선행되어야 한다는 것이다.

그러나 지훈은 선후의 문제라고는 하면서도 이러한 영감 이전의 문제에 대해서는 자세히 밝히지 않고 있다. 그러니까 지훈의 선후문제는 다만 무의식의 작용이 먼저이고, 그 다음에 의식적인 노력이 뒤따른다는 것으로 해석될 수 있다.

4. 구조론

시의 가장 바람직한 형태는 어떤 것일까. 이 문제에 대해 지훈은 유기체설을 내세운다.

시는 제2의 자연이요, 생명의 표현이므로 하나의 유기체이다. 그러므로, 시의 생명이 어느 부분에 존재하느냐 하는 문제는 사람의 생명이 정신에 있느냐 육체에 있느냐 하는 것과 같다. 사람의 생명은 정신과 육체의 합동에 있듯이 시의 생명도 마찬가지가 아닐 수 없다. 시가 한번 이루어진 다음에는 통히 하나의 생명이요, 지(知)·정(情)·의(意), 그 어느 하나로 분해할 수 없다. 실로 인간의 절대한 요구는 지·정·의가 합일된 생명이요, 따라서 절대의 가치는 진·선·미가 합일된 생활이기 때문이다. 그럼에도 불구하고 시의 존재를 생명의 그 어느 한 면에만 결정지운다면 이는 마치 생명의 전체를 우리 육신의 일부에서 찾으려는 것과 마찬가지가 된다. 생명을 한정한다는 것은 생명을 부정하는 결과가 되는 것이 아니겠는가. 그래도 굳이 시의 생명이 있는 곳을 해명하라 한다면 나는 다음과 같이 대답히 말할 수밖에 없다. "시는 감성의 난자(卵子)와 결합된 생명있는 사상이 지성의 태반(胎盤) 위에서 의욕의 자궁(子宮) 안에서 성숙하여 출산되는 언어"라고.[14)

시는 생명이 있는 유기체인데, 그 생명성은 어느 한 부분에 있는 것이 아니라, 모든 부분의 통일, 내지는 조화 속에 있다는 것이다. 즉 형식과 내용도

---

14) 위의 책, 45~46쪽.

분리될 수 없다는 것이다.

이러한 유기체론은 S. T. Coleridge의 그것과 유사하다. 즉, 그것은 부분 부분의 기계적 결합이 아닌, 유기적으로 결합된 생명적 전체가 되어야 한다는 것이다. 시인의 상상력 속에 배태된 창조의 씨앗이 식물이 자라는 것처럼 스스로의 내적 에너지에 의해 가장 적절한 형태를 획득해야 한다는 것이다. 그리고 이러한 주장은 내적 에너지의 작용이라는 점 때문에 표현이론에 입각한 것이 된다. 그러나 또 지훈의 유기체론은 표현이론보다는 모방이론에 기울어져 있음으로 해서 S. T. Coleridge의 유기체론과 다르다.

표현이론에 바탕을 둔 유기체론이란 그 자체 내의 에너지에 의해서 발전하고 적절한 형태를 만들어간다는 것인데, 지훈의 그것은 시가 자연을 닮아 자연과 다름없어야 한다는 것이기 때문이다. 그러므로 이 때의 유기체라는 말은 S. T. Coleridge 등의 낭만주의 유기체론에서 뜻하는 것과는 달리 '조화(調和)'라는 개념일 수밖에 없는 것이다.15)

그런데 이 조화, 또는 질서라는 개념은 지훈의 시론 곳곳에서 산견된다.

> 시의 세계는 질서와 조화의 세계이다. 하나의 우주이다.
> "往古來今 謂之宙 四方上下 謂之宇"라는 회남자(淮南子)의 해석을 빌리면 우주는 시공의 통칭개념이다. 시의 우주는 실로 한편의 시를 통하여 영원한 시간과 무변한 공간을 통일한다. 질서없는 혼돈(chaos)이 질서와 통일과 조화를 이룬 것이 우주(cosmos)이듯이 시정신은 하나의 광대한 도(道)로서 카오스가 코스모스로 나아가는 길이 된다. ……중 략……
> 옛 그리스 사람은 무한한 카오스에 대비하여 코스모스를 유한으로 보았지만 코스모스는 결코 유한한 것이 아니요, 성괴(成壞)를 되풀이 하면서도 무한히 지속하는 조화와 질서의 통일이다.16)

지훈이 볼 때 가장 조화롭고 질서 있는 것은 우주이다. 우주는 카오스가 질서를 획득한 것이기 때문이다. 그러므로 시가 조화와 질서를 획득하는 것

---

15) 박호영, 「조지훈 문학연구」, 서울대 대학원, 1988, 27~35쪽.
16) 조지훈, 앞의 책, 27쪽.

은 우주, 즉 자연을 닮아 가는 것이고, 그것이 가장 이상적인 형태가 되는 것이다. 그리고 이점이 바로 지훈의 유기체설이 표현이론을 바탕한 낭만주의 유기체설과 다른 점이다.

그러니까 지훈이 주장한 시의 유기체설은 유기체가 생명체이고, 생명있는 존재가 가장 가치있다는 점에서, 시의 부분과 전체가 유기체처럼 필연적 관계를 지녀야 한다는 것이다. 그리고 또 바로 이런 점 때문에 지훈의 구조론은 또 고전주의의 성향을 띤다고도 말할 수 있다.

5. 효용론

시는 무엇 때문에 쓰여지고, 또 읽혀지는가.

이 점에 대해 지훈은 시는 인생의 표현이므로 인생을 위하여 존재하는 것이지, 인생을 위하는 다른 것을 위하여 존재하는 것이 아니[17]라고 말한다. 이것은 시가 나름의 독자성(獨自性)을 지닌다는 뜻이다. 즉 인생을 위한 다른 가치의 종속물이 아니라는 것이다.

시가 시 아닌 것—다시 말하면, 시 이외 일체의 것을 떠나서 고립하여 존재할 수 없다는 것은 시의 소재일 뿐이며, 따라서 시의 종속성이란 결국 관련성의 오인에 지나지 않는다는 것이다.[18]

그런데 지훈이 어떻게 보면 지극히 당연한 것일 수도 있는 시의 독자성을 이렇게 강조하는 이유는 무엇일까. 그것은 흔히 이루어지는 시에 대한 가치 판단의 오류와 유물사관 예술관 때문이 아닐까 한다.

> 시 아닌 것의 시적 창조를 거쳐야만 비로소 시가 될 수 있는 이상 작품의 소재와 동기의 우수만으로는 훌륭한 작품이 이루어질 수 없는 것이다. 그러므로, 시화(詩化)되지 못한 작품을 두고 문학 이외의 다른 각도에서 소

---

17) 위의 책, 33쪽.
18) 위의 책, 36쪽.

재와 동기를 논할 수는 있으나 그것의 시로서의 우수성은 시의 가치 판단
이 아니고는 평가할 수 없는 것이니 시는 오직 시적 가치판단에 의거할 것
이요, 시 이외의 어떠한 가치판단에도 복종할 수 없다. ……중 략……

　　그러면 그것은 시를 위한 시가 아니냐고 반문하겠지만 시가 이미 생명
의 요구요, 생활의 표현일진대 시인에 있어서는 생활이 곧 시라 할 것이니
생활을 위한 시란 결국 동어반복이 되어 시를 위한 시가 되고 말 것이 아
닌가.19)

시가 쓰여진 동기나, 시의 소재를 가지고 가치평가를 하는 것은 잘못이라
는 것이다. 즉, 아무리 훌륭한 동기에 의해서 쓰여지고, 또 아무리 내포하고
있는 내용이 훌륭하다 하더라도 그것이 문학적으로 우수하지 못하다면, 좋은
평가를 받을 수 없다는 것이다. 가치판단의 기준은 문학성이지 다른 것이 아
니라는 것이다.

이것은 시가 시 아닌 다른 인간생활의 도구이기를 거부하는 태도이다. 시
는 정치를 위한 것도, 역사나 철학을 위한 것도 아니라는 것이다. 만약 시가
더 나은 정치적 환경을 위한 것이라면, 훌륭한 정치만 이루어지면 시는 없어
도 된다는 결론에 이르게 되기 때문이다.

지훈은 이러한 자신의 논리가 반박받을 수 있다고 생각했다. 즉, 그것은
시를 위한 시, 예술지상주의가 아니냐는 것이다.

그러나 지훈은 생활의 개념에 대한 정리로 그것을 다시 반박한다. 시가 생
명의 요구에 의한 것이라면, 시 그 자체를 위하고 생각하는 것도 중요한 인
간의 생활이라는 것이다. "생명은 하고자 하는 것의 총체요, 생활은 해야 할
것의 전부"20)라는 것이다.

이러한 견해는 아주 중요하다. 왜냐하면, 시를 위한 시보다는 인간의 삶을
위한 시가 더 중요하다는 말은 다양해야 할, 다양할수록 훌륭한 인간의 삶을
한정시킬 수 있기 때문이다. 정치적, 철학적, 윤리적 주장이 분명한 것만 인
간의 삶이고, 자연이나 예술 그 자체를 사랑하는 삶은 인간의 삶이 아닌 것

---

19) 같은 책.
20) 위의 책, 32쪽.

처럼 해석될 수 있기 때문이다. 그러나 지훈의 견해는 인간의 생활이라는 것은 인간이 생각하고, 느끼고, 행동하는 그 모두라는 것이다.

그러면 이렇게 독자성을 갖는 시는 인간의 삶을 위해 무엇을 할 수 있는가. 지훈은 먼저 인간이 추구하고 누리는 가치를 이상정신가치와 자연물질가치로 나눈다. 그리고 자연물질가치는 동물적 삶을 누리는데 필수적인 것이요, 이상정신가치는 동물의 조건을 넘어선 인간적인 삶을 누리는데 필요한 것이라는 것이다. 그리고 이러한 이상정신가치를 추구하는 시는 현실생활에 꼭 필요한 것이 아니라서 간접적이라고 말한다.[21] 그러니까 이때의 간접성은 시적언어가 갖는 특성으로서의 간접성이 아니라, 그 효용이 필수적이 아니라 잉여적이고, 직접적이 아니라 간접적이라는 것이다. 그리고 이 간접성은 또 사상의 감성화를 의미하기도 한다.

"시는 사상의 효용성이 아름다운 맛으로 구성된 것이다"라고 말하겠다. 이와 같은 견해는 미학상의 이른바 당의설(糖衣說)과 혼동될 염려가 있으나 좀더 깊이 생각한다면 당의설과는 아주 다르다는 것을 알 것이다. 당의(糖衣)는 당의이기 때문에 당의만 벗게 되면 이른바 생경한 사상이 통채로 튀어나오지만 사상이 아름다운 맛으로 구성된다는 것은 당의가 따로 있지 않고 그 사상 전체를 아름다운 맛으로 바꿔 놓는다는 말이 된다.[22]

그러면 이러한 시는 독자적이고 간접적인 방법으로 어떤 효용성을 지니는가. 그것은 한마디로 정서적 감동이라고 할 수 있다. 시는 인간에게 이상정신가치인 정서적 감동을 주기 위해서 존재[23]한다는 것이다.

그렇다면 시는 어떤 방법으로 시인이나 독자에게 정서적 감동을 줄 수 있는가. 지훈은 먼저 사상(思想), 또는 이지(理智)와 윤리(倫理)의 감성화(感性化)를 들고 있다. 사상이나 이지, 그리고 윤리가 그 자체대로 시에 들어 있다면, 그리고 또 그렇게 감성화 되지 않은 채 시 속에 들어 있는 것들에 의해 감동을

---

21) 위의 책, 40~41쪽.
22) 위의 책, 42쪽.
23) 위의 책, 30~43쪽.

받는다면, 그것은 정서적 감동이 아니라는 것이다.

시는 사상이나 이지, 그리고 윤리뿐만 아니라 형식적 조건 등을 포함한 그 모든 요소들이 유기적으로 결합해 미적구조를 획득해야 하고, 그렇게 획득된 미적구조를 통해 감동을 주어야 한다는 것이다. 그리고 가장 훌륭한 미적구조는 자연이며, 시는 자연과 인생 속에 내재하는 미의 소재를 시인의 손으로 다시 창조한 제2의 자연24)이라는 것이다.

그러니까 지훈이 말하는 정서란 사상과 윤리 등의 감성화, 그리고 미감(美感) 등이라 할 수 있다. 그리고 미감이 가장 훌륭한 것은 자연미이며, 시가 주는 감동은 언어에 의하여 창조된 예술품으로서 사람에 의해 구성된 자연미가 아니면 안 된다25)는 것이다.

그런데 여기에서 자연미라 함은 인간의 경험세계에 존재하는 자연 그 자체의 미가 아니라, 생명체가 갖는 유기적인 구조의 미를 지칭하는 것으로 보아야 할 것이다.

그러나 아쉬운 것은 정서에 대한 더 이상의 구체적인 언급이 없다는 것과, 시뿐만 아니라, 다른 장르의 문학이나 예술의 효용적 가치도 정서적인 감동을 주는 것이라고 한다면, 시는 어떻게 그 독자성을 유지할 수 있는가 하는 문제에 대한 견해가 나타나 있지 않다는 것이다.

사실 정서는 사상이나 이념, 그리고 윤리의 감성화만은 아니다. 그리고 그렇게 사상의 감성화만을 강조할 경우, 아무리 당의설을 부정한다 하더라도 시의 효용은 사상이나 이념을 효과적으로 전달하기 위한 것이라는 주장처럼 해석될 수 있는 여지를 갖는다 하겠다.

그리고 다음은 문학에 있어서의 타 장르와 타 예술에 대한 시의 독자성의 문제이다. 다른 것도 모두 정서적 감동을 그 효용으로 한다면, 시의 독자성은 이러한 정서적 감동을 다른 장르나 예술과는 다른 그 나름만의 방식으로 유발한다는 것이고, 이것이 바로 모든 문학과 예술이 함께 존재할 이유가 되

---

24) 위의 책, 34쪽.
25) 같은 책, 34쪽.

는 것인데, 이 점을 적시하지 못하고 있는 것이다.

6. 선시론(禪詩論)

지훈 시의 선시적 특성에 관해서는 많은 언급이 있었다.

먼저 김동리는 지훈 시의 본령이 자연탐구에 있다고 하면서 그것의 심장에 가장 육박한 경지가 선감각의 세계요, 이 계열의 시가 가장 우수하다고 평가한다. 그리고 그것은 어떤 국부(局部)나 지엽(枝葉)을 버리고 그 전체와의 교섭을 의도하는 것이라면서 「芭蕉雨」와 「古寺 1」을 예로 든다.26)

박희선은 지훈과 처음 만나게 된 일화와 함께 「古寺 1」에 지훈의 선취가 듬뿍 들어 있다고 말한다.27)

김해성은 지훈의 「시선일미(詩禪一味)」를 가지고 「古寺 1」, 「古寺 2」, 「山房」, 「거문고」, 「伽倻琴」 등의 시를 해석하고 있다.28) 그러나 선과 선시가 무엇인지 분명히 설명하고 있지는 않다.

비교적 지훈의 시와 선관에 대해 논리적인 접근을 보인 것은 김용태이다. 김용태는 지훈의 선의 근원을 월정사(月精寺) 외전강사(外典講師)라는 그의 연보와 「금강경오가해(金剛經五家解)」, 「화엄경(華嚴經)」, 「전등록(傳燈錄)」, 「선가어록(禪家語錄)」, 「게송(偈頌)」 등의 독서세계에서 찾고, 지훈의 「시선일미」관을 분석한 후, 「僧舞」, 「古寺 1」, 「아침」, 「靜夜」 등의 시를 선시적 입장에서 분석하였다. 결론적으로 그는 지훈의 「시선일미」의 선시관은 멋(또는 맛)으로 귀착되며, 시와 선의 동질적 관계를 사상적, 철학적 문제로서가 아니라, 풍류적(風流的), 풍아적(風雅的), 예술적 동질성으로 파악했다고 보았다.29)

---

26) 김동리, 앞의 글, 31~33쪽.
27) 박희선, 「지훈의 초기작품에 나타난 禪趣」, 김종길 외, 위의 책, 34~36쪽.
28) 김해성, 「禪的 詩觀考」, 위의 책, 37~59쪽.
29) 김용태, 「조지훈의 禪觀과 詩」, 위의 책, 60~91쪽.

이 단순화와 비범화와 전체화의 지향을 아울러서 우리에게 주는 것이 선의 방법이요, 선의 미학입니다. ……중 략…… 내가 여기서 선의 방법, 선의 미학이라고 부르는 것은 현대시가 섭취한 것이 선의 사상 자체보다도 선의 방법의 적용이기 때문에 선의 미학이라고 이름지은 것입니다.

아다시피 선은 불립문자(不立文字)를 종지(宗旨)로 합니다. 상대적인 불완전한 언어 문자로 절대의 경지를 표현할 수 없다는 것입니다. 철저한 직관 체득주의요 예지와 관조입니다. 그러나, 선에도 언어 문자를 빌리는 경우가 있습니다. 선 문답과 설법의 경우가 그것입니다. 언어 문자를 빌린다 해도 그것은 엄청나게 압축된 것이고 기발한 비약과 심원한 함축을 지닌 몇 마디 편언쌍구(片言雙句)입니다. 그것은 이심전심을 매개하는 생동하는 촉수에 지나지 않는 것입니다. 그렇지만 선하는 사람이 가능한 풀이를 하는 경우 그것은 시의 형식을 취하게 됩니다. 시선일여(詩禪一如)라 해서 시가 언어 중에는 가장 선지에 통하는 살아있는 언어형식이요 압축 요약된 형식이며 비약과 함축의 최대가능성의 언어이기 때문입니다.30)

선의 미학이 우리의 구미에 쾌적한 것은 그 비합리주의와 반기교주의 사고방식, 비상칭(非相稱) 불균정(不均整)의 형태미, 대담한 비약, 투명한 결정(結晶) 그런 것일 겝니다. 소박한 원시성, 건강한 활력성도 매력입니다. 생동하는 것을 정지태(靜止態)로 파악하고 고적(枯寂)한 것을 생동태(生動態)로 잡는 것은 신비한 트릭과도 같습니다.31)

현대시가 복잡하고 난해한 것은 제1차대전 후에 대두한 아방가르드의 문학적 타성에 불과한 낡은 수법이며, 현대시의 정통적 방법이 주지적 방법이라 하더라도, 그것은 과학적 방법의 원용(援用)에 있지 메카니즘에의 굴복에 있는 것이 아니라는 전제하에 지훈은 현대시가 단순화, 비범화, 전체화를 지향해야 한다고 말한다. 그리고 가장 적합한 것이 선적 방법이라는 것이다.

그런데 선은 불립문자를 그 종지로 하기 때문에 언뜻 언어문자로 이루어지는 시와는 거리가 먼 것 같지만, 선은 종종 문자를 빌려 그 오묘한 모습을

---

30) 조지훈, 앞의 책, 222쪽.
31) 위의 책, 223쪽.

드러내는데, 그런 경우 그 언어는 시처럼 기발한 비약과 심원한 함축을 지니며, 이심전심을 매개하는 생동하는 촉수가 된다는 것이다. 언어 중에서는 시가 가장 선지에 통하는 살아있는 언어라는 것이다.

그리고는 그 구체적인 특성으로 비합리주의와 반기교주의의 사고방식, 비상칭 불균정의 형태미, 대담한 비약, 투명한 결정, 소박한 원시성, 건강한 활력성, 생동하는 것의 정지태로의 파악, 고적한 것의 생동태로의 파악 등을 들고 있다.

그리고 이러한 생각을 바탕으로 쓰여진 시는 「山」, 「古寺」, 「마을」, 「幽谷」, 「山房」 등이며, 애수의 가벼운 구름조차 스치지 않은 밝은 미소의 법열만이 있는 시는 이 계열의 작품뿐이라고 했다.[32]

7. 감상론

지훈은 시가 독자성을 갖는다고 말한다. 시는 정치나 이념, 역사나 철학의 도구가 아니며, 나름의 효용가치를 갖는다는 것이다. 때문에 시의 가치판단은 그 시가 내포하고 있는 상기의 것들에 의해서 이루어져서는 안된다는 것이다. 소재와 동기의 우수함만으로는 훌륭한 작품이 될 수 없다는 것이다.[33]

이것은 시의 본래적 기능이 시인의 사상이나 이념을 전달하는 도구가 아니라, 정서적 감동을 창조하고, 또 그것을 독자에게 촉발시키는데 있다는 생각 때문이다. 그래서 지훈은 또 감동시키는 것이 곧 그대로 시라고 믿는 것은 큰 오류[34]라고 말한다. 왜냐하면, 우리는 위대한 과학자의 연구논문을 읽고도 감동할 수 있는데, 그것은 해박이라든가 명철(明哲)을 찬탄하는 학문적 공감에서 오는 것이지 문학성에서 오는 것은 아니라는 것이다.[35]

---

32) 조지훈, "나의 詩的 遍歷", 조지훈 외, 『청록집』(현암사, 1968) 355쪽.
　　책명이 겉표지에는 『靑鹿集』, 속표지에는 『靑鹿集 以後』로 되어 있다.
33) 조지훈, 앞의 책, 36쪽.
34) 위의 책, 33쪽.

시의 독자성과 관련한 지훈의 이러한 논의는 매우 중요하다. 왜냐하면, 시의 가치에 대한 판단은 먼저 감상이 전제되기 때문이다.

그런데 지훈의 이러한 견해는 정작 본격적인 감상론에서는 분명하게 드러나지 않는다.

지훈은 시감상을 먼저 의사소통구조로 파악한다. 발신자인 시인의 주관이 체험한 바를 객관화한 것이 작품이며, 이러한 작품의 내포를 수신자인 독자가 주관화함으로써 추상화하는 것이 감상36)이라는 것이다.

이러한 감상의 양상을 지훈은 세 가지로 분류하고 있는데, 그 첫째는 시인과 독자의 느낌이나 생각이 최대한으로 접근하는 이상적 경지, 둘째는 시인과 독자의 느낌이나 생각이 유사하되, 별다른 경지를 얻는 상승적 경지, 셋째는 시인과 독자가 전혀 엉뚱한 방향으로 나아가는 괴리의 경지가 그것이다.

그리고 이러한 세 가지 양상의 원인을 첫째, 불완전한 언어의 속성과 시인의 역량, 둘째는 독자의 상상력에 의한 창조적 사유, 셋째는 시 자체가 지나치게 모호하거나, 독자의 상상력에 의한 창조작용이 시인의 그것보다 크게 능가하거나 미흡한 상태 등으로 들고 있다.37)

그러나 이러한 논리에는 많은 문제점이 있다. 먼저 지훈은 독자보다 시인을 우선하고 있다는 점이다. 시인과 독자의 느낌이나 생각이 최대한 접근하는 경지를 가장 이상적인 경지로 본다는 것은 독자의 창조성을 제한하는 것이며, 가장 이상적인 감상이 곧 시인의 느낌과 생각에 독자가 다가가는 것이라고 함으로써 감상의 자율성과 다양성을 침해하기 때문이다.

둘째는 시 자체가 지나치게 모호한 것 역시 시인의 역량문제라 할 수 있고, 또 독자의 상상력이 미흡한 것은 문제일 수 있지만, 독자의 상상력이 시인을 능가하는 것은 문제될 수 없는 것이기 때문이다.

지훈은 독자의 감상이 시인의 느낌과 생각에 되도록 가까워지는 것이 이

35) 위의 책, 34쪽.
36) 위의 책, 169쪽.
37) 위의 책, 169~170쪽.

상적이라고 함으로써 신비평에서 말하는 의도의 오류(the intentional fallacy)를 범하도록 한다.

사실 의도의 오류와 존재론적 오류(the ontological fallacy)는 모순관계이다. 의도의 오류를 벗어나려면 존재론적 오류를 범하게 되고, 존재론적 오류를 벗어나려면 의도의 오류를 범하게 된다. 때문에 이 두 가지 오류를 모두 극복하려면 감상에 있어 순차성이 고려되어야만 한다. 먼저 의도의 오류를 극복하는 방법으로 감상을 하고, 그 다음에 존재론적 오류를 극복해야 하는 것이다. 그러나 지훈에게서는 이러한 순차성에 대한 고려가 보이지 않는다. 물론 부분적으로 "먼저 작품을 통하여 작품을 이해하고 나아가서는 시인을 이해하며 그 시인의 성격과 생활과 인생관을 이해하는 노력에서 출발해야 하는 것"38)이라고 말함으로써 감상의 순차성을 적시하고 있는 곳도 있지만, 시인과 독자의 일체감을 감상의 가장 이상적인 경지라고 하는 주장이 너무 강하게 반복되고 있기 때문에 이러한 순차성에 대한 언급을 지훈의 정상적인 견해라고 수용하기에는 어려움이 있다는 것이다.

그러나 지훈의 감동의 오류(the affective fallacy)에 대한 태도는 분명하다. 앞에서도 이미 인용한 것처럼 그는 감동을 주는 것이 곧 그대로 시라고 믿어서는 안 되며39), 감동을 주는 것은 문학만이 아니라고 말한다.40) 그러니까 지훈은 감동의 크기와 시적 성취도를 구분해야 한다는 견해를 분명히 밝힘으로써 감동의 오류를 적시하고 있다 하겠다.

다음에 그는 또 음미(吟味)라는 용어를 들어서 감상의 네 가지 방법을 제시한다. 즉, '읊는다'는 음(吟)은 눈으로 읽고 귀로 듣는 간독(看讀)과 청독(聽讀)으로 나뉘어지는데, 간독은 곧 문자화, 생활화된 시의 조형미, 회화미의 이미지를 잡는 것이요, 음독은 낭랑하게 낭독함으로써 그 시가 지닌 운율미, 음악미의 율격을 찾게 한다는 것이다. 그리고 '맛본다'는 미(味)는 맛보고 향기를 맡는 미독(味讀)과 심독(心讀)으로 나뉘어지는데, '맛보기'란 간독과 청독이

---

38) 위의 책, 170쪽.
39) 위의 책, 33쪽.
40) 위의 책, 34쪽.

합쳐진 언어가 주는 바의 종합적인 이미지를 맛보는 것이니 주로 시의 감각미를 찾는 것이고, '향내맡기'란 맛보기에서 얻은 감각을 바탕으로 그 시의 내부의 향기를 맡는 것이니 정서미를 누리는 것이라는 말이다. 그리고 이 네 가지가 두가지로, 다시 두가지가 한가지로 상승하여 그 시의 빛과 소리와 맛과 향기의 선율 뒤에 들려오는 시인의 음성을 들을 수 있다는 것이다.41) 이러한 지훈의 견해는 매우 독특한 것이다.

그는 또 시감상은 관조(觀照)와 향수(享受)와 평가(評價)라는 세 기능의 복합이라고 하면서 평가작용은 시의 외현적(外現的) 육체인 언어와 형식과 구성을 관찰하고, 그 속에 담긴 내재적 정신인 취재(取材)와 심경과 사상을 이해하며, 시인과 시대와 사회를 고려해서 이루어져야 한다고 말한다.42)

8. 맺음말

지금까지 본고는 지훈의 시론을 발생론, 발상 심리론, 구조론, 효용론, 선시론, 감상론 등의 관점에서 개괄해 보았다. 광복공간에서의 민족시론은 일단 원론적 논의가 아니라는 점에서 다음으로 미루었다.

본고는 지훈의 시론이 역사주의적 관점보다는 상대적으로 형식주의적 관점에, 그것도 신비평주의에 많이 다가서 있는 것으로 파악하였다. 그리고 대부분의 논리전개가 서양적 사유에 그 근거를 두고 있긴 하지만, 또 많은 부분이 그 뿌리를 동양의 정신에 두고 있다는 사실도 확인할 수 있었다.

동원되는 자료를 보면 『문심조룡』, 『장자』, 『회남자』 등은 물론이요, 『금강경오가해』, 『화엄경』 등 불교관련 문헌들의 용어 및 내용들이 논리 전개의 곳곳을 채우고 있다. 『문심조룡』의 '명의(命意)—주제를 결정하고 한 편의 작품을 계획한다는 뜻[命意謀篇]'등 용어의 차용도 만만치 않다.

그러나 그 중에서도 가장 중요한 것은 현대시의 선시적 가능성을 제시한

---

41) 위의 책, 171~172쪽.
42) 위의 책, 170~172쪽.

부분이었다. 그는 선시적 특성을 구체적으로 제시함으로써 막연하기만 했던 선시적 논의가 구체화될 수 있는 계기를 마련해 주었다 하겠다.

정체론(正體論), 시어론, 형태론, 쟝르론 등 다른 관점에서도 지훈의 시론은 논의될 수 있지만, 민족시론과 함께 다음으로 미루고자 한다.

박남수의 시세계

송 경 빈*

1. 머리말

　'이미지의 시인', '새의 시인', '빛의 시인'으로 널리 알려진 박남수는 1930 년대 말 문단에 데뷔한 이래로 1994년 타계하기까지 약 50여 년 동안 여러 편의 시집 간행과 활발한 문학활동을 전개해 왔다. 습작기 때부터 이미 이미 지즘에 경도되어 이미지의 순수성을 추구하는 감각의 세계와 언어표현의 암 시성을 시적으로 형상화하는 노력을 지속했던 박남수는 1939년 「심야」, 「마 을」, 「밤길」, 「거리」 등이 정지용에 의해 추천되어 『문장』지를 통해 정식으 로 문학활동을 시작한다. 첫 시집인 『초롱불』(1940) 이후 『갈매기 素描』 (1958), 『神의 쓰레기』(1964), 『새의 暗葬』(1970), 『사슴의 冠』(1981), 『서쪽, 그 실은 동쪽』(1992), 『그리고 그 以後』(1993), 『小路』(1994) 등 개인시집을 지속 적으로 간행하는가 하면, ≪문학예술≫을 주재하고 한국시인협회를 창립하여 중앙문단에서 문인들과 활발한 교섭을 전개했다. 1975년 도미 후 문학적 공 백기가 있었으나 이후로도 그의 시적 정열은 시집을 통해 지속되었다.

　박남수의 작품 세계는 활동 시기상 경계가 분명히 드러난다. 첫 시집인 『초롱불』의 출간 이후 약 18년의 공백기가 있었고, 네 번째 시집 『새의 암

* 충남대학교 강사

장』이후에는 도미하여 약 11년의 공백기를 가진 후 다섯 번째 시집『사슴의 관』을 발행하고 또다시 10여 년 후부터 작고 시까지 작품 활동을 지속하게 된다. 그런데 이러한 시 창작 상의 명백한 공백기는 곧바로 시적 경향의 변모 양상과 일치하는 면모를 보인다. 이러한 시기상의 특성을 고려하여『초롱불』을 초기의 경향을 대표하는 시집으로 선정하고,『갈매기 소묘』,『神의 쓰레기』,『새의 暗葬』,『사슴의 冠』등의 시집은 중기시집으로,『서쪽, 그 실은 동쪽』,『그리고 그 以後』,『小路』등은 후기시집으로 선정하여 고찰할 것이다.

박남수가 문학활동을 시작하던 1930년대 말은 리얼리즘에 대한 강한 회의와 함께 모더니즘이 풍미했던 시기였다. 이러한 시기에 활동을 전개했던 박남수는 문학을 언어의 건축물[1]로 간주하고 예술성을 강조했던 당시의 모더니즘적 시관을 바탕으로 작품활동을 전개해 나간다. 특히 초기의 그의 시는 선명한 이미지를 중시하는 이미지즘에 경도되는 경향을 보여, '감각의 세계 – 감각 위에 세워진(관념이 배제된) 미학'[2]을 추구하는 시인으로 평가받기도 한다. 하지만 표현과 예술화를 시창작에서 중요한 원리로 내세웠던 그는 단순한 언어와 사물의 일원적 형상화에서 탈피하여 중기로 갈수록 사물을 존재론적으로 인식[3]하는 차원으로 발전하기도 한다. 또한 도미한 후의 활동은 초기나 중기와는 사뭇 다른 양상으로 전개되는 바, 다소 투박하고 거친 시어를 바탕으로 자아 상실감에서 비롯된 실향의식이나 귀소심리 등과 같은 현실에 대한 인식과 자연의 순환성에 대한 인식을 드러낸다.

이러한 초기·중기·후기의 뚜렷한 변별적 양상은 시인이 하나의 경향을 고집한 것이 아니라 자신의 시세계를 구축하기 위해 시정신을 모색해 나간 과정으로 이해될 수 있다. 따라서 본고에서는 대체로 초기와 중기의 경향에 집약되어 있는 박남수 시에 대한 기존의 연구들에서 한 걸음 나아가 후기에 이르기까지의 박남수의 시세계를 총체적으로 정리하고자 한다. 이로써 새로운 견해의 제시보다는 전체적인 시세계의 종합을 통해 박남수 시에 대한 체

---

1) 김기림,「오전의 시론」,《조선일보》1935. 4. 25.
2) 김춘수,「박남수론」,《심상》, 1975. 6, 79쪽.
3) 박철석,『한국현대시인론』(학문사, 1984), 250쪽.

계적인 조망이 가능해지리라 본다.

2. 감각의 환기와 이미지의 창조

박남수의 시작 활동 시기였던 1930년대는 현대시에 대한 자각이 두드러지던 시기였다. 시를 편내용주의적인 관점에서 바라보려던 시각에서 벗어나 하나의 예술품으로 간주한 모더니즘적 사고는 시형식의 예술화를 강조하고 언어의 세련성을 추구하는 공통적 속성을 보인다. 박남수는 그의 초기 시론에서 이러한 모더니즘적 견해를 다음과 같이 피력하고 있다.

> 예술가란 틔없는 구슬을 깎어 다른 하나의 세계를 제공하는 것은 아닐까? 훌륭한 표현만이 예술가의 특권이다. 전달에 끄치는 예술이란 있을 수 없는 것이다. 훌륭한 표현이란 '짧고 비약적인 함축있는 언어(이효석씨)'로, 자기가 의욕한 세계를 틈없이 그리여 내는 것이다. 절약미처럼 동양의 특징적인 것은 없다. 이런 의미에서 언어를 정복하지 못한 예술가(문학가)처럼 불상한 것은 없다.[4]

박남수가 주장한 언어예술에 대한 견해는 이미지즘이나 주지주의로 대표될 수 있는 1930년대의 모더니즘적 시창작 태도와 일치한다. '함축적 언어'를 중시하는 언어의식이나 예술가의 특권으로서의 언어에 대한 자각을 강조하는 이러한 언어관 혹은 시관은 이미지를 중심으로 하는 박남수 시의 대표적인 시작 태도와 관련되어 나타난다.

초기의 박남수 시에는 특히 이미지스트로서의 면모가 강하게 드러난다. 이 시기 박남수가 주력했던 것은 감각을 환기시키는 이미지의 창조이다. 관념은 배제된 채 감각만이 존재하는 세계가 주류를 이루는 초기시집 『초롱불』에 실린 시편들은 대부분 '밤'이라는 시간적 배경 하에 '빛'이라는 대립적

---

4) 박남수, 「조선시의 출발점」, 《문장》 제2권 2호, 1940), 161쪽.

이미지들을 제시함으로써 어둠 속에서의 빛의 의미를 강하게 표출하고 있다.

> 별 하나 보이지 않는 밤하늘 밑에
> 행길도 집도 아조 감초였다.
>
> 풀 짚는 소리따라 초롱불은 어디를 가는가.
>
> 山턱 원두막일상한 곳을 지나
> 묿어진 옛 城터일쯤한 곳을 돌아
>
> 흔들리는 초롱불은 꺼진 듯 보이지 않는다.
>
> 조용히 조용히 흔들리는 초롱불……
>
> ―「초롱불」전문

칠흑같이 어두운 밤길에 간신히 불빛을 발하고 있는 초롱불의 이미지는 강렬한 빛의 이미지라기보다는 이제 곧 소멸될 것 같은 아주 약한 불빛의 이미지로 제시된다. 이 불빛은 어두운 밤을 지켜주는 의미로서의 빛의 역할을 수행하는 것이 아니다. 오히려 어둠에 의해 그 빛을 잃어가는 나약한 이미지로서의 빛일 뿐이다. '별하나 보이지 않는 밤'의 위력이 더 크게 작용하고, 초롱불의 이미지는 시각적 의미를 상실하고 '풀짚는 소리'인 청각적 대상으로서 존재한다. 더구나 초롱불의 행선지는 밝고 건강한 곳이 지향점이 아니라 '산턱 원두막'이나 '묿어진 옛 성터'로 대표되는 어둡고 폐쇄적인 공간으로 표상된다. 따라서 이 시의 '초롱불'이라는 빛의 이미지는 상승 통로가 막혀버린 하강하는 이미지이거나 부정적이고 수동적인 이미지로서 기능하고 있다.[5] 이것은 곧 시적 화자가 처해 있는 삶의 공간이 희미한 초롱불처럼 나약하고 부정적인 공간이며, 소멸에 다가가는 빛의 이미지로서 적극적이고 진취적인 현실인식과는 거리를 두고 있음을 보여 주는 것이다. 요컨대 어

---

5) 김은정, 「박남수 시 연구」(충남대 출판부, 1999), 106쪽 참조.

둠 속에서 존재의미가 살아나야 하는 빛은 어둠 속에 함몰되려 함으로써 존
재 의미가 지연되는 비극적 이미지로서 제시된다.

>   개구리 울음만 들리던 마을에
>   굵은 빗방울 성큼성큼 내리는 밤……
>
>   머얼리 山턱에 등불 두셋 외롭고나.
>
>   이윽고 홀딱 지나간 번갯불에
>   능수버들이 선 개천가를 달리는 사나이가 어렸다.
>
>   논뚝이라도 끊어져 달려가는 길이나 아닐까
>
>   번갯불이 스러지자
>   마을은 비내리는속에 개구리 울음만 들었다.
>   — 「밤길」 전문

위 시의 배경은 한 여름밤의 시골이다. 빗방울이 내리는 밤에 듬성듬성 지
키고 있는 등불의 이미지는 「초롱불」의 이미지와 흡사하다. 멀리 보이는 산
턱이라는 거리감 때문에 등불의 존재는 더욱 외롭고 나약한 여린 이미지로
제시되고 이것은 간신히 불빛을 내고 있는 어두운 밤의 이미지를 부각시킨
다. '홀딱 지나간 번갯불'에 어리는 사나이의 모습은 비내리는 밤에 끊어진
논둑길을 달려가야 하는 절박한 상황을 짐작케 한다. 그리고 잠깐의 번갯불
뒤 다시 개구리 울음소리만 들리는 정적과 어둠 속에 잠기는 마을의 모습은
고독하고 위태롭기까지한 분위기 속에 잠기게 된다.

이 시에서도 '등불'로 표상되는 빛의 이미지는 어둠과 대립적 관계에 놓여
있다. 2연에서 화자의 감정이 직접적으로 드러난 '외롭고나'라는 표현은 쇠
잔한 등불의 부정적 이미지를 한층 고조시키는 역할을 하기도 한다. 더구나
빗줄기가 내리치고 번갯불이 지나가는 상황은 상당히 역동적이며 불안하기
도 해서 미약하게나마 빛을 내고 있는 등불의 존재를 더욱 위태롭게 만든다.

이러한 등불이 처한 상황은 시적 화자가 처해 있는 현실상황과도 일치한다. 극한 상황에 처한 밤길 사나이의 모습은 화자의 심리적 상태와 닮아 있으며 간신히 명맥을 유지하고 있는 약한 불빛은 이러한 부정적 현실인식의 대리 표상이다.

박남수 초기 시편들에서 보이는 빛의 이미지는 대체로 감각적 이미지로 제시되면서 어둡고 적막한 분위기 속에서 고독하고 불안한 정조로 일관되는 특성을 보인다.

> 람푸불에 부우염한 待合室에는
> 젊은 여인과 늙은이의 그림자가 커다랗게 흔들렸다.
>
> ─네가 가문 내가 어드케 눈을 감으란 말이가.
> — 「거리」에서
>
> 토방마루에 개도 으수룩이 앉어
> 술방을 기웃거리는 酒幕……
>
> 호롱불이 밤새워 흔들려 흔들린다.
> — 「酒幕」에서
>
> 등도 켜지 않은 여관방 창가에 앉아
> 내 눈이 안개 끼인 포구 밖으로 건너가자,
>
> 강 건너 猪島에 등불이 하나 외로이 달린다.
> — 「鎭南浦」에서

시간적 배경은 대체로 어두운 밤이며 등불이나 호롱불, 램프불 등과 같은 빛의 이미지는 어둠의 기세에 눌려 함몰되어 가는 쇠잔한 빛으로 일관한다. 빛의 밝음을 몰아내는 '어둠'이나 '밤'은 화자가 처한 위태롭고 불안한 상황을 짐작할 수 있게 해 준다.

이러한 부정적 인식은 화자가 대상과 거리를 좁히지 못하고 소극적이고 수동적 태도를 보이는 데서도 드러난다. 초기시들은 화자가 대체로 대상을 바라보는 자세를 견지하면서 감정을 절제하고 있다. 위태로운 현실상황을 극복하고 밝은 세계로 나아가기 위해 어둠과 대립되는 빛의 이미지를 끌어들이지만 어둠에 몰려 등불은 제 기능을 수행하지 못하는 비극성마저 표출한다. 상승할 수 없는 빛의 이미지는 현실에서 소외된 화자의 모습이며, 이러한 화자의 비극적 상황이 감정이 절제된 이미지의 세계 속에서 객관적으로 제시되고 있는 것이다. 초기시에서 드러나는 이러한 폐쇄적이고 제한적인 의식은 당시의 현실적 의미상황이 시인의 의식세계를 지배하고 또 의식의 지향성을 차단6)했기 때문이라고 할 수 있다.

그런데 감각의 이미지화에 주력했던 초기시들은 주로 향토성이 강한 시골을 공간적 배경으로 한다. 이것은 박남수가 모더니스트들이 지향했던 언어의 절제와 감각화를 추수하면서도 전통적 공간을 끌어들여 그만의 독창적 세계를 구축했다는 점에서 강점으로 작용하기도 한다. 전통적 소재를 회화적 이미지와 접합시키는 시인의 노력은 도시문명 공간 속에서 소재를 채택하고 도시문명을 비판하려 했던 당시의 모더니즘 시인들과는 구분되는 변별성을 갖는 것이다.

요컨대 언어의 빛깔과 향기에 관심을 기울인7) 초기 시편들은 감정을 절제하고 언어를 감각화 시키는데 심혈을 기울여 선명하고 치밀한 이미지들을 제시했다는 데서 이미지스트로서의 미학을 엿볼 수 있게 해 준다.

3. 이미지의 세계, 존재론적 의미와의 만남

박남수의 시세계는 전쟁을 경험하면서 초기와는 다소 다른 양상으로 발전

---

6) 유근조, 「박남수 시의 은유 발생과정 연구」, 문덕수·함동선 공편, 『한국현대시인론』 (보고사, 1996), 311~312쪽.
7) 박철석, 앞의 책, 250~251쪽.

한다. 언어를 표현을 위한 도구나 사물과 인간의 매개체로서 인식하던 태도
를 유지하되 단순한 사물의 이미지 제시나 시적 형상화 차원에서 한 걸음
나아가 사물에 내재하는 존재론적 의미에 대한 성찰이 본격화되고 있는 것
이다. 따라서 이미지의 구조가 한층 복잡해지고 사물의 내부와 외부를 동시
에 병치시키려는 노력아 중기 시편들에서 드러난다.

특히 초기 시들에서 두드러지게 나타났던 빛의 이미지는 중기 시편들에서
도 그대로 지속되지만 존재론적인 의미 구조와 어울리면서 심화된 차원으로
발전해 나간다.

감탕을 먹고
誕生하는 蓮꽃의 아기가
이끼 낀 연못에
웃음을 띄운다.

지금 한창
볕을 빨고 있는
이승의 뒷녘에서는
외롭게 떨어져 가는
後日의 後光.
九天에 뿜는 놀의 核心에서
부신 像이 타면,
나는
어둠에 燃燒하는
갈대에 지나지 않는다.

— 「잉태」 전문

이 시에서는 생명의 탄생과 소멸이 빛의 이미지 속에서 복합적으로 제시
되고 있다. 탄생하는 아기는 이승의 공간에서 '볕을 빨고' 있고, 생명이 다
해 사라져야 하는 '나'는 저승의 공간을 향해 떠나려 하는 대립적 상황에 놓
여 있다. 이러한 상황은 삶과 죽음이라는 단순한 대립에서 끝나지 않는다.

탄생하는 '연꽃'의 이미지를 통해 우주적 생명력이라는 새로운 의미로 융합되는 것이다. 즉 더러운 물 속에서 생성되는 연꽃의 순수함이 부여하는 역설적 이미지는 곧 생명의 탄생과 소멸의 경계가 허물어지고 솟아오르는 태양과 '외롭게 떨어져가는' 빛이 한 공간 속에서 영원히 순환될 수 있음을 암시한다.

순수성을 가장 많이 지니고 '볕을 빨고 있는' '아기'와 '이승의 뒷녘'에 존재하면서 '외롭게 떨어져 가는' 쇄진한 노년의 삶의 대비는 단순한 대조적 상황의 제시로 끝나지 않는다. 삶을 마감해야 하는 화자는 죽음을 앞에 두고 어둠 속에서 연소하는 빛이 된다. 그것은 구천에서 타오르는 '놀'이 빛의 이미지로 승화하는 것과 마찬가지로 상승 이미지가 된다. 따라서 이 시에서 생성과 소멸, 즉 삶과 죽음이라는 존재론적인 차원은 상승과 하강이 동일시되고 있는 빛의 이미지와 조화를 이루며 의미의 폭을 심화시킨다. 어둠과 빛이 대립적 이미지로 제시되던 초기시의 경향과는 상당히 다른 관점으로 제시되고 있는 빛의 이미지는 화자의 내부에서 빛이 어둠을 불사르고 어둠이 곧 빛을 연소시키는 상태로 융합되고 있는 것이다. 생성과 소멸의 융합은 중기시 중 대표작으로 알려져 있는 「아침이미지」에서도 집약되어 나타난다. 이 시는 현실 체험을 바탕으로 인간의 삶과 조건을 감각의 세계와 접목하려는 진일보된 양상을 보임으로써 이미지의 역동성과 사물의 존재에 대한 새로운 인식이 균형과 조화를 이루어 나가고 있다.

> 어둠은 새를 낳고, 돌을
> 낳고, 꽃을 낳는다.
> 아침이면,
> 어둠은 온갖 物象을 돌려 주지만
> 스스로는 땅 위에 굴복한다.
> 　　　무거운 어깨를 털고
> 　　　物象들은 몸을 움직이어
> 　　　勞動의 時間을 즐기고 있다.
> 　　　즐거운 地上의 잔치에

金으로 타는 太陽의 즐거운 울림.
아침이면,
세상은 開闢을 한다.
　　　　　　　　　　— 「아침 이미지 1」 전문

　위의 시는 사물들이 어둠 속에 묻혀 있다가 아침이 되면 빛에 의해 활기
를 찾는 정경을 이미지의 제시를 통해 형상화하고 있다. 이 시에서의 핵심적
요소인 밀려나는 어둠과 찾아오는 아침 – 빛 – 의 관계는 대립적인 이미
지 구도를 형상하고 있다. 나아가 이미지의 대립은 소멸과 생성이라는 의미
로 확대되고, 하강과 상승이라는 관념의 대립으로까지 연결된다. 어둠은 다
가오는 아침을 위해 밤새 지배하고 있었던 '온갖 물상'들을 양보해야만 하는
'굴복'을 감수하는 소멸의 상태로까지 치닫는 반면, 즐거운 '노동의 시간'으
로서 온갖 물상들이 움직이는 아침은 활기찬 생성의 현장 그 자체이다. 말하
자면 어둠이 하강구조를 의미한다면, 빛은 상승구조를 의미하는 것이다.
　그러나 이 시에서 어둠과 빛이라는 이미지가 단순한 대립적 의미만을 형
성하고 있다고 보기는 어렵다. 어둠이 물러나고 아침이 찾아오는 순간을 바
라보는 화자의 시선은 어둠과 빛 사이의 유기적 관계 내지는 역설적 의미에
주목하고 있기 때문이다. 어둠과 빛이라는 극단의 거리를 인식하면서도 화자
는 어둠이 곧 빛이라는 자각을 하고 있다. 어둠은 단순히 모든 것들을 돌려
주어야 하는 소멸의 의미에 그치는 것이 아니라 '새를 낳고, 돌을 낳고, 꽃을
낳는' 새로운 생성의 밑거름이 되고 있다. 생성의 시간인 아침은 어둠에 의
해 만들어지며, 이것은 '태양의 즐거운 울림'에서 '개벽'이라는 역동적인 세
상의 열림으로까지 연결되는 것이다.
　더욱이 어둠으로부터 사물들을 물려 받은 아침의 시간은 단순한 시각적
이미지의 빛으로 채워지는 시간에 그치는 것이 아니라, 촉각적이고 동시에
청각적인 이미지를 수반하는 역동의 시간이 된다. 이러한 이미지의 확대와
공감각화는 어둠이 있기 때문에 아침의 빛이 더욱 빛날 수 있다는 역설적
의미를 강화시켜 주는 요소가 되고 있다.

　요컨대 일견 어둠과 밝음, 소멸과 생성, 하강과 상승 등의 양면성을 지니는 것으로 보이는 어둠과 빛은 대립적 개념의 이미지가 아니라 소멸이 생성으로 이어지고, 이것이 곧 하강과 상승으로 연결된다는 일원화된 유기적 개념으로 이해될 수 있다.

　이외에 중기 시에서 두드러지는 박남수만의 독특성이라면 그것은 '빛'과 더불어 '새'의 이미지가 시 전면에 부각되고 있다는 점이다. 새는 그 특성상 순수성과 비약, 그리고 상승이라는 상징적 의미를 부여받는다. 그리고 역동성으로도 간주될 수 있는 새의 이미지는 지상과 하늘이라는 양자 세계의 매개적 존재로 기능하기도 한다.

　2.
　새는 울어
　뜻을 만들지 않고,
　지어서 교태로
　사랑을 假飾하지 않는다.

　3.
　포수는 한 덩이 납으로
　그 순수를 겨냥하지만,

　매양 쏘는 것은
　피에 젖은 한 마리 傷한 새에 지나지 않는다.
　　　　　　　　　　　　　　　　　　　 ─「새 1」에서

　이 시에서 새는 맑고 깨끗한 순수의 표상으로 제시되고 있다. 교태나 가식이 없는 순수성은 화자가 동경하는 직접적 대상이다. 그러나 포수의 설정으로 새의 본질인 순수성은 위협을 받게 되고 결국 포수가 겨냥한 새의 순수성은 '피에 젖은 한 마리의 새'에 불과한 비순수성으로 전락하고 만다. 포수의 출현은 이 작품을 새로운 국면으로 몰고 가면서 결말로 치닫게 만든다. 새의 이미지는 하늘의 이미지에서 땅의 이미지로 즉 상승의 이미지에서 하강의 이미지로 변화되고 새의 천상을 향한 비약은 좌절되고 마는 것이다.

이 작품에서 순수는 작가의 시적 목표로 의미된다. 순수란 이미지스트가 중요시하는 직관의 세계에서 도달하고자 하는 정점이다. 의미가 배제된 순수한 즉물적 이미지들이 주를 이루는 직관의 세계인 것이다. 그런데 순수를 강렬하게 동경하던 끝에 순수를 포획하려는 의지를 비치는 순간 결국 순수성은 비순수로 전락한다. 이것은 대상을 대상 그 자체로 받아들이지 못하고 사물에 의미를 부여하려는 불순한 의도가 개입될 때 결국 대상화된 사물은 목표점에 도달하지 못한다는 박남수만의 시적 경험에서 비롯된 시관을 형상화한 것이라고 할 수 있다.

포수와 새의 관계를 통해 새의 존재성을 탐구한 시인은 포수의 순수에 대한 집요함을 보여주고 실재의 새를 화자의 내부에 불러들이고[8] 있다. 하늘을 날아다닐 때 존재 의미를 부여받던 새는 포수와의 대립적 관계 속에서 순수성이라는 본질을 상실한 죽음의 새가 되고 만다. 이것은 대상을 자연 그 자체로서 바라보려는 시인의 순수에 대한 열망이 얼마나 강렬한 것인가를 보여 주는 동시에 이러한 열망이 현실의 공간에서는 획득될 수 없는 거리를 지니고 있음을 보여 주고 있다. 시인과 순수는 결과적으로 단절된 관계에 놓여 있으며 시인이 지향한 순수라는 가치는 허상으로 존재한다는 의식을 내포하고 있는 것이다. 가식적으로 또는 인위적으로 의미화되지 않은 상태에서 이루어지는 존재론적 가치야말로 시인이 추구한 가장 난해한 시적 과제임에 틀림없다.

순수를 탐구하는 시인의 존재론적 태도는 오히려 본질과 거리를 좁힐 수 없다는 단절의식만을 느끼게 해 준다. 이러한 좌절의식과 그것의 극복은 원시성을 추구하는 시편들에서도 발견되고 있다.

3.
사람은 모두 原生의 새.

---

8) 김은정, 앞의 책, 139쪽.

어느 記憶의 숲을 날며, 가지 무성한 잎 그늘에
잠간씩 쉬어가는 原生의 새.
地平과 하늘이 맞닿는 곳에서, 새는
땅으로 꺼져들던가, 하늘은 蒸發되어 그 형상을 잃는다.

당신 눈에 낀 안개 같은 것,
산새가 죽어, 눈에 끼던 흰 안개 같은 것,

커어피를 마시며
아침 두 時, 분명 어딘지 모를 어느 숲의 記憶에서
당신은 날아왔다. 나의 內壁에 메아리가 되어.
— 「어딘지 모르는 숲의 記憶」에서

  이 시에서도 '새'의 이미지는 시인의 존재론적 태도를 밝히는 중요한 매개
로 작용한다. 새와 화자는 동일시되고 있으며 원시적 생명력을 지닌 '원생의
새'로 존재한다. 그리고 기억의 숲을 날던 산새가 죽어가면서 보는 흐릿한
안개빛은 화자가 떠올리는 원시적 과거에 대한 기억으로 환치된다. 분명하지
는 않지만 원시성을 상징하는 기억의 숲을 떠올리려는 화자는 원시의 시간
과 만나게 되지만 그것은 다만 아련한 오래된 과거의 시간일 뿐이다. 결국
모든 것이 안개처럼 희미하게 다가올 뿐 현실 공간 속에서 화자가 추구하는
시원의 세계에 대한 본질은 밝혀지지 않은 채 화자의 내면의 공간에 부딪치
는 허무한 메아리로만 남는다.
  인간이 곧 '원생의 새'라는 등가인식은 시인이 현실을 이미 부정적 공간으
로 인식하고 있다는 것을 증명한다. 현실의 공간에서 도피하여 원시적 생명
력이 넘치는 시원의 공간으로 회귀하고 싶어하는 시인의 의식은 시간성을
초월하여 대과거의 시간으로까지 확대되고 있는 것이다. 모든 사물들이 원시
성을 발현하는 긍정적 가치의 자연을 현실공간에서 지향하는 것이 불가능하
다고 인식한 시인은 문명 이전의 시간을 찾아 나선다. 따라서 시인이 꿈꾸는
진정한 유토피아는 사물들이 본질을 순수하게 지킬 수 있었던 시원의 시간

인 것이다. 그러나 사물의 존재론적 의미를 추구하고자 하는 시인의 지향점
은 결국 안타까운 바람으로 끝남으로써 사물과 세계와의 관계가 단절되어
있음을 다시 한 번 확인시켜주는 셈이 된다.

　이상에서 열거한 시편들 외에도 박남수의 중기 시들은 빛과 새, 그 외에
꽃 등의 이미지를 중심으로 전개되고 있다. 그러나 초기 시에서처럼 철저한
대상의 즉물적 이미지의 세계만으로 일관하는 태도에서는 벗어나 있다. 한
걸음 더 나아가 인간의 본질적인 삶과 존재의미에 대한 추구, 언어의 본질에
대한 탐구, 그리고 물질문명에 대한 역사적 비판의식9), 까지 갖춤으로써 상
징적 의미를 부여하는 이미지로 확대되는 특성을 보이는 것이다. 이것은 사
물과 관념을 융합함으로써 이미지를 구조화하려는 시인의 시작 태도의 발전
을 의미하는 것이라 할 수 있다.

4. 주관적 정서의 표출과 순환론적 인식의 전개

　미국으로 이민간 후 박남수는 한 동안 시작 활동을 중단하다가 10여 년이
지난 후 다시　활동을 재개하게 된다. 이러한 문학적 공백은 시인의 작품 세
계의 변모와 직결된다. 다소 차이는 있지만 초기와 중기에 걸쳐 지속적으로
추구했던 모더니스트적 면모에서 벗어나 직설적이고 심정적인 시어들을
통해 시인의 삶의 흔적을 진솔하게 제시하는 특성을 보여 주는 것이다.

　후기 시편들에서는 시인이 미국 생활을 하면서 느꼈던 심정이나 자아의
실존에 대한 의식 등이 현실의 공간과 밀착되어 나타난다. 특히 존재에 대한
상실감을 그린 시편들이 다수 창작되어 도미 후 시인의 현실 적응이 어려웠
음을 짐작케 해 준다.

　　맨하탄 어물시장에 날아드는
　　갈매기. 끼룩끼룩 울면서, 서럽게

---

9) 권영민, 『한국현대문학사』(민음사, 1993), 117~118쪽 참조.

서럽게 날고 있는 핫슨 강의 갈매기여.
고층건물 사이를 길 잘못 들은
갈매기. 부산 포구에서 끼룩끼룩, 서럽게
서럽게 울던 갈매기여.
눈물 참을 것 없이, 두보처럼
두보처럼 난세를 울자.
슬픈 비중의 세월을 끼룩끼룩 울며
남포면 어떻고 다대포면 어떻고
핫슨 강변이면 어떠냐. 날이 차면
플로리다 쯤 플로리다 쯤, 어느
비치를 날면서 세월을 보내자꾸나.
                                     ― 「맨하탄의 갈매기」 전문

　중기 시집 『갈매기 소묘』 이후 지속적으로 새의 이미지를 지향해 왔던 경
향은 후기시에서도 계속되는데 이 시에서도 '갈매기' 이미지를 통해 자아의
실존을 노래하고 있다. 그런데 '갈매기'는 즉물적 이미지의 새가 아니라 자
아를 투사한 대상으로서 존재하는 사물이다. 원래 부산의 포구에서 날고 있
어야 하는 갈매기가 머나먼 맨하탄 핫슨 강변을 날고 있다는 설정은 제 갈
길을 잃어버린 화자의 참담한 심정과 직결된다. 있어야 할 곳에 있지 못한
채 타향을 떠돌아다니는 갈매기의 안타까운 모습에서 화자는 자아 실존의
상실감을 느낀다. '남포'에서 '다대포'로 '다대포'에서 '핫슨 강변'으로 그리
고 언젠가는 '플로리다'로 날아가게 될 지도 모르는 서글픈 갈매기의 운명은
화자가 살아온 떠밀리는 삶의 모습을 대신한다. 타향에서 겪는 상실감과 고
독감은 급기야는 자아에 대한 체념의식으로 확대되어 더 나은 삶을 위해 비
행하던 갈매기의 이상은 사라지고 아무 곳에나 정착해 살면 된다는 무의지
의 상태가 되어 버린다. '서럽게 울던' 갈매기의 모습은 타향살이에 대한 서
러움 때문에 울던 화자의 모습과 동일시되며 난세를 한탄하는 두보처럼 화
자 또한 난세 속에서 지향점을 상실한 채 방황하고 있는 것이다.
　후기 시들에서는 고독감이나 밀폐된 공간 속에서 괴로워하는 고통스런 화

자의 모습 등을 통해 이러한 자아의 존재에 대한 상실감과 부정적 인식을
공통적으로 표출하고 있다. 그것은 시인이 자신이 살아가는 시대를 '존재 상
실의 시대'로 느끼고 있다는 것을 말하는 것이며, 시인을 괴롭히는 상실감은
망향의식이나 고향에 대한 그리움으로 대체되어 나타나기도 한다. '새'를 통
해 나타내는 귀소의식이나 회귀본능은 삶에 대한 전망이 부재하는 현실 속
에서 시인의 할 수 있는 가장 적극적인 자아 치유의 방법인 것이다.

한편 시인 내면의 정서를 여과없이 있는 그대로 표출하는 성향이 강했던
후기의 시들에서 발견되는 특성은 박남수가 즐겨 사용했었던 대립적 이미지
들이 일원화되는 경향을 보인다는 것이다. 후기 시에 나타나는 대립항들은
경계가 사라지거나 순환성으로 통합됨으로써 불변의 이미지로 자리하게 된
다.

······중 략······

너는 눈을 감고 온갖 형상을 본다.
사물이 있고 없고는
빛으로 해서 밝혀지기는 하나
있고 없음은, 어둠 속에서도 있고
없는 것이다.
이제 너는
온전한 시력으로
모든 것을 본다.

빛의 도움 없이도 저 멀고
가까이를 볼 수 있다.
있고 없고를
온전하니 분별할 수 있다.

— 「온전한 視力」에서

총 4연으로 구성되어 있는 이 시는 1연에서는 눈을 감음으로써 밝음을 보

지 못하는 불완전한 빛의 속성을 제시하고 2연에서는 빛이 없는 가운데에서 바라보는 어둠을 노래한다. 그러나 이 어둠은 보이지 않아도 볼 수 있는 심리적 대상으로서의 어둠이다. 표면적으로는 시력을 잃었지만 마음으로 볼 수 있는 완전한 시력을 얻었음을 말하는 것이다. 3연과 4연에서는 빛과 어둠의 대립은 무화된다. 어둠은 곧 빛의 도움이 없이도 볼 수 있는 빛의 속성이 되고 빛은 외관만을 비출 뿐 내면을 볼 수 없는 불완전함으로 인해 어둠의 모습과 닮아간다. 즉 어둠이 빛이 되고 빛이 어둠이 되는 융합의 상태에 이르게 되는 것이다.

빛과 어둠의 관계가 대립적 관계에서 벗어나 조화를 이루는 합일의 상태에 도달한다는 인식은 시인이 세계를 수평적 혹은 수직적으로 바라보는 태도를 버리고 총체적으로 인식하고 있다는 것을 의미한다. 초기 시나 중기 시에 드러나는 명암의 대립, 상승과 하강 이미지간의 대립이 후기로 올수록 삶의 역정 속에서 화해의 상태에 이르게 되며, 초월성을 바탕으로 사물의 세계와 존재론적 세계를 일원적으로 파악하고 있는 것이다

나아가 빛과 어둠이라는 대립적 이미지의 합일은 삶과 죽음이라는 극단적 대립항의 무화로까지 이어지게 된다. 후기시에는 생과 사, 이승과 저승간의 단절의식에서 벗어나 삶과 죽음을 하나로 바라보는 일원화된 경향을 표출한다.

>   낳고 자라서 죽음으로 탄생되는 것은
>   누구도 피하지 못한다.
>   가장 순수한 흙이 되어
>   태양이 쪼이고, 바람이
>   부는 풍광 속에서 봄, 여름, 가을
>   그리고 겨울이 되어
>   산다. 영원, 영원을 산다.
>
>   ─「풍광 속에서」 전문

이 시에서 화자는 죽음을 소멸로 보지 않고 있다. '죽음으로 탄생'된다는

표현을 통해 죽음이란 영원히 사는 것이라는 순환론적 사고를 보여 주고 있다. 죽음과 겨울의 이미지는 삶과 계절의 끝이 아니라 가장 순수한 상태로 '영원'성을 유지하는 것을 일컫는다. 인생의 과정과 계절은 속성 상 등가 관계를 이루며 자연의 일부가 된다는 공통점을 갖게 된다. 삶과 죽음이라는 현실 공간 속에서 느끼는 단절의식은 더 이상 화자에게 의미를 부여하지 못하고, 탄생과 성장, 노화와 죽음이라는 인생의 역정이 마치 봄, 여름, 가을, 겨울이 계속해서 순환되는 것처럼 영원히 지속될 수 있음을 제시하는 것이다. 따라서 죽음은 단절이 아니라 완성이며, 새로운 시작이자 탄생이 되는 것으로 인식된다.

> 나뭇가지에 달려
> 꽃이
> 피었을 때, 꽃은
> 비로소 지기 시작한다.
>
> 한 잎 두 잎 모양새를 망가트리고
> 빛깔을 지워, 이제 꽃은
> 꽃이 아니라
> 열매.
>
> 열매로 맺혔을 때
> 이윽고 빠개져 땅으로 쏟아진다.
> 쏟아진 열매는
> 줄기를 세우고 뿌리를 내린다.
>
> ― 「回歸 1 ― 蘇生」에서

위의 시에서는 꽃이 지면서 남긴 열매가 다시 줄기를 세우고 뿌리를 내리는 순환적인 과정을 제시하고 있다. 꽃은 순간적인 존재로서 곧 소멸되지만 소멸의 순간에 맺힌 열매는 잘 무르익어 다시 꽃을 피울 준비를 하는 과정을 겪는다. 생과 사의 경계는 다시 무너지고 결과적으로 소멸은 곧 생성으로 연결되어 영원한 생명을 유지하게 되는 과정을 시적으로 형상화하고 있는 것이다. 이러한 자연적이고 순리적인 자연의 변화 속에서 삶의 진리를 깨닫는 화자의 태도는 삶과 죽음의 원리를 일원화된 개념으로 인식하는 원숙함에서 비롯된 것이라 할 수 있다.

삶과 죽음, 생성과 소멸을 통합적으로 인식하려는 후기 시의 경향은 지상과 천상의 통합적이고 일원적인 시, 공간의식에 근원을 둔 것이다. 객관성의 성취가 불가능한 자아 상실의 시대를 살아오면서 이항대립적 공간과 의미를 통하여 합일에 이르는 무화의 경지에 도달한10) 시적 작업은 시인이 전 생애를 통해 추구해 온 가치관이 완성단계에 이르렀음을 보여 주는 것이다.

박남수의 후기 시에서는 이미지의 기능은 약화되고 인간이 삶을 살아가면서 느끼게 되는 갖가지 현상들에 대한 발견과 의미 부여에 심혈을 기울이고 있다. 따라서 그 어느 때보다도 시인은 현실의 공간과 밀착되어 있다. 또한 철저하게 객관화된 세계의 모습을 지양하고 자아를 투사한 대상들을 통해 자아의 내면 상태나 주관적 정서의 세계를 형상화하기도 한다. 이러한 과정에서 자아 상실감이나 귀소의식, 순환론적 인식이 두드러지게 나타나며, 일원론적 관점 하에서 자연으로 표상되는 삶의 의미를 총체적으로 조망하는 작업을 완성하기에 이르게 되는 것이다.

5. 맺음말

정서를 이미지화하고 객관적 인식을 바탕으로 모더니스트로서의 면모를 지속해 나간 시인 박남수는 전통적인 서정성의 지적 극복과 철저한 이미지의 추구로 문단에서 그 독특성을 인정받아 왔다. 이러한 즉물적 이미지의 창조에 주력했던 초기 시의 경향은 중기로 접어들면서 사물의 객관화된 이미지와 그 너머에 자리하는 존재의미를 동시에 추구하는 한층 심화된 시세계

---

10) 유근조, 앞의 글, 320쪽 참조.

의 구축으로 이어진다. 이미지에 집중하되 다양한 감각적 이미지로 확산시켜 주관적 정서를 내면화하고 존재의 본질에 대한 의미를 확대시켜 이미지와 존재론적 의미간의 거리를 좁혀 들어가는 탁월성을 발휘한 것이다.

박남수 시는 사물의 회화적 이미지를 드러내는데 중점을 두면서 철저히 인간적 감정을 배제했던 초반기에서 후반기 작품으로 갈수록 현실 공간에 밀착되고, 점차 사물의 이미지가 화자의 주관적 정서를 투사시킨 대상으로 변화한다. 이때 이미지를 통한 정서의 내면화는 형이상학적 관념과 결합되어 대상의 본질 속으로 천착해 들어가는 성숙성을 발휘한다. 그리고 대립적 이미지들의 오묘한 배합과 통합의 시도는 대상의 순수성과 함께 존재성의 결합과 조화를 창조해 내는 경지에 이르게 되는 것이다. 또한 모더니스트로서, 이미지스트로서의 외래적 시 경향을 추구하면서도 전통적인 소재와 배경을 취택해 시 언어의 감각을 날카롭게 유지했던 박남수 시의 특성은 한국 현대 시사에서 보기 드문 강점으로 작용한다 할 수 있다.

요컨대 오랜 작품 생활 동안 이미지의 구현이라는 시적 태도를 견지해 온 박남수 시인은 지속적으로 '빛'이나 '새', 기타 식물적 이미지들을 통해 객관성을 지향하면서 내면화된 의미를 추구해 왔다. 이것은 그가 단순히 이미지의 표면화에 그치지 않았을 뿐만 아니라 사물과 존재 사이의 간격을 좁혀 가시적인 세계와 비가시적 세계, 상승과 하강, 지상과 천상의 거리감을 극복하고 형이상학적으로 일원화시키는 역량을 발휘했다는 것을 의미한다. 또한 대상에 대한 철저한 탐구와 객관적 통찰력, 그리고 통합적 세계인식은 현대 시에서 독보적인 영역을 차지한다 할 것이다.

윤동주 시에 나타나는 시인의 잠재의식
― 「십자가」와 「간」을 중심으로

마 광 수*

1.

상징이 형이상학적인 진리를 암시하는데 쓰여진다고 생각된 것이 20세기 이전의 사고방식이었다면, 20세기 이후 특히 프로이드의 정신분석학이 나온 이후의 상징관(象徵觀)은 많이 달라졌다. 즉, 상징을 성적 무의식의 암시적 표현으로도 간주하게 된 것이다. 초자아(super - ego)에 의해 억압돼 있는 이드(id), 즉 동물적 쾌락욕구를 꿈이나 기타 다른 상징물들을 통해 무의식적으로 배출해낸다고 보는 것이 프로이드 학파의 상징이론인데, 이러한 이론은 특히 시에서 많이 원용되었고 기존의 시를 재해석하는데 소중한 단서를 제공해 주었다.

이 글에서는 우선 윤동주의 「십자가」를 두 가지 관점, 즉 종교적 상징의 관점과 무의식 상징의 관점으로 해석해 봄으로써 윤동주 시의 잠재의식적 상징에 대한 이해를 돕고자 한다.

쫓아오는 햇빛인데
지금 교회당 꼭대기

---

* 연세대학교 교수

십자가에 걸리었읍니다.

첨탑이 저리도 높은데
어떻게 올라갈 수 있을까요.

종소리도 들려오지 않는데
휘파람이나 불며 서성거리다가

괴로웠던 사나이,
행복한 예수 그리스도에게
처럼
십자가가 허락된다면

모가지를 드리우고
꽃처럼 피어나는 피를
어두워 가는 하늘 밑에
조용히 흘리겠습니다.

　　　　　　　　　　　　　　── 「십자가」 전문

　'십자가'는 우선 기독교의 관습적 상징물을 개인적으로 응용한 윤동주의 대표적 상징물이다. 우리는 이 작품을 통해 윤동주의 신앙심과 종교관을 유추해 볼 수 있다. 또 종교란 결국 가장 근원적인 물음에 대한 해답이라고 볼 때, 그의 세계관·역사관·우주관을 찾아낼 수도 있다.

　「십자가」는 윤동주의 윤리적 순절정신(殉節精神)을 나타내는 대표적 작품으로 평가되어 왔다. 더욱이 그가 젊은 나이에 옥사했기 때문에 이 작품은 행동과 시가 합치된 좋은 보기가 되었다. 특히 이 시의 마지막 연은, 역사주의 비평의 관점에서 볼 때 저항시의 면모를 드러내 보인다. 윤동주가 한 사람의 시인으로서, 또 지성인으로서 부동의 신념을 가졌던 고요하면서도 치열한 희생정신이 작품 전체에 서려 있다.

　그러나 이 시를 면밀히 관찰해 보면, 초인적 순교자로서의 윤동주보다는 보다 평범한 인간으로서의 윤동주의 이미지가 선명하게 부각돼 온다. 우선 2

연에서 현실상황에 대한 거리감과 단절의식을 뚜렷이 엿볼 수 있다. 김소월의 시 「산유화」에 나오는 '저만치 혼자서 피어 있네'와 같은 국외자적(局外者的) 의식이 그를 지배하고 있는 것이다. 그러니까 '십자가'는 윤동주에게 있어 스스로 미처 따라갈 수 없을 만큼 높은 곳에 위치해 있는 대상물이다. 현장에 뛰어들어 순교할 자신까지는 없는, 섬세한 시인적 감성을 가진 약한 인간으로서의 고뇌가 엿보인다.

그러나 '첨탑이 저렇게도 높은데 어떻게 올라갈 수 있을까요'라는 표현이 반드시 시인의 우유부단한 성격 때문에 나온 것은 아닐 것이다. 그보다는 천부적인 시인기질에서 나온 정직한 감성의 표출로 봐야 한다. 예수 그리스도조차도 십자가의 고통을 면하게 해달라고 신에게 최후까지 기도했던 인간적인 면모를 보여주고 있기 때문이다.

3연에서는 혼자 서성거리며 방황하는 시인의 고독한 모습을 발견할 수 있다. 그는 자신이 늘 현장 주변을 배회하고만 있다고 느끼며 자신의 유약함과 우유부단함을 불만스러워하고 있는 것이다. 상황 속에 쉽사리 뛰어들 수 없는 성격이 언제나 그를 괴롭혔다. 그의 이런 성향을 카프카적 숙명관 또는 릴케적 숙명관과 관련지어 생각해 볼 수도 있겠다. 그러나 릴케와 카프카가 설정했던 상황이 '신의 영토'였던 데 반해 윤동주가 처한 상황은 고통스런 '현실'이었다.

하지만 나약하고 소심한 것으로 보이는 시인의 이미지는 후반부에 이르러 달라진다. 그는 자신에게 십자가가 허락된다면 스스로 목을 드리우고 피를 흘리겠다는 대담한 선언을 하고 있는 것이다. 물론 '십자가가 허락된다면'이라는 구절에 의문을 느낄 수도 있다. 왜 그는 스스로 십자가를 지려 하지 않고 십자가가 허락될 때까지 기다려야만 했을까. 시인의 이런 태도는 행동력이 결여된 지성인의 회의주의적 태도로 받아들여질 수도 있다. 그러나 마음속로 갈등하고 괴로워하면서, 그것을 극복하기 위해 처절한 내면적 투쟁으로 일관한 것이 윤동주 시인의 독특한 성격임을 간과해서는 안 된다.

「십자가」가 시사해 주고 있는 것은 그 당시의 어두운 상황을 해결할 능력이 없는 나약한 지식인으로서의 윤동주가 갖는 정신적 갈등이나 괴리감만은 아니다. 이 시에는 인간의 가슴속에 늘 자리잡고 있는 '사고와 행동의 불일치'에 대한 갈등과 반발의식이 내포되어 있다. '십자가'는 인간이 언제나 알고 싶어하는 궁극적인 문제들, 즉 자신의 운명적 정체성, 역사 속에서의 자신의 위치, 삶의 원동력이 되는 영원불멸한 진리 등을 상징한다.

십자가가 허락되기를 기다린다는 표현은 수동적인 인생관을 반영하고 있다. 그러나 여기서 말하는 '수동성'은 허무주의적 포기상태를 뜻하는 것이 아니라, 자연의 조화와 질서를 천명(天命)으로 받아들이려는 달관된 태도를 뜻한다.

'꽃처럼 피어나는 피를 흘리겠다'는 것은 운명(또는 천명)이 우리의 신념 또는 노력과 상호융합 할 때 이룩되는, 인간으로서 할 수 있는 실천가능성의 최대치를 상징한다. 이 시에 나타나는 고뇌의 양상은 비단 운동주뿐만 아니라 예수·석가·공자 등 모든 선각자들이 가졌던 딜레마이기도 하다. 그러므로 이 시는 모든 인간이 느낄 수 있는 종교적 관심과 의문점, 즉 '인간과 신의 현격한 거리'의 문제를 상징적 표현을 통해 암시해 주고 있다 하겠다. 그러나 이 구절이 주는 느낌은 어디까지나 인간적인 윤동주의 참모습이다. 초인적으로 엄숙하면서 거룩하고 고고한 '순교'가 아닌, '모가지'를 드리운 채 빨간 피를 흘리는 보통 착한 사내의 죽음 — 거기에는 평범하기 때문에 오히려 특별한 '종교적 의미'가 있다.

또한 모가지를 드리우고 피를 곱게 흘린다는 표현에서는 일종의 '괴로움의 해소', 즉 카타르시스를 느끼기를 희망하는 시인의 잠재적인 소망이나 역설적 의도가 내재해 있다고 볼 수도 있다. 죽음은 절망·종국(終局) 등의 의미와 연결되지만 때로는 영원한 안식의 뜻도 되기 때문이다.

십자가는 원래 사형도구였다. 예수는 현실적으로는 죄수로서 십자가에 못 박혀 죽었던 것이다. 사형도구에 불과했던 십자가가 기독교를 상징하게 된 것은 '예수의 부활'의 연계성 때문이다. 즉 현세의 괴로움이 내세의 영광으로 승화된 것이다. 기독교도가 죽은 다음에 들어가는 영원한 안식의 세계 곧 천국에서 다시 태어나는 것을 의미하기도 한다.

이 작품이 쓰여졌을 당시의 시대상황을 고려한다면, 이 시는 '저항시'로서
의 가능성을 충분히 지니고 있다. 일제말 암흑기에 이 시처럼 투명한 지조와
신념을 노래한 시도 드물다. 기독교적 윤리의식과 함께 한국의 전통적 지조
의식이 합쳐진 것으로 보이는 이 작품에서 우리는 진정한 의미의 '저항시'의
면모를 보게된다. 시가 직접적인 행동으로서의 저항을 고무하거나 정치적 저
항을 겨냥하게 되면, 그런 시는 시적 형상화 과정을 거쳐 이룩된 예술작품으
로서의 '시'는 되지 못한다. 그럼 의미에서 볼 때 「십자가」는 윤동주의 시 가
운데 가장 성공적인 '저항시'로 평가될 수 있다.

그러나 이 시를 '리비도(libido : 성적 욕망)의 전이(轉移)' 측면에서 해석할
수도 있다. 이 시가 윤동주의 윤리적 순절정신(殉節精神)을 나타내는 대표작으
로 평가돼 온 것은, 사실 그가 젊은 나이에 일본에서 옥사했기 때문이었다.

하지만 이 시를 윤동주의 전기적(傳奇的) 사실과는 별도로 심리적 측면에서
면밀하게 분석해 보면, 초인적 순교자로서의 윤동주보다는 평범한 인간으로
서의 윤동주의 이미지가 훨씬 더 선명하게 부각돼 온다. 특히 '십자가가 허
락된다면' 같은 구절에서, 윤동주는 아무래도 독립투사의 이미지보다는 행동
력이 결여된 회의주의자적 이미지로 비춰질 수밖에 없다. 그는 다른 작품에
서도 늘 '부끄럽다'는 말을 많이 쓰며 스스로의 내부에 침잠해 들어간 소극
적 성격의 지식인이었기 때문이다.

지금까지 윤동주의 드라마틱한 생애 때문에 이 시가 우수한 저항시로 평
가돼 왔으나, 다른 시와의 연계관계나 또 이 시 자체의 문맥으로 볼 때, 아무
래도 이 작품은 저항시로서는 무리가 있다. 물론 내적으로 끊임없이 갈등하
면서 그것을 극복하기 위해 지성적 투쟁으로 일관한 것이 윤동주의 독특한
성격임을 간과할 수 없다. 그러나 「십자가」는 역시 저항시로서는 아무래도
어색하다. 또 저항시라야만 이 시의 가치가 제대로 평가되는 것은 아니다.

따라서 이 작품의 본질에 좀더 가깝게 접근하려면 역시 심리주의 비평의
관점에서 해석해보는 것이 필요하다. 윤동주의 시가 거의 대부분 내적 갈등

의 고백 형식을 취하고 있다는 사실에 주목한다면, 우리는 이 시를 통해 시인의 잠재심리를 유추해 볼 수 있다. 앞서도 언급했듯이, 이 작품에서는 스스로의 괴로움을 시를 통해 대리적으로 해소시키려는 시인의 의도가 은연중에 드러나고 있기 때문이다. '카타르시스'를 정화(purification)가 아니라 배설(purgation)의 뜻으로 받아들일 때, 이 작품에서는 시를 통한 대리배설의 측면이 발견된다.

마지막 연에 표현된 피를 흘리고 싶어하는 시인의 소망에서, 우리는 마조히즘적 쾌감을 동경하는 시인의 잠재심리를 엿볼 수 있다. 그리고 피를 흘리겠다는 표현을 '배설의 욕구'로 파악할 수도 있다. 인간은 누구나 잠재의식 속에 성욕과 가학욕(공격욕)을 본능적으로 지니고 있다. 공격욕이 직접 나타나는 것이 곧 사디즘이며, 사디즘의 대상이 자기자신이 될 때 그것은 마조히즘으로 변한다. 윤동주 시인이 공격하고 싶어했던 대상이 일제치하의 암울한 현실상황이었는지, 아니면 자신의 내부 깊숙이 자리잡고 있는 동물적 욕망이었는지, 그것은 잘 알 수 없다. 하지만 어쨌든 이 시인은 내성적 성격이었기 때문에, 직접적인 사디스트(예컨대 폭력에 의한 해방쟁취를 주장한 신채호 같은 테러리즘 옹호자)가 되지 못하고 소극적인 마조히스트가 된 것이다.

또한 공격욕과 성욕이 항상 같이 따라다닌다는 것을 감안해 보면, 이 시인이 공격하고자 했던 대상은 일제나 현실상황이 아니라 자기자신의 내부 깊숙이 잠재해 있는 리비도였다고 볼 수도 있다. 윤동주의 주변인물들의 회고에 의하면, 그는 결벽주의자여서 별로 연애에 빠져보지도 못하고 술이나 담배에도 무관심했던, 지극히 윤리지상적(倫理至上的)인 인물이었다고 한다. 말하자면 초자아(超自我)가 강한 인물이었던 셈이다.

초자아가 강할수록 본능적 욕구는 억압을 받는데, 그럴 때 리비도적 욕구는 곧잘 문학작품을 통해 환치되어 대리충족을 시도하게 된다. 남성의 성욕과 공격욕이 합쳐져서 이루어지는 가장 종국적인 행위가 '정액의 배설'이라고 볼 때, 이 시에 나오는 '피를 흘리고 싶다'는 표현은 정액을 배설하고 싶어하는 시인의 잠재의식적 욕구를 환치시켜 놓은 표현으로 간주될 수 있다.

말하자면 시를 통한 본능의 대리배설, 즉 카타르시스가 이루어지고 있는 것이다.

이런 관점에서 보면 윤동주 시인이 항상 괴로워했던 것은 초자아(super-ego)와 본능(id)이 평형을 이루지 못해 자아가 그 기능을 하지 못하고 있었기 때문이라고 볼 수 있다. 특히 그가 초자아가 너무나 강한 인물이었다는 것은 그의 대표작 「서시」가 증명한다. 역사주의적 비평의 관점에서 보면 「십자가」는 분명 암울한 시대상황을 못 견디게 괴로워하는 양심적인 식민지 청년의 내적 저항시가 되겠으나, 심리비평적 관점에서 보면 또 다른 흥미로운 해석이 이렇게 가능해진다.

사실 윤동주가 살았던 시대만 괴로웠던 것은 아니다. 그 이전에도 그 이후에도 현실상황은 항상 어둡게 마련이다. 어두운 현실상황이라고 해서 성적 본능이 작용을 멈추지는 않는다. 게다가 이 시를 쓸 당시의 윤동주가 한창 정력이 솟구치는 젊은이였다는 사실을 감안한다면, 이 작품을 '성욕의 마조히즘적 대리배설'로 해석할 수 있는 가능성은 더 많아진다.

십자가가 원래 사형도구였다는 점을 생각해보면, 십자가가 상징하는 것도 사디즘과 마조히즘의 복합이라는 것을 쉽게 유추해 낼 수 있다. 예수가 십자가에 못박혀 죽었다는 사실은 '무시무시한 고통'을 암시해 준다. 무시무시한 고통은 곧 연민과 공포로 이어지고, 아리스토텔레스가 말한 카타르시스의 의미와 연결된다. 작중인물의 비극적 고통을 통해 독자(또는 관객)는 사디즘과 마조히즘을 동시에 대리적으로 충족시킨다. 그런데 윤동주는 십자가에 못박혀 죽겠다고 하지 않고 모가지를 드리우고 피를 흘리겠다고 했다. 말하자면 십자가의 고통보다도 더 강렬하고 순간적인 고통을 원하고 있는 것이다. 그러므로 윤동주는 정말로 강렬한 리비도적 충동에 시달리고 있었다고 볼 수 있다.

지금까지 「십자가」를 두 가지 측면의 상징이론으로 해석해 보았다. 시창작에 있어 시인의 성적 무의식은 의도적으로 드러나는 수도 있고 변장된 표현에 가려지는 수도 있다. 윤동주의 「십자가」는 후자에 해당한다고 생각되는

데, 최근에는 정신분석학 이론이 문학에 점점 더 깊숙이 파고들어 오는 추세
에 있으므로, 성적 무의식의 상징을 시창작에 의도적으로 응용해 보는 것도
좋을 것이다. 정체불명의 '님'이 그토록 시에 자주 등장하는 것도, 따지고 보
면 결국 성적 무의식 때문이라고 볼 수도 있다.

2.

윤동주 시인의 내면적 갈등과 번민이 잠재의식 속에 내재해 있는 원형적
심상들과 연결되고, 또 거기에 신화 및 설화의 모티프가 시인의 관심과 자연
스럽게 어우러져 성공적으로 형상화된 시의 대표적 예로 「간」의 예를 들 수
있다. 그래서 이번엔 이 작품을 자세히 분석하여, 시인의 잠재의식의 이해에
도움이 되도록 하려 한다.

바닷가 햇빛 바른 바위 위에
습한 간을 펴서 말리우자

코카서스 산중(山中)에서 도망해온 토끼처럼
둘러리를 빙빙 돌며 간을 지키자.

내가 오래 기르든 여윈 독수리야!
와서 뜯어먹어라, 시름없이

너는 살지고
나는 여위여야지, 그러나,

거북이야!
다시는 용궁의 유혹에 안 떨어진다.

프로메테우스 불쌍한 프로메테우스
불 도적한 죄로 목에 맷돌을 달고

끝없이 침전(沈澱)하는 프로메테우스

—「간」전문

　이 시는 프로메테우스 신화와 구토설화(龜兎說話)를 '간'을 매개물로 삼아 교묘하게 결합시켜 독특한 상징구조를 만들어낸 작품이다. 이 시는 윤동주의 작품 가운데 가장 남성적인 호흡을 보여주고 있으며, 폭 넓은 시공(時空)의 차원을 확보하고 있다.

　이 시에서 '간'은 두 설화의 접착점에서 신의 세계와 인간의 세계, 용궁의 세계와 지상의 세계를 대비시킨다. 구토설화에 등장하는 토끼는 현실의 억압과 괴로움으로부터 벗어나 그가 늘 꿈꾸어오던 이상적 삶을 누리기 위해 거북을 따라 용궁으로 갔으나 오히려 죽음을 강요당한다. 결국 토끼는 자기의 꿈이 환상에 불과한 것임을 깨닫고, 자기가 살 땅은 갈등과 고통의 현장인 지상(地上)뿐이라는 것을 확인하게 된다. 토끼는 나약하면서도 기회주의적인 성격에서 출발하여 보다 강한 자아로 발전하는 인물의 상징이다.

　「간」에서 설정된 극적 상황은 바닷가에서 간을 널어 말리며 간을 지키는 장면에서 시작된다. 이 시에서 간은 끊임없이 되살아나는 프로메테우스의 간이면서 동시에 토끼의 간이다. 프로메테우스와 토끼, 그리고 화자를 연결시키면서 '간'은 윤동주의 '내적 갈등'의 근원으로 나타난다. 첫 연에서 시인은 이 간을 '습한 간'이라고 표현했다. 간은 흔히 본능, 욕심, 담력, 건방짐 등의 뜻으로 은유된다. '간이 부었다'고 하면 공연이 허세를 부리며 자신을 과장하는 것을 가리킨다. '부은 간'과 '습한 간'은 일맥상통한다. 물기가 많은 간은 부어터질 수밖에 없다. 첫 연에서 간을 말리는 행위는 용궁으로 가서 영화를 누려보겠다고 허욕을 부렸던 '부은 간'을 말린다는 뜻으로, 이 세상의 일에 충실히 매진해 가면서 더 이상 미망에 빠지지 않겠다는 결의의 표시라고 할 수 있다.

　그런데 3연에 가서는, 시인에게 고통을 주는 독수리는 외부에서 온 것이 아니라 시인의 내부에 존재하는 것임이 드러난다. 토끼이면서 프로메테우스인 윤동주는 스스로 기른 독수리에게 자신의 간을 뜯어먹게 한다. 그러므로 독수리는 극단적으로 예민한 자아의식의 상징이다. 용궁과 코카서스, 토끼와 프로메테우스는 동일한 의미를 내포한다. 용궁은 환상적인 삶의 상징이지만, 가혹한 형벌로서 프로메테우스의 의지를 꺾으려는 신의 상징이기도하다. 거북이는 그를 안일한 삶에 만족하도록 유혹하는 중개자의 입장이라고도 할 수 있다.

여기까지만 봐도 이 작품이 얼마나 복잡한 상징구조를 지니고 있는지 알 수 있을 것이다. 첫 연에 나오는 화자는 분명 토끼다. 토끼가 용궁으로부터 탈출하여 바닷가 바위 위에 앉아(구토설화에 나오는 그대로다) 간을 말린다. 그런데 둘째 연에 가면 이 토끼는 용궁에서 도망해온 토끼가 아니라 코카서스에서 도망해 온 토끼로 바뀐다. 코카서스에서 형벌을 받고있는 것은 제우스의 명을 어기고 인간에게 불의 사용법을 가르쳐 준 프로메테우스이다. <프로메테우스=토끼>의 관계가 성립된 것이다. 따라서 여기 나오는 간도 <프로메테우스의 간=토끼의 간>이 된다.

겉으로는 이렇게 간단한 등식이 되지만 내포적 의미는 너무나 복잡하다. 우선 프로메테우스가 코카서스에 갇힌 것과 토끼가 거북이의 유혹에 넘어가 용궁에 갔던 것과는 판이하게 다르다. 프로메테우스는 인간들을 위하여 '착한 일'을 해서 벌을 받은 것이지만, 토끼는 스스로의 욕심 때문에 제 발로 걸어간 것이기 때문이다. 이러한 사실로 미루어 볼 때, 토끼가 갔던 용궁은 물 속 깊은 곳 즉 '아래쪽'에 있고, 코카서스산은 하늘 높이 우뚝 솟아 있다는 대조적 표현도 상징성을 갖는다. 깊고 음침한 물 속은 곧 지옥의 상징과 연결되고 '죄'의 의미와 통한다. 그러나 이와 반대로 코카서스산은 '하늘'에 속해있기 때문에 '죄'와 반대의 의미를 상징적으로 내포한다.

'간'도 마찬가지다. 간은 프로메테우스에게는 고통의 상징이다. 매일 독수리에게 뜯어먹히곤 되돌아난다. 그러니 차라리 간이 없으면 좋겠다는 생각이 들 수도 있다. 하지만 토끼의 간은 소중한 생명력의 상징이다. 간을 빼앗기는 것은 곧 죽음을 의미하기 때문이다.

3연은 아주 복잡한 구조를 보여주고 있다. 처음엔 간을 지킨다고 했는데,

여기선 다시 독수리더러 뜯어먹으라고 시키고 있다. '내가 기르든 여윈 독수리'는 시인의 자아분열 또는 시인의 마음속 깊이 자리잡고 있는 악하고 나쁜 요소들을 암시해주고 있다. 시인은 간을 소중하게 지키는 것(즉, 지칠 대로 지친 심신을 가지고서라도 괴로운 현실상황을 꿋꿋이 버티며 살아 나가는 것)이 좋은지, 아예 간을 포기하고 죽는 것(또는 현실에 굴복하여 자포자기 상태의 삶을 계속하는 것)이 좋은지 갈피를 잡지 못하고 있다.

또 3연의 화자를 토끼가 아닌 프로메테우스로 볼 수도 있다. 프로메테우스에겐 독수리가 원래 얄미운 적이다. 독수리가 없으면 그의 고통도 없다. 그런데도 프로메테우스는 그 독수리가 바로 '내기 기른 것'이라고 말하고 있다. 프로메테우스 역시 자신이 저지른 죄의 대가로 형벌을 받고 있다고 인정하는 것이다. 그렇다면 인간에게 불을 가져다 준 것을 후회하고 있다는 말이 된다. 그는 '인간에게 불을 안 주었던들 인간은 훨씬 더 평화로운 원시상태의 생활을 계속했을지도 모른다. 불 때문에 문명이 발달하게 되었고, 또 무기가 생겨나 전쟁이 일어나게 되었……'라고 생각하며 자신이 저질렀던 건방진 선행을 후회하면서, 결국은 신이 당초에 내린 판단이 옳았다고 생각하고 있는 것 같다.

그러나 5연에 이르면 이러한 전체적 문맥은 또다시 번복된다. 5연의 화자는 다시 '토끼'하나만이다. 거북이의 유혹에 안 떨어지겠다는 결의의 표시는, 이리저리 방황했던 착잡한 자신의 심경을 극복하고 처음에 '습한 간을 말리우던' 자세로 돌아가겠다는 뜻이다. 여기서도 프로메테우스의 이미지를 겹쳐 읽을 수 있다. 자기가 인간에게 불을 가져다준 행위를 반성하고 신에게 굴복하려하던 프로메테우스는 다시금 원래의 저항적 성격을 회복하고, 신이 아무리 뜯어먹히는 고통을 주더라도 꿋꿋이 버텨나가겠다고 선언하고 있는 것이다. 5연에서는 「서시(序詩)」에서 '별을 노래하는 마음으로' 자기에게 주어진 길을 당당히 걸어나가겠다고 했던 윤동주시인의 고고한 행동철학이 엿보인다.

이 작품이 만약 5연까지로 끝났다면 신화적 상징을 최대로 응용한 시로서, 그런대로 해석이 가능한 시가 되었을 것이다. 그렇게 되면 착잡한 내적 갈등과 자아분열, 그리고 긴 회의와 모색 끝에 얻어진 시인의 확고한 신념의 표출이 이 시의 주제가 된다. 그런데 문제는 이 시가 그렇게 간단히 끝나지 않고 6연을 추가로 삽입했다는 데 있다.

6연에 가면 시인이 5연에서 보여줬던 확고한 결의가 여지없이 무너져 버리고 만다. 6연에서 시인은 다시금 내적 갈등의 단계로 들어가, 갈등 이상의 '자학적(自虐的)' 표현을 보여 주고 있다. 그래서 독자들은 돌연한 급전(急傳)에 어리둥절하게 되는 것이다. 이러한 극적 전환에서 '낭만적 아이러니'의 수법이 연상된다.

왜 시인은 '프로메테우스가 목에 맷돌을 달고 끝없이 침전하고 있다'고 표현했을까. 그리스신화에 의하면 프로메테우스가 제우스신으로부터 받은 형벌은 분명 '간을 독수리에게 뜯어먹히는 것'이다. 5연까지의 내용전개로 보아, 윤동주가 프로메테우스 신화를 잘못 알아서(즉 프로메테우스가 받은 형벌이 '목에 맷돌을 다는 것'이었다고 착각하여) 그렇게 진술했다고는 볼 수 없다. 독수리의 등장이 그것을 입증한다.

이 부분을 확실하게 해석하려면 기독교『신약성서』의 도움을 필요로 한다. 윤동주는 프로메테우스 신화에다 구토설화를 결합시키고, 다시 마지막 연에 가서『신약성서』에 나오는 예수의 비유적 설교를 결합시킨 것이다. 『신약성서』마태복음 18장에는 다음과 같은 예수의 설교가 나오는데, 이것이 바로 이 작품을 해석할 수 있는 열쇠가 된다.

······그때에 제자들이 예수께 나아와 가로되, 천국에서는 누가 크나이까. 예수께서 한 어린아이를 불러 저희 가운데 세우시고 가라사대, 진실로 너희에게 이르노니 너희가 돌이켜 어린아이들과 같이 되지 아니하면 결단코 천국에 들어가지 못하리라. 그러므로 누구든지 이 어린아이와 같이 자기를 낮추는 그이가 천국에서 큰 자니라. 또 누구든지 내 이름으로 이런 어린아이를 영접하면 곧 나를 영접함이니, 누구든지 나를 믿는 소자(小子)중 하나를 실족케 하면 차라리 연자맷돌을 그 목에 달리우고 깊은 바다에 빠뜨리우는 것이 나으리라.

이 설교의 요점은, 어린아이처럼 순진무구한 심성을 가진 사람만이 천국에 들어갈 수 있다는 것이다. 아무리 지식이 많고 사회적 지위와 부가 높아도, 마음이 어리지 않으면 소용이 없다. 예수는 산상(山上)설교에서 '마음이 가난한자는 복이 있다'고 했는데, 가난한 마음과 어린아이의 마음은 일맥 상통한다. 그래서 예수는 그렇게 순진한 어린아이를 꾀어 죄에 빠뜨리는 자는 아예 '연자맷돌을 목에 달아 바다에 빠뜨리는 게 낫다'고 말하고 있는 것이다. 예수가 이처럼 위협적이고 과장된 표현을 쓴 것은, 그만큼 진솔·소박한 심성을 소중히 여긴다는 뜻일 것이다.

윤동주는 「간」의 마지막 부분을 이 성경구절에서 따다 쓴 것이 분명하다. '목에 맷돌을 달고 물속으로 끝없이 가라앉는다'는 표현이 뜬금없이 튀어나올 수는 없기 때문이다. 윤동주의 견고한 신앙심과 자신을 반성하며 '부끄러워'하는 섬세한 지순성(至純性)은 위의 성경내용과 밀접하게 부합된다.

그렇다면 문제는, 왜 프로메테우스가 목에 맷돌을 달고 물에 빠져 침전해야만 하는가에 있다. 문맥상으로 보면 그 이유는 '불도적한 죄' 때문이다. 15연에서 프로메테우스는 신(또는 운명)에게 용감하게 저항하는 강인한 성품의 인간으로 부각되어 있다. 그런데 마지막 연에 가서 그는 3연에서처럼 스스로의 죄를 다시금 뉘우치고 있다. 앞서 설명한 것처럼, 불을 인간에게 갖다준 것은 결국 인간에게서 '원시적 순진성'을 없앤 결과를 초래했다고 결론을 내린 셈이다. 여기서는 불이 '죄' '지옥의 불' 등 부정적 의미의 상징으로 쓰였음을 알 수 있다.

불을 모르던 원시상태의 인류는 '어린아이'처럼 순진했었다. 그때는 비록 문명의 이기는 없었지만 에덴동산처럼 평화로웠다. 그런데 불을 가져다 준 뒤로 인간은 어린애가 아니라 사악한 어른으로 변한 것이다. 그러니 예수가 말한 대로 목에 맷돌을 달고 물에 빠지는 형벌을 받아 마땅하다. 이렇게 스스로를 뉘우치는 프로메테우스가 곧 윤동주 자신임은 말할 것도 없다. 그는 그가 갖고 있던 엘리트주의적 시혜의식과 영웅주의적 사고방식을 뼈저리게 반성하고 있는 것이다.

이웃과 동포에게 무언가를 베풀어주겠다는 건방진 생각, 그들을 지도해보 겠다는 일종의 선량의식(選良意識) 등을 그는 뉘우친다. 그렇게 행동하는 것은 결국 프로메테우스가 불을 인간에게 가져다 준 것과 다를 바가 없다. 무언가 남에게 베풀어주려고 하기 전에 자기자신의 마음부터 맑고 깨끗하고 순진한 것으로 되돌려놓아야 한다. 용궁에서 탈출한 의기양양한 토끼(또는 코카서스 에서 탈출한 늠름한 프로메테우스)는, 이 시의 마지막 부분에 이르러 윤동주 본래의 겸허한 자세로 되돌아온 것이다. 따라서 이 시의 주제는 마지막 연에 함축되어있다고 볼 수 있다.

이 작품에 나오는 '침전(沈澱)'한다는 구절은, 윤동주의 또 다른 작품 「쉽게 씌여진 시」에 나오는 '나는 무얼 바라 / 나는 다만, 홀로 침전하는 것일까'라 는 구절과도 관계가 깊다. 언제나 자신을 끊임없이 학대(물론 좋은 의미에서) 하며 겸손한 인품으로 평범한 삶 속에서 하늘의 섭리를 발견하려 했던 그의 내적 갈등의 자취를, '침전'이라는 말은 잘 나타내주고 있다. 이 작품이 난해 하게 읽히는 이유도, 시인의 착잡한 감정이 자기도 모르게 복합·전이(轉移) 된 상징체계를 통해 표현됐기 때문일 것이다.

하지만 이러한 '침전'이야말로 윤동주가 고통을 무릅쓰고 달성하려 했던 그 무엇—즉 인간의 자기통찰과 실천의지가 결합되어 이룰 수 있는 실현가 능성의 최대치는 아니었을까. 이 작품은 다분히 자학적인 면을 보이고 있지 만, 그것이 염세적 자학이 아닌 실존적 자학이라는 점에서 윤동주의 초월의 지를 함축하고 있다. 궁하면 통한다는 식으로, 내적 갈등의 극한점에서 다시 금 새로운 발전이 가능해지기 때문이다.

김수영 시의 맥락

이 형 권*

1. 머리말

김수영은 1945년(25세) 「묘정의 노래」, 「공자의 생활난」 등을 발표하며 시단에 등장했다. 1968년(48세)에 「성」, 「풀」 등의 작품을 유언처럼 남기고는 돌연한 교통 사고로 죽음에 이른 그는 생전에 시인으로서뿐 아니라 평론가와 번역가로서도 왕성한 활동을 했다. 해방기의 혼란, 6·25전쟁, 4·19혁명, 5·16사건 등 질곡의 시대를 배경으로 그가 남긴 시적 유산으로는 공동 시집 『새로운 도시와 시민들의 합창』(1949년), 『평화에의 증언』(1957년)과 개인 시집 『달나라 장난』(1959년)이 있다. 이후 시선집 『거대한 뿌리』(1974년)와 『김수영 전집』 3권(1981~1983년)[1]의 출간을 계기로 그의 시에 대한 체계적인 연구가 이루어지기 시작했다.

김수영에 대한 글들을 망라하면 230여 편[2]에 이른다. 시인론, 작품론, 주

---

* 충남대학교 교수

1) 김수영 문학을 집대성한 『김수영 전집』은 1, 2권이 1981년에, 3권은 1983년에 민음사에서 출간되었다. 이 전집에는 173편의 시(1권), 72편의 산문(2권), 김수영에 관한 평문 28편(황동규 편, 별책-3권)이 실려 있다. 본고의 기본 텍스트는 이 전집에 의하며 이하 『전집』으로 약칭한다.

2) 김수영 특집으로 기획된 『작가연구』 5호(1998년 5월)의 「연구자료목록」에는 234편이

제론, 모더니티론 등으로 전개된 이 논의들은, 그가 현대시의 파격적 새로움을 보여주었다는 호평에서 부정형(否定型)의 난해시를 생산하는 데 머물고 말았다는 혹평까지의 양극단 사이에 두루 걸쳐 있다. 그렇지만 실험적 모더니스트로서의 기질을 유지하며 참여적 리얼리즘의 요소를 적극 수용하여 그 사이의 조화를 성취해 냈다는 사실에는 별반 이의가 없는 듯하다. 또한 그의 시는 4·19를 기점으로 중요한 변모의 과정을 겪었는데, 그 이전의 시가 현대적 일상에 대한 적극적인 수용과 비판을 추구한 반면, 그 이후의 시는 그런 현대 감각에 역사와 전통 의식을 수용했다는 데 대체적으로 동의한다. 그의 시가 1930년대 "기림류의 해방 전 모더니즘에다가 강렬한 현실감각과 사회의식을 플러스했다"[3]거나, "60년대 시사에서 현대성과 동시에 현실성을 획득했다"[4]는 평가는 이런 맥락에서 도출된다. 그는 문학사적으로도 "해방 이후의 시에 가장 강력한 영향을 미친 시인 중의 한 사람"[5]으로 평가받고 있다.

이 글은 선행 연구들을 토대로 김수영의 시가 갖고 있는 변모의 맥락을 대표적인 몇몇 작품을 중심으로 살펴보고자 한다. 따라서 새로운 논점을 내세우기보다는 그 동안의 연구물들을 토대로 김수영 시의 전반적 흐름을 다시 정리하는 성격을 띠게 될 것이다. 다만, 그 맥락의 구성이나 작품 해석상의 아포리아에 대해서는 경우에 따라 필자 나름의 견해도 제시하고자 한다.

2. 엇나간 세태에 대한 반역 정신

김현에 의하면, 김수영의 시적 변모 과정은 '자유'의 시정신을 공통분모로

조사되어 있다. 최근 활발해진 김수영 연구의 실태를 감안하면 현재는 이 수치를 훨씬 상회할 것으로 보인다.

3) 유종호, 「다양한 레파토리」, 『전집 3』, 29쪽.
4) 최두석, 「김수영의 시세계」, 김승희 편, 『김수영 다시읽기』(프레스21, 2000), 54쪽.
5) 김윤식, 『한국문학사』(민음사, 1973), 272쪽.

하여, 제1기: 도시적 일상에서 느끼는 설움과 비애의 소시민적 감정의 시 (1945~1959년), 제2기: 4·19와 역사 의식에 기초한 사랑과 혁명의 시(1960~ 1961년), 제3기: 적에 대한 증오와 탄식의 시(1962~1968년) 등으로 나눌 수 있다.6) 그러나 필자는 2기와 3기를 묶어서 함께 살피는 것이 합당하다고 생각하는데, 제3기의 적에 대한 분노와 탄식도 제2기의 사랑과 혁명이 불가능하게 하는 현실로 인하여 촉발된 시적 특질이기 때문이다. 그리하여 4·19 직후 쓰여진 「우선 그놈의 사진을 떼어서 밑씻개로 하자」(1960년 4월 26일)를 기점으로 전기시와 후기시 정도로 나누어 살피는 것이 바람직하다고 본다. 다만, 뒤에서 자세히 다루겠지만 그 변모의 전조적 계기로서 「서시」, 「폭포」(1957년)에 드러난 시적 인식의 전환에 대해서도 관심을 두어야 하리라고 생각한다.

김수영의 전기시는 40·50년대 혼란스럽고 부조리한 세태에 대응하고자 하는 부정 정신, 혹은 반역 정신을 보여주는 것이 일반적인데, 「공자의 생활난」은 그러한 김수영다운 시의 출발을 보여주는 작품이다.

꽃이 열매의 上部에 피었을 때
너는 줄넘기 作亂을 한다

나는 發散한 形象을 구하였으나
그것은 作戰같은 것이기에 어려웁다

국수 ─ 이태리어로는 마카로니라고
먹기 쉬운 것은 나의 反亂性일까

동무여 이제 나는 바로 보마
事物과 事物의 生理와
事物의 數量과 限度와
事物의 愚昧와 事物의 明晳性을

---

6) 김현, 「자유와 꿈」, 『전집 3』, 105쪽.

　　그리고 나는 죽을 것이다.
　　　　　　　　　　　　— 「공자의 생활난」 전문

　　이 시는 윤리적 정직성을 획득하려는 "나"의 의지를 형상화하고 있다. 이
의지는 인용시의 비유법에 의지해 말한다면 '꽃이 진 연후 열매가 맺는 것'
과 같은 상식마저 외면하는 세태에 대한 치열한 대결 정신과 다르지 않다.
그 형상화 과정은 이렇다. 1연에서 "꽃이 열매의 상부에 피었을 때"로 비유
된, 삶의 인과적 질서마저 혼란스러워진 시대에, 사람들은 "줄넘기 작란"과
도 같이 진지성을 결여한 채 살아가고 있다. 그럼에도 불구하고, 2연에서처
럼 "나"는 삶의 근원적 진리를 형상화한 예술의 참모습인 "발산한 형상"[7]을
"작전"처럼 치밀하게 추구한다. 이것은 엇나간 세태 속에서 근원적 진리를
추구하는 것이기에 어려운 일이지만 "나"는 이처럼 부조리한 세태를 부정하
는 반역 정신 속에서 존재 의미를 찾는 자, 즉 3연에서처럼 "나"는 궁핍한
생활을 암시하는 먹거리인 "국수"를 오히려 "먹기 쉬운 것"이라고 인식하는
"반란성"의 소유자이기 때문에 문제가 되지 않는다. 일상의 궁핍을 어려움이
아니라 오히려 쉬움으로 인식하는 이 엉뚱함은 일상적 가치관에 대한 "반란"
의식, 혹은 "반역의 정신(「구름의 파수병」 부분)"의 다른 이름이다. 그렇지만
이런 "반란성"이 단지 부정을 위한 부정이라는 도식적 정신 속에 머무는 것
은 아니다. 즉 4연에서처럼 "사물"을 정직하게 "바로 보"려는 윤리적 정직성
으로 전이, 고양된다. 이 경우 "사물"은 "우매"와 "명석성"을 지닌 존재로서
인간의 영역을 지시[8]하므로, 어떤 물리적 대상으로보다는 삶이나 세상이라
읽히는 것이 자연스럽다. 문제는 "바로 보"려는 의지의 농도가 5연에서처럼
죽음마저 불사할 정도로 진지하고 치열하다는 점이다. 공자의 실천궁행(實踐

<hr>

7) 이 시구에 대하여는 논의가 분분하지만, 예술은 근본적으로 '인간의 사상과 감정, 진
　리의 세계 등 관념적 대상을 구체적 형상(形象)으로 추구해 나가는 것'이란 점과 연
　계하여 이해하는 것이 바람직하다.
8) 김기중, 「윤리적 삶의 밀도와 시의 밀도」, 김승희 편, 앞의 책, 200쪽.

躬行)의 정신 — 朝聞道夕死可矣 — 에 비견[9]될 수 있는 시정신의 이러한 치
열성과 반란성, 그리고 윤리적 정직성 등은 이후 김수영 시 전반에 걸쳐 지
속되는 하나의 특성을 이룬다.

　다만, 「공자의 생활난」이 보여주는 반역의 정신은 부조리한 세태를 배경
으로 삼았음에도 불구하고 그의 후기시에 나타나는 것과 같은 사회적, 혁명
적 차원을 아직 확보하지는 못한 것으로 보인다. 즉 시상 전개에 있어서 혼
란과 단절, 비약 등으로 이루어진 전형적인 모더니즘 계열의 난해시[10]로서
내적 인식 차원의 관념주의 성향에 머물러 있다. 다른 전기시편들에서 일반
화된 현대적 일상의 구체적 형해(形骸)는 아직 본격적으로 드러나지 않은 것
이다.

3. 현대적 일상의 비애와 자유

　현대적 일상과 부박한 세태를 시적 대상으로 간취하여 더욱 디테일하게
형상화하는 일은 40년대 후반 발표한 「가까이 할 수 없는 서책」, 「아메리카
타임지」 등에서 시작하여 「달나라 장난」, 「레이판탄」, 「사무실」, 「헬리콥터」
등의 50년대 시편들에 이르러 본격적으로 이루어진다. 하나의 예로 「헬리콥
터」를 보자.

> 一九五〇年七月 以後에 헬리콥터는
> 이나라의 비좁은 山脈위에 姿態를 보이었고
> 이것이 처음 탄생한 것은 물론 그 이후이지만
> 그래도 제트기나 카아고보다는 늦게 나왔다
> 그렇지만 린드버어그가 헬리콥터를 타고서
> 大西洋을 橫斷하지 않았기 때문에

---

9) 유종호, 「시의 자유와 관습의 굴레」, 『전집 3』, 245쪽.
10) 염무웅, 「김수영론」, 『전집 3』, 142쪽.

우리는 지금 東洋의 諷刺를 그의 機體안에 느끼고야 만다
悲哀의 垂直線을 그리면서 날아가는 그의 설운 모양을
우리는 좁은 뜰안에서뿐만 아니라
심지어는 항아리 속에서부터라도 내어다 볼 수 있고
이러한 우리의 純粹한 痴情을
헬리콥터에서도 내려다볼 수 있을 것을 짐작하기 때문에
「헬리콥터여 너는 설운 動物이다」
— 自由
— 悲哀

— 「헬리콥터」에서

이것은 1955년 발표된 시의 일부로서 현대의 일상 생활로부터 안출되는 비애감을 표현하고 있다. 여기서 "헬리콥터"는 "1950년" 6·25전쟁과 함께 우리 나라에 처음 선을 보인 현대 기술 문명의 산물이며 "우리"는 그런 것들과 함께 살아가는 일상인이다. 그것은 지상으로부터의 일탈(이륙)을 가능케 하는 "자유"의 존재인 동시에 그 기계적 속성과 다시 회귀(착륙)할 수밖에 없는 "비애"의 존재이다.[11] 시인이 "헬리콥터"를 "동양의 풍자"의 대상으로서 "설운 동물"과도 같다고 말한 것은 동양, 혹은 우매한 나라의 역사에 대한 자기 풍자[12]이거나, 자기 상실과 새것 추구를 동시에 감행할 수밖에 없는 동양적(혹은 한국적) 현대가 지닌 속성을 간파해 낸 아니러니이다. 김수영은 아마도 "우리"의 현대가 일제의 식민 통치와 함께 시작되어 해방 후 다시 6·25, 미국과 연계된 자유당 독재 등의 시대적 비극과 함께 하는 역사적 사실을 목도하고도 이 기구한 현대의 운명을 거역하지 못하고 살아가는 동시대인들의 삶을 이 시에 투사하고자 했을 것이다. 현대 문명에 의한 생활의 "자유"를 구가하면 할수록 "비애"의 수렁에 빠져들 수밖에 없음을 말하고 싶었을 것이다. 현대 사회의 변두리인인 소시민들이 간직하고 살아가는 이 비애감은, 그러나 그것이 진정한 자유를 위한 역설적 인식을 함의한다(각주 6의

---

11) 김현, 앞의 책, 108쪽.
12) 김춘식, 「김수영의 초기시」, 《작가연구》 5호, 1998년 5월, 181쪽.

글)고 보면, 이런 류의 시에서 중요하게 읽어야 할 것은 소시민적 비애감 자체가 아니라 그것을 들추어내고자 하는 시심에 내장된 고발과 비판의 정신이다.

그러나 「헬리콥터」는 현대적 일상의 비판적 인식에는 충실하지만 역사 감각(혹은 현실 감각)의 부재라는 30년대 식의 모더니즘시가 갖는 한계를 아직 멀리 벗어나 있지 못한 것으로 읽힌다. 주지하듯 30년대 모더니즘 시는 김기림, 김광균 등의 이미지즘 계열과 이상의 실험주의 계열이 주조를 형성했는데, 이들의 시적 성과는 대부분 예술을 위한 예술의 차원으로 귀결된 것들이었다. 「헬리콥터」 류의 시에서도 현대 문명에 대한 비판 정신은 분명히 함의되어 있지만 역사적, 현실적 감각이 결핍되어 있다는 점이 문제인 것이다.

4. 혁명 정신의 선취와 역사 감각

김수영의 시에서 모더니즘적 한계를 극복하여 핍진한 역사 감각을 획득하는 일은 1960년 4·19정신의 체득과 함께 이루어진다. 이 점에 대해서는 자세한 논의가 필요없을 정도로 명백한 것이지만, 시인에게 4·19정신이 단지 역사적 사건을 추수하는 수준에서만 이루어질 수 있을까 하는 의문의 여지가 있다. 역사에 대한 예견력이 있는 사람이라면 정신적 차원에서의 4·19는 역사적 사건 이전에 겪었을 터인데, 적어도 김수영과 같은 전위 정신의 소유자가 그것을 미리 간취하지 못했을 리 없었겠기 때문이다. 이것이 사실이라면 이에 대한 면밀한 분석은 4·19라는 역사적 사건만을 기준으로 하여 전기시와 후기시를 도식적으로 구분해 버리는 관점을 보완하여 김수영 시의 미세한 전후 맥락을 파악하는 데 도움을 줄 수 있을 것이다. 문제는 김수영이 4·19정신을 선취했다는 증거들을 찾아내는 작업이다.

김수영이 4·19의 혁명 정신을 선취했다는 사실을 밝히는 일은 그의 생애뿐 아니라 산문과 시 등에서 다양한 영역에서 이루어져야 하겠지만, 이 글은 김수영 시의 전체적 맥락을 정리하는 데 목적이 있으므로, 그런 점에 대한

폭넓은 논의는 다른 글로 미루고 시에 있어서의 단적인 사례를 하나 들어본
다. 「서시」의 경우이다.

> 나는 너무나 많은 尖端의 노래만을 불러왔다
> 나는 停止의 美에 너무나 等閑하였다
>
> ― 「서시」에서

이것은 4·19혁명이 일어나기 3년 전(1957년)에 발표한 시의 일부로서 4·
19이후 김수영 시가 변모할 것이라는 증후를 이미 보여준다. 여기서 "나"는
시인 혹은 예술가로서 자신의 작품 이력을 성찰하는 동시에 미래에 추구할
작품의 향방을 가늠해 보는 서정적 자아이지만, 시적 자의식 면으로 볼 때는
시정신으로서의 4·19정신을 예감하고 있는 김수영 자신이라 할 수 있다. 그
는 자신이 이제껏 견지해온 시의 세계를 "첨단의 노래"로 규정하고 그와 상
반된 미적 가치로서의 "정지의 미"에 소홀했었음을 자각하는 존재이다. "첨
단의 노래"란 앞서 살핀 「공자의 생활난」이나 「헬리콥터」류의 시들, 다시 말
해 부조리한 세태에 기대어 그것을 비판하거나 도시적 일상의 소시민적 비
애감을 형상화하는 데 바쳐졌던 자신의 40·50년대 모더니즘 시들을 일컫는
것으로 볼 수 있다. 그러므로 "첨단의 노래만을 불러왔다"는 시구는 현대 문
명적 "첨단"을 향해 돌진해 왔던 자신의 전기시에 대한 진지한 성찰의 언술
로 읽을 수 있다.

또한 "정지의 미"는 "첨단의 노래"를 제어, 보완하는 어떤 요소를 비유한
다고 볼 수 있다. 이를 김수영의 후기시와 연계하여 보면 역사 감각, 혹은 전
통 의식이 된다. 역사 감각이란 그 동안 그의 시가 지녔던 소시민적 일상에
의 집착을 벗어나는 모티브로서 4·19정신과 관련된다. 눈앞으로 다가온 역
사적 대사건을 예감한 것일까, 시인은 모더니즘적 일상의 "첨단"에서 그것을
재빠르게 따라만 다닐 것이 아니라 그런 행보에서 잠시 "정지"하여 역사 감
각을 바탕 삼아 시대 현실을 바로 보아야 한다는 인식을 갖게 된 것이다. 이
를 위해 과거의 전통이나 역사에 대해 무조건 거부하는 것이 아니라 현재적

의미가 담보된 것들에 대해서는 기꺼이 수용[13]하는 성숙한 모더니즘의 세계로 나가고자 한 것이다. 따라서 "정지의 미"란 "첨단의 노래"만을 추구해 왔던 "나"의 삶과 시를 성찰하고 그것에 결핍된 역사, 전통을 수용하고자 하는 후기시의 미적 가치관이라 할 수 있다.

이처럼 시적 자의식의 측면에서 이루어진 4·19정신의 선체험[14]은 그의 시를 변모시키는 간접적 계기로 작용한다. 이후 역사적 사건으로서의 4·19 체험과 함께 김수영의 시는 역사적, 전통적 요소를 적극적으로 수용하여 더욱 핍진한 미적 리얼리티를 획득하게 된다. 먼저 역사 감각이 응축된 시의 한 예로서 「푸른 하늘은」을 보자.

> 푸른 하늘을 制壓하는
> 노고지리가 自由로왔다고
> 부러워하던
> 어느 詩人의 말은 修正되어야 한다
>
> 自由를 위해서
> 飛翔하여본 일이 있는
> 사람이면 알지
> 노고지리가

---

13) 김욱동, 『모더니즘과 포스트모더니즘』(현암사, 1992), 68쪽.
14) 앞서 인용했던 「서시」와 같은 해(1957년)에 발표한 작품인 「폭포」의 '시작 노우트'에서도 그는 "현대의 정서며 그런 것들이 후일의 나의 노우트에 담겨져 시가 되었다고 한다면 나의 시는 너무나 불우한 메타포의 단편들에 불과하다. / 우리에게 있어서 정말 그리운 건 평화이고 온 세계의 하늘과 항구마다 평화의 나팔소리가 빛나올 날을 가슴졸이며 기다리는 우리들의 오늘과 내일을 위하여 시는 과연 얼마만한 믿음과 힘을 돋구어 줄 것인가."(김수영, 「시작 노우트」, 『전집 3』, 286쪽.)라고 하며 자신의 모더니즘시에 대한 회의를 하고 향후 시의 리얼리티, 즉 진정한 "평화"를 위한 현실적 "힘"에 대해 생각하고 있음이 드러난다. 이는 김수영이 이미 4·19정신을 간취하고 있었음을 암시한다고 하겠다. 김현은 4·19 직전에 발표한 「하……그림자가 없다」(1960년)를 4·19정신의 예감(김현, 앞의 책, 109쪽.)으로 보지만 필자는 「서시」와 「폭포」(1957년)에서도 그런 예감이 이미 나타나고 있는 것으로 보고자 한다.

무엇을 보고
노래하는가를
어째서 自由에는
피의 냄새가 섞여있는가를
革命은
왜 孤獨한 것인가를

革命은
왜 고독해야 하는 것인가를

— 「푸른하늘은」 전문

이것은 김수영의 시가 비로소 역사에 대한 성숙한 인식에 도달했다는 단적인 사례이다. 시를 따라 읽어보면, 먼저 1연에서 "노고지리가 자유로왔다"고 말하는 "어느 시인"은 시사적 흐름을 염두에 두고 볼 때 김수영 자신을 포함한 50년대 모더니스트들이라고 볼 수 있다. 그렇다면 "자유"를 어떤 희생과 대가와는 무관한 "부러움"의 대상으로 보는 그들의 "말(시)"은 진정한 의미의 혁명 정신이 결여되어 있는 것이므로 "수정되어야 한다." 왜냐하면 2연에서 말하듯, 진정한 의미의 "혁명" 정신에는(4·19가 그러했던 것처럼) "자유"를 위한 "피의 냄새"와 같은 희생과 "고독"과 같은 내면적 염결성이 뒷받침되어야 하는데 그들의 시에는 그런 요소들이 배제되어 있기 때문이다. 따라서 진정한 "자유"를 획득하기 위한 "혁명"에서 "고독"은 당위적 정신 상태가 된다. "자유" 획득을 위한 "혁명" 정신이란 부조리한 일상에 대한 반역의 정신이고, 그런 반역 정신은 부정한 세태로부터 스스로를 분리시키기 위한 "고독"에서부터 출발하는 것이기 때문이다. 4·19직후 발표한 한 산문에서 "고독이 이제부터 나의 창조의 원동력"[15]이라고 단언한 것도 이와 무관하지 않다.

4·19를 직접적 모티브로 삼은 시편들로서는 이외에 「우선 그놈의 사진이라도 떼어서 밑씻개로 하자」, 「<4·19>시」「육법전서와 혁명」, 「기도」, 「만

---

15) 김수영, 「일기초 2」, 『전집』, 332쪽.

시지탄은 있지만」, 「나는 아리조나 카보이야」, 「가다오 나가다오」, 「중용에 대하여」 등이 있으나 시정신의 견고성에 있어서 위의 시에는 미치지 못한다.

5. 실패한 혁명과 전통의 재발견

김수영 시의 급격한 변모를 추동한 4·19는 그러나 실패한 혁명이었다. 그렇지만 그것은 정치적 사건으로서의 실패였지 그 혁명 정신마저 실패한 것은 아니었다. 즉 4·19는 곧바로 이어진 5·16에 의해 정치적 차원에서는 실패했음에도 불구하고 그 체현자들에게 오히려 삶과 역사의 본질을 꿰뚫어 볼 수 있는 계기를 제공했다. 4·19 이후 약 6개월이 지난 뒤 발표한 「그 방을 생각하며」에 저간의 사정이 드러난다.

> 革命은 안되고 나는 방만 바꾸어버렸다
> 나는 인제 녹슬은 펜과 뼈와 狂氣 ─
> 失望의 가벼움을 財産으로 삼을 줄 안다
> 이 가벼움이 혹시나 歷史일지도 모르는
> 이 가벼움을 나는 나의 財産으로 삼았다
>
> ─ 「그방을 생각하며」에서

실패한 혁명에 대한 "실망의 가벼움"마저도 "재산으로 삼을 줄 안다"는 것은 거친 역사의 현장을 치열한 정신으로 겪어낸 자만이 간직할 수 있는 성숙한 역사 의식의 표현이다. 이는 "역사"를 너무 무겁게만 보아온 4·19시 편들과는 현격히 다른 양태이다. 무릇 시인은 혁명가라기보다는 혁명 정신의 소유자일 뿐이다. 그러므로 혁명의 실패는 혁명가에게 모든 것을 잃은 듯한 절망감을 가져다 줄 지 모르지만, 시인에게 그것은 오히려 혁명과 시의 근본에 대한 어떤 깨달음을 얻는 역설적 계기가 된다. 시는 "상대적 완전을 수행하는 혁명을 절대적 완전에까지 승화시키는 혹은 승화시켜 보는 역할"16)을 해야 하는 것이므로, 시인의 운명이란 그것이 끝내 불가능할지라도 혁명 정

신의 "완전"을 향해 끝없이 추구해 나가는 데 있기 때문이다. 이 시에서, 그
토록 찬란하게 빛을 발했던 4·19가 곧바로 "녹슬은 펜과 뼈와 광기"로 바뀌
어버리는 시대적 "가벼움"을 오히려 귀중한 "재산"으로의 전환시켜 생각할
줄 아는 역설도 그런 추구심이 있기에 가능한 것이다.

  역사에 대한 이러한 역설적 인식은 그 동안 방기해 왔던 전통에 대한 인
식에도 똑같이 적용된다. 전통은 더 이상 역사의 흐름을 방해하는 요소가 아
니라 역사의 정체성과 에네르기를 강화시켜 주는 요소로 수용하는 것이다.
역사 의식을 전통의 재발견에까지 연장하여 또 다른 현실성을 수득(收得)할
수 있다는 생각은, 예컨대 「거대한 뿌리」에 잘 드러난다.

> 傳統은 아무리 더러운 傳統이라도 좋다 나는 光化門
> 네거리에서 시구문의 진창을 연상하고 寅煥네
> 처갓집 옆의 지금은 埋立한 개울에서 아낙네들이
> 양잿물솥에 불을 지피며 빨래하던 시절을 생각하고
> 이 우울한 시대를 패러다이스처럼 생각한다.
> 버드 비숍女史를 안 뒤부터는 썩어빠진 대한민국이
> 괴롭지 않다 오히려 황송하다 역사는 아무리
> 더러운 歷史라도 좋다
> 진창은 아무리 더러운 진창이라도 좋다
> 나에게 놋주발보다도 더 쩽쩽 울리는 追憶이
> 있는 한 人間은 영원하고 사랑도 그렇다
>
> 비숍女史와 연애하고 있는 동안에는 進步主義者와
> 社會主義者는 네에미 씹이다 統一도 中立도 개좆이다
> 隱密도 深奧도 學究도 體面도 因習도 治安局
> 으로 가라 東洋拓殖會社, 日本領事館, 大韓民國官吏,
> 아이스크림은 미국놈 좆대강이나 빨아라 그러나
> 요강, 망건, 장죽, 種苗商, 장전, 구리개 약방, 신전,

---

16) 같은 책.

피혁점, 곰보, 애꾸, 애 못 낳는 여자, 無識쟁이,
이 모든 무수한 反動이 좋다
이 땅에 발을 붙이기 위해서는
─ 第三人道橋의 물 속에 박은 鐵筋기둥도 내가 내 땅에
박는 거대한 뿌리에 비하면 좀벌레의 솜털
내가 내 땅에 박는 거대한 뿌리에 비하면
                                    ─「거대한 뿌리」에서

　이 시는 김수영의 시적 편력이 부정과 파괴에서 긍정과 생성의 방향으로
전환하게 되는 계기를 보여준다.[17) 이 시에 의지하여 보면 4·19는 현재와
미래만을 위한 혁명이 아니라 과거를 되돌아보는 성찰의 기회로서, 과거의
전통을 현재의 역사적 맥락에 편입시켜 재인식하는 시적 변신의 계기가 된
다. 이때 전통은 4·19를 체험한 당대인들에게 스스로의 정체성을 굳건히 부
여해 주는 요소이다. 이 시에서 그 동안 맹목적으로 추구해 왔던 외래적 이
데올로기인 "진보주의자와 / 사회주의자"나 세태적 허위 의식인 "은밀, 심오,
학구, 체면, 인습", 그리고 부조리한 시대의 상징인 "동양척식회사, 일본영사
관, 대한민국관리 / 아이스크림" 등의 일체를 부정하고, 나아가 그런 역사에
의해 "더러운" 것으로 취급받아 온 "요강, 망건, 장죽, 종묘상, 장전, 구리개
약방, 신전 / 피혁점, 곰보, 애꾸, 애 못 낳는 여자, 무식쟁이" 등 민중적이고
전통적인 것들을 긍정하는 것은 그런 이유이다. 즉 "역사"와 "전통"에서 "인
간도 영원하고 사랑도" 영원하게 하는 "놋주발보다도 더 쨍쨍 울리는 추억"
의 힘을 간취한 것이다. 이때 "추억"은 단지 과거의 흔적(기억)이 아니라 현
재를 이끄는 역동적 힘으로 작용하여 "이 우울한 시대를 패러다이스처럼 생
각"할 수 있게 되는 것이다. 이것이 바로 "내가 내 땅에 박은 거대한 뿌리"
로서 "전통"이 갖는 힘이다.
　이외에 「어느날 고궁을 나오면서」, 「파리와 더불어」, 「미역국」, 「시」 등도
정도의 차이는 있으나 전통과 역사를 매개로 한 시편들이다. 이들 시에서 전

──────────

17) 최동호, 「김수영의 문학사적 위치」, 『작가연구』 5호, 1998, 26쪽.

통은 현실 창조의 힘을 갖는 역사의 에네르기라는 점에서 퇴영적 회고의 대
상에 머물지 않는다. 다시 말해 전통은 프로이트가 말한 '억압된 것의 회귀'
로서의 정치적 무의식[18]이며, 역사 인식의 균형 감각을 확보케 하는 시의 에
네르기인 것이다. 이 온고창신(溫故創新)의 정신은 김수영을 포함한 50년대 모
더니즘 시에 비할 때 가히 코페르니쿠스적인 발상의 전환이 아닐 수 없다.

6. 사랑, 혹은 불변과 포용의 시정신

그러면 「거대한 뿌리」에 이르러 그 동안 배제해 왔던 모더니즘의 타자인
역사와 전통 - 그러므로 '실패한' 역사, '버려진' 전통 - 을 시의 맥락 속
으로 끌어들여 그것들에 새로운 생명력을 부여케 하는 근원적 힘은 어디에
있는 것인가? 그것은 무엇보다도 불변과 포용을 기조로 하는 사랑에 있다.
이 사랑의 포에지가 구축되는 과정은 「사랑」이란 작품에 잘 드러난다.

> 어둠 속에서도 불빛 속에서도 변치않는
> 사랑을 배웠다 너로해서
>
> 그러나 너의 얼굴은
> 어둠 속에서 불빛으로 넘어가는
> 그 刹那에 꺼졌다 살아났다
> 너의 얼굴은 그만큼 불안하다
>
> 번개처럼
> 번개처럼
> 금이 간 너의 얼굴은
>
> — 「사랑」에서

---

18) 박수연, 「김수영 시 연구」, 충남대대학원, 1999, 179쪽.

이 시에서 "사랑"의 의미와 관련하여 초점화해서 읽어야 할 것은 두 가지이다. 하나는 "너"에게 배운 것이 "변치않는 / 사랑"이라는 점(1연)이고, 다른 하나는 "너의 얼굴"이 "불안하다"는 점(2연)이다. 여기서 "너"는 이 시의 창작 연대(1961년)를 감안하면 4·19와 관련된 것이라 볼 수 있을 터인데, 앞의 불변성이 4·19정신의 영원함과 관련된다면 뒤의 불안감은 실패한 역사적 사건으로서의 4·19에서 느낀 낭패감과 관련된다. 그렇지만 4·19가 완성되지 못한 혁명임에도 불구하고 그것이 소중한 경험이었던 것은 역사의 새로운 주체인 민중들에게 자유, 민주로 요약되는 4·19정신의 가치에 대한 인식을 각인시켜 주었다는 데 있었다. 따라서 이 시의 핵심은 전자의 불변성에 있을 터인 바, 이 시의 산문적 맥락을 2연 → 3연 → 1연의 순서로 볼 경우, 후자의 불안감은 그러한 불변성을 강조해 주는 역할을 하는 것으로 볼 수 있기 때문이다. 즉 4·19의 실패로 인한 불안감은 역설적으로 그것을 뛰어넘는 영원한 정신의 발견을 가능케 한 것이 되므로, 시인은 비록 "번개처럼 / 금이 간 너의 얼굴"과 같은 실패한 4·19의 불안감 속에서도 "변치않는 / 사랑"을 발견했다는 뜻이 된다.

실패한 혁명으로부터 영원한 사랑을 이끌어 내는 이 놀라운 시심은, "어둠에서 불빛으로 넘어가는 / 그 찰나"와 같은 경계점에서 발휘된다는 사실에 주목할 필요가 있다. 그것은 다른 시에서 "젊음과 늙음이 엇갈리는 순간 / 그러한 속력과 속력의 정돈 속에서 / 다리는 사랑을 배운다(「현대식 교량」에서)"고 표현되기도 한다. 이들 시의 경계, 즉 "어둠 – 불빛", "젊음 – 늙음" 사이의 경계란 상반되는 것들의 사이에서 그 어느 것에도 치우치지 않으며 양쪽을 모두 포용할 수 있는 지점이다. 이때 4·19에 있어서든 시에 있어서든 실패는 또 다른 성공의 표지이며, 어둠은 또다른 불빛의 동기가 되며 늙음은 또 다른 젊음의 동기가 된다. 김수영의 시 자체에 한정해 본다면 전기 시의 모더니즘 감각이 후기시의 역사 감각과 상호 동기부여를 하며 전체적으로 균형 감각을 유지하는 것도 이같은 경계를 인식한 데서 온 힘이다. 이것은 "적을 형제로 만드는(「현대식 교량」에서)" 일마저도 포함하는 무량한

"사랑"의 정신을 바탕에 거느리며, 김수영이 일찍이 간파했던 "과거와 미래
에 통하는 꽃(「꽃 2」에서)"으로서의 시를 더욱 구체적으로 발견한 것이다. 김
수영이 다다른 이 "사랑"은 또한 "복사씨와 살구씨가 / 한번은 이렇게 / 사랑
에 미쳐 날뛸 날이 올거다!(「사랑의 변주곡」에서)"라는 단호한 신뢰를 함의하
며, "바람보다 늦게 누워도 / 바람보다 먼저 일어나고 / 바람보다 늦게 울어
도 / 바람보다 먼저 웃는(「풀」에서)" 것과 같은 생동감과 함께 한다. 그리고
이 사랑의 시정신은 그가 이룩한 시의 클라이맥스인 '온몸시(론)'의 동시성과
포용력과도 관련된다. 왜냐하면 '온몸시(론)'이 그러하듯 김수영에게 진정한
사랑이란 형식과 내용의 경계에서 그들을 동시에 감싸안고 가는 혼융일체의
포에지이기 때문이다.

　그런데 이런 사랑은 경직된 정치 논리에 함몰되었던 당시의 시대적 정황
에 대한 반역의 결과란 점을 간과해서는 안 된다. 사랑이 사라진 시대에 사
랑을 말하는 것, 대립의 시기에 화해와 포용을 말하는 것, 그것은 반역의 포
에지를 바탕에 두지 않으면 불가능한 일이기 때문이다. 따라서 김수영의 시
적 맥락이 끝내 사랑의 포에지로 귀결점으로 삼고 있다는 사실은 「공자의
생활난」을 위시한 초기시부터 견지해 온 그의 반역이 반역을 위한 반역이
아니라 새로운 긍정과 생성을 위한 반역이었음을 말해주는 것이다.

7. 맺음말

　김수영 시의 전체적 맥락에는 수많은 결절점들이 존재한다. 이것은 그가
자기 갱신의 능력19)을 확보하고 부단히 시적 변신을 추구한 시인이었고, 과
장하여 말한다면 그의 모든 시는 이전의 시에 대한 부정의 결과였기 때문이
다. 시정신에 있어서 정직, 양심, 자유, 혁명, 사랑 등으로의 다양한 결가름이
가능하고, 그 표현에 있어서도 일상어, 비일상어, 관념어, 구체어, 비유어 등

---

19) 유종호, 「시의 자유와 관습의 굴레」, 『전집 3』, 237쪽.

이 두루 활용되고 있을 뿐 아니라, 행갈이나 연갈음에 있어서도 단정한 모범적 형태로부터 파격적 형태에 이르기까지 시시각각 다양한 모습을 보여준다. 그렇지만 이 글에서는 논의의 편의를 위해 4·19혁명을 전후한 시편들에 나타나는 역사 감각과 전통 의식에 대한 관심을 준거로 하여 전기시와 후기시로 구분하여 살펴보았다. 물론 이 글에서 파악된 전후 맥락이 김수영 시의 전체를 아우를 수 있는 것은 아니다. 이 글은 그 다기한 형상 가운데 한 줄기를 따라가 보았을 뿐이다.

이에 따라 전기시는 현대적 일상과 관련된 모더니즘시가 주류를 이룬다고 보았다. 김수영 시의 출발점을 보여주는 「공자의 생활난」은 해방 직후 세태의 혼란과 부조리를 "줄넘기"에 빗대고 그런 세태에 대한 반란으로서 "사물"을 바로 보고자 하는 윤리적 정직성을 드러내고 있으며, 이후 쓰여진 「헬리콥터」는 엇나간 현대성이 복속된 세태로부터 파생되는 소시민적 비애감과 그 역설적 의미로서의 자유 의지를 모더니즘 시학에 의지해 묘파해 내고 있다. 이런 경향의 시가 전기시의 주류를 이룬다. 이러한 전기시가 변모의 직접적 계기를 맞이하게 된 것은 무엇보다 4·19혁명이라는 역사적 사건의 충격에 의해서 그 이전에 간취했던 시적 자의식, 즉 부박한 모더니즘을 제어하는 미학적 가치로서의 "정지의 미(「서시」에서)"에 대한 인식도 간과할 수 없는 역할을 했다. 그리하여 후기시에 오면 역사 감각과 전통 의식을 적극 수용하게 되는데, "자유"와 "고독"의 4·19정신을 형상화한 「푸른 하늘은」과 그 혁명의 실패를 시의 새로운 에네르기로 삼고자 하는 의지를 역설적으로 간파한 「그 방을 생각하며」, 그리고 민중적 전통의 힘을 강조한 「거대한 뿌리」가 그런 작품의 대표적인 사례들이다. 이로써 김수영의 시는 모더니즘의 자폐적 내면 세계에 빠져들지 않고 현실적, 사회적 차원의 리얼리티를 확보하게 된다. 이러한 현대성과 역사, 전통의 요소들을 아우르는 핵심적 시정신은 사랑이라 할 수 있는데, 이 사랑의 포에지는 「사랑」의 불변성, 「현대식 교량」의 포용심, 「사랑의 변주곡」의 신뢰감, 그리고 「풀」의 생동감 등으로 더욱 구체적 형상성을 획득한다.

이제까지 살펴본 시적 맥락을 통해 볼 때, 김수영은 "날이 흐리고 풀뿌리가 눕(「풀」에서)"듯이 "광휘에 찬 신현대문학사(「이 한국문학사」에서)"를 위한 시의 "거대한 뿌리(「거대한 뿌리」에서)"를 이 땅에 내린 것으로 평가받아 마땅하다.

박인환론
– 죽음 컴플렉스를 중심으로

정 신 재*

1. 죽음 컴플렉스

아마도 박인환의 시에서 가장 많이 접할 수 있는 단어는 '죽음'이라는 단어일 것이다.

- '비둘기떼의 시체가 흩어져 있었다.'(「자본가에게」에서)
- '그래서 더욱 친한 죽음과 가까워집니다.'
  '황제의 신하처럼 우리는 죽음을 약속합니다.'(「불행한 신」에서)
- '슬픔 대신에 나에게 죽음을 주시오.'(「검은 신이여」에서)
- '오 묘지에 퍼덕이는/ 시발과 종말의 깃발과'(「불신의 사람」에서)
- '나의 종말의 목표를 지향하고 있었다'(「종말」에서)
- '노인은 죽음을 원하기 전에'(「행복」에서)
- '문학이 죽고 인생이 죽고'(「목마와 숙녀」에서)
- '주검의 재가 날리는 태평양을 건너서/다시 올 수 없는 사람은 떠나야
  한다.'(「충혈된 눈동자」에서)
- '유리로 만든 인간의 묘지와'(「새벽 한 시의 시」에서)
- '나뭇잎은 흙이 되고'(「세월이 가면」에서)

---

* 문학평론가

이와 같이 많은 시에서 죽음을 노래했던 이유는 무엇일까. 그것은 『박인환 選詩集』 후기에서 어느 정도의 흔적을 발견할 수 있다.

나는 10여년 동안 시를 써 왔다. 이 세대는 세계사가 그러한 것과 같이 참으로 기묘한 불안정한 연대였다. 그것은 내가 이 세상에 태어나고 성장해 온 그 어떠한 시대보다 혼란하였으며 정신적으로도 고통을 준 것이었다.
시를 쓴다는 것은 내가 사회를 살아가는 데 있어서 가장 의지할 수 있는 마지막 것이었다. 나는 지도자도 아니며 정치가도 아닌 것을 잘 알면서 사회와 싸웠다. ……중 략…… 나의 시의 모든 작용도 이 10년 동안에 여러 가지로 변하였으나 본질적인 시에 대한 정조와 신념만은 무척 지켜온 것으로 생각한다.[1]

여기서 우리는 두 가지 사실을 정리할 수 있다. 하나는 그가 1955년 그의 『선시집』이 나오기까지 사회적 혼란기와 전쟁이라는 극한 상황을 살아 왔다는 점, 다른 하나는 그런 가운데서도 시의 본질을 지키려 노력했다는 점이다. 그리하여 그의 죽음 이미지는 개인이 시대의 혼란 앞에서 너무도 미약한 실존임을 발견하고 시를 통해 구원받기 위한 통과 의례였던 셈이다. 이와 같은 절망적 상황은 그의 시가 50년대 모더니즘이라고 평가받고 있음에도 불구하고 '감정적이고 감상적인 문학을 좋아하지 않는다'는 주지주의의 특성과는 거리가 있는 시도 나오게 한 듯하다.

한 잔의 술을 마시고
우리는 버지니아 울프의 생애와
목마를 타고 떠난 숙녀의 옷자락을 이야기한다.
목마는 주인을 버리고 그저 방울 소리만 울리며
가을 속으로 떠났다. 술병에서 별이 떨어진다.
상심한 별은 내 가슴에 가벼웁게 부숴진다.
— 「목마와 숙녀」에서

---

1) 박인환, 『목마와 숙녀』(신라출판사, 1999), 123쪽.

그의 대표작이라고 많이 일컬어지는 이 시의 구절에서도 볼 수 있듯이 허무와 비애의 분위기가 전편에 흐른다. 자살한 여류 소설가와 술병, 그리고 별의 떨어짐 등이 그러하다. 그러나 그의 시가 염세적이라고 평가하기에는 어딘가 마땅찮은 데가 있다. '목마'가 그러하다. 그리스 신화에서 '트로이의 목마'는 위장 전술을 의미한다. 목마의 상징성을 알아 보기 위해 '트로이의 목마'에 관한 신화를 정리해 보자.

여신 테티스와 펠레우스의 혼인 잔치에서 불화의 여신 에리스는 하객들 사이에다 '가장 아름다운 여신께'라는 글이 새겨진 황금 사과를 한 알 던진다. 헤라와 아프로디테와 아테나가 서로 그 사과가 자기 것이라고 주장한다. 이들은 판결을 제우스에게 내려 달라고 하지만, 제우스는 골치 아픈 문제에 말려 들고 싶지 않아 파리스에게 판결을 맡긴다. 그는 트로이 왕가의 왕자였다. 여신들은 파리스의 환심을 사기 위해 제각기 부와 권력, 명예와 명성, 인간 세상에서 가장 아름다운 여자를 선물로 내걸었는데, 파리스는 '가장 아름다운 여자'를 제시한 아프로디테의 편을 들어준다. 그런데 아프로디테가 제시한 여자는 이미 결혼한 여자로 스파르타의 왕비 헬레네였다. 그렇거나 말거나 파리스는 아프로디테의 도움으로 헬레네를 꾀어내 조국 트로이로 가버렸다. 어이 없이 오쟁이를 진 스파르타의 왕 메넬라오스는 그리스의 모든 왕국에다 파발을 보내 자신을 도와 달라고 요청했다. 이리하여 트로이를 공격할 막강한 그리스 연합군이 꾸려졌다. 전쟁은 10년간 계속되었다. 신들도 이 전쟁에 양편으로 나뉘어 간섭하였다. 집요한 공격에도 트로이가 계속 버티자 그리스군은 무력으로는 성을 무너뜨릴 수 없다고 판단하고 거대한 목마를 만들어 그 속을 무장한 장수들로 꽉 채워 해변에 남겨 둔 채 완전히 퇴각하는 척하였다. 그리스군의 퇴각 소식을 들은 백성들은 포세이돈 신전의 신관인 라오콘이 경계해야 한다는 말에도 불구하고 목마를 성안으로 끌어들여 화를 자초하고 만다.[2]

---

2) 유시주, 『거꾸로 읽는 그리스 로마 신화』(푸른나무, 1996), 135~144쪽.

이러한 신화를 바탕으로 생각해 보면 '목마'는 음모를 숨긴 위장(전쟁)을 의미한다. 전쟁은 문학과 인생을 죽게 하고, 사랑의 진리마저 보이지 않게 한다. '파리스'의 사랑이 전쟁에 의해 가려져 버린 것이다. 그렇다면 미약한, 그래서 고통스러운 개인이 그 상황을 극복하는 길은 무엇일까. 그때 술과 방울 소리는 깨어남을 위한 통과 의례가 아닐까.

2. 불연속적 세계관과 현대성

정한모에 의하면 '현대시란 현대적 관점에서 현대어를 사용하여 현대적 문제에 대하여 쓰여진 시'[3]인 것이다. 50년대라는 상황은 서양에서는 영화 산업의 발전과 함께 문학이 새로운 진로의 모색을 필요로 했음에도 불구하고, 분단 현실의 한국에서는 허무와 절망감과 회의 속에 불구적이고 이분법적인 사고로 발전해 갔다. 또한 분단 현실은 휴전선으로 인한 전쟁의 공포와 불안의식을 가중시켰으며, 전후 문학이 '이데올로기의 허구성을 정면으로 파헤치지 못한 채 위축 상태를 벗어나지 못한'[4] 상태로 나아가게 하였다.

이러한 가운데서 모더니스트들은 그들 나름대로의 시어를 모색하게 된다. 곧 전대의 로만주의 언어는 목가적·전원적인 언어, 감정어 등이 되고, 마르크스주의 시의 언어는 이데올로기적 성격, 곧 윤리적 의미를 강조하는 것이 되지만, 모더니즘의 언어는 도시 문명어, 외래어, 신어, 감각어 등[5]이 주류를 이룬다. 또한 그것은 언어의 청신성, 명랑한 감성, 원시적인 시각적 이미지, 아름다운 회화, 조소적인 깊이 등 '작품에서 자연발생적인 감정을 억제하고 감각적인 언어를 되도록 객관적인 입장에서 제시'[6]하고자 하는 것이었다. 이

---

3) 정한모, 『현대시론』(민중서관, 1973), 72쪽.
4) 이승훈, 「전후 모더니즘 운동의 두 흐름」, ≪문학사상≫, 1999. 6, 65쪽.
5) 문덕수, 『한국 모더니즘시 연구』(시문학사, 1992), 303쪽.
6) 박민수, 『현대시의 리얼리즘과 모더니즘, 모더니즘 연구』, 자유세계, 1993, 154쪽.

는 모더니즘의 불연속적 속성과 함께 나타난다. 그것은 때로 물리적 세계와
생물학적 세계와 윤리적 세계간에 불연속적 성질로 나타나기도 한다.

박인환의 시세계에서 불연속성은 바로 죽음을 경계로 하여 구별된다. 에
리히 프롬에 의하면 많은 사람들의 경우에 죽음을 사랑하는 경향과 삶을 사
랑하는 경향이 함께 나타나는데, 그 혼합의 정도는 다양하다. 죽음을 사랑하
는 정위를 가진 사람은 죽어 있는 모든 것, 곧 시체, 부패, 배설물, 오물에 집
착하고 매혹당하는 사람이다. 다시 말하면 삶이 아니라 죽음이 그들을 흥분
시키고 만족시킨다. 죽음을 사랑하는 사람은 유기적인 것을 무기적인 것으로
바꿔 놓고, 마치 모든 생명 있는 사람들이 사물이기라도 한 것처럼 삶에 기
계적으로 접근하려는 욕망에 사로잡힌다. 그리고 어둠과 밤에 집착한다. 신
화와 시에서 그는 동굴이나 깊은 바다에 집착하는 사람이나 장님으로 그려
진다. 이에 비해 삶을 사랑하는 사람은 기계적이 아니라 기능적이다. 그는
부분만 보지 않고 전체를 보며, 요약보다는 구조를 본다. 또한 삶을 사랑하
는 사람은 삶과 기쁨에 매혹되며, 선을 행하려고 노력한다.[7)]

그렇다면 박인환의 시에 나타나는 죽음 이미지는 어떻게 해석해야 할까.
우선 그의 시 곳곳에 나타나는 서양의 언어로 이루어진 고유 명사는 죽음
이미지 이편에서 매우 감각적이다. 이는 그의 해외 체험과 관련이 있는 것
같다. 그는 1955년 대한해운공사에 입사하여 <남해호>라는 배의 사무장으
로 미국 태평양 연안에 상륙하여 미국을 돌아보고 귀국한 후 「19일간의 아
메리카」를 조선일보에 발표한다. 그리고 대한해운공사를 퇴사한 후 그 해 10
월 15일 자신의 첫시집 『선시집』을 출간한다. 여기에는 '아폴론, 버지니아 울
프, 올림피아, 에베레트, 가르보, 포틀랜드, 몬, 아나 코테스' 등 인명이나 지
명, '타번, 디텍티브 스토리, 파파 러브스 맘보, 텔레비젼, 칼로리,
DECEPTION PASS, VANCE 호텔, BINGO 게임, RAINIER 맥주, LATE NIGHT
NEWS, CBC 방송국, 워싱턴주, 파파 러브스 맘보, 데모크라시' 등 일상 용어
에 이르기까지 외국어가 실로 많이 나온다. 이는 단순히 외국 여행에 대한

---

7) 에리히 프롬, 『인간의 마음』(문예출판사, 1990), 39~52쪽.

체험을 기록했다는 사실을 넘어서 죽음과 같은 상황이나 전쟁의 비참한 후
유증을 넘어서서 건강성을 회복하려는 의도로 보이기도 한다. 그러나 그의
해외 체험은 오히려 고향을 향해 열려 있거나 존재의 본질 찾기에 더 집중
되어 있는 편이다.

1) 나는 돌아가도 친구들에게 얘기할 것이 없구나
   유리로 만든 인간의 묘지와
   벽돌과 콘크리트 속에 있던
   도시의 계곡에서
   흐느껴 울었다는 것 외에는…….
   　　　　　　　　　　　　— 「새벽 한 시의 시」에서

2) 석양.
   낭만을 연상하게 하는 시간.
   미칠 듯이 고향 생각이난다

   그래서 몬과 나는 이야기할 것이 없었다 이젠
   헤져야 한다.
   　　　　　　　　　　　　— 「에베레트의 일요일」에서

3) 포틀랜드 좋은 고장 술집이 많아
   크레온 칠한 듯이 네온이 밝은 밤
   아리랑 소리나 한 번 해보자.
   　　　　　　　　　　　　— 「수부들」에서

4) 또 밤거리
   거리의 음료수를 마시는
   포틀랜드의 이방인
   저기
   가는 사람은 나를 무엇으로 보고 있는가.
   　　　　　　　　　　　　— 「여행」에서

이를 보면 그가 경향신문사 기자직을 그만두고 절망적 상황을 탈피하기 위하여 선뜻 배를 타고 해외로 나갔지만, 그는 오히려 그곳에서 문명을 비판하게 되고 자신의 본질을 찾는 계기를 가지게 된 것 같다. 이는 그가 여행에서 돌아와 선뜻 뱃일을 그만두고 『선시집』을 낸 것만 보아도 알 수 있다.

언제나 죽음 이미지로 불행한 현실을 극복하려 했던 그는 1956년에 자신의 작품을 정리하고 가끔 부인과 친구들에게 "천재는 요절하는 것이 운명이니까 나도 빨리 죽을는지 모른다"고 앞날을 예견한 듯이 말했다고 한다. 그리고 동경에서 객사한 이상(李箱) 추모의 밤 모임에서 이진섭에게 '인간은 소모품, 그러나 끝까지 정신의 섭렵을 해야지' 하는 글을 써 주었는데 그것이 그의 마지막 글이 되었다. 그리하여 1956년 3월 20일 저녁 9시, 세종로 자택에서 심장마비로 급서하였다.

1) 잃어버린 일월의 선명한 표정들
   인간이 죽은 토지에서
   타산치 말라
   문명의 모습이 숨어버린 황량한 밤.

   성안은
   꿈의 호텔처럼 부서지고
   생활과 질서의 신조에서 어긋난
   최후의방랑은 끝났다.

   지금 옛날 촌락을 흘려 버린
   슬픈 비는 내린다.
   　　　　　　　　　　　　　　　— 「자본가에게」에서

2) 전쟁이 뺏아간 나의 친우는 어디서 만날 수 있습니까.
   슬픔 대신에 나에게 죽음을 주시오.
   인간을 대신하여 세상을 풍설로 뒤덮어 주시오.
   건물과 창백한 묘지 있던 자리에
   꽃이 피지 않도록.

하루의 일 년의 전쟁의 처참한 추억은
검은 신이여
그것은 당신의 주제일 것입니다.
— 「검은 신이여」에서

3) 등불이 꺼진 항구에
마지막 조용한 의지의 비는 내리고
내 불신의 사람은 오지 않았다.
내 불신의 사람은 오지 않았다.
— 「불신의 사람」에서

　박인환의 죽음 이미지는 50년대의 상황과 깊은 연관을 맺고 있다. 그는 절망적 상황을 문명 비판과 죽음 이미지로 그려낸다. 그는 절망적 상황을 그와는 다르게 그려내는 것을 위선으로 본 것 같다. 그래서 그는 절망을 실존적인 모습 그대로 놓아둔다. 그리하여 그것을 새로운 재생으로 이끌어 내는 것은 독자의 몫으로 돌려 놓는다. 그의 죽음 이미지가 에리히 프롬이 말하는 썩음을 좋아하고 기계적인 도식을 불러일으킨다고 하더라도 생명적이고 선한 것으로 돌려 놓지 않는다. 다만 죽음 이미지 사이에 언뜻언뜻 그와 대비되는 이미지를 배열해 놓기도 한다. 그것은 고뇌의 현실을 극복하기 위한 장치가 된다. 여기서 제1부호는 사회적 현실이 되고, 제2부호는 독자가 스스로 만들어 내는 미적 대상8)이 된다. 제1부호에는 기존의 규범을 변화시키는 힘이 존재하고, 제2부호에는 현실을 새롭게 인식하게 하는 신화가 존재한다. 박인환은 그 제2의 부호를 독자가 판단하게 함으로써 도식과 수정의 기회를 제공한다.

　박인환은 죽음 이미지에 익숙한 시인이다. 그러나 그 이미지는 절망적 상황을 대변하거나 생으로의 회유를 위한 통과 의례로 작용하는 경우가 많다. 그것은 문명을 비판하면서 원초성으로 가는 것이요, 현실에 의해 상처받은

---

8) 김병욱 편, 최상규 역,『현대 소설의 이론』(대방출판사, 1986)

영혼이 재생하는 계기를 만드는 경계로서 작용하기도 한다. 그는 때로 생명
적인 것과 죽음을 사랑하는 경향을 동렬에 두고 새로운 세계로 일탈하는 장
치를 마련해 놓았으며, 미적 대상을 시 바깥에 숨겨 놓고 독자로 하여금 그
것을 찾도록 유도하기도 한다. 그는 서정성과 감각어와 이미저리와 문명 비
판을 시의 본질로 삼으면서 죽음 이미지를 통해 새로운 것을 꿈꾼다. 아마도
그는 일찍이 죽음 이미지 너머에 있는 새로운 세계를 은근히 꿈꾸고 있었는
지도 모른다. 그런 의미에서 그의 죽음 이미지는 현실을 상징하면서 비교적
긍적적인 데로 열려 있는 편이다.

현존과 영원에의 조응
― 구상론

이 운 룡*

1. 총체적 시

구상(具常)시의 주제와 그 형상성은 한 그루 거목이요, 거목이 서 있는 땅이요, 햇빛이다. 이른바 땅은 가톨릭 신앙이고, 햇빛은 인류와 세계성을 띤 희망이다. 거목의 줄기와 뿌리는 하나이면서 각기 다른 모습을 지닌다. 그리고 그 진가가 무엇이냐를 안다는 것은 바로 구상의 시를 진정으로 안다는 말과 같다. 가장 쉽고 간명하게 요약한다면, 그것은 자연 서경과 서정의 아름다운 신비이며, 존재론적 인식이며, 역사의식이며, 최종적으로 신앙의 수행(修行) 증득(證得)의 모습이다.

그의 시관(詩觀)은 진실이 없는 언어 표상이나 관념적인 장식을 철저히 거부한다. 그 대신 참된 의미의, 또는 시인 자신의 실존적 고투에서 체득된 진실과 종교적 진리를 불러들인다. 시공의 제약과 변화 속에서 체험된 고통과 초월을 동시에 수용하고 진실과 진리의 세계를 찾아 언어의 표상과 실재를 등가량으로 창조한 시적 리얼리티를 그는 일명 '언령(言靈)'이라고 부른다.

구상은 '언령'을 시정신의 핵심으로 가톨릭과 존재와 역사를 통찰하고 숭고한 한국의 대표적 시인이다. 그는 명징한 사고, 예민한 감각, 지성적 겸손

* 중부대학교 교수

을 갖춘 가톨릭 신앙의 수행자이고 지식인이라는 점에서 한국인들로부터 깊은 신뢰와 존경을 받고 있으며, 따라서 종교인・철학자・사상가라고 해도 아무 이의가 없을 것이다.

다양하고 심오한 사상과 철학을 신앙 속에 구현한 성과(成果) 못지 않게 구상의 시를 연구한 국내 학자들의 논문은 30편이 넘는다. 또한 불어, 영어로 4권의 시집이 번역되어 세계문학 속에 한국문학의 면모를 보여주었다는 것은 매우 다행스런 일이다. 외국어대 로제 르베리에 교수의 불역 시집『焦土』(파리, 1986)를 비롯하여, 가톨릭 수도사이자 서강대 앤소니 티그 교수의 영역시집『焦土』(런던과 보스톤, 1989)와, 이어서 연작시집『유치찬란』(서울, 1990), 『강과 밭』(런던과 보스톤, 1991)이 출판된 사실은 당연하면서도 주목해야 할 성과라고 보지 않을 수 없다.

구상의 시는 진리의 모색이며 그 기록으로써 종교・존재・역사에 대한 비평이고 인간 전체와 우주에 대한 거대한 온유이다. 그 결과 종교와 존재의 형이상학적 인식이나 역사의식이 각기 다른 차원과 방법으로 영원 속을 조명함으로써 신비의 시, 명상시, 본질시, 현실참여시, 사상과 철학의 시 등 깊고 폭 넓은 '종합의 시'라고 할 수 있다.

그의 위상은 우리 시단의 이단자라는 평가를 통해서 확실시된다. 왜냐하면 시의 주제와 그 형상성이 이질적이기 때문이다. 간단히 말해서 존재에 대한 인식이나 역사의식, 형이상학적 세계가 바로 그 주제이다.

한편 표상에 있어서도 그는 내재적인 선율이나 논리적 심상을 일관되게 유지했던 것이다. 그래서 일반적, 통념적인 시형과 시어와 운율을 의도적으로 기피하고 배제하고 파괴함으로써 비시적이라는 비판을 받기도 한다.

먼저 시의 이질성을 그 주제면에서 총괄하면, 낱시와 연작시로 분류된다. 낱시의 경우, 1)시인의 일상적 삶과 그 심화나 관조의 세계, 2)존재론적 인식, 3)격동의 시대를 살아온 시인 자신의 역사의식, 4)자연의 서경이나 서정, 5)신앙 생활의 수행(修行)과 증득(證得), 6)사회적, 국민적 기념들이다. 연작시의 경우,「焦土의 詩」는 6・25전쟁의 비극을 인류의 보편적 차원에서 증언하고, 「밭日記」는 생성과 소멸이 번다한 밭을 통해서 사물의 현상을 통찰했으며, 「까마귀」는 물질 만능과 기술 위주로 치닫는 시대 상황에 대한 경보를 우유(寓喩)했다. 「木瓜 옹두리에도 사연이」는 시인의 유년기부터 60년에 이르기까지의 자전적 진실의 시이며, 「그리스도 폴 강」은 존재의 내면적 실재를 추구하였고, 「章心秒」는 자기 극복을 이룬 인간의 순진한 마음의 상태를 숙고한 연작시이다.

　이러한 다방면의 진실과 진리가 숨어 있는 종합된 시를 통념적, 평면적 해석으로 이해하려고 들면 들수록 미궁 속에 빠져들고 말 것이다. 그러한 태도는 마치 만리장성 일부를 보고 '그것은 이렇다'라고 말하는 어리석음과 다름이 없을 것이다. 왜냐하면 연작시와 낱시를 막론하고 모두 독파해야 비로소 만리장성을 다 보았다고 말할 수 있는 '전체성'에서 이해되기 때문이다.

2. 「焦土의 詩」와 비극의 증언

　이 시는 6·25전쟁의 체험을 통하여 선과 악, 이념과 생존 등 실존에 대한 비극적 감정을 풀어보려는, 그러면서 많은 질문을 던져 그 해답을 찾으려는 연작시이다. 존재의 의미가 무엇인가를 엄숙하게 묻고, 분단 조국의 현실 상황을 세계에 고발함과 동시에 극복되어야 할 인간의 존재 의미를 직접적으로 노출시켰다. 이러한 다부진 저항 자세는 자기 희생의 윤리적 책임을 자각함으로써 극복될 것이라는 가능성을 전제로 그는 생각하고 또 따진다. 한국전쟁은 동서 이데올로기에 편승한 대가로서는 너무나 큰 비극이요, 열강의 세력 균형에 박살난 희생양이었다고, 나아가 이러한 혼란 속에서 새로운 세계의 중심을 추구하기 위한 악몽의 실체가 무엇인가, 그리고 세계사적 냉전에 휩쓸려도 되는가를 절규하듯 되묻는다. 그의 질문은 전쟁이 아니다. 실존이 제기하는 가치요 의미이다. 그것은 전쟁 당사자였던 한국인은 어떤 생각, 어떤 고민, 어떤 기대를 가졌었고, 어떤 실망을 했는가를 밝혀 보자는 데서 웅분의 발견이 있을 것이라는 믿음 때문이다.

지금까지 그의 시가 전후 타락한 윤리와 시대상황을 문제삼았던 것처럼 우리 민족의 운명은 심청이의 명암의 소설시학으로 비유되어 있다. 심청이는 한국 고대 소설『심청전』의 주인공이다. 봉사인 아버지의 눈을 뜨게 하려고 스스로 목숨을 버린 효의 상징이자 자기 희생으로 구원받은 ─ 연꽃 속의 미녀로 재생한 ─ 윤리의 표본이다. 심청이의 효심과 자기 희생의 구원은 곧 전통적 유교사회의 가치관을 드러낸 동양의 규범문화 중에서도 그 으뜸이랄 수 있다. 구상은 조국과 심청이의 운명을 일원적 존재 원리로 규명한 것이다. 그것은 삶의 동요도 혼란도 파괴도 거부하는 역사의 회복을 암시한다.

그는 전쟁 자체를 존재의 모순이고 불행으로 체험하면서 고향인 원산을 탈출해 온 이산가족이다. 이런 이유 때문에 그런 것은 아니겠지만, 각박한 삶과 인류 역사의 벽과 맹점을 비판하고 그 극복의 진실을 발견하려는 데 주저치 않는다. 그리하여 실존적 인간고와 이데올로기의 세계사적 소용돌이를 지나서 궁극에 있어서는 윤리적 존재의 완성을 암시하기에 이른다. 결국 '초토'는 인간 정신의 초토요, 생명 부재의 초토요, 세계사의 초토를 상징하며 미래의 구원을 전제로 한 초토이다.

3.「발日記」와 사물 현상의 통찰

「발日記」는 자연의 질서 체계인 생성・소멸・재생의 발견을 통하여 신의 섭리에 대한 확신을 노래한 연작시이다. 부분적으로는 일제치하 총독정치나 6・25피난과 판자집 생활 등이 끼어 있지만 그것은 다른 시들과 낯설지 않게 역사적 반추로 재음미되었을 뿐이며 이 자연 시에서는 그렇게 중요하지 않다. 그보다는 소・농사꾼・똥・보리밭・풀이름・봄채소・야생 동물 등의 자연 사물에서 환기되는 서경, 서정의 리듬이 한결 친밀하게 느껴 온다. 이것은 일본에서 폐수술을 받고 생사가 분명치 않은 상태에 있었던 이 시인의 극한 상황과 삶에 있어서의 흙에 얽힌 이미지를 몽타지한 것들이다.

첫째, 자연 사물의 섭리사관이다. 그는 병사에 누워서 또는 밭을 거닐면서

밤과 낮, 계절의 순환, 생과 사, 생명체의 유전 등을 명상하고 또한 직·간접
으로 경험하면서 존재 질서의 신비에 눈을 뜬다. 구상은 바로 그러한 존재와
미의 밭갈이 시인이다. 밭은 생명현실이다. 봄의 생성이 있으면 가을의 수확
이 있고 겨울의 소멸이 있다. 이러한 질서와 섭리의 수용을 위해서 밭은 젖
을 물려 아기를 기르는 여성으로 미화된다. 즉, 자연의 어머니로 상징화 된
것이 밭이다.

둘째, 끊어진 역사의 재결합이다. 「焦土의 詩」에서 이미 언급된 바이지만
이데올로기 전쟁에서 우리 한국인이 받은 상처와 고통이 어떤 것이었던가를
묻고 있다. 그리고 밭은 우리 국토의 의미로, 그보다는 남한과 북한의 실체
로 혹은 밝은 것과 어두운 것의 실존에 얽힌 합리와 불합리의 이미지로 명
시된다. 밭은 그러나 미래의 꿈이 실현될 현장이다. 이는 '화전민의 꿈'이라
는 불과 몽상의 시학을 통하여 구체화되고 있다. 즉, 불(밭)의 함축적인 의미
는 소멸로부터 재생으로 전이된다. 말하자면 남북 통일의 신영토 출현을 위
한 필연성을 함축하고 있다.

셋째, 문명적 종말의식과 자연적 생명의식의 대위법이다. 전자가 반인간적
산업사회 구조화에 대한 우려를 표명한 것이라면, 후자는 그에 대한 반사심
리로 인간성 회복과 우리의 고유한 전통미 발견에 기여하고 있다. 많은 인물
들의 이름과 식물들의 이름이 순수한 우리말로 쓰여졌다는 사실은 곧 식물
적 감수성이 짙게 풍자되고 있다는 결과를 뒷받침해 준다.

넷째, 기독교적 존재관이다. 구상의 상상력은 실존의 고뇌와 그 시련이며,
성스러움과의 끊임없는 긴장에서 항상 절망하고 또 희망을 가진다. 이 긴장
의 탄력성은 죄인의 눈물에서 성실로, 절망에서 희망을, 소유에서 베푸는 사
랑으로 승화되고 극대화된다. 그 성실성, 희망, 사랑은 존재를 새롭게 바꾸는
힘이 되고 있다. '가난한 자의 복'이 기독교의 무소유의 은밀한 교조(敎條)라
면 구상의 삶은 이를 실천하는 수행의 도정이었다는 점에서 그의 고뇌의 의
미가 보다 차원 높은 것이었음을 알게 된다.

그리하여 밭은 자기 성찰과 열린 공간이기도 하다. 봄날의 새싹은 단단한

땅을 뚫고 나온다. 저절로 나오는 것이 아니라, 혹심한 고통을 극복해야만 한다. 그러한 인내와 극복의 밭에 구상의 기쁨이 있다. 일체의 외도를 불허하고 부단히 밭을 가꾸면서 사는 삶, 여기에 그의 존재의미가 있다.

4. 「까마귀」와 현실부조리 고발

오늘날의 시대상황이 물질주의 기능 만능과 현실주의로 치닫고 있는 인간 소외의 정신에 대한 경고와 비판을 까마귀로 만유(萬喩)하여 표현하려고 했다는 그의 진술에서 암시 받듯이, 시대적 현실의 부조리를 비판하고 이를 광정해 보려는 의지가 바로 까마귀로 변신하고 있다는 것을 알게 된다. 까마귀는 암흑시대의 정의의 사자이며 불안한 삶의 실존 그 자체일 것이다. 구상의 어조와 액센트는 그래서 까마귀의 거친 울음소리를 닮아간다. 동양인에게 있어서 까마귀는 불행의 새, 죽음을 예고하는 새, 영적으로 불길하게 인식하고 있는 영혼의 새로 통념화된 흉조이다. 까마귀 소리는 이처럼 악성의 상징이다. 그러나 '신령한 예지'의 사명을 띤 역설의 악성이다. 까마귀는 세상이 어리석고 사회가 정의롭지 못하다는 사실을 잘 알고 있는 새이다. 그의 악성은 난세를 절규할 때만 더욱 거칠어진다. 그러니까 까마귀는 불의와 부조리가 번다한 현실에서만 까옥까옥 위험을 알리고 다니는 이 시인의 숨은 사자이기도 하다.

구상의 경우 '현실'에 대한 개념 인식은 매우 포괄적이다. 가시적인 것은 물론 불가시적 관념까지가 모두 현실이다. 그러한 면에서 현실은 생의 의미를 풀어나가는 단서가 된다. 그의 의견을 가감없이 수렴한다면 이것을 '신현실'이라고 말할 수 있다. 좀더 설명하면 애국과 비애국, 물질과 정신, 긍정과 부정의 세계인식, 인생과 생활, 사랑과 미움, 순간과 영원 등이 함께 있는 의식세계가 바로 신현실이다. 이러한 현실을 반영하고 있는 까마귀는 먼저 윤리의 타락과 훼손된 정신의 가치를 회복시키려는 의도에서 경고적일 뿐만 아니라 예언적이다. 까마귀가 예언자가 될 때에 거기엔 풍자가 있다. 별것도 아닌 것을 소유하려는 인간의 어리석음을 비웃는다. 혹은 빈부의 차, 권력자와 민초와의 대립과 갈등, 사회 저변에 깔린 부정과 부패를 지적하고 꾸짖는다. 펜은 칼보다 강하다는 속담이 있다. 구상이 참[眞]을 실천하는 카톨릭 시인이라는 것은 새삼스런 일이 아니다. 정치권력의 유혹을 뿌리치고 '남산골샌님'으로 허허실실 웃을 수 있는 여유와 능력과 힘이 곧 그의 유머를 통해서 해학을 동반하기 때문이다. '참'을 실천하는 덕목 중에서 가톨릭에 대한 살아 있는 믿음은 '눈 뒤집힌 세상살이'의 온갖 비리를 대표하는 언어로 암시된다. 가진 자와 넉넉한 자는 헐벗은 자와 굶주린 자에게 은혜를 베풀고, 권력자와 세리에게는 부정이 없는 공정한 집행을 충고한다. 이처럼 그의 시는 예리한 관찰력이 돋보이는 현실이나 현장의 사건에 관련되어 있다. 불행의 경고에 앞서 까마귀는 '고행수도'하는 영혼의 갈구로 목이 잠긴 새, 현대사회의 타락과 비인간성을 낱낱이 알고 있는 새라고 판단해도 틀림없을 것이다. 까마귀는 신령한 새이기 때문이다. 따라서 불의 재앙까지도 예언한다. 이것은 구상 자신의 예지와 다름아니다. 그러므로 그의 시는 전일한 삶의 구체적 표현으로서, 개혁 → 은총 → 본연의 정화이고 그 덕목이라는 범주에서 진리임을 시현한다. 이러한 판단은 '좌장'을 소멸시킬 수 있는 것이 오직 시뿐이라는 데서 분명하게 드러난다. 그러므로 까마귀의 경보와 같은 현실시는 인간의 제현상과의 직접 교섭에서 그 진가를 기대할 수 있는 것이며 인간의 마음이나 마음 밖의 실재나 현상도 근원에 있어서는 시와 불가분의 관계임을 천명하게 된다.

5. 「木瓜 옹두리에도 사연이」와 자전적 진실

구상의 시는 대개 너와 나, 민족과 인류, 또는 종교·정치·사회·역사 등의 공동 관심사를 해석하고 비판하며, 비전 있는 질서의 세계를 제시해 줌으로써 사상성을 띤다.

이 시가 시인 자신의 삶의 궤적이라는 점에서 자서전의 기록이지만, 여기서도 예외 없이 나와 이웃에 관계되는 모든 것이 특별한 이야기와 의미를 가지고 즐거움을 준다. 사실 그의 이야기는 단순한 일상 생활이며, 단순한 사건에서 감지된 전류이지만, 그것이 '나'아니 '너'와 '우리'로 흐를 때는 강하게 충전되어 특별한 의미를 불러일으킨다. 우리의 경험 세계의 시간과 장소와 단순한 관심거리는 결코 짧다거나 좁다거나 단순치 않다는 점에 그의 예리하고 신중한 이성이 자리잡고 있다. 보통 경험하는 육친과의 사별을 통해서 내세관이나 존재의 근본에의 눈을 뜬다든지, 혹은 8·15해방이 '판도라의 상자'가 되었다고 실망한다든지 하는 일련의 사건과 경험은 인간적, 민족적인 것으로 확대된다. 이는 예지에 빛나는 그의 뛰어난 분별력의 결과라는 사실을 뒷받침해 준다. 작품의 중심을 관류하는 것은 경험이다. 행복했던 유년 시절의 고향 원산은 이제 더 이상의 낙원은 아니다. 일본 유랑의 20대 청년이 치루어야 했던 망국의 고독과 설움이, 북한에서의 '응향 필화 사건'으로 사선을 넘어 남하해야 했던 고통이, 자유당의 정치폭력과 그 압정에 항거하는 사회비평 「민주고발」 사건으로 옥고를 치루어야 했던 회의와 절망이, 4·19와 5·16의 정치·사회 변동과 그 시대가, 사실상의 정치 참여를 거부하고 하와이 동경 등으로 피신해야 했던 현실 모두가 그에겐 뼈아픈 경험이요 외면할 수 없는 시대적, 역사적 인업이며 부채였다. 그것은 죽은 영감이 아니라 자기 체험에 의한 살아 있는 신념이었다. 그는 삶의 가장 엄숙한 해답을 얻는 지름길이 체험 내용 — 이 시가 자서전의 기록이며, 우여곡절이 많은 한국 현대사의 산 증거 — 이라는 사실을 그는 명민한 직관으로 깨달은 것이다.

구상의 일상 속에는 언제나 명상과 탐색이 있고, 그에 상응한 발견이 있다. 이는 단순한 사건을 환기하는 시에서 주로 나타나는 것이지만, 그 확실한 모습은 '모과 옹두리生 사연'으로 비유된 그의 자전시에 들어 있다. 그것이 청렬한 그의 인품과 독서의 결과라는 사실에 익숙치 못한 독자에겐 무척 낯설게 느껴질 것이다. 구상이 동경 유학 중문과를 포기하고 종교과를 택하였던 사실은 매우 시사적이다. 그는 동서양 철학 — 구체적으로 기독교적 전통과 불교적·도교적 전통 - 을 섭렵하는 과정에서 노장 철학과 가브리엘 마르셀, 자끄 마리땡, 쟝 기똥 등의 가톨릭 철학에 심취, 삶의 성실과 신에 대한 존재나 우주적 원리를 확고히 하는 실마리를 풀게 되었다. 아마도 유년 기로부터 이순에 이르는 80년대 초반까지를 연대순으로 시화한 이 연작시의 현실적, 내면적 체험과 그 추구가 실존적 긍정을 수용하기까지는 저러한 철학서가 크게 영향을 끼쳤지 않았는가 싶다. 그런즉 내용이 없는 무정란의 시가 아니라, 정혼을 기울여 쓴 '수정란'의 시라는 점에 함축적인 의미가 있다.

시의 전반에는 실존적 삶의 독자성뿐 아니라, 독창적 방법론 제시에 있어서도 그는 여러 가지 형태를 시도하고 있다. 이를테면 관념으로 표출할 수 없는 극한적 상황에 이르렀을 때에는 불립문자와 같은 그림 형태의 시가 된다. 또는 사실적인 리포트의 시나 대화형식의 시나 극한된 시, 나아가 형태 속에 숨겨진 침묵의 세계(언어가 없는 세계) 등을 보여주어 그의 시는 다양성에서 파악된다. 이런 이유로 해서 구상을 포멀리스트라고 지적한 김광림의 판단은 정확한 것이 된다.

6.『그리스도 폴로 江』과 존재 내면의 세계

이 시는 형이상학적 질문에 대한 올바른 대답, 또는 그 존재인식이다. 인간의 실체가 무엇인가, 궁극의 실재를 파악할 수 있는 가의 철학과 종교적 신앙이 중심이 되어, 존재의 내면적 의미를 추구하려는 형이상적 인식의 세계이다.

그리스도 폴은 예수의 발현에 접한 전설적인 가톨릭 성인이다. 그리스도 폴의 생애와 그 삶은 세속을 끊고 자신의 소임과 수덕을 수행, 마침내 구원을 본 초대 교회 시대의 인물이라고 전해 온다. 즉 남을 위한 구제의 모범이 되어 성인의 자리에 오른 인물이 그리스도 폴이다.

구상은 이 성인을 자신의 신앙과 시와 삶의 한 전범으로, 가톨릭이 바라고 가르치는 바 회심과 그 수덕을 본받고, 존재의 근원을 찾아 '시의 완성'에 도달하려는 의도에서 그리스도 폴과 강의 이미지를 일여시한 것으로 이해된다. 이는 단지 시인의 개인적인 투시력 이상의 의미가 있음을 시사한다. 그것은 '강'에서 발견된 동양적 정신이다. 먼저 강은 그 본질적인 속성이 무엇이냐로, 존재는 그것이 있느냐의 질문으로 관념화되지만, 그것은 강의 근원 인식이라 수 있는 정관적 명사에 기초하여, 가톨릭에서의 창조의 신비와 관계를 가진다.

그의 시적 방법론은 실제 한강을 관찰하고 사색함으로써 여기서 강의 동중정(動中靜)을 포착하는 데 있다. 즉 강을 신의 섭리와 질서의 하나로 보고, 우리 인생의 시간도 흘러가면 다시 돌아오지 않는다고 생각하는 입장이다. 그 영원과의 관계에서 정의되는 신의 존재의미와 부활에 대한 확신을 발견하는 일은 강의 흐름을 근원적으로 추구할 때에 가능한 것으로 믿는다. 흐르는 것이 강물의 속성이다. 여기에는 흐르지 않는 모습도 있다. 그러니까 흐름과 머무름을 동시적으로 간직하고 있는 것이 강이다. 이를 영원이라고 말한다. 이 영원성이 강의 본질이다. 형이상적 본질의 특성은 항구적이고 불가분적이고 영원하고 필연적이다. 구상의 강의 시간성은 본질과 존재를 한가지로 이어 놓은 시작과 끝이고, 처음과 나중이고, 현재이며, 동시에 영원이다. 다시 말해서 시작도 끝도 없이 있으며, 처음과 나중도 없이 계속되고, 과거 현재 미래도 아닌 그 전체를 포괄하는 것이다. 이는 창세기의 천지창조에 의해 해명될 수 있겠으나 강의 실상을 통하여 발견하고 있다.

물의 존재를 알고 그 실체를 진실로 본다는 것은 영적인 혜안에서 가능하다. 식물의 씨는 나무가 되려고 하고, 동물의 알은 새가 되려고 하는 속성처럼 '나' 역시 그 자체 다른 '나'가 되기 위해 새롭게 변신하려고 한다. 이러한 향상적 변용을 내포하고 있는 것이 강을 안다거나 강을 본다고 하는 구상의 실재 인식이다. 그런데 현실적인 알(나)은 가능적인 새(강)가 될 수 있기 때문에, 이것은 모순이 아니다. 보이는 강은 형이상학적 사후 현실을 투시하는 매체가 된다. 이때에 죽음의 세계는 낯설거나 두려운 것이 아니라, 초월적인 질서체계로 인식하기에 이른다.

그러므로 구상의 강은 존재의 근원으로서 정신 속에 흐르는 신비의 강이다. 이것은 "내 머리 속에도 / 또 하나의 강이 / 흐른다"고 진술함으로써 명백하게 판명된다. 문덕수는 넓은 의미의 존재, 즉 사물이나 사회를 통틀어 존재 인식에까지 입지했다고 보고 신학적, 철학적 인식을 공고히 하여 구상의 시를 '본질적 참여시'라고 정의한 바 있다. 이 역시 형이상적 본질에 다름 아니다.

구상은 죽음을 '영화(靈化)의 한 매듭'으로 본다. 떼이야르 드 샤르댕의 견해와 다름없이, 생명의 상승을 위해 필연적으로 거쳐야 할 단계가 죽음이라고 보기 때문이다. 그의 죽음은 기독교적 영성을 띤 것이다. 구원을 전제로 한 신적 확신으로서, 최상의 최종적 비전은 다시 근원으로 돌아간다는 믿음을 천명한 것이다. 그래서 강은 일종의 신성을 띤 구상의 사유체계이다. 신의 초월성은 항구적인 완전성을 내포한다. 일례를 들면 과거와 현재와 미래가 최종적으로 그 완전한 모습을 드러냄에 있어서는 무한이나 영원이라고 하는 지속적인 흐름으로 돌아가는 일이다. 이것이 신적 의지이며 초월의 현상학이다. 인간의 죽음도 부활에 대한 믿음으로써, 영원의 바다로 흘러가는 강의 최종적 도달점이 된다. 이러한 강과 바다의 생동적인 명은 동양적 정관이나 명상의 결과와 함께 가톨릭의 믿음을 그의 영성적 직관에 의하여 통합시킨 발견의 한 예라 할 것이다. 그는 강과 시간의 흐름을 경험하면서, 안소니 티그의 말처럼 '체험을 통해, 강은 절대로 같은 강이 아니며 각각의 순간이 유일하고 대체할 수 없는 것'이라는 사실을 알게 된다.

실제로 강을 그의 전인생적 일터로 삼은 이유는 궁극적인 의미의 존재에 대한 확신과, 영원 속에 있는 구원을 성취하는 데 있다. 강에서 다시 인생을 시작하는 것, 곧 거듭남이 목적이었던 그리스도 폴 성인의 발자취를 더듬어, 그 수행을 본받는 것이 강에서 배우고 깨달은 질문이며 대답이 될 것이다.

7. 신앙의 수행과 증득(證得)

구상은 가톨릭과 시와 더불어 살아온 시인이다. 그의 기독교 시는 T·S·
엘리엇이 염려한 바 종교의 대치물도 아니며, 더욱이 호교의 성명서도 아니
다. 궁금한 것은 신앙과 시의 만남이 어떻게 자연스럽게 조화되고 합일되어
있는가. 신앙과 시와 삶이 진정으로 삼위일체가 되어 있는가의 관심에 대한
문제 해결이다.

그의 기독교적 상상에는 구영(救靈)이나 성화(聖化)를 위해 믿고 실천해야
되는 가톨릭 교회의 모든 가르침이 포함되어 있다. 따라서 존재의 모순·분
열·대립과 갈등이 심오한 내면적 자유를 구현하는 데 기여하고 있다. 안소
니 티그는 구상 시의 해설인 「깊은 명상과 신비에 눈뜬 시」에서 다음과 같
이 기록하고 있다.

> 그의 시와 삶은 심오한 진정성의 표적을 지닌 데서 연유한다. 삶의 진정
> 성이 공적인 발언과 사적인 행동이 조화를 이루게 하는 것이라면 이 진정
> 성을 뒷받침하는 진리, 즉 인간을 자유롭게 하는 진리는 정태적인 교조(敎
> 條)가 아니다. 구상의 일생은 진리의 모색으로 설명될 수 있고, 그래서 그
> 의 시들은 그 길을 따라간 발자취의 기록이기도 하다. 사실상 구상의 모색
> 은 근본적으로 종교적인 진리에 대한 것이었다.

이상의 언급에서 알 수 있듯이, 삶의 진정성과 진리의 모색으로 설명된 시
를 전일성으로 통합하여 이를 실천해 온 시인이 구상이다.

정신분석학이 내세운 가설의 하나는 인간의 성격이 어려서부터 결정된다
고 한다. 구상의 도덕적 겸손과 신앙적 자아가, 철들기 이전 — 그는 태중 신
자였다 — 에 그 원형의 틀이 잡혀졌으리라는 추측은 매우 중요하다. 왜냐하
면 그의 시는 가톨릭시즘이 기본틀이며 미가 신적 속성의 하나임을 인식하
고 있는 곳에서 시와 진리가 한 몸이 되어 숨쉬기 때문이다. '삼라만상의 실
재는 시는 미에서 추출된 것'이라고 언명한 토마스 아퀴나스와, 미에 부여된

신성성을 시적 진리로 승화시킨 구상은 우연히도 하나의 신학적 근원에서 출발하고 있음을 주목하게 된다. 전자의 '실재'와 후자의 '시적 진리'가 바로 신성의 미에서 합일되어 있기 때문이다. 만일에 싸르트르처럼 영원히 행복을 찾을 수 없는 불행한 인간의 시와 철학에 묻혀 버린다면 구상의 시는 존재치 않을 것이다. 그렇지만 가브리엘 마르셀의 구원과 소멸의 갈등에서처럼 고난이나 시련을 영혼세계의 본질로 수용하려는 그의 가톨릭 시는 행복한 모습에 앞서 불행의 모습을 직접적으로 보여준다. 위대한 시일수록 더욱 비극적인 불행을 보여주기 마련이다. 그것은 누구보다도 인간의 참 행복을, 진정한 욕망과 그 대상을 잘 알고 있기 때문이다. 행복의 충동이란 자신의 육체와 정신뿐 아니라, 세계에 대하여 자신을 열어 놓는다는 것을 뜻한다. 구상의 세계에의 열림이나 행복의 충동에 대하여 최종적인 지평이 되는 까닭이 여기에 있다. 그러니까 그의 기독교적 상상력은 불행을 보여주되 극도로 억제하려는 정신 속에 긍정과 행복과 낙관의 세계로 열려 있는 신앙시의 한 전형이랄 수 있다. 다시 말해서, 윤리적 고통을 동반한 존재의 미적 향수라고 말할 수 있을 것이다. 지금까지 그는 자기 완성의 윤리적 책임을 공고히 해 왔다. 삶의 양면성을 조화시키고 있는 사제적인 면과 장인적인 면이 공존하고 있다는 사실은 신앙적 소재와 형상과 의식·무의식적 상상력이 다른 관념들과 함께 인간의 모습을 전체성으로 파악하고, 세계에 대하여 자신을 열어 놓았기 때문이다. 구상의 사제적, 시적 감수성은 구원되어야할 인간의 실존 문제로 집약된다. 이러한 경향은 가톨릭과 역사현실의 체험에서 구멍난 고뇌의 통로를 거치는 동안 인간을 사랑할 수밖에 없는 그의 구도자적 신앙의 증득의 결과임을 시사해 준다.

그의 신심시는 영적인 예감을 추적해 간다. 그리하여 마음의 눈은 어떤 섬광이라도, 어떤 질서 밖의 반사까지도 감지한다. 구상의 시가 존재론적 명제를 시의 근간으로 일관해 왔다는 것은 너무나 당연한 일일지도 모른다. 그의 존재론의 근거나 바탕은 실존적 삶에서 경험하는 기독교적인 것에 대한 갈등과 대립, 그것의 구현 등이 문제가 된다. 그것은 가톨릭 자체, 그 사상이나 순수한 신앙정서, 가톨릭 생활적인 인생관이나 정신을 주제로 언어의 신령력을 획득하는 데 있다. 구상의 시에서 만일 가톨릭을 배제시킨다면 사람으로부터 혼이 빠져나간 것처럼 메마른 육체만 남게 되고, 신앙정서가 증발되어 버린다면 포도주가 맹물이 된 것처럼 향기와 빛깔이 없고, 언어의 리얼리티를 제거한다면 신학적 관념 그 자체, 아니면 일종의 잠언이 되고 말 것이다. 무엇보다도 구상의 시는 구영(句嬰)이나 성화의 가르침에 위배되지 않는 가톨릭의 세계관에서 찾아볼 수 있다. 여기에는 구상의 폭 넓은 사상이 내재해 있다. 인간의 불완전성에 대한 실존적 인식과 함께 영원에 대한 동경이 공존하고, 신과 인간의 관계, 인간 영혼의 고뇌, 구원에 대한 희구, 영생에 대한 소망을 망라하여 선악의 갈등, 양심의 문제, 마음의 평안, 천국과 공의에 대한 기원 등 가톨릭의 중요한 문제 의식이 체험을 통해서 설득을 얻고 있다.

구상의 시에서 또 하나 간과할 수 없는 것은 참회하는 시인, 기도하는 시인이라는 점이다. 그의 참회는 자아 성찰에서 비롯되고, 기도는 그리스도의 사랑의 실천을 충고할 때에 시작된다. 그래서 "기도는 나의 일과의 처음과 끝이다"에서처럼 신앙 정서, 신령에의 눈뜸, 윤리적 현세관, 고난 극복의 인유의식이 그의 가톨릭 사상이나 가톨릭 정신을 순미하게 드러내는 형이상적 인식의 중심에 자리잡고 있음을 알게 된다. 구상의 "나는 가톨릭 신자이기 때문에 행복했다기보다는 가톨릭 신자이기 때문에 고민했다."는 고백과, 폴 끌로델의 "너희가 신을 알았을 때 신은 결코 너를 쉬게 아니할 것이다. 왜냐하면 신은 너에게 항상 불안과 동요를 줄 것이기 때문이다."의 선언은 매우 암시적이다.

8. 종합적 견해

그는 삶 자체를 변화의 질서인 자연의 한 양상으로 인식한다. 긍정도 부정도 반항도 아닌, 그 모두가 한가지로 끝없는 도전일 뿐이다. 존재의 참 모습이나 기독교적 세계관도 사실은 전인격적 가치와 영원불변의 궁극적인 실재

를 파악하고 확신하기 위한 방법론의 하나인 것이다. 그 때문에 절망의 그림
자도 희망도 불빛도 동시에 수용하고, 통일된 인간관, 근원적 존재관을 영적
인 차원에서 총체적으로 집약하려고 한다. 여기에는 서구적인 이해와 동양적
인 이해가 통합되어 있다. '강'의 실상은 그러한 의미에서 보다 동양적 정관
의 모습을 보여 주었고, 보다 서구적 영원성을 암시해 주었다.

그는 일상의 작은 것에서, 단순하고 찰나적인 사건에서 심각한 질문이 터
져 나오고, 그 해답을 찾는데 지극히 고심하는 편이다. 그래서 그의 시는 질
문과 개방과 종합의 사유체계인 셈이다. 그가 관념을 배제하고 진실의 체득
과 형이상학적, 종교적 진리를 하나의 조화 속에 통일시키려고 한 이면에는
표상과 실재가 평형 위에 있어야 한다거나, 시공의 제약과 초월로 구분된 삶
과 신앙이 진리의 모색에 바쳐지고 있다는 암시를 실제 작품을 통해서 주지
하여 왔다. '언령(言靈)'은 어둠을 밝혀주는 그의 시의 불빛이다. 기독교적 명
상과 영적 계시가 따로 존재하는 것이 아니라, 이 '언령'에 함축되어 있다.
자연시, 사회풍자시, 본질시, 선시 등이 모두 '언령'의 불빛으로 제 모습을 드
러낸다. 그는 부단히 명상에 잠겨 있고, 그리스도의 구원을 자신의 믿음과
도덕의 전범으로 삼아, 시와 삶의 진실에서 한 걸음 나아가 진리로써 세계를
깨우치려고 한다. 암울한 시대의 인간고와 역사적, 실존적 가치 회복, 신의
깨달음이 바로 그것이다.

김춘수 시의 절대 순수, 무의미

김 택 중*

1. 머리말

김춘수 시의 가장 순수한 절대 순수의 무의미 시 생산은 직관으로부터 비롯된다. 직관은 인간의 이성적인 판단, 추리 등의 객관적인 사유의 작용을 배제하고 대상을 직접적으로 파악하는 것을 말한다. 인간이 제시한 객관적인 세계는 집단화된 의식이 항상 우선적으로 받아들여지는 힘의 논리가 작용된다. 개인적인 모든 것들은 배제되고 모두 사소한 것으로 인식되는 역사 우선주의가 항상 집단적으로 작용하고 있는 것이다. 개인적인 사상이나 감정은 늘 소외되고 국가라는 거대한 집단에 예속되어 그들의 존재는 부속물로서 혹은 일부분이라는 극히 제한적인 입장에서 허용된다. 즉 도덕과 정의를 앞세운 체제 수호의 연속선상에서 개인의 사상과 감정의 자유마저도 의도화되고 계획적으로 길들여진다.

김춘수 시인은 한국의 시문학상 독자적인 시 세계를 구축한 대표적인 시인이다. 순수문학을 지향하는 그의 시 세계는 현실 참여론적인 입장과는 정반대의 위치에 서있다. 그의 시작(詩作)의 절정기라 할 수 있는 1960년대는 독재 권력에 대한 현실비판적인 입장을 취하며 민중문학을 주창한 시인들과

---

* 대전대학교 강사

는 상당한 시적인 거리를 가지고 있다. 현실주의적인 참여문학에 대한 배제, 철저한 자기정제를 통해 순수문학을 고수한 김춘수는 오늘날 한국문단을 형성하는데 지대한 영향을 미친 작가이다. 그러한 입장에서 평자들은 그의 문학을 현실에서 벗어난 말의 무의미한 유희로, 허무주의 작가로 혹은 그의 이론을 맹신한 나머지 작가의 창작 의도에 따라 의도적 오류를 범하고 있다. 그러나 김춘수 문학의 실체를 파악하기 위해서는 의식 속에 자리 잡고 있는 무의미의 실체를 파악하여야 한다.

김춘수 시 속에 살아 있는 의식과 무의식은 일반적으로 우리가 알고 있는 정신 분석학의 개념과는 다른 의미를 갖는다. 그의 의식은 바로 자신이 추구하고 있는 시 세계 속의 의도화 된 언어의 의미를 차단하는 즉, 직관만이 존재하는 무의미의 세계를 그리고 있다. 또한 무의식은 이성적이고 합리적인 요소를 모두 갖추고 있는 언어의 메시지화, 의미와 주제를 이끌어 나가려고 하는 반복된 잠재의식을 말한다. 따라서 그의 시는 의도화 하는 무의식의 세계를 거세하고 난 절대적인 순수를 추구하는 것이 그의 무의미 시의 본질이다. 즉 형이상학적인 지적인 수준이 이미 그의 정신 속에는 무의식적으로 학습되어 있어서 그것을 의도적으로 배제하고 시를 창작하기 위해서 노력하고 있다.

프로이드는 인간의 정신세계에 있어서 무의식의 세계인 이드는 충동적이고 본능적인 세계인데 반해, 김춘수의 무의식의 세계는 이미 교육되고 학습되어진 이성적인 판단에 의한 논리적인 입장을 표명하는 것으로 말한다. 또한 의식의 단계는 그러한 무의식적으로 옮겨가는 이성적인 메시지, 시 창작에 있어서 언어의 의미와 메시지를 배제하려는 의식화된 시적인 언어의 해체가 바로 그가 추구하고 있는 무의미시의 개념이다.

무의미시가 가지고 있는 이러한 요소는 언어의 의미 해체, 라깡이 말하는 언어의 다중적인 의미, 즉 '기의는 의미의 저항선 아래로 끊임없이 미끄러진다. 그렇다면 언어에는 기표만이 있을 뿐이다'[1]에서 의미의 '미끄러짐은 기

---

1) 자크 라캉, 민승기 외 역, 『욕망이론』(문예출판사, 1994), 17쪽

표의 절대적인 우의'에서 기표들의 차이가 기의를 가능하게 하는 비유적인
속성을 가지게 된다.

　따라서 김춘수가 자신의 시에 대한 이론적인 준거를 마련하고 난 뒤 초기
시와는　전혀 다르게 변모된 무의미시들에 대하여 작가의 전기적인 생애와
관련지어 살펴보기로 한다. 또한 그의 시에서 반복된 이미지를 통해 작용하
는 시어의 대표적인 기표는 무엇인지? 그러한 기표가 작용하게 된 내면심리
요인은 어떻게 존재하는 지를 그의 전기적인 요소와 시를 통해 밝혀보고자
한다.

2. 허무와 고독한 삶

　김춘수는 1922년 11월 25일 바다와 인접해 있는 경남 충무시 동호동 62번
지에서 3남 1녀 중 장남으로 태어났다. 그의 집안은 인근에서 알아주는 대부
호로서 조부는 고을원을 지낸 만석꾼이었으며 그의 아버지 또한 천석꾼의
지주였다. 그는 유년기에 당시 일반주민들은 꿈도 꾸지 못할 미션계통의 유
치원에 다닐 만큼 부유한 가정 환경에서 자라났다. 또한 그의 부친은 자식들
의 교육을 위해 서울로 이사를 할 정도로 교육열이 강한 인물이었으며 그
결과 3형제가 모두 당시 명문으로 알려진 경기중학교를 다녀 화제가 되기도
하였다.

　그러나 김춘수는 계속해서 학교를 온전히 졸업하지 못하는 불운을 맞이한
다. 첫 번째로 경기중학 재학시 졸업하기 불과 몇 달을 남겨 두고 담임 선생
과 알력이 생겨 스스로 학교를 자퇴한다. 두 번째로 1940년 일본으로 유학을
하여 일본대학 예술학원 창작과에 입학을 하면서 문학가의 길로 접어들었지
만 그는 1942년 고학생들과 함께 부두에서 하역 작업을 하다가 잠시 쉬는 동
안 우리말로 천황과 총독 정치를 비방하여 불경죄로 헌병대에 끌려가 사상
범으로 몰려 7개월 동안 유치되었다가 서울로 이송되었다. 그로 인해 일본대
학 예술학부도 졸업을 몇 개월 앞두고 또 다시 퇴학 처분을 당하였다. 그 결

과 김춘수의 불운한 학교생활로 인해 대학강단에 서는 데 상당한 좌절을 겪은 것으로 알려져 있다. 1949년 통영중학교 재직시 『노만파』동인으로 가깝게 지내던 조향[2]은 부산에 있는 동아대학교 교수로 임용된 것에 대한 상대적인 허탈감에 빠진 시기이기도 하다. 이러한 상황은 그의 '장편연작시 「처용단장」시말서'[3]에서 잊을 수 없는 일로 '대학 중퇴라고 교수의 자격을 얻지 못해 10년을 시간 강사노릇'을 하였지만 '아무도 나를 위해 변호해 주지도 않았다. 독립된 조국에서 일제 때의 내 수난을 못 본체만 했다'에서 볼 수 있듯이 그의 내면적인 무의식 세계에는 역사의식에 대한 심한 거부감이 자리 잡게 된다. 그 결과 역사에 대하여 현실적인 문제와 이데올로기로 연상되는 폭력으로 인식하게 된다. 그는 '역사의 의지'라는 것을 생각하면서 '역사는 선한 의지도 가지고 있을지 모르나 나에게는 악한 의지만을 보여 주었다'라는 피해의식 혹은 복합심리로서 자리 잡게 된다. 따라서 '폭력 이데올로기 역사의 삼각 관계를 도식화하게 되고 차츰 역사의 허무주의로, 드디어 역사 그것을 부정하는 지경에 이르게 되었다'고 밝히고 있다. 심지어 그는 역사를 '남을 겁주기 위한 수단으로 쓰인다는 외곬수적인 결론'에 다다른다.

이러한 김춘수 시인의 내면의식 속에는 피해의식과 더불어 심한 내적인 갈등을 겪게 되고 그의 시 세계는 커다란 변화를 가져온다. 1950년 말에서 1960년대 초에 발표된 일련의 시들이 그것이다. 문학은 인간의 내면에 억압된 정서를 해방시키는 이완기구의 기능을 수행함으로서 정신적인 긴장과 고통, 심리적인 불안과 신경증으로부터 억압된 정서를 심미적인 수단으로 풀어준다.[4] 김춘수 시인의 내면에 억압된 정서를 해방시키고 긴장과 불안으로부터 방어해주는 것은 그의 시 창작에서 얻어진 결과이다.

그러나 그에게 언어의 유희는 극도의 긴장상태에서 의미를 제거한다. 이

---

2) 조향은 1941년에 일본대학 상경과에 유학하였으며, 반일 사상범으로 일본경찰에 체포되었다가 풀려나서 광복 후 마산중학교에서 재직 시 『노만파』 동인으로 활동 하다가 1947년 동아대학 교수로 발령을 받았다.

3) 김춘수, "장편 연작시 「처용단장」 시말서", 『김춘수 전집』(민음사, 1994), 520~521쪽

4) 크렙스타인, 김시태 역, "심리주의 비평", 『문예비평론』(문학과비평사, 1988), 372쪽

러한 점은 그의 「의미에서 무의미까지」5)를 통해 여러 차례 반복해서 언급하고 있다. '팽이가 돌아가는 현기증 나는 긴장 상태가 바로 의미가 없어진 말을 다루는 그 순간이다'는 긴장으로 인한 의미의 부재를 의미한다. 또한 자신의 전기적인 생애의 심리적인 압박에서 벗어나기 위해 언어의 유희는 현실의 불안이 가중될수록 전적으로 작용한다. 문학의 창작 행위를 노동으로 본다면 노동으로 인해 '여가가 없고 남아 있는 정력이 없다하더라도 사람은 노동 그것을 유희로 만들어 버릴지도 모른다. 그것이 불가능하다면 노동이 그대로 유희라는 환상을 만들어 낼지도 모른다. 유희는 그 자체가 해방이기 때문이다.' 여기서 노동(현실)의 극한점에서 유희로 전환시키고 그것이 안되면 유희의 환상을 만들어 노동(현실)에서 해방을 이루어내는 것이다. 그가 이루어낸 문학의 성취는 변형된 작가의 심리적인 요인이 다분히 작용하고 있다.

3. 하늘과 하나님

현실의 공리성을 완전히 배제시킨 것이 그의 순수시라고 하지만 김춘수 시인의 시 속에 반복적인 모티브와 시적 대상은 무의미 속에서 그의 내면적인 의미 세계를 찾아 볼 수 있다. 현실에 대한 강한 부정은 그의 시적인 제재인 하늘에 대한 유희적인 요소로 나타난다. 하늘의 절대성은 우리의 단군 신화에서도 비중 있게 다루어지고 있다. 단군의 탄생은 하늘에서 비롯되었으며 천재는 곧 하늘이라는 등식이 성립된다. 하늘의 지배영역은 천신과 동일한 개념으로 평가할 수 있는 데 모든 만물의 탄생의 근원적인 힘이 바로 하늘에서 비롯되는 것이다. 이러한 점은 원시 사회 뿐만 아니라 역사 이후에도 줄기차게 하늘은 우러르는 힘의 원천으로 인식되어온 것이 사실이다. 절대적인 힘을 가지고 있는 군왕은 곧 하늘이고, 전통적인 유교사회의 가부장적인

---

5) 김춘수, 「의미에서 무의미까지」, ≪문학사상≫, 1973. 9.

상징으로서 하늘은, 여성과 대비되는 남성의 지배적인 힘의 상징성을 나타낸
다.

이러한 하늘의 절대성은 김춘수 시의 반복적인 모티브로 나타나며 무의식
적인 힘의 원천으로 작용하여 그의 시 속에 중심적인 역할을 하고 있다. 작
가의 욕망의 구조를 들여다보면 '주체는 대상에게 욕망을 느낀다. 그것이 자
신의 욕망을 완전히 채워줄 것이라고 믿고'[6] 주체로서 그는 결핍되고 소외
된 현실에서 벗어나 절대적인 대상, 즉 하늘을 통해 자신의 이상을 이루기
위해 욕망한다.

> 한 아이가 나비를 쫓는다.
> 나비는 잡히지 않고
> 나비를 쫓는 그 아이의 손이
> 하늘의 저 투명한 깊이를 헤집고 있다.
> 아침 햇살이 라일락 꽃잎을
> 흥건히 적시고 있다.
>
> ─「라일락 꽃잎」

주체인 '한 아이가' 욕망 하는 것은 '나비'이다. 자아가 발견한 응시의 대
상은 바로 공간을 자유롭게 날아다니는 나비가 된다. 그러나 미성숙의 단계
에 머물러 있는 상징계 속의 자아는 그 대상에서 벗어나 또 다른 대상을 찾
아 나선다. 아이가 가지고 있는 순수한 의식의 흐름이 하늘로 치환되어 나타
난다. 의식의 흐름이 꿈이나 환상처럼 의식 속에 침입하여 일련의 무의식의
강물처럼 흘러가는 미분화 상태에 있는 이미지군으로 논리성이 배제된다. 여
기서 주체인 아이는 '나비'에서 '하늘'로, '하늘'에서 '라일락 꽃잎'으로 변화
의 과정을 겪고 있다. 그러면서도 주체적인 자아의 대상을 추적해보면 자유
로운 나비가 날아다니는 공간, '투명한 깊이', '아침 햇살' 등 하늘의 이미지
를 담고 있는 순수한 사상의 자유로운 공간이다.

---

6) 자크 라캉, 『욕망이론』, 앞의 책, 19쪽

南天과 南天 사이 여름이 와서
붕어가 알을 깐다.
南天은 막 지고
내년 봄까지
눈이 아마 두 번은 내릴 거야 내릴 거야

—「南天」

주체는 대상에 대한 여백을 삼키는, 의미라는 괴물에 집착한 나머지 또 다른 의미작용을 놓쳐버리고 만다. 이러한 점은 비유의 언어 속에서 언어의 다양한 모습을 읽어 낼 수 있다. 언어는 고유한 고정된 의미를 파괴하고 다른 대상이나 의미에 유추하여 표현되는 추상성이 있다. 즉 언어가 대상에 부착되어 있지 않고 대상에서 벗어나 부단히 움직이고 있기 때문에 비유가 가능하다. 김춘수 시의 분화된 이미지군은 스토리를 배제한 이질적인 언어를 사용하면서 긴장된 주변적 의미를 확대시킨다. 주체의 무의식적인 욕망은 여기에서도 하늘(南天)로 나타난다. '南天과 南天'은 남쪽 하늘이라는 유년시절에 자라면서 경험한 경남 통영의 고향의 하늘에 머물러 있다. 그러면서도 그의 고향에 대한 직접적인 서술을 피하고 언어적인 의미를 분절시켜 자유로운 상상력을 통해서 한 해의 시간성과 순환적인 계절의 특성까지도 그의 그리움을 통해 표현하고 있다. 남쪽 하늘 사이 '여름이 와서 붕어가 알을 깐다.'에서 그의 여름은 자연스럽게 겹겹이 쌓인 옷을 벗는다는 개방성을 전제할 수 있다. 계절적으로 여름은 천진난만한 유년기의 아름다운 추억을 남녀 구분 없이 물가에서 발가벗고 놀다가 물고기를 잡는 것으로 나타난다. 그는 그리운 추억을 시적인 언어의 함축적인 표현으로 '붕어가 알을 까고' 가는 것으로 생략하여 표현하고 있다. 가을은 '南天이 막 지고'에서 낙엽이 지고, 강렬했던 한낮의 태양이 지고에서 같이 모든 것들이 정리되는 '지고'의 기본형 '떨어지다'에서 유추된 가을의 시적인 언어이다. 이어서 겨울과 봄은 봄을 전제한 겨울, 계절의 단순한 순환성에서 벗어나 일탈을 시도하고 있다. 이러한 어린 시절 한 해의 추억은 '南天과 南天 사이'에 즉, 하늘이 주된 이미지로 전개된다. 이러한 면은 대상에 대하여 새롭고 투철한 인식의 욕구가 강하게 나타나면서 문장의 수식단계에만 머무르지 않고 대상의 새로운 인식을 가능하게 한다.

하늘과 하느님의 상관성에 대해서는 이미 알려져 있는 사실이다. 그의 시에서 하늘의 의미는 절대적인 가치를 지닌 신의 위치를 말한다. 하느님의 창조는 언어를 통해 제시된다. 창세기에서 '빛이 있으라 하니 빛이 있고'에서 존재에 대한 절대적인 가치를 부여하는 것이다. 그러나 김춘수 시인은 절대적인 순수라는 시적인 언어를 통해 도달한다.

> 사랑하는 나의 하나님, 당신은
> 늙은 비애다.
> 푸줏간에 걸린 커다란 살점이다.
> 시인 릴케가 만난
> 슬라브 여자의 마음속에 가라 앉은
> 놋쇠 항아리다.
> 손바닥에 못을 박아 죽일 수도 없고 죽지도 않는
> 사랑하는 나의 하나님, 당신은 또
> 대낮에도 옷을 벗는 어리디 어린
> 순결이다.
> 삼월에
> 젊은 느름나무 잎새에서 이는
> 연두빛 바람이다.
>
> ─ 「나의 하나님」 전문

신앙의 대상인 하나님의 모습을 극적으로 통속화하면서 실존의 문제를 거론하고 있다. 니체의 '신은 죽었다'라는 철학적 의미는 김춘수에 오면서 윤리 도덕 규범으로부터 신을 해방시켜버리고 원시의 절대적인 순수의 세계로 되돌아가게 한다. 하나님의 모습을 다양한 이미지군으로 제시하고 실제의 세계에서조차 볼 수 없는 신의 모습을 구체적으로 실현시키고 있다. 따라서 이러한 작업은 종교적 의미의 하나님이 보이지 않는 신에 대한 믿음을 바탕으로 한다면, 그는 '사랑하는 하나님을' 현상계로 드러내면서 신을 해체하고 있다.

개인적인 '나의 하나님'은 → '늙은 비애' → '커다란 살점' → '놋쇠 항아리' → '죽지도 않는' → '어린 순결' → '연두 빛 바람'이다. 종교의 집단성을 주관적인 심상7)을 통해 개별화 한 후 보편적으로 인식되고 있는 하나님의 의미를 부수어 버리는 작업이 시인의 비유적인 상상력을 통해서 이루어지고 있다. 은유적인 표현은 시에서 객관적 상관물과 관계된다. 즉 원관념과 보조 관념이 멀면 멀수록 텐션은 더욱더 강하게 드러난다. 언어의 서사적인 의미에서 벗어난 고도의 비유적인 표현을 통해 긴장을 유지하는 것이다. 이러한 점은 실제계에 언어와 의미의 일치 이외에 존재하는 언어의 틈을 비집고 들어가 그곳을 겨냥해 자신의 욕망을 충족시키려는 의도로 시적 언어와 대상의 설정이 바로 그의 시에서 독특하게 존재한다.

김춘수의 전기적인 요소는 무의식적으로 잠재되어 그의 시작에 중요하게 작용한다. 해방 후 소외와 갈등은 1960년대까지 계속된다. '1960년대 이래 나는 페시미스트이다. 나는 절망에 빠졌지만, 그렇다고 절망에 빠져 절망을 즐기는(절망주의자) 자가 될 수는 없었다'8)에서 밝히고 있다. 그는 소외와 절망에서 자신을 구하는 방법을 시창작에서 절대자의 해체적인 기법을 도입한 무의미 시에 두고 있었다.

> 구름 위 땅 위에
> 하나님의 말씀
> 이제 피도 낯설고 모래가 되어

---

7) 김춘수는 心象이란 어떤 경우에는 감각을 환기한 대상이 이미 존재하지 않는 데에서의 그 감각의 단순한 再生物을 뜻하고, 또 어떤 경우에는 우리의 환상이 마음대로 낳는 창조물을 뜻한다. 이러한 점은 상상력에 두개의 형식이 구별된다는 것으로 그 하나는 지각에 의한 상상력, 다른 하나는 감각계로부터의 離脫이라는 것을 본질로 하는 것이 있다고 밝히고 있다.(김춘수, 『시론』, 문호당, 1961, 26쪽)
8) 김춘수, 「장편 연작시 「처용단장」시말서」, 앞의 책, 521쪽.

한줌 한줌 무너지고 있다.
밖에는 봄비가 내리고
南天이 젖고 있다.
南天은 머지않아 하얀 꽃을 달고
하나님의 말씀 머나먼 말씀
살을 우비리라
다시 또 우비리라.

— 「땅위에」 전문

하나님에 대한 극단적인 거부와 부정은 무의미시의 심상에 자리 잡고 있는 작가의 현실거부의 극단적인 변모로 볼 수 있다. '하나님의 말씀'은 현실의 어느 곳에도 존재의 가치를 잃어 버리고 '모래'처럼 '무너지고 있다'. 하늘에 대한 인식의 변화는 하나님의 말씀으로, 그 말씀은 한줌의 모래로 무너져 내리고 있는 상황에 있다. 그 결과 주체의 유년의 삶을 고스란히 간직한 남천(南天)인들 온전히 남아 있을 수 없다. 그의 남천도 젖고 있고, 장례식를 치르듯이 '하얀 꽃을 달고'있다. 현실과 괴리된 하나님의 '머나먼 말씀'은 누구인가의 '살을 우비'고 있다. 절대적인 하나님의 말씀이 도리어 생채기를 만들고 우비(후벼파)는 극단적인 배치를 통해 신과 신의 언어를 해체하고 있다.

4. 바다와 처용

처용9)은 아내를 빼앗긴 아픔을 영원한 시로 남기고 있다. 그러나 김춘수

---

9) 삼국유사 권2에 전하는 내용을 보면 신라의 헌강왕이 개운포에서 놀다가 돌아 올려 할 때 운무가 자욱하여 길을 찾을 수 없어 이를 괴이하게 여겨 좌우에 물으니 동해의 용이 화가나 시기하여 저지른 일이라 하여, 왕이 용을 위해 개운포 근처에 절을 세우라 하였다. 왕의 명을 들은 동해용이 기뻐하며 일곱 아들을 데리고 나와 춤을 추었다. 그 중 용의 아들 하나인 처용이 왕을 따라와 급간이라는 벼슬을 하고 예쁜 여인과 결혼을 하였다. 그런데 그의 아내가 너무 아름다워 역신이 처용의 집을 비운 사이 아내와 자고 있었다. 처용이 밖에서 돌아와 보니 두 사람이 자는 것을 보고 노

의 처용설화의 시각은 남다른 면모를 지니고 있다. 처용설화를 통해서 그는
'폭력·이데올로기 역사의 삼각관계 도식의 틀 속으로 끼워 맞추었다. 안성
맞춤이었다. 처용은 역사에 희생된 개인이고 역신은 역사이다. 이 때의 역사
는 역사의 악한 의지, 즉 악을 대변한다'[10]고 밝히고 있다. 자신의 '개성을
파괴하는 역사의 악 또는 이데올로기의 악'을 자신의 경험과 체험 속에 처용
을 오버랩시켜 드러내려고 한 것이 자신의 시적 주제라고 밝히고 있다. 처용
과 김춘수의 동일시는 처용의 모순적인 삶이 그의 처용단장에서 내적인 의
미라면 출생의 배경이 되는 바다는 외적인 개념으로 처용단장에서 영향을
미친다. 바다는 역사 이전과 이후를 통틀어 항상 신비한 생명의 원천으로서
인간의 예술적인 영혼을 지배해 왔다. 바닷가에서 태어난 김춘수의 눈에는
수평선 아득한 곳에 하늘과 바다가 맞닿아 있는 유년시절의 체험은 그의 의
식 속에서도 어쩔 수 없이 작용하는 무의식적인 심상이다.

> 인간들 속에서
> 인간들에 밟히며
> 잠을 깬다.
> 숲속에서 바다가 잠을 깨듯이
> 젊고 튼튼한 상수리나무가
> 서 있는 것을 본다.
> 남의 속도 모르는 새들이
> 금빛 깃을 치고 있다.
>
> ― 「처용」 전문

위의 시에서 대상들의 표면적인 의미체계는 모순되지만 잠재된 무의식 속
에서는 의식의 흐름이 바다에서 처용으로 옮겨가고 있다. 주체는 '인간들 속

래를 지어 부르며 춤을 추니, 역신이 스스로 감동하여 꿇어앉아 용서를 빌고, 약속
하기를 처용의 모습을 그린 것만 보아도 그 집안에 들어서지 않겠다는 맹세를 하고
돌아갔다. 그후로 사람들이 처용의 형상을 그려 문에 부쳐 악귀를 물리치게 되었다
고 전한다.(「處龍郎望海寺」 『삼국유사』 권2)
10) 김춘수, 「장편 연작시 「처용단장」의 시말서」, 앞의 책, 523쪽

에서 인간들에 밟히며 잠을' 깨는 소외된 채 용의 모습으로 전이된 것이다.
인간들→숲속, 바다→처용, 잠을 깬 처용→상수리나무, 관조자→새들 등으로
옮겨가면서 이미지군으로 자리 잡는다. 이러한 이질화된 의미의 충돌은 무의
미를 이끄는 중심점으로 작용한다. 인간들 속에서 잠 깨어난 주체는 바다의
의인화를 통해서 처용으로 구체화된다. 주체인 처용은 숲에서 '젊고 튼튼한
상수리나무로서' 개별화되어 나타나지만 다수의 관조자인 새들에 의해 무시
된다.

「처용단장」은 이미지의 극한적인 대립을 통해 절망적인 소외·좌절이 무
의미 언어로 등장한다.

> 눈보다도 먼저
> 겨울에 비가 오고 있었다.
> 바다는 가라 앉고 바다가 있던 자리에
> 군함이 한 척 닻을 내리고 있었다.
> 여름에 본 물새는
> 죽어 있었다.
> 물새는 죽은 다음에도 울고 있었다.
> 한결 어른이 된 소리로 울고 있었다.
> 눈보다도 먼저
> 겨울에 비가 오고 있었다.
> 바다는 가라앉고
> 바다가 없는 해안선을
> 한 사나이가 이리로 오고 있었다.
> 한 쪽 손에 죽은 바다를 들고 있었다.
>
> — 「처용단장 제1부」 1의 4

심리적으로 시인이나 소설가는 창작에 있어서 마음 속에 두개의 상반되는
경향을 지니고 있다. 하나는 의식적인 통제에서 벗어나 원시적인 심층심리로
돌아가 그곳에서 참신한 창작의 모티브를 찾으려는 경향이다. 다른 하나는
예술적인 질서의 조형성을 찾아 작품의 형식에서 통일성을 찾으려는 경향이

그것이다. 이 중에서 김춘수의 시창작 원리는 전제한 의식적인 통제에서, 벗어나 순수한 무의미의 시를 창작하고 있다. 그러나 김춘수만의 독특한 무의미시의 이론은 역설적으로 의식자체는 의미를 파괴하는 언어의 무질서, 비조형성의 원리에 입각하여 창작을 시도하고 있다. 그의 무의식 속에는 인간의 역사의식과 현실논리에 의해 언어의 의미를 추구하는 논리적인 요소가 억압되어 있어 스스로 돌아가려고 한다는 것이다. 이러한 점을 김춘수 시인은 시적인 언어를 통해 의식적으로 해체하여 무의미의 시를 창작하고 있는 것이다. 예술은 '욕구의 대상이다. 한 예술가가 현실에서 좌절된 욕구를 환상 속에서 대신 충족시킨 것'11)이다. 그의 시에서 바다에 대한 이미지가 변용되고, 침울한 고뇌로 이원화되어 대치, 응축 입장을 취하면서 상징화를 수행하고 있다. 그의 시에서 대립되어 대치된 이미지는 눈 – 비, 겨울 – 여름, 바다가 있고 – 바다가 가라앉고, 물새의 죽음 – 물새의 울음(살아 있음) 등으로 나타난 것이다. 의미를 제거한 뒤 남아 있는 시적인 언어는 현실적으로 불가능한 세계의 심상이지만, 의도된 의미를 배제한다는 것은 현실의 부정적인 측면이 변형되어 나타난다. 현실적인 의미를 지워 버리고 앞에서 전제된 시행의 의미마저도 부정하여 무기력하게 만든다. 이러한 점은 반대 감정의 양립하는 극적인 투사에 의해서 상정되는 것이다.

이러한 극한 대립과 부정 속에서 걸어 나오고 있는 한 사나이는 누구인가? 그는 폭력과 이데올로기의 삼각관계 속에 끼어 역사에 희생당한 처용이 변용되어 '바다가 없는 해안선'속에서 나와 '한쪽 손에 죽은 바다를 들고'서 '이리로 오고'있는 것이다. 바다에 대한 강한 부정 속에서는 현실적인 '도덕, 정치, 경제 등 공리성이나 수단성이 부정할 때 그들이 설 땅은 없어진다. 그러나 언어는 그의 공리성을 부정할 때 다른 차원에서 소생되고 언어는 인간의 사상적 모순과 같이 양면성이 존재하기 때문이다. 언어의 양면성이란 언어의 변증법이라 할 수 있다'.12) 여기서 '다른 차원'에서 언어의 소생은 김춘

---

11) 김열규, 『정신 분석과 문학비평』(고려원, 1992), 60쪽
12) 김춘수, 「시에의 접근」, 『김춘수전집1』(문장, 1986), 357쪽

수만이 가지고 있는 시적 언어, 새로운 무의미에서 의미를 찾아내는 것이다. 존재의 허상에 대한 끊임없는 반추를 통해 역설적으로 주체의 의도적인 의식이 드러나는 것이다.

김춘수는 자신의 시작일기를 통해 다음과 같이 기록하고 있다.

> 예수는 가장 처절하고 가장 무의미한 죽음을 생각하고 있었는지도 모른다. ─예수는 애꾸눈과 절름발이를 낫게 해주지 못하였다. 코가 문드러진 여자의 코를, 눈이 문드러진 여자의 눈을 낫게 해주지는 못하였다. 그들의 삶을 함께 나누었을 뿐이다. 그것이 사랑이다. 그처럼 사랑은 무력하다. 결국은 자기도 십자가에서 피를 흘려야 했다. 그러나 그 피는 민중을 눈뜨게 하고 민중을 잠에서 깨워 주는 피가 되어야 했다. 언제까지나 그들 곁에서 그것은 사랑이어야 한다. 이리하여 가장 처절한 죽음이 새로운 의미의 차원을 열어 줄 것이다. 신기원이 나타날 것이다. 성서의 기록자들의 꿈이 아니더라도 인류중 한 사람 쯤은 이런 사람이 있어 주어야 한다.13)

여기서 김춘수는 시에서의 현실적 공리성을 배제한 그의 절대순수의 시 개념을 예수의 비유를 통해 말하고 있다. '예수는 가장 무의미한 죽음이었을지도 모른다'는 것은 예수의 신통력으로 병을 고치지도 못하고 '사랑은 무력한 것'이고 '예수의 가장 처절한 죽음'을 통해서 '새로운 의미의 차원'인 숭고한 사랑이 '신기원'으로 나타나는 것이다. 그의 시도 예수의 무의미한 죽음과 같이 절대적인 순수를 바탕으로 하고 있는 무의미의 '새로운 의미의 차원'으로 나타날 것이라는 무의미의 역설적인 의미를 전제한 시작이라는 것을 밝히고 있는 것이다.

ㅕㄱㅅㅏㄴㅡㄴ
눈썹이없는아이가눈썹이없는아이를울린다
역사를
심판해야한다 ㅣㄴㄱㅏㄴㅣ

---

13) 박목월 외, 『시인일기』(문예출판사, 1978), 134쪽

(중략)

,

ㅜㅉㅣㅅㄹㄲㄴㅂㅏㅂㄴㅑ

ㅣ바보야,

역사가 ㅕㄱㅅㅏㄱㅏ하면서

ㅣㅂㅏㅂㄴㅑ

,

어쩌나,

후박나무잎하나다적시지못하는

사이를두고동안을두고

내리는

떠나가고난뒤에내리는

천둥과함께맑은날을여우비처럼역사의晩夏의

늦게오는비

어쩌나,

　　　　　　　　　　　— 「처용단장 3부」3의39

　시어의 난해함은 문장의 의미의 충돌을 시도하기 때문에 더욱더 이해할
수 없을 정도로 어려워진다. 이러한 난해성의 근거는 심리적인 기술을 토대
로 그의 시가 창작되어지기 때문이다. 전이, 대립, 응축 등을 도입해 언어의
메타적인 요소를 추구하기 때문이다. 김춘수 시인은 여기서 그치지 않고 언
어를 파괴하거나 문자의 해체를 시도하고 있기 때문에 더욱더 어려워진다.
그러나 그의 시가 어렵고 난해한 측면이 있지만 그가 줄기차게 주장하고 있
는 것은 의도적인 난해성(무의미의 추구)이다. 의도적이지 않다면 그것은 자
연현상과 다를 것이 없다. 시는 "言+寺가 아니라 言+持다. 절 사가 아니라
손 수가 생략된 꼴이다. 이때의 지(持)는 '가진다'가 아니고 '만든다'에 통한
다. 그러니까 시는 언어로 무엇인가를 만든다는 것이 된다"[14]에서는 창조를
말한다. 무엇인가를 만들기 위해서는 주체의 의지가 들어가게 마련이고 그러
면서 자연스럽게 의도화 된다. 따라서 그가 시를 창작하는 것은 의도적인 요

────────────

14) 김춘수, 앞의 글, 357쪽

소가 이미 개입된 것이고 이러한 것은 언어의 서사적 의미를 전제로 한다. 이것은 곧 그의 시는 의미를 가지고 있는 것으로 풀이 할 수 있다. 주체의 끊임없는 고뇌의 산물이라는데 의도화된 의미가 그것이다. 김춘수의 시창작 이면에는 무의미 속에 역동적인 내적인 논리가 존재한다는 것을 뜻한다.

김춘수 시의 하늘의 하느님 ↔ 바다의 처용은 그의 시의 정점이다. 이러한 면은 어린 시절 늘 보아왔던 하늘과 바다의 이미지가 그의 시 속에 살아난 것이지만 그의 의식 속에는 항상 '역사에 희생된 개인'이 집요하게 자리 잡고 있다. 절대 순수를 지향하는 그의 시와 무의미 시의 개념으로 볼 때는 납득할 수 없는 상황의 연속이다. 그러나 역사는 아무렇지도 않게 민중의 삶에 대해서는 언급이 없다. 역사는 소수의 지배층에 의해 쓰여지고 그들만을 필요로 하고 그들만이 역사 속에 존재한다. 그들의 삶은 기억되지도 못하는 무의미한 존재로 의지 또한 없다. 그가 말하는 언어의 무의미, 시의 무의미는 이미 민중들과 같이 그들 속에서 의미를 획득한다. 'ㅕㄱㅅㅏㄴㅡㄴ역사는/눈썹이없는아이가눈썹이없는아이를 울린다' 기층민들에 대한 의식이 폭넓게 자리 잡고 있다. 자음과 모음을 해체해서 쓰고 있는 '역사'라는 문자조차도 해체하여 역사를 개별화하려는 극적인 의도를 표현하고 있다. 이미 존재가치를 잃은 아이가 그들 자신을 울리는 것과 같이 역사는 아이러니하고 모순된 것이므로 심판을 해야 한다. 또한 역설적으로 그 일은 'ㅣㄴㄱㅏㄴㅣ'(인간이) 해야한다고 말하고 있다. 특권계층을 위해 특권문화가 창조해 낸 역사와 이데올로기에 반대되는 민주적인 인간주의를 외치고 있다. 그렇다면 인간은 어떻게 살아야 할까? 'ㅜㅉㅣㅅㅏㄹㄲㄴㅏqㄴㅑㅣ바보야'(우찌살꼬 바보야 이 바보야)하면서 대상인 역사가 역사를 향해 대드는 일을 바보라고 비웃고 있다. 역사는 통시성을 지니고 있다. 그러나 여기서의 통시성은 공시성이 전제되지 않으면 존재할 수 없다. 즉 역사가 개별화된 개인이 존재한지 않는다면 역사는 그 의미를 잃어버리는 것과 마찬가지다. 역사의 시간성에 대해 '사이를두고동안을두고'시어에서, 과거의 기록이라는 의미에 대해 '떠나가고 난뒤내리는'의 '비'라는 표현을 통해 역사의 시간성을 표현하고 있다.

역사와 민중은 김춘수의 입장에서는 아주 멀고 먼 관계인데 그 먼 관계는 해체되고 극복되어야 한다고 역설하고 있는 것이다. 역사 속에 잠들어 있는 개별화된 인간의 개성과 자유, 소외와 희생 등이 그의 무의미 시 속에서 아무렇지도 않게 다루어지고 있는 시적 언어의 의미 파괴와 맞물려 있다.

5. 맺음말

김춘수 시인은 순수문학을 추구하며 한국시문학상 독자적인 시세계를 구축한 대표적인 시인이다. 즉 한국 시문학의 양대 계보라 할 수 있는 현실참여문학과는 대조적인 입장을 취하면서 절대 순수를 추구한 그의 시는 '무의미시'라는 시 창작 이론을 바탕으로 쓰여졌다.

심리학에서 의식과 무의식은 김춘수의 의식과 무의식과는 그 차이가 있다. 그의 무의식은 사회적인 교육에 의해, 이성적이고 합리적인 언어로서 주제와 서사적인 의미를 가지고 있는 것이다. 그의 의식은 시창작의 원리로 대상에 대한 언어의 의미를 차단하고 직관만이 존재하는 무의미의 세계를 채택하고 있다.

그의 전기적인 사실로 볼 때 학교를 온전히 졸업하지 못하고 중퇴를 거듭하면서 심한 허탈감과 허무의식이 그의 시작 활동에 크게 작용하였다. 일제시대 유학 중 사상범으로 체포되어 육체적 정신적인 고초를 겪고 난 뒤에도 독립된 조국에서 보상받지 못하고 좌절한다. 이러한 현실적인 문제는 역사의식에 대한 심한 거부감이 역사부정의 복합심리로 작용한다. 그 결과 철저하게 의미를 거부한 무의미시를 창작하게 된다.

김춘수의 무의식 속에 잠재되어 있는 절대성에 대한 도전과 의미파괴 현상은 하늘과 하나님으로 대치되어 나타난다. 그의 시는 역사와 집단에서 개별화시키고 나의 하나님은 늙은 비애, 커다란 살점이고, 죽지도 않는 존재인 것이다. 즉 비유의 원리를 끌어들여 개별화된 대상을 객관적 상관물화하고 시적인 언어의 긴장미를 유발시킨다. 그러면서도 서사적인 의미는 배제시킨

채 무의미화 한다. 또 하나의 정점은 바다와 처용으로 드러난다. 처용을 역사에 의해 희생된 개인으로 보고 역신을 역사의 개성을 파괴하는 악한 의지로 본다. 시적 주체는 김춘수 자신이고, 그것은 곧 처용으로 변형되어 나타난다. 즉 현실에서 좌절된 욕구가 심리적으로 대치되고 응축되면서 의도적으로 언어의 의미마저 해체한다.

김춘수 시의 하늘과 바다의 모티브는 서로 대립적인 현실에서 소외된 주체의 변형이다. 그의 언어에서의 무의미는 역사의 가장 밑바닥에 깔려 있는 개별화된 인간의 개성과 자유를 그의 무의미 시 속에서 하늘과 바다라는 이항대립을 통해서 표현하고 있다. 하늘 − 땅 − 바다, 땅을 중심으로 하늘 지향의 역사, 그 속에서 소외된 몰개성의 인간들의 허무와 고독을 바다를 통해 표현하고 있다.

길찾기와 바다의 이미지
― 조병화의 초기시를 중심으로

채 수 영*

1. 머리말 ― 정신 문법과 시

　시가 의식을 통해 정신적인 지도를 그릴 뿐만 아니라 시인이 살아왔던 현실과 일체화를 이루는 감수성의 표출이라면 이는 곧 시인의 총체적인 정신의 축도를 접하는 일이다. 다시 말해서 한 편의 시 속에는 시인에게 부여된 시대의 온도를 측정할 수 있고 어떻게 살아왔는가 혹은 사상의 맥락이 형성된 줄기를 파악할 수 있다는 점에서 심리적인 기저(基底)를 예외로 하지 않을 것이다.

　물론 인간이 살아가는 방도는 제각기 다른 양태 ― 현실을 수용하는가 하면 때로 거부의 몸짓을 나타내는 생활의 태도가 있을 수 있다. 일제 치하에도 합리를 내세워 친일의 행위로 부귀를 누린 사람이 있는가 하면, 독립운동의 신산(辛酸)한 고통을 선택하면서 살아간 사람도 있다. 이런 행동의 기준은 곧 역사 가치 혹은 삶의 기준자(尺)를 어떻게 객관화할 수 있는가의 여부에 따라 현실을 접하는 태도는 달라질 수 밖에 없다. 이런 정신의 문법은 특수한 경우를 예외로 한다 하더라도 보편적인 생활에서도 차이를 갖기 마련이지만 가치의 개념이거나 신념의 문제로 치부할 수도 있을 것이다. 이런 개별

* 신흥대학 교수

적인 행동의 문제는 얼마나 객관적이고 보편적인 가치를 획득할 수 있는가의 여부에 따라 평가의 이름은 다르게 나타날 수도 있다. 물론 시인의 작품에 함축된 현실의 함량을 계량화하거나 또 현실의 함량이 시의 가치로 이어진다는 기준은 필요 없다. 다만 시인이 살아왔던 시대의 소명이거나, 또는 모든 사람이 겪는 현실에 얼마나 선도적인 역할이거나 예언자의 임무를 수행했는가의 여부는 중요한 이름일 것이다. 상갓집에서는 울음이거나 침통한 표정이 있어야 하고 결혼식장에서는 밝은 표정을 가져야 한다는 일은 상식이기 때문이다. 시의 소용이 다만 장식적인 역할로 끝나는 것만이 아니고 인간이 살아가는 도정(道程) ― 희로애락을 시의 이름으로 표현해야 하기 때문이다. 여기서 시의 창작 문법은 결국 보편적인 개념을 앞세우는 방도 이외에 다른 묘안이 없게 된다. 시도 인간의 역사에서 한몫을 할 수 있는 존재 가치의 문제와 상통하기 때문이다.

조병화(1921년생)시인 ― 다작으로 끊임없이 시집을 발간하는 그는 아직도 왕성한 작업을 계속하는 이 땅의 시인이다. 1921년생 ― 80객의 나이에도 불구하고 여전히 거침이 없는 속도로 시업(詩業)에 정진하는 에너지는 확실히 특이한 자리를 논하는 이유가 될 것 같다. 방대한 그의 시집에서 굳이 초기에 초점을 맞추는 것은 조병화의 시가 어떻게 진로를 설정하고 있는가를 파악하기 위함이다.

1949년 7월 시집 『버리고 싶은 유산』(1949.7)이나 『하루만의 위안』(1950)은 해방 이후 격랑의 와중에서 피폐한 나라의 시련과 갈등이 한 개인에게 어떻게 영향을 남겼고 또 상상력을 발진(發進)시켰는가를 점검하기 위한 의도 ― 이는 조병화의 시가 오늘까지 건강한 표정을 어김없이 관리하는 측면과도 밀접한 상관을 유추하는 계기가 될 것이기 때문이다.

조병화의 시에서 나라 없는 백성의 아픔과 해방이라는 소용돌이에서 젊은 날의 고뇌와 아픔을 어떻게 시화했는가는 대단히 중요한 관건이 될 것이다. 첫 시집 『버리고 싶은 유산』과 두 번째 시집 『하루만의 위안』에서 이런 정신적 편력을 추적하는데 초점을 맞출 것이다.

2. 정서의 편린들

1) 길

길은 인간의 운명이 시작되는 공간이고 또 인간의 운명이 마침표로 끝내는 일이라는 점에서 숙명적인 현상으로 상징된다. 여기에는 정신으로 유추되는 개념이 있을 수 있고 인간의 발자국으로 나타내는 현상적인 의미로 압축되는 길이 있다. 정신적인 것과 현실적인 의미는 따로 분리된 상징이기보다는 오히려 하나로 통합된 암시에서 인간의 삶은 충실한 의미를 생산하게 된다. 가령 한용운이나 이육사의 경우는 독립이라는 행동과 정신의 지표가 일치했기 때문에 뛰어난 칭송의 근거를 제공하는 경우도 있지만 이런 경우를 모든 시인에게 강요되는 것은 어느 정도 한계를 갖게 된다. 침략자 나폴레옹의 말발굽 아래 맨 처음 무릎을 꿇고 세계의 양심이 왔다고 선언한 괴테를 문학 이외의 수사로 폄훼(貶毀)하지는 않기 때문이다. 어떻든 인간에게 길이라는 개념은 필연적이고 숙명적인 뜻이라는 점에서 어떻게 살아가는 가의 문제와 직결될 수밖에 없다.

조병화의 일생은 여타 사람에 비해 순탄하다는 말에서 크게 벗어나는 일이 아닌 것 같다.[1] 일본의 패전의 기색이 감돌던 무렵 어머님을 뵙기 위해 귀국한 이후 이른바 학생이면서도 운 좋게 선생으로 출발하는 1945년 7월 ─ 이 해에 경성여의전을 졸업한 의사 김준과 결혼 한 이후 그의 삶은 객관적으로 판단할 때, 넉넉하고 평안한 일생을 이어온 시인으로 추측할 수 있는 근거와 그의 시와는 밀접한 상관을 유지하게 된다. 다시 말해서 가난에 슬프고 비극에 괴롭다는 이미지와는 먼 거리에서 유유하게 살아 고독을 관조하면서 때로는 즐긴 ─ 어찌 보면 사치한 일생을 살아온 시인이라는 이미지는

---

1) 이런 추측은 그의 전집 『고독과 허무를 넘어서.10 』(학원사, 1988. 10)나 그의 연대기를 검토한 결론이다.

당연할지 모른다. 물론 좌우 이념의 피투성이가 난무할 때도 그런 와중(渦中)에서 비켜선 삶이라는 추측은 곧 조병화 시의 특성을 가름하는 중요 요소가 될 것이다. 이런 특성은 가치의 폄사(貶辭)로 이어져서는 안 된다. 모든 시인을 하나의 규범으로 묶는다면 결국 이는 예술이 아니고 표현의 부자유성과 박제(剝製)성을 변명하는 결과이기 때문이다. 결국 조병화의 인생의 길과 이를 시로 포착한 표현미의 일치는 결과로 입증된다는 점이다.

조병화 시의 길찾기는 바다(물)의 이미지로 형상화된다. 다시 말해서 바다를 통해서 시의 출구가 비롯된다는 사실이다. 그 조짐부터 점검하고 바다로 접근한다.

　　　하늘 하늘로 기어오르는 길
　　　대체 이 길이 어디로 뻗친 것인가

　　　임이 쉬었던 자리에
　　　민들레가 한 송이 피어 있어요

　　　시들어 가는 햇빛을 바구니에 안고
　　　할머니와 손녀가 하늘로 갔어요

　　　하늘 하늘로 기어오르는 길
　　　대체 이 길이 어디로 뻗친 것인가

　　　　　　　　　　　　　　　—「길」 전문

조병화의 길 이미지는 철학적인 암시로 출발한다. 길의 마지막은 인간세계가 아니라 하늘로 이어진다는 상징은 곧 삶의 종착인 죽음조차도 끝나는 것이 아니라 형이상학으로 옮겨진다는 의미에 다가갈 때, 땀흘리는 고통으로의 길이 아니고 명상적이고 함축적인 운명의 암시로 전개된다. 다시 말해서 '할머니'와 '손녀'가 하늘로 이어지는 길을 만들었고, '임'이 '민들레'로 환치되어 2연과 3연이 동가(同價)적인 암시를 만들면서 하늘의 어디인가를 묻고 있는 데는 인간 누구나 가야만 하는 죽음의 길에서 결코 벗어날 수 없는 필연적인 물음을 띠고 있다는 암시이다. 이런 물음은 누구나 직면하는 의문이지만 그 대답은 어느 사람도 정답으로 치부할 수 있는 만족의 이름은 아니다. 그러나 시인은 막힌 절벽이나 죽음조차도 희망의 이름으로 환치하는 방도를 노래하는 사람이다. 이는 미감(美感)의 옷을 입고 관념을 뛰어넘어 새로운 의미를 창조한다는 점에서 '이 길이 어디로 뻗친 것인가'라는 물음—20대의 시인에게 잠재된 성숙한 의식을 앞세워 생의 입구를 찾아가려는 의도를 나타낸다. 다시 말해서 20대 후반의 나이에서 삶의 문제를 고민하는 철학적 방도가 상당히 높은 수준의 고뇌를 견지하는 점에서 조병화의 시적 출발은 당시의 여느 시인들보다는 높은 자리에서 펼치는 의식으로 보인다. 젊은 시절의 특성은 고독의 옷을 입고 심각한 의문을 던지는 발상이 수시로 나타나는 점에서 특성이 있다면 조병화도 그런 조짐을 예외로 하지 않는다. 아울러 하늘의 푸른 이미지는 바다의 푸름과 연결되면서 동화되는 개념을 낳게 된다. 즉 하늘은 바다의 또 다른 시적 발상이라는 뜻이다.

> 낮이나 밤이나 이 길을 걸어가는 것은
> 진정 내게 고독한 까닭이 있어서가 아니다
> 내 그 어느 미래로 통한
> 혹은 나와 같은 그 어느 체취를 호흡하는 생각에
> 어리던 시절과 늙었을 그 시절 사이를 비비고
> 걸어가는 생각에
> 아 그것은 사랑을 잃어버린 사람들이
> 오고 가는 길 인가기에—
> 나는 몇 번이고 이 길의 종점을 알고 싶었다
> 허나 나는 그것을 무서워한다
> 내가 애써 찾아온 것은
> 모두 소용없는 것이었고
> 이미 청춘이 다 지나간 이 길가에 서서
> 오늘도 나는
> 쓸데없는 곳만 기웃거린다

나 아닌 사람들은 모두 행복하다
— 「낙엽수 사이길을 걸어간다」에서

다소 시적 논리의 그물에 걸리는 점이 있는 작품이지만 R.프루스트의 "The Road not taken"을 연상하는 작품이다. 그러나 20대 후반의 시인에게 조숙을 넘어 조로의 경지를 배회하는 고민이 있음도 사실이다. '나는 몇 번이고 이 길의 종점을 알고 싶었다'라는 의문을 풀기 위해 지나친 허무를 방문하는 점이 있기 때문이다. 인생의 의미는 살아가는 그 도정 자체가 의미일 뿐이지 별도로 의미의 숲을 가지고 있는 것은 아니다. 타인의 인생을 화려한 눈으로 바라보고 스스로를 무가치 내지 절망으로 생각하는 일은 곧 자기 비하(卑下)의 늪에 빠진 것과 다름이 없는 일이기 때문이다. 물론 젊은 시절의 특성인 방황이라는 미궁에서 스스로를 찾아 나서는 공통점은 누구나 경험하는 문제이지만 '내 무서운 미래를 잠시 잊어버리기 위하여'라는 조병화의 젊은 날의 길은 '무서워한다'라는 암시에서 치열한 자기 찾기의 고뇌는 없는 것 같은 인상이다.

2) 바다로 난 길

물의 이미지는 수용하는 의도로 모두를 포괄하는 특성이 있다. 이는 흙의 이미지일 뿐만 아니라 반사하는 거울과는 다른 성질을 나타낸다. 다시 말해서 물은 모든 사물을 거부없이 받아들여서 자기화하는 점에서 독특한 상징성을 갖는다. 물이 높은 곳에서 낮은 곳으로 흐르는 성질을 노자는 상선약수(上善若水)라는 말로 인간의 귀감을 말했듯이, 물은 자기의 의지를 고집 세우지 않고 사물의 특성과 동화되는 점에서 인간에게 지표가 된다. 이는 도달하기 어려운 가치의 문제이면서 인간이 살아가는데서 도달해야 하는 영원한 좌표일 것이다. 물은 흐름이 아니면 안된다. 그 흐름은 곧 길을 만든다는 점에서 인간의 운명적인 현상과 유사점을 갖기 때문에 선택하고 극복해야 하는 길이 된다.

조병화의 초기시에 바다는 비교적 많은 빈도를 나타낸다. 「귀향」, 「나씨일
가」, 「기항지」, 「바다의 답서」, 「다방 해협」, 「소라」, 「바다」, 「추억」, 「소라의
초상화」, 「해변」은 바다의 이미지를 표현했고 「한강수」, 「옛엽서」 등은 물의
이미지인 바 전부 26편의 첫 시집에 절반 이상에 이르는 걸로 보더라도 바다
(물)와 시인의 정신적인 추이는 유동성을 상징하는 — 어딘가로 벗어나기 위
한 심리적인 특징이 내재되어 있다. 이런 현상이 곧 길찾기라는 점에서 초기
시의 정신적인 방황과 맞물리고 있다는 증거가 된다.

인간은 방황에서 참된 자기를 만난다는 것은 오랜 삶의 축적에서 얻어진
결론이다. 이는 모순을 헤아리는 지혜를 필요로 하는 점이고 어둠에서 밝음
으로 나아가는 우주 질서의 법칙과 다름이 없는 일이다. 카오스에서 코스모
스로 진행하는 것은 우주의 이름이기 때문에 이런 질서의 기운을 벗어날 수
없는 어둠—고뇌의 깊이에서 허우적이다 결국은 빠져나오는 길찾기가 된다.

인간은 넘어지기 때문에 일어서는 방법을 터득하는 유일한 동물이다. 파
우스트적인 행동이 인간의 본질이랄 수는 없지만 지혜를 동원하여 미궁의
수로를 빠져 나오는 현명함은 항상 위기 속에서 빛을 찾아 나서는데서 독특
한 세상을 이룩하게 된다. 조병화의 초기 시는 이런 갈등과 어둠의 기저 위
에서 출발한다.

> 羅씨 23대손 한 가족이 바다로 왔다……1연
> 학교 갈 나이의 남수는 굴 줍기에 종사했다……2연
>
> 바다
> 바다엔 해가 뜨고
> 날이 가고 밤이 오고 별이 떴다
> 별 모양 등잔불이 가늘었다……3연
>
>   — 「羅씨일가」에서

1연은 새 삶을 위한 준비의 상태라면 2연은 고통이고 3연은 불빛이라는
희망의 상태를 나타낸다. 이런 상황 설정은 고통과 어둠에서 빛을 추구하는

도식적인 형태로 시를 구성하고 있다. 어둠에서 빛으로의 이동의 촉매는 물론 바다라는 점에서 유동적이고 이런 발상이 첫 시집에서의 물의 이미지가 된다. 그렇다면 조병화의 시적 출발은 정지(停止)에서가 아니라 이동을 위한 모색 혹은 좌표를 설정하고 나아가는 인생 설계와 밀접성을 가정하게 된다. '바다'라는 공간에 '해가 뜨고'의 낮이 설정되었고 이어 생존의 광장을 지나면 밤이 오고 그 밤의 무대엔 '별'이 떠오게 된다. 별은 인간의 능력으로 만들어질 수 없는 자연현상을 의미한다면 여기에 '등잔불'은 인간에 의해서 소임을 다하는 목적으로 상징된다. 아울러 등잔불은 시인 자신이 어떤 목적을 달성하기 위해 불을 켜는 의미가 된다. 그렇다면 별이 뜬 아름다운 밤에 무엇을 위해 불을 켜는 것일까? 그 대답은 다음 시로 집약된다.

> 바다엔
> 소라
> 저만이 외롭답니다
>
> 허무한 희망에
> 몹시도 쓸쓸해지면
> 소라는 슬며시
> 물속이 그립답니다
>
> 해와 달이 지나갈수록
> 소라의 꿈도
> 바닷물에 굳어 간답니다
>
> 큰 바다 기슭엔
> 온종일
> 소라
> 저만이 외롭답니다
>
> ─「소라」 전문

장·콕토의 "내 귀는 소라 껍질 / 바다의 소리를 듣는다"와 유사한 시적
발상이다. 그러나 콕토의 소라는 인간과 소라가 융화를 위한 발상으로 적극
적이고 외향적이라면, 조병화의 소라는 고독의 옷을 스스로 걸치는 점에서
내향적이라는 점이다. 어떻든 소라는 곧 시인의 형상이고 바다를 곁에 두고
'온종일', '저만이 외롭답니다'라는 증거를 내보인다. 이런 증상은 곧 시인 자
신의 삶에 대한 상징을 뜻하는 점에서 고백적인 한계를 암시한다.

> 나는 길을 잃고 있었던 거다. 물리화학을 하겠다던 나의 꿈은 날로 암담
> 해지고 물리화학으로 월급을 타는 직업인으로 전락해 가고 있었던 거다.
> 어떻게 해볼 수 없는 상황에서.
> 이러한 꿈의 좌절에서 실로 쓸쓸해서, 고독해서. 외로와서, 걷잡을 수 없
> 는 낙오감에서, 그 포기에서, 시가 나오기 시작했던 거다 ……중 략……「
> 소라」라는 시, 그건 이렇게 독백하듯이 금새 나와 버린 거다 ……중
> 략……그리고 아름답고, 멋이 있기 때문에. 그리고 무한한 동경의 세계, 그
> 꿈으로 나를 함빡 젖게 하기 때문에. 그것으로 하여 나는 내적 성숙감을
> 느끼면서 청년 학창시절을 보냈던 거다.2)

조병화의 시에서 시대의식을 찾는다면 도로(徒勞)가 될 수 있다. 이는 초기
부터 그의 만년의 시에서도 발견할 수 없는 의식의 특성이다. 다시 말해서
해방 이후 소용돌이의 와중에서 민족의 아픔이라거나 국가의 운명이 풍전등
화의 고난 속에 있었다는 의식은 시의 전면에 등장하는 요소가 아니라 자기
고독 그리고 스스로만의 아픔을 표현하는 한계를 갖고있다. 공동의 선(善)을
위한 투쟁이나 미래의 아픔을 공유하려는 것보다는 '나만'의 고독을 즐기는
범주에서만 시를 생산하는 일종의 자기적인 시를 쓴다는 고백의 일단이 인
용의 수필이다. 길을 잃었다는 것은 해방 이후의 상황으로는 참으로 사치한
고백이다. 물리와 화학을 전공하겠다는 소망의 좌절이었지만 모든 것이 무너
졌던 해방 직후의 극한상황에서 무난하게 살아가는 직업인으로 '전락'했다는
것이 좌절이었고 아픔이었다는 요소가 1946년 「소라」를 처음 쓰게 된 고백

---

2) 조병화, 「김기림과 그 주변」, 『떠난 세월 떠난 사람』(현대문학사, 1989. 7), 14~15쪽.

이고 또한 '아름답고, 멋이 있기 때문에' 시를 썼다는 말은 당시의 사회 상황에서는 확실히 귀족적 사고 – 구름 위에서 노니는, 세상과 유리된 신선의 경우와 같다는 생각이다. 물론 다감하고 나이브한 성품의 시인을 나무라는 것은 아니다. 다만 시대를 수용하는 의식의 치열성에서는 예외였다는 점에서 조병화만의 독특한 시적 가문을 형성하는 계기가 초창기부터의 진로였다는 점이다. 이는 조병화 시를 사시(斜視)로 보는 아킬레스건이지만 이는 개성으로 돌릴 수 있는 부분이다.

일제 치하에도 독립을 위해 온몸을 던져 투쟁한 사람이 있고 침묵만으로 일제의 침략을 반대한 대부분의 백성이 있었고, 부귀와 영화를 위해 민족을 버렸던 친일의 무리가 있다면 처음과 두 번째는 어떤 명분을 내세워도 비난되어서는 안된다. 일본 천황을 위해 앞장섰던 지도층 문인의 행동보다는 높은 자리에 있어야 한다는 점이다. 적어도 조병화의 일생에는 그런 이름과는 거리가 멀기 때문이다. 또 80년대 이른바 민주화를 부르짖었던 민중문학의 결과는 문학이 아닌 빈껍데기라는 결과를 주시할 필요가 있다. 문학은 다만 문학이고 시는 다만 시이면 된다. 조병화의 시는 다만 시일 뿐 다른 요소를 첨가해서는 안된다는 뜻이다.

인간사는 다양성에서 조화의 묘미가 있기 마련이다. 시장에서 물건을 파는 사람이 한가지 물건만을 모두 판다면 밋밋하고 볼품없는 획일의 사회일 것이다. 시의 경우에도 다양한 판도를 형성하는 것은 결국 한국 문단이라는 확대된 상황에서는 조병화만의, 조병화로서의 일익을 감당하는 문학적인 역할을 수행할 수 있는 공간을 명백하게 설정했다는 점이다.

「소라」는 바다와 떨어질 수 없는 생명의 공간 – 바다는 세상이고 소라는 조병화라는 도식이 설정된다. 그러나 소라가 '저만이 외롭답니다'에 이르면 스스로 선택적이라는 구분이 명료해진다.

누구나 어울려 살아가는 바다의 세상에서 '저만이' 선택은 곧 공존의 광장을 벗어나서 살아가겠다는 홀로의식의 발동이기 때문이다. 여기서 바다의 이미지는 곧 출발의 공간을 설정한 의식의 출구가 될 것 같다. 이런 바다의 인

연은 모교의 소란과 은사 신기범의 불행한 작고로 염증을 느껴 1947년 9월
부터 1949년 2월 서울고등학교 물리선생으로 전근되기까지 인천(중학교)에서
바다와 접하게 된 경험이 뇌리에 각인(刻印)된 중요한 시적 모티브를 제공한
것 같다.

> 바다의 이별이
> 이국의 소식이
> 진한 커피와 마도로스 파이프에 전해질 무렵엔
> 등불도 저물어
> 안개 자욱한 북쪽 해협 어느 지점에
> 우리는 삼등 선객임이 분명한 것이다
>
> — 「다방 해협」에서

인천에서 쓴 작품인지 아닌지는 중요한 것이 아니다. 다만 바다라는 이미
지가 번다히 출몰하는 이유가 자신의 삶에 대한 모티브를 제공하고 있다는
점에서 시적 발상의 중요성을 거론하게 된다. 바다는 어딘가 떠나고 돌아오
는 길의 의미를 충족한다. 이런 현상은 바다를 통해 오고가는 소식을 접하기
도 하고 또 소식을 전해 주는 메신저의 역할을 감당하기 때문에 기다림과
이별과 그리움이 교차하는 공간으로 역할을 수행하게 된다. 조병화의 경우도
바다를 바라보는 다방에서 커피와 파이프 등의 소품을 동원하여 멋스러운
자세로 미지에 대한 소식을 기대하는 심정을 키우고 있다. 그러나 바다를 항
해하는 배에는 선객이 있고 그 선객은 어딘가로 떠나는 이별과 만남의 교차
가 인간사를 의미한다. 조병화의 정신 속엔 바다만의 공간이 아닌 또다른 세
계를 지향하지만 그가 살고 있는 공간에 영향을 받아서 스스로 소라 혹은
삼등 선객임을 선언하는 고독한 행보를 바다로 난 길에서 출발의 상징을 띄
우고 있다. 그러나 '바다는 / 세너토리움 유리창 밖으로 내려다볼 것이다
(ETUDE — 3. 바다는)' 나 '바다로 / 하늘로 / 홀가분한 단념과 웃음을 배우
러 가자(입춘)'에서 처럼 바다에서 삶의 치열성을 경험하는 것이 아니라 바라
보고 관조하는 점에서 일정하게 바다와 거리를 유지하는 문제를 가지고 있

다. 이런 현상은 시인의 성품 혹은 삶의 현상과 밀접성을 가질 수밖에 없을 것이다.

3) 어둠

의미상으로 볼 때 어둠이란 빛과 반대의 개념을 뜻하지만 그 소임은 전혀 다른 발상으로 출발한다. 그러나 어둠과 빛은 결국 탄생과 죽음이라는 이질성을 넘어 하나로 연결된 동그라미와 같다는 순환 논리의 우주 질서에 도달하게 된다는 점이다.

우주의 탄생을 위한 물리학의 비밀은 아직도 명확하게 밝혀진 것이 아니다. 빅뱅이라는 이론도 추측을 이론화했다는 점에서의 이론이지 명백한 근거를 제시한 것은 아니다. 그러나 인간사에서 어둠이란 곧 양수에서 탄생의 생명을 키우는 인간의 잉태도 유추할 수 있고, 밤의 안식은 내일을 위한 태양을 맞이하기 위한 근거가 될 수도 있다. 이런 유추로 보면 어둠은 절망 혹은 슬픔과 같은 이름을 붙이지만 이를 뒤집으면 어둠은 안식을 마련하는 공간이며 또 빛을 잉태하는 것이고, 절망과 슬픔은 희망과 기쁨을 만드는 기반이 된다는 점이다.

> 한 병아리가 태어나기에
> 느티나무는 무서운 밤을 꽉 참았을 거라
>
> 그러나 이 날
> 마을엔 찬란한 고독이 피어오르고
> 生殖의 줄기는 신화를 侮辱하였답니다
>
> ─ 「탄생」 전문

병아리가 시인이든 누구인가는 중요한 것이 아니다. 탄생을 예비하는 밤에 무서움을 느끼는 느티나무의 전율은 곧 시인 자신의 감정이고 무서움을 견디는 감성은 곧 새로운 생명을 맞아들이기 위한 문법으로 작용하는 것이

「탄생」의 규격적인 사고이다. 물론 '찬란한 고독'이 피어오르는 것은 마을의 경사이자 시인 자신의 정신적 환희를 나타내는 감탄으로 느껴 온다. 이런 탄생의 전제를 내세우면 다음 단계로 전이하게 된다.

> 비 많이 쏟아지는 밤
> 이러한 밤에 절망을 뒤적거려 보는 것이
> 얼마나 위안이 되었던가
> ― 「오히려 비내리는 밤이면」에서

비와 밤은 젖어지는 ― 다시 말해서 대상을 일체화하는 점에서 감싸는 성격으로 좁아진다. 밤은 생명을 새롭게 변화시키는 안식의 의미에 가깝고 비는 생명을 키우는 유연함으로 직접성을 갖게 된다면 밤과 비는 절망의 반대편에서 생명을 키우고 안식을 주는 양가(兩價)적인 특성으로 좁아진다. 물론 슬픔과 좌절이나 절망의 이미지와 명확하게 접근되는 것은 아니다. 다만 여느 사람들의 절망과 슬픔과는 좀더 고답적이라는 점에서 쉽게 수긍할 수 없는 한계를 갖는 것도 사실이다. 왜냐하면 가난의 고통이나 절망의 심연에서 아우성 내지는 절규하는 처절한 몸짓으로의 비극적인 인상이 아니라 어찌 보면 사치한 것 같은 고독의 발성이라는 인상을 지울 수 없기 때문이다.

> 나의 꿈의, 좌절의 배설처럼, 고독의 배설처럼, 절망의 배설처럼, 외로운 단독자의 절규처럼 써 두었던 시들이 장만영 시인의 손에 의해서 추려지고 배열되어 김경린 시인의 장정으로 출판의 옷을 입고, 한국문학사 그 한 대낮에 나타나게 되었다. 그러니까 1946년경부터 1948년경까지 모여진 작품들이었다.[3]
> 참으로 나를 구출하는 하나의 방법이었으며, 이름 그대로 하나의 스스로의 먼길의 발견이었다. 어둡고 고정 개념의 파괴로부터 다시 나의 생존을 이끌어 내자는 생각이었다.[4]

---

3) 조병화, 『버리고 싶은 유산』(1949. 7)
4) 조병화, 「나의 문학적 고백」, 『고독과 허무를 넘어서』(학원사, 1988. 12), 14쪽.

예술은 역설의 미학이라는 말을 한다. 가난과 고통 혹은 혹독한 시련 속에
서 예술의 미감을 나타내기 때문이다. 넉넉하고 행복한 시절에 위대한 예술
은 조짐을 보이지 않는 법이다. 피카소의 청색 시대[5]는 고통과 아픔 그리고
불행의 옷을 벗지 못해서 예술의 색채로 자신을 표현했다면, 이는 위대한 창
조의 빌미를 제공하는 본질이 될 수 있다는 뜻이다. 조병화도 슬픔을 짓이겨
그만의 시를 출범하는 계기가 꿈에 대한 좌절이 본질을 이루고 있다.

> 아 오늘과 같이 눈 내리는 밤엔
> 여인의 따뜻한 가슴 안에
> 내가 귀여운 아해처럼 안겨 있는 듯하다
>
> — 「눈 내리는 밤엔」에서

눈과 밤이 따듯한 느낌으로 시인을 감싸는 소망을 바라고 있다. 이런 고독
은 처참한 패배로서의 고독이기보다는 다소 평화로운 혹은 소녀 취향적인
느낌을 배제할 수는 없을 것 같다. 눈이 여인의 가슴과 연결되는 이미지 그
리고 귀여운 아이와 같은 부드러움으로 전환되면서 시적인 메타퍼는 아늑하
고 꿈꾸는 — 정적(靜的)인 느낌을 생성하게 된다.

> 밤이 깊어서 나 호올로 여기 아시아 한 자리
> 촛불 앞에 남아 있어
> ……중 략……
> 아 나의 텅빈 가슴 저 저 먼 방향에서
> 전율의 연대를 향하여
> 달음박질치는 나의 발자국 소리가 들려 온다
> 발자국 소리가 들려 온다

---

5) 대략 1901년에서 1904년 봄까지를 파블로 루이즈 피카소의 Blue Period라 한다. 내적
   갈등과 의기소침, 인생에 대한 끊임없는 질문 — 인간성으로 향하는 문을 열기 위해
   변화와 고독의 기간을 청색으로 표현했다.

— 「나의 가슴에는」에서

아시아라는 커다란 공간을 생각하는 밤에 먼 미지를 향해 화려한 명성의 이름을 찾으려는 발심(發心)으로 '나의 발자국 소리'를 들으려는 귀 — 명성의 획득을 위해서 고독의 시간을 즐기는 것이다. 이로 보면 조병화의 고독은 찾아가는 그리고 스스로가 선택하는 고독이라는 점에서 비극의 인식과는 멀리 있다. 이는 '팽창하는 시절이 두렵다(「눈 내리는 밤엔」)'와 '불안한 세월을 혼자 두고 / 기다리어도 멀어만 가는 사람들 속에(「1950년」)'와 같이 전쟁을 무대로 쓴 피흘리는 시보다는 오히려 자기 주변의 문제들을 자기만의 공간으로 끌어들여 이미지를 극대화하는 기교를 보인다. 다시 말해서 타인의 문제를 객관화하는 것이 아니라 자기만의 문제 속에서 자기만의 개성을 나타내는 점에서 다른 자리를 점하는 점이다. 또한 격변 앞에 대결하면서 피흘리는 전사가 아니라 안주하면서 바라보는 또는 흘러가는 가운데서의 변화를 관조하는 특성을 나타내는 순수하고 질박(質朴)한 시심(詩心)의 모습이다.

3. 맺음말

단순하다는 것은 복잡하다는 것과 반대편의 의미지만 조병화는 복잡한 미로를 싫어하는 명료한 성품을 가지고 있다. 이런 현상은 하찮은 사물에서도 시적인 이미지를 포착하는 예민한 촉수를 발휘하면서 시화(詩化)의 길로 출발한다.

조병화의 시는 고독을 메우기 위한 발상으로 출발했지만 그 근거는 투명하고 순수를 지향하는 점에서 단순하다. 이는 그가 태어난 삶의 도정(道程)이 비교적 순탄하고도 안락한 귀공자의 품성을 여일하게 유지하는 발상이 초기 시의 특성으로 보인다.

길을 찾아가는 방법은 어둠으로 나타나는 질서의 형성이면서 이 질서는 곧 시의 문을 두드리는 양상으로 전개되었고 그 정서의 함량은 고독으로 얼

굴을 내밀었지만 모두와 공유하는 고독이라기 보다는 따로 떨어진 성주(城主)
가 되었다는 점에서 또다른 개성이랄 수 있다.

바다(물)의 이미지는 초기 출발의 중요한 모티브가 된다. 스미는 것 혹은
일체화를 지향하는 속성으로 나타나는 바다는 곧 조병화의 시에서 유동적이
면서 의식을 옮기는 메신저로 등장한다. 물론 광막한 그리고 파도가 일렁이
는 무서운 바다가 아닐 뿐만 아니라 고독한 영혼의 세계와 인생에의 순화를
바다에서 씻어내려 했고 또 인간적인 슬픔과 아픔을 정화하는 작용으로 유
추되는 바다인 것 같다. 그러나 그의 시적 성격은 활달하고 동적이며 활동적
인 것보다는 오히려 내성적이고 정적(靜的)인 미감으로 시의 얼굴을 삼고 있
다.

조병화의 초기시는 바다라는 공간에서 미지를 향하는 길을 만들기 위한
내심으로 한국 시단의 일정한 공간을 조병화만의 개성으로 설정한 입지가
보인다. 더불어 그의 품성은 전원적인 사고(思考)이지만 도시적인 취향을 시
의 내용으로 도입하고 있다.

한성기 시의 공간 기호 체계

김 석 환*

1.

시는 일상어를 그대로 사용하지만, 일상언어의 경우와 달리 어떤 것을 말하면서 또 다른 것을 뜻하게 된다. 다시 말하면, 구조체인 일상어를 사용하여 고차적 구조체를 만든다는 것이다.[1] 이때 일상어 즉 1차언어가 2차언어인 문학어로 코드 전환 되며 코드가 전환됨으로써 1차언어의 특징인 언어의 선조성(線條性, Linearity)이 공간성(空間性)으로 바뀌며 텍스트 내의 통사론은 공간 모델 형성의 언어가 된다.[2]

본고는 한성기 시인의 시를 공간적 모델 형성체계인 2차적 기호체계로 보고 매개적 기호가 양극을 어떻게 분절시켜 체계를 구축하는가를 살피면서, 반복되는 양극적 요소들 중 특히 이상적 세계를 대신하는 기호인 '산'과 '바다'의 2차적 의미를 고찰함으로써 한성기 시인의 시적 특성의 단면을 알고자 한다.

한성기 시인은 『山에서』, 『落鄕以後』, 『失鄕』, 『九岩理』, 『늦바람』 등 다섯 권의 시집과 『落鄕以後』[3]라는 시선집을 펴내면서 평생을 시작생활로 일관하

* 명지대학교 교수

1) 池上嘉彦, 이기우 역, 『시학과 문화기호론』(중원문화, 1984), 27쪽.
2) Yu, Lotman, "La Structure du Texte Artistque"(Paris:Gallimard, 1973), p.36.

였지만 한 시인의 시에 대한 연구는 아직 부족한 것 같다. 송재영[4], 정진석[5], 박명용[6]의 단편적 논문과 비평이 있을 뿐이다.

　본 연구는 한성기 시인의 전체 시세계를 알아보는 선행작업으로서 시선집 『落鄕以後』를 텍스트로 삼는다. 1982년에 간행된 이 시선집에는 자신이 각 시집에 대표작이라고 할 만한 시들을 선택하여 실었기에, 그의 시 전체의 특성을 개괄적으로 연구하는 데 적당하다고 보았기 때문이다.

2.

1) 山 질서와 조화의 세계

　한성기 시인의 시에서 '山'은 빈번히 사용되는 공간기호이다. 『山에서』란 시집의 제목으로 삼았을 만큼 그의 시 텍스트를 구축하는 지배적 기호소이다. "나는 추풍령에서 4~5년을 지낸 일이 있다. 직장을 버리고 세상을 버리고 나로서는 가장 암담했던 한 때다."[7]라고 『落鄕以後』시집의 자서(自序)에서 밝힌 것을 보면, 추풍령의 산에서 지낸 체험과 무관하지 않을 것이다.

> 하루를 소중히 보내고 싶다
> 뜰에서 내려서면
> 視野에 들어오는 山
> 그 산을 잊지 않고
> 살고 싶다
>
> 언제부턴지

---

3) 한성기, 『落鄕以後』(현대문학사, 1982).
4) 송채영, 「질서와 조화의 시학」 - 한성기론(민음사, 1987), 162~172쪽.
5) 정진석, 「인간성회복의 반문명시」 - 한성기론, 《월간문학》, 1986. 6, 214~233쪽.
6) 박명용, 「한성기연구」, 『인문과학연구논문집』(대전대인문과학연구소, 1994), 15~30쪽.
7) Ibid. p.15.

조용한 주위가 좋다
조용해서 모두 情이 가는 시골
가까운 마을이며 먼 비탈

뜰로 내려서듯
시골에 내려온 10년
쓸쓸히 생각하며
둘러보고 싶다
人事는 흐려가고
山河만은 내내 새롭구나

하루를 소중히 보내고 싶다
언제부턴지
조용한 주위가 좋다
10년을 삼켜서
비로소 보이는
山

— 「山」 전문

이 시 텍스트는 『落鄕以後』에 수록된 작품인데 그의 시 텍스트에서 산(山)의 의미를 극명하게 보여 주고 있다.

1·3연에 보이는 '뜰'이란 매개적 공간 기호가 개입됨으로써 (방안: 제로 기호)8) 산을 內 / 外로 분절하면서 수평적 기호체계를 구축해 준다. 그리고 3연에서 뜰로 내려서는 행위와 시골에 내려오는 행위가 동일시되면서 '(타향=도시) / (고향=시골) / 산'이 수평적·공간 기호체계를 구축한다.

/내/	/경계/	/外/
(방안)	뜰	山
(타향=도시)	(고향=시골)	山

---

8) R. Jakobson, *Selected Wrightings 2*, Word and language(Hague:Mouton, 1971), p.11.
※zero 기호란 不在인 채로 차이를 만들어 내는 기호를 말한다.

위에서 보듯이 산(山)은 방안과 '타향=도시'와 대립되는 공간으로 수평축의 / 외(外) / 항이며 화자의 지향 공간이다. 화자는 '타향=도시'로부터 낙향하여 시골에 있지만 인사(人事)가 존재하는 곳이기에 조용하고 좋은 시골 마을보다 '山을 동경하고 잊지 않고 살고' 싶어한다. 결국 산(山)은 인사(人事)가 없는 무위(無爲)의 공간이며, 화자가 궁극적으로 지향하고자 하는 세계이다. 끝 연 '10년을 삼켜서 / 비로소 보이는 / 산'이 암시하듯 오랫동안 동경하고 가까이 가고 싶었던 곳이다.

> 비래리
> 뒷산은 이상해라
> ······중 략······
> 10년이 더 지난 뒤
> 다시 넘는 길
> 내게는 보이는 길이
> 아내에게는 보이지 않는다
> 산마루에 올라가며
> 햇살이 내린
> 山
> 갓빼낸 사진
> 한 장
>
> — 「暗室」 1·2·10~끝행

시 「暗室」에서는 동경하고 바라보던 산으로 들어가 산의 실체를 확인한다. 시의 앞부분에서 '아내에게 보이는 길이 / 내게는 보이지 않는다'고 고백한 것과 달리, 뒷부분에서는 '내게는 보이는 길이 / 아내에게 보이지 않는다'고 하였다. 그러한 상황의 역전은 10년이란 세월이 경과된 후의 일이다.

이 시의 공간 기호체계를 보면 산마루를 경계로 '비래리'와 '山'이 내 / 외로 수평축을 구축하고 있는데, 「山」에서 경계 공간이었던 (시골=비래리)가 이 시에서는 산과 대조되는 / 내 / 공간이 되었고, 경계공간이 산 속에 있는

산마루가 되었다. 이러한 변화는 화자가 시골로 낙향하여 살면서 10년이란
긴 세월 동안 산과 친근해진 까닭이다.

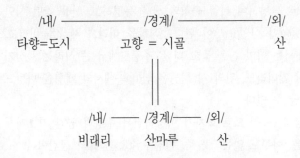

그리고 산의 실체를 인식하기 이전과 이후의 차이를 '캄캄한 캄캄한 / 暗
室'과 '햇살이 내린 / 山'에서 보듯이 어둠과 밝음의 감각적 기호로 드러내고
있다. 한편 10년 이후 발견한 산(山)을 '갓빼낸 사진'에 비유하여 신선한 곳으
로 묘사하고 있다. 결국 산이란 공간기호는 밝고 신선한 곳이며 화자가 오랫
동안 동경하던 세계이다.

山에 와 있다

나는 왜 집을 떠나
이 山 속에서
헤매느냐

山에는 아무도 없다
아무도 없는 山에서
이따금 빠끔히 나를 보는
눈

山모롱을 돌며
이따금 그 나를 보는

눈과 마주친다

— 「눈」 1~4연

　도시로부터 시골로 낙향하여 시골 근처의 산을 동경하고, 산을 찾던 시인
은 이제 산 속에 들어가 산인(山人)이 된다. '직장을 버리고 세상을 버리고,
……중 략…… 집에서는 이미 손을 들고 떠난' 추풍령에서 쓴 시라는 한성기
의 고백을 참고하지 않더라도, 위의 시 「눈」은 산(山)속에서의 체험을 바탕으
로 쓰여진 시임을 알 수 있다.
　'집 → 산모롱 경계 → 산'으로 화자가 이동하면서 수평적 공간 기호체계
가 구축되는데, 산은 '아무도 없는' 곳 즉, 허정무위(虛靜無爲)의 공간이다.
　그러한 공간에서 마주치는 눈은 '사람의 눈길같이 아프지 않고, 서글서글
해서 언제나 시원해서' 좋은 눈이다(5·6연). 그 눈은 인간 세상과 대조되는
자연의 구체적 이미지이며, 미움과 고통보다 평화와 안식이 존재하는 이상적
공간의 구체적 실상이다. 그리고 사람의 눈과 그 눈을 대조시킴으로써 문명
의 세계를 비판하고 문명 이전의 원초적 조화와 질서의 세계를 갈망하는 시
정신의 단면을 보여주고 있다. 위에서 구축되는 공간 기호 체계를 도식화하
면 다음과 같다.

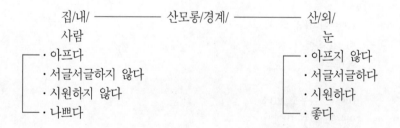

　시에서 집은 탄생 공간이나 회귀의 공간을 상징하는 것이 통례인 것과 달
리, 위의 시에서는 떠나버리고 싶은 공간으로서 부정적 가치를 지니게 된다.
집으로 구체화된 세상에 대한 반발이 화자인 '나'로 하여금 산이 상징하는
긍정적 공간인 자연으로 향하게 하였다면, 이는 결국 문명에 대한 반발과 원

초적 삶에 대한 지향성을 반영하고 있는 것이다.

산에서 평화와 안식의 눈을 발견한 화자는 나아가 산과 하나가 되는데, 이는 완전한 평화와 안식의 세계에 몰입하려는 시인의 꿈을 반영한다.

어둠에 묻혀버리는 山
육중한 山들이
말없이 하나하나
묻히면서 나도 묻혀버린다
어둠 속에 너와 나는 없고
어둠 속에 너와 나는
있다.

— 「자기를 구워내듯」 1연에서

너, 즉 산과 나는 해가 지기 전에는 거리를 두고 너와 나로 존재하지만, 해가 지고 어두워져 어둠 속에 묻혀 하나가 된다. 그리하여 '어둠 속에 너와 나는' 없으면서도 있다. 즉 물질적 산과 육신적인 나는 객체와 주체로 존재하지만 내적으로는 하나가 되어 주객이 없어진다. 그러한 내적 통합을 가능하게 하는 것은 바로 어둠인데 그 어둠의 세계는 꿈의 세계요 시의 세계인 것이다. 나와 산의 외형을 볼 수 없게 하는 어둠의 힘을 빌려 나는 산과 합일이 되는데 이러한 상태는 바로 동양적 자연관에서 말하는 공존과 화합의 관계이다.9)

산, 즉 자연과 화합과 공존의 관계는 물아일체(物我一體)요, 물심일여(物心一如)의 상태다. 한성기 시인은 '너와 나'라는 대립과 단절의 관계를 초월하여 산과 하나가 됨으로써 원초적 질서 또는 우주의 근원적 도(道)를 체득하게 된다.10) 그러한 정신적 체험을 시 「山」에서 고백하고 있다.

산을 오르며 내가 깨달은 것은 山이 말이 없다는 사실이다. 말이 많은

---

9) 老子·莊子, 장기근·이석호 역, 『老子·莊子』(삼성출판사, 1977), 346~347쪽.
10) 위의 책, 136~137쪽.

世上에 ……중 략…… 말이 없는 世上에 사람보다 부처님이 더 말을 하고
부처님보다는 山이 더 많은 말을 하고 있었다.

　　　　　　　　　　　　　　　　　　　　　　　— 「山」에서

　시의 첫부분에 나오는 말과 뒷부분에 나오는 말은 대조적이다. 첫부분의
말은 세상(世上)에서 하는 말, 즉 진실에 담겨 있지 않고 근원적 진리를 왜곡
시키는 말이다. 뒷부분의 말은 허위와 가식을 떠난 우주의 근원적 진리, 즉
'道, 그 자체'이다. 말(logos)의 어원은 로고스(logos)로서 이성이나 진리를 뜻한
다면 산의 말은 로고스이다. 자연과 단절된 채 살고 있는 현대인의 말이나
현대인들을 근원적 진리에 도달할 수 있도록 한다는 종교(부처님)도 한성기
시인에게는 그 원초적 진리를 말해주지 않고 있다. 그러나 산(山)은 세상 사
람들의 말이나 종교보다 더 근원적 진리를 무언으로 깨우쳐 주고 있다는 것
이다. 한성기 시인에게 있어서 산은 자연과 우주에 숨겨져 있는 절대 진리의
계시자요 그 자체다.
　그러한 산이기 때문에 한성기 시인은 도회지로부터 시골 즉 고향으로 낙
향을 하여 산을 바라보고 끝내 입산을 하며 산과 하나가 된다. '도회지 →
시골 → 산'으로 이어지는 수평적 공간의 이동은 곧 시인이 허위와 가식의
언어가 가득한 세계로부터 초월하여 우주의 근원적 진리, 자연의 원초적 질
서에 도달하고 합일되고자 하는 시인의 지향성을 반영한다. 산은 그 지향의
정점이며 안식처요 절대 진리의 계시자인 것이다.
　산이 시 텍스트에서 그러한 기호 작용을 할 수 있는 것은 현실적 삶이 영
위되지 않는 곳이며, 인간들의 인위적 손길이 아직 닿지 않은 곳으로 남아
있기 때문이다. 그리고 그 형태상 도시나 시골 마을보다 높은 곳에 있기 때
문이다. 사람들이 높은 곳과 멀리 떨어진 곳은 신비하고 가치 있는 진리가
숨어 있다고 믿어 왔음을 많은 문학작품에서 발견할 수 있는데 한성기 시인
에게 있어서 산은 그러한 믿음이 극대화되었다고 볼 수 있다.

2. 바다, 서늘한 진리의 세계

바다 역시 인간의 삶의 현장이 아니며 멀리 떨어져 존재하는 공간이다. 그러한 공간적 특성 때문에 바다는 많은 시인들의 동경의 대상이며 이상적 세계의 상징이 되어 왔다. 한성기 시인의 시 텍스트에서도 바다는 세속적 생활 공간과 대립되는 이상적 공간이요, 진리의 세계이다.

바다에서 들고 온
돌이나 바라보다가
한나절
山이나 바라보다가
텃밭에 나앉아
새김질하는 소나
바라보다가

— 「바람이 맛있어요.7」1~7행

위의 시에서 화자가 바라보는 대상은 3가지, 즉 돌과 산, 소이다. 그런데 바라보는 화자는 사실 돌, 그 자체가 아니라 돌을 보면서 바다를 상상하고 있다. 그러한 판단이 가능한 것은 '바다에서 들고 온'이라는 구절 때문이다. 즉 돌을 바라보는 까닭은 그것을 통하여 바다의 이미지를 상상하고 싶기 때문이다. 따라서 바다와 그 다음에 이어지는 산은 동경의 대상으로서 등가치(等價値)이다. 여기서 단적으로 한성기 시인은 앞에서 고찰한 산과 바다를 똑같이 그리움의 대상으로서 동일시한다는 것을 알 수 있다.

한편 그 다음에 등장하는 '새김질하는 소'는 돌을 통하여 바다의 이미지를 재생하고 상상하는 화자와 동일시된다. 새김질은 곧 반추로서 소가 이전에 뜯어먹었던 풀을 다시 되내어 씹는 동작인데, 소의 그러한 동작과 화자가 이전에 체험한 바다의 인상을 다시 기억하여 떠올리는 정신적 행위는 유사관계이기 때문이다. 화자는 결국 새김질하는 소의 모습으로 바다의 인상을 재생하는 자신의 내면을 객관화하고 있는 것이다.

결국 한 시인은 원초적 질서와 진리의 세계의 상징인 산을 동경하듯이 바다를 동경하고 있다. 즉 바다라는 공간 역시 한성기 시인의 시 텍스트에서 산과 같은 등가적 의미를 대신하는 기호로 사용되고 있는 것이다.

한성기 시인의 시 텍스트에서 바다가 앞서 고찰한 산과 같이, 이상적 세계를 대신하는 기호로서 빈번히 나타나는 이유는 그의 전기적 사실을 참조하면 다음과 같다.

'바다에 가려했다. 우연히 그 기회는 쉽게 왔다. 서해 안흥(西海 安興) 앞바다. 배보다 갈매기가 더 많이 날았다'라고 자신의 시선집 『落鄕以後』의 자서(自序)에서 바다의 체험을 밝히고 있다. 한성기 시인의 추풍령에서 생활을 하다가 4~5년 시골에서 지내며 바다에 자주 갔던 체험을 시화한 것으로 판단할 수 있다.

다음의 시는 그러한 체험을 분명히 엿보게 하는데, 위의 시에서처럼 바다와 관련된 매개물을 통하여 바다를 그린다는 점에서 구조적 상동성(相同性)을 갖는다.

> 다래끼에서
> 새 우는 소리가 들리더라나
> 安興에서 듣고 온 거라나
> 철부지라나
> 바다에 가 있을 때
> 새우 양식장에서
> 따온 거라나
> 나의 카세트
> ······중 략······
> 그날의
> 圓舞
> 철부지라나
> 다래끼에서
> 새우는 소리가 들리더라나

아무리 들여다 보아도
빈 속인데

— 「새장」에서

위의 시는 빈 다래끼에서 새 우는 소리를 듣는다는 역설이 시적미학의 핵심을 차지하며 한성기 시인의 바다에 대한 동경심을 강화해 준다. '새우 양식장에서 따온' 다래끼는 이미 떠나와서 가까이에 없는 바다와 화자를 이어주는 매개물이다. 화자는 다래끼와 바다의 인접성 때문에 '아무도 들여다 보아도 / 빈속'인 다래끼에서 새우 양식장 위를 날던 백구(갈매기)의 원무(圓舞)를 상상하며 그 울음소리를 듣고 있다. 즉 원무와 울음소리라는 시각과 청각적 이미지로써 바다를 향한 그리움을 더욱 선명히 보여준다.

「바람이 맛있어요7」과 「새장」의 공간 기호체계를 비교해 보면 다음과 같다.

돌

[화자의 존재적 공간]   바다

다래끼

/내/ — — — — — — — — — — /경계/ — — — — — — — — — — /외/

결국, 돌과 다래끼는 화자의 존재 공간과 바다 사이에서 두 공간의 대립을 이완시켜 주는 매개기호이다. 그것들이 매개적 기호작용을 할 수 있는 것은 바다에 존재했었다는 인접성 때문이다. 결국 그러한 조그만 사물을 통하여 바다를 상상할 만큼 한 시인의 바다에 대한 동경심이 크다는 것을 알 수 있다. 바다를 다녀온 후, 바다의 인상을 재생하며 그리움을 표현하고 있는 예는 다음 시에서도 볼 수 있다.

바다는 춥다
바다는 他鄕

　　겨우내
　　눈은 내리지 않고
　　바다에서 불어대는 바람
　　어느 날 밤
　　잠에서 깨어나
　　이제는 지쳐서
　　목이 쉬어버린
　　네 목소리를 들었다.

　　　　　　　　　　　　　—「바다는 他鄕」2연

　　위의 시는 1연에서 '멀미를 하며 / 돌아오는 밤배 위에서' 추위에 떨었던 체험을 고백하고 있다. 그리고 위의 예시된 2연에서는 그 체험을 회상하는 내용이다. 1연의 첫행과 2연의 첫행을 모두 '바다는 춥다'로 시작하고 있지만 시적 의미는 차이가 있다. 즉 1연에서의 '춥다'는 물리적 또는 육체적 감각을 표현하는 1차적 서술인데 비해서, 2연에서는 바다를 회상함으로써 갖게 되는 정서적 반응을 암시하는 내포적 진술이다.

　　2연에서 그러한 판단이 가능한 것은 '어느날 밤 / 잠에서 깨어나'라는 구절을 통하여 드러나는 시간성과 공간성 때문이다. 1연에서는 '밤배 위'라는 화자의 위치가 구체적으로 드러나 있는 것과 달리. 2연에서는 '잠에서 깨어나'를 통하여 화자의 위치가 실내라는 추측을 할 수 있다. 그리고 '어느날 밤'이란 시간어와 결합됨으로써 '바다에서 불어대는 바람' 즉 '네(바다)목소리'는 물리적인 실제의 목소리가 아닌 상상으로 듣는 소리임을 알 수 있다.

　　화자는 밤배 위에서 바다의 추위를 체험하고 돌아와, 어느 날 다시 그 바다의 체험을 회상하는 내용을 시화하고 있다. 그러나 그것이 단순히 체험의 회상기가 아니고, 바다에 대한 동경심과 바다가 갖는 시적 의미를 반어적으로 암시하고 있다는 것에 이 시의 미학이 있다.

　　위의 시에서 바다는 타향(他鄕)으로 비유되는데, 1연은 배 위에 있지만 바다를 타향에 비유한 것은 그곳이 춥고 멀미를 할 수밖에 없는, 즉 익숙한 공간이 아님을 암시하고 있다면, 2연에서는 그러한 의미와 함께 멀리 떨어져 있는 곳임을 암시한다. 따라서 화자가 있는 공간에 대립되는 공간이다. 표층적으로 춥고, 타향으로 진술되는 그 바다로부터 불어오는 바람 소리를 듣는 내면에는 바다에 대한 강한 그리움이 숨어 있다. 그러한 그리움은 '이제는 지쳐서 / 목이 쉬어버린'이라는 바다에 대한 강렬한 그리움이 있기 때문이다.

특히 '눈은 내리지 않고'에서 눈은 타향인 바다와 화자의 존재 공간인 고향의 대립을 해체해 줄 수 있는 매개적 기호이다. 눈은 내려 쌓이면서 타향(他鄕)과 고향이라는 공간의 경계를 지워주며 수평적 대립을 해체할 수 있는 것이기 때문이다. 결국 눈이 내리기를 기다리는 화자의 내면엔 자신의 존재 공간과 바다가 하나로 이어지기를 바라는 심정이 숨어 있다. 그러나 그러한 눈이 내리지 않기 때문에 바람소리를 바다의 목소리로 들으며 바다에 대한 그리움을 달래고 있는 것이다. 결국은 바람은 두 공간의 대립을 완화시키는 매개적 기호 작용을 한다.

한편 이 시에서 바다를 춥다고 표현하고 있는데 이는 가까이하려 하지만 늘 이질적인 공간으로 존재하는 바다에 대한 정서적 반응을 표현하는 감각 기호라고 볼 수 있다. 다시 말하면, 늘 신비하고 이상적인 곳으로 존재하여 완전한 합일이 불가능한 절대적 진리의 세계로 남아 있기 때문에 한성기 시인에게 추운 타향으로 인식되었다고 볼 수 있다. 따라서 '춥다'라는 감각 기호는 반어적으로 화자의 지향의지를 더 강하게 보여주고 있는 것이다.

한성기 시인의 시에서 위에서처럼 바다는 '춥다'와 같은 냉감각 기호와 결합되면서 그 의미가 구체화되는 예를 다른 시에서도 볼 수 있다. 「바람이 맛있어요6」에서 '태안반도 / 이 언저리의 / 서늘한 눈매'로, 「잠적」에서 '싸늘하게 식은 바다'로 묘사되는 경우가 그것이다. 그러한 감각 기호는 결국 바다를 절대적 가치의 세계로 인식하고 있는 시인의 내면을 반영하면서 역설적으로 화자의 강한 지향성을 대신하고 있다.

지금까지 살펴본 시들은 화자가 바다를 다녀와서 바다의 체험을 재생하며 바다를 그리워하는 형식이다. 그런데 다음 시 텍스트들에서는 화자가 해변, 섬 등 바다 가까이에서 바다를 바라보는 형식을 취하고 있어 구조적 차이점을 보인다.

> 섬
> 분교
> 숙직실에서
> 하룻밤을 신세진 것까지는 좋다고 하자
> 그것까지는 좋다고 하자
> 그날 밤에 우리는
> 마시고 또 마셔버렸다
> 노래부르며
> 춤추며
> 그것까지는 좋다고 하자
> 내가 잠이 든 사이
> 배며 그물이며
> 섬이며 다 버리고
> 어디론가 사라진 너의 잠적
>
> ― 「잠적」에서

위의 시 텍스트는 화자의 존재 공간이 섬>분교>숙직실로 축소되며 구체화된다. 그러나 숙직실은 분교에, 분교는 섬에 포함되어 있어 화자의 존재 공간을 섬이라 할 수 있다. 그런데 섬은 육지이면서 바다 한가운데 있어서 육지와 바다의 특성을 동시에 구비하면서 육지와 바다를 이어주는 매개적 공간이다. 따라서 이 시 텍스트의 배후에는 구축되는 공간 기호체계가 다음과 같다.

(육지 : zero 기호) ― 섬(⊃분교⊃숙직실) ― 바다
  / 내 /   / 경계 /   / 외 /

제로 기호를 육지로 유추할 수 있는 것은 화자가 그곳에서 하룻밤을 신세졌다는 진술을 통해서다. 그러한 표현은 분명히 섬 이외의 공간에서 생활한

사람만이 할 수 있는 것이다. 화자가 육지로부터 떠나 섬에 도착하여 분교 숙직실에서 마시고 노래부르며 춤을 추었다는 것은 곧 바다와 함께 있다는, 또한 바다라는 공간 안에 존재한다는 즐거움의 표현이다. 그러한 판단이 가능한 것은 '자리에서 일어나 / …… / 싸늘하게 식은 바다'의 잠적을 보고 '몸서리쳤다'는 고백을 통해서이다. 즉 바다의 잠적에 대해 몸서리 칠 만큼 부정적 반응을 보이는 것과 대조해 볼 때 화자의 즐거움은 바다와 함께 있다는 즐거움이다. 물론 화자가 있는 섬 더욱이 분교 숙직실이라는 폐쇄된 공간은 바다와 구분되고 단절된 곳이지만 그러한 단절을 시적인 밤이 해체한다. 즉 밤은 바다와 숙직실을 모두 어둠 속에 잠기게 하여 그 부분을 없애준다는 것이다. 이러한 시적 상황은 시 「자기를 구워내듯」에서 산과 화자인 내가 어둠에 잠겨 너와 나의 구별이 없어지는 것과 동일하다고 할 수 있다.

섬이 위에서처럼 바다와 동일시되는 경우는 다음의 시에서도 볼 수 있다.

섬
分校 마당
아이들 새새
바다는 부서지고
아이들 새새
파도소리는 부서지고
아이들 떠드는 부서지고
섬
分校마당
오늘은 학교가 쉬는가 보다
텅 빈 마당에
바다는 혼자서
파도소리 혼자서

— 「休日」 전문

위의 시는 화자가 관찰자 시점에서·분교(分校)·마당을 묘사하고 있다는 점에서 화자가 섬에 존재하는 형식을 취한 앞의 「잠적」과 구조적 차이점을 보이고 있으나 배후에 구축되는 공간 기호체계는 같다.

　　(육지: zero기호) － － － － 섬(섬⊃分校⊃운동장) － － － － － － 바다
　　　　　　/내/　　　　　　　　　/경계/　　　　　　　　　　　　　/외/

　한편 묘사의 대상인 섬은 분교>운동장으로 축소되고 구체화되는데 그 구체적 공간 역시 섬 안에 있는 곳으로서 섬의 공간적 특성을 보여준다.

　앞서 밝힌 섬의 양의적(兩意的) 성격은 1연에서 아이들 새새로 부서지는 소리가 동일시 되고 바다와 분교 운동장이 동일시됨으로써 분명해진다. 특히 2연에서 아이들이 오지 않는 휴일 운동장에서 바다 파도소리를 발견한 것은 시인의 심미적 시선을 통해서 가능한 것인데 이것 역시 바다와 섬, 즉 분교 운동장을 동일시하고 있음을 단적으로 보여주고 있다.

　한성기 시인은 그러한 섬에 위치한 분교 운동장의 풍경 묘사를 통하여 바다와 함께 생활하는 섬 아이들에 대한 애정을 보여주고 있다. 그리고 바다 파도소리와 아이들을 동일시함으로써 바다의 의미를 암시하고 있는 것이다. 즉 육지와는 멀리 떨어져 있는 섬에서 바다와 함께 생활하고 있는 아이들의 모습처럼 바다는 순수함을 간직한 공간이라는 것이다.

　바다의 순수성은 다음의 시에서도 암시된다.

　　　배 하나
　　　왜 수줍은지
　　　바다에서 돌아오는 배는
　　　왜 수줍은지
　　　바다에 와서
　　　나는 그것을 보네

　　　　　　　　　　　　　　　　　　　　　　— 「사랑」에서

　화자는 바다에서 돌아오는 배가 '왜 수줍은지' 바다에 와서 본다고 한다. 결국 바다는 배로 하여금 수줍음을 갖게 하는 어떤 속성을 지닌 공간이라고

판단할 수 있는데 그것은 바다가 갖고 있는 순수성 때문이다. 바다라는 순수한 공간으로부터 돌아오는 배이기 때문에 항구(港口)는 '오직 너만을 기다려 / 가슴을 여는'것이다. 끝부분까지 4번이나 반복되는 '왜 수줍은지'는 바다의 그러한 순수성을 강조하는데 일상어에서 수줍음은 곧 순수함과 유사하거나 동일한 의미로 사용된다는 예를 참고할 때 바다의 그러한 특성은 유추가 가능하다.

이상에서 살펴본 바와 같이, 한성기 시인의 시 텍스트에서 '바다'는 산과 같이 이상적 세계, 곧 절대적 진리를 대신하는 공간 기호이다. 그곳은 끝내 도달하지 못하는 그리움의 대상으로 남아 있는데, 그러한 절대성은 '춥다, 서늘한, 싸늘한' 등의 냉감각 기호와 결합됨으로써 더욱 강조된다. 그리고 아이들과 같은 순수성을 지닌 공간으로 나타나기도 하는데, 그러한 특성은 결국 절대적 가치가 갖는 특성이기도 하다.

한편 바다가 동경의 대상이 되는 경우는, 화자가 바다의 체험을 매개적 기호를 통하여 회상하는 형식과 화자가 바다와 인접한 섬 등의 공간에서 바다를 바라보는 형식으로 나누어지면서 구조적 상이성을 보인다.

3.

이상에서 한성기 시인의 텍스트를 산과 바다를 공간 축의 한 극점으로 하는 시 텍스트의 공간 기호체계의 구축과 변환의 양상을 살피고, 아울러 그 공간 기호들이 갖는 기호학적 의미를 알아보았다.

산은 현실적 삶의 공간인 도회지와 대립을 이루는 수평 축의 한 극으로서 화자의 지향의 대상이다. 그곳은 절대적이고 완전한 질서와 조화의 세계이다. 화자는 도회지로부터 시골로 낙향하여 산을 바라보다 마침내 입산하여 산과 합일(合一)되는데, 이러한 수평적 이동은 원초적 질서와 우주의 도(道)에 도달하려는 한성기 시인의 시정신을 반영한다.

바다는 육지와 대립되는 절대 진리와 순수성을 대신하는 기호이다. 한성기 시인의 시 텍스트에서 바다는 끝내 도달할 수 없는 냉감각 기호와 결합되어 강조된다. 바다를 한 극점으로 하는 시 텍스트들은 크게 화자가 바다에서 육지로 돌아와, 바다와 인접하고 있는 매개적 기호를 통하여 바다의 이미지를 그리는 경우와 바다와 인접한 섬이나 해변에서 바다를 바라보는 경우로 나눌 수 있다.

결국 바다와 산은 절대적 가치와 진리의 세계를 대신하는 기호라는 측면에서 유사하거나 동일한 기호작용을 한다. 그러나 산의 경우 화자는 그곳으로 들어가 합일되지만, 바다의 경우에 화자는 매개적 공간인 섬이나 해변에까지만 접근하여 바다는 차가운 진리의 세계로 남아 있다는 차이점이 있다.

산과 바다를 향한 동경과 접근은 결국, 한성기 시인이 세속적이고 오염된 정신으로부터 순수한 진리와 가치의 세계에 도달하려는 정신을 반영한다. 생전의 한성기 시인의 오랜 세월 동안 도시보다는 시골을, 시골보다는 산이나 바다를 그리워하고 즐겨 찾는 이유를 알 수 있는 것이다.

앞으로 산과 바다뿐만 아니라, 한성기 시인의 시 텍스트에 빈번히 등장하는 공간기호를 중심으로 그것이 구축하는 공간 기호체계를 살펴보고 또 공간기호의 의미를 알아보면, 시인의 시적 본질을 좀더 객관적으로 연구하는 데에 도움이 되리라고 본다.

언어와 기법 사이
— 박용래 시론

송 재 영*

　　박용래의 두 번째 시집 『강아지 풀』의 해설을 위해 「同化 혹은 自己省察」
이란 글을 쓴지 이미 25년이 지났다. 그 후 4년만에 그는 세 번째 시집 『白
髮의 꽃대궁』을 간행하였고 그리고 이듬해, 즉 1980년에 갑자기 세상을 떠나
고 말았다. 그렇기 때문에 나로서는 그의 마지막 시집을 집중적으로 다루는
것이 논리적인 순서에 해당된다고 볼 수 있을 것이다. 그러나 이미 말했듯이
그에 관한 나의 첫 글이 발표된 후 4 반세기라는 긴 세월이 흘렀고 그런 동
안 그의 시에 대한 내 개인적 견해도 새로워진 부분이 있음을 깨닫게 되었
다. 여기서 '새로워진 부분'이라고 말하긴 했지만 사실 그것은 몇몇 부분적
인 것임을 가리킬 뿐, 이미 발표한 글과 전혀 다른 전면적인 관점의 수정을
뜻하는 것은 아니다. 이런 의미에서 우리에게 시만을 남겨놓고 그가 세상을
뜬 지 20년이 되는 지금, 나는 그의 시를 죄다 다시 한 번 읽어보고 싶었고
그 느낌을 총체적인 한 편의 시인론으로 엮고 싶었다. 그리하여 그의 시에서
튕겨 나와 내 머리 속에 박힌 아름다운 이미지와 노래 같은 뉘앙스, 그리고
정교한 언어의 꿈틀거림을 반추하고 또 반추하면서 두어 달을 보냈다. 이 글
은 바로 그와 같은 시를 읽는 기쁨과 시를 생각하는 고뇌의 소산이지만 그
러나 거기에 값하기에는 너무나 초라하다.

---

* 충남대학교 명예교수

1. 환유의 열린 지평

박용래 시의 가장 두드러진 특징의 하나는 절제된 언어의 압축미와 정밀하게 여과된 감성의 표출이라 할 수 있다. 그러나 그의 시가 처음부터 그러했던 것은 아니다. 사실 추천 작품인 「가을의 노래」, 「황토길」, 「땅」을 살펴보면 그는 낭만파적 감성과 웅변적인 어조가 유연하게 어우러진 시를 쓰고 있었다. 그러나 박용래는 참으로 다행스럽게 ― 감히 이렇게 말할 수 있을까? ― 머지 않아 자신의 독자적 시세계를 천착하려는 노력을 부단히 계속한다. 이러한 과정에서 그에게 주어진 최초의 과제는 형식의 단순화와 거기에 따르는 새로운 시어의 발굴이었다. 여기서 박용래는 목월과 가까워지는 듯했으나 머지 않아 근본적으로 그와 멀어지기 시작한다. 즉 그는 단가적(短歌的) 형식과 서정적 기조를 갖춘, 말하자면 박용래적 시세계를 정립하기 시작하는 것이다.

초기에 있어서는 그의 단가적 시에 대해 비판적 견해를 보인 사람도 없지 않아 더러 있었다. 한 마디로 말해서 그것은 그의 시가 일본의 하이꾸(俳句)와 같은 유형에 불과하다거나 또는 명치시대(明治時代)의 일본 시인 이시가와 다꾸보꾸(石川啄木)와 동궤적 시풍(同軌的 詩風)에 속한다는 식의 폄하적인 평가였다. 물론 그는 일제 식민지 시대에 학교 교육을 받았기 때문에 하이꾸와 이기가와 다꾸부꾸의 시를 잘 알고 있었을 것이며 의식적이든 무의식적이든 그 영향을 받았으리라는 것도 충분히 미루어 짐작할 수 있다. 또 사실 그의 작품 가운데서 구체적으로 그런 영향의 흔적을 찾아내려고 한다면 결코 어려운 일도 아니다. 그러나 그것은 어디까지나 부분적인 모습에 불과할 뿐 박용래 시의 전반적인 특징을 평가함에 있어서는 결코 아무런 영향도 미치지 못한다.

박용래는 그의 시에서 비유법보다는 환유법(換喩法)을 더 즐겨 사용한다. 그리고 그의 시는 비유법을 사용할 때보다는 환유법을 사용할 때 더 성공적인 것으로 보인다. 주지하는 바와 같이 환유법은 사물, 즉 시적 대상을 직접적으로 묘사하는 대신에 그것의 본질적인 속성을 통해 새로운 시적 인식에 도달하려는 데 목적이 있다.

> 봄 바람 속에 鐘이 울리나니
> 꽃잎이 지나니
>
> 봄바람 속에 뫼에 올라 뫼에 나려
> 봄바람 속에 소나무 밭으로 갔나니
>
> 소나무 밭에서 기다렸나니
> 소나무 밭엔 아무도 없나니
>
> 봄바람 곳에 鐘이 울리나니
> 옛날도 지나니
>
> ― 「鐘소리」 전문

이 시에는 특이할 만한 비유법이나 이미지가 전혀 없다. 시인은 우리에게 아무 것도 보여주지 않고 아무 것도 가르쳐 주지 않는다. 그런데도 그 무엇인가 숨겨져 있는 것 같다. 이것이 바로 우리가 제일 먼저 만나게 되는 박용래 시의 수수께끼다. 그렇다면 시인은 이 작품에서 무엇을 이야기하고자 했던가? 아니, 암시하고자 했던가? 이 점을 논리적으로 설명하기 위해서는 여기서 잠시 환유법의 시적 기능을 살펴보지 않을 수 없다.

'멀리 초원을 바라보며 / 목동은 피리를 불고……'라는 시구를 가상해 보자. 만약 이 시구를 표현의 객관적 서술성만을 따로 해석한다면 시적 효과는 완전히 묵살되고 말 것이다. 왜냐하면 여기서 강조되어야 할 것은 피리를 부는 목동의 모습이 아니라 그 피리소리를 신호로 해서 광활한 초원에 흩어졌던 양떼들이 다시 모여드는 광경을 머리 속에 떠올리는 시적 상상력이기 때문이다. 줄여서 말하자면 '목동의 피리소리' = '모여드는 양떼'라는 등식이

성립되는 것이다. 그러므로 라깡(Lacan)의 말에 따르자면 환유는 곧 치환(置換, deplacement)이라고 할 수 있다. 치환은 은유에 비해 언어학적 논리성이 아주 희박하다. 다시 구체적으로 예를 들어보자. '잎새를 따 물고 돌아서 잔다 / 이토록 갈피 없이 흔들리는 옷자락' ― 이것은 박용래의 「엉경퀴」라는 시의 첫 연이다. 여기서는 '엉경퀴 = 흔들리는 옷자락'이라는 은유가 최소한의 논리성을 갖고 있다. 그런데 앞에서 인용한 「鍾소리」에서는 '鍾소리'가 전혀 다른 시적 대상으로 치환되어 있다. 다시 말하자면 적어도 논리상으로는 '종소리'가 무엇을 의미하는지 알 수 없다. 다시 한번 라깡의 말을 인용한다면 '무의식의 언어활동'에 있어서는 능기(能記)와 소기(所記)가 서로 잘 겹쳐지지 않으려는 경향이 있다. 그것은 일반적으로 무의식이 간접적인 언어활동을 통해, 즉 일종의 베일을 가리는 방법으로 자신을 나타내고자 하는 심리현상 때문에 그러하다. 이렇게 본다면 시인은 그 누구보다도 '무의식의 언어활동'에 길들여져 있는 사람이다. 언어학 용어인 능기와 소기를 감히 시학(詩學)에 적용해 본다면 능기는 원관념(原觀念)이고 소기는 보조관념(補助觀念)으로 비유할 수 있을 것이다. 그렇다면 앞서 인용한 '엉경퀴'는 능기(원관념)이며 '흔들리는 옷자락'은 소기(보조관념)가 되는 셈이다. 그런데 「鍾소리」에 있어서는 '鍾소리' = 능기(원관념)만 존재할 뿐 소기(보조관념)를 찾기 힘들다.

이제 우리는 다시 「鍾소리」로 돌아오게 되었다. 시가 일반적으로 애매한 것은 라깡의 말대로 능기와 소기가 잘 겹쳐지지 않기 때문이다. 왜냐하면 시적 진술을 통사론적으로 해설할 수 없으며 시적 언어를 사전적으로 해석할 수 없기 때문이다. 결론적으로 말하자면 「鍾소리」는 나타내고자 하는 대상이 없다. 즉 아무런 보조관념도 수반하지 않고 있다. 그렇다면 과연 박용래는 「鍾소리」를 통해서 무엇을 나타내고자 했을까? 바로 이 점을 알아내는 것이 지금부터 우리의 몫이다. 「鍾소리」의 내용을 산문적으로 요약하자면 이러하다. ― 어느 바람 부는 날, 종소리 울리고 꽃잎 흔들리기에 산에 올랐었다. 산에서 내려오다가 숲 속에 들어갔는데 아무리 기다려도 아무도 오지 않았다. 그렇게 오랜 시간만이 흘러갔다. ― 그러나 이것은 피상적인 문맥상의 해석에 불과하다. 여기서 어느 정도의 시적 상상력을 갖춘 사람이라면 「鐘소리」의 환유적 수법으로 조성된 어떤 시적 분위기를 충분히 느낄 수 있을 것이다. 그것이 바로 치환의 효과이다. 조금 더 구체적으로 말하자면 우리들은 「鐘소리」를 읽고 난 다음 이 장면의 공허함과 적막함, 그리고 그 속을 맴도는 억겁의 세월이 함께 어우러져 보여주는 우주의 실체를 깨닫게 된다. 그것은 현실을 뛰어넘는 형이상학적 인식의 세계이다.

일찍이 말라르메(Mallarme)는 '시는 사물을 묘사하는 것이 아니라 사물이 나타내는 효과를 묘사한다'라고 말한 바 있다. 말라르메는 '환유'라는 용어를 사용하지는 않았지만 환유의 암시적 효과를 확실히 인식하고 있었던 것이다. 환유는 시적 대상과 시적 언어 사이의 조화를 지향한다. 사실 인류가 사용하는 언어는 사물의 즉물적(即物的) 묘사에서도 이미 한계에 직면해 있다. 그것은 너무나 퇴색되고 과장된 관념으로 변해버려 최소한도 시적으로는 탈무의 미화(脫無意味化)의 상태에 이르고 말았다. 바로 이 대목에서 시에 있어 환유적 기법이 요구되는 것이다. 그것은 상투화된 언어에 새로운 의미를 부여함으로써 시를 신비롭게 변용시키는 매체가 되는 것이다.

박용래에게 있어 환유적 기법은 그 계보에 있어 서구시보다는 한시(漢詩) 쪽에 더 가까운 것으로 보인다. 아마도 그것은 그의 단가적(短歌的) 시형식으로서는 당연한 귀결이었을 것이다. 이러한 면은 다음에 인용하는 두 편의 시에서 확연히 드러난다.

> 1. 늦은 저녁때 오는 눈발은 말집 호롱불 밑에 붐비다
>   늦은 저녁때 오는 눈발은 조랑말 발굽 밑에 붐비다
>   늦은 저녁때 오는 눈발은 여물 써는 소리에 붐비다
>   늦은 저녁때 오는 눈발은 변두리 빈터만 다니며 붐비다
>   ―「저녁눈」 전문

> 2. 오는 봄비는 겨우내 묻혔던 김칫독 자리에 모여 운다
>   오는 봄비는 헛간에 엮어 단 시래기 줄에 모여 운다
>   하루를 섬섬히 버들눈처럼 모여 서서 우는 봄비여

　　모스러진 돌절구 바닥에도 고여 넘치는 이 비천함이여.
　　　　　　　　　　　　　　　　　　　　　　─「그 봄비」 전문

　　위 1의 4행시에서는 단지 시적 대상만이 서정적으로 묘사되어 있을 뿐 최소한의 의미 부여도 배제되어 있다. 시인은 오직 '저녁때 오는 눈발'의 '봄비'는 정경에만 시선을 보낼 뿐 다른 점에는 일체 관심을 두지 않는다. 이 시의 진술은 아주 단순하다. 시인은 단지 '말집 호롱불 밑에', '조랑말 발굽 밑에', '여물 써는 소리에', '변두리 빈터'에 부는 눈발만을 묘사하고 있다. 그 이상 최소한의 설명도 하지 않고 있다 그 어떤 비유법도 하나 발견할 수 없다. 모든 것이 오직 독자의 상상력을 통하여 유추될 뿐이다. 여기서 '저녁때 오는 눈발'은 하나의 관념을 떠오르게 한다. 즉 그것은 저녁때의 적막함을 떠올리게 함으로써 하나의 서경(敍景)을 관념화한다. 이러한 환유법을 한시에서는 일반적인 기법이라고 할 수 있는데 박용래는 이것을 4행시를 통하여 되살리고 있다. 인용된 시 2에 대해서도 우리들은 거의 동일한 이야기를 할 수 있다. 단지 두 시의 차이점은 1이 저녁 눈을 노래한 것이라면 2는 봄비를 노래했다는 사실뿐이다. 개천이나 내로 흘러 내려가지 못하고 '김칫독 자리'에 '시래기 줄'에, '돌절구 바닥'에 모여있는 모습을 시인은 '모여 운다'라고 표현한다. 그래서 독자들은 3행까지 읽어가면서 봄비가 일반적으로(또는 시적으로) 연상시키는 어떤 쓸쓸하고 서글픈 분위기를 떠올린다. 독자들은 자신의 직관적 능력에 따라 시인이 펼쳐 놓은 봄비를 통해 정서적 반응과 지적 인식을 얻게 된다. 그런데 이 작품에서는 시인이 '고여 넘치는 이 비천함이여'라고 구체적으로 결구를 짓는다. 여기서 시인의 창조적 직관력이 독자의 보편적 직관력을 뛰어넘게 되며 그렇기 때문에 바로 여기서 독자는 시의 경이로움과 기쁨을 깨닫게 되는 것이다. 다시 말하자면 시인은 고여 있는 빗물의 폐쇄적인 답답함과 서글픔을 단순히 노래한 것이 아니라 근원적으로 그것의 존재론적 모순을 말하고 있는 것 같다. 남아 돌아가는 물질의 존재, 사르트르식으로 말하자면 잉여존재의 무가치성을 탄식하고 있는 것이다. 그리고 이러한 시적 주제를 자연과 농촌을 배경삼아 오늘날 차츰 사라져가고 있는 시적 오브제(김칫독, 시래기, 돌절구)와 관련시켜 간결하게 표현하는 데 성공하고 있다.

그렇다면 박용래가 은유법을 사용할 때는 어떠한가?

솟구치고 솟구치는 玉洋木 빛이랴

송이송이 무엇을 마냥 갈구하는 山念佛이랴

꿈속의 꿈인양 엇갈리는 백년의 사랑

쑥물 이끼 데불고 구름이랑

조아리고 머리 조아리고 살더이다

흙비 뿌리는

뜰에 언덕에.

— 「木蓮」 전문

보다시피 이 작품에는 상당히 현란한 은유들이 연속적으로 등장한다. 즉 목련(木蓮)을 '玉洋木 빛', 그 무엇을 갈구하는 '山念佛', '백년의 사랑' 등과 같이 구체적인 색채 이미지나 추상적인 이미지로 환치(換置)하고 있다. 사실 이러한 은유의 도입은 현대시에 있어서 일반적인 기법에 속한다. 아마도 박용래는 목련이 연상시키는 일련의 화려한 은유의 매력에 끌려 이 작품을 썼을지도 모른다. 그래서 그는 목련을 여러 가지 비유로 형상화시키고 있는데 이 과정에서 이미지들이 분산된다. 그 결과 일견 산만하기조차 한 인상을 준다. 시가 추상적 진술에 함몰할 수 있는 위험은 바로 이 점에서 발견된다. 간추려 적는다면 박용래 시에 있어 은유적 기법의 도입보다는 비록 고전적이긴 하지만 환유법의 치밀한 장치가 더욱 효과적이며 그의 시적 특징에도 일치한다는 것을 알 수 있다.

이상에서 보았듯이 박용래 시는 환유적 기법에 의해, 일견 단조로운 듯한 인상을 주면서도 일상적 언어로 표현하기 어려운 세계를 들추어 낸다. 그리고 이 세계는 들추어지는 그 순간, 한 폭의 그림이 현실의 세계를 담고 있으면서도 영원성을 지니고 있듯이, 고유한 세계를 갖게 된다. 그것을 우리는 시라고 부른다.

2. 산문시, 또 하나의 가능성

시는 근본적으로 언어에 종속된 예술이다. 그러나 이 언어와의 종속 관계는 완전히 파괴될 수는 없지만, 또한 시인의 기질과 재능에 따라 다양하게 변화된다. 즉 시인은 언어의 쇠사슬에 묶여 있지만, 그 쇠사슬을 자유자재로 움직일 줄 알아야 한다. 일찍이 랭보가 시를 가리켜 '언어의 연금술'이라 말하였고, 또 하이데거는 '언어의 집'이라고 한 사실은 바로 이러한 시의 특성을 단적으로 표현한 말이다. 이런 점에서 시인은 기존의 언어를 부수고, 다시 만들어내는 작업에 종사하는, 즉 언어와 싸우는 예인이다. 그리고 이런 언어 작업을 통하여 자신의 정서적, 지적, 영적 체험을 쌓아올리려고 한다.

박용래는 한국어의 고유한 아름다움을 시화(詩化)하려고 노력한 시인이다. 그는 오늘날 사전 속에서만 존재할 뿐 현실적으로는 잊혀진 언어를 개발하는데 심혈을 기울였다. 그 중에서도 그는 특히 많은 토착어를 찾아내어 그것들을 새로운 생명력으로 되살리고 있다. 그래서 그의 시를 읽을 때, 솔직히 고백한다면 이 나라에서 대학 교육까지 마친 이른바 지성인이란 사람들조차 국어 사전에 의존하지 않고서는 그 정확한 뜻을 해독할 수 없는 낱말들이 굉장히 많다. 다음과 같은 예가 바로 그러하다.

건들 장마 해거름 갈잎 버들붕어 꾸러미 들고 원두막 처마 밑 잠시 섰
는 아이 함초롬 젖어 말아올린 베잠방이 알종아리 총총 걸음 건들 장마 상
치 상치 꽃대궁 白髮의 꽃대궁 아욱 아욱 꽃대궁 白髮의 꽃대궁 고향 사람

들 바자울 세우고 외넝쿨 걷우고.

위는 「건들장마」의 전문이다. 그런데 우리는 이 작품을 읽으면서 오늘날의 도시인에게는 쉽게 이해되지 않는 - 막연히 짐작만 가는 - 많은 어휘를 만나게 된다. 우선 제목으로 사용된 '건들 장마'란 말부터 흔히 듣는 말은 아니다. 건들 장마는 국어 사전(이희승 감수, 민중서림)에 의하면 '초가을에 비가 쏟아지다가 번쩍 개고 또 비가 오다가 다시 개는 장마'라고 풀이되어 있다. 기왕 낱말 풀이를 시도했으니 몇 개만 더 예로 들겠다. (풀이는 같은 사전에 따른다.)

  ◦버들붕어 : (어)버들붕어과의 민물고기. 몸은 7㎝로 빚은 짙은 녹회색임
  ◦함초롬 : 가지런하고 곱다
  ◦바자 : 대, 갈대, 수수깡 등으로 발처럼 엮거나 걸은 물건(울타리)

이 밖에도 '갈잎', '베잠방이', '알종아리', '총총 걸음', '꽃대궁', '외넝쿨' 등, 한국어 특유의 이미지와 토착성이 배어 있는 어휘들이 이 짧은 산문시를 가득 메우고 있다. 이 시를 보다 쉽게 풀이하면 이러하다. '건들장마가 해질 무렵에 뿌리고 있는데, 잡은 버들붕어를 갈대 잎으로 꾸러미를 만들어 든 아이가 어느 원두막 처마 밑에서 잠시 비를 피해 서 있구나. 비에 젖은 베잠방이를 가지런하게 말아올리고 아이는 다시 맨살이 환히 드러난 종아리로 총총 걸음(종종 걸음보다 더 강한 의미)으로 달음박질 치는구나. 건들장마는 다시 상치의 백발같은 꽃대궁에, 또한 아욱의 백발같은 꽃대궁에도 뿌리기 시작한다. 그제서야 고향 사람들은 넘어진 바자로 된 울타리를 다시 세우고 지난 여름 수확을 마치고 미처 치우지 못한 오이 덩쿨을 걷운다' 건들장마 속에 전개되는 어느 농촌의 고요하고 평화로운 정경이 마치 한 폭의 수채화처럼 잘 그려진 이 산문시는 앞에서 예거한 여러 낱말의 언어적 특질로 말미암아 충분한 시적 효과를 획득하고 있다. 만약 이 시에서 이러한 낱말들이 제외되어 있다면, 이 작품은 앞에서 내가 산문화한 바와 같이 그야말로 평범

한 산문으로 전락하고 말았을 것이다. 우리는 여기서 시와 산문, 아니 산문과 산문시의 구별을 확연히 할 수 있다. 박용래의 산문시가 돋보이는 것은 그것이 운문시 못지 않게 세심하게 언어를 가다듬고, 그것을 정연하게 배열하고, 그 행간에서 내재율을 이룩함으로써 그 독창성의 영역을 분명히 하고 있기 때문이다. 이 시인은 잊혀진 한국 고유의 토착어를 찾아내려고 그 얼마나 국어 사전을 뒤적였으며, 음보와 율격을 다지기 위해 그 얼마나 말의 가락을 놓고 고심했겠는가? 이 점을 더욱 강조하기 위하여 또 하나의 예를 들고자 한다.

> 山寺의 골담초 숲 동백새. 날더러 까까중 되라네, 갓난아기 배내짓 배우라네. 허깨비 베짱이 베짱이처럼 철이 덜 들었다네. 白頭 오십에 철이란 무엇? 저 파초잎에 후둑이는 빗방울, 달개비에 맺히는 이슬, 개밥별 초저녁에 뜨는, 개밥별?
> 山寺의 골담초 숲 동박새, 날더러 발돋움 발돋움하라네. 저, 저 백년 이끼 낀 塔身너머 풍경 되라네.
>
> ─「風磬」전문

위 짧은 시 가운데서도 우리들은 주로 동, 식물과 관계된 정감어린 토착어, 그러나 사실 우리들이 거의 모르고 있거나 잊고 있는 그런 말들을 여러 개 만날 수 있다. 앞에서와 마찬가지로 참고삼아 사전적으로 몇 개를 풀이해 본다.

∘골담초 : (식)콩과에 속하는 낙엽, 활엽 관목. 가시가 있음. 봄에 적황
   색 꽃이 핌
∘동박새 : (동)참새와 비슷한 산새. 잡목림에 서식.
∘달개비 : (식)닭의 장풀
∘개밥별 : 개밥바라기와 동의어로 사용된 듯. (천)저녁에 서쪽 하늘에
   보이는 금성. 샛별.

결국 위와 같은, 어찌 보면 무의미하게 보일지도 모르는 낱말 풀이는 내 자신을 포함하여 많은 독자들이 박용래 시를 읽기에는 한국어에 대해 너무

무지하다는 사실을 고백하기 위함이다. 물론 「건들장마」나 「풍경」과 같은 작품에 사용된, 위에서 예거한 바와 같은 낱말과 언어표현의 고유한 뉘앙스나 정확한 의미를 모르더라도 이 시의 대체적인 분위기와 내용은 이해할 수 있을 것이다. 그러나 그것은 서투른 외국어 실력으로 어려운 외국시를 읽는 것과 무엇이 다르겠는가?

「풍경」은 앞서 본 「건들장마」와는 사뭇 다르다. 「건들장마」가 제 3자적 시선에 따라 어느 농촌의 정경을 점묘법으로 표현한 수채화 같은 시라고 한다면, 「풍경」은 시인 자신의 심리학적, 나아가서는 형이상학적 진술이 상당히 표출된 작품이다. 사실 '山寺의 골담초 숲'이나 '塔身너머풍경'은 단순한 작품상의 매체에 불과하고, 시인이 추구하는 직접적인 주제는 '白頭 오십에 철이란 무엇?'이란 반문이다. 대부분의 경우 시 가운데서 자신을 감추고 있는 박용래로서는 「풍경」과 같은 작품은 예외적이라 할 수 있다.

자연의 정경과 농촌의 삶을 시의 주조로 추구했던 박용래는 그것을 위해서는 무엇보다도 토착어의 천착이 가장 중요하다는 것을 깨닫고 있었다. 그는 현대 문명의 번화로움과 도시적 삶의 복잡함을 외면했듯이 시류에 가까운 당대적 용어와 감각적 어휘를 기피하고 있었다. 그는 생리적으로 화려함을 거부하고 소박함을 선호했던 것 같다. 그래서 그는 꽃을 노래함에 있어서도, 가령 장미, 백합, 모란, 히아신스, 글로디올러스 등과 같이 화려하고 다분히 서구적 이미지를 연상시키는 것들보다는 엉겅퀴, 봉선화, 코스모스, 버들꽃, 파초, 제비꽃, 싸리꽃, 맨드라미, 오동꽃, 강아지풀, 쪽도리꽃, 숙근초, 구절초, 창포, 수양버들 등과 같이 한국의 전원적 정취를 떠올리게 하는 식물성 이미지를 즐겨 다루고 있는 것이다.

박용래의 산문시는 그의 단시 못지 않게 평가받아야 하며, 아니 어떤 점에서는 그것들을 훨씬 뛰어넘는다. 그는 시의 기본 형식, 즉 행 바꾸기와 시연(詩聯)의 배치가 번거롭게 느껴졌던 것일까? 그래서 형식 없는 형식의 시, 산문시에 끌렸던 것일까? 앞에서도 보았듯이 박용래의 언어 감각, 특히 토착어의 시적 활용이 두드러지게 성과를 보이는 것은 바로 산문시를 통해서이다.

바로 이 점이 그의 산문시의 관문을 여는 열쇠가 되는 셈이다. 박용래의 산문시는 운문시보다 시적 긴장감과 응집력을 더 밀도 있게 내포하고 있다. 일반적으로 운문시는 앞에서 말한 형식상의 특징(행 바꾸기와 시연의 배치 등)으로 인해 원형적 이미지를 세분화하여 분산시킨다. 이 과정에서 자연스럽게 또 부득이하게 이미저리가 파생된다. 그것은 하나의 시행, 하나의 시연이 각기 독자적 효과를 갖기 위한 욕구 때문이다. 해체된 이미지를 집합시키고 그것을 어떤 통일적인 관념(idee)으로 유추하는 것은 전적으로 독자의 몫이다. 반면 산문시에서는, 적어도 박용래의 산문시에서는 시인의 의식 속에 분산돼 있는 여러 이미지들이 원관념의 축을 향해 응집된다. 말하자면 시적 오브제를 단순한 구도로 구성하는 것이다. 그것은 당연히 운문과는 달리 긴 호흡(긴 문장)을 단일하게 배열하기를 요구한다. 예를 들어 설명하겠다.

> 어디서 날아온 장끼 한 마리 토방의 얼룩이와 일순 눈맞춤하다 소스라쳐 서로 보이지 않는 줄을 당기다 팽팽히 팽팽히 당기다 널 뛰듯 널 뛰듯 제자리 솟다 그만 모르는 얼굴끼리 시무룩해 장끼는 푸득 능선 타고 남은 얼룩이 다시 砂金 줍는 꿈꾸다 — 廢鑛이 올려다 보이는 외 딴 주막
>
> —「廢鑛近處」 전문

위 작품의 시적 구도는 지극히 단순하다. 장끼 한 마리와 얼룩이와의 뜻하지 않은 만남과 순간적인 눈맞춤, 그러다 장끼는 푸득 다시 날아가고 얼룩이도 낮잠에 빠진다 — 이것이 이 작품이 담고 있는 시적 진술의 전부이다. 그런데 중요한 것은 장끼와 얼룩이의 우연한 만남과 눈맞춤이 여기서는 굉장한 사건이라는 점이다. 지난 날 이 광산이 문을 열고 있었을 때는 꽤 많은 광부들이 북적댔을 터이고, 밤이면 여기 저기 주막집에서 들려오는 작부들의 노래가락 소리가 그래도 사람 사는 분위기를 느끼게 했을 것이다. 그런데 폐광이 된 후 모든 것은 거의 흔적도 없이 사라졌고, '폐광이 올려다 보이는 주막' 한 채만 남아있을 뿐이다. 이 쓸쓸하고 적막한 정황에서 장끼와 얼룩이의 우연한 만남과 눈맞춤은 생존에 대한 의식을 일깨워주는 계기가 된다.

많은 사람들이 무심코 지나쳤을 이 순간적이고 사소한 사건이 그러나 시인
의 예리한 프리즘에 포착되어 시적 세계로 변용되는 것이다. 모든 것이 사멸
한 듯한 자연 가운데서 한 순간 삶의 존재를 확인시켜주는 사소한 사건 —
아니 중대한 철학적 통찰의 계기를 시인은 놓치지 않는다. 이 부분을 좀 더
깊이 파고 들어간다면 아마도 우리는 박용래의 심리적 음영(陰影)의 한 단면
을 읽을 수 있을 것이다. 언제나 쓸쓸했던 삶 가운데서 간혹 피할 수 없었던
일상의 사소한 사건을 통하여 문득 자아로 복귀하여야 했던 시인의 모습.

「廢鑛近處」는 박용래 산문시의 특징을 극명하게 보여준다. 모든 것이 하
나의 이미지 — 장끼와 얼룩이와의 마주침과 한 순간의 눈맞춤 — 를 향하
여 응집되고 독자들의 직관력을 통하여 하나의 관념을 형상화하기에 이른다.
이런 점에서 산문시는 운문시보다 시적 메시지의 전달 효과가 훨씬 빠르고
정확하다고 볼 수 있다. 가령, 다음 작품과 비교해 보자

> 탱자울에 스치는 새떼
> 기왓골에 마른 풀
> 놋대야의 진눈깨비
> 일찍 횃대에 오른 레그호온
> 이웃집 아이 불러 들이는 소리
> 해지기 전 불컨 울안
>
> —「울안」전문

이상은 해지기 직전 어느 농가의 울안 표정이다. 퍼스나의 개입 없이 주어
진 서경을 객관적으로 기술하고 있는, 말하자면 가장 박용래적인 작품 중의
하나이다. 보다시피 이 작품에는 어떤 핵심적인 이미지가 없는 대신에 다섯
개의 시적 오브제가 분산돼 있다. '새떼', '마른 풀', '진눈깨비', '레그호온',
그리고 '아이 불러들이는 소리'가 얼핏 보면 아무런 연관성도 없이 나열돼
있다. 즉 이미지가 분산돼 있고 산만하기조차 하다. 그래서 시인 스스로 '해
지기 전 불컨 울안'이라고 마지막 행을 매듭짓기에 이른다. 그러고서야 아마
도 안심했으리라. 즉 박용래는 이 결구를 통해서 분산된 이미저리를 하나로

묶어 마침내 저물어가는 농촌의 풍경을 단일한 이미지로 통합하는 것이다. 이미지의 분산과 통합, 이것은 박용래 시의 기본 틀이다.

나는 박용래의 산문시가 앞으로 더욱 주목받기를 바란다. 이미 앞에서 지적했듯이, 어떤 점에 있어서는 운문시 못지 않게 팽팽한 시적 긴장감을 담고 있다. 치밀하게 다듬어지고 음운론적으로 숙고된 율격 또한 운문시에서보다 오히려 더 유연하고 부드러운 음악성을 동반하고 있다. 한가지 더 덧붙인다면 그의 형이상학적 성찰 또한 산문시를 통해 원숙한 경지를 보이고 있다.

박용래 – 그에 관래 두 번째 글을 썼지만, 나는 정작 할 말을 다 하지 못한 것 같다. 그의 환유적 기법, 토착어 사용상의 독창적 언어 감각, 섬세한 산문시의 탁월성 – 이런 부분을 주로 이야기했지만, 이제 와서 생각하니 누락된 설명이 너무 많다. 한 시인에 관해 모든 것을 이야기할 수도 없고, 더구나 그를 완벽하게 이해한다는 것은 불가능한 일이다. 편파적인 선입견과 그릇된 판단, 또한 불확실하고 독단적인 독서법에 의하여 한 시인을 멋대로 왜곡하고 부당하게 평가하는 일이 비일비재하다. 나 또한 이러한 오류에 빠지지 않았다고 장담할 수는 없지만, 최소한 그 어떤 경우에도 그의 시에 대한 사랑은 잃지 않고 있었다. 그리고 이 사랑이 앞으로도 계속 살아 있다면 나는 박용래에 관한 세번 째 글, 아마도 정신분석학적 접근을 통한 평문을 엮고 싶다. 박용래의 진면목은 바로 여기에 있지 않을까 하는 생각이 자꾸 들기 때문이다.

내면화된 전쟁체험
— 문덕수의 시세계

이 승 복*

1. 머리말

문덕수론에 임하는 논자의 입장은 새삼스럽다. 좀 더 일찍 이 글에 임했어야 했다는 아쉬움과 함께 그를 바라봄에 있어 많은 부분이 주관적이지 않을까 하는 염려 때문이기도 하고, 한편으론 아직 이 글에 임하기엔 논자의 역량이 미흡한 게 사실인 탓이기도 하다.

그래서 이 글은 문덕수론으로서 담당해야 할 전체적인 대상을 섭렵하지 못한 채 주로 심산 선생의 시세계 즉 그가 시를 통해 전하고자 하는 바 궁극의 전언과 그가 생각하는 시적 완성의 경로를 탐색하는 데에만 대부분의 영역을 할애하고자 한다. 이는 존경과 흠모의 실현은 보다 객관적인 시각에서 그의 시세계를 올바르게 정립하고 이를 많은 독자와 공유할 수 있는 계기를 제공하는 것이라는 믿음 때문이다.

* 홍익대학교 교수

2. 전쟁체험—극복해야 할, 하지만 극복할 수 없는 그림자

시인 문덕수. 그에 관하여 이해한다는 것은 그의 시작품이나 창작 활동을 살피는 것만으로는 충분치 않다. 보다 포괄적이고 근원적인 접근을 필요로 한다. 시단의 중추적 역할을 담당했던 족적과[1] 교직자로서의 성과[2], 그리고 자기 시대의 시단을 엄정하게 바라 본 평자로서의 자취 등이 그러한 접근의 일단이 된다.

하지만 이들 중 어느 것 하나 전체적이지는 못하다. 오히려 그의 시세계에 일관되게 흐르는 통시적 맥락을 발견하기 위해서는 그의 전기적 요소의 또 다른 부분에서 찾는 것이 옳다. 여기서 말하는 전기적 사실이란 한국전쟁의 체험이며, 그의 전체성을 이해하는 가장 적절한 경로이며 출발점이기 될 것이기 때문이다. 따라서 그의 시세계의 통시적 맥락은 전쟁체험으로부터 자유롭지 못하다고 말할 수 있다.

그의 본격적인 시작 활동이 전개된 1955년에 이르기까지 그의 일생에 있어 가장 근원적인 의식 형성의 동인은 전쟁체험 바로 그것이다. 한국전쟁이야말로 시인 문덕수를 이해하기 위한 포괄적 접근 중 중핵의 자리를 차지한다는 말이다. 달리 말하자면 문덕수 시인의 시적 편력은 전쟁체험에 뿌리를 두고 있으며 그 뿌리는 그의 시세계에 일관되게 이어지고 있다.

그래서 그의 시는 전후시로 분류되는 것이 마땅하다. 다만 표현 양상에 있어서 여타의 전후시들과는 달리 다양하고 내면적인 의식세계를 그리고 있다는 점에서 특징적이며 이를 다시 모더니즘의 속성으로 도출했다는 점에서 색다른 의의를 지닌다. 하지만 어떠한 경우로라도 전후시의 범주를 벗어나는

---

1) 문인협회 부이사장, 한국현대시인협회 회장, 국제펜클럽 한국본부 회장, 한국문화에 술진흥원장 등 시단의 주요 기관에서 많은 역할과 성과가 있음. 특히 한국현대시의 세계화 즉 서울 세계 시인대회(1992) 개최, 한국시 번역집 발간 등 한국시에 대한 세계인들의 관심을 높이는 문제와 시인들의 사회적 위상을 높이는 문제에 많은 노력과 성과를 거두었음.
2) 마산상고 교사('55~'57)와 제주대 교수('57~'61), 홍익대학교 교수('61~'94)를 역임.

것은 아니다. 오히려 전후시의 체험 내용을 바탕으로 하고 있으면서도, 전쟁이라는 소재로 한정하지 않고 자기 확인의 심리적 접근이나 아니면 세계인식의 틀로 확대시켰다는 점에서 긍정적 의의를 지닌다.

문예신문에 시 「省墓」를 발표한 게 1947년이고 본격적인 시단활동의 시작은 1955년에 이르러서이다.[3] 이 시기는 휴전 직후이며 문덕수 시인의 개인적 전기로 본다면 마산상고 교사로 부임하는 시기이고 전쟁의 소용돌이를 겪은 직후이기도 하다. 그런 만큼 그의 초기시에서 전쟁을 읽어내는 것은 어쩌면 당연한 귀결일 수 있다. 하지만 그의 이러한 전쟁체험은 1997년 상재한 시집 「빌딩에 관한 소문」에 이르기까지 일관되게 지속되고 있다.[4] 그만큼 그에게서 전쟁은 가시지 않는 그림자이며 언제나 어두운 존재로서 그의 몸 안에 상존하는 또 다른 이질적 자아이기도 하다.

그래서 심산(心汕) 문덕수의 시는 전후시의 반열에서 찾아져야 하는 것이다. 그러나 심산의 시를 전후시라고 할 때에, 이들은 다시 몇 가지의 구분된 경로로 나누어 이해해야 한다.

첫째는 전쟁에 대한 환기이다. 특히 무력의 주체로서 전쟁이 지니고 있는 엄청난 폭력성을 고발하고, 그런 잔혹함에도 불구하고 전쟁이야말로 언제든 다시 발생할 수 있는 엄연한 역사적 사실임을 전달하려는 의지가 그의 전후시가 가지고 있는 의지이다.

둘째는 전쟁이라는 폭력 앞에서 미력하게 존재할 수밖에 없었던 인간의

---

3) 심산(心汕) 문덕수 시인은 1927년 음력 10월 17일 경남 함안 생으로 1950년 6·25 발발 직후 자원입대하였고 이어 육군종합학교에서 소위로 임관한 뒤 각종 전투에 참여했으며 전장에서 폭격을 받아 중상을 입는다. 지금까지도 몸 안에 남아 있는 파편으로 인해 후송되었다가 휴전 직전인 1953년 예편했다. 이어 본격적인 시단 활동은 유치환 시인의 추천으로 ≪현대문학≫에 「沈默(1955. 10)」「化石(1956. 3)」「바람 속에서(1956. 6)」 등을 발표하면서부터이다.

4) 시집 『빌딩에 관한 소문』의 머리말에서 시인은 "6·25를 털어버리고 싶은데, 그것이 잘 안된다. 6·25와 관련이 없는 것을 생각하는데도, 철조망이 불쑥 끼어든다. 비무장지대 잡초 속의 뼈나 철모나 물통 같은 것도 끼어든다. 여기서 역사나 상황의식으로까지 확대된다. 괴로운 일이다."라고 말한다. 16권의 시집을 간행하는 동안 좀처럼 표명하지 않던 전쟁체험의 시적 배경을 여기에서야 말하고 있다.

고통과 상실, 그리고 그러한 공포 속에서 어쩔 수 없이 맞딱뜨려야 했던 개인적·사회적 난관과 좌절, 혼돈, 불안 등의 심리적 상황이며,

셋째는 전쟁의 포화 속에 살아난 사람들이 전쟁으로 인해 얻을 수밖에 없었던 부정적 세계관과 이를 통해 얻게된 세계에 대한 반응의 방식과 그리고 극복의 의지이다.

심산의 시를 전후시로 규정하면서 이렇듯 다시 갈래를 지워 살피려는 것은 그의 전후 인식이라고 하는 것이 전쟁에 관한 감정이나 기억으로서만 아니라, 인간과 자연 그리고 사회를 바라보는 시각의 근거가 되기 때문이며[5], 이러한 시각의 획득은 다시 시적 모색에 있어서도 다양한 시적 양식으로 구현되고 있기 때문이다.

따라서 심산의 시세계를 이해하는 순서는 그의 작품 세계가 펼치고 있는 시어의 채택이나 진술체계 혹은 사조적 채택에서만 비롯할 수 없으며, 그러한 시어의 채택과 진술의 방식을 요구한 동인이 전후인식에 있음을 먼저 살펴야 할 것이다.

심산의 시와 관련한 기존의 연구성과는[6] 주로 심산의 시어가 지니는 생경함, 즉 시어들간의 연결에 있어 일상어의 어의라는 제한에서 벗어나 있음에 초점을 두고 있다. 이 말은 다시 "대립항을 이루는 시어들이 의미의 배타적 차원에 머무는 것이 아니라 의미가 상호 침투하고 융합하는 긴장과 충돌의

---

5) "전쟁은 그 전쟁에서 살아남은 사람들에 의해 의미와 해석을 제공받는다. 따라서 '전후'란 전쟁을 의식 속에 매김하는 자리이며 이를 다시 새로운 시대의 의식틀로서 제공하는 시간이며 공간이기도 하다."(졸고, 「전후 한국시의 화자 연구」, 『한국현대문예비평연구』(한국현대문예비평학회, 1998), 57쪽.

6) 주된 연구성과로는 홍신선 「空間·言語의 裝置」, 《현대시학》(1972. 7), 권도현 「恍惚과 抽象的인 이미지」, 《詩文學》(1975. 1), 이형기 「네 사람의 新作」, 《문학정신》(1986. 12), 조남익 「文德守·朴成龍의 詩」, 《現代詩學》(1987. 6), 김시태 「문덕수의 시세계」, 『심산문덕수박사화갑기념논총』(1988. 2), 류제하 「문덕수시연구」, 『심산문덕수박사화갑기념논총』, 이숭원 「기하학적 상상력과 가치중립적 세계」, 『現代詩와 現實認識』(한신출판사, 1990), 강희근 「도시메카니즘의 비정함 -문덕수시집 『수로부인의 독백』론」, 『유천신상철박사화갑기념논총』(1996. 8) 등이 있으며 이외에도 다수의 논평이 있다.

자장을 형성한다. 말하자면 언어의 아이러니를 충분히 구사하고 있는 것이다. 그리고 이러한 의미의 대립과 융합의 역학관계는 이 시의 주제를 지지해주는 기능적 역할을 수행하기도 한다."(이숭원, 1990)는 말로 설명될 수 있으며, "누가 밖에 있어서 그 말들을 배열하고 조종하는 것이 아니라, 자발적으로 말과 말들이 결합하여 새로운 관계를 맺고 있다."(김시태, 1988)라고 일컬어질 수도 있다. 김시태는 같은 글에서 "그의 시가 가지는 언어의 탄력성은 이상과 같은 이미지의 자율성에 기인하는 것으로 본다. ……중 략…… 혼란의 단계를 극복하고 도달하는 최후의 자리 - 거기에 시가 있고 예술이 있다. 혹은 시인이 추구하는 삶의 진실이 놓여 있다. 거기에 도달하기 위해 시인은 언어소멸의 과정을 밟고 있는데, 그 때 그 언어는 일상의 언어이며, 인습으로 덮인 왜곡된 사물의 의미를 내포한다."라고도 말하고 있다.

하지만 시어를 중심으로 하는 이들의 형식주의적 접근은 형태적 분석의 결과가 지니고 있는 의의와 상징성에 연결될 때라야 비로소 실체에 가까이 다가 설 수 있다. 따라서 이보다는 오히려 이러한 시어의 출현과 적용을 요구하는 것이 무엇인지에 대한 이해가 우선되어야 한다. 심산의 시어가 지니고 있는 의미의 소멸양상은 양상의 선택이 먼저가 아니고 소멸의 언어를 선택할 수밖에 없는 전후인식에서 이어져 있기 때문이다.

김춘수는7) 이러한 시어의 예를 들면서 "德守의 여기 인용한 부분 같은 것은 S다리의 그것처럼 환상적이다. 그러나 이것이 19세기적 환상과 구별되는 점은 심리의 짙은 그림자가 스며 있는 데에 있다."(밑줄은 필자)고 말함으로써 환상적 묘사를 제공한 언어의 결합방식은 그것이 지니고 있는 필연적 세계관 또는 시적 배경에서 밝혀져야 할 것을 말하고 있다. 그랬을 때 '심리의 짙은 그림자'는 결국 전쟁체험의 소산임은 물론이다.

또 다른 연구성과로서 류제하(1988)는 진술내용과 언표의 구조를 중심으로 그 체제와 구조를 분석하는데 치중하고 있는데, 여기에서 류제하는 문덕수의 시작품이 지니고 있는 위상은 양가적이라고 보고, "사물시는 무의미시 쪽으

---

7) 김춘수, 『시론』(송원출판사, 1971), 125쪽.

로 기울게 되고, 관념시는 민중시 쪽으로 기운다고 볼 수 있다. 그러나 그의 어떤 시도 극단적인 양극의 끝에 놓이지 않음을 볼 수 있다. 이렇게 볼 때 내용적으로 그의 시는 중간 지대에 위치하며 폭넓게 그 영역을 확보하고 있음"이라고 말한다. 이는 심산의 시가 리리시즘과 리얼리즘의 중간 자리에서 무게중심을 잃지 않고 있다는 평가이며, 이에 대해 긍정적 의의를 부여하려는 류제하의 의도로 보인다. 하지만 이러한 중간자로서의 무게중심, 그리고 양극점과의 폭넓은 조우가 가능한 것은 오히려 중간적 위치의 의지 때문이기보다는 전쟁체험과 이의 극복이라는 시적 의지의 소산에서 기인한 것으로 보아 마땅하다.

폭이 넓은 반면 극단적이지는 않다는 류제하의 평가는 진술체계만을 근거로 한 것으로 마치 이도저도 아닌 시적 의지로 평가될 수 있지만, 사실 심산의 시세계가 지니고 있는 진술의 폭넓음이라고 하는 것은 전쟁체험의 일관된 맥락 아래서 진행되었기 때문이며 그리고 그 전쟁이라고 하는 것이 그만큼의 폭으로 작용하고 있기 때문이다. 결국 심산의 시세계는 전쟁체험의 소산 또는 전후시의 양상으로 보았을 때 보다 적확한 의의와 자리를 드러낼수 있겠다. 마찬가지로 그의 시에서 쉬르리얼리즘의 양상을 발견했다고 해서그의 시를 쉬르리얼리즘으로 단정할 수 없는 것도 이러한 이유에서이다.

쉬르리얼리즘 혹은 폭넓게 모더니즘의 채택이라고 말하기보다는 전후인식의 덧붙임 없는 자아 노출이 빚어낸 형태적 성격이 쉬르리얼리즘의 양상과 유사한 형태적 구조를 취하게 되었다고 말하는 것이 타당하다. 이형기의 발문8)에서도 이러한 시각이 밝혀지고 있는데, "文 兄의 詩는 무엇인가를 말하는 대신 무엇인가를 보여주고 있다. ……중 략……순간순간 그 무늬가 바뀌어져 가는 內面世界의 神秘를 포착"한다고 말함으로써 문덕수 시의 진술이 쉬르리얼리즘의 난해한 어법을 채택하고 있을지라도 난해성에서보다는 그렇게 진술할 수밖에 없는 시적 자아의 내면 세계 혹은 체험의 반영에 초점을 두고 살펴야 한다는 것을 반증해 준다.

---

8) 이형기, 「跋文」, 『線·空間(문덕수 시집)』, 83쪽.

이밖에도 "문덕수의 「壁」은 전술한 바 불안과 공포를 불러일으키며, 우리의 정신세계를 가로막는 일체의 상황"이라고 말하면서 내면세계의 공포와 좌절에 초점을 두고 있다는 장백일[9]의 견해나 「한 뼘만큼의 공간」에서는 시대의식을 느낄 수 있다. 사실 우리는 이러한 시작품에서 슬픈 운명적 아픔을 절감하게 된다. 이 시에서는 상징적인 수법으로 접근하지 못하는 세계의 상황을 그리고 있다. 이 시에서의 '空間'이란 무엇인가 ? 그것은 "우리의 슬픔이라 해도 좋다. 그리고 민족의 슬픈 공간이라 해도 좋다."라는 조병무의 견해는 한결같이 한국전쟁의 참담한 상황을 몸소 체험한 흔적의 또 다른 지적에 분명하다.

결국 심산의 초기시에서 자주 등장하는 '線'과 '壁' 그리고 '圓' 등의 기호나 공간의 시어들은 한결같이 전후인식을 의식의 기저에 두고 있다고 보아 마땅하다. 언어적 표상에서 벗어나 기호적 표상으로 나아 간 것은 그의 선택이라기 이전에 전쟁이 지니고 있는 요구와 성격이며, 전쟁에 대한 천착이 심산의 시세계를 이리로 이끌고 온 것으로 보아야 한다.

시어의 현상적 특징을 제시한 강희근(1996)의 연구도 이와 마찬가지의 논리로 이해된다. 문덕수의 시집 『水路夫人의 독백』을 대상으로 한 이 글에서 강희근은 "드라이한 언어를 선별없이 쓰고 있는 셈이다. 닦여진 언어를 미학의 측면에서 골라 쓰지 않았다."고 말하면서 주된 소재로 채택되고 있는 도시풍경에 대한 화자의 강력한 거부감으로 이를 받아들이고 있다. 이 역시 심산의 시가 지니고 있는 시어의 생경함이라고 하는 것은 그 자체로서가 아니라 그럴 수밖에 없는 정서에 기반하고 있음을 지적한 것이며, 이 역시 전후인식의 또 다른 갈래의 직시로 보아 마땅하다.

이상에서 살펴 본 제반 연구성과를 통해서도 알 수 있듯이, 심산 문덕수 시인의 시세계는 전후시의 범주에서 이해할 때, 보다 포괄적인 의의와 명료한 전언을 확인하게 된다. 뿐만 아니라 이렇게 보았을 때 문학사 상에서 전후시의 범주는 한층 폭넓게 설정될 수 있는 근거와 계기가 마련된다. 이는

---

9) 장백일, 「情緖와 想像의 世界」, 《現代文學》, 1972. 11, 306~307쪽.

곧 전후시라고 하는 것이 전쟁체험을 감상적으로 환기하는 것이 아니라, 새로운 시대와 사회 그리고 그 속에서 존재하는 생명과 인간에 대한 강한 연민으로서 이해할 수 있다는 말이기도 하다.

이처럼 전후시의 너비를 확대했다는 시사적 기여를 좀더 분명하게 밝혀보기 위해 앞서의 구분에 따라 3장에서는 전쟁의 폭력성과 이의 피해자로서 인간의 고통문제를, 그리고 4장에서는 전쟁체험자의 세계관과 인간회복의 의지를 각각 중심으로 하여 살피기로 한다.

3. 전쟁체험과 상실의 확인

1) 전쟁의 환기

심산의 시세계에서 전쟁의 흔적은 우선 전쟁과 직접 관련된, 특히 무력과 관련된 시어의 등장과 반복에서 확인된다. 전체 시집에 고르게 드러나는 전쟁의 기억은 주로 '총알', '총탄', '포탄', '탱크', '砲' 등이며 이들은 지속적으로 반복된다.

특히 이러한 1차적인 전쟁 소재의 시어들은 '일제히 쏘아 올린 총알', '一齊射擊'(「새벽바다」), 혹은 '적탄을 맞은 가슴에서/ 쏟아진 피로 / 새빨간 장미가 피었다.', '붉은 탱크'(「살아남은 우리들만이」), '원수의 포탄이 우박처럼'(「벽돌」), '옳고 그름은 끊는 / 푸른 칼날, / 죽음을 무릎 쓰고 앞장을 서는 / 깃발이 있다. 굴러가는 탱크의 캐터필러 밑에서 / 그러나 일어서는 雜草. / 포탄이 작열하는,'(「雜草」) 등의 2차적 시어로 의미영역을 확대함으로써 극적인 요소를 가시적 이미지로 부각시키기도 한다. 그래서 이들은 전쟁의 단상을 극명하게 드러내 보여줄 수 있는 사건의 편린들이 되기도 하고 사회를 바라보는 판단의 바탕이 되기도 한다.

예를 들어 '오늘도 / 一五五미리 砲彈을 쏘아 대는 / 苛烈한 나의 鄕愁여!'(「鄕愁」), 'M1銃부리에 별빛이 떨어진다 / M1銃부리에 매차운 바람이 휘감

긴다'(「哨兵」), '一五五哩 鐵條網에 갇히어 / 풀리지 않은 不安한 季節을 / 음산한 구름이 넘나든다'(「緩衝地帶에서」), '부서진 鐵條網과 / 흩어진 戰爭의 破片은 / 저참히 쓸어진 悲劇의 殘骸들……', '넘나드는 구름과 더불어 / 얽혔던 세월은 산산히 풀렸어도 / 멍든 歷史의 傷痕은 남아 앓는다'(「三八線에서」), 그리고 '빛을 잃은 세월을 안고 / 毒한 爆風이 휩쓸고 가는 언덕에 / 노오란 砲聲의 餘韻이 흩어진다'(「戰野」) 등은 전쟁의 흔적이면서 동시에 전쟁을 체험한 자의 의식이 어디로 향할 것인지를 극명하게 드러내 보여준다. 자조적이면서도 생명에 대한 집착과 삶의 소중함이라는 자각의 다름 아닌 것이다. 뿐만 아니라 전쟁의 포화가 얼마나 엄청난 것인지를 생경하게 제시하고 있는 것이기도 하다. 이 때의 전쟁은 그래서 인간이 만들어 놓은 그러나 인간에게 소멸을 강요하는 힘의 상징이기도 하다.

특히 1950년에 발발한 한국전쟁과 당시의 한국 상황에 관한 적극적인 제시를 통해 한국전쟁의 무모함과 그 피해의 극한 상황을 환기시키면서 전쟁의 악마성을 강조하기에 이른다. '水平을 넘보고서는 / 옴츠리는 탐욕의 砲身을 보리라'(「三面이 바다로 둘렸지만」)라는 표현은 전쟁의 힘이 결코 사라지지 않을 신화적 존재임을 암시하고 있다.

'6·25의 잠든 새벽을 깔아 눕히던 / 소련제 캐터필러는 아니지만 / 그러나 저건 분명히 무기야 / 막대기가 외발짐승처럼 / 뒤뚱거리면서 이리로 오고 있어 / 간밤에 누구를 쳐죽였을 거야 / 저걸 보라구'(「바람에 관한 단상」) 또는 같은 시에서 '검붉은 바람이 / 비무장 지대의 철조망에 걸려 금속성 비명을 지른다 // 한반도 특유의 검붉은 바람이 어둠의 골목을 누비며'라고 하는 진술은 전쟁의 폭력성을 역사 속의 전쟁으로만 그치는 것이 아니라 또 다른 사회적 모순에서도 얼마든지 같은 크기로 발생할 수 있는 생래적 존재로 받아들이고자 함이다.

이는 전후시의 역량을 현실적 사회 모순에 대한 지적으로 전이해 가는 심산만의 독특한 확대의식으로 평가되어 마땅하다.

다른 한 편에서는 전쟁의 폭력성에 대한 크기를 강조하기 위해 적극적인 수사의 방식을 채택하고 있다. '총알', '포탄', '탱크'로 대표되는 전쟁의 폭력성은 단지 잔혹한 것이라기보다는 대항할 수 없는 정도로 엄청난 것이라고 표시하고 있다. 이것은 전쟁이라는 것이 엄연한 역사적 사실임을 부정할 수는 없지만 전쟁이란 결코 시간의 굴레 속에 갇혀 있는 것이 아니라 언제든지 살아 움직일 수 있는 힘이라는 것을 부각하기 위한 그의 시적 책략이기도 하다. 이는 전쟁의 환기라고 하는 것이 그저 전쟁을 기억하라는 말이 아니라, 그러한 전쟁이 지니고 있던 폭력성을 잊어서는 안 된다는 말이기도 하다. 그래서 심산은 이렇듯 엄청난 폭력의 크기를 상징하기 위한 도구로 '태풍'과 '폭풍' 그리고 '어둠'을 차용한다.

　　　　누가 네 사랑을 견디겠느냐?

　　　　모두 휩쓸어 끌어 안아 보고는
　　　　팽개쳐 날려 버리는 수선스런 이 激情을
　　　　　　　　　　　　　　　　　　　　　―「颱風」에서

　도저히 사랑할 수 없으며, 용서할 수도 없을 만큼 태풍의 파괴력은 대단한 것이며 이는 마치 전쟁의 잔혹함과 그것과 다르지 않다. 마찬가지로 태풍이라고 하는 것은 언제든 다시 나타날 수 있듯이 전쟁도 역사 속으로만 잠든 것을 아니라는 비유이기도 하다. 그러면서도 태풍 또한 상처를 입은 게 분명하다는 진술은 누구에게도 행복을 제공하지 못한 전쟁에 대한 절망의 표시이며 그러한 절망을 맞이할 수밖에 없었던 모든 존재에 대한 연민이기도 하다. 즉 전쟁은 전쟁의 주체와 객체 모두에게 폐해와 상흔을 남겨 주었을 뿐이면서도 분명한 역사의 흔적으로 남아 있는 것은 왜인가 하는 질문이며, 이 질문에 대한 대답은 아무도 할 수 없다는 것이다. 그리고 이러한 상황은 곧 혼돈(chaos)의 상태임을 상기하게 한다.

　　　　무슨 굶주린 野獸의 혼령인지도 모를

냉혹한 暴慢을 어루만지고 재우며
종시 내닫지 못하는 초조한 戰慄이여!

―「爆風」에서

보라! 서슬져 돋힌 荊棘이
서로 혼클려 악물고 뜯는 一瞬은
찬란한 鬼花의 修羅場……

―「地獄杯 ― 虛無의 章」에서

이렇듯 전쟁이 지닌 엄청난 파괴력에 대한 상징적 수사는 심산의 시세계를 전일화된 하나의 작품으로 보아도 족할 만큼 지속적으로 등장한다.

2) 전쟁의 잔혹함과 인간 소멸

전쟁의 참혹함과 무모한 폭력성에 대한 비판과 강조는 상대적으로 피해자일 수밖에 없었던 인간에 대한 처참함의 고발로 이어진다. 전쟁의 폭력성이 가지고 있는 힘의 크기에 비해 너무나도 보잘 것 없었던 인간의 미력함과 한계에 대한 비애이기도 하다.

인간의 무력이나 소멸되는 인간의 가치문제를 시화하기 위해 심산은 새, 꽃, 봄, 나비 등의 상징물을 채택한다. 이들 상징은 인간의 연약함을 표상하기도 하고, 희망에 대한 의지를 암시하기도 하며, 생명력에 대한 의지까지도 내포하고 있다. 여기에다 이들 상징의 또 다른 의의는 전쟁의 참혹함 속에서 인간이 받아야 했던 고통이라고 하는 것이 실은 전후에도 얼마든지 다시 있을 수 있다는 가능성을 표시하는 데 있다.

인간이 소멸해 가는 과정의 모습은 먼저 고통과 좌절과 상실로 드러난다. 전쟁으로 인한 인간의 상실은 물질적·물리적 상실과 심리적·심정적 상실의 모든 경우에 해당한다. 여기서 물질적·물리적 상실은 새로이 시작할 아무 것도 없다는 현실과 어디에서 어떻게 시작해야 할 지를 알 수 없다는 혼돈과 허무로 이어지며, 심리적·심정적 상실은 절대고독에 머물게 할 뿐 아니라 소멸과 해체의 연속으로 이어진다.

먼 너의 溪谷에는
굶주려 쓰러진
言語의 髑髏들이 散亂히 흩날리며

난데 없는 靜寂의 暴風이
휩쓸고 지나간 수선스런 자취에는
呻吟하는 메아리의 파편들

—「沈默 三」에서

이 시에서는 물리적 상실의 원형적 인식을 가시적 존재로 환치하여 드러내고 있는데, 이를 위해 심산은 공간적 구조를 차용한다. 산정에 처한 공포의 주체와 계곡에 쓰러져 있는 여린 존재 사이의 관계를 대립적 공간구조로 적용시키고 있는 것이다. 산정과 계곡의 이러한 상대적 병치는 상대성이라는 구조로 일반화되며 이는 다시 이어지는 사회적 제 모순에 대한 지적에서도 같은 구조를 예상하게 한다. 이러한 공간 설정의 방식은 인간의 자기소멸이라는 한계적 상황에서도 적극적으로 적용되고 있다. 상실과 소외의 상황을 '더 이상 떨어질 수도 없는 / 더 이상 붙을 수도 없는 / 한 뼘만큼의 절대한 공간'(「한 뼘 만큼의 空間」)이라는 말로 대신하고 있는게 그것인데, 이는 상실의 시각적 이미지를 제공하기에 충분하다.

그런가 하면 심정적 상실의 경우는 이와 달리 극단적인 비애로 묘사되곤 한다. 상실과 혼돈의 극한 상황이 애절한 것은 그보다 절실한 상실감이 이미 그 속에 내재해 있기 때문이라는 논리이다.

에밀레
에밀레…

애터지게 부르는 응답없는 이름에

피어린 傳說이 울린다.

　　　　　　　　　　　　—「奉德寺大鐘」에서

　이 시의 화자는 골짜기에 갇혀 있는 '어린 영혼'의 비애에 시각을 고정시켜 놓고 있다. 그러면서 그 종소리의 심미성이 애절한 것은 그만큼의 상실이 이미 '어린 영혼'에게 있었기 때문이라 말하고 있다. 전쟁의 폭력성 역시 얼마만큼의 비애로 설명될 수 있지만 그 비애 속에는 그보다 훨씬 커다란 아픔이 있었다는 것을 강조하는 것이다.

　그리고 이러한 상실감의 극치는 죽음의 표상으로 다시 이어진다. 이는 모든 것을 무화시켜 버린 전쟁 속에서 인간이 경험해야 했던 유일한 선택은 '신음'과 '굶주림'과 '쓰러짐'이었다는 말과 그런 속에서 그들에게 주어진 유일한 희망은 오직 절대고독과 완전공간에 대한 환상, 그리고 점진적인 소멸 속에서도 그것을 아름다움으로만 인정해야 했던 상황으로 구체화된다. 이는 결국 죽음에 이르는 길이며 죽음의 연습과 다름 아니라는 것이다.

　'어디로 가나 / 아직도 무덤 속에서 잠들지 못한 / 나의 戰友, 나의 형제들아'(「六月의 彈道」)에서는 죽은 자와 죽지 않은 자의 관계를 새롭게 설정하게 한다. 죽음을 전제하지 않은 삶은 무의미할 수 있다는 것이다.

전쟁이 물러간 뒤뜰에
항아리가 죽음처럼 다소곳이 앉아 있다

　　　　　　　　　　　—「죽음과 항아리」에서

　이처럼 죽음이 결코 멀리 있지 않다는 자각은 따라서 죽음의 지경에 이르렀던 자의 냉혹한 자기 정체성에 다름 아니다. 그래서 그 때의 죽음은 '피'로 환치되며 그 피는 다시 흘러 고여서 냇물을 이루면서 삶의 의의와 다시 만나며 극적인 절정을 이룬다. 하지만 이러한 극적 장면이 결코 허구가 아니라고 말하는 것은 생사의 구분이 결코 인위적일 수 없다는 단언이기도 하다.

　그러나 심산의 시는 전쟁을 체험해야 했던 자들의 참혹한 상실감은 죽음으로조차 충분하지 못한 것이라고 진술하고 있다. 죽음을 이내 소외와 절대 고독의 상황으로 전개시켜 나가는 데 주저함이 없는 것은 바로 이러한 이유에서이다. '어항 속의 금붕어'로 상징된 소외의 극단은 죽음보다 더한 고통이라는 자각이다.

전쟁에서 겪어야 했던 인간의 피폐함이란 결국 고통과 공포의 강요, 희망과 전망마저 상실해야 했던 혼돈과 허무, 죽음의 체험, 그리고 소외와 절대 고독의 인식 등으로 요약된다. 특히 심산의 시에서의 혼돈은 곧 무의미 혹은 탈의미의 양상을 보인다. 하지만 여기서의 탈의미란 본질을 상실했다기보다 상실 그 자체를 본질로 삼고 있는 모든 현재적 존재들에 대한 직시이다. 방향을 잃고 서성댈 수밖에 없던 현재적 존재들의 혼돈은 그래서 전후인식의 연속선에서 다시 만나게 된다.

4. 전후인식으로서 인간회복의 의지와 문명비판

전쟁은 더 이상 기억으로서의 의의만을 지니지 않는다. 전쟁을 겪은 사람들에겐 전쟁이야말로 세상을 바라보는 눈이며 곧 세상을 이해하는 통로이기도 하다. 그리고 그 눈은 공포와 고통과 좌절 그리고 상실로 점철되어 있으며, 이는 불안과 혼돈을 의식 내에 제공하기에 이른다. 그리고 이러한 의식은 다시 부정적 세계관을 제공하고 부정적 세계관은 현재적 사실에 대해서도 의심을 반복함으로써 마침내 새로운 의식과 판단을 가능케 하는 힘이 되기도 한다.

이러한 전후인식의 확산과 현대적 적용을 위해 심산의 시세계는 영원성에 대한 회구, 영원과 순간 사이의 대립적 구조화, 방법적 차용으로서 민족주의 등의 과정을 거쳐 마침내는 인간회복의 의지와 문명비판의 시각으로 완성되기에 이른다.

영원에 대한 회구는 전쟁의 소용돌이 속에서 그들이 살아 있을 수 있는 힘의 근원은 희망이었음을 말하는 것이다.[10]

사르비아 꽃을 짓이겨선 기둥을 세우고
연꽃을 짓이겨선 기와를 굽고
국화꽃을 짓이겨선 벽을 만들고
天竺牧丹으로 가락지같은 문을 짜서
그 만년의 꽃집 속에 꿈이 살고
그 속에 우리가 산다.

—「幸福」전문

　　전쟁의 포화 속에서 공포와 허무를 반복하는 동안에도 다른 한 편으로는
영원에 대한 희구를 끊임없이 상정함으로써 연약하지만 살아 있음의 희망을
놓지 않겠다는 심정적 의지는 인간회복의 가능성을 배태하는 동인이 된다.
　　영원과 순간의 대립이란 천(千)이라는 최대의 수와 하나라는 최소의 수 사
이의 대립 구조로 형상화되곤 한다. '한 개의 圓이 / 굴러 간다 / 천사의 버
린 指環이다. ……중 략……천 개의 圓이 / 굴러간다 / 神의 눈알들이다.'(「圓
에 관한 素描」)에서 드러나듯이 원(圓)이라는 기호는 단지 동그라미로서의 기
호적 표시를 넘어서서 존재하는 모든 것의 또 다른 이름이기도 하다. 따라서
'천'은 곧 환상적이고 영원한 존재이며 '하나'는 순간적인 현실의 대립적 관
계를 굳이 설정하는 것은 소외된 인간의 회복을 기대하기 때문이다. '하나'
와 '천'의 관계를 조우시켜 완성의 의미를 형상화시키려 함이다.

　　한 나무를 떠난 천년 뒤의 邂逅
　　한 영혼을 떠난 만년 후의 對面

—「한 뼘 만큼의 空間」에서

---

10) 시집 『그대, 말씀의 안개』의 自序에서 심산은 "나는 6·25 때 많은 전우들이 전사
　　하고, 부상병들이 들것에 실려 신음하는 세계를, 나도 그 속의 한 사람으로서 체
　　험했다. 그러나, 우리는 분노와 긴장으로 가파른 계단길을 계속 올라갈 수만은 없
　　다. 동리 앞 우람한 느티나무 그늘에서 한숨 푹 자면서 휴식을 취하고 싶은 것이
　　다."라고 말하고 있다. 이는 전쟁을 더 이상 전쟁으로서만 기억하기보다는 새로운
　　인식의 틀로서 삼아야 하겠다는 의지로 보아 마땅하다.

그 땐 나는 강아지였지
木花송이 같은 한 마리 복술강아지였지
……중 략……
꽃나무를 衛星처럼 한 천 번쯤 돌다가

— 「前生說話」에서

　그리고 이러한 하나와 천의 대립은 다시 '나'와 '당신'의 대립으로 이어지고 있는데, 이러한 대립구조 역시 하나인 '나'와 '천'인 당신 사이의 간계와 조우로 이어진다. 곧 자아의 사회적 고립과 소외를 확인시키고 이를 다시 극복하기 위한 의도에 다름 아니다.
　민족주의의 방법적 적용도 마찬가지의 구조를 지닌다. 즉 민족과 개인의 조우가 완성되는 것은 곧 행복과 희망의 완성이라는 것이다.
　'砲火를 안고 딩구는 祖國의 등성이에 / 귀한 血緣을 맺는 / 이 지울 수 없는 烙印에는 // 아득히 떨려 오는 脈搏과 / 體熱이 되어 살아나는 戰爭의 感覺…… // 피어린 歷史의 그늘진 골목 길을 / 혼자 절룩거리며 간다'(「傷痕」)에서 보면, 전투에 임해야 했던 이유는 결국 민족을 위한 것이었음을 상기시켜 주고 있는데, 이는 민족의 구체적 의미보다는 소외와 공포 속에서 새로운 희망의 통로로 차용되었던 것 중의 하나로서 민족을 말함이다.

杏花꽃 몇 그루 심어
땀 흘리며
불을 피우리라
온 겨레 포근히 감쌀

— 「杏圓賦」에서

잠 한 숨 푹 자지 못한 五千년
물 속으로 回廊처럼 쭉 벋은 내 조국이여

— 「寓話 1」에서

여전히 개인적 자아와 명분 사이에서는 동일시될 수 없는 거리가 놓여 있다. 다만 그 거리에도 불구하고 개인적 자아는 민족과 겨레라는 명분을 향함으로써 자신의 전망을 갖는다.

결국 그의 전후인식은 인간으로 하여금 인간 본연의 자리가 피폐할지라도 인간회복의 의지는 계속되어야 한다는 명제를 내포하고 있는 셈이다. 그래서 전쟁과 같은 모든 폭력적 존재로부터의 극복을 촉구할 수 있고 또 서슴없는 회복을 외칠 수 있다. 그 대표적인 촉구의 양상이 문명비판으로 이어진다. 문명이야말로 전쟁과 마찬가지로 인간에게 죽음과 소외를 강요하는 거대한 힘의 하나이기 때문이며, 인간회복을 위해서는 마침내 극복되어야 할 대상이기 때문이다.

때로 문명은 '햇빛'과 '하양' 등으로 눈부실 만큼 화려하여 바라볼 수조차 없는 지평이기도 하지만 동시에 '파편'과 '휴지'와 '속도'와 '이익집단의 이데올로기'로 얼룩져 있기에 마치 전쟁의 흔적과 다를 바 없는 상흔을 인간에게 제공하기도 한다. 그래서 그의 문명비판은 문명에 대한 비판으로서만 아니라 그 속에 내재해 있는 인간에 대한 회복과 맞닿아 있는 것이며, 모든 폭력으로부터의 극복이라는 원형적 의지에 이어져 있는 것이기도 하다.

전후인식을 근거로 한 방법적 불신의 시각을 문명이라는 현재적 대상으로까지 잇고 있는 것이다. 이 과정에서 심산의 시세계는 점차 산문화의 경향과 장시화의 경향을 띠기도 한다. 현대사회의 다양한 양상을 리얼리즘의 고발적 태도로 드러내 보이기 위한 그의 모색으로 보인다.

5. 맺음말

전쟁은 전쟁 이전에 있었던 모든 것을 무화시킨다. 그런만큼 그 전쟁을 지나 여전히 살아 있다는 것은 일종의 환희로 대치될 수 있으며, 동시에 사라진 모든 것들 앞에 죄의식으로 설명되기도 한다. 그래서 전후인식은 생명을 환희와 죄의식의 양가적 시각으로 바라본다. 마찬가지로 생명에 대한 환희와 죄의식은 신에 대한 감사와 불신으로도 드러나며 신의 초월성과 농락으로도 표현되곤 한다.

이렇듯 전쟁을 통한 신에의 귀의와 불신의 양극적 사유는 마침내 혼돈과 갈등을 조성하며 다시 한번 전쟁이라는 참화의 시작과 끝은 어디인가 하는 본질적인 질문을 제기하기에 이른다. 그리고 심산 문덕수는 이러한 질문에 대해 마침내 아무 것도 대답할 수 없다는 자의식으로부터 출발한다. 하지만 그의 전후인식은 마침내 환희와 죄의식을 넘어서 새로운 세계에 대한 방법적 모색을 요구하기에 이르고 전쟁의 인식구조를 새로운 대안의 틀로 제공한다. 즉 방법적 불신이 그 자리를 채우기 시작한다. 적대적 관계를 설정함으로써 피아의 구분을 명료하게 하고 마침내 존재의 심연을 확인하기에 이르는 것이다.

그렇게 확인된 존재의 의미는 결국 인간의 문제로 귀착된다. 즉 인간회복의 의지와 생명력에 대한 의지인 것이다. 때론 민족의 이름으로, 때론 문명 비판으로 완성되는 인간회복의 노력은 그의 시로 하여금 시사적 의의를 부여받게 한다.

그래서 심산 문덕수의 시세계는 전후시의 범주에 해당하되 다양한 방법적 모색과 인간회복의 의지라는 점에서 전후시의 범주를 확대한 것으로 평가하여 마땅하다. 여기서 다양한 모색이란 시어의 병치와 비유체계의 복잡성을 강조함으로써 이미지의 간섭을 극대화하고 시어로 하여금 일상적 의미영역을 벗어난 새로운 이미저리의 형성인데, 이는 때론 많은 논자들에게 쉬르리얼리즘 혹은 모더니즘의 일단으로 설명되기도 하지만, 그 양식에서 쉬르리얼리즘적 요소를 발견할 수 있다고 해서 단순히 파괴와 해체의 본질로서만 해석되기에는 그의 시적 모색은 보다 본질적이다. 그런가 하면 상징적·원형적 공간의식을 설정하여 대립항 사이의 관계를 제공하기도 하고 이를 민족주의와 연계함으로써 행복과 희망의 방향을 모색하기도 한다. 그리고 전후인식으로서 그의 시세계는 전쟁의 환기, 전쟁체험으로 인한 심리적 혼돈의 고백, 이들에 근거한 세계관의 모색과 인간회복의 의지, 이를 바탕으로 확산되는 문명비판의 시각, 그리고 시세계에 이어지는 생명에 대한 존엄성 등으로 요약된다. 또한 현대문명의 모순에 대해 비판적 진술을 거듭하는 과정에서는 장시화와 산문화를 통해 리얼리즘의 방법적 모색을 시도하기도 한다.

이렇듯 심산 문덕수의 시세계는 한국전후시의 정체성을 한층 두텁게 만들고 있다는 점에서 다시 한 번 분명한 의의가 인정된다.

박재삼론

리 헌 석*

1. 머리말

1.1 박재삼(1933~1997)은 시인이 될 수밖에 없는 운명1)이라고 스스로 단정하고 시작에 열중한 시인이다. 또한 해방 이후의 문학 공간에서 중심적인 위치2)에 들었던 시인이기도 하다.

그는 1933년 일본에서 출생하여 4세 때 경남 삼천포로 이사하여 성장3)하고, 고려대학교 국문과에서 수학(3년 중퇴)했다. 1953년 ≪文藝≫에 모윤숙 시인의 추천으로 시조 「江물에서」가 발표되고, 1955년 ≪現代文學≫에

---

* 문학평론가

1) 박재삼 시인은 수필집 『찬란한 미지수』(문이당, 1990)에서 "나는 시 쓰는 일이 과연 무엇인가 싶었다. 그 하찮은 일을 포기하지 못하고 계속하고 있는 것은 수입을 위해'서가 아니라 무한정의 그리움이 거기에 있었기 때문이었다. 즉 안 쓰고서는 못 배기는 이것을 나는 그저 운명이라고만 느끼고 있다."라고 밝힌 바 있다. 또한 시선집 『나는 아직도』 서문의 '숙명'과 『박재삼 시 전작선집』의 서문의 '운명적' 이란 용어로 시 창작의 운명론을 수차 밝히고 있다.

2) 당시 문인들이 작품을 발표할 지면이 없을 때, 그는 ≪현대문학≫, ≪문학춘추≫, ≪월간문학≫ 등의 편집을 맡았다. 또한 ≪월간바둑≫의 편집장, ≪대한일보≫ 기자로 활동하는 등 잡지와 언론, 그리고 문단의 중심에서 활약했다.

3) 박재삼 시인은 1933년 4월 10일 아버지 박찬홍(朴贊洪)과 어머니 김어지(金於之)의 차남으로 東京付南多摩郡稻城村失野口 1004번지에서 출생하여 4세때 경남 삼천포로 이사하여 성장함.

「攝理」가 유치환 시인의 추천을 받았으며, 이어 「靜寂」이 서정주 시인의 추천을 받아 등단했다. 1997년 별세하기 전까지 그는 창작에 힘써 여러 권의 시집4)을 발간한 바 있다. 문학성을 인정받아 여러 문학상을 수상5)하게 되었고, 이로 인해 한국의 대표적 전통 서정 시인으로 자리매김6)된 바 있다.

1.2 문학의 가장 근원적인 면을 환기한다면, 예술은 특정인이 다른 사람을 자기와 동일한 감정 속으로 끌어들일 목적을 가지고, 그 감정을 외적인 징표에 의해 표현했을 때 비로소 시작된다. 기본적이고 상식적인 전제이지만, 시인은 언어를 매체로 하여 예술활동을 한다. 그것도 가장 짧은 언어로 자신의 사상감정을 최대한 전달하려고 노력한다. 시뿐만 아니라 모든 예술은 많은 사람들에게 일체감을 주는데 가장 큰 역점이 주어진다. 이러한 일체감은 톨스토이가 지적한 바 세 가지 조건7)과도 부합한다고 볼 수 있다. 이러한 관점에서 박재삼의 시를 파악할 때 그의 시는 많은 사람에게 공감을 주는 시라고 할 수 있다. 개성적이어서 그 나름의 문체를 정립하고 있으며, 사상과 감정을 효과적으로 표현하고, 인간적인 성실성 뿐만아니라 시어의 조탁8)에도

---

4) 시 집『춘향이 마음』(신구문화사, 1962)/『햇빛 속에서』(문원사, 1970)/『千年의 바람』(민음사, 1975)/『어린 것들 옆에서』(현현각, 1976)/『뜨거운 달』(근역서재, 1979)/『비 듣는 가을나무』(동화출판공사, 1981)/『추억에서』(현대문학사, 1983)/『대관령 근처』(정음사, 1985)/『찬란한 미지수』(오상, 1986)/『사랑이여』(1986),/『해와 달의 궤적』(신원, 1990)/『꽃은 푸른 빛을 피하고』(민음사, 1991)/『허무에 갇혀』(시와시학사, 1993)/『울음이 타는 가을강』(한미디어, 1994) 등
   시조집『내 사랑은』1권(영언문화사, 1985)
   시선집『아득하면 되리라』(정음사, 1984),/『간절한 소망』(1986)/『나는 아직도』(오늘의문학사, 1994),『박재삼 시 전작전집』(영하, 1995) 등.
5) 박재삼 시인은 '현대문학 신인상(1957)', '문교부 문예상(1967)', '한국시인협회상(1977)', '노산문학상(1982)', '한국문학작가상(1983)', '중앙일보 시조대상(1986)', '조연현문학상(1988)', '인촌상(1991)', '겨레시조상(1992)' 등을 수상했다.
6) 박재삼 시인을 성찬경 교수는 '전통파'(the group of traditional poets)라고 규정하고, 이어 전통이라는 확고한 성채 안에서 전래하는 정서와 감정으로 시를 쓴다는 것이 장점이라고 했다.
7) 톨스토이는 "첫째, 전달된 감정이 개성적이어야 한다. 둘째, 표현이 명확해야 한다. 셋째, 예술가 자신이 성실해야 한다." 등의 조건을 들고 있다.

남다른 성실성을 보여주고 있기 때문이다.

본고에서는 ① 박재삼의 삶과 작품을 연계하여 약술한 다음, ② 시적 표현 언어에 대하여 간략하게 고찰하고자 한다.

2. 박재삼의 삶과 작품의 연계성

2.1 박재삼은 바다와 인접한 삼천포에서 성장한다. 그런 성장 배경에 의해서인지 그의 작품에는 바다, 강, 눈물 등의 제재가 자주 등장한다. 또한 이런 배경을 갖고 있는 작품이 대체로 그의 대표작으로 인용되는데, 한(恨)의 정서가 중심9)을 이루는 것으로 정리되고 있다. 아마도 그것은 그가 겪은 성장기의 체험에 기인한 몇 편의 작품에 대한 분석 때문인 듯싶다. 그러나 그는 슬픔을 노래하되 그 슬픔 속에 함몰하는 것이 아니라, 슬픔을 노래하여 그 슬픔을 극복하는 시정신을 보이고 있다. 즉 애이불비(哀而不悲)의 경지를 작품으로 보이고 있다. 그의 초회 추천 작품을 살펴보기로 한다.

> 무거운 짐을 부리듯
> 江물에 마음을 풀다.

8) 시어의 중요성은 Mallarme가 지적한 바대로 "시는 언어로 쓰여지며 사상으로 쓰여지는 것이 아니다."라는 주장에서도 인지할 수 있다. 박재삼 시인은 「시론을 위한 세 개의 단상」에서 "말을 골라 쓰는 것, 또는 자기류로 쓰는 것은 누구나 중요시한다. 그러나 오늘날의 시에서는 그것이 상당히 둔화된 느낌이다. 발표자의 이름을 뗀다면 이것이 과연 누구의 시인가 분명해지지 않는다. 이렇게 되면 自己의 시법은 많이는 안 가지고 시를 쓰고 있다고 밖에 할 수 없다. 그러면서 언필칭 '시는 언어로 쓰여진다'는 기본적인 命題에서는 쉬 후퇴하려 들지 않는다."라고 시 창작에 있어서의 개성과 시어에 대한 남다른 조탁을 천명하고 있다.

9) 韓國詩大辭典(을지출판공사, 1988)에서 보면, "그의 시에서 두드러진 특징은 '한국적 정한'을 애련한 가락으로 엮고 있다는 것이다. 시인은 선천적으로 타고난다 하지만, 거기에 후천적으로 다듬어진 짭잘하고 질기고 향기로운 말을 그 타고난 감정과 가락을 시로 나타낼 때 비로소 우리는 그를 명실상부한 시인으로 말하게 되는 것이다. 그는 신시 80년사에 있어서 그만이 지닌 특유의 서정과 가락으로 시를 써오고 있다."라고 평설하고 있음을 보게 된다.

오늘, 안타까이
바란 것도 아닌데
가만히 아지랑이가 솟아
아뜩하여지는가.

물오른 풀잎처럼
새삼 느끼는 보람,
꿈같은 그 세월을
아른아른 어찌 잊으랴,
하도한 햇살이 흘러
눈이 절로 감기는데….

그날을 돌아보는
마음은 너그럽다.
반짝이는 江물이사
주름살도 아닌 것은,
눈물이 아로새기는
내 눈부신 자욱이여!

— 「江물에서」 전문

서정적 주체는 강물 위에서 반짝이는 물비늘[10]을 바라보며 눈물로 아로새겨진 과거를 회상하고 있다. 문맥에 맞추어 풀어보면 다음과 같다.

시인은 현실의 무거운 짐을 부리듯 강물에 마음을 푼다. (특별히 오늘 이 자리에서) 안타깝게 바란 것도 아닌데, (강가에서) 아지랑이가 가만히 솟는 것을 보며 (정신이) 아뜩하여진다. (강가에서 싱그럽게) 물오른 풀잎을 바라보며 새삼 (삶의 희망과) 보람을 느끼는데, 수많은 햇살이 (흐르는 강물에 비치어 반짝이는 물비늘로) 흘러 눈이 (부셔서) 절로 감기고, (눈감은 상태에서) 아른아른 떠오르는 꿈같은 지난 세월을 잊을 수 없다. 눈물로 아로새겨진 지난 날을 돌아보는 마음은 반짝이는 강물을 보면서 너그러워진다. 눈부시게

---

10) 물에 빛이 반사되어 물결과 함께 흔들려 만드는 반짝임. 윤슬이라고도 함.

반짝이는 강물의 (물비늘)은 세월의 주름살만이 아니고 눈물로 아로새겨진 (내 역사의) 자국이다.

이 작품은 ① 회상매체로서의 강물과 아지랑이, ② 회상의 시간적 배경으로서의 그 세월과 그날, ③ 시적 주체의 내면을 상징하는 짐·눈물의 자욱 등으로 제재를 구분할 수 있다. 이런 제재는 작품에서 단독으로 존립하거나 다른 제재와 상응하여 의미망을 형성한다.

2.2 박재삼 시인은 강물이나 바다를 제재로 한 작품이 많은데, 대부분 반짝이는 물비늘에서 내면이 분출된다. "강물로 우리는 흘러가다가 마음드는 자리에서 숨어 와 보면, 머언 그 햇볕 아래 강물만큼은 반짝인다 반짝인다 할 것 아닌가"(「한 낮의 소나무에」), "魂도 어여쁜 魂은, 우리의 바다에 살아 바다로 구경나선 눈썹 위에서, 다시 살아 어지러운 줄이야"(「어지러운 魂」), "차라리 저 달빛 받아 반짝이는 밤바다의 質定할 수 없는 / 괴로운 꽃비늘을 닮아야 하리"(「밤 바다에서」), "그 눈물 흘리는 일을 저승같이 잊어버린 한밤 중, 참말로 참말로 우리의 가난한 숨소리는 달이 하는 빗질에 빗어져, 눈물 고인 한 바다의 반짝임이다"(「가난의 골목에서는」), "먼 물살이 가다가 소스라쳐 반짝이듯 / 서로 소스라쳐 / 本웃음 물살을 지었다고 헤아려 보라"(「흥부 夫婦像」), "세상에는 온통 / 흔들리는 것 뿐인가 / 가까운 풀잎 나뭇잎이 그렇고 / 저기 물빛 반짝이는 것이 그렇고"(「흔들거리는 허무」) 등 이루 헤아릴 수 없이 많은 작품에서 반짝이는 물비늘을 제재 또는 소재로 하고 있음이 확인된다.

'강'이나 '바다' 다음의 빈도로 등장하는 제재나 소재가 눈물이다. 눈물은 추억을 중심으로 한 작품에서 많이 등장한다. 박재삼 시인은 유년의 추억들을 햇빛, 바람, 잔물결, 바닷가 언덕, 광우리 생선장수 어머니, 지게꾼 아버지, 소박맞고 바다에 빠져 죽은 젊은 이모들, 남평 문씨 부인 등으로 가득차 있다. 그는 누이나 젊은 이모들의 치맛자락 주름으로 밀려와 뭍에 닿으면서 스스로 잦아드는 잔물결을 즐겨 노래했다.[11] 이와 관련지어 볼 때 눈물이 자주 등장하는 것은 당연한 귀결이다. 눈물 역시 단독으로 작품의 중심을 이루거나, 다른 제재나 소재와 상응하여 의미망을 형성하기도 하는데, 단독으로 존립하는 작품을 보자.

> 내 눈물 마른 요즈음은 / 눈에도 아니 비치는 갈매기야 // 어느 小小한 잘못으로 쫓겨난 / 하늘이 없던, 어린 날 흘렸던, / 내 눈물의 복판을 / 저승서나 하던 것인가. / 무지개 빛을 긋던 눈부신 갈매기야, / 꽃잎 속에 새 꽃잎 / 겹쳐 피듯이 // 눈물 속에 새로 또 / 눈물나던 것이네.
> ─「눈물 속의 눈물」 전문

해설을 하면 사족이 되리만큼 평이한 작품이다. 따라서 이 작품에 대한 설명보다는 이런 류의 작품에 대한 촌평을 정리하기로 한다. 박재삼은 자라면서 그 가슴에 얼룩진 한의 무늬들을 현실적인 그 어떤 것으로 풀어내는 게 아니라 시로서 풀어낸다. 그리하여 그는 한국어의 말맛을 가장 잘 구사하는 한국 제일의 시인이 된다.[12] 눈물과 한숨으로 가득찬 시인의 시세계는 그의 태생적 가난과 무관한 것이 아니었다. 중학교에 진학하는 대신 또래들이 다니는 여학교의 급사로 소년기, 외로움이 솟아날 때마다 어깨동무 삼아 가서 만나곤 했던 삼천포 앞바다의 물결과 갈매기와 안개들…… 뱃속부터 체험한 가난과 설움은 그의 작품 속에 슬픔의 서정으로 승화됐다. 때로 그의 시들은 퇴영적인 정한에 머물러 있다는 비판을 받기도 했지만, 그러나 시인은 자신의 슬픔을 사회를 향한 분노로 내뿜는 대신 그 미적 상징을 택했다.[13]

박재삼 시인 자신도 눈물에 대해 정리한 바 있다. "들이붓는 햇볕 속에 서면, 마냥 까닭없이 눈물 흘리는 일이 흔했던 것이다. 가령 햇볕 들이붓는 여

---

11) 이명수,「詩로써 말하지 못한 肉聲 증언」, 《오늘의문학》, 1997년 가을호, 박재삼 시인 추모 특집 원고. 123~124쪽.
12) 나태주,「恨의 시인 박재삼을 추억하는 자리」, 《오늘의문학》, 1997년 가을호, 박재삼 시인 추모 특집. 128쪽.
13) 홍희표,「삼천포의 갈매기 박재삼」, 《오늘의문학》, 1997년 가을호, 박재삼 시인 추모 특집 원고. 118쪽.

름으로 치고, 무성하게 반짝이는 나뭇잎을 보아도, 가슴 트이게 출렁거리는 바다를 보아도, 좁은 내 가슴에 비해 너르기 한량없던 소학교 운동장에 햇볕의 광명이 주는 무량(無量)한 적막(寂寞)을 보아도, 나는 곧잘 눈물을 흘리곤 하였다. 남이 알기로는 어처구니없다할 만큼 나는 눈물 흘리는 도수가 잦았던 것이다. 신물배달로서도 멍드는 설움이 많았었고, 여학교 급사질을 하면서도 그 하얀 제복의 물결에 가슴 울렁이며 눈물짓던 일이 한두 번이 아니었다. 설움이란 한 사람한테서 쉽사리 소멸되지 않는 법인가보다. 그런 그 설움이 열아홉, 스무 살적에는 산에 나무하고 오면서 먼 들판, 먼 강물을 보며 눈물을 글썽이곤 하였던 것이다. 선별질이란 나 같은 체질을 두고 이르는 말일까. 누군가가 말하였다. '가장 슬픈 것을 노래한 것이 가장 아름다운 것을 노래한 것이다'라고. 이 말에 나는 제일 많은 신뢰를 걸어왔다."[14]

이런 내면의 표출이 아름다운 서정시를 빚은 것이다. 이와 같은 맥락이면서 그의 대표작으로 일컬어지는 「울음이 타는 가을江」이 있다.

마음도 한자리 못 앉아 있는 마음일 때,
친구의 서러운 사랑 이야기를
가을 햇볕으로나 동무삼아 따라가면,
어느새 등성이에 이르러 눈물나고나.

제삿날 큰집에 모이는 불빛도 불빛이지만
해질녘 울음이 타는 가을江을 보겠네.

저것 봐, 저것 봐,
네보담도 내보담도
그 기쁜 첫 사랑 산골 물소리가 사라지고
그 다음 사랑 끝에 생긴 울음까지 녹아나고
이제는 미칠 일 하나로 바다에 다와 가는,
소리죽은 가을江을 처음 보겠네.
　　　　　　　　　　　　　— 「울음이 타는 가을江」 전문

14) 박재삼, 「한(恨)」, 수필집 『베란다의 달』(시와의식사), 92~93쪽.

이 작품은 소월, 영랑, 목월보다도 관념적인 요소가 많이 걸러내지고 서정
성만을 살려 나가고 있다. 그야말로 순수한 서정만이 반짝이고 있을 뿐, 의
미 연결은 자칫 놓치기 쉬운 바가 없지 않다. 시는 음미해서 느끼면 된다는
소박한 시감상 독법은 바로 이에서 비롯된 것[15]이라는 주장처럼 그의 이 작
품은 낭송시[16]로서 대표작이기도 하다.

이 작품은 내용상의 특성도 특성이지만, 시어, 특히 어미의 독특함 때문에
성공적이라고 할 수 있다. 1연의 '가을햇빛으로나'는 '가을햇빛을'로 '눈물나
고나'는 '눈물난다'나 '눈물나누나' 또는 '눈물나는구나'로 환치될 수 있는 것
이다. 2연과 3연의 '보겠네'는 실상 '보았네'의 경우와 '보겠네'의 경우 두 가
지로 해석되어질 수 있는 것이다. 이 중에서 '보것네'를 부연하여 설명한다
면, 안이하게 '보겠네'로 확인할 수도 있겠다. 왜냐하면 '보겠네'의 방언으로
'보것네'라는 사용을 일상언어현실에서 볼 수 있기 때문이다. 그러나 자세히
관찰해 보면 '보것네'는 '보겠네'가 아니라, '보았네'로 보아야 한다는 것을
알 수 있다. 이는 3연의 '저것 봐, 저것 봐'가 제시하는 것으로써, 미확인되는
사물에 대하여 지칭하는 것이 분명하니 '보았네'로 보아야 할 것이다. 특히
이 시에서 '~고나'는 '~구나'와 같은 것으로써 형용사가 어간이나 보조어간
'았·었·겠'에 붙어 '해라'할 자리에나, 혼자 스스로 새삼스러운 감탄을 표
현하기 위하여 의도적으로 이러한 시어를 사용했음이 틀림없다. 그 이유로서
는 「병중유감」의 '~하고나', 「내 사랑은」의 '있고나' 등에서도 같은 어미활
용을 보이고 있기 때문이다.

2.3. 박재삼은 「시론을 위한 세 개의 단상」에서 자신이 시를 쓸 때 '이 말
이 들어맞는 말인가' 또는 '말의 배치가 제대로 되었는가'에 많은 관심을 가

---

15) 조남익, 「박재삼론(朴在森論)」, ≪오늘의문학≫, 1997년 가을호, 박재삼 시인 추모
　　특집 원고(『한국대표시해설』에 실린 것을 재수록). 141~142쪽.
16) 이명수, 앞의 글, 박재삼 시인의 대표작에 대한 언급에서 '초기시 「울음이 타는
　　가을강」을 낭송하는 독자도 많다'고 정리.

지고 있다고 밝혔다.[17] 그러면서 또 '가락이 제대로 흘러가고 있는가'에 대
해서도 관심을 쏟게 되며, 심지어는 남이 안 하는 것에 대한 새로운 시도를
해 보고는 '그것이 옳게 되었는가'를 따져보기도 한다는 것이다. 이런 시작
태도에서 가장 많이 시험해 본 것이 '어미처리'에 대한 관심인데, 특히 '~
다'로 끝나는데 대한 '상투성'과 '진부성'에의 반발이라고 밝히고 있다. 이러
한 노력이 박재삼의 시편들에서 잘 나타나고 있는데, 박재삼의 초기시의 경
우, 그 형태는 다양하나 한 편의 시에서 연마다 같은 어미로 끝맺지 않는 경
향을 보이고 있다. 이는 앞의 전제에서 밝힌 바와 같이 박재삼 시인이 시적
언어에 그만큼 치열한 관심을 갖고 있다는 증거[18]이기도 하다.

    2.3.1 '~을레'

    집을 치면, 정화수(精華水) 잔잔한 위에 아침마다 새로 생기는 물방울의
    신선한 우물집이었을레. 또한 윤이 나는 마루의, 그 끝에 평상(平床)의, 갈
    앉은 뜨락의, 물냄새 창창한 그런 집이었을레. 서방님은 바람같단들 어느
    때고 바람은 어려올 따름, 그 옆에 순순(順順)한 스러지는 물방울의 찬란한
    春香의 마음이 아니었을레.

    하루에 몇 번쯤 푸른 산 언덕들을 눈아래 보았을까나. 그러면 그때마다
    일렁여 오는 푸른 그리움에 어울려 흐느껴 물살짓는 어깨가 얼마쯤 하였을
    까나, 진실로, 우리가 받들 산신령(山神靈)은 그 어디 있을까마는, 산과 언
    덕들의 만리(萬里)같은 물살을 굽어보는, 春香의 바람에 어울린 水晶빛 임
    자가 아니었을까나.

                                         ―「수정가(水晶歌)」 전문

    1연은 '~레'로 되어 있고 2연은 '~까나'로 되어 있다. 이를 산문적인 문
장구성으로 재구해 보면 1연의 '~레'는 '~다'로 환치될 수 있으며, 2연의

17) 박재삼, 「시론을 위한 세 개의 단상」, ≪시와의식≫, 1983년 겨울호
18) 리헌석, 「시어의 다원화를 위하여」, ≪월간문학≫, 1985년 6월호

'~까나'는 '~?'의 역할로 배치되어 있다는 것을 확인할 수 있다. 그러나 이러한 시구를 산문식으로 구성했다고 하면 내용의 독창성을 유지하고 있다 하더라도 이는 진부하고 상투적인 것이 되어 버린다. 특히 '~일레나'나 '~일레' 등은 받침 있는 용언의 어간에 붙어 '~이겠네'나 '~이겠데'의 뜻으로 쓰이는 종결어미이다. 즉, 막연하게 어떤 사물을 지칭하는 것으로써 시인의 사상과 감정을 직설적으로 나타내지 않고, 독자에게 담담히 제시하는 것이다. 또한 '~을까나'는 '~을거나'와 같은 맥락으로 파악할 때 받침 있는 동사의 어간에 붙는 종결어미로써 자기의 의사를 나타내면서 주저하거나 남에게 의논하는 경우에 쓰이는데 감탄적 색채를 보이는 말이다. 이러한 두 경우를 보면, 박재삼은 자신의 감정을 은은하게 표현함으로써, 독자에게 생각할 여유를 주는 시를 창작하고 있음을 확인할 수 있다. 그렇게 되면 독자는 그 시와 더욱 친밀해지고, 시인과 독자가 함께 시라는 문학작품에 같이 몰입하여 만날 수 있게 되는 것이다. 이러한 '~올레'는 「감나무 그늘에서」도 용례가 보인다.

2.3.2 '~느니'

　햇빛은 제일 많이 / 나뭇잎과 강물에 와서는 / 놀다 가는 모양이더라. / 달빛 또한 그런 모양이더라. // 그런 하염없는 세상에, / 나는 그들의 사돈의 팔촌이나 되던가 // 부모 섬기고 형제 위하기 / 한결 얼룩진 무늬가 드디어 / 살에 피리 구멍이 되어 / 뿌리 젖은 나무로 우느니, / 또한 발 적시는 강물로 우느니. //

— 「피리 구멍」 전문

1연의 '모양이더라'가 반복되고 있는데, 이는 시인 자신과는 관계가 먼 듯한 객관적 서술이며 또한 방임형 서술이다. 그러한 서술이 2연에서는 '되던가'라고 하여 시인 자신과의 불투명한 관계를 제시하면서, 3연에서는 그런 관계로 인하여 '우느니'라고 직접 서술하고 있다. 형태상 이러한 구조를 갖게 한 시인의 의도적인 면을 차지하고 글의 구조를 살펴보면 1연의 '놀다가는 모양이더라'는 '놀다가더라' 또는 '놀다간다'로 되어야 하며, '달빛 또한 그런 모양이더라'는 '달빛 또한 그러하더라'나 '달빛 또한 그렇다'로 된다. 3연의 '우느니' 역시 '운다'로 되어야 할 것인데 이 시에서 '우느니'로 맺은 것은 '울고 있느니'의 의미로 현재진행형을 써서 감정의 고조화를 통한 생생한 표현을 기한 것이라고 볼 수 있다. 여기서 '~느니'를 사전적인 풀이로 동사의 어간 또는 일부 형용사 등의 어간에 붙어 '하게' 할 자리에, 옳다고 생각하는 사실이나 으레 있을 사실을 일러주는 종결어미로 보기는 내용 전개상 무리가 있다. 그렇다고 하여 '이렇게 한다하기도 하고 저렇게 한다하기도 함'을 나타내는 종결어미는 더더욱 아니다. 또한 동사의 현재 시제에만 쓰이어 '차라리 뒤에 오는 행동이 낫다'고 함을 나타내는 종결어미도 아니다. 그렇다면 이 시에 나타난 '~느니'는 어떻게 보아야 하는가. 이에 대한 가장 근접한 해석은 '~나니'나 '노니'로 보아야 할 것이다. 즉 '거니'의 뜻으로써 '혼자 생각으로 인정하는 뜻'으로 쓰이는 어미로 보아야 옳을 것이다. 그렇다면 이 시의 구조상 1연, 3연으로 무리 없이 이해가 가능하게 된다. 이와 같은 '~느니'는 「산에서」의 '시려오느니', 「한 명창의 노래」의 '노래하느니', 「병중유감」의 '오느니' 등에서 동질적인 어미 활용이 목격된다.

2.3.3 '~을지니라'

바다 두고 산을 두고 / 사랑이여, 너를 버릴 수는 없을지니라. // ……중략…… // 바다 있기에 산이 있기에 / 사랑이여, 너를 버릴 수는 없을지니라. //

— 「신아리랑」에서

이 작품은 박재삼의 시 중에서 간곡하면서도 단정적으로 감정을 노출시킨 작품 중 백미라고 할 수 있다. '없을지니라'는 산문적 문장으로 '없다'로 보아야 하는데, 구태여 시인이 '~을지니라'로 쓴 것은 이 어미가 받침이 있는 용언의 어간에 붙어서 '마땅히 그러할 것이라'의 뜻으로 장엄성을 지닌 글에

쓰이는 종결어미라는 사실을 염두에 둔 것이라는 의도적인 어미활용이라고
보겠다. 그렇다면 박재삼은 어떠한 연유로 이러한 어미를 사용했을까. 이 시
의 구조적인 면을 고찰해 보면 문장 구성상 수미상관의 반복법, 즉 양괄식으
로 볼 수 있다. 첫 연에서 "바다 두고 산을 두고 / 사랑이여, 너를 버릴 수는
없을지니라"라고 단정적으로 제시하고 난 후에 시인은 그에 대한 부연 설명
으로, 또는 그럴 수밖에 없는 감정이입 여건을 열거하여 독자의 관심을 환기
시킨 후에 다시 간곡하게 이를 제시한 것이다. 내용상, 이 시는 우리의 것,
우리의 고유한 서정을 지키려는 치열한 시적 의식을 표현한 것이다. 제목에
서도 이러한 시인의 의도가 표출되고 있으며 연과 연 사이에 있는 '산처럼
아득한 눈', '물 같은 이마', '복사꽃 피는 앵도꽃 피는 정다운 동네 어구',
'고향의 능선 젖가슴' 등에서 한국 고유의 전통적 정서를 표출하여 친밀감을
동원하고, 이러한 감정에 시인의 의지를 분명히 밝히고자 장엄성을 지닌 어
미 '~을지니라'를 활용하여 효과를 기하고 있다.

2.3.4 '~ㄹ진저, ~을진저'

　햇빛은 시방 강물 위에서 / 동백잎 윤기로 반짝이고, / 바람의 흐름을 입
어 다시 한결 찬란한데, / 목숨의 本 모양을 감히 / 늙고 젊고로 갈라 볼
수 있을 것인가. / 또한 나의 노래여, 노래여. / 슬픔이거들랑 저럴진저. /
그 너머 기쁨이거들랑 저럴진저. //

　　　　　　　　　　　　　　　　　　　　　　　— 「小曲」 전문

이 작품은 자신의 시에 대하여 노래 부른 것으로 보아도 무리가 없다. 즉
이 작품은 시인 자신의 노래가 동백잎의 윤기처럼 반짝이고, 강물에 비친 햇
빛처럼 반짝이고, 바람이 불어 물결이 일어나면 더더욱 찬란하게 반사되는
빛으로 형상화하고 있는데 '~ㄹ진저'의 활용이 보인다. 이 작품 마지막 연
의 '~ㄹ진저'는 용언의 어간에 붙어 '당연히 하여야 함'의 뜻을 나타내는 종
결어미로서 슬픔이나 기쁨의 원천을 밝히고 있다. 즉, 시인은 조그만 자연

현상에도 섬세한 감정을 불러일으켜 창작한다는 시작(詩作)을 주제로 한 시로 볼 수 있다. 그러나 꼭 이러한 해석만이 가능한 것은 아니다. 독자나 평자에 따라 이 「小曲」은 다원적으로 파악될 수 있다. 넘쳐흐르는 감흥에 따라 시를 창작하고 그 시적 정취가 노래와 같아 '소곡'이라 제목을 붙였으리라 생각해도 될 것이다. 다만 한 가지 분명한 사실은 '~ㄹ진저'의 역할이 이 작품에서 본래의 작용, 즉 감정 처리를 위해 '당연히 하여야 함'을 나타내는 역할을 충실하게 해내고 있다는 것이다.

2.3.5 '~더니라'

아, 물결의 몸부림 사이사이 / 쉬임없이 별들이 / 그들의 영혼을 / 보석으로 끼워 넣고 있는 것을 / 까딱하여 나는 놓칠 뻔하였더니라.
— 「바다 위 별들이 하는 짓」에서

半은 봄이 왔는데도 / 나머지 半은 겨울을 보내지 못하였는가, / 아침저녁으로 쌀쌀히 기온을 데리고 / 한낮에는 졸음을 주더니라.
— 「봄날」에서

가다간 밤송이 지는 소리가 한참을 남아 / 절로 희뜩희뜩 눈이 가는 하늘은 / 그 물론 짧은 한낮을 좋이 청명하더니라.
— 「가을에」에서

이상 시 3편에서 보면 종결어미 '~더니라'가 쓰이고 있다. 이 '~더니라'는 용언의 어간에 붙어서 아랫사람에게 지난 적에 원칙적으로 있었던 일을 돌이켜 생각하여 일러 주는 말에 쓰는 종결어미이다. 그렇다면 시에서 이러한 어미 처리를 하는 것은 독자를 아랫사람으로 보아서인가, 아니면 그래야만 하는 당위성이 있는 표현인가 하는 문제가 대두된다. 「바다 위 별들이 하는 짓」은 3연으로 된 시인데, 1연의 끝 구절 어미는 "아슬아슬하게 떠 있더니"이고, 2연은 "곤두박질로 내려오고 있네"이다. 그렇다면 3연은 상식적으로

'하였다'나 '하였네'로 되는 것이 자연스러운데 박재삼은 구태여 '하였더니라'로 표현하고 있다. 「봄날」도 전체가 3연으로 된 시인데 1연은 "들에는 몸살 / 끝인 듯 아지랑이가 오르네"이고 3연은 "아른아른 봄날이 서러운지고"로 되었는데, 유독 2연만이 '주더니라'로 되어 있다. 여기서도 '주더니라'는 '주고지고'나 '주네'로 되어야 상식적이다. 「가을에」도 3연으로 된 시인데, 2연은 "그리운 이를 부르기 겨워 이슬 맺히네"이고, 3연은 "허전히 아아 넉넉히 어루만질 뿐이다"로 되었는데, 1연만 '청명하더니라'로 표현했다. 여기서도 전후의 연관성을 고려해 본다면, '청명하더니라'는 '청명하네'나 '청명할 뿐이다' 정도여야 하는데 아랫사람에게 하는 종결어미를 동원하고 있다. 이를 유사한 종결어미인 '~더라'와 환치시키면 어떻게 될까. '~더라' 역시 용언의 어간 또는 체언 등에 붙어 '해라'를 할 자리에 쓰이기 때문에 차이는 있을지라도 동격의 언어 구사이다. 이러한 어미활용은 몇 가지 경우를 상정해 볼 수 있다. 첫째, 독자를 아래 사람으로 보는 경우, 둘째, 시에 있어서 필연적이고도 당위적인 표현이라는 경우, 셋째, 시는 자기 성찰의 표현이라고 보는 경우, 넷째, '~더니라'의 의미를 잘 모르고 쓴 경우, 다섯째, 시인의 어미활용에 대한 치열한 개척정신의 소산이라고 보는 경우 등이다. 여러 측면이 고려되어야 하겠지만, 여기서는 각 연마다 어미를 서로 다르게 끝나도록 배치하다 보니 이런 종결어미를 취택했을 것으로 보인다.

2.3.6 박재삼 시에 있어서의 개성적이고 대표적인 어미활용을 간략하게 분석해 보았다. 앞의 경우처럼 다양한 모습의 어미변화를 박재삼 시인은 보여주고 있다. "사람들아 사람들아 / 우리 마음 그림자는, 드디어 마음에도 등을 넘어 내려오는 눈물이 아니란말가"(「바람 그림자들」 2연)에서 '아니란 말가'는 아니란 말인가의 방언과도 같고, 농담형과도 같은 표현이나 더욱 절실한 표현으로 인식되고 있다. "비로소 가슴 울렁이고 / 눈에 눈물 어리어 / 차라리 저 달빛 받아 반짝이는 밤바다의 질정(質定)할 수 없는 / 괴로운 꽃비늘을 닮아야 하리 / 천하에 많은 별들의 반짝임처럼 / 바다의 밤물결 되어 찬란해

야 하리 / 아니 아파야 아파야 하리"(「밤바다에서」, 2연)에서 '~리'는 받침 없
는 체언이나 용언에 붙어서 앞날의 의사를 나타내는 종결어미인 '~리'를 활
용하여 '~겠다' 대신 자리하고 있다.

"무수한 고비 끝에 헤매고 / 정처 없이 가다가 머물게 되어 / 한 사랑하는
사람을 찾은 / 모든 사람의 / 그 복잡하면서 아름다운 사연도 / 결국은 이 같
은 나들이에서 / 우연히 얻은 / 빛나는 그것에 지나지 않느니라"(「원주 와서」,
2연)와 "나는 시방 하늘 이불을 덮은 / 하늘의 아기 같은 아기가 자는 옆에서
/ 인생이 닳아버린 내 숨소리가 커서 / 하마하면 깨울까 남몰래 두렵느니라"
(「그 기러기 마음을 나는 안다」, 3연)의 '~느니라'는 앞에서 설명한 바의 '~
느니'와는 달리 '해라' 할 자리에 쓰는 말로써 '옳다고 생각하는 사실이나 으
레 있을 사실'을 일러 주는 종결어미이다. "사랑이여! / 이제는 날씨도 서슬
도 풀리어 / 나는 그대를 그린다 / 서러움을 넘어서서 / 기꺼이기꺼이 만나고
지고"(「小曲」, 3연)와 "어찌할까나, / 그대를 진정으로 사랑하면서 / 나에게는
설찬 듯 미련이 남고, / 그대에게 온전한 것을 붓지 못하는 / 이 사실을 아는
듯 / 아른아른 봄날이 서러운지고"(「봄날」, 3연)에서 '~지고'는 형태상 같은
갈래이나 내용상으로는 약간의 차이가 있다. 전자의 '~지고'는 용언의 말끝
'~고'의 아래에 쓰이어 하고자 하는 욕망의 뜻을 나타내는 말인데, 이런 관
점에서 후자를 설명하면 들어맞지 않는다. 그 까닭은 '아른아른 봄날이 서럽
고 싶다'로 파악되는 시행이 되어야 하는데 그것이 아니라 '아른아른 봄날이
서럽다'로 해석되어지기 때문이다. 그러므로 후자의 '~지고'는 서술형의 강
조격으로 보아야 할 것이다.

이 외에도 직접적으로 표출하지 않고 한 번 징검다리를 건너 표현한 "가
을날 晋州 南江가에서 한정없이 느껴워한다"(「南江가에서」, 3연)라든가, "사랑
하는 사람아 / 나는 여기 부려놓고 갈까 한다"(「과일가게 앞에서」, 끝부분)의
'갈까 한다'라는 불분명하면서도 완곡한 의사표시도 있다. 또한 "잎잎이 제대
로의 자리를 하늘 복판에 갖고 제대로의 얼굴을 총총히 들내어 반짝이고 있
는 양을 서늘한 바람소리 구슬소리로 더불어 머리 위에 느끼우며 아름답게

놀래어나 볼란다. 혹은 가랑비에도 우산 받듯이, 햇살 듣는 소리를 자라나는 마음 뒤안에 스미우며나 볼란다"(「감나무 그늘에서」에서) 같은 경우에서 '~란다' 등의 표현은 체언에 붙여 몸소 겪은 바를 교훈적으로 일러주는 뜻을 가진 자랑의 색채를 띨 때 쓰이는 것인데도 이처럼 활용하고 있다.

이상으로 열거한 외에도 '~리라', '~라', '~어라', '~아라' 등의 활용과 의문형 등의 많은 어미활용이 보인다. 그러나 박재삼 시인의 초기시에서 보이는 이와 같은 치열한 창작 정신과 빛나는 첨삭 작업에도 한계성이 감지되고 있다. 후기의 작품에서는 그와 같은 변화를 찾아보기 힘들기 때문이다.

3. 맺음말

3.1 박재삼 시인의 시를 간략하게 분석해 본 결과는 다음과 같다.

3.1.1 박재삼은 바다와 인접한 지역에서 성장한 배경에 의해서인지 그의 작품에는 바다, 강, 눈물 등의 제재가 자주 등장한다. 또한 이런 배경을 갖고 있는 작품이 대체로 그의 대표작으로 인용되는데, 한(恨)의 정서가 중심을 이룬다. 그러나 그는 슬픔을 노래하되 그 슬픔 속에 함몰되는 것이 아니라, 슬픔을 노래하여 그 슬픔을 극복하는 시정신을 보이고 있다. 즉 애이불비(哀而不悲)의 경지를 보이고 있다.

3.1.2 박재삼은 시어의 조탁에 대하여 남다른 노력을 기울였으며, 그것이 작품에 나타나고 있다. 이러한 노력으로 인해 문학성을 인정받고 있는데, 시의 내용이 쉽고 간결하며, 생활과 가까운 시어를 선택하여 그 조탁에 치열하리만큼 심혈을 기울인 때문으로 보인다.

3.2 박재삼 시인의 작품 세계는 무한대로 열려 있다. 그 중 특정 부분만 분석하고 정리하였기 때문에 미진한 부분이 더 많게 남았다. 앞으로 박재삼 시인의 시가 한국의 시문학사 속에서 바르게 자리매김되도록 심층적 연구가 필요하다는 것을 밝히며, 간략하게 맺는다.

신동엽론
— 시의 담화 구조를 중심으로

김 창 완*

1. 머리말

　신동엽은 시를 통해서 청자에게 끊임없이 이야기하는 방식으로 독자들에게 강한 메시지를 전달하고자 하였다. 이러한 점은 그의 시에서 시적 담화 구조로 파악해 볼 수 있다. 본고는 이러한 사실을 확인함으로써 궁극적으로 그의 시가 지향했던 점이 무엇인가를 확인하는 데 그 목적을 둔다.

　일반적으로 서정시는 개인 체험을 토대로 하는 내적 고백의 장르라고 인식되어 왔다. 따라서 서사시나 극 양식과는 다른 특성을 지닌다.[1] 그렇지만 적어도 이 세 가지 양식이 담화(discourse)의 일종이라는 점에서는 공통성을 갖는다. 극 양식이나 서사 양식은 물론이고, 서정 양식도 담화의 한 형태이다. 왜냐하면 시도 화자와 청자 사이에 언어로 축조되는 의사소통의 일종이기 때문이다. 이점에서는 신동엽의 시 또한 예외일 수 없는

---

* 한남대학교 교수
1) E. Steiger, 이유영·오현일 역, 『詩學의 根本槪念』(삼중당, 1978).
　슈타이거는 세 가지 양식 특성을 '回感'(서정적 양식), '表象'(서사적 양식), '緊張'(극적양식)으로 나누고 있다.
　鄭孝九, 『現代詩와 記號學』(느티나무, 1987), 18~24쪽 참조.

것이다.

신동엽의 시 세계는 서정시로서의 면모도 매우 강하다. 그의 시가 궁극적으로 추구하려 했던 것은 대지와 생명성에 기초한 원수성의 세계였다. 그러므로 그의 시에서는 풍부한 서정성 위에 원초적 생명과 자연이 어우러져 있는 것이다. 보편적으로 서정시는 1인칭으로 주관적이고 고백적인 자기 감정의 표현으로 나타난다. 그러나 서정시도 하나의 담화이며, 신동엽의 시 또한 담화의 성격을 강하게 지니고 있다. 그의 시에서 서정성은 단순한 서정이나 순간적인 것이 아니다. 그의 시는 개인적인 체험일지라도 그것이 보다 구체적인 민족의 역사적 사실로 객관화되어 나타난다. 또한 그는 시에서 무엇인가를 끊임없이 이야기하려 시도하였다. 그 시는 담화 형식을 통하여 독자들에게 강한 메시지를 직접적으로 전달하고자 노력했던 것이다. 신동엽은 강한 담화 지향성으로 독자와 공감의 영역을 극대화하고자 꾀하였다. 뿐만 아니라, 그의 시에는 대개 화자가 생략되어 있기도 하다. 그의 시는 화자 개인적 체험의 특수성보다는 민족 전체의 보편성을 지향하는데, 이는 민중시의 한 특성이기도 하다. 그의 시는 대부분 개인과 개인간의 의사소통이 아니라 민중 전체를 지향한다. 그의 시적 담화는 민중이라는 집단을 그 실체로 하여 개인적 화자가 문맥 속으로 숨겨져 나타난다. 이점에서 그의 시는 강한 민중성을 획득[2]하고 있는 것이다.

2. 시와 담화

시가 사물이나 물질 같은 즉자적 존재가 아니라, 살아 움직이는 기호체

---

2) 1970년대의 뜻 있는 젊은 층에게 김수영의 시보다 신동엽의 시가 심정적으로 더 많은 공감을 주었다. 그 이유는 김수영보다 신동엽이 더 많은 민중의식을 지니고 있었다는 점 때문이다. 그러한 사실도 화자와 청자 사이의 관계 속에서 파악할 수 있다. 성민엽 편, 『민중문학론』(문학과 지성사, 1984), 89쪽.

로서 작용하기 위해서는 화자와 청자가 말을 주고받는 대화적 상황이 설
정되어야 한다.[3] 따라서 담화의 시각으로 규정한다면, 서정시 또한 대화
적 구도가 기본적으로 상정되어야 한다. 한편, 바흐찐은 모든 담화가 극
이라는 견해를 제시한 바 있다.[4] 그에 의하면 시적 담화도 시인과 독자
그리고 작품 속의 인물들이 기본적인 배역으로 존재하는 작은 연극으로
서의 성격을 지닌다. 그리하여 각 작품은 어느 것이나 독특한 화법을 가
지고 있다. 화법이란 화자의 목소리이면서 동시에 말을 엮어 나가는 방법
이기 때문에, 작품의 어조와 형태의 결정에 큰 영향을 미치게 된다.[5] 시
에서 화자의 어조가 시인의 인격과 태도, 그리고 청자와의 관계를 직접적
으로 나타내게 되는 것도 여기에서 기인한다.

시가 하나의 메시지를 전달하는 과정에서 중요한 요소는 시인과 독자,
그리고 그들 사이에 오가는 메시지이다. 이미 야콥슨은 이러한 관점에서
문학을 언어학적 소통 구조로 밝혀놓은 바 있다. 그는 문학을 발신자와
수신자 사이의 전언(message)의 전달[6]로 파악하였는데, '전언'이라는 말을
사용하여 수신자의 능동적인 역할을 중요시하지는 않았다. 그러나 바흐찐
은 야콥슨이 사용한 '전언'이라는 용어를 '언술(담화)'로 이해함으로써 발
화자와 수신자, 담화 내부의 화자와 피화자의 관계가 진정한 대화의 관
계[7]라고 주장하였다.

---

3) 담화라는 언어적 상황이 가능하기 위해서 전제되는 조건이 있는데, 이를 상황소
(deixis)라 한다. 이것은 다음의 네 가지로 구분할 수 있다.
　　　시인소: 화자, 청자.　　　시시소: 발화시, 사건시, 지정시.
　　　시공소: 발화 장소.　　　화식소: 말씨.
　　이승훈, 「한국시의 구조분석」(종로서적, 1987), 91~93쪽.
　　시에 내재하는 대화의 구조를 채트만은 다음과 같이 설명하였다.

　　Real author - Implied author - Narrator - Narratee - Implied reader - Real reader
　　S. Chatman, *Story and Discourse*, (Cornell Univ. Press, 1979), p.151.
4) T. Todorov, 최현무 역, 『바흐찐: 문학 사회학과 대화이론』(까치, 1987), 83쪽.
5) 정효구, 앞의 책, 23쪽.
6) A. Easthope, 박인기 역, 『시와 담론』(지식산업사, 1994), 19~40쪽 참조.
7) 정효구, 앞의 책, 21쪽.

더욱이 현대에 와서는 문학 행위 속에 독자의 참여를 무엇보다도 중요시
하고 있다. 재래의 문학 연구에서는 독자들이 독서 과정에 수동적 관망의 자
세로 작가에게 귀를 기울였다면, 이제는 직접 작품 안으로 파고 들어가 능동
적이고 적극적으로 의미를 찾기 위해 노력한다. 그만큼 독자의 주체적이며
능동적인 자세가 중요시되고 있다.8) 그러므로 이제 문학의 행위는 쓰기에서
읽기의 강화로 전개된다. 왜냐하면 한 편의 시는 독자에게 읽히고 또 다시
읽힐 때마다 의미가 끊임없이 새롭게 변하기 때문이다.9) 뿐만 아니라 다양한
독자층이나 독서의 상황에 따라서도 그 의미는 얼마든지 변할 수 있다. 그만
큼, 작품을 읽는다는 일은 작가와 독자의 대화라는 사실이 강조되는 것이다.
이점이 바로 시를 담화로 이해하도록 요구하는 것이다.

3. 담화 구조와 통화체계

신동엽의 시는 화자의 목소리가 표면에 그대로 드러나며 시 전체를 이끌
어가고 있다. 이점에서 그의 시는 전반적으로 강한 담화 지향성을 갖는다.
그의 시「이야기하는 쟁기꾼의 대지(大地)」의 경우는 제목 자체에서도 그 사실

바흐찐과 야콥슨은 다음과 같이 의사소통의 모형을 제시하였다.

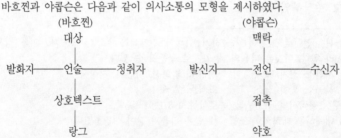

8) 이러한 입장을 독자 중심 비평에서 취하고 있다. 이때 시는 독자들이 다가가서 열기
를 기다리고 있는 대상이며, 독자들이 읽는 과정에서 의미를 드러내게 된다. 그러므
로 문학의 행위는 독자들이 읽는 행위까지 포함되어야 하는데, 이는 역설적으로 메
시지의 전달을 강조하는 것이다.
　졸　고, "이육사의 <靑葡萄> 검토",『韓國言語文學』(1991. 5), 67~80쪽 참조.
9) A. Easthope, 박인기 역, 앞의 책, 23쪽.

을 시사받을 수 있다. 이 시는 '대지(大地)'와 '쟁기꾼' 사이의 '대화'를 통해서
전개되고 있다. 이 작품이 그의 데뷔작임을 전제할 때 그는 문학 출발부터
시적 담화를 고려하고 있었음을 확인하게 된다. 궁극적으로 그의 시는 '이야
기'를 통해서 상대방에게 강한 전달을 꾀하고자 했던 것이다. 이점은 그의
시가 대중과의 공감 영역을 극대화하려 했던 데서 기인한다. 나아가서 그는
새로운 장르를 통해서도 시적 메시지 전달의 극대화를 시도하였다. 그가 시
극「그 입술에 파인 그늘」을 쓰고 그것을 무대에 올려 공연까지 했던 점은
이러한 사실을 뒷받침 해준다.

또한「여자의 삶」이라는 장시에서는 서사성을 통해서 '여자의 삶'을 '대
지'의 원형성과 동일시하여 전개시키고 있다. 우리 민족사의 비극 속에서 강
인한 생명력을 지니며 살아온 여성에 대한 이미지를 구사했던 것이다. 이러
한 연장선에서 서사시「금강(錦江)」도 창작되었다고 할 수 있다. 이 작품은
유장한 서사적 구조 속에 우리 민족이 겪어온 역사, 그리고 그 역사 속에서
부단히 저항했던 민중들의 삶을 동학농민전쟁에 초점을 맞추어 형상화했다.
그는 서정적 단시들이 갖는 한계를 극복하기 위해 서사적 구조를 시에 적극
적으로 활용한 셈이다.

그는 시의 담화적 성격에 대한 견해를 다음과 같이 밝히고 있다.

(1) 시(詩)란 바로 생명(生命)의 발언인 것이다.
(2) 내일(來日)의 시인(詩人)은 선지자(先知者)이어야 하며, 우주지인(宇宙
　　知人)이어야 하며, 인류발언(人類發言)의 선창자(先唱者)가 되어야 할
　　것이다.
(3) 민중(民衆) 속에서 흙탕물을 마시고 민중(民衆) 속에서 서러움을 숨쉬
　　고 민중(民衆)의 정열과 지성을 직조구제(織造救濟)할 수 있는 민족(民
　　族)의 예언자(豫言者), 백성의 시인(詩人)이 조국심성(祖國心性)의 본질
　　적 전열(前列)에 나서서 차근차근한 발언(發言)을 해야 할 시기(時機)
　　가 이미 오래전에 우리 앞에 익어있었던 것이다.10)

10) 신동엽,『신동엽전집』(창작과비평사, 1975), 356~357쪽.

이상은 신동엽이 시인의 역할과 시의 사회적 기능에 대해서 밝힌 글이다. 위 인용문에서도 강조되어 있거니와, 그에게 시는 '생명(生命)의 발언', '인류 발언(人類發言)', '민족(民族)의 예언(豫言)'으로서, 곧 '발언'이었다. 그러므로 그가 시를 통해서 메시지 전달의 최대한 효과를 꾀하고자 한 것은 자연스러운 귀결이다. 그 결과 그의 시에서 화자는 청자인 민중에게 끊임없이 이야기를 건네는 것이다.

한편 그는 서정 단시들에서도 단순히 이미지와 비유의 사용으로 일관하지 않았다. 시적 구조 속에 화자와 청자의 관계를 설정하여 긴장을 유지하고, 주체의식의 전달력을 높이기 위해 이야기 요소를 수용하였다. 그 점에서 신동엽의 시에는 호격의 시행이 자주 나타나며, 설의·명령·청유형의 종결양상이 현저하게 발견되고 있다.11) 이를 통해서 청자에 대한 친교의 기능을 강화함으로써 전달력을 높여주는 것이다. 그의 시에서 화자는 자신의 또 다른 모습12)이며, 그가 표현하려는 내용을 보다 더 강하게 전달하기 위한 시적 담화에 수용되었다. 이러한 특성으로 신동엽의 시는 청자가 자기 자신인 경우가 드물다. 그의 시에서 청자로서의 대상은 주로 우리 민족으로 설정되어 있다. 그의 시는 직접적인 발언을 지향했기 때문에, 서정적 단시도 이미지나 비유에 의한 시적 표현에 골몰하지 않고, 짧으면 짧은 만큼 그 안에서 청자와의 담화를 꾀하였던 것이다.

    응 그럴걸세, 얘기하게
    응 그럴걸세
    응 그럴걸세
    응, 응,

---

11) 졸 저, 『신동엽 시 연구』(시와시학사, 1995), 81~89쪽.
12) 그러나 시인과 작품 속의 화자를 인과관계로 파악하려는 태도는 주의를 요한다. 시인에 의해서 창조된 작품 속의 인물은 해석의 대상이 될 수 있을 뿐, 현실 속의 시인이 어떤 사람인가를 발견해 낼 수 있는 자료가 되기에는 곤란하다. 고백의 성격이 강한 서정시일지라도, 그것은 재현적이며 창조적인 세계이다. 그 속에서 움직이는 인물 역시 실제의 시인과는 상이한 존재로 이해해야 할 것이다.

응 그럴 수도 있을걸세.
응, 그럴 수도 있을걸세.
응, 아무럼
그렇기도 할걸세
그녁이나, 암, 그녁이나
응, 그래, 그럴걸세
응 그럼, 그렇기도 할걸세.
허,
더 하게 !

— 「응」 전문

위의 시는 신동엽의 시 가운데서 가장 짧은 시의 하나이다. 이 시는 대략 12어절의 동일한 시어의 반복과 병치에 의해 단순한 형식으로 구성되어 있다. 이 시의 표면에는 화자와 청자가 구체적으로 나타나 있지 않다. 그러나 화자의 목소리가 시 전체를 지배하고 있다. 이 시의 화자는 청자가 어떠한 반응을 보이는가에 개념치 않고 말을 건넨다. 좀더 관심 있게 읽어보면 이 시는 독백의 기법으로 처리되어 있는 것이다. 그렇지만 충분히 방백으로도 읽을 수 있다. 방백은 청중에게는 들리지만 무대 위에 있는 상대방에게 들리지 않는 것을 전제로 말한다. 이때 독자는 청중이 되어 이 시에서 듣지 못하는 상대와 화자 사이의 거리감을 인식하게 된다. 이러한 구조 속에서 이 시는 더욱 강한 메시지를 전달해 주고 있다. 그 결과로 시인의 현실에 대한 부정적 인식을 드러내 준다. 이 시에서 화자와 청자는 원인과 결과가 연관성을 갖지 못하는 현실의 삶, 상식이 통하지 않고 가치관이 전도되어 버린 사회, 모순의 악순환으로 진행되는 현실에 대한 시인의 냉소적 태도와 저항의식을 드러내는 것이다.

이상에서도 확인 할 수 있지만, 신동엽의 시는 단순한 내면의 독백이나 자아의 표출이 아니었다. 그의 시는 화자를 강하게 의식하는 담화라는 공통점을 지니고 있었던 것이다. 이렇게 볼 때 그의 시는 화자와 청자 사이의 담화를 충실하게 수행하는 기본 구조 위에 형상화되었다.

담화는 화자와 청자를 기본적으로 전제한다. 서정적 양식도 담화의 한 형태이다. 서정시도 화자와 청자 사이에 언어로 축조되는 의사소통의 일종인 셈이다. 따라서 시에는 화자와 청자가 말을 주고받는 대화적 상황이 마련되는데, 이것을 통화체계라 할 수 있다. 이러한 관점으로 시의 이해를 모색한 로트만(Iu. Lotman)은 두 가지 통화체계를 제시하였다. 그가 제시한 것은 본래 나 - 나(I - I) 통화체계와 나 - 남(I - YOU, HE, THEY) 통화체계의 두 가지로 파악된다.13) 그러나 시인에 따라, 그들이 각자 즐겨 사용하는 통화체계는 다르다. 따라서 시인이 어떤 통화체계를 사용하고, 구체적으로 화자와 청자가 어떻게 대화를 나누느냐에 따라 텍스트의 성격은 매우 달라지게 된다.14)

신동엽 시 가운데 나 - 나 통화체계는 그의 시 전체 67편 가운데 10여 편 정도 발견할 수 있다.15) 이 작품들은 그의 시 전체에서 작은 비중을 차지하지만, 몇 가지 특징을 지니고 있다. 우선 그의 시 가운데 길이가 짧은 형식의 시라는 점이다. 그리고 이것들은 거의 여성적 어조로써 그의 다른 시들과 구별된다. 또한 시들은 자기 자신과의 내적 대화로 전개되기 때문에, 그 내면에 비애가 깔려있고 내적 다짐이 엿보인다. 그리고 그의 시에서는 다소 메시지 전달이 약한 경우로 드러난다. 이 점은 서정시의 일반적인 양상으로 이해할 수 있다.

---

13) Iu. Lotman, 유재천 역, 『詩 텍스트의 분석; 詩의 구조』(가나, 1987), 131~147쪽 참조.
　　이러한 각도에서 정효구는 김소월의 시에 나타난 담화의 체계를 분석하였다.
　　나 - 나의 통화체계는 화자인 내가 자기 자신과 내적 대화를 나누고 있는 경우인데, 독백의 통화체계로 이루어진 많은 작품들이 여기에 관련되어 있다. 나 - 남의 통화체계는 통화질서의 대표적인 형태로, 화자의 메시지가 공간을 이동하여 청자에게 전달되는 통화체계이다.
　　정효구, 앞의 책, 31~100쪽.
14) 위의 책. 24쪽.
15) 여기에 속하는 작품은 「그 가을」, 「내 고향은 아니었었네」, 「아니오」, 「미쳤던」, 「눈 날리는 날」, 「山死」, 「山에 언덕에」, 「원추리」, 「여름 고개」, 「등그나무」 등으로 파악된다.

(1) 지금은 / 어디 갔을가. // 눈은 날리고 / 아흔아홉 굽이 넘어 /바람은
부는데 / 상엿집 양달 아래 / 콧물 흘리며 / 국수 팔던 할멈 // 그 논
길을 타고 / 한 달을 가면, 지금도 / 일곱의 우는 딸들 / 걸레에 싸안
고 / 大寒의 문 앞에 서서 있을 / 바람 소리여
                                              ─「눈 날리는 날」에서

(2) 산고개 가는 길에 / 개미는 집을 짓고 / 움막도 심심해라 // 풋보리
마을선 / 누더기 냄새 / 살구나무 마을선 / 시절 모를 졸음 // 산고개
가는 길엔 / 솔이라도 씹어야지 / 할멈이라도 반겨야지
                                              ─「여름 고개」전문

(3) 뿌리 늘인 / 나는 둥구나무. // 南쪽 山 北쪽 고을 / 빨아들여서 / 좌
정한 / 힘겨운 나는 둥구나무 / 다리뻗은 밑으로 / 흰 길이 나고 / 東
쪽 마을 西쪽 都市 / 등 갈린 戰地 // 바위고 무쇠고 / 빨아들여 한 솥
밥 / 樹液 만드는 / 나는 둥구나무
                                              ─「둥구나무」에서

위 시 (1)은 민족이 가난과 고통에 처한 모습을 표현함으로써 연민과 비애
의 정조를 지니고 있다. 그 슬픔이 밖으로 돌출하여 분노나 저항으로 드러나
지 않고, 내면으로 흡수되고 있다.16) 이 시에서 화자는 '보이는 건 눈에 묻은
나, / 나와 빠알간 까치밥'에서 확연히 드러나지만, 청자는 발견되지 않는다.
이 시의 시인에게 연민의 대상이 되는 '할멈, 딸들, 여인(女人)'은 민중들로서
화자는 그들이 겪는 고통을 다시 끌어안고 있다.17) 이 시는 민중들의 피폐한
삶에 대해서 화자가 느끼는 죄책감의 표현일 뿐만 아니라, 죄의식과 불안감

---

16) 이 점은 신동엽의 시에 나타나는 한으로 해석할 수 있다.
　　졸 고,「신동엽 詩에 나타난 恨」,『韓南語文學』제17・18집(1992. 9), 331~346쪽.
17) 정효구, 앞의 책, 79쪽.
　　화자의 메시지가 시간 속을 이행하여 이미 그 메시지를 지니고 있는 자기 자신에
　　게 다시 주어지는 경우로서, 이때 메시지의 질적 향상과 정보의 증대가 가해지고
　　(재차 자신에게 주어지므로) 이로 인해 자아의 내면적 변화가 일어나는 특징을
　　갖게 된다.

을 경감하는 수단으로도 작용한다. 그것은 고즈넉한 이 시가 고백이라고 하
는 카타르시스 기능을 담당하기 때문이다.[18] 결국 이 시는 민중들이 처한 가
난과 고통의 현실을 괴로워하며 그것을 끌어안고자 하는 화자의 강한 내적
의지가 나타나 있다.

시 (2)는 그의 시 가운데서도 서정성이 두드러진 경우이다. 이 시에는 어
떠한 내면적 갈등이나 대립이 나타나지 않았다. 자아의 내면은 1연 '심심해
라'에서 엿보이는 듯하지만, 그것이 고즈넉한 '움막'을 지향함으로써 표면에
그치고 있다. 위 시는 '산고개' 길의 적막감, '풋보리 마을'의 나른함 등으로
여름 고개를 넘을 때의 쓸쓸함을 나타낸다. 따라서 화자는 내면으로의 나직
한 속삭임 속에 드러나고 있다.

시 (3)은 '둥구나무'와 자신을 동일시하고 있다. 남과 북의 만남과 화해에
대한 기대감을 '둥구나무'가 지닌 둥그렇고 풍만한 형상에 감정이입시킨 것
이다. 이 시에는 민족의 통일을 지향하는 화자의 내면적 다짐이 강하게 깔려
있다. 시인은 비극적 현실 위에 우뚝 선 '둥구나무'를 통해서 이념적 대립과
갈등, 민족 분단의 모순 상황을 화해와 만남, 즉 통일이라는 새로운 세계로
열어가고자 하는 의지를 형상화한 것이다. 그리고 그 의지를 지녀야 할 대상
이 바로 화자 자신으로 설정됨으로써 청자 또한 화자 자신이 되고 있다.

이렇듯이 그의 시에서 나 − 나 통화체계는 자신과의 대화 및 결의의 다
짐에 의도를 두었다. 그러나 그것도 개인적인 고뇌나 갈등만은 아니었고, 항
시 민족의 비극적 역사와 관련되어 있었다. 그렇기 때문에 그의 통화체계는
새로운 단계로 접어들게 된다.

신동엽의 시에서 나 − 너 통화체계는 위에서 거론한 시 이외의 것들이
다 포함된다. 나 − 너 통화체계의 시들은 다른 시에 비해서 형식적으로도
길고, 보다 구체적인 사실들을 통해 형상화되고 있다. 또한 이러한 시에는
화자가 대개 남성적 어조로 드러나며, 역사와 사회 현실에 대한 문제들을 직
접적으로 다루고 있다는 특성을 지닌다. 따라서 그의 시에서 주된 담화는 나

---

18) A. Hauser, 황지우 역, 『예술사의 철학』(돌베개, 1984), 126쪽.

- 너 통화체계로 파악할 수 있다.

① 좀아 허물어질가 두렵노라 얼굴 생김새 맞지 않는 발돋움의 흥냄랑
   그만 내자 들菊花처럼 소박한 목숨을 가꾸기 위하여 맨발을 벗고 콩
   바심하던 차라리 그 未開地로 가자……

   ― 「좀아」에서

② 보세요. 이마끼리 맞부딪다 죽어가는거야요. 여름날 洪水 쓸려 罪없는
   百姓들은 발버둥처 갔어요. 높아만 보세요, 온 歷史 보일꺼에요. 이 빠
   진 古木 몇 그루 거미집 처 있을 거구요.
     하면 당신 살던 고장은 지저분한 雜草밭, 아랫도리 붙어 살던 쓸쓸
   한 그늘밭이었음을 눈뜰 거예요.

   ― 「힘이 있거든 그리로 가세요」에서

③ 아스란 말일세. 흰 젖가슴의 물결치는 거리, 소시랑 씨근대고 다니면,
   불쌍한 機械야 景致가 되겠는가 말일세.
     간밤 평화한 나위 조국에 기어들어와 사보뎅 심거놓고 간 자 나의 어
   깨 위에서 사보뎅 뽑아가란 말일세.

   ― 「機械야」에서

④ 祖國아 그것은 우리가 아니었다.
   우리는 여기 천연히 밭갈고 있지 아니한가.

   서울아, 너는 祖國이 아니었다.
   五百年前부터도,
   떼내버리고 싶었던 盲腸

   ― 「서울」에서

⑤ 그런 총 쏘라고
   朴첨지네 기름진 논밭,
   그리고 이 江山의 맑은 우물
   그대들에게 빌려준 우리 아니야.

   ― 「왜쏘아」에서

⑥ 이들 짐승의 이야기에 귀기울일 人情은 오늘 없어도, 내일날 그들의
欲情場에 능구리는 또아리 틀어 그 몸짓과 衣裳은 꽃구리를 닮아 갈
지어니
　이는 다만 또 다음 氷河期를 남몰래 예약해둔 뱀과 사람과의 아름다
운 인연을 뜻함일지니라.
                                         ― 「正本 文化史大系」에서

　이상 예시한 시 몇 편에서도 드러나듯이, 신동엽의 시에서 화자는 단순히
자신의 내면을 고백하거나 표현하지 않는다. 시 ①에서는 '향(香)'이라는 여성
적 대상에게 문명에 의한 가식, 껍데기로서의 삶을 버리고 다시 그 옛날로
되돌아가자고 간청한다. 화자에게 현실은 '회올리는 무지개빛 허울의 눈부
심', '미끈덩한 기생충의 생리와 허식', '얼굴 생김새 맞지 않는 발돋움의 흉
내' 등으로 인식된다. 그리하여 청자인 '향(香)'에게 다시 '고운 얼굴 조석으
로 비쵀이던', '철따라 푸짐히 두레를 먹던', '맨발을 벗고 콩바심하던' 그
'미개지(未開地)'로, '싱싱한 마음밭'으로 돌아가자고 간청하는 것이다. 이 시
는 화자와 청자의 뚜렷한 담화 구조를 지니고 있다.
　시 ②는 '당신'을 대상으로 하여 역사 현실에 대하여 각성하도록 당부한
다. 여기서 '당신'은 우리 민족이라 하겠다. 따라서 시인은 민족을 향하여 현
실극복의 의지를 촉구하는 것이다. 이 시는 어조가 다소 여성적 뉘앙스로 드
러난다. 그것은 '거에요', '보세요' 등의 종결양상에서 확인된다. 그러나 그
점은 청자로 설정된 '당신'을 지향하는 화자의 애절함에 의한 것이다. 청자
를 격려하고 능동적 자세를 촉구하는 화자의 어조가 자연스럽게 발로된 결
과이다. 이 시도 분명한 담화 구조로 드러난다.
　시 ③에서는 그 대상이 현대 문명인 '기계(機械)'로 설정되었다. '기계'는
평화와 자유로운 인간적 삶을 파괴하는 부정적 대상으로써 그 행위가 비판
이 되고 있다. 이 시에서 '기계'는 단순히 현대 문명만을 의미하지는 않는다.
그것은 약소국에 대한 강대국의 폭력과 억압까지를 지시한다. 더불어 이 시
에는 그것에 대한 강한 분노와 거부감 및 대결의지가 표출되어 있다. 이 시

의 화자는 현대 문명 사회의 전반적인 모순을 비판적으로 인식하고 있다.

시 ④에서는 청자로서의 대상이 '조국(祖國)'으로 나타나고 있다. 이 시에서 화자는 모순된 역사의 비극적 현실에 대한 비판을 드러냄과 함께 이러한 현실에 이르도록 했던 것은 '우리'가 아니라고 부정한다. 이 시에서 '우리'는 그가 거부했던 '껍데기'에 속하지 않는 소박한 의미의 민중이라 할 수 있다. 이 시의 청자는 '조국'이며, 화자는 우리 민족 역사 전반을 지향하는 것이다. 이 시에는 신동엽의 민중에 대한 개념19)이 표출되어 있기도 하다.

시 ⑤에서는 한반도를 지배하고 있는 강대국 점령군들의 만행을 규탄하고 그들에게 경고한다. 화자는 우리 민족의 입장에서 다른 민족에게 그들의 비인도적인 행위를 제기하며 스스로 그들의 나라로 돌아가 줄 것을 요구하고 있다. 따라서 청자는 외세라 할 수 있는 것이다. 그만큼 신동엽의 시는 담화로서 청자의 폭이 넓었던 것이다.

시 ⑥에서는 '사람'과 '뱀'의 관계를 통해서 인류 문화사를 형상화하였다. 이 시는 인류 역사의 모순 과정을 보여준다. 인류사의 최초에서는 '인간'과 '뱀'이 조화로운 상태로 존재하였다. 그러나 문명의 발달과 함께 '인간'과 '뱀'의 관계가 대결과 적대적 관계로 전락해 온 것이다. 이 시에서 화자는 인류의 역사 전반에 대한 문제의식을 드러낸다. 이 시의 화자는 '뱀'에 대하여 저주를 퍼부으면서 인류사가 모순으로 진행되어온 과정을 상징적으로 드러내 준다. 그러므로 이 시는 인류를 청자로 삼고 있는 것이다.

아울러 그의 시 종결에서 볼 수 있듯이, '흉낼랑 그만두자', '옛날로 가자', '일일 거예요', '눈뜰 거예요', '지나 오가시라', '내어 런마', '파 내리게나', '되는가 말일세', '있지 아니한가', '물결칠 것이랴', '왜쏘아', '빌려준 우리 아니야' 에서는 시인이 표면에 그대로 드러나 청자에게 이야기를 직접적으로 전달하였다.20)

---

19) 졸 저,『신동엽 시 연구』, 247~255쪽 참조.
20) 졸 저,『신동엽 시 연구』, 69~74쪽과 81~89쪽 참조.
　　이러한 점들에 의해서 청자에 대한 강한 설득과 청유의 효과를 낳는데, 이로써 화자와 청자 사이의 담화 상황을 긴밀하게 유지시켜 준다.

이상의 사실로 알 수 있듯이, 신동엽은 그의 시에서 이야기꾼으로서의 면모를 보여준다. 그는 시라는 담화구조 속에 이야기 요소를 적극 수용하려 노력했다. 그만큼 그는 시적 담화로 메시지 전달에 큰 비중을 두었다. 시가 담화로 작용한다 해도 서정적 단시로서는 메시지의 전달에 한계를 가질 수밖에 없다. 그리하여 신동엽의 담화 욕구는 장르의 확산이라는 차원으로 나아가 장시와 서사시의 창작으로 발휘되었던 것이다.

신동엽의 경우 나 — 너 통화체계의 시에서 대상의 다양함을 발견할 수 있다. 그의 시는 청자가 '향 → 당신 → 사람들 → 조국 → 인류' 등으로 확대되어 가는 발언으로 나타난다. 그의 경우 개인적인 것으로 보이는 경험도 항시 역사 사회 현실과의 관련을 가지며, 나아가 인류사의 차원으로 연결되어 있는 것이다. 다시 말하면, 그의 시적 담화는 '나 → 우리 → 민족 → 인류'로 확대되어 가는 동심원적 구조로 해석된다. 이점은 그가 '시는 우주적 발언'이며 '시인은 인류 발언의 선창자(先唱者)'라고 했던 주장에 뿌리를 두고 있다. 바로 이점이 신동엽이 인식한 시의 사회적 기능이며 시인의 역할이었다. 그것을 실천하기 위해서 그는 살았으며, 그 결과는 그가 남긴 시였다.

4. 맺음말

이상에서 살펴 본 것처럼 신동엽의 시는 담화의 충실한 토대 위에서 쓰여졌다. 그리하여 그는 시의 메시지 전달에 큰 가치를 두었다. 그는 서정적 단시에서도 개인의 고백에 머물지는 않았다. 그의 시는 단순한 내면의 독백이나 자아의 표출이 아니라, 청자를 강하게 의식하는 공통성을 지닌다. 이렇게 볼 때 신동엽의 시는 화자와 청자 사이의 담화라는 기본 구조 위에서 파악할 수 있다.

담화란 화자와 청자를 기본적으로 전제한다. 서정시도 화자와 청자 사이에 언어로 축조되는 의사소통의 일종이므로 담화의 한 형태로 파악된다. 따라서 시에는 화자와 청자가 말을 주고받는 대화적 상황이 마련되어야 하며,

이를 통화체계라 한다. 로트만은 통화체계로써 나 − 나 통화체계와 나 −
남 통화체계를 제시하였다. 시인이 어떤 통화체계를 사용하고 있으며, 구체
적으로 화자와 청자가 어떻게 대화를 나누고 있느냐에 따라 텍스트의 성격
은 매우 달라진다.

신동엽 시에서 나 − 나 통화체계는 그의 시 67편 가운데 10여 편 정도로
파악되었다. 이 시들은 그의 시 가운데 길이가 짧은 형식이며 거의 여성적
어조를 띠고 있다. 또 이 시들은 자신과의 내적 대화를 지향하기 때문에 그
내면에는 비애가 깔려있고 내적 다짐이 엿보인다. 그리고 그의 시에서 메시
지가 다소 약하다. 그의 시 가운데 나 − 나 통화체계는 자신과의 대화 및
결의를 다짐하는 데에 의도를 두었다. 그러나 개인적인 고뇌나 갈등만은 아
니었고, 우리 민족의 비극적 역사와 항시 관련되어 있었다.

신동엽의 시에서 나 − 너 통화체계는 이외의 것들이 다 포함된다. 나 −
너 통화체계의 시들은 형식적으로 길며, 보다 구체적인 사실을 통해 드러나
고 있다. 아울러 이 시들에는 남성적 화자가 많이 나타나며, 역사와 사회 현
실에 대한 문제들을 직접적으로 다루고 있다. 따라서 그의 시에 주된 담화는
나 − 너 통화체계로 파악된다.

신동엽의 경우 나 − 너 통화체계의 시에서는 화자의 다양함을 발견할 수
있었다. 즉, '향 → 당신 → 사람들 → 조국 → 인류'로 확대되어 가는 담화
로 이해된다. 그러므로 그의 경우 개인적인 것으로 보이는 경험도 항시 역사
사회 현실과의 연관성을 지니며, 나아가 인류사의 차원으로 연결되고 있다.
그의 시적 담화는 '나 → 우리 → 민족 → 인류'로 확대되어 가는 동심원적
구조로 파악된다. 이점은 그가 "시는 우주적 발언"이며 "시인은 인류 발언
의 선창자(先唱者)"라고 했던 주장과 연관되는 것이다. 그 점은 신동엽이 인식
했던 시의 사회적 기능과 시인의 역할이기도 하다.

그러나 신동엽은 서정적 단시로는 그가 추구하고자 했던 '우주적 발언'을
단편적으로 드러낼 수밖에 없다. 따라서 이 한계를 극복하고 보완하기 위해
또 다른 장르가 필요했던 것이다. 그러므로 그는 장시 「女子의 삶」, 「이야기

하는 쟁기꾼의 大地」, 시극 「그 입술에 파인 그늘」, 오페레타 「석가탑」, 서사시 「錦江」 등을 썼다. 특히 그가 서사시에 주력했던 점은 시로써 추구하려 한 담화의 연장선에서 이해할 수 있다. 호흡이 길고 자유로운 형식 속에 역사 사회 현실의 다층적인 문제를 수용하고, 많은 인물들을 등장시켜 복합적인 사건을 드러냄으로써, 그가 추구하려 했던 '우주적 발언'으로서의 시, '태양 빛 거느리는 맑은 서사의 강', '가슴 두근거리는 큰 역사'로서의 이야기를 전달하려 했던 것이다.

박봉우 전후시의 자아 확립 과정 연구

강 희 안*

1. 머리말

박봉우는 1934년 전남 광주에서 태어나 1956년 조선일보 신춘문예에 「休戰線」이 당선된 이후 반공이데올로기의 강제와 관변문학의 영향으로부터 자유롭지 못했던 1950년대의 상황1)에서 치열하고 끈질기게 민족해방으로서의 통일을 절규하던 시인이었다. 그가 17살 때인 1950년 감수성이 예민한 나이에 이 땅의 분단이데올로기가 가져온 처참한 전쟁의 와중에서 어두운 중학시절을 보냈으므로 전쟁은 그의 시세계에 절대적인 영향을 미쳤던 것으로 보인다.

그는 첫 시집인 『休戰線』(1957)을 간행한 이후 『겨울에도 피는 꽃나무』(1959), 『4월의 火曜日』(1962), 『荒地의 풀잎』(1976), 『딸의 손을 잡고』(1987) 등 전 5권의 시집에 이르기까지 '분단'이라는 민족현실을 직시하고 시대와의 불화 속에서 평생을 꿈꾸고 좌절하면서도 희망을 잃지 않았던 유일한2) 시인이

었다.

박봉우가 등단작 「休戰線」을 쓸 당시로 보이는 1955년은 동서 양극체제의 첨예한 이데올로기가 거의 극점에 이른 시기였다. 6·25전란이라는 동족상잔의 비극을 체험했던 한반도에서는 휴전이란 전쟁 종식 상태에도 불구하고 이승만 정권은 양극체제의 틈바구니에 끼어 힘의 논리에 편승한 통일정책을 추진하고 있었다. 이른바 이러한 반공정책은 민족공동체로서의 평화와 복리를 염원하는 제3의 논리, 탈이데올로기의 논리를 부정하는 것이었다.3)

전후 냉전체제 속에서 당시의 시단도 이렇다 할 만한 반성의 기미 없이 이에 경도 된 수많은 작품들만 양산해 내고 있을 뿐이었다. 그러나 1956년 쓰여진 「나비와 철조망」 같은 작품은 당시 시단의 풍경으로 보아서는 극히 예외적인 시적 작업의 소산이었기에 분단문학사의 복원의 각도에서뿐만 아니라, 한 선구적 사례로서 반드시 그 의의를 짚고 넘어가야 한다4)는 지적은 설득력을 지니기에 충분하다.

그러나 이와 같은 박봉우의 시적 행적과는 무관하게 아직까지 그의 시는 현대 시사에서 온당한 평가를 받지 못하고 있다. 그나마 다행스러운 사실은 1950년대 이후로 문학 연구가 진행되면서 몇몇 논자들에 의해 고구되고 있다는 사실만 해도 고무적인 일이 아닐 수 없다.

박봉우의 연구가 그간 부진했던 이유는 문단정치에 환멸을 느낀 그가 문단 내부에 편입되기를 꺼려했던 점에도 있었지만, 이보다 더 근본적인 이유는 그가 제기해 놓은 분단, 전란, 민족 동질성 회복의 과제들을 신동엽, 김수영 같은 시인들이 확대·심화된 시각으로 형상화해 놓고 있었기 때문5)이기도 하다. 그렇다고 해서 지금에 이르기까지 박봉우 시에 대한 진지한 탐구가 없다는 사실은 우리 문학사의 측면에서 볼 때 불행한 일이 아닐 수 없다.

이와 같은 사실들을 바탕으로 본고에서는 아직까지 부분적인 언급에만 머

---

3) 권오만, 「박봉우 시의 열림과 닫힘」, 《시와 시학》, 1993. 겨울호, 87쪽.
4) 한형구, 「1950년대의 한국시」, 문학과 비평 연구회 편, 『1950년대 문학연구』(예하, 1991), 105~106쪽 참조.
5) 권오만, 위의 글, 103쪽 참조.

물러 있는 박봉우의 전후시 전반에 걸쳐 드러난 자아 확립의 과정을 탐구하는 데 그 목적을 둔다. 따라서 본고는 그가 전쟁의 비극과 시대적 고뇌를 어떠한 방법으로 대항해 갔으며, 그 의식의 지향성과 한계는 무엇이었는지를 밝히는 데 한정할 것이다. 이 같은 논의는 현 단계의 논의 수준으로부터 한 걸음 더 폭을 넓힌 것으로서, 또 다른 연구의 출발점이 되고자 한다.

2. 파행적 현실인식과 무력한 자아

박봉우는 1956년 조선일보 신춘문예에 「休戰線」이 당선되면서 등단하였다. 이 시기의 한반도는 동서의 양극체제가 첨예한 대립을 벌이고 있던 그야말로 격변의 시기였다. 이러한 상황 아래서 6·25전란이라는 동족상잔의 비극을 체험했음에도 불구하고 동족간의 이데올로기의 대립과 갈등은 극단의 길로만 치닫고 있었다. 그렇기에 그는 문단에 나온 이후 줄곧 그의 시적 관심사를 분단된 조국의 비극적 상황에 둘 수밖에 없었던 것이다.

박봉우가 시작활동을 시작한 당대는 모든 언로가 닫혀있었음은 물론, 자유민주주의의 이데올로기에 대한 탄압은 이른바 순수주의를 빙자하여 현실인식이 배제된 열악한 문화환경을 조성[6]하고 있었다. 그리하여 그 누구도 평화통일이나 민족공동체 의식에 대한 언급조차 할 수 없는 살벌한 시기였다. 그러나 그는 이러한 상황 아래에서도 민족분단의 현실인식을 담은 시를 잇따라 발표하고 있어 주목된다.

> 앞으로도 저 강을 건너 산을 넘으려면 몇 <마일>은 더 날아야 한다. 이미 날개는 피에 젖을 대로 젖고 시린 바람이 자꾸 불어간다. 목이 빠삭 말라버리고 숨결이 가쁜 여기는 아직도 싸늘한 적지.
> — 「나비와 철조망」에서

---

6) 이영섭, 「50년대 남한의 현실인식과 시적 형상」, 현대문학연구회 편, 『1950년대 남북한 문학』(평민사, 1991), 74쪽.

상처입어 탄약의 흔적에 피가 넘치는
눈도 다리도 달아나고 눈알도 파편처럼
발화되어 달아난 이 어두움 속에

— 「受難民」에서

내 영혼은
지치고 시달린 시가지에서
빛나는 아침 해를
안아보고 싶은데

— 「악의 봄」에서

나에겐 나의 주변에서는
나를 애무해주는
그늘이라곤 없는 7월의 灰色地가 있을 뿐.

— 「灰色地」에서

어느 선량한 시민은
슬픈 鳥籠의 새들을 기르는 주인을 위해서,
멋진 자살을 생각해보는
신록의 오월.

— 「오월의 미소」에서

　박봉우의 눈에 비친 1950년대 후반기 조국의 현실은 철저하게 파행적으로
수렴되어 드러난다. 그것은 그가 피난 생활을 겪으면서 전쟁의 비참성과 가
치관의 붕괴, 나아가 극한 상황 속의 인간의 모습을 그 누구보다도 아프게
체험했기 때문이다. 이러한 시기에 예민한 감성의 소유자였던 그에게 당대의
현실은 말 그대로 전후의 후유증에서 벗어나지 못한 '아직도 싸늘한 적지'일
뿐이며, 육체적으로 보더라도 '팔도 다리도 달아나고 눈알도 파편처럼 / 발화
되어 달아'나 버린 '어두움 속' 그 자체였던 것이다.
　민족사의 역사적 시간이 좌우 이데올로기의 대립으로 인해 극단의 길로

치닫고 있었기에 박봉우에게 있어 조국의 현실은 '지치고 시달린 시가지'이며, 고통마저 희석된 '灰色地'로 인식될 뿐이다. 그래서 그는 특별한 통일정책의 대안을 내놓지 못한 채 동서 양극체제의 힘의 논리에 편승하여 '슬픈 鳥籠의 새'들만을 기르는' 당대의 정권을 향한 비아냥거림으로써 '멋진 자살을 생각해 보는' 것이다.

이와같이 비극적 세계에 대항하는 자아⁷⁾는 세계를 초극할 수 없다는 무력함을 전제로 한다. 거대한 전쟁의 소용돌이는 일제 36년 식민지 체험 이상으로 한국인의 패배주의와 허무주의를 심화시켰으며, 시대를 압도하는 비극성⁸⁾이었기에 어떠한 희망도 가질 수 없는 자아의 모습은 연약하고 무력한 존재로 드러나게 된다.

> 언제까지나 이러한 나라의 벌판이나 험한 산악이거나 바다에서 이야기를 시작해야만 하는 카키 전투복을 입은 창백한 병정은 지독하게 배암을 무담시 죽이고 싶으면서 여태 한 마리 죽여 보지 못한 망나니의 슬픈 목숨인가.
>
> ― 「사미인곡」에서

> 어데로 향하야 어떻게 날아갈 것인가.
> 저렇게 연약한 나래를 가지고……
>
> ― 「禱」에서

> 그만 지는 꽃잎과 같이 흩날릴 아쉬운 날개, 왜 우리는 이렇게도 모든 것에서 버림받았는가.
>
> ― 「死守派」에서

---

7) 여기서 '자아'란 인간의 마음속에 들어있는 '나(Ich, ego)'로서 의식의 중심에 위치하고 있는 것을 말한다. 이 자아는 한편으로 外界와의 관계를 맺으며, 다른 한편으로는 나의 마음, 外界와의 관계를 갖도록 되어 있다. 이부영, 『분석심리학』(일조각, 1987), 41~42쪽 참조.
8) 김재홍, 『한국전쟁과 현대시의 응전력』(평민사, 1980), 117쪽.

벽, 벽……처음으로 나비는 벽이 무엇인가를 알며 피로 적신 날개를 가
지고도 날아야만 했다. ……중 략…… 얼마쯤 날으면 我方의 따시하고 슬
픈 철조망 속에 안길,

— 「나비와 철조망」에서

위 인용시에서도 볼 수 있듯이 극복할 수 없는 세계 앞에서 세계와의 동
일성을 획득하지 못하는 자아의 모습은 '창백한 병정'과도 같이 '배암을 무
담시 죽이고 싶으면서'도 '여태 한 마리 죽여보지 못한 망나니의 슬픈 목숨'
으로 드러난다. 세계와 단절된 이 슬프고 무력한 자아는 또한 '연약한 나래
를 가지'고 '어데로 향하야 어떻게 날아갈 것인가.'라고 절규하며 불행한 사
태를 해결할 수 없는 세계의 벽 앞에서 신음한다. 이것은 '그만 지는 꽃잎과
같이' 우리 민족은 '모든 것에서 버림받았'다는 파행적 현실의 인식에서 기
인되는 것이다.

역사의 주체로서 역할을 담당해야 할 자아는 스스로의 무력함을 절감하는
동시에 패배주의자의 모습을 보인다. 이것은 분단극복을 위한 싸움에서 지식
인으로서 발휘할 수 있는 역량에 회의를 느낀 계몽주의자들의 경우와 같이
민중들의 무지와 그로 인한 세계의 단단한 '벽'을 실감했기 때문으로 여겨진
다. 이러한 비극적 현실 속에 존재하는 무력한 자아의 삶은 좌절과 방황의
비극적 모습을 수반한다. 이것은 자아실현을 위한 탐색의 과정을 상징적으로
보여주는 길의 모습에서 더 구체적으로 드러나고 있다.

길은 보편적인 의미에서 자아탐색의 과정을 상징하는 것으로 그것은 정체
된 공간이 아니라 생명의 움직임을 자극하는 동적 긴장을 내포한다. 그렇기
에 출발과 도착의 과정을 구체화시키는 행위의 공간이다. 길의 공간성은 언
제나 도달해야 할 지향의식의 표출이란 점에서 주목을 요한다. 따라서 길은
목적지를 향해 가는 과정으로서의 길이며, 목적지에 다다르기 위해 시련을
극복해야 하는 정신세계로서의 길이다.[9]

---

9) 김현자, 『한국 현대시 작품연구』(민음사, 1988), 155쪽.

차라리 비가 나려 진창인 이 진흙길을
　　　　　　　　　　　　　　　　—「受難民」에서

참으로 울고 싶은 가난한 마음아
둘이서 가는 것도 더 외롭지만
혼자서 가는 것도 외로운 길
　　　　　　　　　　　　　　　—「창백한 병원」에서

나 혼자만이라도
흘러가고 싶은
길이다.
　　　　　　　　　　　　　　　—「街路의 체온」에서

내가 눈물로 걸어온 길은
아무도 모른다.
　　　　　　　　　　　　　　　—「그늘에서」에서

　길은 비가 내려 '진창'일 수밖에 없기에 파행적 현실의 상징인 '진흙길'로
존재한다. 이것은 자아가 전후 분단의 질곡에서 좌절과 방황, 그리고 자아상
실의 위기감에 처해 있음을 보여준다. 현실 속에서 자아실현의 통로는 완전
히 차단되어 좌절할 수밖에 없을 뿐만 아니라, 그 어디에도 안주할 수 없는
입지조건임을 일깨워 준다.
　초극할 수 없는 비극적 세계에서 자아상실의 위기감이 고조된 '참으로 울
고 싶은' 자아는 '둘이서 가는 것도 더 외롭'기에 '혼자서 가'는 '외로운 길'
을 선택하고 만다. 이는 타자인식을 의도적으로 거세한 자아가 허무주의자의
모습으로 굴절됨을 의미한다. 그리하여 '나 혼자만이라도 / 흘러가고 싶은 /
길'이라는 현실에 대한 극복의지가 아닌 자기 당위성의 근거를 마련하기에
이른다. 이러한 자아의식은 현실공간을 부정하고 타자를 거부함으로써 '내가
눈물로 걸어온 길은 / 아무도 모른다.'는 정신적 위안을 얻는다. 현실의 그
어디에도 안주할 수 없다는 파행적 세계인식은 현실의 부정적 사태를 버리

고 새로운 안주공간을 찾게 되는 것이다.

세계와 자아가 충돌할 때 자아가 취할 수 있는 태도는 여러 가지 있을 수 있다. 외부 현실이 자신과 괴리될 때 '내'가 취하는 태도는 현실조건을 극복하기 위해 몸을 던져 싸우는 혁명가가 될 수도 있고, 일체의 외부조건을 부정하는 무정부주의자가 될 수도 있다. 또한 철저한 순응주의나 철저한 회의주의자가 될 수도 있으며, 구원의 가능성을 일차적으로 외부현실과 다른 내면세계에서 찾기 위해 자아 속으로 침잠하는 길을 택할 수도 있다.

분단과 팽팽한 이데올로기의 대립의 어둡고 절망적인 현실에서 자신의 무력함을 통감한 박봉우는 현실에 대한 적응기제로서 도피를 택한다. 도피는 적응이 곤란한 사태에서 불안과 긴장을 해소시키려는 행동양식이다.10) 이와 같이 그는 파행적 현실에서 자아를 지키기 위해 현실에서 한 발 물러나 자기 내부의 관념세계로 도피한다.

> 산을 넘으면 강,
> 강을 건너가면 또 산
> 나는 이런 공동묘지에서
> 대답이 없이 살고 있다.
> — 「지성을 잃고 있는 공동묘지」에서

> 바람에 이파리들이 무수히 날을 때
> 나는 나의 병원을 뚜벅 뚜벅……
> 걸어가야 하는 걸
> — 「창백한 병원」에서

> 아무 것도 아닌 검은 시체를 위해서
> 빗발치는 灰色鋪道 위를
> 어릴적 나의 맑은 눈망울도 모르고
> 걸어가고 있는 것을 보면
> — 「도시의 무덤」에서

---

10) 나병술, 『심리학』(교학연구사, 1984), 203쪽.

세계와의 동일성을 획득하지 못하는 자아는 세계를 거부하고 스스로 자신을 자신의 내면세계에 감금시켜 버린다. 이러한 자아는 자기 안에 자신을 가둠으로써 타락한 세계와의 관계를 단절하고, 타인과의 접촉을 끊음으로써 심적인 평온을 느끼며 자기 실존을 긍정할 수 있는 것이다. 타락한 세계로부터 물러선 자아는 결국 회복이 불가능해 보이는 '공동묘지', '병원', '灰色鋪道' 등의 공간으로 퇴행할 수밖에 없게 된다.

이와 같은 공간은 혼돈의 외부세계로부터 자아를 지키기 위하여 스스로 선택하고자 하는 심적인 공간이다. 박봉우는 이러한 내면의 깊은 공간에 자신을 가두고 세계와의 관계를 분리함으로써 심적인 안정을 찾고자 한다. 그러나 이러한 방법은 현실의 도피일 뿐 근본적으로 분단의 현실을 극복하는 대안일 수 없다. 왜냐하면 그의 좌절감은 현실에서 촉발된 것이기에 현실이 개선되지 않고는 극복이 불가능하기 때문이다.

3. 우주적 생명탐색과 신생의 의지

해방공간의 무질서와 혼란 속에서 좌우 이데올로기의 첨예한 대립과 갈등에 시달리던 우리 민족은 또다시 동족상잔의 비극이라는 6·25를 체험하게 되었다. 이러한 전쟁은 직접적이든 간접적이든 세계 인류사적인 소용돌이 속에서 식민지 시대를 겪어야 했던 비운과 함께 이념간의 갈등으로 인한 동족상쟁이라는 치유 받을 수 없는 역사의 비극으로 얼룩졌다. 그리하여 이 비극은 우리 민족에게 인간존재의 허무감과 절망감을 뿌리 깊게 배태시켰으며, 동시에 자유와 조국의 소중함을 재인식시키는 계기도 되었다. 그 당시 열여덟 살로서 중학교 2학년이었던 박봉우는 분단이데올로기가 가져온 처참한 전쟁의 와중에서 무등산으로 피난하여 어두운 시절을 보내게 된다. 정신적으로나 육체적으로 가장 민감한 나이에 겪은 전쟁의 참상은 결코 외면할 수 없는 민족적인 비극이요 개인적인 상흔일 수밖에 없었다.

상처입어 탄약의 흔적에 피가 넘치는
눈도 다리도 달아나고 눈알도 파편처럼
발화되어 달아난 이 어두움 속에
차라리 비가 나려 진창인 이 진흙길을

  ······중 략······

전쟁에 울고 이그러진 가슴에······
붕대를 감아주려고 온 다사로운 너의 숨결
그것은, 겨울을 풀어헤치는 긴 강.
목을 베어버릴 만한 손도 마즈막 빼앗긴
영토에게. 심연한 포옹과 사랑을 끝없이
노래부르려는,

아직도 울어서는 안 될 금빛 아침의 목숨.
무던히도 메마른 우리의 땅에
살고 싶은, 살고 싶은
비가온다. 강이 언제나 푸르게 흐를 날은

상처입은 가슴에 푸른 나무가 무성히 자랄 날이······

창같이 열려올 아침은 언제인가
시들어버린 폐가에 누구를 응시하는
당신의 눈. 당신의 눈은······

— 「受難民」에서

위 시에서 박봉우는 6·25전쟁의 상흔을 서정적인 어조로 담담하게 제시
하고 있다. '상처입어 탄약의 흔적에 피가 넘치는 / 눈도 다리도 달아나고 눈
알도 파편처럼 / 발화되어 달아'나던 그날의 비극적인 상황을 구체적으로 목
격했던 그이기에 '상처입은 가슴에 푸른 나무가 무성히 자랄 날'을 기다리고
있는 것이다. 그러나 전쟁의 비극과 아픔을 노래하며, 새로운 세계를 염원하

는 기다림의 정서를 '봄'을 통해 표출할 뿐 전쟁의 의미를 다시금 생각해 보
는 역사의식은 보이지 않는다.

이 시에 드러나는 시적 자아는 전쟁의 참상과 그로 인한 상흔에 애정과
연민을 보내며 '창같이 열려올 아침'을 기다리지만, 그날에 피 흘린 사람들
을 바라보는 시선은 예각적이다. 이는 그가 함께 피 흘리고 고통받던 서민의
모습에 시각을 고정하기보다 이러한 세계를 딛고 이상세계를 갈망하는 심리
가 더 강했기 때문으로 보여진다. 이것은 당시 앞에서 언급한 것처럼 그가
전쟁에 직접 참여하지 않고 피난생활을 한 사실과도 무관하지 않을 것이다.

해방의 기쁨과 새로운 조국의 건설에 대한 기대가 국내의 정치적 혼란으
로 무산되고, 더욱이 6·25라는 동족간의 전쟁으로 초토화된 한반도와 피폐
해진 민심은 시인인 박봉우에게 가혹한 형벌이 아닐 수 없었을 것이다. 그리
하여 그는 전후 팽팽한 이데올로기의 대립 아래서 방황하면서 새 조국 건설
의 열망을 우주적 생명탐색의 과정으로 노래한다. 이것은 참혹한 민족의 실
상과 이데올로기의 대립과 갈등의 무거움을 내면에 몰입하는 방법으로 벗어
나 정신적인 위안을 얻으려는 데서 오는 것이다.

차라리 말을 하지 않는 것이 아름다운 당신. 열리지 않은 저 창 안에는
사월과 오월이, 그리고 여름 가을 겨울이 잠들고, 사랑의 연연한 손짓이 아
지랑이 같이 피어나는…… 어느 봄의 언저리.

하늘을 가득 배경으로 한 한 주 능금나무. 저 많은 열매들의 의미는 전
쟁에 이긴 눈물 같은 것, 서로 익어가는 사상 밑에서, 무성한 나무 그늘을
이루는 세계. 세계여…… 나의 갈망인 완숙. 완숙이여

— 「능금나무」에서

전쟁으로 인한 잔혹한 현실 뒤에도 어김없이 찾아오는 '봄'의 의미는 박봉
우에게 새로운 각성을 촉발시킨다. 이 각성은 좌우 이데올로기 갈등으로 민
족 동질성의 회복에 대한 기대가 차단된 현실에서 비롯되는 것으로 그는 '차
라리 말을 하지 않는 것이 아름'답다고 되뇌인다. 그는 전쟁으로 인해 초토

화된 강토에서 이념의 대립을 일삼는 것에 대해 '서로 익어가는 사상 밑에
서, 무성한 나무 그늘을 이루는 세계. 세계여'라고 제 3의 논리인 탈이데올로
기의 실현을 강조하고 있다. 또한 그는 뜨거운 '사랑의 연연한 손짓'으로 봄
의 밑바탕에 내재되어 있는 생명의 의지를 발견해 내고 함께 어울려 사는
화해로운 우주적 세계를 지향한다.

> 이런 처참한
> 공동묘지에 살고 있다.
> 도시의 장미가 시들 무렵
> 나를 더욱 처참하게 불러 줄
> 사랑하는 사랑할 뿐인
> 공동묘지의 창백한 얼굴들이
> 보고 싶다.
>
> 통곡에 지친 묘지에
> 내 정신이 묻힐
> 내 이름이 죽을 묘지에
> 머언 먼 날 사랑이 넘칠 강이여
> 나는 지금 너희들이 오면 대답할 수 있는
> 공동묘지에서
> 신록 같은 출발을 준비하고 있다.
>
> 지성들이 앓고
> 우리들이 더욱 사랑할 수 있는 도시
> 공동묘지를 위하여
> 태양 같은 장미를 곁에 두고 싶다.
> ― 「지성을 앓고 있는 공동묘지」에서

'처참한 공동묘지'라는 황폐하고 폐쇄된 의식 속에서도 시인은 '나를 더욱
처참하게 불러 줄 / 사랑하는 사랑할 뿐인 / 공동묘지의 창백한 얼굴들이 /
보고 싶다'는 희망을 가지고 있다. 이러한 희망과 사랑의 힘이 의식의 기저

에 면면히 흐르고 있기에 시인은 '머언 먼 날 사랑이 넘칠 강'이라는 미래에 대한 강한 기대감을 보일 수 있는 것이다. 그리하여 현실로부터 괴리된 죽음의 '공동묘지'에서조차 '지성들이 앓'고 있는 것이며, '우리들이 더욱 사랑할 수 있는 도시'라는 뜨거운 사랑으로 승화된 인식의 깊이에 이르게 된다. 이는 시인이 사랑을 가진다면 모든 것이 폐허화된 공동묘지에서도 '신록 같은 출발을 준비'할 수 있다는 신생(新生)의 믿음을 가지고 있기에 가능한 것이다.

박봉우는 6·25전쟁으로부터 비롯된 생의 참혹함과 황폐화된 가슴 속에서도 생명에 대해 뜨거운 애정을 기울임으로써 새 삶의 희망을 키운다. 전쟁의 격렬한 포화 뒤의 폐허화된 조국의 현실과 그로 인해 말살되어진 민중들의 인간성과 생활고는 그에게 신생의 의지로 우주적 생명을 탐색하는 데 더욱 집착하게 했을 것이다.

6·25전란에 관한 이미지들이 그의 시 도처에 발견되는 것은 그만큼 감수성이 예민했던 그에게 있어 전쟁은 감당하기 어려운 상처였기 때문이다. 또한 해방을 맞아 새로운 조국을 건설하려는 그의 의지와 기대가 국내의 정치적 혼란과 전쟁으로 인해 무산됨으로써 오는 절망과 허탈감을 이겨내기 위한 정신적인 노력의 하나로 보인다.

> 우리 世代는 六·二五 전란을 몸소 체험하였고 現代詩는 우리에게 또 하나의 과제를 부여했던 것입니다. …… 詩人이 向하는 意志는 어떤 기적을 바랄 수는 없읍니다.
> 민족의 대홍진을 겪은 전쟁에서 우리 世代의 자세는 절망과 절규로서 끝나지 않는데 詩人의 가치가 부여될 것입니다.
> 戰雲 속에서 新生한 무리들의 作業은 앞으로 어떤 방향으로 生成되어 갈 것인가 하는 문제성은 무엇보다도 긴박한 것입니다.[11]

> 文學人은 다시한번 눈을 크게 뜨고 周圍를 돌아보아야 할 것이며 사무친 決意와 새로운 精神의 武裝을 加一層 가다듬고 언제나 民族이란 大義를

11) 박봉우, 「新世代의 姿勢와 荒蕪地의 精神」, 『한국전후문제시집』(신구문화사 1961), 369쪽.

위한 先驅者的인 正道를 向하여 邁進하고 雄飛하는 太陽이어야 할 것이
다.12)

이와 같은 자세를 바탕으로 박봉우는 전후 폐허가 된 조국의 현실 속에서
진한 허망감과 비운의 상처를 극복하기 위해 대상의 밑바탕에 내재해 있는
새로운 생명의 의지를 남성적인 어조를 통해 드러내기도 한다.

> 오월의 장미는 눈물이 있고 순간에 져버리는 넋이라도 나는 久遠한 빛
> 을 하늘에 이고 살아야 아무런 원망도 없이 살아야 넓고 푸르른 하늘 우러
> 러 그 같은 의지로 소리없는 노래 부르고 보란 듯 살아야

> ......중 략......

> 바보라고 비웃어라 사랑의 패배자라 비웃어라 그래도 잔디밭의 버섯처
> 럼 피어 영원한 침묵 속에 못난체 살아야 오랜 세월을 눈물 한 번 없이 살
> 아야 웃음 한 번 없이 살아야
> ―「石像의 노래」에서

위 시에서 시인은 '순간에 져버리는 넋이라'도 '久遠한 빛을 하늘에 이'고
'넓고 푸르른 하늘 우러'르며 '그 같은 의지로 소리없는 노래 부르고 보란
듯 살아야' 한다는 견인적인 의지를 보여주고 있다. '하늘'과 '땅'을 동시에
아우르는 이러한 의지는 '바보'라고 '사랑의 패배자'라 '비웃어라'라고 할 정
도로 가슴 깊은 데서 울려 나오는 당당하고 강렬한 남성적인 비장함을 동반
한다. 그리고 여기에서 한 걸음 더 나아가 시인은 '눈물'과 '웃음 한 번 없'
이 오랜 세월을 '잔디 밭에 버섯처럼 피어 영원한 침묵 속에 못난 체 살아
야' 한다며 어떤 난관이나 고난도 극복해야 하는 당위성을 마련함은 물론,
'석상'처럼 흔들림 없이 현실을 지고 가려는 스스로의 구도적인 자세를 확인
하기에 이른다. 즉, 시인은 '잔디밭'이 가지고 있는 새로운 생명을 잉태시키

---

12) 박봉우, 「民族精神과 文學戰線」, 《조선일보》, 1957. 3. 6.

는 우주의 이법과 '석상'의 변하지 않는 속성을 통해 강한 신생의 의지를 보여주고 있는 것이다.

> 눈이 내린다.
> 잠자는 고아원의 빈 뜰에도
> 녹슬은 철조망가에도, 눈이 쌓이는 밤에는
> 살벌한 가슴에 바다 같은 가슴에도
> 꽃이 핀다.
> 화롯불이 익어가는
> 따수운 꽃이 피는 계절.
>
> 모두가 잊어버렸던 지난 날의 사랑과 회상
> 고독이거나 눈물과 미소가
> 꽃을 피우는 나무.
>
> 사랑의 원색은
> 이런 추운 날에도
> 꽃의 이름으로 서 있는
> 외로운 立像.
>
> 나는 쓸쓸한
> 사랑의 주변에서
> 해와 같은 심장을
> 불태우고 있는
> 음악을 사랑한다.
>
> 모두 추워서 돌아가면
> 혼자라도 긴 밤을 남아
> 모진 바람과 눈보라 속에서
> 뜨거운 뜨거운 화롯불을 피우리.
>
> 겨울의 나무도

이젠 사랑을 아는 사람
꽃을 피우는 사람
금속선을 울리고 간 내재율의 음악을
사랑한다.
— 「겨울에도 피는 꽃나무」에서

박봉우는 그가 지향하고 있는 의식세계를 '겨울에도 피는 꽃나무'의 강하고 질긴 생명력을 통해 형상화하고 있다. '살벌한 가슴에 바다 같은 가슴에도 / 꽃이 핀'다는 꽃나무의 상징을 통하여 시인은 비극적인 삶으로부터 초극하려는 밝고 건강한 생명력의 분출을 보여주고 있다.

사랑을 '추운 날에도 / 꽃의 이름으로 서 있는 / 외로운 立像'으로 인식한 시인은 '모진 바람과 눈보라 속'에서도 '해와 같은 심장을 불태우고 있'는 음악과도 같은 나무의 맥박에 귀기울이며 자신의 의지와 동일시한다. 때문에 시인은 '모두 추워서 돌아가'더라도 '혼자라도 긴 밤을 남'아 '뜨거운 화롯불을 피'운다는 강한 초극의 의지를 드러내기에 이른다. 이는 시대적 고뇌에 대항하는 시인 자신의 내면적 결단인 동시에 새로운 세계를 꿈꾸는 부활의지에 다름 아니다.

이와같이 시인은 전쟁 뒤의 참담한 상황을 온몸으로 견디며 꽃을 피우는 '겨울의 나무'를 '이젠 사랑을 아는 사람 / 꽃을 피우는 사람'으로 부각시켜 사랑으로써 완성된 우주적 인식의 세계를 보여준다. 이는 새로운 삶을 향한 의지의 소산으로서 황폐화된 시대적 고뇌를 스스로 감당하려는 시인 자신의 구도적 정신에서 비롯된 것으로 볼 수 있다.

시집 『겨울에도 피는 꽃나무』에서 드러나는 바와 같이 박봉우는 전후 폐허화된 현실을 극복하는 대안으로 생명력의 분출로 이어지는 가열한 신생의 의지를 표출하고 있다. 전후 피폐된 질곡의 삶 속에서도 이를 극복하려는 그의 초인적인 의지는 조국애와 인인애를 바탕으로 한 내면적 결단인 셈이다. 이처럼 박봉우는 6·25전쟁의 비극과 그에 따른 민중들의 정신적 상처를 치유하기 위한 방법적 모색에 골몰해 왔던 것이다.

그러나 그의 이러한 고통과 아픔은 개인적인 차원을 벗어나지 못하고 있다. 초창기 시에서 주로 발견된 무력한 자아는 2시집 이후로 넘어오면서 점차 능동적이고 적극적인 자아로 변모했지만, 개인적인 세계 안에 머물러 있어 역사의식을 획득하는 데까지 이르지 못하는 한계가 주어져 있다. 즉, 그의 비극적 자아 의식은 개인적 세계에 머물러 있었기 때문에 공동체 의식을 가진 일원으로서의 사회적 자아로 심화·확대되지 못하고 서정적 개인화로 떨어진 것이다.

4. 맺음말

지금까지 박봉우의 전후시에 나타난 자아의식의 양상을 살펴보았다. 논의한 바를 간명하게 요약하면 다음과 같다.

첫째, 박봉우 시에 드러난 자아는 비극적 세계를 초극할 수 없다는 무력함을 전제로 한다. 거대한 전쟁의 소용돌이는 일제 36년 식민지 체험 이상으로 한국인의 패배주의와 허무주의를 심화시켰으며, 시대를 압도하는 비극성이었기에 어떠한 희망도 가질 수 없는 자아의 모습은 연약하고 무력한 존재로 드러나게 되는 것이다.

그리하여 박봉우는 비극적 현실에서 자아를 지키기 위하여 현실에서 한 발 물러나 내면의 깊은 공간에 자신을 가두고 세계와의 관계를 분리함으로써 심적인 안정을 찾고자 한다. 그러나 이러한 방법은 현실의 도피일 뿐 근본적으로 분단의 현실을 극복하는 대안이 될 수가 없었다. 그가 느낀 절망감 자체가 현실에서 촉발된 것이기에 그는 현실이 개선되지 않고는 극복이 불가능하다는 것을 깨닫고 다시 한번 무력한 모습으로 좌절하게 되는 것이다.

둘째, 박봉우는 전후 폐허화된 조국과 팽팽한 이데올로기의 대립 아래서 방황하면서도 새 조국이 건설될 것을 열망하며 의욕적인 신생(新生)의 의지를 노래한다. 이것은 참혹한 민족의 실상과 이데올로기의 대립과 갈등을 극복하려는 능동적이고 적극적인 자세로써 우주적인 생명을 탐색하는 자아의 모습으로 그 실체를 드러낸다.

이와같이 박봉우는 전쟁 뒤의 참담한 상황을 온몸으로 견디며 사랑으로써 완성하려는 우주적 인식의 세계를 보여준다. 이는 새로운 삶을 향한 가열한 신생의 의지로서 황폐화된 시대적 고뇌를 스스로 감당하려는 시인 자신의 구도적 정신에서 비롯된 것으로 볼 수 있다. 전후 피폐된 질곡의 삶 속에서도 이를 극복하려는 그의 견인적인 의지는 조국애와 인간애를 바탕으로 한 내면적 결단인 셈이다.

그러나 그의 이러한 고통과 아픔은 개인적인 차원을 벗어나지 못하고 있다. 그의 초기 시에서 주로 발견된 무력한 자아는 2시집 이후로 넘어오면서 능동적이고 적극적인 자아상을 확립했지만, 개인적인 내면세계 안에 머물러 있어 역사의식을 획득하지는 못했다. 즉, 그의 자아 의식은 개인적 자아의 좁은 세계에 머물러 있었기 때문에 공동체 의식을 가진 일원으로서의 사회적 자아로 폭넓게 열리지 못하고 서정적 개인화로 떨어져 설득력이 약화된 결과를 낳았다.

찾아보기

◆ 책임편집

문 덕 수   홍익대학교 명예교수
김 용 직   서울대학교 명예교수
박 명 용   대전대학교 문예창작학과 교수
정 순 진   대전대학교 문예창작학과 교수

● 한국현대시인연구(下)

1판 1쇄 인쇄 2001년 1월 20일
1판 1쇄 발행 2001년 1월 30일

책임편집 • 문덕수 · 김윤식
            박명용 · 정순진
펴 낸 이 • 한 봉 숙
편 집 인 • 김 현 정
펴 낸 곳 • 푸른사상사

등록 제2-2876호
서울시 중구 을지로2가 148-37 삼오B/D 302호
대표전화 02) 2268-8706 – 8707
팩시밀리 02) 2268-8708
메일 prun21c@yahoo.co.kr

값 16,000원

*저자와의 합의에 의해 인지를 생략함.